如火纯青

朱　妍／著

上海文艺出版社
Shanghai Literature & Art Publishing House

图书在版编目（CIP）数据

如火纯青 / 朱妍著 . -- 上海：上海文艺出版社，2023

ISBN 978-7-5321-8887-1

Ⅰ.①如… Ⅱ.①朱… Ⅲ.①长篇小说－小说集－中

国－当代 Ⅳ.① I247.5

中国国家版本馆 CIP 数据核字 (2023) 第 203105 号

发 行 人：毕　胜
责任编辑：陈　蔡
整体设计：馨安文化
封面绘画：曹　帆
封面题字：钦瑞兴

书　　名：如火纯青
作　　者：朱　妍
出　　版：上海世纪出版集团　　　上海文艺出版社
地　　址：上海市闵行区号景路 159 弄 A 座 2 楼　201101
发　　行：上海文艺出版社发行中心
　　　　　上海市闵行区号景路 159 弄 A 座 206 室　201101　www.ewen.co
印　　刷：杭州捷派印务有限公司
开　　本：787×1092 1/16
印　　张：26.5
字　　数：500,000
印　　次：2023 年 11 月第 1 版　2023 年 11 月第 1 次印刷
I S B N：978-7-5321-8887-1/I.7003
定　　价：78.00 元

终南何有

十年前的今天，我写下了第一个字。

落笔之前，我是茫然的。我并不知道文字的去向，更没想到借由这些字、这些词，我将要踏上什么样的人生道路。

谁也不知道命运的风会吹向哪里，但是我始终怀揣这些字词，像怀揣珍贵的种子，它们跟随着我从北京一路南下，几经颠沛流离。

十年间，我的人生只有一条路——

一条壮士断腕之路。

一条打落牙齿和血吞之路。

一条孤立无援之路。

一条荆棘之路。

一条人生旷野的路，亦是那暗夜的羊肠小道。

这是阻碍重重的终南绝境，同时也是向死而生的逢春之路。

它伴随着火焰、刀剑、疼痛、眼泪、挫败、失眠……

当我看到这些种子在风雨里萌芽滋长，伸出地面，向上寻找光明，脱胎换骨般开出美丽的花朵，我才猛然醒悟道，在时间的洪流里，这些文字就是一面人之水镜，在镜子中我观照的是我自己，发现的也是我自己，我的记录和创作其实就是我对自己内在性的发现、探索和成长。我在其中治愈了自己，净化了自己，也重建了自己！

原来人生所有的磨难，所有的不圆满，都是在为我提供淤泥，让我通过内心修炼

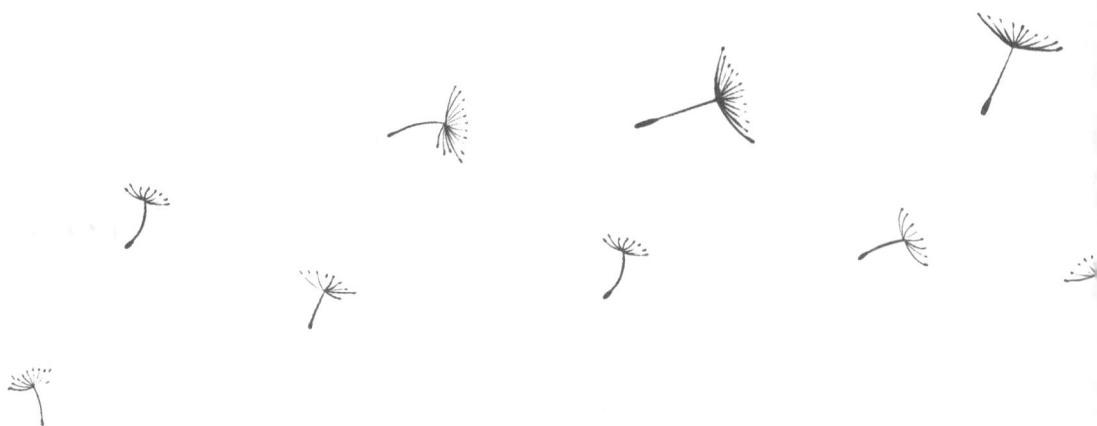

来悟道求真，并最终开出我心中那朵圣洁的莲花。

那么，终南何有？

《如火纯青》，顾名思义，就是火一样热烈而纯粹的青春。这部三十万字的两部曲长篇小说，讲述的就是关于爱、信仰、青春和心灵成长。它是我在人生的终南绝境中开出的心之莲。

这个系列是由《孤独茧》和《灵次元》两部长篇小说组成，前者着眼于历史，以二十世纪三四十年代为时代背景；后者则着眼于当下，展望未来。

这是两个不同时代背景下的两段残酷、幽暗而不失美好的青春往事。但它们有着共同的精神内核，好比一段根茎上开出的并蒂花。从过去、现在到未来，时光的流逝是可见的，但无论时代如何变迁，人们却以看不见的线相连。人的精神贯穿了始终。

《孤独茧》中那个孤独症少年心中的困惑：人该信仰什么？摒弃什么？以及如何看待自己和所生存的世界？这也是《灵次元》中十六岁少年所面临的同样的问题。他们都最终意识到，要寻觅真理须从人类，从自身处开始……

十年。3650天。不计名利，默默耕耘。

写出一本好书固然是一个作家的人生目标，但我真正的理想是——用语言的利斧剖开人们冰封的心灵，用文字的鲜血唤醒人们潜伏在内心的探明真理的渴望。让文字的力量成为闪电，成为利刃，成为斧头，成为饥饿的颚骨，剥开假象，刺穿你内心的硬壳，直达柔软的内心深处，让你思索什么才是真正的存在？我该如何生活？

我深深地爱着，那仍在生活的河流里奋力泅渡的人。

我爱你们！

我能够给予你们的只有这本书。

我独步银河，为的是溅起星光，照亮黑暗的旅程。

无论生活赐予你们何种匕首和毒药，我希望你们不要把自己的人生荒废在俗套而平庸的生活中，被物化，被异化，被技术化，成为资本和技术操控下的工具。即使这个世界不再有光亮和梦想，我希望你们仍然追求真理，追求崇高，希望你们的眼睛里能够始终闪耀着明亮的光泽，如十六岁时那样，心如蜡炬一般，依然为了理想而燃烧。

愿这本书属于你，犹如你自己的"翅膀"，挣脱俗世的锁链，向上，飞翔在广阔的星空。

愿这本书属于你，犹如你自己的"魔镜"，照见你自己，并发出能使你改变面貌的光芒。

愿这本书属于你，犹如你自己的"船帆"，带你体验在浪尖上飞旋的幸福和自由！

朱妍

2023 年 7 月 3 日于苏州

目录

孤独茧

他微笑——这是悲哀的最严厉的讽刺；

他说话——冷冷的言词，不是从灵魂流露，

他和别人一样行动，吃着美味的食物；——

然而，然而他盼望——虽然又害怕——死；

他渴望抵达，虽然又像要逃避

那灰色生涯的最终的归宿。

——摘自《雪莱抒情诗选》

命运 ●●●●●

我是"箱子大卫"

这个行李箱，仿佛是要把人吞噬的黑洞。

我藏身其中，被拎来拎去，成了名副其实的"箱子大卫"。

这一刻，我忽然意识到这才是我的真实写照！

因为在现实生活中，我就是这样仿若关上保险柜的柜门，把自己的心灵封闭得严严实实！

事实上，关在箱子里的感觉并不坏，我反而有一种回到母腹般的深层愉悦。

远离世界，在一切之外！我就像活在不可能流动的时间里，活在做梦都不能度量的空间里。

噢，把我彻底地掩藏起来吧！

我感觉自己在越变越小，直至化为无常浮世中的一粒尘埃，消失不见。

这时汽车发动了。街道、广场到处充塞着慌乱、令人不安的喧哗。

爹地崭新、黑亮的福特牌汽车如同漂在海面上的泡沫小岛，周围不时翻起词语和句子的碎片。

嘈杂声中，我的耳朵随时都能从中捕捉到"打仗"这个词。甚至，我感觉这个词就如同堆积在人们头顶的一大团雷雨云，酝酿着正负两种电荷的较量和撞击，仿佛瞬间就会山崩地裂。

想到这里，我感到太阳穴阵阵发紧，如同被夹在虎钳里一样。

忽然，车底猛的一下颠簸。我呼吸加快，灵魂整个儿向前飞了出去似的。

一瞬间，我的灵魂获得了短暂的分身能力。

我自身的一部分正对另一部分评头论足。

"啊哈！看看你，真像个怪胎！难怪爹地不喜欢你！"

"我"嘲笑起如同深陷捕兽夹子中的另一个自己。

"你最好搞清楚！爹地丢下你，不为别的，只是因为你是'上帝的惩罚'。"

这个"我"奚落起另一个自己来简直咄咄逼人，让人招架不住。

被奚落的自己小声抽泣起来。"我希望我自己最好从来就没有出生过,从来就不曾生存过,根本就是个不存在的人;或者,我最好——尽早地死掉。"

"死?!难道你想让妈咪为你难过?""我"对自己咆哮。

"妈咪",这个词儿,从嘴中跌落,带着母亲全部的温暖,像铅一样,落到了我的心坎。

我感觉身体瞬间又恢复了重量,灵魂也在这个时刻重新合二为一。

温和,顺从。我又是我了。

这一切都是因为妈咪,我最亲最爱的妈咪呀!

让医生束手无策的宋大卫,在妈咪心里一直都是星星的孩子,是上帝派来的天使。

这来自星辰的我生来便与众不同。

那是因为我无法与人交流,我和这个世界仿佛隔着一层玻璃。

我感觉自己就像童话中的国王,被困在自己的城堡里,只能孤独地凝望着远处的生活。

我的"大卫城堡",是一个像鱼缸一样的地方。

我对它施了魔法,没有人进得来,当然也没有人出得去。

今年我满十二岁了,可身高却只有一米三。

别人看我小,那是因为他们没有看见真正的"我"。

我的体内正在快速生长出另一个版本的自我,这个"我"越来越成熟,越来越高大。

我能感觉到这个"我"的膨胀,以及"我"想从我的身体破茧而出的努力和意愿。

并且,这个"我"就如同一个号叫的拳击手,挥舞着愤怒的双拳,时时想向世人证明我可不像表面看起来的那样白痴!

一个偶然的契机,这个"我"终于打破阻隔,找到了一种与现实世界沟通的方式——这语言不是由词语,而是由流动的线条、符号、字母、形状所组成。

"我"用书写和绘画来表达我的心声。

难以想象,如果没有手中的铅笔和这本黑色绘画本,我的生活将是何等的暗无天日。

我常常用"剪刀"来比喻我现在的生活。

我内心的渴望和强烈的痛苦构成了这把剪刀锋利的双刃。

随着年龄的增长，这剪刀的双刃越来越岔开，闪烁着令人无法言表的病态光芒……

一九三七年夏天的上海，像得了人格分裂

码头上空，一架飞机飞过。

救护车的鸣笛和尖利的刹车声，如同一头被踩了尾巴的动物，痛苦不已。

人群中有人哀号，有人呼喊，脚步声越来越凌乱，像极了暑天的雷阵雨，筛豆似的落在地面，发出沉闷的吧嗒吧嗒声。

偶尔响起零星的枪声，迸发出令人心惊肉跳的疯狂笑声。

风也不闲着，它贴着地面一路号叫着助攻，渐渐止息，接着，在不远处的某个岔路口上，它又像蛇一样昂起头来。

在松脂般凝固的码头天空下，个人渺小得如同一只只被困住的小虫。

只有那"知了"幸灾乐祸一般，躲藏在高树上发出单调的哨音，催促人们快逃。

我的肌肤渐渐有种酥麻的刺痛，就像遭到了一群蚂蚁的进攻。

我把手指塞进耳朵里，想要改变频率，阻止当下这一分钟超过一百种声音的袭击。

因为我担心，对声音极度敏感的我，很快会变成一瓶被剧烈摇晃的汽水，来一次冲天大爆发。

当邮轮的一声长笛，穿过如蝇的声音荆棘，像上帝在我耳边咆哮，直抵我的内心时，那些杂音瞬间被击退。

随着皮箱的哐当一声落地，我着陆了。

"妈咪，我来了！"这是我回过神来，脑子里冒出的第一句话。

透过皮箱的罅隙，我知道我被放置在一个散发着古怪气味的行李舱中。

理智告诉我，必须要想办法赶快脱身。否则，当"中华号"邮轮抵达旧金山时，人们打开皮箱将会看到一具干缩的小小木乃伊，就像挂在爹地书房墙壁上的动物标本。

我瞅准机会，掏出口袋里事先藏好的工具，轻轻几下，就毫不费劲地打开了行李箱（一如小时候经常玩的那样）。

我从里面爬出来，像一只卑微求生的老鼠，躲过行李装卸工的视线，在地上窸窸窣窣爬行。

此时这艘船却像个关上门的捕鼠笼子一般摇晃起来。

我溜出行李舱。像只愣头苍蝇似的，我的脑子里也在嗡嗡直响。为了避开人们，我爬下梯子。再躲进一扇门。盗贼似的胸腔里一颗心狂跳不止。

这里很暗，噪声很大，而且闷热，像是一头懒散的大型食肉动物的内脏。水手们在各种奇形怪状的机器旁挥汗如雨，谁也没有注意到我。

我就像只潜行的蜘蛛，走过像沸腾的熔炉一样的"胃"，走过像弯曲的下水管道一样的"肠子"……我所走的每一步，都好像是一个逃跑的囚徒在亡命天涯。

时间过去了多久？

我开始讨厌这艘船。

这里的一切都显得那么窄，那么局促，那么混乱。

在我的家——"伊甸花园"，一切都是那么宽阔，明亮，井井有条。

我想起了我的房间。

我最爱坐在那花团锦簇的地毯上，手臂交叉，双膝屈起，抱住膝盖，摇晃我的身体，就跟我房间里那座西洋挂钟的钟摆一样，左右，左右……如果说有一种孤独可以被摇晃，被管辖，那就像这样。我用皮肤将它紧紧裹住，我内在的孤独。它不再一意孤行，难以控制。对我而言，这意味着一种秩序感，一种和谐，一种对称性和一种完整性。这动作并不像轮船的颠簸，它的节奏让我感觉安全可靠。但是在大人们的眼里，我的行为是不可思议的，更多的是不可宽恕的。

家庭老师布朗先生会耸耸肩膀，一脸茫然状；爹地通常的做法是嫌恶地扭头离去；而妈咪会怔怔地盯着我，口中喃喃自语："我可怜的大卫！他的眼神，多么空洞！就像一座被遗弃的荒宅。"然后掩面啜泣，追随爹地的脚步而去……

上帝的惩罚

"妈咪，你在哪里？"

昏冥的船舱里，我在黑暗中摸索。那一刻，像是被安排好的宿命。几步开外，台阶之上，一扇沉重的舱门挡在我的面前。

我感觉这里是捕鼠器的最后一道开关。

只要穿越这道阻隔，命运将成为我走出黑暗孤寂的指引。

过去和将来如同两座山峰，而此时我就身处两山之谷，置身于迷茫混沌的当下。

舱板在我脚下一边摇晃，一边嘎吱作响。

我的指尖刚一触碰到那凉阴阴的金属舱门，记忆就犹如一股阴风，从虚空中吹来。

我不自觉地打了一个哆嗦，耳边若有若无传来妈咪的啜泣声，像是一个微弱而持续的和弦，在我脑际回响，真真切切，宛如在我耳畔——

"这么兵荒马乱的！我们决不能带着大卫上路。他倒安静也罢，万一发作起来，即便我们能勉强应付，恐美国移民当局断不能接受……"

"他是不能自理的，我们如何忍心……"

"我早已嘱托吴妈，一旦上海沦陷，她就会带着大卫到乡下避难，直到战争结束。"

"查理……我舍不得大卫，还有这个……家。"

"我又何尝舍得？你知道的，这几宿我是整夜的不能合眼。思前想后……如果当年我坚守教会的神职，不回到上海继承家族印刷产业，就不会……大卫是上帝对我的惩罚！"

"查理……"呜……

"他的病……也决不能成为笑柄，否则，我们在美国也难……"

噢！爹地，不要丢下我，我在心里呐喊，我是"被爱的"大卫，不是"上帝的惩罚"。

这个想法死死地攫住我，如同一副铁钩，嵌入我的意识基底。

我向前跨一步，使劲推开厚重的舱门，身后昏暗的舱房立即发出一记无声的惊呼，迎接这突然降临的光线。

一轮素月在如海浪般疾行的流云间颠簸，潜行。

穿洋装和穿长衫的先生们，他们倚在栏杆上，一边抽着烟，一边议论着时局。

我从他们身边一闪而过，像月光穿过云层一样悄无声息。

没有人注意到我。

最后，我拣了个角落，精疲力尽地坐下。

我全身已被汗水浸透，像一匹害病的马，在凉爽的甲板上，浑身打颤，喷出一团团混浊的气息。

月光照在甲板上，如同打了一层蜡，银闪闪的。

我凝视着这幅天地织就的银色绣品，沉重的心情如大海一般压在我的身上。

妈咪、爹地，你们在哪里？我抑制不住地想要去寻他们，可又害怕这样做。

这澄明的月光，似乎懂得我的心思，它伸出温柔的母亲般的手指抚慰我，洗去我身上的污秽，让我感到轻松和洁净，仿佛天地会吸取人的忧愁和烦恼似的。

大鼻子先生

"一双皮鞋"停在了我的面前。

他和我的布朗老师有些相像，然而细看之下，却又有些微妙的差异之处。

他长着东方人的深色头发，然而皮肤却苍白得像是被海水冲刷过的骸骨。尤其是那尖挺的鼻梁与草原一样开阔的额头，令他看起来不像欧洲人，倒是像那些游荡在历史遥远边缘的人。

他是阿拉伯游牧民族人，还是闪米特人？在用眼角的余光对他拍摄了一千张面部特写之后我在心中猜测。

我想象着他穿上兽皮和尖头鞋，抱着小羊羔行走在荒凉的山坡上的模样。

"你是谁？"他蹲下来用英语问我，一副事不关己又饶有兴趣的神态。

我打开手中的黑色绘本，用铅笔在纸上迅速地涂沫：

头上长角，表情狰狞。——在爹地眼里我是"怪物大卫"。

一只左右摇晃的钟摆。——我是令妈咪流泪的"钟摆大卫"。

一个不停旋转的陀螺。——这是我唯一令哥哥佩服的地方，所以他叫我"陀螺大卫"。我可以像陀螺一样旋转而不头晕。

飓风。——姐姐害怕我发作起来的样子。我会从一个房间冲到另一个房间,上蹿下跳,撞家具,在地板上打滚,尖叫,速度之快,让人根本来不及反应。在她眼里,我是横冲直撞的"飓风大卫"。

一只茧。——我住在那里,被嘈杂、混乱的孤独困住,不停地自我缠绕。我是"孤独的大卫"。

他快速地浏览了我的绘画加文字注释,然后,凝望着我,若有所思。

他有一双深陷的眼睛,眼皮之间铆着股劲,像要揉合裂缝似的。可以看出,他正在努力思考着什么。那对乌黑的眼珠时而滑向边缘,时而又打着旋,但在最后关头,眼珠悬崖勒马,逐渐回归了原位。

"你一个人吗?你的家人在哪里?"

我画了自由女神像,图文并茂地告诉他我没有船票,是一个人偷偷溜上船的,因为我要去美国,我的亲人在那里。

噢!Sorry!"大鼻子先生",我撒了谎。

我向他隐瞒了我的家人就在船上这一事实。因为我怕他会领我去找爹地,这样会让爹地生气的,然后……

我害怕地哆嗦起来,脑子里的念头像发电机一样不停地旋转。

罢了!我一咬牙,索性横下一条心来:我要跟我的爹地妈咪哥哥姐姐在一起,永远也不分开,哪怕只能远远地看着他们,我也感到无比幸福,因为我们始终在同一条驶向未来的命运之船上。

"大鼻子先生"给我端来了面包和牛奶,看着我狼吞虎咽地吃光,他的脸颊浮现一抹微笑。但他的笑容里藏着一丝忧虑,有时甚至是一缕绝望,像玻璃一样薄。

也许,他是一个被复仇之神遗漏了的幸存者。我猜测。

之后,他端走盘子,和我一起走到甲板边缘。

月色下的大海真是美极了!伴随着大海的阵阵叹息,星星碎在银白色的浪花里。此时正是涨潮时分,海面缓慢地摆动起伏,在月光照耀下,像是某种海洋生物光滑隆起的银白色背脊。

"大鼻子先生"沉浸在美丽的夜色中。皎洁的月光落在他的头背上,将他完全裹住,如同一条用透明绒线织成的毯子。

我发现他的耳朵、眼睛、脸庞和手掌,这一切都裸露在银色的光辉中。这些细节像是对我实施了催眠术，我沉浸在对他的探索中——他的耳朵很小，耳朵的尖角呈粉红色，耳廓有优美的涡纹，像是一种怪异的菌类生物。他深陷的眼睛像两口黑井，在其深处，我看到了某种东西在活动的迹象，就像是平静的湖水下鱼儿发出的动静。

大鼻子先生势必也觉察到我在看他，因为他显得有点不自在，微露笑意，用手做了个不明确的动作，然后宽容地瞥了我一眼，问道："你多大了？"

陌生人很难相信我已经十二岁了，大鼻子先生也不例外。

因为身患怪病，我看起来就像个七八岁的瘦弱男孩，但是表相常常容易迷惑人。

我究竟有多大了？我问自己。疾病有时让我感觉苍老。

大鼻子就着甲板上摇曳的灯光，翻看我的笔记本。

让他惊讶的可不止我的年龄，虽然因为疾病，我不擅表达，但我的英文法文拼写能力优异，尤为突出的是绘画、写故事以及熟练驾驭数字的能力。

从一开始，我就像是与构成世界运动变化的这一古老数学概念结下了不解之缘。我处处看到数学的属性。数字、线条、角度、形状和点，这些是世界构成的最重要的东西。只要我一看到这些驯服而沉默的数字排列在一起，就会在身体深处感受到一阵隐秘的震颤。我可以毫不费力，魔术般地遁入这个充满秩序的，完整而和谐的数字王国。

但他似乎对我写的一个小故事颇有兴趣，那是一个关于美国西部英雄的另类遐想，写于逃难的前一周——

威廉号称美国的西部之王。

哇！那他一定是个了不起的神枪手喽？就像詹姆斯·邦德，弹无虚发？！

其实，他的致命武器乃是任何人都想象不到的——口口口……臭。真要命！

他的家住在镇外一个偏僻的地方，那里就像是被核辐射污染的不毛之地。方圆两百米的范围内没有植物没有动物，除了威廉自己，没有任何活物。每天，他都要到镇上去办事。看哪！西部之王骑在马上，好不威风！路两旁的树木，不得不弯腰躲避他的口气，动物们更是抱头鼠窜，镇上的人见他来了都像躲避瘟神一样，将门窗关闭。仿佛他是一个长着红嘴巴的口吐毒雾的怪物，有人叫他"毒气弹"。

一天镇上来了一个外地人，他听说了"西部之王"的事迹，对这样的传闻不屑一顾，甚至感觉十分荒唐，因为他是靠枪杆子闯天下的真正的牛仔。于是他用飞刀传书，约威廉到镇外的小树林里决斗，他要挑战"西部之王"。决斗的日子到了，俩人在树林里见面。那天日头高照，牛仔觉得面前的"西部之王"外表邋遢，气喘吁吁，一点也不威风，根本不像什么"炸弹"，倒更像是个呼吸困难的动物。威廉鉴于西部礼节，向这位外地来的挑战者问候午安："你好，先生。"突然间牛仔觉得一股恶臭向他袭来，就像一波巨浪将他淹没在下水道里。等他醒来时，威廉早已走了。牛仔不服输，他跟自己较上了劲。接下来的挑战中他采用了数种防护措施，例如：把挖了洞的木桶倒扣在脑袋上；用三层加厚医用大口罩罩住口鼻；专门打造一副堂吉诃德式的武士面具等。然而每次他都像第一次那样，在阴沟里翻船。

痛定思痛，他决定采纳中国的孙子兵法——知己知彼，方能百战不殆！他潜伏在荒草丛中用高倍天文望远镜观察威廉的日常起居，他想从源头弄明白威廉口气的原因，然后才找出克敌制胜的方法。这一看不得了，镜头里的威廉不仅从不刷牙、从不洗澡，而且喜食腐败的食物，比如，臭奶酪、臭豆腐、臭鸡蛋……牛仔猜测，威廉身体里的肠胃一定比纽约的下水道还要肮脏。

回到镇上。牛仔看到，人们喜欢往身上喷香水，以掩盖体臭。于是他突发奇想，想要用世界上最香的香精来盖住威廉的口臭。他用了三个月的时间，从印度、中国、南美洲，买来世上最香的香料，并从中提取了一种香精。这种香料非同寻常，乍闻之下，不仅香气馥郁，而且能让人产生某种幻觉——仿佛躺在花朵里做白日梦。兴奋无比的牛仔特意制作了一把大容量喷雾器，准备在威廉张开嘴的瞬间，把威廉喷香。结果事与愿违，香不敌臭，他再一次倒下。而威廉毫发无损，还把他的香精当成了自己的私人用品。真是赔了夫人又折兵啊。

身心受挫的牛仔整日借酒浇愁。一次偶然的机会，他看到人们用动物身上的毒液来治病，

于是深受启发，决定以毒攻毒，用世上最臭的东东把威廉熏倒。他把这看成是上帝赐予的灵感。当他跪下来祈祷时，"我念众神的名单，就好像看到一群山羊在跳跃"，他对众人如是说。

三天之后，镇上的人们发现这个可怜的牛仔整天躲在树林里，不知道在干什么，大家议论纷纷。有人说牛仔疯了。有人说他躲起来没脸见人了。其实他们都错了，牛仔在树林里可没闲着，他到处挖陷阱，捕捉黄鼠狼、臭鼬、臭虫等凡是带特殊体味的动物，都被他捉来做试验了。经过努力，他成功提取到一种混合的液体，这种液体奇臭无比，且能麻痹人的神经。他用自己做试验，结果被臭晕了三天才醒来。

这回飞刀传书，决一死战的最终结果大家一定能猜得出，可怜的牛仔终于反败为

胜啦！医生冒着生命危险给昏迷不醒的威廉来了次肠道以及口腔大清洗。

从此，你猜怎么着？口臭大王不臭了。当然再也没有人管他叫"西部之王"了！

"你真有天赋！"

大鼻子先生那么耐心细致地阅读我这篇英文小故事。他不时抬起头来，哈哈大笑！我感觉得到他那"两口深井"泛出激动、喜悦的光芒。

"你真有天赋！"他反复地说。布朗老师也曾经说过同样的话，但他的话没人信服。

我的爹地一看到我那歪七扭八的拼写便再无兴趣读下去了。我猜，那一个个模样扭曲的字母，一定长出了倒刺和公羊角，触痛了他。

"大卫，"大鼻子先生摸了摸我的头，像教堂里的神父在给人们赐福，"不用担心，总有一天世界会认识你……"

我的眼睛被他的话语点亮，如同沐浴着明媚的阳光。

在那明亮的地方，我仿佛看到爹地妈咪在笑，他们张开怀抱迎接那令他们无比骄傲的宠儿。这种欲望像气球一样在我眼前迅速膨胀起来，除了它我几乎什么也看不见。

三等舱的世界

大鼻子先生把我带回他住的三等舱。

这里乌烟瘴气的，几个人正坐在床上玩纸牌，我的到来引起了一阵骚动。

"嘿！哪来的孩子？伊姆莱先生。"

一个男人冲他模糊不清地喊了一句。他长得矮小，又很瘦，光洁的嘴唇上蓄着一撮整齐、坚硬的小胡子。我注意到他洗牌时舔一下大拇指的动作十分优雅。

"捡来的！"大鼻子先生回应。

那几个人听了都停下手头的动作，转过头来打量我。有人趁机瞟了一眼对手的牌。

"见鬼，"那人咧嘴笑了笑，一副玩世不恭的样子，"你还是快点把一切都告诉我们吧。"

在那么多只眼睛的注视下，时间长得可怕，一分钟长得像一个钟头，而每一秒钟都在无限期延长。我感到浑身不自在，就如同一只马戏团的猴子，或是一个被封闭在有机玻璃容器里的怪胎，被公开展示。

大鼻子先生呵呵一笑，不搭理他们。

他把我拽到他的铺位前，我们同挤一个床铺。

从出生起便拥有自己的保姆、医生和家庭教师的大卫少爷，突然之间便失去了一切。直到这时，我才猛然发现，没了吴妈，日常生活起居都可能让人的尊严轰然倒塌。

比如，我总系不好纽扣，衣服穿得乱七八糟。

我的到来让这个拥挤的三等舱，这个狭窄的笼子，随时都会成为一个流动的剧院。

我猜我每天的蹩脚演出一定刷新了他们对于人所具有的生物本能的认知。

所以，我尽量避人耳目，做个隐形人，不被他人和他人的目光吞噬。

我已经远离故土，失去了家乡，但我创建了另一个：一个属于想象的空间。我真正的住处就在那里——大卫城堡，在那个不同的时空维度。我不在他们中间，不在那些受制于命运，已然默认眼前这个灰暗现实的人们中间。

可事情不总是那么随人意愿的。一天的某个时段总会打破界石，熄灭想象的火焰，让我搁浅在三等舱的日常真实中。

每回出丑，我就感觉到他们的目光仿若一张大网朝我扑来。难怪爹地总把我藏起来，不让任何人接近我，因为他明白来自他人的目光会像冰锥一样尖利。

然而，最难以忍受的不是目光，而是气味。

那混杂着脚臭、尿骚和劣质香烟的呛鼻味道好像在用钻孔器将我身上的甲胄钻出一个个洞，直深入体内要摧毁我的内脏软组织。

有一回，一个大个头黑皮肤的家伙对着我吞云吐雾，大家都怕他，因为他很少说话，总是绷着个脸，凶巴巴的，看上去很危险，让人想到那些不叫却总是斜眼瞪人的狗。

可我看不惯他那一副目中无人的表情，于是拿起笔，报复性地在纸上速绘他叼着雪茄烟的漫画。在画中，他嘴里的那根大雪茄喷出一个巨大的烟圈，像一个绞索紧紧套住他的脖子。

大家挤过来，一边看一边笑一边啧啧称奇。

从那以后，这个家伙总用充满恶意的山猫似的眼睛瞟我。

有一次，我脱衣服睡觉时，被他眼明手快发现了我的宝藏。他像久饿的人见了食物一般，眼里闪出攫取的光芒。我赶快捂紧胸口的吊坠，生怕这个混蛋打它的主意。

但太迟了！

他抢先一步，冲上前来，野蛮地拽走了我的项链。

"哇！真不错，这珐琅釉色彩明亮，做工精巧，"说着他作势要拧下开关，打开珐琅釉彩盒，"一定价值不菲吧！"

我按捺不住心头熊熊燃烧的怒火，跳起来，试图阻止他。但面对他那辽远壮阔的平原般的胸脯，瘦弱的我犹如大象身边的一根狗尾巴草。

他不理会我，当众打开我的彩盒吊坠。

"瞧瞧，这是谁？"他嘲弄地吹响一声口哨。

"够了！"大鼻子出面阻止，从他手中一把夺回这个心型珐琅釉彩盒吊坠，交到我手中。

那强盗狠狠瞪了我们一眼，眼光像把刀，要把我钉在十字架上。

"收好。"大鼻子低头在我耳边小声叮咛。

我擦干眼泪，重新把它挂在胸前。

这时我才发觉脖颈处的拽痕火辣辣的疼。

自此以后，我越发避开众人，独坐一隅，或画画，或计算，沉浸在"大卫城堡"的玻璃鱼缸里，在我自己的那一摊死水中苦苦煎熬。

大鼻子先生从不打扰我，他常常自己一个人看书，发呆，或到甲板上"透透气"，但他从不和三等舱的难民一起打牌，抽烟，打发无聊的时光。他似乎只有一半生活在现实中，和我一样，几乎不是真实地存在于那里。

虽然在船舱的大部分时间里我都竭力保持安静，克制，但我明白，我身体里面隐匿着一座兵工厂，最微小的火花，有时也会引发一次大爆炸。发作时，我会一连好几个小时躺在床铺上，先是愤怒地低声自言自语，接着便突然大声喊叫，剧烈地来回翻滚，揪着被褥，像喝得烂醉如泥的醉汉想要站起来打架似的。大鼻子这时通常会紧紧抓住我，丝毫不松手，直到最后我精疲力竭地爬出混乱的大坑。于是，安宁回来了，三等舱再次填满了珍宝（安宁）。

这一切大鼻子都看在眼里，记在心里。我从来没有向他透露过我的家世，他也很知趣地从不发问，正如我不过问他的身世一样。或许，我们都在等待着向对方敞开心扉的那一刻。

所罗巴伯·伊姆莱

我们乘坐的邮轮途经日本的长崎、神户和横滨港，在港口稍做停留，便如一条慢吞吞的翻车鱼，愣头愣脑地游向太平洋深处的海怪张开的血盆大口。

那一晚，甲板上空荡荡的，只有一个醉汉喝醉了酒歪歪斜斜地靠着栏杆，整个人神情恍惚，脸上充满了破碎的幻梦。

我们一起站在甲板边缘。大鼻子神情抑郁，波浪翻滚的海面增添了他的伤感，这时的海水泛着银白的光泽，似乎把一切都揉碎了，月亮，星星，天空，船只，包括我们自身，向着各个不同的时空方向破碎开来。

他叹息道："孩子，你知道吗？从本质上讲，人人都是孤独的，这是与生俱来的。"

大鼻子先生……你这是在安慰我？

我带着一丝愧疚感拿出了笔记本，在上面写道："我有病！"

他凝视着我的眼睛，说："你的病也是我的病，是我们所有人的病，我们都是这样的孤独，只不过每个人的感受程度不同而已。"

他的话听起来，似乎人们，包括我，都染上了某种很怪的疫病，让人联想到羽毛染血的鸟，它从空中坠落，在风暴中盘旋。

"我的意思是说，世上的每个人生来都是孤独的，都必然患有孤独症，这是命运，也是人的本性使然。"

他这一解释，更加扑朔迷离了。

我愣在那里，脑子也僵住了，面前的大海仿佛一口巨大的、漆黑的井。

"孩子，你一定听说过'通天塔'的故事。你知道它为什么会倒塌吗？表面上看，是由于言语彼此不通，人们之间没有交流，没有理解，没有爱。而最根本的原因是，人与人之间充满了猜疑、隔阂以及无端的仇恨。这就犹如一种疾病，一个诅咒，根植于人性之中。"

我点了点头，这个故事我从小就熟知。我想我理解他的"孤独"了。

这些天一直藏在我心里的问题，这时突然冒了出来："你为什么要收留我？"我写道。

"当初上海收留我时，我什么也没有，没有签证，没有经济担保，没有工作证明……"

看我疑惑不解的神情，他继续解释道："我叫所罗巴伯·伊姆莱。但我真实的名字是'犹太人'。"这一点我早就猜到了。

"犹太人"，他在我的本子上写下了这如泣如诉般的几个黑色字母。

我感受到似乎有一股无法排遣的忧伤情绪，在这几个字母间奔跑，躲避着字母捕鼠器的攻击。

他说："听着，我给你讲个故事。三十多年前，有一个犹太男孩降生了。他出生的那个普鲁士村庄，就靠近岩石海岸。那里的风不知疲倦，没日没夜地呼啸，且海风粗粝，像硬毛刷，刮在脸上火辣辣的疼。他家里很穷，没别的，只有三头奶牛、一群秃毛鸡、一栋石头房子，外加一棵半秃的无花果树。他的父亲在第一次世界大战时代表德国参战，在一场攻打苏格兰人的战役中一条腿受了伤。所以他有一个瘸子老爹。"

他停顿了一下，抬起头扫了我一眼，嘴角掠过一丝苦笑。"像你这么大的时候，我整天泡在海水里，眼睛红红的，不像男孩，倒更像是一条鲐鲅鱼。"他在我的本子上画了一条细瘦的鱼，在海水里游。

"一九二五年的夏天，犹太男孩长大了。他成绩优秀，考上了师范大学，只身离家来到柏林，在那里他遇见了他一生的挚爱……"说到这里，他深邃的眼睛瞬间亮了一下，就像梦中的晶光，一闪而过。随后，他做了个无奈而悲凉的手势。

"随着欧洲纳粹势力的崛起，他的生存境遇每况愈下。在柏林他先是失去了教师资质，失去了工作，失去了挚爱，又失去了家庭。接着《纽伦堡法案》的颁布又剥夺了他的德国国民权，两年前的锒铛入狱，他更是丧失了一个人基本的自由和尊严。这一切就因为他是……'犹太人'！"他喉头哽咽，说不出话来。

我看着大鼻子先生，他在向我讲述这个伤感的故事时，似乎苍老了许多。

我听懂了他的故事。

我在纸上写道：后来在好友的帮助下他只身逃往上海。现在这个犹太人正航行在广阔的太平洋上，他希望通过帮助一个孤儿，回报上海人民曾给予他的善意和庇护。

大鼻子先生会心地一笑，说："我就知道你有天赋。"

他没有再看着我，望着大海波涛起伏，状如一团硕大的黑色胶质，没有棱角，没有凹凸，柔软而又滑腻，却无出路。

"我曾是所罗，像鲐鲅鱼一样细瘦，像海风一样自由自在。可现在我是谁？一个逃犯！一个失掉了个体命运的漂泊者！一个幸存者！一个和你一样的孤独的人！"他喃喃自语道，仿佛我并不存在。

我发现他的面容在我眼前一瞬间变得苍老而疲倦。

这时，倚在栏杆上的那个醉汉无缘无故地哭喊起来，长长的忧伤的哀号像一枚通红的火箭，越飞越高，然后开始摇摆，慢慢地坠落，变成汩汩的呜咽。所罗巴伯转过头去望着醉汉，那个可怜人的痛哭流涕此时此刻已经成为一种影射，像是在哀悼他内心深处那些不堪回首的苦难。

"什么是善，什么是恶？什么是野蛮，什么又是文明？什么是人类理性可以构建的，什么又是无法认知的？什么还存在，什么又已经永远消失了？"他愤恨地说，眼睛里满是绝望而自我怀疑的态度。

"我们这个民族无数次被离奇地卷进一个又一个漩涡，这些回旋将年份、日期、名字，以及我们生命中的一切具体的东西通通消灭，代之以某种无名的物质。"

他沉溺在悲伤中。我了解那种绝望，那种如坟墓般的绝望。我经常像他这般在黑暗中挖掘，犹如洞穴里一只绝望的困兽。

长时间的沉默后，他叹了口气，说了最后一句话："世界已经病入膏肓，无药可医。"

自从这一晚的谈话之后，大鼻子越来越沉默了。瞥见他内心的想法相当于撬开一点儿门缝，我经常通过想象来编织他那没有完全说出口的人生故事，想要推开所罗巴伯这扇门。

在我的想象中，男孩所罗，身体像鲐鲅鱼，头发像墨角藻，两只眼睛总是红红的，因为他潜入大海的时间比待在陆地上的时间还要长。他喜欢跟那些色彩斑斓的海洋鱼儿一起吃在海底，睡在海底，住在海底，好像海洋才是他的出生地。随着他下潜深度的增长，海洋变成了一个神秘、黑暗、充满危险的区域，就像瘸子老爹口中的第一次世界大战的血腥战场。俄国人、爱尔兰人、法国人、意大利人、土耳其人和德国撒克逊人，他们一个个都像噬人鲨，遇到什么吃什么。论胆量，有的人像恐怖的吞食者——黑叉齿鱼；论谋略，有的人像善长伏击的鲨；论速度，谁也没有那谁谁跑得快，甚至像剑鱼一样……

我随着鲐鲅鱼似的他，一路垂直下潜直达海洋最深处，在那里他会遇见一种会发光的鱼，这就是所罗巴伯一生中的挚爱，一条会发光的美人鱼，面带微笑，姿态优美得令人嫉妒。在我的想象中，她的头发是金色的，红色的，也有点像他一样黑。他们被纳粹虎鲸吃掉的孩子，像他还是她？也许他们没有孩子，虎鲸只是掠走了美人鱼？但无论哪种版本，我相信现在的他内心真正想做的是：向四面八方伸展开肢体，如一片碎屑，放任自流，漂向无氧气的海洋深处……

定格在悲伤时刻的大卫雕像

随着航程的推进，夏日的灼热被一扫而尽。

夜晚，大海成了一只巨大的摇篮，我就是她怀抱中的婴儿，随着清凉的浪涛飘来荡去。我和海洋在一起舞蹈，完美而亲密……

那晚我梦见了妈咪、爹地，还有哥哥、姐姐。他们在下沉，不断地下沉，沉入地下的一个什么地方，譬如说井底，或海底。也许他们是在一条下沉着的船舱里，透过越来越暗的海水望着我。船舱里还有空气，姐姐和哥哥，一边一个，依偎在母亲的怀里，他们都瞪大悒郁的眼睛望着我。爹地朝我挥动手臂，从他们脸上的神情和姿势中，我明白这是一个决别的时刻。在这个寂静的梦里，我感到一种浸入骨髓的恐惧、惊骇，它让我全身紧张、僵化，如同瘫痪了一般不能动弹。船身继续下沉，深渊的潮汐把他们吸到深处。我本想叫声"妈咪"或说点什么，但是我咽喉梗塞，呼吸不畅，恐惧堵住了我的嘴巴，我一个字也说不出来。不一会儿，我的家人就被深渊之手硬拖了下去，沉没于地狱的肚腹。我看不见他们的脸，看不见他们挥舞的手臂，那铅墨似的海水在他们头上旋转，将他们整个儿溶解、吞没，化成这一团黏稠的糊状物，毫无生气，又寂静无声。

第二天我醒来的时候，仍然感受得到胸膛里那股沉重的压力，好似怀揣巨石令人窒息。我的嗓子眼里火烧般灼热，耳朵里灌满了心跳。而我身边，上下左右，三等舱的鼾声如震雷，形成一个巨大的蜂巢，把我包围。它的多声部曲线从诸多细胞中穿过，在我脑中蜂涌。

此时晨光微现，乳白色的雾在舷窗外凝望，那无音的白色，棉絮一般裹住了一切，裹住了我枕头下这碧蓝色的万丈深渊。

我清醒地意识到我正躺在波涛起伏的海面，恍如置身一条巨大鲸鱼的尾部。

船体的摇晃，像无形的手把我拽过裂口，它剥开了现实与梦境，但我从裂开的果壳中，仍然清晰可见梦境那悲剧之核。

这个梦，究竟是……什么意思？

我内心充满了惶惑和不安。

很显然这不是个吉利的梦，它是关于某种灾难的预兆？还仅仅只是埋在冰山之下的潜意识的浮现？

没人能掌握梦境的密码。

当我学侦探，对梦中的每一个细节进行循迹和排查时，我越发觉得扑朔迷离。

吵闹的鼾声，浓重的体味，更加重了我的烦躁情绪。

我干脆赤着脚，打开舱门，在雾气的掩蔽下，爬过几道舷梯来到了甲板之上。

终于可以安安静静地待一会儿了。

在纱帐般的层层雾气中，所有的一切轮廓都模模糊糊的，不甚分明。大海仿佛变小了，蜷缩了，仅剩下我脚下站立的船板大小。

海上风平浪静，我的胸膛随着微波轻轻起伏，烦躁不安的情绪也随之蒸发，飘散到雾气里。

缥缈的雾让人的视力急剧下降，但我有一对灵敏的耳朵，音乐家之耳，它复杂的耳蜗结构能让一只耳朵捕捉到你们不曾听见的细节。

听！在嘈杂的声音背景里，有隐约的啜泣声穿过狭长的耳道，如同钟表的嘀嗒声，它落到我的心脏。

有什么人在哭？

那声音听起来是如此熟悉，如此凄婉，如此像——妈咪。

我的心里顿时涤荡起温柔的漩涡。

妈咪，真的是你吗？

啜泣声，此起彼伏，一声接一声，它让我发冷，它让我发慌，它钻进我童年的记忆中，它牵引着我循着声音的源头跌跌撞撞地跑。

就像风筝追随着风，就像翅膀追随着天空。

在一片蒙蒙乳白的晨雾中，我望见一个背影，她站在甲板上，如一只哀怨的鸟儿靠在一个男人的膀弯。月白蝉翼皱纱旗袍，外罩流苏披肩，让她看起来更像一个苍白的影子游离在这无边凄清、无边恐怖的天与海之间。

我的身体不禁向后摇了摇，险些跌倒在甲板上。

"啊……啊……"我震惊地捂住嘴巴。

我看见的，正是我日夜思念的妈咪和爹地。

隔着重重缥缈的雾气，妈咪一边啜泣一边反复地说："我听见大卫在哭！"语气里满含着自责和担忧。

爹地含含糊糊地说了什么，我没有听清楚，但忽然他鬼使神差一般扭过头来，我看见他眼睛里一闪而过的惊惶。

接着一团浓雾没来由地遮挡住我的视线，等雾气飘散，他们就不见了。

电光石火间，我明白了，我永远成不了"被爱的"大卫。

而我抬起的一只脚，茫然地停在半空，就如梦游者一般踩向一级并不存在的阶梯。

有好一会儿，我的脑中一片茫然。只有耳朵像两只海贝，仍在回响着大海各式各样的声音。

看哪！阳光正在突破云层，浓雾正在消散——晴朗的碧空即将呈现。

而生活也向我露出幽暗的井口。

在这浩浩荡荡的雾气里，我如一只被冲上沙滩的蛤蜊，收拢起对大海的幻想。

这些日子以来我编造故事搭建起墙壁，一块砖接一块砖，把自己包围在与家人久别重逢的幻想里。现在这些墙壁瞬间倒塌了。站在碎石瓦砾中，世界看起来仿佛一桩骗人的买卖。

如果不是大鼻子先生走过来，拍拍我的肩膀，把我领回去，我可能就会成为一尊大卫雕像，永远定格在悲伤和绝望的一刻。

五个宋大卫

回到三等舱，人们已经起床，开始了一天的嘈杂。

没人在意我，在他们眼里我就同太平洋上的一阵海风。

我缓缓走向自己的床铺，腿里灌满了铅。

经过大块头的面前时，他正靠在床上把玩手里的折刀。

看见我的一霎那，他眼神躲闪，飘忽不定，似乎心怀鬼胎。

我下意识地摸了摸胸前的珐琅吊坠。

不见了！吊坠不见了！我的天哪！

在这个可怕的瞬间，我的思绪猛地坠落、失焦，迷雾升起，整个世界开始旋转。

接着记忆的画面疾速在我大脑飞掠。

我记得昨晚睡觉前最后一次抚摸它时，它完好无缺地挂在我的胸前。

突然，就像撞上一辆迎面驶来的卡车一般，我一下子明白了。

从胁下升腾起的那股愤恨在我血脉中贲张，绷紧，宛如一道似有似无的项圈，挤压着使我感到呼吸不畅。

我瞪着大块头，把他牢牢钉在事件的中心，像被网网住的苍蝇，不让他逃脱。

人们围了过来，询问发生了什么事。

突然一股热浪直冲上颅腔，我觉得脑袋像是被钳住了，马上就要被压碎。人们在我眼中变成许许多多的身体和脑袋，它们神经质地晃动着。

接着，是黑暗。

我昏倒了。

我感到体内爆发了一场争斗，器官之间似乎丧失了正常的秩序，肺不往嘴巴输送新鲜的空气，手擅自做主直接与大脑沟通，而上腭、腿脚和脊柱变得麻木不仁。

这场争斗导致宋大卫分裂成了五个：

他们手拉手，轮番登场。怪物大卫牵着左右摇晃的钟摆大卫；钟摆大卫拉着不停旋转的陀螺大卫；陀螺大卫扣住横冲直撞的飓风大卫，他们一起围着那只被孤独困住、自我缠绕的茧大卫，不停地转圈。

在我发病期间，大鼻子先生一直守护在我身边。

一旦我的脸庞开始出现狂野的神情，就像街头巷尾那些蹲伏在角落里的疯子时，他便上前紧紧地抱住我，阻止我把自己像件旧衣裳一样扭着，绞着，往墙上掼。

时间仿佛被折叠，一会儿拉长一会儿缩短。我不知道究竟过了多久。

十秒钟？十分钟？十天？

一只手突然伸向我，抓住我的肩膀，想把我拖出自己的世界。

同时，我看见一只珐琅吊坠在我眼前晃动，像是一种摆渡？时间在加速，我感到身体在神智周围显形了，血肉回来了。

我双手接过珐琅吊坠，像捧着一颗跳动的心脏。

关切的眼神从四面八方投来，落在我身上。

众目睽睽之下，我把它塞进我空壳的躯体。

于是，一切都回来了。

自救手册

我决定向大鼻子先生吐露所有的秘密。

不再撒谎，不再否认，也不试图掩盖。

那一天傍晚，我们来到甲板。

落日如一片阿司匹林溶化在金色的波涛中。

大海披上了绯色鳞袍。

我们目睹迷醉的太阳饮尽这坛子酒，那么热烈，那么豪迈。

酡红在海面燃烧。

我用自己的方式告诉大鼻子先生——我，不是希伯来语中"被宠爱者大卫"，而是残酷现实里的"被遗弃者大卫"。

爹地，他，从来就很嫌弃我，当然这一切也怨不得他。

我把自己偷听到的，以及如何上的船，这一切来龙去脉原原本本地道来。

大鼻子先生似乎并不十分惊讶。

他只是轻描淡写地说："那么，那天在甲板上你见到了你的父母？"

我点点头，又难过地低下了脑袋。

大鼻子先生没有说什么，他注视着几只海鸥在封釉般的天空翻飞。

一只海鸥停止盘旋，俯身冲向海面。浪花打湿了它的羽翼，它在浪尖上呼叫。我担心它被燃烧的海涛吞噬，然而，它挣扎着，使劲儿扑棱着翅膀，几番尝试，终于腾空而起，像吃饱了风的风筝。

大鼻子先生激动地搂着我，指着那只海鸥对我说："看哪！大卫，看那只海鸥！"

此时此刻，世界变成了一个令人兴奋的地方。

然后他若有所思地对我说："你就是那只海鸥，是的，一只海鸥。放弃挣扎显然更容易，然而你放弃了自己，不再努力尝试，你是谁呢？你不努力变得更好，谁又能帮助你完善自我呢？"海鸥？我是那只海鸥？

他面对我，弯下腰，双手捧住我的脸，强迫我直视他的眼睛。

"上天如此安排，必定是场考验。"他意味深长地说："大卫，你接受命运的考验吗？"

我一时语塞，不知道说什么好。

从我坠地的那刻，命运的剪刀不光剪断了脐带，还剪断了我的翅膀。现在他指望我飞上云霄，像海鸥那样？但事实是我对自己的信心不会比一只寄居在海螺壳里的螃蟹强多少。

"那么……大卫，你有没有想过开口说话？"他试探性地询问。

我惊讶地瞪大了双眼。"没错，你没听错。"他笑了。

太难了！我摇了摇头。

他想了一下。"大卫，很多东西都很难。生活中你会遇到很多事，有时你会招架不住，但除了咬紧牙关，努力克服困难，别无他法。"

看我愁眉苦脸的模样，他拍拍我的肩膀。

之后，我就没把这件事放心上，我以为他只是说说而已。

我有更要紧的事要做——寻找我的家人。

大鼻子先生启发了我，我不能放弃，无论对自己，还是对家人。我要走到爹地面前，说服他，让他接受我这个忤逆之子。

接下来的日子，我天天猫在甲板上，目不转睛地注视着来往的旅人。

人们在我眼前晃过，那种写在人们身上的印记：身份，声音，气质，他们的故土，他们的故事……都写在他们的身上。但我无心去倾听，无心去解读。我的视线只锁定心的坐标，只寻觅那熟悉的身影，而结果是事与愿违。

愿望每每落空时，我便产生一种莫可名状的寂寞、凄苦的心绪。这种心绪我既不能将其排遣于外，又不能将其深藏于内。它就像掠身而去的劲风一样，没有轮廓，没有重量，却凌厉如刀。

不知什么时候，大鼻子出现在我身旁。

"来吧，大卫，我们画画吧，因为有个东西我总是画不好。"他把笔塞进我的手里。

"是什么东西？"

"就是线条。"

我给他画好了线条。

三天后，他让我给他画曲线。

再之后，在三等舱里我们开始玩声音的游戏。大鼻子先生赋予每个不同的几何形状属于它们自己的声音。

他让我跟着他一起发音。我神经紧张，窘得一身汗，像一只站在枝头，摇摇欲坠的猫头鹰。不行，我张不开嘴。正要坠落时，大鼻子先生在我耳边低声说：

"大卫，没关系的。来，咱们试一试！"

我学他的样子，可一张口，只会发出驴叫，把大家吓得不轻。但奇怪的是三等舱的那些乘客不但没有起哄，反而给我鼓劲。"对，就是这个音，再来一遍！"他们围拢过来。

就连大块头也凑了过来。自从上次珐琅吊坠事件以后，他成了众矢之的。每次看到我，他总是羞愧地别过脸去，装作没看见。

在大家期待的目光中，我终于发出了第一个音节。

大鼻子先生为我打开了一个异乎寻常的世界。这个世界就像我们笔下的线条，布满大小、形状各不相同的直线、曲线、圆……不同的形状告诉我"饿了""冷""害怕""无聊""失望""开心"等意思。在线条王国里，它们有各自的发音，我觉得极有乐趣，简直是惊喜无比。

每次发音发得好的时候，我感觉自己像个英雄，有力挽狂澜的本领，人也瞬间变得高大，底气十足；发得不好的时候，我就从头到脚往里缩，像蜗牛缩回壳里，连声音都变小，感觉自己像个小丑。这时，我不得不惭愧地承认，大鼻子先生用巧克力收买了我。

"加油！不要放弃！你需要的只是信心，而信心可以通过勤练来获得。"他不容分说，仿佛我的未来就此一锤定音。

仰望星空

那一晚，我们一同躺在甲板上仰望星空。

夜空浩大。那点燃苍穹的无数星火，照亮微尘般的躯壳。

通透。洁净。

我就像一枚等待发芽的籽粒。

我感觉不到任何东西，同时又感到有生以来从未有过的轻松和舒畅。

我忘记了眼泪，忘记了怨恨，也忘记了所有的不幸。

然后，突破性的时刻来临了。

在我眼中星辰变换，勾勒出明亮的形状，仿若来自宇宙的神秘符码。

我感觉一股热烈的激流，毫无阻碍地涌出胸腔。

有生以来，我说出第一句完整的话："星—星—在—发—光！"

每一个字都像船一样破浪而行。

大鼻子先生愣住了，接着欣喜地叫了起来："说得真好！我就说过你行的，一定行。"

我觉得格外清爽，仿佛得了神通，嗓门大了，眼睛也格外明亮，似乎头顶的这片星空也愈发璀璨、澄明。

他指着星空，告诉我各个星座的名字。不知道为什么，我牢牢地记住了鲸鱼星座，它的星宿暗淡，找起来有点困难。直到今天，我都能准确点出它的位置，而其他的早忘光了。

令我记忆犹新的还有他的面孔，以及他那些深刻而睿智的话语。

那时他冲我诡异地一笑，问我这些光是不是星星发出的？我点点头，觉得有些莫名其妙。可是他却告诉我，我们所看到的这片星光，都是几万亿年以前发射出来的光芒，在我们看到之前，也许那些星星已经不存在了。

"已—死—的—星—光？"我惊讶地问。

"是的，孩子。早已消逝如尘。"

我坐起身，愕然地望向夜空，再定睛之时，那星光分外亮，也更为闪烁不定，比硫磺火更白净，比朝雾更霏微。

"觉得很不可思议，是吗？"他说道。

让我瞠目结舌的与其说是他的话，倒不如说是这个世界。到底什么才是真相？

"揭示真相绝非易事！"他读懂了我的心思，"这世界的真相啊！就如同俄罗斯套娃，打开一层又一层。你所见到的真相，不过是一个又一个虚假的表象而已。"

我感觉此时此刻连大海都屏住了呼吸，一片寂静，只有起伏的波浪，仿佛是铁的兽脊似的，远远地向船尾跑去了。

"俄罗斯套娃是有限的，但真理却是无限的。它是活生生的，就如同我们的生命，我们的心，永远在变动，根本没有止境，而且真理终究是无路可循的。"

静默。

连星星都忘记了眨眼。

"我们这个时代最伟大的哲学家说过：人类社会，不论哪一个宗教派别，哪一种哲学思潮，本质上都对人们的心智加以规范，这就意味着对人心的控制、压抑，以及束缚。任何人想要弄清楚什么是真理，就必须超越上下五千年以来所有人类心智所创造的东西。因为人常常会因为恐惧而臣服于某个权威，又因为臣服于某个权威而摒弃了智慧。尤为可怕的是，一旦顺从了权威与恐惧，文明就开始衰落。"

大鼻子先生任由这寂静久久延续，接着，他轻轻地说："德国就是这样落在了纳粹的囚笼中。"

我茫然地瞪着他，试图听明白他刚刚说的话。

"你还小，有很多话你还不能真正理解。但是一定要牢牢记住啊！大卫。想要去追寻与探索真理，以及这世界的真相，依我看来，唯一正确的方法就是抛弃整个时代强加于你的心灵枷锁，让你的心时时年轻、新鲜、天真无邪，充满热情和活力。只有处在这种心境中，人才能观察和学习。"

大鼻子先生的话激起了我的好奇心，点燃了我求知的渴望，也让我打开思路，灵感不断。我就如同汪洋中的一条小帆船，向着矗立在世界尽头的灯塔奋力前进，一下又一下，那灯塔发出的光芒成为茫茫黑暗中的已知点。他就是那灯塔。一个发光点。我在这夜晚泅渡，去追寻光，沐浴光，迎着光，穿过黑暗……

自由里没有权威，自由里也不存在恐惧。

魔幻抹香鲸

这是一个闷热多云的午后，乘客们在甲板上懒散地闲逛，或是倚着栏杆茫然地凝视着铅灰色的海面。

整个海面和邮轮都笼罩在平静、压抑之中，只有沉闷的击水声打破沉寂。

空气中似乎潜藏着一种梦幻般的魔力，每个人都融入了无形的自我之中。

大鼻子先生在教我下棋。

在时间的棋盘上，我自己就是个棋子，在命运之神的拨弄下沿着横纵方格，或横，或直，或斜……

偶然性，自由意志和必然性。

彼此交织在一起。

突然，一个拖着长腔的怪调让我吃了一惊。这声音富于音乐性，显得狂野而神秘。

于是，那自由意志的棋子从我手中掉落。

我抬头望向云层，那声音好似一只翅膀从天而降。

这时大块头像个橄榄球运动员一般冲了出来，身子急切地向前探出，伸着魔杖一般的手，仿若先知或预言家，看见了命运之神的阴影，用狂热而急切地叫喊宣布它的到来。

"它在那儿喷水了！快来看啊！它在喷水！它在喷水！"

"哪个方位？"有人问。

"就在我指的方向！有一大群！"

大家立时忙作一团。

我费力地挤到前面，只见邮轮底下的海面回响着一阵巨大的翻滚声，仿佛有五十头大象在褥草中扑腾一般。

接着，一座有生命的黑色小山冒出海面。那小山像是裂了一个口子，一股银色的水柱直射向天空，就像时针嘀嗒一样，始终如一，准确均匀。

"抹香鲸！这是抹香鲸！"人群里有人喊了一句。

好像是作为应答，它将羽毛般的喷泉射向天空，惊飞了一群沙鸥。

很快它沉了下去，消失不见了，只剩下一片动荡的青白色海面，上面点缀着稀疏的气泡。可转眼间，空气突然震动起来。就在这翻滚起伏的大气之下，鲸群隐隐约约显现在薄薄的水面之下。

其中一只鲸鱼高高跃起，它那巨大的体躯真叫人难以置信。就在我目瞪口呆的瞬间，它张开了嘴巴，露出一排象牙色梳齿，发出婴儿般奇特的声音。然后，这座巍巍高山倒塌了，拍起惊涛骇浪。船身摇晃，我差点抓不住栏杆，跌落水中。

鲸群神出鬼没，一会儿出现在船头，一会儿又出现在船尾。在众人的惊呼声中，头鲸摆摆尾巴，随后鲸群彻底消失在大海里。

只余下我们呆立船头，还沉浸在刚才那如梦似幻的气氛中。

鲸群绕船一周，似乎预兆着什么？只是我们这些渺小的人类，谁也猜不透这些海洋生物做出的那番谜一般的暗示。

它们是这片蔚蓝海域的真正主宰。

海上风暴

当天晚上，那个梦又回来了。

一模一样的梦，还是那条下沉的船。

显然，梦是不会生锈、褪色的，而且伴随着梦的绝望和悲伤也同样不会生锈、褪色。

那个梦就像我从前感受到的那样，还是那么折磨人。我还是想跟随他们，一起沉下去。不过有某种东西拽住了我，我仍旧独自身在有空气有光线的地方，而他们被死亡之手硬拖下去。

在梦坍塌的那一刻，我被晃醒了。

我醒来时，海洋变成了一头巨兽。

它胸腔里的空气呼哧作响，像鼓起的风箱。它的心脏抽搐般地伸缩着，沸腾的血液像要冲破堤岸。

不仅我的身体，还有这船舱里的床架、桌椅、墙上的画框、杯子、勺子都随着它的脉搏在剧烈地晃动。

我有一种不祥的感觉。

这时我的胃里一阵翻腾，像堵塞的管道。

黑暗中，我摸了摸床铺，大鼻子先生不在。

于是我挣扎着站起来，浑身冷汗淋漓。而胸腔里的一颗心扑扑乱跳，像有人在使劲地捶打舱门。

当我跌跌撞撞地爬上被海水打湿的甲板时，那些覆满泡沫的巨浪如想要挣脱牢笼的困兽一般，猛烈地向上跃起有数米高，向着船舷撞去，一下子轰然溃散，但依然像湿漉漉的野兽一样咆哮着，呜咽着，不甘心地一遍又一遍地重复先前的动作。

我的第一个念头是船要被打翻了。各种可能的情形在我的脑海里快速闪过。

这艘船在此时此刻已经不像一个活的生物，而是像某种没有生命的东西，像是浪尖上的一个软木塞。

由于水面的起伏不平，中华号船尾底下的螺旋桨发出沉闷的像爆炸一样的声响，那些活塞以机械师把控不了的速度疯狂运动。

眩晕没有让我迟钝，恰恰相反，我的五官更加尖锐，它们全部都在全速前进。我的耳朵灵敏得像猫。眼睛高度聚焦。思想如同闪电穿过我的大脑，在我脑海里飞来飞去，像鸽子从笼子里放进了封闭的空间。各种思绪猛烈地冲撞在一起。

我害怕极了！

头顶上的黑云低得就像是一张巨大的手掌，向我压下来，似乎要把这不堪一击的人类的创造物压扁、撕碎。

忽然，一道闪电划开云层，如一把硫黄利刃向着我迎面劈下。一双大手从背后将我拽倒，我的身体顺着船身倾斜的角度打了几个滚，重重地摔在甲板边缘。然后，我发现大鼻子先生的身体竟然被"倾倒"在我的身体上。

他把我拉起来。我们摇摇欲坠地站在危险的边缘。

我听到脚下传来一阵嗡嗡声，那声音起先很微弱，很快变得越来越响，像是从船舱底部往上传。随着一声爆炸声的响起，舱门飞向空中，从那门洞里窜上来一团红色的烈焰，几个着火的工人乘着燃烧的翅膀，飞过烟尘，飞过裂成碎片的玻璃，落入波涛汹涌的怒海。

我听见船上人们的惨叫声就像是从我心脏的瓣膜喷涌而出的血液，冲击着我紧闭的胸腔。

这一切就像一场梦，一场来不及醒来的噩梦。

烈焰自船舱中跃出，挥动着它闪亮的长柄镰刀砍向空中，迅速蚕食了船身。很多人在梦中被烧为灰烬，我听见他们的哭声，求救声，痛苦挣扎以及临死前的呻吟……

妈咪，妈咪，我要去找我的妈咪。

我来不及思量，强烈的血缘亲情在我的跟腱中攒动，这股力像一个看不见的发动机驱动着我迎向极度恐慌的逃生者，不顾一切地想要投身到光焰和滚滚浓烟之中。

可那光如此炽烈，像一道呛人的高温热墙，把我挡在外面。

我听见从"墙"里，从地下冒出来的嘶叫。

当我做好准备把自己的血肉之躯变成一枚疯狂的人体炸弹，去摧毁，去歼绝这道地狱之墙时，有人从背后抱住了我，以极端精确和超乎人性的力量拖拽着我来到甲板边缘，使我的身体如同一只纸鸢一般飞起来，快速落入惊涛骇浪之中，在那汹涌的海面上，一艘救生艇敞开怀抱，温柔地接纳了我们。

此时天空中下起了大雨。狂风掀起滔天巨浪。分不清天空和大海，整个世界如同一个狂啸的漩涡，淹没了我疯狂的挣扎和尖叫声。

我们的小艇落在刀锋般的浪尖上，那短暂悬置的煎熬简直要把它撕成两半；然后又猛地扎入深深的浪谷；接着又被推向另一座山巅；再像雪橇一样滑下。波浪在小艇周围翻卷嘶叫，就像被激怒的蛇群直竖起头来。

风声、雨声夹杂着惊雷末日般的巨响。

逃生者像一颗颗弹珠被抛到空中，再掉进海里。一开始，他们像软木塞那样浮在水中，海面上只看得见他们的脑袋，但没多久他们就像泡胀了的软木塞那样沉了下去。

燃烧的邮轮依旧火焰冲天，在飘摇的风雨中，可以模糊地看到在中华号所处的位置上陷下了一个深渊。救生艇拼命划离这个像大漩涡的涡流那样吸卷的漏斗。

不一会儿，船上的火焰熄灭了。

一分钟之内：中华号直沉海底！

我该上哪儿寻找你们？

但那邮轮的熊熊火焰将火种留在了我的体内。

我的眼前一片红色。

那炽热的红像撒旦的舌头，舔食着我的眼睛，进入我的身体，沿着神经一路烧灼，毁坏……

我的亲人，正在一条下沉着的船上，透过阴冷黑暗的海水望着我，就像梦中那样，用大而悒郁的眼睛望着我。

梦中的疯狂，在那隔离的静寂里。

妈咪，等等我，等等你的"大卫"。是什么样的贝壳把你锁藏在这茫茫大海里？而你的名字，又是居留在哪根海藻里了呢？你那双手，现在在哪里？你梳理头发的动作，你的牙齿，你的嘴唇，你的眼睛，你的额头，在哪里？我该上哪儿寻找你呢？

我多想永远陪伴着你，在那阒静、自由的大海深处。

然而死是什么？死就是我再也见不到妈咪了吗？

因为害怕，我全身颤抖起来！我责怪自己为什么不能冲进火海，就让烈焰把我的五官熔化，把我的视网膜焚烧殆尽，让浓烟沿着呼吸道熏烤我的肺、我的心、我的肝，把我的五脏六腑统统焚毁！

只有血才能止住血啊！

雨水凉凉滑滑的，混合着我的泪水、鼻涕，在我脸上顺涎成河。

我不知道哭了多久，睡了多久，在内心深处，在黑暗中，意识的余烬灭了又燃，燃了又灭。有时，一声呼唤或是记忆中的一个画面飘进来，在我的意识里分枝蔓延，一连好几个小时也不停歇。然而，每次恢复知觉，那种丧亲之痛，那种悔恨和自责，难以形容，就好像是滑下雪坡时两块滑雪板向两边越扩越远，把我生生劈成了两半。

昏迷中，有人握住了我的手。

然而，我浑身滚烫，被地狱的黑色火焰焚烧，停滞在一种十分非物质的混沌状态。

在偶然清醒的瞬间，我的注意力在两个世界之间浮动，茫然看到海和天的最深处，这两个最深处互相混合，交错，而我不知道自己在什么地方。

在持续不断的高烧之中，我的身体成了一个火把，我的动脉在硬化，血液凝固了，胃成了一块火红的石头，就好像是在 X 光之下的人体构造图。我仿佛长出了一双内视眼，我不仅看得到自己色彩斑斓的内脏，还看到了自己的肌肉、骨头、血管，甚至看得到自己的灵魂——他样子模糊，热气腾腾。

从海难中幸存

水。我想喝水。

水。

我焦燥的嘴唇感受不到一丝清凉。

如同一把凿子撬开我的眼皮，刺白的光线从一条裂缝间透进来，像一张嘴，又像一道创口，随后黑暗又钳紧了我。

凿子再次敲击，等到光线泻入我的脑袋，我看见各种缤纷的色彩和形状俯身向我贴近。

我感觉着周围的形状。四周是一片茫茫大海。在浩瀚无际的天空下，看不到船只，看不到陆地，更看不清未来，我似一片羽毛在汪洋大海中随波逐流。

高烧已经彻底退去，同时离我而去的还有那悬挂在我眼前的火红的帘幕。

理智是令人清醒的，它平静如水，但缺乏真正的快乐，也缺乏那痛彻心扉的大悲。它就像一道令人悲哀的细流。不再有狂风暴雨，地狱之火也永远地消失了。现在我不会再想往火里跳，我害怕皮肉撕裂的嗞嗞声。

此时此刻，太阳在我的上方闪耀，像金属碎片一样晃眼。

大海风平浪静，与那夜截然不同。

在火辣辣的阳光照射下，海浪搀杂着一片一片涌动的微光，神秘得像快乐时光里的一个个悲哀的念头。

我饿极了，而且口渴难耐。

一种灰色的钝痛在我的胃里驻留，仿佛一只灰色的老鼠在那里安营扎寨。

我望了望小艇上的幸存者，感觉他们和我一样全都嘴唇干裂，面容枯槁。

大鼻子先生还穿着睡觉时穿的那件白色套头衫和灰色斜纹短裤。满脸胡子拉碴，头发凌乱，他的眼神十分焦虑，双眼仿佛深陷在阴影的水潭中，混浊而且发蔫，活像两只黑乎乎的螺蛳。

其余四个外国人我从没有见过，有一个是穿着白衬衫，条纹领带松跨跨斜吊在颈上的美国人，他面色苍白而浮肿，一副忧心忡忡的表情。他的嘴里不停地念叨着数字，仿佛这样可以保佑他平安回家。

另外三个像是船上的水手，他们都穿着一样的白衫白裤，看起来长得都很像。经年的船上劳作和风吹日晒，使他们的皮肤皱缩和皲裂，呈紫铜色；海盐浸入了他们的血液，使他们的骨架如磐石般坚硬。他们都沉默不语，脸上那种心悬半空不上不下的神态却如出一辙。

我坐起来。下意识地按一按胸口，oh！不！我的珐琅釉彩盒吊坠不见了。瞬间我感到天旋地转，好像溺水者失去了最后一根救命稻草。种种思绪在我的脑海里盘旋缠绕，就像一群被困在玻璃罐里的流萤，横冲直撞。

这时，我头脑里有一个画面在滴淌，或者说是在滴答。

"我保证，我们一定会回来的！"她离开时从脖子上取下尚留存有她体温的吊坠，亲手挂在我的胸前，那里镶嵌着爹地和妈咪的定情照片。

一阵跌落感。

我感觉自己就像个充气的橡皮人，整个身子开始迅速震颤和坍塌。

大鼻子先生反应迅速地抱住我的脑袋，强行让我直视他的眼睛，一字一顿，声音中饱含着苦涩，以及一种能侵入人身体内脏和生命核心的疲惫。

"丢了，就丢了，听我说，孩子，人生就是一个不断失去的过程！我们都一样。生活迟早会把你所拥有的东西，一样一样拿走，全部拿走，毫不留情！总有一天，你会看清楚，人最宝贵的东西是生命，生命只有一次啊！当生命也消逝的时候，人这一辈子就过完了。完了。"

这些话语好像是一串肥皂泡从他嘴里吹出来，颤颤悠悠的带着爆裂声。

我的身体里此时填满了隔音泡沫。他的话在我耳边若隐若现，如同浓雾里的一叶扁舟，在浪尖上颠簸着漂过我内心的海洋，一直传送到我耳边。

于是，我使出吃奶的力气，紧紧抓住船舷，直到我恢复神志，看清楚眼前那张翘首期盼我回来的饱经忧患的脸。

"老天垂怜！"大鼻子先生长吁一声，释怀之情不言而喻，"珍惜你的生命，孩子。好好活下去！"

复杂的情绪涌上我的心头——悲痛、绝望、宽慰以及爱，我投入他的怀抱，像个新生的蝴蝶一样颤抖不已。

他拥抱我时，像一个茧包裹着我。多么亲切的慰藉啊！如同回到小时候，妈咪总是给我这样的怀抱。想到这里，我颤抖得更厉害了，不停拨动体内的刀片。

"哭吧，"他轻声说，"哭出来就好了。"

他把我的头轻轻搁到他的肩上……于是，我瘫软在他怀里，悲伤如一场洪水，瞬间冲决了堤坝。

我成了一枚沙滩上的空贝，海浪冲走了硌人的沙砾，只留下空洞。

一个摄氏冰点的死亡隐喻

茫茫天地间，只有这小小的 U 形橡皮艇，在令人疲惫的孤寂大海上随波逐流。

咸涩的海风在我们周围呼啸，灰绿色的波涛拖着我们，镣铐般沉重却又无法掌握。

有时浪涛涌起似刀片，似虎牙，把我们抛上抛下，仿佛海洋那波澜壮阔的潮汐是一颗良心，而我们的小艇在接受它残酷的质询；有时，风平浪静，海洋如同一面镜子，有些奇怪的形影在我们身旁东奔西逃，激起的浪沫像银色的阵雨。

刚开始因为脱水，再加上晕船，我肚子里好似有台洗衣机，在轧轧地转动，我真想把满肚子的破旧衣服呕吐出来。

最后我整个人虚脱了，感觉浑身轻飘飘的，仿佛离开水面高高地飘浮着。

再加上长时间暴晒，我们的皮肤都被烈日晒脱皮了，人也萎缩成一片干巴巴的叶子，既沉重又轻盈。

我把自己想象成一个落水者，身体被海底逆流紧紧裹挟住，越是挣扎沉得越快，于是我听凭自己的意愿行事，放弃挣扎，停止游动，面对广袤的大海和死亡听天由命。

然而，在一次思绪的飞旋中，一个画面，或者说一个意识突然浮现在脑海里，像水泡浮出水面。在这特别的时间节点上，我看到，或者说至少感觉到，我的血肉之躯在瞬间变成一副骸骨，如贝壳般洁白发亮的骨头。然后另一个意象出现，一朵鲜红的玫瑰花，合乎物理法则地开始衰败了……这非现实的一幕只持续了数秒，却变成了一个摄氏冰点的死亡隐喻。

我从头到脚打了一个激灵，仿佛在那一刹那感觉到了死亡的临近。我自己的身体似乎是在告诉我——我的生命从这一刻起就要走向衰落，走向面对死亡的旅程。

可是我才十二岁。*刚刚告别童年*……

我的生命之花甚至还未来得及尽情地绽放。

怎么？死亡就要来了，那真正的结局。我可以想象得到它在路的极限处眨眼，它就站在那里，我的死亡秃鹫，我是它窥伺已久的生命盛宴。我该怎样扭转正载着我奔向虚无的车轮？怎么办才好？我从心里感到害怕，害怕不可避免的虚无，我想永远活下去。

"阿门！"父亲的祷告声，在这个命运的特定时刻，突然以一种意想不到的方式，就像回忆里教堂的钟声似的在我耳边响起，那宏亮的声波，穿透时光，在我心头荡下一圈又一圈的涟漪。

我随即想到了我的父亲和他毕生的信仰。那个无所不能的上帝，祂在哪儿？我在心里悲哀地呼号！神父说上帝在造物之初，在路的起点。可是落难的人们什么也没有等到，他们没有希望，没有救赎……难道说上帝在结局之处，祂在那里等着，像个掘墓人一样，手执铁锹？而传说中的弥赛亚，就是死亡？

一种由于怀疑和迷惘而产生的凄凉的感觉涌上心头。我仿佛陷入了迷途，眼前如一团晨雾笼罩着，在这昏暗森林里，没有火把，没有向导，我挣扎其间，如身陷泥淖。

"揭示真相绝非易事！"

"任何人想要弄清楚什么是真理，就必须超越上下五千年以来所有人类心智所创造的东西。"

"自由里没有权威，自由里也不存在恐惧。"

大鼻子先生曾经对我说过的话，像一束光穿透雾霭。

我在我内心深处的小岛上，一遍又一遍地咀嚼着，像食草动物在反刍。

岛

就在这时，有人突然站起来大声喊："岛！"连橡皮艇都随着他的声音抖了抖。

紧接着所有人都站起来欢呼，他们把双手伸向希望之地，在一种感激上帝的冲动中，我看见大鼻子先生眼角溅出的泪滴。

一个岛，就像一座山的孤零零的山峰耸立在大海中央。

它宛若海市蜃楼，如一个幻梦呈现在我们的眼前——一道绚丽的彩虹横跨岛屿。银白色的沙滩。海鸟振翅环绕。岛不大，却显得郁郁葱葱。大小不一的海湾将岛的沿岸撕碎，如同被撕碎的布料的边缘一样。滨外的沙渊和岸礁像一道天然屏障阻挡着外来船只的侵侮。

这是一个非常美丽的岛——绿色，乳白色，橙红色，金色，萃取着自然界最斑斓的颜色。

然而登岛却非我们想象中那般容易。

我们面临意想不到的困难：

岛屿四周的海水表面虽然看起来很平静，内里却暗潮涌动。

这个岛其实是坐落在方向变幻莫测的危险的涡流中央。

关于登陆地点，水手们发现在形成海湾的岛屿沿岸，那里有一处岩礁突出而形成的岬头，有一个范围大概两公里的合成圆形，内凹处像是一片平坦的沙滩。我们的橡皮艇若要在那里登陆，就不得不与两股方向相反的潮流周旋，并竭力避免被涌动的潮流裹挟至岛屿的背面。

再看岛屿背面，那里是看得见的地狱。海岸被陡峭的悬崖所环绕，海浪撞击岩石和绝壁的吼声由远至近，不绝于耳。海水像被激怒的野兽一般将一切试图靠近的船只撕得粉碎，很明显那儿海难频发，意味着：危险，变化莫测，威胁。

但我们没有选择，我们的橡皮艇是一艘迷失的诺亚方舟，唯一的上岸口号是：前进！

在与海水暗流搏斗了将近一个小时后，水手们终于带领我们成功驶入了这片海湾。

不料橡皮艇却撞在暗礁上漏了气，剩下的四分之一公里的路程只能靠我们自己了。

那些水底的礁石上布满硬壳状生物以及滑溜溜的海藻，非常不容易行走，我们得格外小心，否则裸露的皮肤就会被这些刀片般锋利的硬壳割破流血。

大鼻子先生的灵丹妙药

当我安全着陆，双脚稳稳地站在这坚实可靠的土地上时，我回过头来，望着被夕阳余辉染红的大海。那种感觉像是触电，大海辉煌壮丽的景色深深震撼了我。

生命如此渺小！

生命如此博大！

我不由自主地发出感慨，这两句截然相反的话，仿佛是我头脑里的一个悖谬。

我就这样回看我自己的命运轨迹——一半是奇迹！一半是疯狂！命运伸出强有力的胳膊不仅将我从我的父母身边，更是从我自己的生活中剥离。我成了一个破损的人，我身上的某些东西死去了，已经截断，离我而去。每次呼吸，我都能在心中感觉到如同来自残肢末端的那份伤痛。

这些日子里，我就像一条被狂风撕裂了风帆的船，搁浅在命运的滩头。

但我内心的运动就像这海浪，一波潮落，又一波潮起。那剥夺生命的，同样也可以给予生命。

"孩子，走吧！向前走，不要回头。这个世界就跟这海浪一样在不断地重新开始。"

大鼻子先生拍拍我的肩膀，他用坚定的目光注视着前方。这句话像是在安慰我，实际上也是他对自己说的。

他的话也许很残酷，听起来带有一种对苦难记忆的忘却。它使我经历的悲剧，使那些正在消逝的东西，具有一种强烈、深刻的意味。但是，忘却是不可能的。我希望他的这番话如同一颗灵丹妙药，能够让我死去的部分再一次生长。

"鲁滨孙漂流记"

有人面朝苍翠的山谷大喊："有人吗？"我们听不到任何回声，浪潮声湮灭了一切。

水手们爬上高高的岩礁，向远处眺望。没有小屋的迹象，没有升在空中的烟痕。一片寂静。我们脚下的沙滩干净得没有任何印迹。一群沙鸥在岩礁的边缘嬉戏，这是我们目所能及的这片荒僻海滩的唯一生物。

而据水手们推测，这片涡流海域一定是在连接新旧大陆的航道之外。那就意味着很少有船只驶过这里。

"见鬼！我可不想困在孤岛二十八年！"

我知道那个西装革履的美国人说的是谁。一年前，从哥哥的口中我第一次听说了《鲁滨孙漂流记》。我便在脑袋里用各种各样极具想象力的念头互相交配、繁衍，生产出大量不切实际，引人入胜又自相矛盾，但被我自己热切憧憬着的冒险经历。

一个鲁滨孙。做一个鲁滨孙，去无人岛礁！这个梦想如今以一种残酷的、悲剧性的方式实现了。我像我冒险故事中的主人公一样经历了沉船，漂流到荒无人烟的孤岛，但是我的心境却大不一样，失去亲人的痛苦和绝望几乎抹杀了冒险的新鲜和刺激感，我甚至对能不能获救也不抱多大希望。在鲁滨孙的心中有一个"英国"，有一个"家"在支撑着他的求生欲望，但是我的家在哪里？又有谁在等待我的归来？

我猜想在这儿等待我们的，如果不是很快死去，也将是比死亡好不了多少的生活。饥饿、口渴、寒冷、绝望，各种各样的匮乏，各种各样的危险，我想象不出我们将要沦落到怎样的一种境地！

首先，我们需要可以喝的淡水！

海滩边长着又高又大的椰子树，那几个水手早已迫不及待地行动起来，他们费了很大的劲砸下几个椰果，然后又用锐利的石头片凿开这些硬梆梆的椰子壳。顿时，清凉甘甜的椰子汁瞬间滋润了我们干燥的唇喉。

有着海上生存经验的水手们对接下来要做的事进行了详细安排。

除了我，那几个人分头协作，有人用树枝在海滩上写了一个大大的国际莫尔斯电码求救信号 SOS；有人把树枝掰断，用石头削尖制作捕食以及防身的工具；有人四处走动查看海湾地形，搜集可食用的贝壳类动物以安抚饥饿的肠胃；有人负责搜寻被海浪冲上浅滩的沉船物品。

在那个风雨交加的深夜，那艘船在大海深处消失了，连最细微的残剩物都未留下，他们什么也没找到，即便是一根火柴——而且事实上，缺少的尤其是这根火柴。

当天晚上我们就睡在离海岸不远的一个岩洞中，水手们用钻木取火法好不容易生起了一堆火。有了火，我们就不用担心夜间野兽的侵袭了。

我躺在椰子叶铺就的床铺上，身下稳稳当当的，这让我的内心里有一种广袤安然的感觉。很快，连日来的疲乏像一记闷拳把我打入梦乡。

有人在梦中轻轻呼唤我的名字："大卫……"就像一声叹息，那声音穿透夜晚，来到这大地母亲子宫般的洞穴中，舔砥着我的意识，然后归于沉寂，消失在远方。我屏住呼吸，本能地等待第二声呼唤。"大卫……"又一声叹息！回荡在无穷无尽的时光里面。梦中的我完全沉浸在一种微妙而又强烈的激动不安之中。从那声音的音符中我感受到一种渴望和磁铁般的吸引力。第三声呼唤。我绝对真确地听出来了，那不是熟悉的声音。是谁？是谁在叫我？我从中听到，触摸到了那隐秘的节奏，一种交织着各种复杂情绪的声音，它掠过我，就像掠过一只落入珠网的虫子。

一缕阳光照进洞穴，投射到我的眼皮上，像刀锋一样锐利。

我从梦中惊醒，眼皮像被割开一样疼痛，这是哪儿？我身体僵硬，口干舌燥，一切都湿答答的，我听到了四周此起彼伏的鼾声，还有洞穴外，那此起彼伏的风声、浪潮声以及海鸟的聒噪。慢慢地，我开始重新感觉到自己，并想起了所发生的一切事情。

大鼻子先生不在这里。

我爬出湿答答的洞穴，光着脚去寻找他。

我走向海滩。

阳光强烈得就像一个熔炉，灼热炙人。我闻到了海的味道，大海就在我的面前，一浪追逐着一浪。

我停在那里是为了看海，我停在那里也是为了看清我自己。

时间如同一把锋利无比的刀刃，在我们的身上，每一分钟都留下一个伤口，一个自我解脱的伤口

这里的海水呈浅浅的透明的蓝绿色，颜色逐渐加深，终于在远处，延伸成无边无际的蔚蓝。

浪潮仿佛是大海这块闪亮的丝绸上一道洁白而短暂的花边，它因循着海洋那神秘莫测的节奏，涌向沙滩，拍打岸边的礁石，再一步步后退，黯淡下去，直至烟消云散。如此周而复始，不知疲倦。那浪潮像是导演，又像是指挥，利用强弱的对比手法，在演出一场由礁石组成的多部和声。

我仔细聆听。我的耳朵仿佛在这寂静之中变长了，它跟随浪潮伸入海底，变成一株美妙的珊瑚，在轰鸣中摇曳。

大鼻子先生就站在不远的沙滩上望着大海。

我走到他身后。"先生？"

他吓了一跳，转过身来，手里握着什么东西。只见他一脸悲痛之色，脸颊还有泪痕。

"出什么事儿了？"我看着他的手，"手里是什么？"

他好像哽住了。

"手里是什么？"我又问。

他缓缓伸出手，当着我的面，打开了手掌。"我在海边捡到的，我想……"

我的心仿佛漏跳了一拍。

那不是别的，正是我不知遗落何处的珐琅釉彩盒吊坠。

我跪倒在沙滩上，颤抖着双手接过吊坠，说不出话来。

在我开启彩盒的那一瞬间，世界完全静止，屏息不动。

我的心跳加速，好像胸腔里栖息着一只急速拍打翅膀的蜂鸟。

可惜！照片被海水浸泡、海盐侵蚀，已经模糊、褪色，但妈咪的容貌依稀可辨……

妈咪，妈咪……我抚摸着妈妈的头像，一阵酸楚直冲我的鼻腔。

我怎知这海浪的一声呢喃，不是你越过万千对我的呼唤"大卫！大卫"？

我怎知拂面而去的风，不是你温柔的一吻？

我怎知你沉入大海的那一刻，那浸湿我灵魂的雨，不是你依依不舍的眼泪和告别？

我怎知你在那一刻闭上眼睛，不是在另一个世界醒来？

我把手伸向蓝色天际之外，向着无限。

在我内心深处，我确定妈咪的灵魂就在这里，像空气一样照拂着我。

"妈咪，你听见了吗？你一直想听我喊你一声……"我喉头哽咽，泣不成声。

跟随着思念而来的，是对那场灾难的记忆——它被压抑在内心深处，现在却如箭镞从灵魂射出。我心中那道理智的墙开始摇晃、震颤。

眼前的风景不再美丽宜人，相反，它刺痛了我，整个岛都在刺痛我。海浪发出尖叫和呼啸，仿佛里面关着一大群恶狗或妖魔。

海水也燃烧起来，成了一片红海。那些被火焰吞没的人的尖叫声在我耳边响起，令人毛骨悚然。

我双手捂紧耳朵。但没有用，那些痛苦地哀号直往我的耳朵眼里钻。

火。火。火，状如花朵，状如野兽，状如树木，状如毛发。那撒旦的火舌，使我的血化为燃烧的火。我的内部出现一个大缺口，热腾腾的熔岩喷吐出来，把我那颗破碎的心淹没。我跳起身，扯起嗓门厉声尖叫。火舌变成了猫头鹰向我俯冲下来，用滚烫的喙啄我的眼睛。

我以为我的身体会在这癫狂的发作中变成一小块一小块。

我整个人会崩溃，四散开来，变成一百只沙滩蟹往四面八方跑去，或是像海水的泡沫在急速分解的恐慌中瓦解。

然而这并没有发生，我感觉到有一只手，一只清凉的手放在我滚烫的前额上，在他的指关节上仿佛溅出了银色水花。

虽然我整个人还是抖个不停，嘴里胡言乱语，但这只手像沙漠里的一泓清泉，让清凉的感觉在我体内蔓延。我干渴焦燥的灵魂渴望着落入这水一般的揉搓中。最后，炽热的火焰熄灭了，我感觉我的身体变黑，卷曲了起来，就像一张被烧焦的纸片，等待着成为一撮灰烬，碎裂成尘土和虚无。

这狂热和愤恨吞食了我，然后把我自己消化干净。

这只让我逐渐恢复理智的手，不是什么清凉的水，而是大鼻子先生那双轮廓鲜明的手。他看了看我手中紧握的那个珐琅釉彩盒，并亲手把那失而复得的吊坠挂在我的胸前。

"一切都过去了，孩子，都过去了。"他伸出瘦长的胳膊，把我抱在怀里。

火种随着往事的残骸沉入海底。我的那种疯狂好像被他的拥抱消除殆尽。一缕阳光掀开我眼前的火红帘幕，照亮了整个岛屿。我从他的怀抱中抬起头来，世界变得清晰而又岑寂！

是的，一切都过去了。对那一去不复返的所有东西的伤悼之情令我流下泪来。对爹地，对妈咪，对兄弟姐妹，对"伊甸花园"的强烈思念，如同肉体上的疼痛那样具有穿透力。但我心底里，十分清醒地意识到——生活就跟这拍岸的海浪一样，在不断地重新开始，我总不能把头调过来向后望着过去。

噢！大鼻子先生，他的身上似乎有一种能让人恢复平静的治愈力量，在他的爱抚下，我脑海里的漩涡竟然奇迹般地风平浪静。那一刻，我想沉入内心的古井，再也不起一丝波纹。

"瞧啊！那个犹太人，他好像找到了接近那孩子的途径！"我听见一个水手在远处对他的同伴哑着嘴。

"真可怜！"另一个水手摇摇头。他们大概已经从大鼻子先生口中得知了我的经历。

"伟大的救赎！"那位最年长，灰色头发上像是缀上了几朵浪花的水手感叹到。

"恐怕，这也是自我救赎吧。"那个商人用充满仇恨和鄙夷的目光看着他，"有时候背信弃义的罪人……"说到"罪人"这个词，他的语气就好像在谈论绞刑，"也会成就某种崇高的结果！"

突然间万籁俱静。

在大鼻子先生的怀抱里，我能体察到那一刻他身体的僵直。他的后背变得就像一个压紧的弹簧。

"那孩子，对我们毫无用处。你们看不出来吗？"口无遮拦的商人，似乎以羞辱他人为乐，"他就是一颗定时炸弹，随时会引爆。"说完夸张地从嘴里发出一记爆破声。

我不得不承认商人说的对，我确实毫无用处。我感觉自己就像一块破布。一根被折断的芦苇。一个泄了气的皮球。

但大鼻子先生被彻底激怒了，我听到他剧烈的心跳。

他放开我，转身向商人走去，走到他的面前，责问他："你就这么看待一个孩子？一个失去所有亲人的孩子？"那商人被他问得张口结舌，无话反驳。"是的，我承认大卫有病。难道你认为你自己就比他正常？"说完他比划了一下脑袋。

"什么意思？"商人急了，脸涨得通红，"你说谁不正常？我看你也有神经病吧！"

他像斗鸡一样挺着胸脯就撞过来，被水手们及时拉开了。但等大鼻子先生转身离开的时候，他在他背后恶毒地啐了一口。我从商人那嗫嚅的嘴唇上读出这几个单词："犹—太—猪"。

我知道大鼻子先生也听到了，虽然他没有停下脚步，却面如死灰。我注意到他身体的微微颤动，以及他唇边褶皱的运动。"犹—太—猪"这几个字母如同滚烫的熔岩滴在他的灵魂上。

我还记得那个夜晚，在甲板上，他问我知不知道"通天塔"的故事。他说过它之所以会倒塌就是因为人们之间根本无法交流，无法理解，以及经过几千年的文明之后，人类还是学不会如何去爱。

那一刻，我深刻理解了一个民族持续了两千年的爱、恨、绝望和过于执着的对自身灵魂的质问。

如果压抑的痛苦能发出声音，我想他当时的第一个动作或许就是跪倒在哭墙前，怀着与生俱来的哀悼——对这个民族，对整个人类的哀悼。

但是他没有，他头也不回地走开了，眼睛里的冷漠饱含着隐忍的力量。也许我们都需要来一次精神上的静脉切开术，取出我们心灵上的堆积物，需要来一场暴风，刮掉我们心头的枯枝败叶。

第一顿荒岛早餐

我们席地而坐，像野蛮人那样就着阳光和海风吃着手里的早餐：太平洋烤螃蟹，咸鲜蛤蜊，配天然椰汁。这都是来自大自然的馈赠。在求生的本能支配下，他们利用手中简易的工具，尽可能地从大自然里攫取能够提供生命养分的可食之物。

烤熟的大海蟹在阳光下红得发亮，它再也逃不走了，然而双螯却高举着，像人类最早用于威胁和乞求的手势。我掰下它的钳子，用牙咬了一下，硬如磐石，疼得我捂着嘴巴叫了起来。他们哈哈大笑。

我猜在众人的哄笑声中我的脸色一定跟穿红袍的螃蟹一个色了。此时，我是不是该举着双手，快速逃离，躲进我潮湿的洞穴？那天晚上落入大海的人也是这样举着双手，在冰冷的海水中请求救援。

有一个水手举起手中的大螃蟹，对我说："孩子，要想在野外生存，必须要磨炼出一口锋利的牙齿，哪怕付出代价！"说完他咧开大嘴，露出又大又白的牙齿，但中间非常醒目地缺了一颗门牙！

我怔住了。

"哈哈，别信他的鬼话，他在逗你玩！他那颗大门牙可不是因为吃螃蟹，那是他醉酒磕掉的。"另一个水手粗声大气地笑着说。

那个磕掉门牙的水手兴致勃勃地向我示范如何野外求生。他用牙齿撕咬蟹钳，或是狼吞虎咽地吃蛤蜊肉时，我看着都觉得怕，仿佛不是他自己在吃东西，而是身体里有只饥饿的动物在等待喂饲。

这时，大鼻子先生突然起身离开。他回来的时候手里多了一块石头，他教我用石头砸开蟹钳，并小心翼翼地取出蟹肉。

"这需要耐心！"他说。

蟹肉软软的，闻起来有股海水的腥味，吃起来却异常美味。

"这需要耐心！大卫少爷。"布郎先生一边说，一边教我如何借助工具来吃上海人最爱吃的大闸蟹。可我不是个好学生，控制自己的行为对我来说是最困难的事情。不像那个唬人的水手，我的哥哥才是真正的吃蟹高手。他凭着一把剪刀和一把小勺，就可以把一只大闸蟹吃得丝肉不剩，然后还能将吃完的蟹壳完整地拼回原来螃蟹的模样来。

可是，哥哥，你在哪里？是否像传说中的法海那样，得以藏身蟹壳来避祸？

一想起他的音容笑貌，我的心就揪到了一块，布满了悲伤的褶皱和曲径。

他们风卷残云，很快便各自忙活去了。

大鼻子先生把一个大椰子放在了我的面前。"听好了，孩子。你要尽可能地多吃多喝，我们马上要对这个岛进行全面勘探，必须有充足的体力才行。"

我的目光越过椰子投向远处沉寂的森林。在那一瞬间，我沉浸在内心微妙而又强烈的激动不安之中。我有一种奇怪的感觉，好像我又感觉到了那个来自梦乡的神秘呼唤……

向森林进发

我们一行六人，装备如石器时代的原始人，火把，锋利的石斧，石刀，海螺，大贝壳，光滑的木头手杖，削尖的矛，椰树叶做成的绑腿，鞋子……由那个年轻力壮，缺了门牙的水手领头组成了一支勘探小组，向森林进发。

森林里炎热，潮湿，光线阴暗。高大的树木上缠绕悬挂着藤蔓，它们像绳索，像臂腕，像软体动物的触脚，像密匝的蛛网，与大树下带刺的灌木，被风吹断的树干，以及幼树茂密交织在一起，丛丛叠叠，密密麻麻。我似乎听到了它们在窃窃私语，在密谋如何捉弄我们，绊倒我们，刺伤我们，阻止我们。

这里没有人为的小径。地面上落叶铺就的腐植土厚如棉被，各种光滑的苔藓和地衣更加剧了步行的困难。但是地面并非什么印迹都没有。有好几次我看到有几只跑得很快的啮齿类小动物一闪而过。

森林里光影绰绰，异常寂静，仿佛是一个远离时光的存在。寂静之中有些微的响动，鸟儿在我们头顶上扇动着翅膀，飞来飞去，发出预警性鸣叫，显然是在抗议我们的到来惊扰了它们的家园。

水手们见多识广，他们指着树梢上的鸟儿告诉我，这是野鸽子，这是金刚鹦鹉，这是鹭鸟，那是白尾海雕。看哪！大松鸡，它的肉美味极了！还有长着螯虾般爪子的长喙鸟。在更高处，有两三只胡兀鹫在空中翱翔，它们的眼睛活像一枚帽徽。

这里生长着热带植物，水手们认识榕树、槟榔、桉树、蒲桃、番木瓜、飘絮的木棉、珙桐，以及各种棕树。这些树都长得高大茂盛，树干又高又直，在空中形成一张张伞状的树冠。

我们没有发现"人猿泰山"，也没有发现凶猛的大型哺乳动物的踪迹。这里既安全，又笼罩着某种说不清道不明的神秘感。

时间以光的优雅与闲适的神态从树叶间穿梭而过。蝴蝶，奇异的花朵，有毒的果实，伪装成树干颜色的丛林蟒，慵懒的蜥蜴，警惕的刺豚鼠，胆小的坡鹿，活泼、灵巧的松鼠猴抓着藤条在树干间荡来荡去，如闲庭漫步……森林融合成为一个相互依存的和谐整体。

这里的一切都带着一股自然而永恒的味道。置身于这个神秘的世界，我聆听寂静，直观孤独，身体里可以感觉到时间的内在悸动，但另外一些时候，我会感觉时间如轻拂过发丝的微风，从指缝间溜走。不知不觉间，如坠幻境，叫我一时忘却身在何处。

根据森林中的树木和鸟类等动植物特征，水手们推断这个无人岛位于太平洋南部，因为太阳的位置总是在我们的南方，这就表明岛屿没有越过南半球的界限。也就是说我们现在正处于靠近赤道的纬度。一个南洋小岛上的原始森林中。

随着勘探的深入，地势越来越起伏，而在四周渐行渐深的寂静中，似乎有一个无形而诡异的存在想要现形。树木越来越高大，它们的根便越来越虬髯而怪异。有的地面根纵横交错，相互连接，彼此愈合，我行走其间，如同在网络状的大脑迷宫里蹀躞；有的地面根好似某种神话中被人遗忘的，那些生物的内部器官，我小心翼翼地跨过去，唯恐它发出一声尖叫；还有的地面根看起来简直就是蜿蜒曲折的美杜莎的蛇发，我害怕它们突然从地里蹿出来，张开大嘴，向我脸上吹着灼热的气息。有时候我会驻足，听树的声音，听它们烦燥不安的瑟瑟声。

正当我徜徉在大自然的神奇与美丽之时，剧烈的腹痛突然而至，像是一柄熊熊燃烧的剑在我的肚腹间劈砍。椰汁加蟹肉在我体内似乎形成了天然泻药。我泻得天昏地暗，好像要把纤弱的内脏都一股脑儿排出体外，而它们实际上却一个个相安无事，毫发无损。

经过一番争执，他们决定将我独自留下，继续沿着山脊线向着岛屿的至高处勘探，因为只有到达锥体的顶端才能将岛屿的地形全貌收于眼底。

大鼻子先生要留下来照顾我，但我给大家增添的麻烦已经够多的了，我不想拖累他，更不想变得"毫无用处"！

尽管我对着大鼻子先生做出一副满不在乎的神色，但他们离开留下我独自一人时，我感到心被揪紧了。只有我自己知道，我心底还是有些胆怯的，单凭防身用的木矛，还有作为联络工具的海螺，并不足以令我安心。

聆听大自然的节奏

腹泻令我虚弱不堪。

我仿佛被抽干了，像一片落叶，身体变得轻飘飘的，到了再也觉不出分量的程度。

而脱水令我感到疲劳。

我躺倒在落叶铺就的大地之褥上，一动不动。寂静包围着我。

一个人，在这个陌生的地方，除了自己的十根手指，两只耳朵，一双眼睛，别无其他伴侣。森林的眼神从四面八方投来，落在我身上。

这里不是"伊甸花园"，不是我自己的房间，我的身边没有四堵墙，能将我置于保护中。相反，我的周围有成百上千万的生灵。各种声响从四面八方涌来，一副要把我吞没的架势。这里的寂静过于喧闹，让人不堪忍受，让人骨子里发怵。大地潮湿且充满热情的气息，它就像一块磁石，将大海、岛屿、天空、云朵、森林吸引到一块，在一团巨大的胶质里，揉成一个新的天地。

我设法使自己不被恐惧制伏，可叛逆的大脑不听话，刚有一部分投降，另一部分就又反抗起来。

一只猴子从我头顶跃过，扯断了一截绿藤，随风摇摆。

左右，左右。我认出了那种节奏。没错！它就如同我房间里那座西洋挂钟的钟摆。

左右，左右。浩渺的时空在森林里摇荡。

一样的节奏！一样的混乱之中的身体反应。

我猛得抓住了那钟摆，仿佛那是可以把我从失控的恐慌之中拯救出来的稻草，或者说是铁锚，在时间那急速旋转的涡流中，那种牢固不破的稳定性能将我带回到旧日的感觉之中。

对我而言，那意味着秩序，安全！

渐渐地，恐惧和不适感消失了，跟洗了个热水澡似的，整个人都处于一种微醉的状态。

置身于这片神秘而纯粹的原始森林，我的身体因久违了的自在、平和而震颤，就像一只倒空了的杯子，我的内心盛满了宁静。我聆听到了大自然的节奏，它如同一双温暖的手臂，将我拥入怀中。

一切是如此安宁而美好。

参天大树下，落叶堆积处发出"沙沙"的动静，原来是几只鹧鸪在刨食。耳畔有声声清亮，不绝于耳的莺啼鸟啭。争奇斗艳的不只是怒放的百花，还有凭借玲珑身姿和鲜亮颜色吸引人眼球的各种昆虫，它们像外星物种一样奇葩。

这单纯的体验带来的喜悦，是那样真实，那样直入人心，那样令人陶醉和迷恋！我好像又回到了我的"伊甸花园"，回到了童年的内心世界。

此时此刻，我成了这广袤森林的一分子，或者说这森林里的一草一木都如同我身体里的一个细胞。我长久地凝视和倾听来自植物和动物世界的每一种表达，不知疲倦！我感觉到它们似乎比人类的历史更长久，比人类知道得更多，就是不肯说而已，或者是我过于愚钝而听不懂它们的述说。所有这些不同的生命形态，或树木，或花朵，或羽毛，或贝壳，或触角，或鳞片，或龟壳，或石头，或流水，它们与人类有什么不一样？在它们或长或短的一生里，它们可是要同样去体验生老病死啊！

为什么？为什么世界是这个样子？为什么生命的形态千差万别？为什么有生命就有死亡？

在我自己的伊甸花园里，夏天我会倾听大树上的蝉鸣，听它们从清晨到黄昏的吟颂，那属于蝉的歌唱、舞蹈、爱情的简短时光。秋天我会抚摩伫立在窗前的那永远不移动的老树，把耳朵贴在粗糙的树皮上，在瑟瑟作响中倾听它身体里的季节更迭，听它吐露生命无常的心声。然而它们从没有告诉我，为什么？为什么世界是这个样子？为什么生命的形态千差万别？为什么有生命就有死亡？

每天晚上，在我躺下睡觉前，爹地会来到我的床前，为我做一番长长的祷告。那也是一天中我唯一能看见他的时刻。

末了，他总是祈祷天上的父怜悯我，治愈我，让我像正常人一样生活。

而我也跟着他祷告，希望他所期盼的奇迹真的出现！哪怕只有一次。

但我自己内心的祈求却不一样，我只希望无所不知的天父能为我答疑解惑。

在爹地说完"阿门"之后，我便满怀期望地在灯光暗淡的屋子中环视，等待回答。

从地毯到那一动不动的门把手，桌椅，嘀嗒作响的时钟。没有回答。

我熄了灯，躺在黑暗中。没有回答。

地毯上的花纹显得更为奇特，如静静盘踞在网上的蜘蛛；桌子变成了大块头的玳瑁，飘来飘去的窗帘像是女鬼的长发。没有回答。

总是没有回答。

最后，我睡着了，无法见证奇迹的发生。但我相信奇迹总会出现，我心里的那些谜一样的问题，总有一天是可以觅得答案的。

蚂蚁与蘑菇

有一队蚂蚁从我的身边经过。我好奇地发现，这些比普通蚂蚁个头大，状如小蜈蚣的丛林黑蚁就像一支训练有素的军队。

蚂蚁大军列队爬上一棵大树，用它们状如弯刀的大颚撕扯下新鲜的树叶，再一片片搬运走，整个队伍秩序井然。这些优秀的战士披坚执锐，行动迅速，数量之大超乎想象。

我用小树枝将一只蚂蚁拨离开大部队。这只掉队的蚂蚁很快便调整方位，拖着它的猎物回归到行进的队列中。

我忍受着饥饿、炎热和虚脱的煎熬，一路追踪蚂蚁大军，想看看它们的巢穴到底在哪儿？

不知不觉中，我越走越远。森林在我的耳边低声细语，随风荡漾。我不知道这些蚂蚁会将我带向何处？听！就在这时，我听到了一声遥远的叹息声，它好像是从前面不远处的密林深处发出的。

"大卫……"有人叫我。

我转过头来四处张望，却没有见到任何人，但我感觉有人就隐蔽在暗处，盯着我的一举一动。我屏住呼吸，本能地等待第二声呼唤。

"大卫……" 又一声叹息！回荡在森林里。

我的心扑扑乱跳，仿佛肋骨间藏着一只受了惊吓的青蛙。

我记得那个声音。没错！在海边洞窟的梦中，我曾感受到那神秘音符所带来的磁铁般的吸引力。

但当我驻足等待时，那声音却消失了。

"别想入非非了，大卫。" 有一次我的姐姐对我说，"你眼里的世界和别人眼中的世界毫无差别。"

然而，在某些时候，我看见的东西也和我哥哥姐姐看见的确实不一样。我能把她的钢琴变成蜥蜴……

好吧！也许姐姐说的对。

前方一丛灌木挡住了我的路。蚂蚁大军轻松地从缝隙里穿越而过。我奋力拨开交织在一起的灌木，它们用尖刺划开我的皮肤，对我的脚后跟又拉又扯。我拿出堂吉诃德的勇气，猛冲过去，与这堵荆棘墙大战一场。然而我的胜利还没站稳脚跟，就被一个梦幻般的仙境震撼住了。我发现自己就像童话里的爱丽丝，推开一扇门，恍若置身于大地之外。

在阳光的照映下，一潭碧波出现在我的眼前。平静的湖面闪闪发光，犹如一大片刺目的钢箔。湖水四周绿树环荫。各种奇异的花朵，大而丰腴，色彩极为艳丽。蝴蝶流连于花朵之间，似翩翩起舞的仙子。日光下蒸腾的水雾如一层薄薄的青纱，将湖泊笼罩在神秘静寂的氛围里。

我向湖水走去，身体也变得飘飘然了，仿佛脚下踩着云朵，在仙境中遨游。

绿色的湖水温暖得一如热泪，却没有咸味，尝起来是泥土、植物和夏天的味道。我真想脱光衣服，在这温暖的湖水里游泳，像那只粉红色的水獭一样，悠游其间。

在湖畔我意外发现了蚂蚁王国的城堡，它像一座抽象派的山峰耸立在一大片蘑菇丛中。

这些肥厚的蘑菇看起来有点像大香菇，只是色泽更浅一些，呈浅粉肉桂色，菌盖上长着细细的绒毛。

呃，天哪！我的腹内正唱空城计，这些蘑菇瞬间勾起了我的食欲和思念。

香菇炖仔鸡，这是我最爱吃的一道菜。它的色、香、味穿过时间之墙塞满了我的脑子。

这一刻，饥饿在我的身体里面噬咬着我，这贪婪的畜生，它挟持着我如同鬼使神差一般，我张开嘴，什么也不想，什么也不顾了，我咬了一小口蘑菇。

嗯?！这生蘑菇尝起来没什么怪味。虽然口味不及熟香菇嫩滑鲜香，但还不错，它吃起来有点腐木的味道，有一丝甜！不知不觉，我接连吃下了五颗蘑菇。

忽然，我害怕了。我扔下手中的蘑菇，走到湖边，喝了一口水。我没有中毒，我活着。

我沿着湖畔往回走。我踩出来的那条道，似乎是一条泥土、碎茎铺就，温暖顺从得像一条蛇，从我的脚底游出来，在我的面前爬行。我没有中毒，我活着。

花的海洋横亘在我的面前。我学摩西举手向海伸杖，那些花儿向两边分开，成了左右的高墙，谦卑地为我开路。这条花海的道路从此岸一直延伸到遥远的彼岸。昆虫的吟唱响彻天空。我没有中毒，我活着。

在倒地之前，空气里凝滞着节日般的欢庆声。

但要听清这些声音，你得聚精会神才行：灌木丛中沙沙的风声，湖水的汩汩声，榕树枝上知了的鸣叫声，昆虫翅膀的振颤声……我被突然而至的眩晕击中，像一个撑不住的木偶一样滑落到地上。海螺从我的口袋里掉落，也晕倒在了那里。

奇迹

"大卫！"好像有人在呼唤我。

那声呼唤如同一根最长、最尖的荆棘刺到荆棘鸟的身体一样，它刺进了我的身体并留在那里，没有出来。

在那迷幻时刻，我正站在船头仰望满天的繁星，中华号邮轮平稳地航行在天鹅绒般柔顺的太平洋上。这时，我忽然间感到我的身体在旋转，她的呼喊滑出了我的皮肤。我的旋转在加速，脑子里回荡着潮汐汹涌的声响，一艘燃烧的船只被吸入巨大的漩涡。接着，我不知道我为什么回到那个狭窄、黑暗的行李箱。也许这是个隐喻。它让我想起"伊甸花园"，我出生的地方，在那里我是一个儿子。一个兄弟。我一出生就病了，我比任何人都孤独。我是布朗先生的破布，一只医用天竺鼠。我喜欢把脸贴到老树皲裂的皮肤上，老园丁看见了就会对别人说，我是"屋顶上一只落单的鸟儿"。我是一只荆棘鸟。一生只渴望一次放声歌唱！

"大卫！"

又来了！是谁在叫我？

她的声音忽远忽近，有如流动的琥珀，滑滑的，软软的，晶莹剔透得像一颗盛夏的果实。

我的眼睛正对着天空。在这当儿，一束束金色的阳光，如利剑一般笔直地穿过密密匝匝的树叶，在我脸上留下斑驳的树影。妖娆的彩霞映红了西天，它形成层层云梯将太阳包裹在那华彩的云府之中。我的四周渐渐弥漫着黄昏湖面的水雾。

雾气缭绕中，夕阳好像膨胀变大了，有如一只充血的水泡，又像是天空的一处淤血，撕裂的创伤。另一侧，苍白的月影与它遥相呼应。

扑通，扑通！蛤蟆们从岸边纷纷跳入湖水中。

水镜起了圈圈皱纹，夕阳的镜象裂成了宽阔的绦带。

孤寂的苍鹭，它用一足站在睡莲的阔叶之上，捡拾水中的倒影，此时也不高兴地拍拍翅膀飞离湖面。

看！这是什么呢？湖面上起了动静———一股力量，一股能将水劈成一道深沟的神秘力量，像是来自森林，来自那华彩云府的深处，它一触水面就激起一圈涟漪。

我吓得一骨碌坐了起来。

就在我面前的一朵大红花的花托里，停着一只带翅的大蛾儿样的东西——不偏不倚——我的目光正对着它，瞬间我的面孔就被照亮了，甚至可以说我的命运就此被照亮。

这真是一只罕见的大飞蛾！我心想。

它看起来比普通的蛾子要大得多，有我手掌一般大小，我悄悄比划着。

它就停在花蕊上，身后透明的翅膀抖动形成一个硕大的光圈，像一枚发光的金戒指。

光环一圈圈增大起来，速度很快，在我眼前只能看到一片光的雾圈。

慢慢地，仿佛从雾中亮出两只漆黑的眼睛，接着呈现出一个娇小的身躯。黑眼睛，白色肌肤，穿着丝一样光滑的蓝色裙子，浓密的黑色卷发上戴着白色花冠。

这是一个女孩？可是她只有这么小，而且她的肩膀后还长着一副透明的翅膀，阳光下像肥皂泡似的闪着七彩光芒。

我的心跳得像铁匠铺的锤子，这可算是实实在在的奇迹！

"大卫！"她分明是在叫我的名字。

隔着这么近的距离，那声音如芦苇在晚风中轻轻作响，或是淅沥地洒在树叶上的雨声。她说的是一种奇怪的语言，不属于任何人类的语言。但理解这语言似乎并不难，因为它是透明而清晰的。或许那是一种无形缥缈的语言，像是由流动的形状组成，如同空气中玻璃的形状，可以直入人心。

她扇动透明的翅膀，一直飞到我的面前，慢慢地靠近，用她温润的嘴唇轻轻一触我的额头。

那种温润、柔软的触觉令我的额头都惊讶地一颤。这温柔的一触，像是联结，与我自己的连接，就好像我是一样珍贵、精致的物件，被郑重其事地交到了自己的手中。忽然间，我的身体缩小了，从头到脚往里缩，连声音也变小了，而外部世界在变大。最后我变得和她一般大小。

她拉着我的手，我惊讶地发现我的骨骼也似乎变得中空、轻盈，像鸟类的骨头一样，我可以在空中平衡、稳定地漂浮着，那感觉如同在月亮上行走。

一个吻。只是一个吻。似乎周围一切全都改变了。

我看到的一切都变得更神奇、更美妙。

我听见岸边芦苇的絮语，还有摇曳的树木，它们在对着落日反复咏叹时间的流逝。

蚊虻们如平日一般盘旋水面。我却顿然懂得，它们为什么如此欢乐地上下舞蹈，总是互相环绕，高高低低，直到它们的长腿触着水面。我曾经好奇地思量过，但这时却自然懂得了。

一个新世界在我的面前打开。

睡莲有了面目，它们表情慵懒，似睡非睡，如同诗句漂在水面。

香蒲也安静下来，低垂着脖颈，在温柔的秋波里打着瞌睡。

月亮启动了梦的发条，星星注视着大地。

这一刻，我体验到了一种纯粹的，深切的幸福感，难以名状，却宛如梦幻。

"你是花仙子吗？"我问她。

"你能发誓绝不告诉任何人吗？"她注视着我，眼睛豁亮豁亮的，有如两汪清泉。

我点了点头。等着她揭晓谜底。

"我的名字叫'露'！我降生在早晨的第一颗露珠里，就在这朵花托上。"

"诞生于第一颗晨露？"

"是的。很神奇吗？"

我接着问："那，你的父母是谁？"

她笑了。"其实我们是手足。我们都是大自然的神明所生。我们拥有同一个父亲：太阳。但我的母亲是月亮，而你的母亲是大地，所以我们就有了天壤之别。"

"你是日月所生？"这太神奇了！不是吗？

"是的，"她冲我眨眨眼睛，"我是由日月精华凝聚而生，我来自天空，降生于花朵。"

说罢，她忽然抬头望着天边，急切地对我说："来！我带你看看我的父母，这是一天中他们的相逢时刻……"

她带着我升空，直飞上树冠。我们坐在最高的枝条上望着天——

酡红色的天边，夕阳醉了，抛出了万金，欲留住那相逢的短暂。

而另一边，苍白的月影正日渐丰盈，那是母亲的脸，温润如暖玉。

月光抛下银色的梯子，一格一格，想要指引落日，回到空中。

但暮色大狗耸动着黯沉的背脊，它从暗沉沉的大地上跳了出来，吞掉太阳，走向黄昏，头也不回。只剩下月亮伤心的脸，披挂着几抹浮云，仍温情脉脉地守候在天边。

此时，山岚氤氲，候鸟归巢，四下里响起虫鸣，大地如同深渊，万物被时间所溶解。

露依依不舍地收回目光，对我说："无论如何，我们诞生于爱！"

"而且从广义的角度来看，你我都是大自然神明的孩子，没有差别。"露补充道。

这世界真的不尽如我所想！当初"地球是圆的"这句简单的陈述就曾遭到无情的抨击和嘲笑；太阳中心论也曾被贬为异端邪说。但最终人的意识突破临界点，新的现实就诞生了。可真相到底是什么？这宇宙的真理真的是无限的吗？

我频频颔首，遐想联翩。

"你脸上的表情真滑稽！"她忍不住笑了。

"哦，你不知道，不久前，我们曾躺在星空下，思考关于真理这一类的问题。"

她会心地点点头。"跟我走吧，大卫，我会为你打开通往新世界的门。"她凝视着我的眼睛，调皮地眨了眨眼，"世界是一个新的开始。"

她执起我的手，我顿时身轻如燕。

我们像蒲公英的种子向着黑暗、蛰伏的大地飘落。

我感觉旧世界，在不断向后倒退，而心中那股新世界的光芒，照亮了我的脸庞。

这是一个没有过去，没有记忆的崭新世界。

我毫不犹豫地展开双臂拥抱它，如同从牢笼进入广阔自由的旷野。

新人生旅途

露拉着我的手，一面伸展开七彩光的翅膀，飞过在月光下发亮的苔草叶子，降落到水面上。我不敢相信自己变得小而轻盈，可以像长腿水黾一样在水面上行走。这感觉奇妙极了！

一只蛤蟆坐在莲叶上，但它不像我刚来的时候一样扑通跳下水。它旁若无人地看着我，喉咙里发出"咕呱"的声音。我知道它在向我致敬，于是我微笑着对蛤蟆说："你好！"

露笑了起来，笑声清脆如响铃，连她身边的空气也散发出阵阵兴奋的涟漪。

"大卫，你知道我为什么呼唤你？"她淘气地向我眨眨眼，一面用她手中的花瓣去扑蚊虻。

看我一脸疑惑，她解释道："是的，毋庸置疑。是我在呼唤你，一直都是。从你来到岛上的那刻起，我就无时无刻不在观察你，但是你却看不见我。"

"可为什么？为什么你要呼唤我？"我不由得停下了脚步。

"因为你救过我的命啊，大卫。"什么时候？我怎么不知道？

那是她第一次游历人间，就在我们逃离上海前。她说从高处鸟瞰，城市向她坦露了两重性：表面上繁华如故，而街头巷尾，却呈现一副苦相，一副紧张、麻木的表情。所有人行色匆匆，又不时地昂首望天。暴风雨要来了吗？在一个破败的郊区，一间摇摇欲坠的破烂瓦房里，她循着婴儿的哭声，发现了奄奄一息的母亲，那位母亲的眼睛是睁着的，脸上那副木然柔顺的绝望表情，让她的心脏像是被什么捏着，吸不上气来，以至于疏忽大意，没有察觉到危险的临近。天上飞来一只大鸟，大得遮住了耀眼的太阳。它尖利的如同犁铧的爪子，哗啦一下钳住了她。那只大鸟抓着她飞越青铜色城市森林，就在她绝望地以为自己再也回不了家的时候，一颗如她脑袋般大的玻璃弹球射中了那只大鸟。

听到这里，我立刻就明白了，但是回忆过去让我百感交集："那也是我第一次打弹弓！"

我当然记得那些日子，父母不让我们出门，家里人心惶惶的。用人们翻箱倒柜，进进出出的。母亲总是啜泣，做些莫名其妙的事，比如，拿脖子上的漂亮丝巾擦鼻涕，却把洗脸用的毛巾围在脖子上。我发现父亲回来的时候，脸色煞白，几天工夫好像老了好几岁。哥哥不去上学了，留在家中，他把他的弹弓送给了我，并教我怎么瞄准。他是老把式了，瞄准的姿势帅极了，如同成吉思汗弯弓射大雕。我发誓那是我第一次摸弹弓。当我铆足劲这么随手一射时，却打落天上一只灰色大鹭鸟。哥哥吃惊地合不拢嘴，像个木桩一样僵在那里。

露眯起了眼睛。"原来如此！"

"你一定知道，我的家人……他们都不在了！"我说不下去了，一阵突如其来的悲凄让我的心揪到了一块儿，我感到心脏停顿难以呼吸。

露对着我大喊："深呼吸！大卫，深呼吸！"

几秒钟以后我才像个溺水者挣扎出水面，大吸一口气。

"只要他们还在你心里，死亡就不是分离。"露安慰我，"何况生死并不像凡人所想的那样！"

她的话让人捉摸不透，我想到了大鼻子先生说过——这世界的真相啊！就如同俄罗斯套娃，打开一层又一层。你以为你看到了真相，其实不过是一个又一个虚假的表象而已。我突然感到，我或许可以用完全不同于从前的另一种眼光来看待这世界，以及这世界的来和去、有和无。这一番顿悟让我心头的阴霾一扫而光，我也随之精神一震，从心底涌出一股不曾有过的深邃情感。

希望。

露笑了，好像读得懂我的心思。

"今晚有一个聚会，到时候你将会明白很多道理，比你过去所知道的要多得多。"说着露推开水草，跳上岸，钻入昏暗的丛莽之中，"你不是想揭示真相吗？快，跟着我，我们现在就出发。"

平常微不足道的草丛如今在我眼前生长成繁茂的森林，这里有电线杆子一般高的草秆，雨伞似的蘑菇，山脉一样巍峨的大石头。而在人类眼中那些渺小而卑微的昆虫，忽然间有了非同寻常的面目——如庞大的直升机似的蜻蜓；怪兽一般狰狞的毛毛虫；如战斗机的引擎一般轰鸣不休的苍蝇，它们在我头顶呼啸而过……这些微小的生命，只是受着自身饥渴的驱使，带着每个细胞与生俱来的纯洁食欲在忙碌，在觅食，在交配，在抚育后代。

我感到一种轻柔的惊愕，仿佛梦游者毫不费力地，魔术般遁入了另一个时空，另一个自我。这里是如此纯粹，如此和谐，充满勃勃生机，我感觉自己正慢慢地钻入大地的精神之中。对我来说——敞开心扉，接近这微观世界中的一草一木，真是一种神奇而美妙的经历。

一只多足虫出现在我的前方。

我追了上去，想看个明白：它走路时，究竟先迈哪一只脚？于是我一路尾随着这只西瓜虫，一面走，一面不厌其烦地观察它身上这套复杂的多足运行系统。

露不以为然，任由我沉迷于西瓜虫研究，她飞离草丛和蝴蝶徜徉于花朵之间。

说来好笑，这些细细的腿脚就像两队士兵，行动迅捷，整齐划一，什么都不能打破它们遵守的秩序。这只西瓜虫忍受不了别人的监视，它想尽办法甩掉我。然而我紧追不舍，跟着它爬上草杆，再从一片草叶上像玩滑滑梯一样滑下来，待我的脚刚触及地面，就感觉到来自地下的猛烈震动。再看那只西瓜虫早已将身体蜷缩成一只铠甲球，滚远了。

"留神啊，大卫！"露不知什么时候突然出现，从背后拽着我往后一退。

一只幼蝉从我刚才的落脚之地里钻了出来。它全身脏兮兮的，转动着一对黑眼睛，笨拙地打量着我。

"大卫，看！这只蝉宝宝正在恢复视力。"露对我说，"你知道吗？它可是在黑暗、潮湿的地底下生活了四年啊！也就是一千四百六十天，只为了今天重见光明的这一刻。等到明早的朝露干涸之时，它就会化蛹成蝉，飞上高高的枝头，从长年累月的重压下解脱出来，过上一段飞翔、歌唱，追求爱情的简短时光。"

我的眼眶湿润了。

树梢间传来阵阵单调的蝉鸣，在身体深处我感觉到一阵回应音符般的隐秘震颤。

我忽然懂得知了为何要在夏天没完没了地引吭高歌，这原来就是它们对抗死亡的方式——只有这样——让生命真正地绚烂！

这也是它们歌颂生命的方式，我觉得那声音充满了生命力，充满了对生活，对时光的咏叹！

而这只幼蝉似乎也感受到了我的温情。它慢慢向我靠近，越来越近，近得我可以看见它大小不一的复眼，鼻子和眼睛周围的细细的绒毛，以及像吸管一样又细又长的嘴巴。我伸手摸了摸，硬得像一根钢刺。它在地底下就是靠它来吸食树根的汁液为生吗？

我走神了，头脑里显现出一副画面——漆黑一片的地下王国，幼蝉用两只大钳摸索着前进。它很饿，在自己的身体里面感受不到任何力量的涌动，只有一种渺远、空洞的回声在耳畔萦绕。加把劲啊！快！再加把劲！这时它的大钳碰到了一样硬硬的东西，它贴上去，全神贯注地倾听从里面传来的声响，就像对着一只贝壳倾听大海的回声一样。突然，它直起身，毫无迟疑地，用它钢针一样的嘴巴狠刺了进去。一股汁水像泉水一样迸射而出，源源不断地流进它的身体，直到把它的肚腑充满，把它整个儿装得满满当当，浑身真力充沛，再也装不下了。而在地面之上，老树像风中的残烛一样瑟瑟发抖，因为这黑暗中的一道流血的伤口。

这只幼蝉似乎洞悉了我的所思所想，它凑近我，引人注目的大眼睛燃烧着渴望。

露在一旁笑着拍手。"它喜欢你，大卫。"

别！我被它弄得哭笑不得。它就像一只庞大的外星宠物。

我走一步，它走一步。我到哪里，它跟到哪里。露在一旁咯咯笑个不停。

我投降了。我向蝉宝宝举起了双手，而它也学我的样，高举着两只大钳。

露一不小心从花托上掉了下来，手捂着笑疼了的肚子。

这是一个忘情的时刻，我把一切抛诸脑后，完全沉浸在节日般的欢乐之中。

为了摆脱缠人的蝉宝宝，露想到了一个绝妙的主意。

我们一前一后，沿着大榕树的树干慢慢往上爬。好像一只正在捕鱼的苍鹭，无声无息地引着鱼儿慢慢上钩。等到幼蝉开始跟着我们一步一步往树上爬时，我们便趁其不备，快速离去。

我回头时，瞥见那只蝉宝宝正毫不知情地向上攀爬。"再见！"我知道明天露珠干涸之时，它便会化蛹成蝉，为生命而歌唱。

月光下的戏剧

忽然之间，夜幕降临了。像是闭上眼睛，天就刷地一下黑了，和熄灯一样快。

我不由得慨叹，时间在这个生机勃勃的世界里真是韧性十足啊！它可以被拉长，一秒钟可以像原子弹爆炸后形成的蘑菇云那样无限蔓延；也可以被压缩，一昼夜如同过了漫长的一生。

一轮满月刺破天空，照亮大地，银色的月光像丝一样清澈明亮。周围所有的一切仿佛都浸泡在寂静之中，那是一种深夜梦回时你可以感觉到的寂静，庄严肃穆的气氛，一种不可名状的停滞。

远处的曼陀罗花丛里有一些绿色光点在闪烁。

露看到我的脸上掠过一阵又好奇又害怕的神情，便顽皮起来。

她要和我玩一个游戏。

此时此刻不计其数的绿色光点在黑暗处闪烁，露认为，像掉落地上的星星。可是天上的星星没有掉下来，我认为那是夏季夜晚的精灵不小心摔了个大跟头，手里捧着的大钻石便磕磕碰碰，散落成零星的碎片。露说不出名堂，失掉一分。

我们一步步地靠近微弱的绿光，在袅绕的雾气中，它就像少女眼角闪动的晶莹泪光，若隐若现若梦般缥缈。露认为，泪珠不会发光。它们像茫茫大海上照亮黑暗的灯光，忽闪忽闪！我收回自己有关泪光的比喻。我们扯平了。

忽然，有几个光点如同浮在空气中一般，不经意间飘走了……它们就像随风飘荡的灯笼，像按快门时照相机的闪光灯，像流星划过夜空，像停电时点燃的烛光，像无数的眼睛在黑暗中闪亮，像舞动的火苗。一个回合只计一分，我一口气打六个比喻实在没有必要。露哑口无言，又失掉一分。

这时在曼陀罗花下，在腐烂的草叶上，我看到了那些绿色光点。我未曾想到自己会喜出望外地叫起来。

露告诉我，这不是钻石，不是泪珠，不是灯笼，不是流星，不是眼睛……不是我们所形容的任何一样东西，它们是萤火虫发光的卵，其中有几只卵已经孵化出幼虫。

萤火虫的幼虫外表看起来像蛆，身体如同花瓣一样温润细嫩，尾部发出一闪一闪的绿色萤光。从这群可爱的虫宝宝身上，我能感觉到我们称之为"生命"的那种温暖湿润的东西。尤其让人忍俊不禁的是，稍微有一点动静，这些顽皮的小滑头们就会立即装死。有的蜷缩起身体，有的肚皮朝上，全都一动不动。

它们的滑稽表演让露的嘴角上扬，脸上漾起了甜美的笑容。我真想伸出双手掬起她的笑靥，捧在面前深深地吸吮，可我没有这个胆量，只是一动不动地站在那儿，全身上下被绿色的生命之光和她的美所沁透。

月光下，一只水淋淋的大蜗牛正踱着优雅的步伐在草叶间漫步，身后留下一串闪闪发光的痕迹。它像体验小步舞曲似的，在蠕动、伸缩和舒展间尽情演绎由它内心的温柔、多情所组成的旋律。

露悄悄地对我说："好戏上演了！"然后不容分说，拉着我的手，我们并肩飞了起来。

白色曼陀罗花在夜色里散发出沁人心脾的香味。它看见露便齐刷刷地垂下喇叭型的花朵，像是在鞠躬致敬。露挑了一朵曼陀罗花坐上去，它就像一把柔软的高背椅。从空中俯瞰，四周的曼陀罗花状如圆形剧场的看台，而下面，在舞台背景上，那些星星点点的萤卵制造出了如梦如幻的灯光特效。

蜗牛的漫步已经开始了，戏剧拉开帷幕。

但露提醒我，将要上演的可不是一出缠绵悱恻的爱情剧，而是一场狩猎表演，一场你死我活的搏杀。这是大自然所能创造出的最原始、最真实的剧作。

一只萤火虫的幼虫跟上了蜗牛的步伐。高高在上的蜗牛对着月光吟唱，舞蹈，似乎并未把这只柔软的蛆虫放在眼里。是啊！为什么要怕一只蛆虫？蜗牛除了有硬壳可以藏身，它的舌头上还密密麻麻地分布着一万四千一百七十五颗牙齿。这些牙齿可以轻而易举地嚼烂、磨碎植物的皮和叶。

我得说，这只小幼萤在冒险，在这样一个长着硬壳的庞然大物面前打转转，就不害怕吗？

忽然，幼萤停下了脚步。它伸出像针头一样尖细的嘴巴在蜗牛身上扎了几下。这是什么独门"武功"？那只蜗牛愣了几秒钟。像是受到了伤害，它不敢相信眼前这只孱弱的蛆虫竟然如此胆大妄为。它需要把这件事前前后后想个透，否则下次它可能会再因麻痹大意而栽跟头。实际上，蜗牛再也没有下次了。它翻倒在地，完全没有了先前的优雅姿态。

露说，这是小幼萤在给蜗牛打"麻醉针"——用嘴里喷出的一种毒素，把蜗牛麻翻。接着，它就会给蜗牛注射一种消化液——酶，直到把蜗牛肉化成稀乎乎的鲜美肉汁。这时它便会呼唤同伴，围在蜗牛四周，一齐把针管般的嘴巴插进蜗牛体内，开起肉汁派对来。

呃，这实在太残酷了。一个天真的孩子，一个散发着美丽光芒的天使，一个毫无抵抗力的弱者竟摇身一变，成了一个刽子手。我忽然觉得神情恍惚，头皮发麻。

我还清晰地记得当年的那种感受——踩碎蜗牛壳的一刹那，那撕心裂肺的破碎声，仿佛在指责我，太迟了，生灵已死。被碾成千万片的生命再也无法还原。我欲哭无泪，觉得自己又像是回到小时候那样，害怕见到杀戮和死亡，哪怕是不小心踩死树叶下的一只蜗牛，哪怕是为了获取养分而遵守大地法则。

当黑蜘蛛像个幽灵似的从黑暗处现身时，一声尖叫涌上我的喉咙。这又唱的是哪出？即便我远远地置身事外，仍旧因发现了一张凶手的脸而惊惧不安。

在幼萤们毫无察觉的情况下，这只毛茸茸的怪物，像一节超速奔驰的火车头朝肉汁派对上的幼萤发起突然袭击。其中一个倒霉蛋被蜘蛛瞬间擒住。面对更为强大，更为邪恶的力量，幼萤的抵抗显得不堪一击，可以说，几乎没有挣扎几下就被蜘蛛熟练地裹成一具木乃伊，它的尾部还在一闪一闪，仿佛在用生命最后的光芒点亮进入死亡的阶梯。

白天那么纯粹、平静，充满了生机，此时此刻，这里却变成了一种怪异的，粗野的，非人的魔幻世界。

我仿佛从云朵上直坠而下。

夜晚就像一个黑暗的隧道。树会死，海会枯，甚至光也会暗，万物的归宿只剩下灭亡，那么又有什么留下呢？

生命有何意义？

用生命捍卫蚁巢

露抬起头，望着夜空中越来越多的萤火虫点亮它们的"灯笼"，像流动的光溪从四面八方向着某一处汇聚而去……

"走吧，大卫。"她轻声对我说，"聚会就要开始了。"

露握着我的手，我便轻如一粒蒲公英的带着羽毛的种子，在静穆的晚天里，飘浮而去。

"我懂你的感受。"露见我闷闷不乐，便劝慰我道，"刚刚那一幕的确不美好，然而却是最真实不过的。人类社会又何尝不如此呢？这是大地的法则，也是你那个世界里的尺度。"

人类的世界？啊！确实，我又记起战争的阴霾以及那场夺去亲人生命的灾难，与这里相比，那个遥远的人类世界似乎更加野蛮、残酷，它给我造成永远无法修补的心殇。

正在我唏嘘感叹之际，呼——嘭！一对飞蚁一前一后向我撞来了。

在两股冲力的连续撞击之下，我松开了露的手，身体旋即失去了平衡，在空中打着旋，画着圆弧，向着大地张开的血盆大口栽去，仿佛一架失事的飞机在铭刻着自己的碑文。直到我的腿被露从后面使劲拖住，我的自由落体运动才告结束。

那对飞蚁扇动着翅膀来到我和露的面前，向惊魂未定的我致以最诚挚的歉意。我该责怪什么？那让蚁后长出翅膀的爱情的力量？不！它们正以全部的生命激情投入这场短暂的"爱的仪式"中。一生只有一次。

我祝福了它们。

露在飞行途中，向我讲述了关于蚂蚁的故事。

雨林里生存着两种蚂蚁，一种是体型较小，性情温和的黑蚂蚁；另一种则是体形剽悍，生性凶残的行军蚁。

行军蚁是世界上最恐怖的猎手。它们集体围猎，像训练有素的军队一样协同作战。你知道它们的杀伤力有多强？行军蚁所到之处，寸草不生。体形比它们大百倍、千倍的"大块头"，比如一头猪或者豹子碰上行军蚁，半天之内也会被吃得只剩下骨头。

黑蚂蚁不像行军蚁，长有一对巨大而锋利的大颚，可以轻松切开猎物皮肉。与这么强大的天敌生活在同一片土地上，处于弱势的黑蚂蚁又要如何求得生存呢？

黑蚁们群策群力，可想来想去，只有一个办法：那就是在每次觅食归来的时候把巢穴隐蔽好。里面用石头封闭，外面扫除蚁巢的痕迹。但是这样一来，每次必然要有蚁兵垫后，负责蚁巢的隐蔽工作。那留在巢穴外的黑蚁即便没有遇上行军蚁，也会很快耗尽体内的糖和水分而死去。换句话说要确保蚁巢的安全，每次都将牺牲二十几只黑蚁的生命。

"那黑蚁们要怎么来排队呢？"我插嘴道。这确实是个难题，不是吗？

"这从来都不是个难题，因为每一只黑蚁都愿意用生命捍卫蚁巢。"

她接着讲，浩浩荡荡的黑蚁大军每天都会准时返回到巢穴里，等洞口从里面封闭之后，那留在巢外的勇士就开始到附近搬来沙粒，将巢穴入口处与周围的环境完全融为一体。一旦隐蔽工作完成之后，它们就会走得远远的，静等游猎者的出现。就这样，行军蚁始终未能发现黑蚁的巢穴入口。

"后来呢？"我问，"后来怎么样了？黑蚂蚁的数量是不是越来越少了？"

"不！结局正相反。我下回再讲给你听，我们到了！"

游历归来的精灵王

借着北极光一样皎洁的月光，俯看这片位于溪涧处的桫椤树林——夜晚的森林浸泡在寂静之中，白天的蝉鸣以及各种吵闹声都已销声匿迹，除了偶尔划破夜空的几声鸟鸣外，只有溪涧处的流水一直轰鸣不绝。林间瀑布沐浴着月亮那幽灵般的水银光，就像银箔似的闪闪发光。而泪水一样透明的溪流水气缭绕，仿若来自仙境之源。

我们降落在一棵？噢！不！我忽然感觉肩膀僵硬，背脊处毛骨悚然！我落脚的地方踩下去软软的，纹路好似蛇……皮，这是一条蟒蛇？！

"你害怕了，大卫？你难道不知桫椤树又叫蛇木？"露朝我调皮地眨眨眼，她明亮的眼睛像凿子一样凿开夜的漆黑。

由于夜色昏沉，我误把状似蛇皮的整棵桫椤树干当成了一条蟒蛇。但借助夜色，我也成功掩饰了我番茄红的面色。

一点淡绿的小光由远至近。这是一只萤火虫，前来引路。它看见露便谦卑地行了个礼。

"来了多少仙灵？"露问它。

"好多！我从没有见过这么多仙灵！他们的模样可真是千差万别。"那萤火虫定睛瞧了瞧大卫，有些怀疑，"你也是仙灵吗？"

"他是我的朋友，你只管引路好了！"那萤火虫便不再多嘴。

露在我耳畔小声叮嘱："一会儿见了仙灵王，切莫多言！"

我牢记在心，跟着露沿着弯弯曲曲的蛇皮树根向前走，一直走到被浓密的藤叶和寄生菌所覆盖的主干前。露停了下来。

这些藤叶散发出的味道……就像妈咪常用的洗发水。我感到一阵轻微的战栗，仿佛有只冰凉的记忆之爪趁我不防备，便伸出来挠我。

然而我的战栗并没有持续多久，就被那些不甘寂寞的寄生菌们打断了。它们看见露就热情地打起招呼来。这些肥胖的菌菇，带着有箍的柄和染得亮晶晶的帽子，看起来十分滑稽。

我感觉既新奇又害怕。一种难以言述的感受蛰伏在我意识的边缘。

此时，垂在我们面前的那些藤叶谦卑地向两边自行退去，一扇精雕细刻的拱门顿时出现在眼前。露轻轻推开拱门，一道精光射出，晃得我眼前一花。

"这是海妖进奉的南海灵珠！"露在我耳边轻语，

我揉了揉眼睛，定睛再看，那颗硕大的海底灵珠悬于洞顶，有如满月，映得满堂生辉，宛如置身水晶龙宫。果然是天造奇珍，凝聚月之精华，海之精魄，珠气纵横，使人不可逼视。

露牵着我，移步殿内。

这里就像一个沙龙。仙灵们从四面八方齐聚一堂，自是热闹非凡。他们手里拿着铃铛般的花朵杯盏，花萼洁白，有如骨瓷，泛出半透明的光泽。而无数的萤火虫拎着玉壶，往来其间，为空盏注满仙饮。殿内到处嵌饰奇珍异宝，空灵虚幻，月华四溢。

我的到来引起了一阵骚动，仙灵们纷纷向我投来质询的目光。不知道为什么，我心生污秽感，感觉自己就是一块浊物，在这森林密境所形成的抽象纯洁中感到无地自容。

露神情坦然地引领我穿越精灵族群，向王座走去。

仙灵们样貌、种性大相径庭。有人首鳞身的怪鱼，似人类孩童般大小，他们的肤色和头发像海藻一样绿，两鳍似人手，背脊青盈如玉，光润流彩，与全身灿若黄金的鳞片交相辉映，令人目炫。露悄悄告诉我他们是隐水的精灵，深潜大海，又叫"海妖"。他们朝我莞尔而笑，颜面惊人的美丽，如同静静开放的花朵一般，让人顿感意醉神迷。

"小心啊！大卫。他们很脆弱，常常因为爱情而憔悴。"露斜睨着我，打趣道。

有一对长着透明翅膀的仙子唱起了歌。歌声在殿堂上空盘旋，回荡，就像是来自远方的鸟儿一样，通过歌声带着你飞越高山，穿过丛林、溪流和草地。他们是那么耀眼夺目，一个皮肤金色，通体闪耀着金色光芒；一个皮肤银色，通体闪耀着水银光泽。

"他们是光之精灵，喜欢唱歌、跳舞。"说到他们，露的脸色变得柔和而可爱，像一朵刚开放的紫云英。

当我转过身，看到角落里的那群精怪时，我明显感觉到一股冷冰冰的敌意向我袭来。他们的模样很奇特，皮肤呈黑色或深紫色，头发却是银白色的，很长，瀑布一样垂在肩上。他们身材很高，没有翅膀，白色丝衣上绣有黑蜘蛛图腾。露似乎不愿意我靠近他们，拉着我赶紧离开。"他们是地魁，居住在地底洞穴。"

我们来到王座前，精灵王的宝座，气势威严，像金刚石一般闪光。

此刻精灵王端坐在宝座上，我看到他的第一眼，耳畔似乎响起一声苍凉的啸咤，仿佛一只孤鹰正掠过弧形的山脊。他穿着赭色金丝软甲，白发垂肩，头戴宝石王冠，一副鹰翅收拢垂于身后，将喧嚣的人间，稻菽一样地深藏。他虽已垂暮，但神情矍铄。那冬天般凛凛含威的面孔，让人望而生畏。

一个独角精灵站在王座左侧。他的通体熠熠生辉，如同月光下的溪流。看到他的第一眼，我顿时觉得神清气爽，仿佛整个人都变得纯洁了，如同返老还童一般。他给我一种来自另外一个时空的感觉。白色的长发，白色的皮肤，白色的丝衣，白色的如同光茫一般的透明羽翼，全身上下洁白如玉，除了头顶那根棕色带螺纹的独角。

"王。"露弯下腰谦卑地行礼。

我学着露的模样也行了个礼。

"人类……"精灵王盯着我，目光警觉起来。那神情就如同一只藏在丛莽之间的猎豹，机警地窥视着外面的一举一动。

"是的。他叫大卫。因沉船事故而流落到此。"

"大卫，大卫……"精灵王若有所思地低语道。渐渐地，他的眼眸里升起了迷惘之情，好似忽然忆起了一个令他不堪忍受的噩梦。

"可是那个男孩？"那个独角精灵问露，双目炯炯地看着我，然而我在他黑色的眼瞳里只能看到绿色的树木，溪流和野兽，却看不见自己的影子。

"是的，圣灵。他就是我曾经向您提起过的那个男孩……"

听他们谈论我的过往，感觉怪怪的，似乎有一种分裂感，仿佛"我"一下变成了三个——现在的我，内心的我，还有一个她称之为"大卫"的那个人。那个人现在和我站在一起，秘密地与我分享这孤独与痛苦构成的身躯，与我自己一样真实，尽管从内心感觉上来讲，此时此刻这两个"我"都像是披在真正的我身上的一件伪装。

"啊！我想起来了！"精灵王低沉的嗓音欲言又止，仿佛回忆中的画面布满了痛苦的尖角和硬刺。"那个踏入最后解决之路的孩子。他也叫大卫。那是在我途经魏玛时，一个叫布痕瓦尔德的地方。那个犹太人的男孩，就走在队伍里，带着犹太人的上帝留给犹太孩子们的那种眼神。"

殿堂内一片寂静。精灵们沉默不语，连那萤火虫都韬晦了光芒，像是为这可怜的犹太男孩致哀。

"那个孩子……"精灵王的眼睛一眨也不眨，他的目光中有某种游离于世界之外的东西，某种凡人无法触摸的东西。"那个孩子深陷的眼窝看起来像一潭死水，蒙着恐惧的阴影，一边的眼皮不住地抽搐，眼睛四周是黑黑的眼圈。他身体单薄，患有结核病，双手一直在抖。他的脸……那张脸就像镌刻在了我的记忆中一样，总是突然浮现在我眼前。那个孩子，排在队伍里的大卫，他的脸就如同婴儿脸上的一片残梗地，透着年老的沧桑，有一种尚未成熟的成熟。丑得吓人，但又丑得美丽极了。"

寂静。

死一般的寂静。

精灵王继续说道："我忘不掉那些受难者的眼睛，男人，女人，老人，孩子，都像大卫一样，全都长着一模一样的眼睛。只要我看到那样的眼睛，便如同看到了殉难者的标志。我不知道该怎么向你们描绘那样的眼睛，因为我不是画家。我只能谈一谈我看到的，以及我感受到的。实际上，受难者的眼睛，它并不是想象中的那样毫无表情，它只是呆板、僵硬，里面似乎只有火焰的灰烬，却看不到任何光，就如同天空上衰竭的星辰。每次在人群中看到这样的眼睛，我的心就被揪紧了。从那双眼睛的深处，我间接感受到了无辜受难者所经历的屈辱、拷打、恐惧、饥饿、寒冷和死亡。"

殿堂里，精灵王的语声回响萦绕。

然后，只有沉默。

在这突兀的静止中，精灵王气愤地锤了一下拳头，忽然大声说："人类病了，疯了，简直就是'无药可救'！"他脸上的皱纹紧绷着，好像一道道锋利的刀刃。"这次巡游，我看到的不是国家，不是城市，而是屠宰场。如果你没有经历被吊死，被枪杀，被强奸，被活埋，被解剖，被毒气窒息，没有变成焚化炉里的烟雾，没有跟着几十万人一起被屠杀，没有站在路的尽头，站在死亡的行列之中……你绝不可能体会到真正的恐惧和绝望。"他的声音越来越高亢，好像是狂风摧折枯枝一般，而他口中吐出的每一个词，都变成了一根根长矛，刺进我的心坎。

殿堂里议论纷纷，我看到精灵们在交头结耳。

"Moon，你在整个妖精种族中最为睿智！来，来，来，把你的手搭在世界的脉搏之上，为我们预测一下人类文明的走向！"

那独角精灵从王座旁走出，在向精灵王鞠躬示意后，他环视四周，似乎在用目光之锤叩击在场的每一颗心灵。他的身体光芒四射就像一团只可远观的焰火。

"尊敬的王，各位仙灵们，听了王的表述，我们大家都能看到人类文明的在劫难逃，看到正在到来的最后结局。"

露轻轻对我耳语："仔细听好了，大卫。他看事情总是不偏不倚，不忘过去。"

"依我看，"他的声音显得十分淡定和从容，"法西斯主义，种族主义，军国主义，反犹主义，恐怖主义……这都是从人类精神世界的地牢里钻出来的鬼怪，而人的心灵正是这些'鬼怪'的永恒滋养地。因为人的天性里有比所有动物都更强烈的疯狂、混乱、暴力、堕落和肮脏。这些人性中的深水怪兽在人们的内心筑就无形之墙，让人与人隔绝，并相互疏离，这便是'文明世界'中毒至深，足以致命的伤口。"

然后，他一字一顿地强调："历史上一次又一次的大屠杀反映的恰恰是人类社会普遍存在的精神分裂现象。这种'精神分裂'并不是一种疾病或一种生理状态，实际上让人精神状态失衡的正是人性中那永恒的矛盾冲突。如今，在'人性'这个巨大的屠宰场墙上，诸如爱、友谊、怜悯、谦卑或宽恕等美德，都失去了原有的深度和尺度。人们正热衷于以工业化、资本扩张、殖民、战争等手法铭刻下——那一直以胚胎形式存在于人体内的破坏力和嗜杀激情。因此，所有的人——当然是在不同程度上——都得为每一次极权主义机器的运行承担责任。"

"哎！"精灵王长叹一声。那充满苦闷的一声叹息，就像疾风刮过旧窗帘时发出的如同悲泣的声音。"人类信仰的'太阳'陨落了，作为社会群居动物，如果不能躬身自省的话，他们的世界注定将走向黑暗，经历前所未有的'日蚀'期。"

Moon 所说的话犹如锋利的刀片，在我的神经和情感上留下一条条划痕。

尽管我努力思考，仍然感觉到有一个难以企及的精神边界。

我好像明白了，又似乎一无所知。人到底是怎样的人？要怎么做才能认识那个内心深处的自己？作为人类的一员，这些问题困扰着我，让我感到迷惑和恐慌。

我突然想起了约翰·多恩的诗——

没有谁能像一座孤岛

在大海里独踞

每个人都像一块小小的泥土

连接成整个陆地

如果有一块泥土被海水冲击

欧洲就会失去一角

这如同一座山岬

也如同你的朋友和你自己

无论谁死了

都是自己的一部分在死去

因为我包含在人类这个概念里

因此我从不问丧钟为谁而鸣

它为我，也为你

……

我感到胸口塞满了石头。

此时精灵王挥了挥手，示意 party 继续。大厅里随即恢复了原有的秩序，精灵们开始歌唱和舞蹈。他们的欢乐感染了他，精灵王的脸色发生了奇异的变化，激动的红潮涌上他的面庞，他憔悴的脸色顿时变得神采焕发，连尖锐的颧骨也似乎圆润了。他大声喝彩，像欢天喜地的孩子，高兴得几乎要唱起来。这是一个欢乐的世界，它微妙、神秘，又截然不同，它就在我的眼前，然而作为人类的一员，我却感到有一种难以形容的疏离感。

"大卫。我们走吧！"露的善解人意，让我感受到一种来自精神深处的秘密契合。

擎天柱，这片森林中最高的树

出了门，露不容分说，只是拉着我的手，向着夜空飞去。就像这里生长着的一切都朝向天空，仿佛地心引力不知怎的失去了作用。我们越飞越高，树木在下方如波涛般起起伏伏。我产生了错觉，以为露会带着我摆脱掉大地的束缚，向着天空振翅飞翔，逃逸在日月星辰之间。可是在空中盘旋了一圈后，我们降落在一棵树的树冠上。

"这是'擎天柱'，是这片森林中最高的树。我经常在这里，仰望星空。"

我学着露，躺在轻柔的椭圆形叶片上。随着微风轻轻摇晃，就像在温暖的摇篮中一般。有露在我的身边，我知道我已无所顾忌。在月亮那极光般的光辉沐浴下，如同把温暖的敷料贴在疼处一般，我沉重的心情经过涤荡变得神清气爽。

"露，那黑蚂蚁后来怎么样了？"

"结局正相反呢！大卫，正是黑蚂蚁这种舍己为人的举动，换来了黑蚁巢穴的安全，使得黑蚂蚁们在行军蚁出没的地带一直生存繁衍下来，并且数量越来越多。而行军蚁虽然强大，但每次因为饥饿便同类相残的习性反而使它们越来越少，趋于灭绝的边缘。"

"真出人意料！"

"所以说，大卫，这世间的一切生命如果具有存在意义的话，那一定不是自私自利，互相倾轧。生命的价值就在于奉献，在于无私地付出，而不是索取。哎！很多人不明白，说到底人这一生又能得到什么呢？什么也得不到，什么也无法拥有，包括生命本身。"

"说得对极了，露。人生就是一个不断失去的过程！生活迟早会把你所拥有的东西，一样一样拿走，全部拿走，毫不留情！没有东西可以对抗死亡和世界的荒芜。"

我想起了大鼻子先生所说的话。我想念他。如果他也在这里，听到精灵们说的话，他会怎么想呢？他的同胞，我的同胞，那些殉难者，他们构成了赝品世界里纯洁的顶峰，可谁又能救赎他们苦难的灵魂？指望上帝吗？

"你在流泪，大卫。在想上帝的问题？"

"是的。"

露笑了。她那双眼睛是多么明亮，就像在月色下泛着亮光的水潭。"大卫，你还记得你房间里的地毯、门把手、桌椅、嘀嗒作响的时钟，还有每晚那一番长长的祷告吗？在说'阿门'的时候，你脑海里总会浮现教堂窗户上那绿绒的帷幔，《圣经》封面上的花纹字母，还有管风琴那神秘悠远，又变化多端的音色。你管这些飘忽而来的琐碎的印象叫——上帝。"

"是的，露，我记得……"她的话将我带回童年的记忆，隔着旧时光的帘幕，那些日子是那么温馨，那么美！我真想抓住时间的犄角，把它拖到当下。

"大卫，你们人类不是发明了电灯泡吗？"我点点头，她继续说道，"我不知道怎么样来比喻才恰当。几千年来，人类创立的各种各样的宗教派别，其实都指向同一个意识源头。它们都或多或少包含着启迪心智的真知灼见，但经过人为神化，以及以讹传讹、添油加醋之后，宗教的外在逐渐沦为僵化的教条主义。当我看到成千上万的人膜拜他们的神，就跟灯光下的夜蛾、螟蛾、蝼蛄、叶蝉、飞虱以及金龟甲等趋光性昆虫一样，在不可理喻的习性下，前扑后继，一个一个粘附在玻璃灯罩上，最终死在燃烧的钨丝散发出的光明假象里。"

她的话像车轮滚滚而来，辗过我的意识。而我只能在那儿，眼巴巴地瞧着她。

"这不是真正的光。"

"真正的光？你是说阳光吗？"

"不！大卫。这光不可见，它是……哎呀！我不知道该怎么跟你解释了。"

无上之光

一只发光的白鸟扇动着光的翅翼滑行在夜空中，它好像看到了我们，在空中陡然折向，反转而行，向我们飞来。不！那不是一只鸟。那是 Moon，那个神秘的独角精灵。

"你们好啊！这儿可真是个看日出的好地方。"他微笑着说。

每次看到这个神秘的独角精灵，望着他的眼睛，我就有一种洁净感，仿佛全身上下都被洗涤了一遍。他那黑色的眼瞳如此幽深而神秘，一如众星之间的黑暗的天，映照着海岛遗世而独立的超然。

我们一齐坐在树叶那轻柔的"摇篮"中，面朝着夜空的方向眺望着。

"Moon，你来得正好，大卫问我光是什么？我正不知如何回答是好呢！"

"光，无上之光？"他沉吟了片刻，"曾经有一个霉菌问过我，这看起来是扁平的，却又不停旋转的大地是什么？他简直跟你一模一样，大卫。"见我一头雾水，他微微一笑："你不是一直心存疑惑——为什么宇宙万物是这个样子？为什么生命的形态千差万别？为什么有生命就有死亡？"他停顿片刻。"依我看，你们所有的疑问都指向那个最本源的问题——'上帝'是什么？"什么都瞒不过精灵，对于我，他们简直无所不知。

Moon 昂起头，满怀敬畏之情地仰望天穹。

"人们一开始就搞错了，不是神创造了人类，而是人类创造了神。神没有按照自己的样子制造人类，而是人类根据自己的愿望为祂取了不同的名字，描绘了不同的样貌，撰写了不同的经文。所以……"

我思忖着他的话，却突然不经意地想起大鼻子先生说过的话，于是脱口而出："任何人想要弄清楚什么是真理，就必须超越上下五千年以来所有人类心智所创造的东西。"

Moon 惊讶地看着我。

"说得好极了！大卫，没有任何人为的宗教组织能引领人们窥见真理。相反，那些僵死的教条和迷信必定造成人的愚昧、软弱、依赖和局限。"

"那怎样才能窥见真理呢？"我想起大鼻子先生说过的话。克服恐惧、拒绝权威，才能在自由里探索真理。

可是他却对我说："首先你要探究的是'我是谁'。"他直视着我，目光如炬。"大卫，我问你，在这芸芸众生之中，你是一个特别的个体吗？一个与众不同、独一无二的人吗？一个唯一的自我吗？"

我立刻下意识地点点头。与众不同，我天生就如此啊！

他继续说道："那么，我要请你务必思考一下这个问题：你可曾注意到作为个体的你，有时候在思想观念、梦、幻觉和内心感受等很多方面，会出现和别人一致的地方？"

我不得不承认，很多时候，我会做别人也曾做过的梦，读到某些文章时会感同身受，遇到突发状况时会和别人有一样的本能反应。

他洞察我的表情，明若观火。"你的意识、我的意识，其实对全人类来说都是一样的。所以我们不是一个个单独的个体。"

那我是谁？我还是我吗？

"当然这不是说，'我'不存在，个体不存在，我指的是在个体之上还存在一种超个人的集体意识，它揭示了人类共同的、普遍一致的全宇宙意识，或者叫世界心智。它就存在于宇宙中，如同一片无声无形的广袤海洋——宇宙之海。圣人们从中汲取灵感和智慧。但是科学家用各种光的手段，不管是电磁波、无线电、红外射线、伽马射线、X射线都发现不了它，仅仅靠引力作用才能感知它的存在。"

他沉默片刻，似乎在给我消化这道命题的时间。

"其实你的祖先曾用阴爻和阳爻画出它在物质世界的模式；也曾用'道可道，非常道。名可名，非常名'来阐释它在宇宙间的运行规律。但是，没有人能真正打开这'众妙之门'，得以窥见它的真实。它就是道，是上帝，是大自然的神明，也是你们中国人所谓的天、上苍、老天爷，它是真理，是一切的缘起。而且，"他强调，"它就在我们之中，我们也在它之中。"

我刚刚能明白一些，此刻又蒙了。

Moon耐心地对我解释道："比如海洋，它是由流动的水组成。我们可以命名其中一片为海浪。但是水永远不能探明水本身。于是，这一片海浪产生了错觉，认为自己是独自存在的个体，孰不知，它不是唯一的独自，它就是整片的海洋。"

至此，我开始领悟了。

"大卫，我们每一个个体犹如一滴水，是这宇宙之海的一分子，离开了整体我们便不复存在。但另一方面，我们每一个个体又都包含了整个宇宙中所有的信息和它们的相互关系。可以说我们每一个个体都是一个小宇宙。我们的原子与太阳、地球以及其他行星的原子紧密联系，甚至是融合在一起的。"

此刻的 Moon 容光焕发，完全攫住了我的注意力。我想到德尔斐神庙的那句箴言："认识你自己。"

他放低声音，渐成耳语："一个人，只有当他真正认识自我，而不是强调个人，他才能不断消解从小到大被灌输的智识，让思想和心灵得到解放，以空无之心，实现彻底的觉知。"

我思忖良久，举目眺望那逐渐发亮的铅灰色天空，此时星星隐去，太阳尚未露面。

Moon 拍了拍我的肩膀，意味深长地对我说："总有一天，你会以自己的方式领会宇宙无穷的奥义！"

一直沉默无语的露拍手笑道："这太激励人心了！大卫，你知道，追寻真理从来不是易事。"

我会心地点点头。**揭示真相绝非易事！**

"看啊！大卫。"露指着鱼肚白的天边呈现的第一道红霞。

那抹绯红在慢慢地扩大范围，加强光亮。我似乎可以听见生锈的地轴转动的声音，脚下的大地一边震动，一边缓缓地倾倒出黑暗。我知道太阳就要从那海天交界的地方升起来了，便目不转睛地望着那里。

这时 Moon 从怀里拿出一支闪闪发光的白色苇笛，横在嘴边。

当那优美的韵律在耳边蔓延开来时，我只觉得一股激流倏地穿过我的身体，瞬间感觉我的身体似乎要唱起歌来，就像一座鸟儿栖息的树林。笛声婉转清脆，如一湾淙淙的溪流，轻吟浅唱；像一首田园诗歌，或抑或扬，仿佛置身于写意的画境，让人陶醉。忽然笛声变得高亢激昂，似乎蕴含着万钧之力。这响亮、急促的旋律牵动着红日以排山倒海之势，腾空跃起，向我们显露出那张憋红了的，却没有光亮的半边脸儿。

回转之际，笛声更加铿锵有力，而红日也伴随着这股抑扬顿错的旋律，像负着重担一般，奋力一挺，直到冲破云霞完全跃出海平面。

笛声戛然而止。一刹那间，这红色的"熔炉"发出夺目的光亮，仿佛这宇宙的黄金大门庄严地开启了。云霞，海水，岛屿，森林……一切都披上了华美耀眼的金色光芒，整个世界宛如一声奢华的礼拜。我感觉我小小的灵魂似要径自飘向这无穷的最初的光线去。

我们如苍穹的一粒尘埃，迎向太阳！

光，金色的光芒。

我感到心底涌出一股热流，那是我此前不曾有过的炽热情感。它使我双眼流下人世的泪，遮住了天和地的光华。

"你应该这样来祷告。"其时露说。

大海无比静谧，天空亮得耀眼，在神圣的寂静里，我忘了燃烧的邮轮，忘了撕裂的创伤，忘了自己成了孤儿，心中只有对往昔生活美好的记忆，对活在人世间的感恩。那一刻我的内心充满了喜悦和平和，像地狱之犬一般追着我不放的痛苦和自责也忽然消逝了。

"时光之河，苇笛如舟。"Moon 对我说，"笛声如阶梯，能引导你远离尘世愚昧，向上攀登，直往光明。所以它名叫'光之钥'。一把打开时空的钥匙。大卫，希望你能明白，它不只是一根苇笛，它更是一种连接。"

"和自有永存的无上之光？"

"是的。"Moon 郑重告诉我，"笛声能帮助你全身放松、高度入静。你知道吗？当人类大脑在注意力高度集中的状态下，松果体就会分泌出蜡一般的物质，这种物质具有不可思议的治愈疗效，可以复原和增长脑神经细胞，人的思绪和感知能力也随之增长。所谓'静极入定，定能生惠'就是这个意思。"

这真是太神奇了！我情不自禁地想伸手摸一摸。

他把苇笛递给我。我十分恭敬地接了过来，捧在手里。"如果你愿意，随时来找我，我教你怎么吹笛。"

"这可真是莫大的荣耀啊！"露喜出望外地看着我。

见我如获至宝，一副爱不释手的样子，Moon 告诫我："它只不过是一个工具而已。大卫，你要明白，真正的觉醒要靠你自己。"他抬起手，指了指我的太阳穴，"唯有你内在觉醒之际，天才会破晓，光明才会到来。这个过程也许不会有什么快乐，甚至是漫长的痛苦。但要记住，你一定要成为你自己的创造者。当你把人生当成圣殿，那里供奉的，将是自己这个神祇。"

冥冥之中，我感觉这些智慧的词汇就像是我命运的预言。虽然我尚不能完全理解，但我有一种清明的感觉，如沐春风。

这时，露打了一个极具感染力的哈欠。我也只觉眼皮越来越沉重。

Moon 起身告辞。

露便带着我飞回到我们初次相识的那个湖边。

一朵大红花张开花蕊热切地迎接我们。

露与我并肩而眠，我们躺在柔软的花托上。当困倦再次袭来时，我的眼皮随着花瓣的大红帐慢慢地合拢……

我记得的最后一件事是：我的手里紧紧握着"光之钥"，因为羞涩我转过身去静静地酣睡了。

致幻蘑菇？

"大卫，大卫……快醒来！"

"看！这是一种能麻痹神经，引起幻觉的蘑菇。"

……

我在摇晃。不！布朗先生，求求你，让我再睡会儿，我好困，我的眼皮沉重地抬不起来。我越晃越快。我感觉自己变成了我房间里那座西洋挂钟的钟摆，有节奏地晃动，左右，左右……突然指针飞快地滑出既定的轨道，好像我成了一张唱片，被爹地放进了留声机，我满脑子的刮擦声如一群麻雀在横冲直撞。接着，我又一下子来到邮轮的甲板上。那里风大浪急，船舷倾斜。我想大声呼喊，我知道邮轮就快沉没了。但是我站在角落里，目光空洞，一动不动，好像一个桦子一样被钉在死亡的颠簸上。

"啪"，我感觉脸上火辣辣的，很疼！发生了什么？我想睁开眼睛，可眼皮重得要命，如同柳条箱的箱门。

什么东西撬开了"箱门"，一道边缘参差不齐的光缝现了出来。

从这道明亮的缝隙里，我瞧见了蓝天、白云，还有大鼻子先生和那三个紫铜脸的水手，他们也凑过头来围着我瞧，像一张海报在我眼前平展开来，但我无心阅读他们写满了文字的脸。

我这是在哪里？随即我意识到自己正躺在湖边的草地上。后背痒痒的，针扎一样。周围是热带森林的高大树木。炽热的阳光晃得我眼花。我坐起身，眯起眼，白昼的湖泊像银箔一样闪亮。蜜蜂和甲虫正绕着我飞鸣；云雀欢唱着飞过我的眼前。在正午阳光的烘烤下，湖畔的花儿无精打采地垂下头颅。这里像梦境一样不真实。

然而，露，露在哪里呢？在他们惊诧而又关切的目光注视下，我四处张望。没有，再也不见她的身影。难道一切只是个梦？我问自己。但那些花儿就在眼前，我曾经就安眠在其中的一朵上。

我想坐起身，走到湖畔的花丛中，去寻找记忆中的那一朵时，却猛然发现我的手心里有一个耀眼的发光物！

我摊开手，感觉从脊背到脚跟都震悚了。这是一个小小的，闪闪发光的苇笛！

这么说这一切不是梦，是实实在在发生过的事？但她在哪里呢？我怎么看不见她？

只一刹那，我眼中欣喜的泪珠就化为恐惧和失望的溪流了。

我低头看着自己的身体，我的胳膊，腿……没有缩小，没有变大，还是原来的尺寸，跟常人一样。

回想发生过的一切。精灵那有如月光般轻微的梦影，渐行渐远，但依稀可见。美丽的露，让人生畏的精灵王，还有我手中……来自独角精灵的馈赠！我猜我的睡眠中一定有一个打破的沙漏，而往事随着解禁的时间从破损处溜走。

我是多么渴望那轻柔的一触啊！渴望自己再度变得小而轻盈，可以像长腿水黾一样在水面上行走……虽然我的身体回归到现实世界，但我的灵魂却向往那美轮美奂的另一处，就像一头饥渴的牛将脑袋伸向水面。一种令人无法忍受的渴望在体内四处流窜，使我浑身像要融化一般。

我站在那里，一半成了动物一半成了木头。

一只铁一般的胳膊搭在我肩上。

我回过头来，是那个缺了门牙的水手，他好奇我在对着手里的什么东西发呆。

我赶紧将苇笛握在手心，悄悄藏进衣兜。不！你不会相信的，这只能是我一个人的秘密。

"孩子，不管你看到了什么，都是因为致幻蘑菇让你产生了幻觉。"门牙告诉我。

我不想令他难过，但我在心里却不能苟同关于致幻蘑菇的说法。我是吃了蘑菇，可它没有使我产生幻觉，反而让我更为清醒，看得更为真切。我想起了那充满勃勃生机的微观世界。

"在老挝有一家酒吧，就卖这种'魔法蘑菇'，菜单上写着，蘑菇奶昔4美金，鸦片奶昔3美金，大麻奶昔1美金。那可是货真价实啊！致幻毒蘑菇加上西瓜和冰块打碎做成的'蘑菇奶昔'。我一想起那些食客的表情，还有那红红的眼珠，我就想笑。

哈哈哈！你别说，那滋味……还真令人惦记！"

"瞧瞧！你都对孩子说了些什么！"白浪头水手嗔了他一眼，门牙耸耸肩走开了。

"听说我，孩子。你失踪的这段时间，最担心你的是所罗巴伯先生。但你最应该感谢的是他。"他把那个沉默寡言的水手推到我面前。

"是他找到了你，凭着……他的鼻子！"说完他情不自禁地笑了。

鼻子？在这之前我从未注意到他的鼻子有多怪异。这下仔细一看，果然鼻头又大又扁，两个黑毛丛生的鼻孔像狗一样呼哧呼哧，如同鼓动的风箱。

我纳闷，再灵敏的嗅觉，鼻子就是鼻子，除了呼吸、嗅味，还能有什么特异功能不成？

但狗鼻子水手可不一般，他解释道："上帝给了每个人天赋，有人这样，有人那样。我这个大鼻头啊，老远就能嗅出危险。那天夜里在海上，突然，我鼻子一痒，罗盘似的动个不停。我意识到这是鼻子在提醒我：快逃。我掀开舱盖，浓烟滚滚，几乎看不见。我叫醒他们两个，冲上甲板，发现整艘船在大海里熊熊燃烧。"

"这是上帝的恩典！"白浪头水手虔诚地在胸前画了下"十"字。

我怔怔地望着他那又大又扁的鼻子。

如果拥有这样一只神奇的鼻子……我想象着他骑着闪电，脸上挂着不锈钢似的微笑，在闪电降落前将邮轮一脚踢开。

如果那样该多好啊……

回到白色海滩

他们决定先回到我们登陆的海滩，采集足够的食物，再前往位于岛屿北部的新宿营地。

水手们一面采集可食用的热带果实，一面把树枝削尖了当长矛，猎取刺豚鼠。每次听到有刺豚鼠发出痛苦的吱吱叫声，我都全身发毛，罪恶感让我抬不起头。

露！露！帮帮我。我浑身战栗。

为了躲避血腥的杀戮，我远远地跟在他们后面，弯着膝盖，沿着他们踩出的曲折复杂的路径行进。

我留神观察林间的每一片叶子、每一朵花、每一只昆虫，希望在它们身上找到来自另一个超然世界的线索。这些尘世中的相似之物，更高级的存在也许会透过它们呈现自己，在其中显现些微暗示。但我一无所获，现实隔绝的壁垒牢不可破。

鸟儿们在树枝间引吭高歌，它们是带有翅膀的歌手，一曲接一曲地唱下去。在这阒寂无声的下午，它们的音量可真吓人。这种天然的音乐把我心中的失落和忧伤消除了，我不再思考，只是感受。这些鸟儿是孤独的慰藉，即使是最坚硬的心灵，也会被它们诱惑，流露出愉悦的温情。

回到白色海滩，那里跟我们离开时一样荒无人迹。大家各自分工采集鸟蛋、椰子、藻类植物以及牡蛎等软体动物，作为食物储备。

此时我的肚子里饥肠辘辘，跟露在一起以花香为食，以月光为饮，但现在我与林中虫兽一样，只是受着自身饥渴的驱使，带着至今每个细胞仍旧保有的纯洁食欲，匍匐在大地的尘埃之中。

等采集工作一结束，水手们便升起一堆火，野外烧烤开始了。

我拒绝吃烤刺豚鼠，无论他们怎么好言相劝。我只吃树上采集的新鲜水果，还有在火焰余烬中焖热的海鸟蛋。依门牙的说法，很难想象还有什么东西能比烤刺豚鼠的味道更好了！但在我心里，这是无声的指责，是杀戮，是"蜗牛式死亡"。我永远忘不了那种感受——踩碎蜗牛壳的一刹那，那撕心裂肺的破碎声。

奥丁的巨马

从海滩到新的宿营地，我们穿过森林，跨越溪涧，攀爬山头，经过大约十公里的跋涉，四个小时的徒步，终于在日落时分到达了宿营地。

身体上的疲乏让我意外获得了心灵上的平静，在找回平衡的一瞬间，我感觉自己不再像阳光下的微粒一样漫天飞舞。只有一个目的——活着，如同地心引力一样将我牢牢缚住。

我注意到这儿的景色的确称得上是自然奇迹，而且，毫无疑问，非常适合居住。

在被灌木丛切开的草原的边缘，矗立着约二十棵完全和北欧神话中"世界之树"相媲美的巨人般的树。这些不知道是什么树种的"巨人"呈半圆形排列着。展开在它们脚下的绿茵，沿着河床伸展了几百步后，被一片长长的沙滩所取代，沙滩上布满了岩礁、卵石、绿色的海藻，沿着狭长的海岸线一直延伸到海上。

我猜这些巨树可能是所罗门王在耶路撒冷修建神殿的时代，被自然之神播种在海岛一隅的。这些树呈圆筒形，直直的，从地面算起，有八十至一百米高，粗壮的分枝像一把巨伞在空中撑开。

在"奥丁的巨马"中，有一棵——是巨树中最奇特的那一棵——特别吸引我的注意。它如同一个历经沧桑的驼背老人，身体弯成了一张弓，双脚踩住大地，在时光的渡口，以亘古不变的姿态，接纳、包容和贯通着过往与未来。

而在它的双腿缠绕间，有一个凹进去的大树洞，黑暗就埋伏在其中。

"这是一个现成的居所，一幢木屋，一座塔楼，比岩穴或者山洞更干燥，住起来也将舒适得多。来！将火把点燃，来吧！"白浪头带领我们走进巨树里面。

树洞比我们想象的还要大。其直径不下于6米。由于火把的有限光亮，无法估计其拱顶有多高。水手们认为即使这棵巨树出现了如此大的"创伤"，只是凭树干的坚固性和负载能力，它还能再活几个世纪。

此时白浪头在仔细检查洞壁，他没有发现裂口，风雨无法渗透进来。

确实如水手所言，一个岩穴不可能比这里更干燥，更密封，更安全。况且在什么地方过夜能比在这铺满腐植物的碎屑上更舒适呢？

乘着天还未黑透，我跟着大鼻子先生，水手，还有那个脸色苍白的美国人一起去林中捡拾树枝和藤蔓，我们需要做道篱笆门来抵御夜间生物的侵袭。而"白浪头"则带着"门牙"，用鸟蛋、水果、海藻和成千上万打的小牡蛎为我们做一顿原始的饭菜。

吃完晚饭，收拾停当。我们捡拾落叶，铺就一张柔软的落叶床，然后躺在黑暗里，看月光从筛子眼似的篱笆门里渗透进来，仿佛夜有千只眼。

大鼻子先生抚摸着老树苍老的皮肤，从心底发出感慨——

"只有春天知道，

"你经历了什么；

"只有春天知道，

"你弯曲的力量。"

他的诗意、他的嗓音，回旋在空空的树洞之中，久久不散。那一瞬间，我恍惚觉得他就像是这棵老树。一个历经沧桑的人，一棵倍受摧残的树。

万物都长有相似的棱角，那是内在精神骨骼的较量与抗争。

门牙也深有感触，他蹭到大鼻子先生身边，夸赞了先生的诗，然后他想知道诗歌是什么。大家都笑了。

大鼻子先生对他说："如果把长篇小说比作森林，那散文就是林中的一条小径。"

"诗歌呢？"他急切地问。

"诗歌就是一棵树，甚至就是一片叶子。而短诗，比如中国古诗、日本俳句，就是叶子上的筋络或虫痕。"

门牙挠了挠头。显然，有缺陷、无力而痛苦的人类是无法被它提升、被它深化，甚至在那么一刻里被它拯救的。

我相信诗歌能拯救我们免于冷漠，石头般的坚硬。

"先生，您知道那首诗吗？"门牙试图回忆起某首他听过的诗句，忽然他兴奋地一拍大腿，"想起来了，叫什么……亲爱的玛丽？"

"哦，亲爱的玛丽，你能在这里多好，

"你，和你那明亮开朗的棕色的眼睛，

"你那甜美的话语，似小鸟，

"向常春藤荫里寂寞忧郁的伴侣。"

大鼻子先生暗哑的嗓音在树洞里回旋，听起来如同长出了钩爪，一下下挠着黑夜。

"是的，就是这首！"门牙激动地说。

"雪莱的诗——《给玛丽》！"大鼻子先生轻轻地说。

"嗨！我以为你只会喝酒，说胡话。真没想到你……你从哪儿听来的？我是说雪莱的诗。"狗鼻子水手惊讶地问，一面习惯性地用鼻子使劲嗅了嗅周遭的空气。

门牙沉思了几秒。"好吧，我承认，我偷了一台收音机，从美国佬那。"他难为情地说，接着马上补充道，"我发誓，除此之外，我没有偷过任何东西。真的！那天我喝醉了。我听到从这玩意儿里传出来的诗句，我感觉……"

"就像从你心里流出来的一样……"大鼻子先生接过话茬。

"是的，先生。就是那样！"门牙的声音哽咽了。

我预感到他要讲述的将是一段不同寻常的故事。

"我有一个叔叔在哈瓦那，希望上帝保佑他还在那儿往朗姆酒里兑苏打水。"门牙深呼一口气。回忆往事，令他心潮澎湃。

"那时我还很年轻，有一口洁白整齐的牙齿。父母把我托付给叔叔。他在哈瓦那港口经营一家酒馆。房屋临海，海水有时会从厨房的洗碗池里往外冒。酒馆里有固定的常客，也有漂泊的水手。印第安人，黑人和加利西亚人！大家在炎热的夜晚开怀畅饮。

"叔叔调酒的方式与众不同，他郑重其事地端起酒杯，然后屏着呼吸，看着兑进去的液体在酒中的变化，好像在侍弄一个小恶魔。叔叔常说这些甘蔗一旦经过压榨、发酵，在成为酒以后，就有了动物的生命。

"就是在叔叔的酒馆里，在那里，我认识了玛丽。那时我并不知道这首雪莱的诗。她每晚都来。递杯我亲手调制的朗姆酒，递张钞票或硬币，递个打火机，我和玛丽的接触仅限于此。

"多少个夜晚，我在柜台这边，看她换发型，换裙子，换指甲油。每晚买单时，我都想亲吻她的手指。有一天，她来早了，酒馆里还没有几个客人。她往吧台上一趴，一脸倦容，用一双充满忧伤的琥珀色眼睛看着我。我的心啊！熊熊燃烧，日积月累的爱慕如烈酒穿肠。她盯着我看了几秒钟，什么也没说，扭头走开了。直到最后一次……她挽着一个有钱的美国佬走了进来，在递火时她的眼睛望着别处，但我知道她在对我说——'我要结婚了。'"

他吞了一下口水，连着苦涩的往事一起咽下肚去。

"女人只在乎钱！"美国人出言讥讽，"这种人，我见得多了。"

"不，她不是，玛丽不是。"门牙怒吼。

"你怎么这么肯定？"美国人反唇相讥，"她去酒馆干什么？我问你。难道只是为了一个人喝闷酒？"

"她只是需要钱，来养活六个弟妹，一只狗，两只猫，酒鬼老爸，还有她卧病在床的可怜的妈妈。"门牙说，然后又小声补充，"这都是后来我从别人那听到的。很长一段时间，我无心工作，只顾着拾缀自己那颗破碎的心。当听说那个有钱的大佬待她不好，常常把她打得鼻青脸肿时，我的心又碎了一次。我萌生了去找她的念头，但她已经跟着大佬去了美国。有一天叔叔对我说，去吧，去美国找她吧！于是我头也不回地离开了哈瓦那。"

一阵沉默。

"结果怎样？你找到了她？"大鼻子先生声音沙哑。

"别傻了。"美国人呼的一下坐起身，反驳道，"这是个错误的行为！从一开始就是。谁都知道现实生活是怎么回事。你梦想也好，憧憬也罢，可现实就是现实。人不能靠梦想充饥，不能因为一时头脑发热，就做傻事。"

白浪头老于世故地笑了。"我读书不多，一辈子做水手，随波逐流。但我清楚地记得莎士比亚的一句戏言：没有什么事是好的或坏的，但思想却使其有所不同。"

"你说得没错！"狗鼻子水手表示赞同。

"请接着说，你找到她了吗？"大鼻子先生打断了他们之间的争论。

大家都在等着门牙继续往下说。我听见他在黑暗中叹了口气。"也许是命运使然，让通往爱情的道路布满坎坷。我在哈瓦那赚的钱在船上被偷了，一分不剩。因此我不得不一路打工到了纽约。我好不容易打听到地址，然而他们已经搬走了，去了意大利，我扑了个空。她永远不会知道，有个男人追随着她的足迹，漂洋过海，像个幽灵一样在街头游荡。你们想象不到我那时的苦闷。我差点死了，等我从宿醉中清醒过来后，我发誓：今生今世我一定要找到她。"他用舌头舔了舔空缺的门牙，说道。

"那你为什么又回到船上？"大鼻子先生不解地问。

"我是偷渡来的。"门牙的口气很受伤，"我不得不回到船上，做名水手，养活自己。但我逢人便打听她的下落，三年来从没有间断过。有人说在米兰见过他们，也有人说他们又回到了纽约。我一定要找到她，带她回哈瓦那。天哪！美丽的哈瓦那，我的故乡，我的初恋，提起它，我就激动不已。"

大鼻子先生用背诵赞美诗的口吻吟诵叶芝的诗，脸上浮现着梦游般的表情：

"虽然枝叶芸芸，根却唯一。

"穿过我青春的所有说谎的日子。

"我曾摇曳，我的叶和我的花，于阳光里。

"而今，我可凋谢，化入真理。"

门牙眼中流露的乡愁浓得化不开。"是的，先生，根却唯一。"

月光从篱笆间投射在他的身上，他的水手服似乎有了黑白条纹。

我不再讨厌门牙，甚至开始有一些喜欢他。那首给玛丽的诗，忽然让我的心中生出了一道裂缝，一道情窦初开的裂缝。我发觉自己变得多愁善感起来，就像诗人一样，看到什么、听到什么都想哭。树叶的私语，虫儿的低唱，月影的轻叹，夜风的呢喃。我感到鼻耸动，阵阵发酸，像是嗅到了春风里和着花粉的香气。

哦，露，你能在这里多好，你，和你那明亮开朗的棕色眼睛，你那甜美的话语……

如果这个寰宇由众多直的又无穷无尽的时空线条组成的话，那么我的每一声吟诵，每一刻思念，都会循着时间的路径一路烧灼着传到她那里，而她会守在时间脉动的那一端，将我的话语分解，变成一个个元素，重现它原始的意义吗？

我沉浸在晦涩不明的联想中，不知不觉闭上了眼睛。虽然我的眼帘合上了，但是我看得很清楚，各种思绪在我体内缠绕成一支火把，发出摇曳不明的微弱火光，往自己的内在深处漫游……

我睡着了。做了个梦。梦里的那个水手镶着两颗金牙，玉米粒似的金光闪闪。他全身散发着硫黄香皂的芬芳，头发梳得像教堂里的管风琴手，衣着如亲王般簇新。他在跟我告别，貌似即将一去不复返。我心里明白，他要去港口，用那两颗金牙，换两张船票，带着他心爱的女人回哈瓦那。而玛丽，那个穿彩裙的女人，就站在他身后，她一直在笑。一直笑。

"她在这里！"

第二天我醒来的时候，他们已经起床了。我看到狗鼻子水手坐在树下削木头。

他看到我，随即放下手中的活计，走到灌木丛边，捡起几根果枝，朝我扬了扬那一串串红樱桃似的浆果。

"我的鼻子除了能嗅出危险，还能闻到咖啡的醇香！"说完他朝我眨眨眼，摘下一颗咖啡浆果，咬去红色果皮，露出一对白色种子，"这就是咖啡豆！"

"大卫，看！这就是咖啡豆。"

妈咪的声音忽然出现在我脑袋里，就像飞蛾一样扑打着翅膀。我又看见她了。紫榆百龄小圆桌上铺着红毛毡，她坐在桌边，正往磨豆机里倒咖啡豆。她身上的那件月白蝉翼皱纱旗袍，让她看起来就像月光下的鹭鸟一样闪着微光。一旁的留声机里咿咿呀呀地唱着京戏，那铿锵的锣鼓击打着单调的音阶，像一条苍龙，龙身无限制地延长下去，直遁入墨暗的虚空。妈咪抬起头，看着我，忽然抿嘴笑了："大卫，你那里正上演'三岔口'呢！"那时我六七岁的模样，掉了三颗乳门牙，一张嘴便漏进了风。

这时，外出狩猎的人们归来，打断了我的回忆。

他们带来了几条黑色带橙红花斑的鱼，一兜松毛虫，以及野栗子、椰子、木瓜、山葡萄、沙棘等野果，还有一些野菜，我认得地衣、蘑菇、马齿苋，还有种我叫不上名字的，洋葱头似的植物块茎。最让我惊讶的是一只脸盆大小的乌龟，头上长着鲜艳的黄色斑点。我的目光立即被它吸引过去……

同时，他们忙碌起来，用一张宽大平整的树皮和结实的树枝，成功地在林间空地上竖起了一张木桌；几只粗大的树墩被当作凳子。接着又开始捡拾柴火，搭烧烤用的木架。

大乌龟伸出头来，瞪大了眼睛。由于害怕，它的眼球往外凸了出来。我感觉得到在那黑洞洞的眼眸深处，闪烁着一丝惊恐与忧楚的光芒。

"大卫，救救我！"它突然发出求救的声音，一行泪水顺着眼角淌下来，汇聚在它的下巴上。

我惊讶地说不出话来，以为出现了幻觉。

它再一次发出喉音，像是猫儿争食的声音，又像是婴儿的呢喃声。天哪……千真万确，是它在说话。

"你知道我的名字？"我好奇地问，"你认识露？"

"是的。"它点点头，用明亮的卵石般的眼睛审视着我，"她在这里！"

然后，它顺从地张开瞳孔，眼神变得深不可测，在它眼中出现了一片深邃的密林。最后一抹晚霞给树林镀上一层粉红的釉彩，闪着漆的光泽，所有花草树木显得更加明亮。花朵浸淫在多彩的黄昏中，如梦如幻。一群紫蓝色的赫莲娜闪蝶，在花朵间流连。在那片湛蓝的色彩中间，我发现了戴着白色花冠的露，身后透明的翅膀抖动形成一个大大的光圈。

一时间，我的心中充满甜滋滋的痛苦和令人欣悦的凄楚。

远处传来狗鼻子水手的说话声："我们有六只贝壳碗，一根木杵，一个石头研钵，还有……啊哈！大龟壳，可以用来煮食物。"

我看了看远处的水手，又看了看流泪的乌龟。忽然灵光一闪，抱起大乌龟撒腿就往高地跑。

噢！它可真沉。

我听得见他们的叫喊声就像风一样紧追不舍。

我知道他们在追我，就像一群狗在猎一只狐狸。我跑啊跑，像只没命的兔子钻过灌木丛，溯河而上，想要到河的发源地，那座锥状山峰的顶部去。噢！真倒霉！我绊倒了。骶骨一阵刺痛。大乌龟翻了个个儿，滚下了山涧，落入一处深潭。"谢谢你，大卫！"我听到它伸长脖子向我告别，然后没入碧绿的水中不见了踪影。

这时，狗鼻子一把抓住了我的衣领。"危险！"他气喘吁吁地说。

当大鼻子先生瘦削的身影出现在我面前时，我惊魂甫定地望着他。

他没有训斥我，只是笑了笑，亲切地捏了捏我的脸蛋。"现在，你是脱兔大卫了！"那一捏如咖啡糖，苦中带甜。我的眼睛湿润了。

"怎么回事？"商人跟着跑来，满头大汗，"我费了好大劲……才把它弄回来。"他一边大喘气，一边质问我。

我低着头，不知如何回答。

这时就听门牙在大声嚷嚷："船！一艘船！"

果然，远方的地平线上有一缕长长的蒸汽正朝岛的方向漂过来。

就像启示的降临。那突如其来的景象揭示了欢乐的福音、神秘的信息和千百种可能，都在那个时刻纷至沓来，把大家的内心弄得亢奋不已。

门牙欢呼着像行动迅捷的岩羊向锥状山峰的至高点攀爬，大家紧随其后。

站在至高点上向远处瞭望。此时海面风平浪静，阳光给大海镀上重重的一层金属光泽。一艘船就出现在水天相接之处。

水手们说这是一艘大火轮，正在向东北方向航进。如果它维持这个航向，势必会靠近我们所在的岛屿。但是要怎样做才能让那艘船看得见或听得到我们发出的信号呢？

白浪头强迫美国人脱下他的衬衫，在他的抗议声中，将他的衬衫衣袖两端系在一根树枝上，做成了一面旗帜。这主意真棒！他挥舞着旗帜，根据航海惯例，一连几次把旗升起或降下，向海上的船只发出求救信号。

这期间，那艘轮船一直在向海岸靠近，尽管它未直接向岛屿驶来。渐渐地，地平线已经高出于船体，纵舰上的三根桅杆已清晰可见。门牙甚至能认出悬挂在斜桁上的国旗的颜色。

那是美国国旗的颜色。

我的心被两种截然相反的念头撕扯着，如同坠入大海被浪头抛来抛去。是乘船前往美国，还是弃绝世界永远留守孤岛？离开还是留下，我陷入了哈姆雷特的烦恼。

美国，几天前还是"箱子大卫"的向往之地，如今我的梦想随着中华号邮轮一同沉入了广袤的太平洋。失去了亲人，它对我来说就不再意味着"家"，而是变成了一根刺、一堵墙，或说得更确切些是一座坟茔。它的存在带给我的只有疼痛。

那么，何处才是我精神的家园呢？从地理位置上讲，我已经失去了生我养我的故乡，但是，在这里，我似乎又找到了第二个：它不在我们中间，不在眼前这个灰暗的现实中间。

这时，那艘轮船还在缓慢靠近，离沿海地带不到一千米了，然而它那面信号旗始终挂在后桅的斜桁上不动，对我们发出的求救信号不予回答。

白浪头忽然一拍脑袋。他放下手中的旗帜，指着头顶上的烈日说："我可真傻，有谁能在大白天看到一面白色的旗帜呢？"

然而，时间紧迫，要不了一个钟头这艘船就会驶过我们的岛屿了。

狗鼻子水手想起了他存放在树下的咖啡浆果，那些樱桃似的红果果。也许还来得及把一面白色旗帜染红，于是他和门牙两个一起飞奔下山，如两架失控的刈草机，惊得灌木丛中的小动物瑟瑟发抖，惹得苍鹰在炽热的天空上直打转儿。其余的人则留在峰顶之上，继续挥舞旗帜，并密切关注大火轮的动向。

在我们的脑袋与烈日之间，除了猛禽别无他物。不一会儿，我就觉得裸露在外的皮肤被晒得通红，好像褪得了一层皮似的。阳光刺眼，峰顶上的岩石毫无遮拦，在烈日的炙烤下烫得像热饼铛。我们扭动着身躯，全身大汗淋漓，像牲口一样甩着颈子抛洒汗水。

他们终于回来了，抱了满满一大抱的咖啡浆果和几枝野草莓。在大家的齐心协力下，以一种破坏、野蛮的方式把衬衫染成了不均匀的浆果色。美国人心疼地看着这一切，无奈地摇了摇头。

但船上的信号旗仍然毫无动静。他们大声呼喊，喊声随着风在山谷里萦绕不绝。

门牙失去了耐心，他挥舞着拳头，开始变着花样咒骂，活像末世审判时的判官，但轮船的船体终是看不见了，消失在天际。

"你们这些没心肝的坏蛋！等着瞧，等你们翻船时，没人会来救你们！听见没有？这大海里有成千上万条鲨鱼，会把人咬得稀巴烂的鲨鱼！还有大乌贼，扯肠子的大乌贼。抠眼睛的龙虾。你们会哭爹喊娘，听明白了吗？你们会被捞起送到餐桌上，家人每次剖开鱼肚子，都会看到你们的指甲，你们的头发，你们的牙齿……"说着说着，他的喉头开始哽咽，几乎是在抽泣。

"行了，萨尔瓦多！"白浪头抱住了他，"会有办法的，我们一定会离开这里的！"

但门牙萨尔瓦多像条被抛弃的狗，哀号不止。

海面上再也不见任何显眼的东西，没有运动，没有时限，我们仿佛处于遥无尽头的无极之境，唯有岑寂，静止与永恒，因为一切都是那么缓缓的、慢慢的、悠悠的。

玛丽方舟

当晚，一场暴风雨突如其来。我们躲进树洞，把这头咆哮不止的怪兽挡在门外。狂风刮得树木咔嚓响，像一把要命的剪刀。那些雨点如同一梭梭子弹，对着"奥丁的巨马"一阵狂扫。远处的大海发出瀑布般的涛声助威呐喊。大地之神，世界头号恐怖分子，在祂的无情打击之下，我们孤独无助地置身于风暴中心。忽听头顶一声"炮"响，伴随着身体的轻微颤动，一股气流从高处的某个地方进入了这棵树的内部。在瞬间，树根内部充满了光的脉动，是虚假的荧光，像物质迷走闪烁的梦吃。接着轰隆一声，外面一根大树枝掉下来遮住了洞口。我立即意识到我们遭到了雷击！

但门牙非常兴奋，他把这根树枝当作"神灵的恩赐"。

"我们可以用它造一只木筏！"他激动地宣布，似乎已经看到了他的"玛丽方舟"，飘着那面鲜红的旗帜，迎着波浪，航向大海深处。

"命运垂怜无畏的勇士！"在入睡前，他郑重其事地重复了三遍，好像这是他的荒野求生秘籍。

这一晚我翻来覆去睡不着。雨一直下个不停。四面八方到处传来沙沙的雨声，这声音千篇一律，在潮湿的背景中唱着独脚戏。而门牙一夜不消停——坐起，倒下，翻身，一只脚踢来踢去，手在空中胡乱比划，嘴里发出怪声，像魔鬼一样兴奋。他在他的梦里一定指挥着比一支足球队还多的水手，驾驶着他那闪闪发亮的"玛丽方舟"，在海浪间一路颠簸着驶向哈瓦那。因为我听到的最后一句梦吃是："再来一杯'自由古巴'！"

一个去了就再也不想回来的地方

第二天，雨停了！趁他们热火朝天地制造木筏之际，我偷偷地溜了出去，像一只迷途的野兽，奔跑起来，向密林跑去。

我跑得两腿发麻，胸腔里的风箱在呼啦作响。芭蕉叶在我的疾行中被抛到后方，看起来像一片片巨大的布幔。我脑中闪过千百条思绪，暴风般地旋转。她在哪里？我要怎么才能找到她？为什么那天她要突然消失？是因为害怕，还是与人类之间不能逾越的法则？我的关节抖动得很厉害，它危险地向前倾，好像要打破所有的规则和规范。我跌倒在灌木丛中。

我索性把半个脸埋到草里，一股潮湿的泥土气味扑面而来。远处的海潮声一下一下拍过来，仿佛一个物件，落在心里竟成别样滋味。晌午的阳光叮着我的后背，虫子在嗡嗡叫，铃兰的香味浸人心脾，成熟的荚果砰的一声炸开，滚落到四面八方，水手们忙碌的声响若有若无地随风传来。时间在慢慢流逝，一种滞重感在我身体里弥漫。

可是你在哪里？露，请你不要躲起来，不要这么残忍！

我的孤独和忧伤就如灌木丛又高又密，从四面八方将我包围住。连空气都凝结着失落和分离。我感觉到自己正绝望地一点点往下沉，就像陷在淤泥里的犀牛，这个画面我曾在布朗先生的百科全书中看见过。

这时我的近旁响起一阵轻微的空气震颤声，还忽然听到那熟悉的、甜美的声音。

露，是你吗？

我揉了揉眼睛，看见露就坐在我近旁的一株风铃草上，摇动着一枝长梗的银白色铃兰。

"露，你来了！"我的心在这新鲜的自由空气中颤抖着。

她是那么美丽，那么和善，我痴望着她。铃兰弯曲优雅的花梗上，绽开清香纯白的钟形花朵。那一片片雪片似的花瓣，是那么敏感而脆弱，哪怕没有风，不被触碰，只是裸露在空气里，似乎也会迅速萎黄、变质。这就像我的初恋。

"你有没有对人说出我的名字？"

我摇了摇头。

"永远不要把这一切告诉任何人。能做到吗？大卫。"

我拼命点头。"我发誓：我不告诉任何人！"

她的笑容徐徐绽放，像盛开的六月菊一样灿烂。

"可是，露，你为什么离开我？"我感觉很受伤，很委屈。

"这是场考验！"

她顽皮地眨了眨眼睛。接着，展开透明的翅翼，飞到我的面前，亲吻我的额头。在她温柔的触碰下，我意识到自己再一次缩小，外部世界却相反，在我的眼中突然变大，而我轻得如同一粒蒲公英的种子。露牵着我的手，在静穆的日光里，飘浮而去。

向上。向上。伴随着露的笑声、我的心跳，我们一路直冲云霄！

那茂密的树梢在下方波动，像是碧海里的波涛。我向下看，看见门牙和他的伙伴在做木筏；美国佬穿着染得乱七八糟的衬衫在树下打盹；大鼻子先生抬起头，望着天空。他看见我没有？我紧张得心怦怦直跳，怕风一吹，整个山谷都能听见。我屏住呼吸。再见先生！谢谢你为我做的一切！再见了"奥丁的巨马"！再见了人类！

小岛渐渐化作一个绿色的圆点。大海呈圆球形，布满了各种各样的小圆齿，像块坚硬的玉石，打了一层釉光，在积云的下方沉睡。这些云团实在太美了！蓬松如棉花糖；像羽毛，像绫纱，又像草原上雪白的羊群一般，排列整齐。露拉着我在丝丝缕缕的云雾里穿梭。但是我在发抖，每一寸肌肤都在颤抖，随着高度的攀升，我越来越觉得寒冷了。

于是，露背起冻僵了的我，以游隼的速度从高空向着大海俯冲下来。我吓得浑身绵软，像软塌塌的口袋一样搭在她的肩背上。耳边只听得风声呼啸而过，就像一把巨大的硬毛刷，刮得我的脸颊生疼生疼的。

"嘭"的一声，我来不及粉身碎骨，便一头钻进海里。

海水就在眼前，像个忘乎所以的疯子，水花四溅。我以为我会径直钻入海底，像个楔子一般插入污泥之中。但我没有，我像个无根的海藻那样漂了起来。怎么回事？我瞪大了眼睛，发现自己和露被包裹在一个透明的大水泡里，一层玻璃状的薄膜将我们与海水分隔开。

而此时露看着我，朝我莞尔一笑："大卫，我带你去海妖宫阙，那可是个去了就再也不想回来的地方哟！"

我们开始下潜。海水的颜色变成了像脓水一样浑浊的灰黑色。

在海底，一切的一切，山、峡谷、森林、草地、野兽、昆虫，统统变成了漂浮着的生命，变成了恐龙或者毒蜥山坡，海藻森林，獠牙鱼怪，幽灵蛸，发光的水母萤，海虫，海星……这片海底水域十分幽暗、神奇、宁静，跟大鼻子先生的瘸子老爹口中的战场要塞不一样。我没有遇见想象中的俄国噬人鲨、爱尔兰黑叉齿、意大利剑鱼以及吃掉他生活的纳粹虎鲸。

在海底深处，我感受到的只有和谐、安宁，犹如混沌之初，犹如置身于母腹。海洋，大地母亲的子宫。我们都曾经是羊水里的一条鱼，不是吗？难怪大鼻子先生想跟鱼儿一起吃在海底，睡在海底，住在海底，他在地球表面只会栽跟头，海洋才是我们的出生地啊！

漂过褐色的海藻林，海精灵们骑着长颈鹿鱼迎面而来。不！我看错了，那不是什么长颈鹿鱼，露告诉我，那是海马，金色的海马，源自恐龙时代。一看到这些穿着透明纱衣，露着雪白胸脯，身体柔软妖娆的海精灵，我就脸红心跳。

海妖宫阙位于一片下"雪"的海域。那些白色的"雪花"那么轻，那么软，从海面飘落海底，就像飞舞着翅膀的白蝴蝶，又像柳絮，像芦花，像蒲公英一般纷纷扬扬，如梦似幻。而海精灵的宫殿覆盖了厚厚一层海洋"雪"，如玉雕铸。我们在宫殿里徜徉，如同置身于午夜科幻电影。游来游去的"灯泡"，那是长着兔耳朵的幽灵蛸，柔软的海葵花床，珍珠墙，螃蟹舞娘，吹"萨克斯"的红虾乐队，水母伞，顶着星星的灯笼鱼哨兵，还有令海洋失色的美丽海妖，在她们的歌声中，一切全都溶化了。歌声萦绕不绝。我遗忘了时间，遗忘了记忆，遗忘了自己，似乎我的骨头碎成了雪片，头发成了海藻，牙齿成了礁石，嘴巴成了海葵，眼睛成了两颗闪亮的珍珠，而我分开的脚趾，像是在做着初生鳍的伸展运动。

海妖宫阙，一个去了就不想回来的地方。

"该走了，大卫。"露不安地说。她的声音像是长途跋涉穿越了漫长而艰难的历程才最终到达我的耳朵。

我在迷梦中被水流向上的浮力托起，静静地飘离海妖"雪"域。

一条圆滚滚的球鱼跟随着我们，我感觉我似乎也化身成了一条鱼，一路逆着洋流行进，最近到达一汪幽潭。这个颤颤悠悠的大泡泡，它像是由一种非世俗的物质组成的，一种透明的水银似的东西，难以置信的坚实，又彩虹般绚丽多彩。露玩起了泡泡把戏，有时它分裂成两个小泡泡，我们在松软的潭底互相追逐，嬉戏；有时两个小泡泡粘在一起，形状酷似一个蹲放的沙漏。当我们在岸边登陆时，这个彩虹泡泡在阳光下爆裂，碰到我的肌肤就像是给了我一个湿湿的、阴冷的吻。

沼泽地里的神秘花朵

无数飞蝇像战斗机穿过和煦的日光。它们的嗡嗡声，宛如一场大的、单调的合奏，充满了树林，仿佛是日光的歌唱。

我和露。我们以蝴蝶为坐骑，追逐盛开的花朵，从鸡蛋花飞向盛开的风信子，风信子消失时，我们就对准热带兰，然后是海枣花、舌叶花、石生花、西番莲花、番木瓜花、杨桃花。最后我们来到了一片沼泽地，那里开放着色彩艳丽，状如日轮，却散发着腐烂的尸臭味的神秘花朵。

沼泽飞蝇全身披挂绿莹莹的铠甲，翅膀如涂抹上了金属亮漆，四千只复眼组成网面凸透镜，闪着火焰般的光泽。它们在直径一米半的花盘间穿梭如织，发出一阵又一阵歇斯底里的颤音，活像一支庞大的神经质摇滚乐队！

我听到了它们的歌唱，那是一段赤裸裸的"金属"宣言："我要在地上称王；不要在天上为奴！我要在恨中自由；不要在爱中为囚！我要在激情中死去；不要在冷漠中生存！"

露不喜欢这里，不喜欢这些散发着腐尸味的花。她捏着鼻子警告我，它们很危险！这些色泽鲜红，布满星星白点的漂亮花儿，其实是一座活生生的坟茔。一个鲜花装饰而成的硫黄陷阱。它们外表看起来是植物，实际上是凶残又狡猾透顶的食肉动物。它们以虫蚁鸟兽为食。蝴蝶呀、蜜蜂呀、天上飞的鸟儿、地上爬的动物以及诸多的花朵寄生虫们，都像躲避粪便一般离它们远远的，只有逐臭的苍蝇为它们传粉做媒。

腐花和苍蝇。

死亡和金属乐队。

露告诉我，腐尸花一生只开一次，花期只有短短的四天。但它们的开放需要吞噬掉十条鲜活的生命，而凋谢却惊人的丑陋可怕。

她指着沼泽地上一摊摊黏稠的黑色物质，讽刺地说："瞧！这就是它们的下场。一朵美丽花儿的动物性死亡。"

那一摊黑色物质，看起来像是有毒的酵母，充满了暗色的汁液。

露注意到在前方沼泽地边缘，生长着一棵奇形怪状的树，树的根须从半腰长出，像章鱼的大爪子，牢牢地扎进土里。于是，她伸出手指，手的姿势就像是一只飞往夏天的鸟儿。她在空中划了一条笔直、闪光的路径，从我们所在的位置到那棵大爪子树。为了安全、迅速地离开沼泽地，我们得沿着那条发光的路径开凿出一条通道，就像打个洞，前方是隧道，而我们正站在洞口处。

那些神经质飞蝇看起来可不会主动让路，它们在我们眼前横冲直撞，发出大理石抛光机一般的噪声。而苍蝇的舌头，那个长满倒勾的舔吸式口器，如一把把倒勾匕首。但是惧怕一只苍蝇？这实在是太可笑了！即使我身体缩小了十倍，我也不会把它放在眼里。

我只是……我避开视线，不敢直视身下那些散发着尸臭的活坟茔。如果我不小心跌落下去，我猜，它一定会分泌出一种极黏的消化液，把我牢牢粘住，直到抽干我身体中的最后一滴血液。

然而不容我犹豫，露硬把我拽进了空中大战。我不得不变身"超级大卫"，跟着露左躲右闪。

糟糕！一只绿头大苍蝇像是一架会飞的刈草机迎面撞来。

我避闪不及，整个人被撞得在空中连续后空翻两周半，然后一头栽了下去。

飞蝇们纷纷向左右闪开，就像隧道漆黑的两壁，为我让出一条该死的地狱大道。而我则如一颗脱轨的行星坠落，穿过年复一年的幻想、孤独、痛苦，像是回到我自己的过去一般。原先并未察觉到的凄厉的风猛地灌进了我的嘴里。我冲着隧道底端静止、炫目的那一点，那深潭底部的卵石，那黏附在大地子宫壁上的鲜红而多孔的"胎盘"径直奔去。

这时，一个闪闪发光的东西飞旋着冲在我的前面，像刀刃一样锋利而完美地插进那张红色牙龈的大嘴里。噢！不！那是我的苇笛，我的"光之钥"！它掉了下去，像离弦的箭，正中腐尸花的"靶心"。

"大卫，别乱动！"一个熟稔的声音。是露！她的力气可真大！她一把拽住我的脚，像按暂停键一样按住了飞速下降的时间。

"不，我要去拿我的苇笛。快松手！"我拼命想挣脱，心中渐渐升起一种冰冷的预感，这种感觉就像一棵树或一朵花那样渐渐长成：我将永远失去这根苇笛！

"你疯了吗？我们离得太近了。这味儿……好臭啊！我快拉不住了。"露猛地一扯，像玩杂耍一样把我倒拎起来，在空中来了一个凌空大回旋。

这时我听到飞蝇们的抱怨像散落空中的炸弹碎片。"嗨！嗨！嗨！这是我们的地盘，我们做主！妖精不该来这里，侵犯我们的权利。"

"我们不是生而为王，但每颗心都隐藏着王者的骄傲……骄傲！"

"你们伤害了我们的骄傲，就该付出代价。"

……

这些"摇滚战机"吼叫着凌空而过，空中噼噼啪啪闪着莹绿的光芒。

我对它们视而不见，失去苇笛让我像个沉浸在悲哀中的寡妇。我一动不动。无奈之下露只能拖着我，冒着"枪林弹雨"飞越沼泽。但这些绿苍蝇一副誓不罢休的架势，又追着我们飞了很久，才悻悻而归。等到最终摆脱它们的敌意和纠缠时，我发现我们已经远离了沼泽，来到一个树荫浓郁的阴暗谷地。

"好啦！都过去了。"露安慰我。

"失去苇笛，我就失去了时空之钥。我再也无法与无上之光连接了。"我懊恼地说。

"傻瓜，谁告诉你的？Moon 可不是这样说的。还记得吗？"露清了清嗓子，学着 Moon 的腔调对我说，"唯有你内在觉醒之际，天才会破晓，光明才会到来。"

"不需要苇笛也可以？"

"它只不过是一件工具而已。大卫，你要明白，真正的觉醒要靠你自己，谁也帮不了你。"

我如释重负，但内心仍有些惴惴不安。如果遇到 Moon，我该怎么跟他解释？

雨果

露看了看四周，眉头紧蹙。她似乎不喜欢这里，一脸不悦的神情。

是啊！这里潮湿、阴暗，充斥着强烈的腐殖物气味。因为昨夜的一场雨，经过日光的蒸熏，林地中升腾起一股令人不愉快的、袅袅的土腥气。单在莓苔和枯叶之间的湿地上，就骤然长出许多奇异的菌类。有的肥厚矮壮，模样怪异；有的毛茸茸，像极了珊瑚虫；有的瘦长，亮晶晶的，像雨天撑起的伞。这些菌类看见露，便争先恐后地炫耀自己。

"嗨！精灵，看到了吗？"一个肥胖的鬼菌说，"看，我的柄有多粗壮，多白，还有我的帽子，多么亮！我是这里面最大最好看的！"

"哼！别自恋了！"红色捕蝇菌出言讥讽，"瞧瞧你自己，又笨重又难看！灰不溜秋，跟麻雀似的。而我的腰肢比芦秆还细，华盖像新生的莓果，我才是最美的！"

"你在污蔑我！"那鬼菌因为愤怒变成蓝色的了。

"他妒忌了，仅此而已。"红色捕蝇菌对身边一群微弱的小菌说，接着又补充道，"啧啧，你们看，他那模样现在变得更加难看了。"

那鬼菌气得东倒西歪。

"为什么一定要攀比？"地星抬起圆乎乎的脑袋，慢条斯理地说，"我们每一个都是独一无二的，都是世间最美的存在！"说完，它喷出一朵棕黄色的小云彩，那粉末状的孢子就像节日里燃放的烟花向四面八方飞舞。

每一个都是独一无二的，都是世间最美的存在！我重复着地星的话。

为什么以前从没有人这么对我说？这句话就像一把超级扫帚，我每说一遍就扫去一点自卑感，直到将我内心埋藏的一切苦楚都挖出来，涤荡得干干净净。

"你大概是人吧？"地星好奇地问我，"我的话伤到了你？"它停顿了一下，等我摇头，便接着问："那你的眼里为什么充满了泪水？"未及我回答，一阵风吹过，它满怀着深切的向往，将小小的孢子云驱逐到空气中。

我的目光追随着那团自由欢欣的孢子云，向上飞舞，刹那间幸福的感觉是如此强烈，有一刻我竟然感觉到泪水刺痛了我的眼皮，我的喉咙也哽咽了。露微笑地注视着我，眼睛在逆光中眯缝了起来。

"大卫，你知道吗？人类最初也是与自然浑然一体的，然而随着时间的流逝，人类逐渐迷失，越离越远，远到再也看不到自然之美，体会不到与天地万物合而为一的幸福了！"

我不禁想起那个黎明 Moon 对我所说的那些真知灼见。"我们是一体的，是不可分割的。"

就在此时，在丛莽的深处，于枝叶的簌簌声中我依稀感觉到鼓翼的风动，好像有什么不可辨的东西越来越近。露脸上不安的神色，更让我心中平添了几分惶惑。

不知不觉中，天色渐暗。她催促我快快离开，因为"我们不该来这里"。但是，等等……现在我听得见细语和跳跃声。看哪，丛莽的阴暗里，一粒小小的绿莹莹的光点，忽尔又消失不见了。接着，这边一粒，那边又一粒。

"这是什么萤火？"我很好奇。

"这不是萤火，是一种发光的菌。地魁用它来照明。"

这些绿莹莹的光点，它们在四周黑暗的枝杈间、草丛里飘浮，一闪一闪的，越来越近，像是夜空洒下的流星，又像是地底冒出的磷火。

"你好啊！露。"一个骑着大蜥蜴的地魁从痴肥的菌菇后一跃而至。他银白的须发如瀑垂至脚踝，手里握着的那杆细长发光的菌菇就如同烛一样，以魔幻般的光亮对抗、舔舐这越来越浓的暮色。

"你好，雨果。"露很不情愿地回敬道。

然而地魁对露的冷淡丝毫不介意，他盯着我，斜乜的眼中闪烁着不自然的热情。

"啊！你就是露的朋友。我想，我们见过，在聚会上。你叫……大卫？！如果我没记错的话。"当然，在聚会上你可没有这般热情，我记得。

他从那骇人的恐龙般的大蜥蜴上跳下来，用那囚窗铁条般细长的手指捉住我。"欢迎来到灵幽谷。怎么样？大卫，喜欢这里吗？"他的目光咄咄逼人，两颗凸出的眼球满布血丝，就像两颗稀有的弹珠。

我点了点头，他马上喜笑颜开。"我就知道你喜欢这里。看啊，黑精灵法士们都来了。"他指着周围绿莹莹的光芒对我说，"你们人类有句话怎么说？有朋自远方来不亦乐乎！我们黑精灵不仅热情好客，而且个个千锤百炼。不知露有没有对你说过？"他若有所思地瞟了一眼露。后者不情愿地别过脸去。

"我们信奉黑蜘蛛神。"他指了指白色丝衣上的黑蜘蛛图腾。

我饶有兴趣地打量着他衣服上的图腾。他见状十分高兴，伸出犁铧一般的胳膊揽住我的肩膀。"我们的生活非常残酷，你想知道吗？"

我点了点头，感到好奇又期待，那一刻我完全注意不到露的神色了。

"生为黑暗精灵，从小生吞活食，二十岁学使蛇首鞭，三十五岁研习巫术。五十六岁独自被关在一个满是吸血蝙蝠的洞里，接受考验。七十岁和同龄者用巫术控制蜥蜴互相斗殴，五局三胜，败者将被永远逐出灵幽谷。一百二十六岁成年礼时必须一对一在山谷深处决斗，只能有一个胜者归来。结果我回来了。左手蛇首鞭，右手流着鲜血，我一步步迈向权力的阶梯。三百五十岁时，我满身荣耀地登上黑暗种族统治者的最高权位。"然后他停下来，用那对闪烁着明亮金光的冰冷紫眸望着我，似乎在等着我说一些恭维的话。

"真了不起！"我低声说，声调颤巍，以至于连自己都听不清。

雨果亲昵地拍拍我的肩膀，然后他和身边的人交换了个眼神。"过我门而不入我室，这可不是我们的待客之道啊！"他说，"来来来！跟我走！"说着就半拉半拽地让我们骑上蜥蜴前往地府。

蜥蜴的背脊很粗糙，它每动一下，就好似有一千粒压扁的铅弹在我细嫩的皮肤上摩擦。我又难受又紧张，觉得自己的额头爬上了蜈蚣。但是露和雨果似乎感受不到这种卑微的痛楚，在紫罗兰的暮色浸染下，他们散发着梦幻般的光泽。

蜥蜴所到之处，我看见许多夜行的虫豸在黑暗中仓惶逃窜，有敏捷的马陆虫，发光的螳螂长着细巧的铗子，圆背脊的鼠妇虫，如蛇一般的长足蜈蚣，还有一条锈色的蚯蚓，闪电一般缩回自己的洞里去了。

在一根朽烂的树干后，闪烁着一大堆发光的蕈火，在众星间发亮。

黑精灵的地府就掩藏在这片烛光中。

我从粗糙的大蜥蜴上跳下来，一抬头，发现一颗完美无缺的"夜明珠"挂在天边，散发着北极光般的清辉。今晚的月亮真是又大又圆，如同卵石般的明亮眼睛在审视着我。

我们鱼贯而入。我以为我会走入一个黑黝黝的鼹鼠洞似的地方，但是我大错特错。这个地下溶洞满是石笋、钟乳石以及色彩斑斓的矿石。从地底涌出的油乎乎的溶液冒着沼泽般的雾气，滋养着前方一片奇异、瑰丽的魔菌地，那里生长着巨大的蕈类，散发出令人陶醉的毒品似的气息。我目光迷离，跟着雨果在有如巨石阵般的魔菌中穿梭。

短暂的迷失之后，我的眼前豁然开朗。

一股幽灵般的水银光，来自地穴中央的一根巨型大理石石柱。

露悄悄对我说那是黑精灵的魔法时柱，时间就隐藏在光的明暗变化之中。我十分好奇，因为这时柱完全不像人类发明的钟表，是看不见齿轮、指针、摆锤、表盘以及任何利用天文现象或流动物质的连续运动来计时的装置。

魔法时柱如同舞台上的探照灯一样照亮了全景。这个地下城就建造在一个又高又阔的洞穴中，其壮丽宏伟尤如冥府。

一条石阶路等在脚下，我们迤逦而行，这条路忽上忽下，像一条长龙随着地势蜿蜒起伏。

我们经过一处绿色湖泊，湖水像怪物的分解液，散发着酸腐的气味。而湖水的灵魂像是一股紫色的风，张着满口脏兮兮的黄牙，随着波浪渐渐逼近。我伸手紧扣露的手。啊，她的手软得像栎树叶。

再往前走，有一片硫酸盐岩石，布满大大小小的孔洞，看起来就像密密麻麻的蚁巢。

黑精灵就利用这独特的可溶性地貌建起一座城市。走在城市的街道上，我看到孩子像蝴蝶般追着黑蝙蝠飞舞；皮肤像黑玉般闪光的女人拿活生生的蟋蟀喂蜘蛛；耄耋老翁如挂钟里的布谷鸟，从窗口探出毛茸茸的脑袋；街道上整装出行的武士则用豹子似的眼睛瞪着我。

但雨果似乎有要紧的事要办，他急匆匆地往前走，几乎是一路小跑。逆着水银光，他的背影看起来活像一只白鼬。

满月祭祀

位于地下洞穴最高处的巫术学校和格斗武馆之间，有一个卧地蜘蛛形状的建筑，这就是雨果所说的地下圣殿。而门卫，那只巨大的黑蜘蛛像地狱守门犬一样狰狞可怖。

露忽然拉着我的手想要离开，但雨果一个箭步挡在我们的面前。

"仪式就要开始了！一年才有一次的满月祭祀，可不能错过呀！"雨果微笑地对我们说。他双唇编织的细薄面纱下似乎掩藏着猜不透的秘密。

我心中的词语像生了翅一样脱口而出："满月祭祀？"

"是的，不是所有人都有这份殊荣能亲眼目睹这神秘仪式！"他靠近我，对我耳语。他靠得如此近，我能闻到他酸败的呼吸。然后他用消瘦纤细的手指捏痛了我的手腕。"来吧，大卫。来吧，尊贵的露。在仪式开始前，我们先参观一下蜘蛛圣殿。"

这里很像教堂，或类似祭拜的场所。有一股浓烈的熏香味儿！

祭坛内，黑红色的火焰像地狱火舌一般高高蹿起。透过这团呛人的灰黑色雾霭，我看见一个黑曜石雕刻而成的女人塑像高高盘踞在巨大的珠网状石灰岩壁的中心。她全身漆黑，那双火红的眼睛，冷酷而严厉，似燃烧的煤炭。盯着久了，我感觉到有一种奇异的力量，似乎能使驻足者的血也沸腾起来。

我感到灼热，火的干燥使我更加口渴！"她就是黑蜘蛛女神？"我舔着舌头问道。

"是的。她是力量和智慧的化身！要知道，从前蜘蛛可不会结网捕虫。它们跟蚂蚁一样靠果实和腐尸为生。但有一只蜘蛛与众不同。就是她，这个天资卓越的罗丝，她依靠缜密的计算，织就了一张精美的大网。在这张死亡之网上，她猎杀的飞鸟昆虫不计其数，甚至包括她的同类，她的丈夫，她的孩子。从此蜘蛛女便凭借着机巧和凶心，利用恐惧的力量统治着整个蜘蛛王国，直到……"他耸耸肩膀，痛心疾首地说，"'怒火之战'的爆发。"

"她赢得了战役！"我脱口而出。

"不，她失败了！"他纠正，"生死关头，蜘蛛女王带领她的子民，逃到了地底的幽暗地域，从而绝处逢生。我们全都属于她，就好比煤炭属于吞噬、消融它的火焰。"说完雨果出神地凝望着祭坛内的火焰。

火焰变化雀跃，从不静止。如同困兽一般咆哮着，呜咽着，一遍又一遍猛烈地高高跃起，想要挣脱桎梏它的枷锁。

在烟雾的光影中，一个女祭司忽然显现。

她看起来就像一颗晶莹透亮的紫葡萄。而她走路的样子，像是脚下踩着飞快的轮子。

一个接一个，女祭司们走来，她们的长发随着秘银长裙左右摇曳，让我想起湖畔鹭鸟的飞翔。

"满月献祭仪式开始了！"雨果的声音微微发颤，满是兴奋和期待！

她们手拉手，围着祭坛跳起奇怪的舞蹈，好像有一个操纵杆在她们的五脏六腑内摇撼。

那火焰则如同风中的衰草一般，剧烈摇晃着，好像随时都可能熄灭。

她们旋转的影子映在火光中时长时短，时大时小。随着身体的摇摆，她们脸上的表情越来越陶醉，似乎要从自我中离开。

突然，变化发生了。一个身躯的扭动方向截然相反。这个祭司随即进入到一种与众不同的迷狂状态，似乎在竭力突破自身的樊篱。

这样过了一会儿，仿佛一处空间被打通，蜘蛛女王进来了，或者说蜘蛛女王的篝火出现在祭坛的火堆中。只是她的影像随着火焰的跳动呈现出不同的模样来。有时是一只长着血红眼睛的黑寡妇蜘蛛，有时是一个极度美艳的人形妖精，甚至是介于两者之间的。进入迷狂之境的女祭司开始围绕着自己的肚脐扭动身体。仿佛那一点是宇宙的中心，她正在沿着轴线传递两个世界的能量。

最后女祭司跌倒在地，发出一声凄厉的叫声。

此刻，她的肚脐发出如炬的亮光，就像一颗发光的蛋。从蛋的四周发出的光线照耀着神殿的每一个角落。当光线照到我的身上时，我猛然意识到这不是普通的光线，而是像光一样明亮的丝线。这丝很纤细，如丝绸一般柔滑，却像金丝一样坚牢。我被粘住腰，然后倏的一下，就像是进入了平行宇宙，一个驻扎在这个世界之上的平行宇宙。

我钻入了她发光的肚脐，眼前晃动着的是耀眼的白！

这些雪白的蛛丝，它们互相缠绕，互相联结，像柔软的丝幔，铺满这个令人生畏的洞穴般的空间。我就像肉汁派对上的幼虫一样，被裹成线团，不能动弹。

黑暗中传来咝咝声响，像是死火中即将熄灭的余烬。

瞬息之间，我的身体变得僵硬起来，心脏跳动的声音响如擂鼓。

这时，一只巨大的幽灵黑蜘蛛从阴影处现身，向我慢慢爬来，漆黑，无声，眼睛像两只血红的灯泡，令人毛骨悚然！

它向我走来，越来越近了。我感到有一小股气流吹来，伴随着腐败的气息。怎么挣脱这该死的蛛网？往哪里跑？恐惧把我脑子搅成一片惊慌和混乱的漩涡。我的挣扎完全无济于事。

猛然间，那张毛茸茸的、丑陋的脸凑到了我的面前。

我屏声敛气，从那对燃烧的瞳孔里我似乎再次瞥见火红的海，沉没的船，耳畔是被火焰吞没的人的尖叫声。妈咪，你们在等我吗？我感觉到一滴滚烫的泪珠顺着脸颊往下流淌。

"只有懦夫才会流泪！"

蜘蛛不见了，一个女人站在我面前。她又高又大，眼睛似火红的煤炭，又如顽石一般冷酷。而细细长长的十指，看起来像瘦骨嶙峋的草鹭，又似阴森森的囚窗铁条。

"我讨厌像水银一样滑溜溜的眼泪！什么爱，同情，伤心，难过，委屈……这些感觉毫无用处，世人只会因此而烦恼，只会变得更加孱弱！"她的声音铿锵有力，听起来就像日落时分教堂里响起的钟声。

是蜘蛛女王？可是……"你……是人？是鬼？"我惊吓过度，口齿也变得含糊不清。

"我聚则有。"让我猝不及防的是她突然在我面前变身一只被黑色同化的蝙蝠，"我散则无。"然后消失不见，在我身后一具人形由空转向实。

我感到后脖子上的汗毛都倒竖了起来。

"你想像我一样吗？大卫。"她站在我面前，像一个巨人，但她身上的气味太可怕了，"像我一样脱胎换骨，归于无极。"

"我……不知道。"我摇摇头，老实地回答她。

她哼了一声，抬起眉毛，用奇怪的表情看了我一眼。

"那是因为你还不曾领略到，上际于玄天，下蟠于谷地，与天地同长久，与日月同光明的精妙化境。"我的不为所动似乎激怒了她，她的声音变得愤怒起来，"不用我告诉你，你应该明白，生命短暂，就如同草叶上的露珠，太阳出来了就会烟消云散。你死去的亲人，他们再也回不来了。因为一旦魂魄分散之后，生命已经不是原来的模样，不会再回到从前了。"

她的话激起了我的可怕记忆，我的身上开始冒汗。"不要再说了！"我艰难地咽了一下口水，"不，不要再说了！"

但她似乎耳聋了，"每个生命都是一团精气而已，是由魂魄团聚而成的，这就是生命的实像。那么死又是怎么回事？"

我失声尖叫起来，眼睛狂野地瞪着她。

她张开十指，像是一只苍鹭，只不过它猎捕的不是鱼，而是我的咽喉。她紧紧掐住我的脖子令我喘不上气来。"你给我听好了，抛弃你那些令人恶心的人类感情。冷漠无情才是你身修炼的法门。"她弯下腰把嘴巴凑近我耳朵说，"你做得到吗？"

我用力点点头，我要窒息了。*我透不过气来！*

她把手从我脖颈上挪开，我禁不住一阵咳喘。

"气！你现在明白了吗？"她说，"人五脏六腑，百骸九窍，皆一气之所通。"

她忽然间对我失去了兴趣，眼睛又望向别处，完全不理会脸涨得像猪肝一样通红的我。经过这一番挣扎，我已从丝网上挣脱，倒在地上跟个牲口似的大口喘气。

"大卫，你知道吗？那时的我有多么恐惧死亡！凡人皆有一死，我也不例外。随着年岁的增长，我越来越意识到人生之大莫过于死。那么死亡以后我们会去哪里？还有魂魄吗？魂魄又将去哪里呢？会转世吗？"

她的话坚如铁犁，划开我的皮肤，在我心中耕耘！仿佛往事又叩响了我的心扉，一幕幕如幻灯片般在我眼前闪过。那是多久以前？在伊甸花园里，我也曾心存这样的疑惑，却无人解答。

"带着对死亡的恐惧和求索，我开始寻访各种巫术，这些充满了符号、咒语、图形和幻术的古老智慧向我敞开了异世界的大门。当这些巫术也无法再满足我的求知欲时，我便采取手段在整个精灵世界搜罗最稀有的典籍。后来，我从海妖那里得到了一本长生秘籍。"

她的声音发颤，似乎还在为得到这份礼物而兴奋不已。

"这是一本旷世杰作！它让我意识到凡人的所有希望都已落空。因为他们瞎了眼，迷失在一个庸庸碌碌的世界里。而人类最初并不是这样。自然作为母体，它与万物之间存在着脐带。人是因为有了'自我'，才从母体中脱离。这本秘籍是逆向提升的途径，我依法循时，逐阶修炼，目的就是让深藏体内的'元我'觉醒，而后气归脐，与母体相连，练就不死之身。"

她的眼神不那么咄咄逼人了，话语间竟多了一丝温柔。"大卫，我知道，你还是个孩子，不能领悟其中奥义。但我要告诉你，在天与地之间有一座黄金和象牙天梯，逐阶修炼，就能跨上时光的骏马，脱离黑暗死荫之地，前往传说中的不朽源头。"

"那么，你到达了吗？"她说得太神奇了，我不禁怀疑。

"所以我才需要你的帮助。"她淡淡地说。

"我？"她到底在说什么呀？

"是的，只有你。"

忽然之间，她倒在地上痛苦哀号，脸色变得煞白，扭曲的身体仿佛一个战场。我害怕极了，不自觉地往后退缩，好像我还有路可逃一样。然而，她八爪鱼一样的长臂伸过来，紧紧扣住我的脚踝，我哪儿也去不了。

"站住！别想跑！"她怒火喷涌，愤怒的语声在洞壁内回响萦绕。可她紧扣我脚踝的钳指突然松开了，面容在刹那间急速衰老，看上去俨然就是一个奄奄一息的老太婆。在这突兀的死寂中，她仿佛中了邪，身子恍恍惚惚地摇晃着。

此刻，她难以置信地看着自己的树皮手，又摸摸干枯的脸："不！不！图符之语没有错。这是唯一的道路。我将进化，进化成更强大、更高级的元灵。"她这是走火入魔了？

接着，疼痛再次袭来。她打起滚来，像在躲避什么东西的鞭挞。面容也因为极度痛苦而彻底扭曲。她向后一仰，嘶喊一声，身体一下子绷紧了，跟老牛剥皮似的。

我手足无措地站在一旁，直到她的阵痛停止，而她看起来已经老得不成人形，浑身布满斑点状的黑色图腾，节肢动物的身体结构一览无遗。她四脚着地趴在那里，喃喃自语，整个人沉浸在某种复杂无解的谜题中。

"帮帮我，大卫。就差一步，我就能臻于化境！"她猛地抬起头来，一滴硕大的阴郁的眼泪，顺着她的太阳穴缓缓流下，而她的声调喑哑如漏气的风箱。

我忽然对她产生了同情："可是，我能帮你什么呢？"

"符文里记载：

"时光的音符，它散落在人间；

"精灵拥有神圣的苇笛——光之钥，

"它能开启黑暗背后的圣光之门。

"凡人得此苇笛者，必是精灵之友，我们因他而成神圣。

"当春花烂漫之时，三足鸟前来带路；

"寻觅人间的音符，吹响不朽之旋律！"

我的思维像一列火车奔驰在逻辑铺就的钢轨上。我想起了"光之钥"，想起了Moon对我说的话。是的，是的。那不只是一根苇笛，它更是一种连接！可是"我把它弄丢了！我真该死！"我懊恼地说。

"什么？你丢了什么？"她眼中的寒光令我两股战栗。

"那根苇笛被腐尸花吞掉了。"我怯生生地回答。

"别想撒谎！"她吐出蛛丝将我的脖颈勒得火辣辣的。

"我没撒谎！"我呛咳着说，"花仙子，可以做证！"

她放开了我，眼睛里流露着一丝伤感、亲切的意味。"没关系的，孩子，我相信你。东西丢了可以再找回来。但是失去的亲人能否再次回到身边？过来，大卫。到我身边来。"她用那如同八爪鱼似的手指抚摸我，用指甲划，用指头触，"孩子，我能感受到你的痛苦。你失去了所有的亲人，不是吗？眼睁睁地看着你深爱的人离你而去，这种感觉真是太糟了！"

她的话触动了我，忽然间我有一股想哭的冲动。怎奈悲伤就像一袋水泥灌进我的身体，并且很快就凝结了。我几乎动不了了。

"你愿意帮助我吗？大卫。你愿意帮助你死去的亲人们吗？把丢失的苇笛找回来，我有办法摄魂还魄，让他们死而复生。"她的手放在我的头顶，长长的指甲就像钩子悬在我的眼前。

死而复生！我的心跳几乎要停止了。妈咪，爹地，哥哥，姐姐。我有多思念他们，此刻就有多沸腾，我的内心万千洪流汇集于此刻。我抬起头，直视她的眼睛："你说话算数？"

"绝不食言！"

"好！那我答应你，帮助你找回苇笛！"

"好孩子，记住你的誓言！如果你违背了誓言，我绝不会放过你！"

忽然间我感觉到身体在她的按压下似一个压紧的弹簧，带着一种极端偏执的精确性和超乎人性的力量，不由自主地循着一个通道，竭尽全力弹射出去。

后来根据露的描述，一刹那间，那个女祭司的肚腹鼓胀起来，越来越胀像是要爆裂。她喘着粗气，蹲下来，双腿分开。血液不住地从她两股间涌出，却黑如墨汁。她像个临产的牲口一样号叫起来，说不出是痛苦还是狂热，又或兼而有之。只见一个小孩的头颅自她体内挣扎挤出，接着是两只手，紧紧抓住她血流不止的大腿，直到我整个身子挤出，进入到这个世界。

"嗨！大卫……"露眼疾手快一把扶住我。

我摇摇晃晃，如同一片湿漉漉的叶子，浑身无力，四肢颤抖。我想说点什么，但集中不了精神，仿佛我的脑子绊了一跤，跌到了什么东西上，完全搞不清状况。而且……隐隐地，我觉得羞耻。

雨果一个箭步冲了过来。"你见到了她？你们……都说了些什么？"他的唾沫飞溅到我的脸上、嘴唇上。我可以尝到他那热烘烘、湿漉漉的愿望！

"结束了，雨果。一切都结束了。大卫，我们走！"露不容分说，拉着我就往外走。

背叛

当晚我们睡在林中的一个空鸟巢中。四周很寂静。但我的思绪像呼呼作响的引擎一样疯转，从一桩又一桩的事情上飞快地掠过，四处寻找出口和解脱。

"露，这是真的吗？那个黑蜘蛛说的，你相信吗？"我支起身子，歪着头望着侧卧巢中的露。

"别听那蜘蛛精的胡说八道！不死之身？精妙化境？我看她是走火入魔了。这无异于一个人在阳光下追逐自己的影子，无论怎么奔跑，也是撷取不到的。"说完她打了个呵欠。

可她的魂魄没有消散，我心想。何况"她说她有办法摄魂还魄，让我的亲人死而复生……"

听我这么说，露转身坐了起来。她看着我的眼睛，颇有些不悦地对我说："她在骗你！没有复活，那是迷信，不可能的事。死亡并不像凡人所想的那样！"

我有些混乱，低着头，不知道该说些什么。

"大卫，"她轻轻唤我，语气柔和，"你见过清晨的露珠吗？阳光下它会消失。虽然我们的眼睛看不见它了，实际上我们也知道，露水是变为水蒸气升上了天空。在适合的条件下，水蒸气又可以凝结为云、雨、雪，甚至冰雹落下。这是常识，我想大卫一定懂得的。"

我当然懂得，因为布朗先生早就教过我了。

"从生死的角度来看，从气态转变为肉眼可见的液体，我们可以说那就是'生'；若从液体转变为气态呢？虽然眼睛看不见了，但它依然存在，只不过转变了形态。这就是'死'。"

就像一束光在我的头脑里燃烧，她的话驱散了我内心的阴霾。

"Moon 告诉过我，生命是一个延续体，生与死只是一种生命能量的循环起落。"

露仰望着苍穹。今晚的月光真美，就像透明的白色火焰。那一刻，我爱极了她的双目之光，她的空灵神色，以及她脸庞周围那如波浪般起伏的梦中幻影。

"假如你领悟了死亡的本质，就不会说一切都将消逝。"

这时，一片叶子落了下来，在我们的眼前轻盈地舞蹈。

露轻轻地叹息："这叶子真美啊！它的逝去是这样的温馨、这样的可爱，却饱含了整株树木和整个夏天的美丽和生机。虽然它不可能逆转方向，再次长回生命的枝头，但它会化为泥土，成为树木的营养。那新长出来的叶子上，也会有它的生命延续。所以说了这么多，只是想让你明白：死亡不是终点，而是下一个起点。"

当她说完，世界静得出奇，猫头鹰的叫声也没有干扰到这种静寂。我的心也感受到了那种非凡的无限与广阔。我不禁暗暗自责，我怎能由着我的心灵去遥望朗月星空中飘浮的云状物呢？我怎能把我的目光由直插云霄的大树转向那枝条投下的阴影呢？

但是半夜醒来，先前那美丽、寂静的世界仿佛忽然间变了样，岸边生翅的涛声，传来大海威严与可怖的深沉；树叶不知疲倦的沙沙声响嘈杂、陌异，如同丑陋的爬虫在我的身上挖洞。风声夹杂着远处拍岸的海浪，还有时不时划破夜空的猫头鹰的凄厉叫声，这一切都让我辗转反侧。

我再也没有了往日的心境，既便看着露憨甜的睡容，也不能叫我安宁。

我的神魂如同麻雀，双翅已被折断，只有藏在树枝之间痛苦不堪。

因为我无法忘记，蜘蛛神女的话在我脑中掀起了海啸，把沙洲、浅滩、岛屿、大陆彻底吞没。我觉得她的部分灵魂渗进了我的身体，有那么一瞬间，我甚至能感觉到有一只类似雾霭的手在触摸我的脸面，耳畔能听到细微柔和的声音，就像女人的喘息回荡在我的耳边：你愿意帮助我吗？大卫。你愿意帮助你死去的亲人们吗？

一阵风猛地刮过，我看见一个又大又黑的影像，在我的头顶迅速而无声地滑过。有一个东西从那黑影中掉落下来，扑哧！接着一个毛茸茸的脑袋出现在巢边。是雨果！

"你好，大卫！"

"你来得正好，我正睡不着呢！"我悄悄地说，唯恐惊醒熟睡的露。

于是雨果吹了声口哨，那个又大又黑的影子飞了过来，这下我看清了它那两只可怕的铜玲般的大眼。原来是只猫头鹰。它抓起我和雨果，将我们丢在茂盛的羊齿草丛里。

"大卫，我求你把所有的一切都告诉我！全部，所有，不要遗漏一丁点细节。"雨果舔了舔干燥的嘴唇，他体内火的灼热使他一会儿站起来一会儿又坐下去。

我开始向他讲述，将一切和盘托出，但这个听众似乎永远不知满足，我一字不漏地重复蜘蛛神女的话，描述她的动作、表情、形态和意愿。他来回踱着步，一边听我说，一边如同笼子里热情高涨的仓鼠，不停转动着轮子，抛出一个又一个问题。

"'帮帮我，大卫。就差一步，我就能臻于化境！'她是这样说的？"他问。

"是的，她就是这么说的。"

"时光的音符，它散落在人间；精灵拥有神圣的苇笛——光之钥，它能开启黑暗背后的圣光之门。凡人得此苇笛者，必是精灵之友，我们因他而成神圣。当春花烂漫之时，三足鸟前来带路；寻觅人间的音符啊，吹响不朽之旋律！"他反复念叨这几句话，如炼金士一样热情高涨，"大卫，我明白为什么你是被选中之人，因为你是精灵之友，你有白色苇笛'光之钥'！"他朝我眨眨眼。

"但是我把它弄丢了……"

"你在撒谎！我不信。人类最擅长说谎了！"他用锐利的目光盯着我。

"不！千真万确。飞越沼泽时，它掉进了腐尸花。"我大声说，像一只受伤的动物。

"你还记得是哪一朵花？"他的目光依旧冷峻。

"这……我得去问问露，她一定记得。"说着我抬起脚，踩在莓苔和枯叶上。但我感觉颠踬了好几下，脚步越来越沉重。枯树枝在我的脚下嘎吱作响。我觉得不对劲，这里可是茂盛的羊齿草丛啊！我的脚是不会踩弯这些草梗的。但是，为什么草丛看起来这样矮小？

"雨果！"我大声呼唤。但他消失不见了。

围绕我的是寒冷和无底的幽暗。我往上看，只见树梢的黑影，散布在夜空中。月亮被浓重的云翳遮蔽。森林笼罩在一片黑暗中。我感觉这黑夜是铅做的——没有空间，没有道路。我的双脚仿佛停在一个沉默，没有出口的死巷里，在夜晚最私密的死角。

"露！你在哪里？"我突如其来地喊叫，惊吓了枝头上的夜莺，它们扑棱着翅膀离我而去。我又喊了几回，我听到我的声音在森林里回响，感觉那就像是对我背叛行为的一种嘲讽、一种惩罚，更是对这自然世界的亵渎。

我扑倒在地，在绝望和后悔中呜咽起来……

"被遗弃者大卫"

月亮从云层中露出脸来，带着一种精密计算好的威严俯瞰着大地。

构成夜间寂静的千万种声响，涌动在我的身边，像是一出舞台悲剧的伴奏。

黑黢黢的树干和枝杈，如同悬挂的隔板，它们一动不动，阴险奸诈得如同尸体，那是动而不行走的尸体，那是张着嘴但不说话的尸体，它们聚集在一起，似要将我囚禁起来，把我窒息。

一切都在挤痛我，刺伤我，使我深深感到自己是一个被遗弃的人。

在广袤无垠的黑暗里，我的心脏枯萎得如一颗豌豆大小，再也没有希望残留。

不幸的世界里没有钟表，却有永不休止的嘀嗒声。

我心里正上演的悲剧进入到了它的悲怆阶段，我没什么可做的了，只有去死。

只有去死。

与此同时，狗鼻子水手从睡梦中惊醒。

后来他对我说，他听到森林里有人在哭喊，而黑夜像颗痣一样沉默。凭借多年的经验和上帝赐予的天赋，他又一次嗅到了危机。这是那个失踪的男孩！他确定。

于是，他叫醒了同伴。

大家一边准备用以防身和抵御危险的木矛和贝壳利刃以及照明用的火把，一边寻思可能发生在那个孩子身上的遭遇。各种猜想和假设像点燃的火种一样在人们的心里蔓延开来。

这时，远方传来声响，夜晚栖息的鸟儿振翅高飞。

我也俨然如同惊弓之鸟，轻微的树枝晃动，任何的风吹草动，一点点声响都让我心惊胆战。

这就是他们找到我时的情形，看到他们突然出现，我吓蒙了。

一点一点地，各种情感——陌生又依稀可辨，僵硬又模糊，好像冲到海滩上的垃圾一样，都回来了。我扑到大鼻子先生的怀里，那一刻，再一次，我清楚地意识到，我，不是那个"被爱的"大卫，而是"被遗弃者大卫"。

乘坐木筏离开……

所有看到曙光的人都或多或少怀着喜悦的心情迎接黎明的到来。

但对被遗弃的人来说，天再也不会亮了。

我是怎么走回来的呢？我的心情是那么沉重，仿佛有一袋水泥灌进了我的身体。我几乎挪不动脚，上坡，下坡，穿越荆棘丛，跨过溪流，然后回到巨树林，就像是爬了一座陡峰，终于抵达"奥丁的巨马"。

"门牙"萨尔瓦多的木筏已经造好了，这个木筏又大又结实，还有用树枝和芭蕉叶搭起的遮阳蓬。

他满怀憧憬地对我说："看！大卫，我们有了木筏就可以离开这个鬼地方了。这个岛……"他环顾四周，摇了摇头，"实在太不吉利了！"

"离开"这个词像空中飞舞的皮鞭抽在我身上，火辣辣地疼。

三个水手和美国人，还有大鼻子先生开始着手准备我们在岛上的最后一餐以及海上漂流所需的生活物资。

根据他们的计划，我们将在午时乘坐木筏离开孤岛。

用门牙的话说，如果运气好，我们可以搭船到纽约；如果运气不好，我们就只能在海上漂流到老啦！

而我坐在树下双眼紧紧地盯着"玛丽方舟"，但我的凝视不着一物。

数不清的记忆片断以超常的节奏在我的头脑中互相追赶，我什么也看不见什么也听不到，完全浸泡在纷繁复杂的情绪中，就好像头脑中有一个不停旋转的仓鼠笼子。

他们将一切收拾停当，吃完最后一餐后，就准备离开岛屿。

我看着水手们迎着汹涌的海浪将木筏推向大海，而随着下一波浪头的涌动，那道白色泡沫织就的耀眼的流苏就会将我们的木筏打回岸边。

海鸟在高空翱翔，在雾霭蒙蒙的天空中鸣叫着。

他们再一次卖力地将木筏推向大海。如同西西弗斯滚石上坡，周而复始，直到将木筏推进远离海岸的海水中。

木筏像个软木塞似的漂在海面上。

他们向站在岸边的我们挥手示意。

大鼻子先生抓住我的手和那个美国人一道走进翻滚的浪潮中，走向茫茫大海中的那一叶孤舟。

海水温凉，充满了生命力，似乎汲取了海底深处蕴藏的全部力量。

一个浪头袭来，我险些站不住。

水底的沙砾中，那些凸起的硬壳状生物，割破了我的脚踝。

伤口在盐水的浸泡下火辣辣地疼，像是无言的责备。

大鼻子先生把我抱起，抛到了木筏上。

木筏开始漂离这个岛。

每过一秒，岛就变得小了一点。

可是，一阵突如其来的愿望抓住了我，就像一道红色的波浪，将我吞没。一个令人眩晕的阀门打开了，我内心深处的某样情感潮水一般涌了出来。此时我的脑子里回荡着潮汐汹涌的声响。

那一刻，在这种情感的驱使下，我不由自主地站了起来。

紧接着，我意识到我双脚迈入水中，就像从天上落下的流星，海洋向我张开巨口。

妈咪，我来了。

入水的瞬间，我听到水手的尖叫。

胆怯袭来，我不由得在这样一种死亡面前退缩了。

水流在我周围打转，我的手脚拼命乱划，但是什么也抓不住。海水又黏又冷，像镣铐般沉重却又异常滑溜。

出于求生的本能，我想憋住气。但我的肺被挤空了，塌缩了，急需氧气。我忍了最后一秒。接着，我放手了，像捧不住滚烫火炉的人，我把自己交给了大海。

海水灌了进来。

我的肺里如同扎进了一根致命的针，有一种撕心裂肺，火烧火燎的痛。突然，痛楚直冲头颅，我觉得脑袋像是被钳住了，耳道内发出雷鸣般的巨响。

一片炫目的光芒。

光芒中，一个身影向我游来，像一条鲐鲅鱼……

接着，是黑暗。

没有光，没有声音，没有感觉。

只有无限而寂静的虚空。

突然，我的胃里一阵翻江倒海。有人在用力拍打我的背，迫使我咳出一大摊海水，咳得我的胸和颈痉挛般疼痛，嗓子眼也是火烧似的灼热。

然后，我觉得自己俨然是第一次呼吸的新生儿。

他们把我放平。

光！

光线凿开我的眼皮，从裂缝泻入我的脑袋，令我的神智也感到灼热。

我像一条刚被打捞上岸的鱼。我放在胸前的手触摸到了状若鱼鳃般的肋骨，它们随着我的呼吸而上下起伏。

"大卫！"有人在轻轻唤我。

我虚弱地看向他，仍在咳嗽。

但我的意识已经完全清醒了。

"你脑子里到底在想些什么？你差点淹死了，你知道吗？"大鼻子先生全身湿漉漉的，他看我的目光里充满了责备和关切。

"也许，他不想离开这个岛！"白浪头猜测。

那个美国人哼了一声。"难道他想游回去？"从他不怀好意的笑声中，我意识到一个人往海里跳，准是脑子有问题，何况我甚至不会游泳。在他眼里我一定愚蠢至极。我只觉泪水不听使唤地充满眼眶。

"门牙"萨尔瓦多严肃地看着我。"我不知道你想做什么，"他说，"但我要明确告诉你，小家伙，没有任何船只会冒风险接近这个岛屿的。留在岛上，只有等死。"

留在岛上？只是……哎！我在心里叹了口气。

她在生我的气，她在惩罚我。如果我再一走了之，露永远也不会原谅我了。

只有和她在一起，我才会安宁，如在故乡。失去她，这个岛屿不再是家，而只能成为一个飘忽的记忆，跟那个千山万水之外的伊甸花园一样。

想到这儿，我禁不住泪如雨下。

这是一个盛产"眼泪"的夏天。时间好像和泪水结成了同盟，在我的心里划下道道伤痕。

而命运对我又如此不友好，就像这汹涌的波涛，如此跌宕起伏，如此冷漠，这冷漠之中混杂着让人辛酸的绝望。我身不由已，被命运的潮汐推着向前走，不停地向前。

在我为我的心重新贴上创可贴前，我得再好好看看这座奇迹之岛。

在我模糊的泪眼中，小岛越缩越小，直到缩成一个小小的墨绿色的点。而我却感觉那一秒一秒越变越小，越来越孤寂的其实是我自己。

太阳神的海上战车

朝阳从海平面冉冉升起，它四散的强光如刺刀般劈开氤氲，仿佛头戴王冠的帝王，君临万物。"门牙"萨尔瓦多站在他的"玛丽方舟"上，面朝太阳，一个人站在那里，久久沉默着，仿佛入迷了一般。

此时的大海就像一只熔金的坩埚，伴随着泡沫光热四射。随着烟岚散去，日光越聚越亮，他激动得舞动双臂，大声喊叫：

"嚯，嚯！快给海浪套上轭啊！我的太阳神海上战车跑起来，我们要驾驭整个太平洋！"

但是天上那生机勃勃的光芒越发炽烈，他半闭着眼睑，用手遮住额头。太阳在这玻璃般的大洋上毫无遮挡，就像一面凸透镜燃烧的焦点。

我们躲进芭蕉叶的遮阳蓬下，四周是大海单调、沉闷的波涛声。一片恍惚昏沉。我们的身体随着木筏慵懒地摇摆，就像毫无生气的钟摆。

木筏，在汪洋中漫步。

它既是我们的生存依靠，也是我们的囚禁之地。

大海在我们的身下不知疲倦地编织。咸涩的风、绵延的浪构成了经线和纬线，耀眼的太阳就像一支飞梭，来回织着一面华丽的毯子。在这大千世界织机的喧闹声中，我们的思想也昏昏欲睡。

我们成了被这浮木所扣押的人质。

大鼻子先生沉默不语。他久久凝望着大海与天际之间那一道纯银的弧形——海平面，陷入苍宇浩瀚的虚无之中。

美国人颇善炫耀，老是那样夸夸其谈。

狗鼻子时刻警惕着，嗅嗅这，嗅嗅那。

白浪头则像风儿朝着海涛窃窃私语。他经年的智慧早就渗透到了十指的肌肉里了，他就像一把万能工具，一刻不停地搓绳、削木、修补……他的身体仿佛岗亭，这个喋喋不休的人便是尽职的哨兵，为了让自己保持清醒，他始终在自言自语。

"门牙"萨尔瓦多自从出了海就兴奋异常，像个快活的大孩子，他用叉棍给我们捕扎手的锯鱼、扁扁的石斑鱼、具有伪装色的竹策鱼、肉质鲜嫩的鲑鱼……

而我最大的乐趣就是抬头看青空之城，在云漠中遐思，那些柔软的云彩变幻莫测，它们或仰或卧，从史前巨兽，到雪狮、苍狗、灵鹿、飞豹、阔背的犀牛……

当黄昏降临，太阳和大海一起死去。这时，一种甜蜜而忧伤的气氛，缭绕着升上玫瑰色的天空。望着漫天的大水，我们每个人都沉浸在疲惫和忧虑之中。

黑黢黢的海，犹如命运的无瞳之眼。唯一的光来自万米高空。星月的"白"，是显而易见的无色。这样一种沉默而充满意义的空白，似乎让它所照耀的世间万物，都染上它的空无一色。

这让夜晚的大海变得难以忍受。那海涛的轰响，也如同黑暗的腹语。

紧张、害怕、担心，这些精神上的煎熬折磨着我，让我不能安睡。摇摆不定的木筏使我感觉生命被连根拔起，抛向空中。我的体内似乎张开了一道裂谷，从中射出分叉的火焰和闪电。

我想离开木筏，离开大海。

但木筏紧紧贴在海洋的心脏上，我时刻感触到大海的脉搏，那强劲的起伏，如同大海兽梦中的胸脯。

夜晚的到来是象征性死亡，令人窒息的沉闷——然后黎明冲破黑暗，犹如缓慢而痛苦的重生的煎熬。

海中狼

一只海鸟撞到了我们的棚柱上，门牙抓住了那只红嘴鸥，拧断它的脖子，将它用事先带上船的荆棘刺穿透，再用老水手编织的细藤绳拴好，抛入海水里，绳的另一端则系在木筏上。

他想用海鸟的尸体做诱饵，抓一条贪吃的大金枪鱼。

那一天门牙出奇的安静，双目炯炯，从我这边看过去，他就像只静踞网上的大蜘蛛，在等候自投罗网者的到来。海面风平浪静。他站在木筏边缘，站稳，屈膝，握着叉棍，就像握着穿透海洋之心的矛。

我抬头看看天，万里无云。四周静得出奇，这梦幻般宁静的时辰，让人对大海产生一种信任和温顺的错觉，以为那微波荡漾的海面就是深草起伏的大草原。

忽然门牙跳起来，骂了一句，赶紧去解系在木筏上的藤绳。

我看见不远处的海面上耸起了一只尖尖的鱼鳍。

"有鲨鱼!"狗鼻子水手的鼻子动得很欢,我猜他内心里的探测仪一定在狂拉警报。

这时萨尔瓦多慌忙解开藤绳,那只三角鳍连同红嘴鸥诱饵都消失在水面。

"嗨!萨尔瓦多,你想给我们来一份鲨鱼刺身吗?"美国人一脸坏笑。

"悠着点吧!这可不是开玩笑。"又一只海鸟送上门来,门牙正憋着一肚子气,他一把抓住它,咬断它的脖子,大口大口地啜饮鸟血,然后把死鸟扔得远远的。

我盯着远处的海面,没有任何动静。但我仍然感觉不安,那条鲨鱼吞掉诱饵了吗?不知道为什么,我老是想着那根藏在鸟尸里的尖刺,它像是扎在我的心上。

这一天余下的时间里,大家都有些心神不宁,神经紧张。

门牙坐在木筏的边缘发呆,犯傻,盯着海面,死活不放。夜里我醒来时,他那双神采充沛的眼睛像两只萤火虫,盯了海整晚。

他万万没有想到——那黑色的波涛下面跳动着的是一颗猛虎的心。

第二天黄昏,我们遇到了暴风雨。

在风暴来临之前,狗鼻子水手凭本能预感到危机的降临,他那又长又翘的鼻子像风扇似的转个不停。

老水手把耳朵贴在木筏上,倾听水下的动静,他能看懂海浪波幅的变化,如同鸬鹚或海鸥似的,能把握大海捉摸不定的节奏。

"嘿!伙计们!——向后划啊!"

在他的带动下,三个虎黄色的水手好比三把杵锤一起一落,整齐有力地划动木桨,驱使木筏,像一条梭鱼从水面上飞走。

与此同时,海水震动沸腾起来,一排巨浪形成的青白色水墙在我们身后立起。天空像在激战,黑压压的乌云似大大小小的乌龙在空中翻滚,挥舞着黑暗的魔爪。接着,刮起了大风。海水变得阴暗混浊,像被唤醒的野兽一样咆哮起来,我们好似在远古巨型生物的内脏里打滚。

随着一声惊雷,天空像炸开了花。大雨滂沱而至。

小小木筏在巨浪的愤怒与狂风的暴虐之间冲浪,如同一个颤颤巍巍的老翁发出痛苦的呻吟声。老水手的嗓门越来越高,他冲着水手们大叫:"划啊!加把劲啊!伙计们!"他的头发如龙卷风,铁一样的眼睛里杀气腾腾,而那只水怪正在后面穷追不舍。

巨浪像重型压路机，怒吼着直取人性命。

我们个个魂飞魄散，瑟瑟发抖。

又一声响雷，又一道闪电。

我浑身战栗。这雷声像是钻进了我的耳朵，在我的头脑里"咣咣"地打镲。小时候，我就害怕打雷。雷声一响，我立刻捂紧耳朵，往妈咪的怀里钻，似乎妈咪就是我的避雷针。但现在，我赤裸裸地置身于雷电的淫威之下。这一刻，我的心里除了恐惧，还有一种忧伤和痛苦思念的情感在释放。

雨水打在我的脸上，模糊了我的双眼！

这时浪从一侧打来，像台球棍，将木筏高高挑起。

等我抹抹脸，再睁眼。大鼻子先生已经被海浪卷了下去，掉进了大海。我急得大叫，使出吃奶的力气，好似末日降临。

大鼻子先生挥舞着手臂，奋力地游向木筏。

我看到美国人探身向前，伸手去拉他。他那又大又圆的脑袋向前伸，让我联想到喜鹊的模样，圆滚滚的，十分警觉，锐利的眼睛不停地转动。他抓住了大鼻子先生的手。然而我怀疑是不是雨水蒙蔽了我的双眼，在他抓住大鼻子的那一瞬间，他又松开了手。一个大浪涌来，大鼻子先生被海浪冲远了。

只听"扑通"一声，狗鼻子水手跳进了大海，向他游去。

暴风雨像条暴怒的疯狗，仍在狂嚎不止。

我瘫倒在木筏上，浑身打颤，从来没有这么怕过，也从来没有这么恨过。那个美国人依旧保持喜鹊般的警觉，但在那张瓷盘似的圆脸上我看不到一丝一毫的愧疚。他是故意的。我听到自己的心脏在心室里咚咚作响，一根静脉像一个缓慢的鼓槌在敲打我的太阳穴。

闪电"啪"的一声，狠狠地在木筏的竖杆上抽了一鞭，惊得我们说不出话来。

那道硫黄电光照亮海面的瞬间，我看见一个灰白色的三角鳍在大雨中向我们游来。门牙也看到了。他高声咒骂了一句。但它的动作实在奇快，疾如闪电，转眼便跃至面前。我眼睁睁地看着它一跃而起，张开锯齿状的大嘴一口咬住了美国人。他吓坏了，甚至来不及喊"救命"，整个人就被鲨鱼拖走。它在张开大嘴的一瞬间似乎很痛，在它黑乎乎的上牙床上我真真切切地看到了那根荆棘。是的，没错，就是那条吞下海鸟的鲨鱼。它报仇来了。

望着海面上不断涌现的血水，我想叫喊，却只呻吟了一声。我挪到木筏的边缘，眼前冒出银色的小星星，脑袋里嗡嗡作响，胃里的水闸大门被打开了。由于惊吓过度，我对着大海倾泻呕吐的秽物。

不远处传来狗鼻子水手的呼喊。**苍天有眼**！他们还活着。

老天只爱无畏的勇士！萨尔瓦多的这句话在我脑海中像条鲤鱼高高跃出水面。

他们精疲力竭地爬上木筏。由于在海水中泡了那么久，他们看起来面色铁青。

"怎么少了一个人？"狗鼻子水手看了一眼大家，忽然觉得不对劲。

门牙耸了耸肩，想说点什么，话到嘴边，却苦涩得如同嚼蜡。"鲨鱼……"

那一刻大家的心底潜入了一种莫名的东西，无不感到心在恐惧中隐隐作痛。

海有两面三刀。

仿佛只能从性别上将它们区别开来。那像少女一样可爱的蓝色海洋，多么天真无邪，那种温柔与悸动让人喜爱，充满信任；而在蓝色海水深处，所有的生灵都在弱肉强食，那是男性的大海，它那强大、不安又残忍的念头能兴风作浪，连船带人全部吞没，甚至把最强大的鲸鱼也摔死在礁岩上。

我面前的大海发出瀑布般的吼声，它与雨声，与风声混为一体，从天地万物中迸发出来。这是一种命运之声，超越了感官的界限，所有的声音相互交叉和相互渗透。这昏暗，一望无际的命运洪流，卷着滔天巨浪，从四面八方把我们压得紧紧的，要把我们压成齑粉，用我们的鲜血来浇灌苍生。

我害怕地闭上眼睛。

大海遁出了视线，一座与世隔绝的小岛将我的灵魂驮上岸。那里充满了和平与欢乐。时间的潮水将卵石、贝壳以及所有破败的残骸都裸露出来，环绕着记忆的岛屿。一波又平一波又起，那横扫一切的记忆潮水，不知不觉将我冲入梦乡。

一艘轮船的汽笛长鸣，像海上公鸡报晓，打碎了黎明的寂静！

醒来时，风平浪静。

这是一个透明湛蓝的清晨，如同水晶般梦幻。

海面上弥漫着近乎异常的静谧，一条锃亮的阳光，仿佛水里的一根金手指，在指挥柔和轻盈的海浪，缓缓起伏，吟唱宁静的乐章。放眼望去，万籁俱静，大海闪耀着光芒。在这神圣的静寂里，我忘了干渴，忘了饥饿，忘了血腥的风暴，心中只有对活在人世间的感恩。人生中这稀有的倏忽而逝的瞬间，我感受到了天地万物身上那永恒生命的清凉露滴。

但愿这幸福宁静能永远持续下去。

不知不觉间，我眼角的一滴眼泪，落进了大海，融入太平洋咸涩而广博的怀抱。

经过一夜的狂风暴雨，木筏上的芭蕉叶遮阳篷被彻底摧毁，"玛丽方舟"只剩下残破的骨架，以及同样残破、瘦损的风暴幸存者。

"呜！呜，呜，呜——"这时，一艘轮船的汽笛长鸣，像海上公鸡报晓，打碎了黎明的寂静！

挥手。欢呼。

那艘船看起来像漂浮在水面上的冰山，像不切实际的海市蜃楼，或者是高不可攀的月球上的一块石头，总之它就像一个朦朦胧胧的虚假幻术，但它听到了我们的呼唤，看到了我们的乞求，向我们一点点靠近，成为我们眼中实实在在的"希望之乡"。

我们这些漂流的"鲁宾孙"，如同在荨麻中俯身爬行，终于抵达沐浴在银色月光下的林间空地。

寻觅？寻求星际启示？在经历了沉船，失亲，一个个奇遇，海上冒险，生死考验后，一个渺小如草芥的孤儿被命运之手捞起。这种生活仿佛是一个由无数块积木组成的拼图游戏，或者像一个巨大的诡秘的字谜游戏，摆在我面前等我去破解。但我明白，我只是随风飘荡的麦秸，是踩在命运脚下的擦脚垫。命运，它拥有把我砸成粉末的力量，我一直很清楚。

我拥有的本就不多，如今剩下的更少得可怜。我眼睁睁看着曾经拥有的东西一点点丧失，一点点破坏殆尽。如果有一星半点还属于自己的东西，我也担心将要消逝一空。

生活有它自己的节奏，它不会因为某个人的死而出现真空。

我最好学会沉默以及遗忘！

美国

当手握火炬，向空中高高举起的自由女神出现在视线里时，"美国！美国"的呼声响彻云霄。这呼声传递着希望，编织着幻梦。

我感受到一股活力，如同灶上之水，沸腾不息。

纽约，这座高耸入云的城市，像在高空舞蹈。那些摩天大楼就如同抛向天空的线条，描绘着梦想的轮廓。一切给我一种错视的立体感。

我看着缓缓逼近的未来世界，涌上心头的是荒岛求生的日日夜夜，是燃烧的船骸沉入水面的刹那，是对嘀嗒作响的时钟的思念，是对被风刮起的窗帘的惊悸，是黑暗中对于奇迹出现的期盼，是听收音机里播放的咿咿呀呀的京戏时的昏昏欲睡，是在地毯、桌布、妈咪的旗袍和披肩上的图案中的迷失，是玫瑰的吟唱，是季节更迭……所有的往事如长着翅膀的马，不受任何物理定律的约束，在我面前飞奔。

逃离。逃离战火纷飞的故国，携带着建造家园的梦想，"箱子大卫"终于抵达了大洋彼岸。

一个人。

没有亲人的陪伴。

内心里潜伏着一种永远不能修复，只能独自承受的伤痛。

然而抵达，不是完成和结束，它意味着一切才刚刚开始。它以一种新的方式，启航，向着未知和变化前进。

朝向自我，独立前行，身后拖拽着疼痛，脚下可能随时面临无底的深渊，生命以一种最具神秘性的、诗意的方式向我诉说着人生的无常。我抬头看了看纽约港的上空，那千变万化的云朵，使我感怀我人生的不确定性——它不像是一个真实的存在，倒像是一个有着重要意义的不存在。

人生归处！

拥抱。告别。各走各的路。生活将我们抛向了不同的归处。在经历了三个月的荒岛求生后，我们在深秋的纽约分手。

白浪头留在了船上，他做出了对他来说最正确的决定。他老了，习惯了海浪颠簸的节奏，这种晃动早已深入他的骨髓，同他全身的血液一起摇摆。对他来说，仿佛我们内在都有一片海，那是原始之水，是时间之初我们彼此所诞生的地方。把自己交给大海，晃着睡，晃着吃，晃着撒尿，晃着衰老，具有一种强烈、深刻的象征意味，也许还有对将要到来的命运的顺从——他摇晃着走向死亡。

"门牙"萨尔瓦多两眼放光，信心十足，似乎早已将世界踩在脚下。他不假思索，迈着水手的圆规步，冲进人群，回头向我们挥手告别，而我则宛如梦中。

几乎一踏上纽约港的土地，我就听到脑子里响起一阵轰隆轰隆声，就好像从我面前开过的运载货物的卡车，正从我的身体里开出似的。这里的繁忙和喧闹，让我陷入动荡不安的状态中。我的手臂上像是有千万只蚂蚁在爬，两条腿迈步艰难，如同在烈火上炙烤。

狗鼻子水手一下船，他的鼻子就动得很欢。嗅嗅这里，嗅嗅那里。上天如此安排，必有深意。

在一个肮脏的角落，他看到黑死病一样黑的老鼠，围着一堆垃圾大嚼。他警惕地看了看四周。突然，鼻子提醒他：快趴下！我听到一声枪响。然后是一个从人群里冲出来的黑人，他竭尽全力向码头跑去，紧捂着自己的喉咙，指间流下一条止不住的红领巾，黏稠，致命的血。又一声枪响，他应声扑倒。鼠群丢下垃圾大餐，吱叫着朝四面八方窜去。

枪声一停，狗鼻子水手就一跃而起，循着凶手的足迹向码头的另一侧追去。这是他的使命。上帝给了他天赋，就是让他惩恶扬善，救人于危难之间。我想无论身在何处，他的鼻子一定会屡试不爽。

大鼻子先生和我。我们被受到惊吓的人群裹挟着向前，这些身影像潮水一古脑地涌向出口处。

但因为大鼻子先生的证件遗失了，美国移民局官员不许他登陆，将他临时安置在扣留所。而对于我这个小小偷渡客，唯一能证明我身份的只有父母留给我的那个珐琅釉彩盒吊坠，但这尚需调研。

在此之前，有个官员建议将我移送回船上，因为一个畜生般的人是不配居住在扣留所的。面对如此侮辱，我握紧了拳头，敢怒不敢言。我望着自由女神手里的火炬，心想美国真的是个自由的国家吗？这里真的有所谓的民主与自由吗？

在大鼻子先生的一再恳求下，他们同意我留下，和大鼻子先生在一起直到审查通过。

于是，我们和世界各地的"非法"移民，被关进一间间不足二十平米的拘留房里。这里就像是一个蒙了布的鸟笼。我们都是被剥夺了自由的鸟。我们活着，仅此而已。

时间间隔是一个奇特、矛盾的概念。在外面的人们忙忙碌碌，不知不觉中时间过得飞快；而这里如此沉闷、安静、无所事事，时间则显得冗长不堪。四个小时过去了。这期间不断地有人进进出出。

一个波兰难民对我们十分友善。他四十出头，穿着体面。典型的犹太人长相，长脸长鼻，面色看似不健康，如瓷盘一样苍白。尤其是那双眼睛看起来毫无生气，像一只动物标本的眼睛。又一个失掉了身份的精神漂泊者，和大鼻子先生一样。不过，我喜欢他浑身发出的气味，就像牧师似的，闻起来有一种蜡烛和灰烬的味道。

他请大鼻子先生喝一口波兰伏特加。

先生尝了一口，咂了咂嘴，怀旧般咽下肚去。他向他打听波兰的情况。当然，你知道，他关心的是他的犹太同胞。

"上帝创造了人类，人类创造了集中营。"他苦笑了一声。

接着，他谈起希特勒，谈起纳粹，谈起那些荒谬的法令、可憎的惩罚，那试图灭绝种族的铁拳……听起来，我觉得他像是在谈论一种芽孢杆菌引起的一场灾难性的流行病大爆发。这种病菌不受道德约束，弥漫在我们周围的空气中，就像结核菌一样，除了体质最强的人，所有人都容易感染上。

他们一人一口，拿着酒瓶轮着喝。

其间，一个难民因为个人证件不合格，又缺少亲属提供的经济担保证书被美国政府拒签。那将意味着他只能被遣送回国，回到欧洲的野蛮牲口圈，那里的畜牲靠吸食无辜羔羊的鲜血为生。为了证明他将不会成为美国公民的负担，他从包裹里抓出一沓沓钞票。但这毫无用处，一个人只能待在自己的宿命之地，哪怕你不愿意，人们也会把你从别处送回来。

他们也会把我遣送回国吗？一瞬间，故国家园的景象在我脑海中徘徊，就像一幅虽没什么价值却异常珍贵的微型画卷。过去时光的碎片树立在现实当中，像是时间河流中耸立的礁石。

喝酒的波兰人目睹了这一切，他颤颤巍巍地走过去，推开那个美国佬，一把抓住那个即将被扫地出门的可怜人。他摇晃的身体看起来就如失事船只的残骸，还漂泊在那昏暗的、一望无际的波涛中。"来！喝一口再上路，我的兄弟。"

那人走后，大家陷入了沉默。这沉默如幽灵般穿梭在人们之间，仿佛暗示着痛苦。有毒的沉默。

我听到波兰人拿起酒瓶猛灌了一口，酒泻入他的喉咙时，那一种破裂的声音，仿佛绝望的歌唱。

"可怜的兄弟，他以为坐上船就逃出了集中营？哼！我告诉你，这个世界是个更大的集中营。一个用金钱建造的集中营。你看不到铁丝网，甚至取消了国与国的界线，但归根结底，监禁的本质谁也无法改变，只不过就是笼子的大小而已。"

他想再喝一口，但酒瓶空了。正如他的心，被绝望掏空。他叹了口气，叫道："这酒可真好喝！"

我想，如果他留在美国，他可能会成为一个酒鬼。一个整天醉醺醺的可怜人。或许在他心里，他早就为自己买了一块墓地，他正往那里走。他是一具假装还活着的死尸。我应该扭转正载着他奔向死亡的车轮。可要怎么做才好？

这时看守又回来了。他告诉我，移民局证实了我的身份，并与我父亲当年在美国的好友进行了交涉，最终美国移民局获准我入境。

真难以置信！有那么一秒钟，我感觉呼吸不畅，好像脑中发生了海啸，把环绕着记忆的礁石彻底吞没。一片空白。

大鼻子先生一把抱住我，在空中转了一个圈。"太好了！大卫。"眼中闪烁着稚童般的喜悦神采。

但一想到从此要与他分离，我便紧紧箍住他，像只不愿与主人分开的小狗，用乞求的目光向他表达一种完全、彻底、不求回报、生死共进的依恋之情。一种小狗才具备的直率和忠诚。

他掰开我的手指，强迫我直视他，对我一字一顿地说："大卫，不可以。你要离开这里，要好好活下去。"

我倔强地扭过头不愿看他的眼睛。因为最让我无法忍受，最让我感到恐惧的事情莫过于离开他，那等于是我的放逐，是我的西伯利亚。

"我们犹太人有句话：人必须学会用爱去接受苦难，把一切艰难困苦看作对自己的磨砺。孩子，一定要做一个有道德的人，即便是在一种被包围的处境下，也不能有失尊严。记住：在我们这个时代，拯救世界的唯一希望是宽容。再见！我的孩子。"他将我一把推出门外，把自己关在一个无法逃脱的命运陷阱里。

我一步一回头，走出海关拘押所，坐进前来接应的汽车里，乘车前往位于纽约市以北约一百英里的一个农场。我坐在车后座上，把手掌夹在膝盖中间。当汽车发动时，我突然号啕大哭。内心的崩溃让我泣不成声，我如同陷在一个不停往下坠落的风暴里。司机回过头来，意味深长地看了我一眼。然后汽车发动，载着我的悲痛绝尘而去。

这是我将要生活的地方吗？

此时已近黄昏，天空低垂着鸽灰色的浮云，细微的尘雨将街道洗刷得如尸骨般灰白坚硬。司机一声不吭，像一个人体模型戳在驾驶室里。一种专注的沉默。

汽车驶过纵横交错的巷道，驶过像一根根栅栏条似的从我眼前闪过的行人，驶过如疯狂骸骨般的巨大井架，驶过垃圾山，最终开进一片荒野。

我停止了哭泣，吸溜着鼻子，看着车窗外。

我望见一片农场。一丛丛醋栗灌木丛，一畦畦土豆，卷心菜已经结籽，菜茎长得像蜡烛一样高。农场中央的一株秃柳旁站着一匹马。它弯着颈子一动不动，雨水沿着它发亮的背脊和粘成一片的鬃毛往下滴沥。再远处，还有片片农田，农田后面是一座小土丘，那里有一幢高耸、狭小的红砖建筑，黑色石板瓦的屋顶，屋顶上还有一个锡制公鸡形的风向标。

车停了。

我跟着司机走入——黄昏。孤寂的马。晦暗的雨烟。通向房舍的石板小径上贴满了橡皮泥似的落叶。这潮湿的石板路、鞋子踩在上面的咔咔声、排水沟的气味，还有一些其他的东西，都莫名地勾起我对故园的记忆。尤其是花坛旁边生长着的那株高大的栗树，在树下和枝叶间裂开的刺包里，我看见闪着光亮的棕色栗子。蓦地，我好像看到了我的伊甸园，那里也有一棵老栗树，这个季节我总是候在树下等待第一颗成熟的栗子落下来。恍惚间，我的耳畔似又听得那熟悉的声音在呼唤……

我在那红砖农舍前驻足，这是我将要生活的地方吗？

周围的一切都在注视着我，似乎我的到来惊扰了某种既有的存在。墙角一垂羽扇豆荚的突然爆裂，或是一只画眉鸟的尖锐叫声，都吓我一跳。一处墙缝中洒落的砖土，像是对我发出的嘶嘶恐吓。

农场主巴克先生开门迎接我。他上了点年纪，身体瘦弱，长着一个扁扁的楔形脑袋。他走上前来，用亲切的目光打量着我。我注意到他有哮喘病，笑的时候会发出一种温驯的马儿那样的轻嘶声。另外，他的一条腿也不太好使。

"大卫？你就是大卫？"他的头向一边歪着，眯起一只眼睛看着我。他闻起来有谷壳、灰尘、黄麻以及干燥物品的味道。

我没有回答，也没有注视着他的眼睛。这让他略显尴尬。不过，他还是热情地把我们领进了门。大厅里，一股家的气味朝我扑面而来：地板蜡、炖菜的味道，还有厨房炉灶散发出来的煤烟气。

巴克太太坐在厨房里擦拭餐具，一绺头发从发髻上散落下来。她脸上挂着苍白的笑容，说话的声音细弱且模糊，就像墙板后面老鼠的窃窃私语。厨房里有一只缺了口的水槽，一只被煤烟熏黑的炉子，炉子上的一只旧炖锅发出咕嘟咕嘟的冒泡声。

巴克先生走进厨房，朝冒着热气的炖锅里瞧了瞧，皱了皱鼻子。

他拿来盘子和杯子摆在餐桌上，用一只熏黑了的茶壶给我们倒茶。

这间屋子不是很宽敞，但天花板很高，幽暗的天花板是下雨天的云的色调。

在我身后，一个小器械发出一阵急促清脆的"咝"声，我没有转过身去看一眼，但是，我确信，那是一座闹钟。

巴克太太从炉子上取下炖锅，往每个人的盘子里舀了一大勺深褐色的冒着热气的炖菜。

我感觉到巴克先生的目光正凝视着我。在他如死海一般的眼睛深处，我看到了某种东西在活动，就像水底生物发出的轻微动静……他突然停止了咀嚼，噘起嘴唇，从嘴里费力地取出一块软骨，然后小心翼翼地放到盘子的边上。

用完晚餐，巴克先生掏出一盒香烟。他猛力地、闷闷不乐地抽着香烟，仿佛在执行一件令人生厌却无法逃避的任务。我扭过头不去看他，而是望向窗外。此时，雨已经停了。阴沉沉的夜色里，那棵老栗树无声而猛烈地起起伏伏。

一句话也没有，房子笼罩在一种可怕的沉默里。

巴克先生又点燃了一支烟，一阵缭绕的烟雾和飞溅的火花将他吞没。

他起身，烟灰立即落下来，像灰色的蠕虫扒在他白色衬衫包裹着的肚子上。

"我们一直想要一个孩子。"他欢迎我的到来。

就这样，我拥有了阁楼上的一小间卧室。它有着倾斜的天花板和一个圆形的窗户，像圆睁的大眼睛。房间里有一张床，一把弯木椅，一个大衣箱和一只裸露的灯泡，两只苍蝇正围着发黄的灯泡来回穿梭。这里不是我的伊甸园，但我却感觉到了一种模糊的，似曾相识的家的安宁、舒适。

雨果的来访！

无数个夜晚，窗外，万籁俱寂，寒气迫人。

我的阁楼没有光，犹如置身于幽暗的时光隧道。

旷野荒芜。

繁星在孤寂的寒空像碎裂的冰块，带棱角的光芒在我的身体里搅动，使人疼痛。

我闭上眼睛。

露，你听得到我的忏悔吗？听得到我的思念吗？听得到我澎湃如岩浆的激情吗？无数飞鸟般的火焰在我的内心奔涌。

可是，你在哪里？我要到哪里才能寻得见你如星子般明亮的双瞳？

没有回答。

永是这样没有回答。

寂静成了唯一的余音。

我是那被弃之于野的石头，是哑默的音符。在黑暗的断层里，日复一日被挤压、扭曲，潮湿的灵魂深处尽是万千蹄痕和落叶。但我仍幻想有一天，被你发现、切割、打磨，并重新赋予意义。

为此，我每天迎接第一缕阳光，用你和 Moom 的方式来祷告。

有时，我也会默默地为所罗巴伯·伊姆莱祈祷，为像他一样的犹太人祈祷。

就让我在冬日沉睡吧！

让我把身体冰封在高山峡谷，

只有春天，才值得醒来。

那时你会在花朵盛开的原野，伴随着第一滴露珠而来。

为了这个信念，我情愿忍受着严寒冷酷的考验。

巴克太太给了我纸和笔，她听说我会画画。白天，除了干一些零碎的农活，大部分时间里我都在野外写生，从秋到冬。巴克先生认为我将来会成为一名画家。也许他是对的，谁知道呢？

我坐在田野里，用色彩的音阶弹奏出一首季节的交响乐。我从最低的音键开始，先尝试那泛白月光的低音和半音，接着往上来到遥远地平线的浅灰地带，再过渡到山峦的绿与蓝。越往上走，和弦越丰富，我来到天空那深沉、高贵的海军蓝，来到遥远的靛青森林，穿过赭色、血红、赤褐和深棕的花草树木，闻到蘑菇晦暗的气味，走进深秋黑色的阴影下，听一听男低音沉闷、忧郁的伴奏。

我画热烈的秋，画菊花的凋零，画带着黑色足印的雪，画滴水的秃树……

我尤其喜欢在雪地里走。大地一片皎洁的白。这洁白的单纯令人神往，也令人黯然。我看到了自身的虚幻，生命的自灭而自生，白茫茫大地唯有空和无。

有一次，我走得很远，周围很安静，只看见覆雪的丛莽，摇去枝条上的积雪，便纷飞成一阵晶莹的云烟，映照着湛蓝的天空，是那么纯粹、圣洁，似乎更美于夏绿、秋黄。

我听见不远处传来声响，一个白色影子在前方闪现，像是小动物。我追去，它却消失在一株枯树里。我向那黑色树穴里窥探，什么也看不见，但我知道它就伏匿在此处。"这兴许是露？"我有些怀疑。

当天晚上，刮起了大风。

在暴风强劲的横扫之下，整栋房子鼓胀了起来，仿佛被瞬间抬升了。然后又陷落下去，似乎再也无法承受更猛烈的呼啸了。

我坐在椅子上听阁楼在强风吹过时发出的乐音。每当阵风间歇时，阁楼的肋骨就像手风琴的风箱一样折叠起来，屋顶松驰垂下，如同一副呼空了气的肺。接着它再次吸入空气，一根根椽子竖立起来，发出轰然巨响和回音。

然而不可思议的事发生了。在我习惯了阁楼的风琴演奏时，挂在窗户上的窗帘突然痉挛地颤抖起来。上面的阿拉伯式花纹舒展开来，像是一朵含苞待放的花朵。我心跳加速，仿佛露就在那里，待花瓣徐徐绽开，她就会伸着懒腰，打着呵欠，从那里蹦出来。

露从窗帘一角爬了出来，带着些许迟疑，然后用那八只长脚开始奔跑，以节肢动物特有的敏捷在墙壁上游荡。她全身都是黑色、黄色和红色的斑纹，肚子上长着一张狰狞可怕的鬼脸。我因为本能的嫌恶猛地打了个冷战。

不！这不是露！绝对不是！

我想将这只丑陋的大蜘蛛从窗户赶出去，可它就是顽固地兜着圈子，像在寻找什么。蓦地，我看见一双小手，用芦笋般细长的手指扳住了窗沿。然后是一头笔直的银发，深色的肌肤。我看见扬起的眉毛下，那双蛤蟆般凸起的眼球。

　　"晚上好！大卫。"雨果愉快地打着招呼。

　　我一跃而起，急切地向他身后探望。"露呢？她有没有和你一起来？"

　　"不！只有我。"看到我沮丧的模样，雨果的口气很受伤，"嗨！你就是这么对待老朋友的？我可是专程来探望你的呢！"

　　"你来，我很高兴！"我漫不经心地说。

　　"真的？我是来提醒你，还记得那几句话吗？"

　　"时光的音符，它散落在人间；精灵拥有那神圣的苇笛——光之钥，它能开启黑暗背后的圣光之门。凡人得此苇笛者，必是精灵之友，我们因他而成神圣。当春花烂漫之时，三足鸟前来带路；寻觅人间的音符啊，吹响不朽之旋律！"我们异口同声地说。

　　"你瞧！春天就快来了……你可不要违背自己的誓言啊！"他提醒我。

　　"我知道的。"我违心地说。*其实都是胡说八道！我再不要受你们这些地魈蛊惑了。*

　　雨果用怀疑的目光盯着我，好像我是在愚弄他，而他早已看穿了似的。

　　"再会！大卫。春天来了，我再来找你。"

　　他骑着那只丑陋的鬼脸蜘蛛走了。

　　我长吁了一口气。

"她就要来了吗？"

　　雨果走后，我闷闷不乐。

　　往事历历在目。

　　露，你为什么一句话也不说，把我一个人丢弃在黑暗中。那种恐惧、绝望，即使过了这么久，回想起来仍让我心有余悸。

　　我在脑海中一遍遍重温那一刻，以至于当时的细节全部磨损，只剩下一种纯粹的、深切的思念。

风停了，窗外的月光如炬。

"假如你领悟了死亡的本质，就不会说一切都将消逝。"我仿佛听到露在对我低语。

当冰雪初融，松雪草破土而出时，"她就要来了吗？"我问松雪草。然而它们不言不语，垂下淡青的花朵，面向大地，充满谦卑，仿佛羞惭于自己的无知。

几个星期以后，紫地丁开放了。那一抹亮丽的紫堇色为草莽大地带来勃勃生机。而当太阳温暖地照耀生苔的地面时，大片大片的莲馨草粲然似火，点燃了我的眼睛。

放眼望去——绿芜满径，金雀盈坡。

"她现在是要来了！"我紧张地注视着枝上的芽，看它怎样地徐徐涌现，挣脱蚕茧似的鳞片包裹，直到那淡绿的小尖，冒出头来向外窥探。

我花费了很多时间来观察叶子的生长，却始终无法洞见它的运动。就像时间一样，时、分、秒这些概念容易理解，因为它们在时钟上就能被计算出来。然而你能觉出时间的流动吗？它就是由连续不断的一系列静止，一系列瞬间组成的。这一系列瞬间运动如此之快，对我们而言，似乎是汇入了一个永不间断的时间的波涛。而我们就像在无边无际的大海里的游泳者，奋力穿越时间之流。

春花已经烂漫了，露还没有到。我从大树下经过时，会数树枝上小鸟唧啾的频次。夜里睡觉时，我在床上数心跳次数。

"她还不肯原谅我吗？"我痛苦地自责。

安琪！

一个晴朗的春日。我走得很远很远，一直走到了风信子盛开的山谷。在那香气馥郁的花丛里坐着一个女孩。我只看见她浅蓝的衣裳和波浪似的黑色卷发。一只黑色的大鸟就停在她的肩上，正从她的手里啄食。听到我的脚步声，她转过头来看着我。

"你好，小孩！"她朝我甜甜地一笑。

我感到周身的震悚。这是露的眼睛，这是露的声音。我觉得自己像是一个死而复生的人。

"你是谁？"因为激动，我的嘴唇一直在发抖。于是我拿出笔，快速写下这个问题。

"你不会说话吗？可怜的孩子。"

我连忙摆摆手，有点费力地说道："会。"

"噢，我明白了。我说，你写，这样也可以交流。"她微笑着对我说，深色眼眸豁亮如珍珠，"我叫安琪。这是我的鸟，你瞧！它好像一点都不怕你。"

那只黑鸟果然不怯懦，竟飞到了我的臂膊上，对着我呱呱地叫。我发现它长着三只脚。春花烂漫之时，三足鸟带路。我如同中了魔咒，怔在那里。

"嗨！你叫什么名字？"露的声音问道。

"你不认识我吗？你不知道我叫大卫？"我写道。

"我怎么会知道？"

这是什么意思？一样的声音，如芦苇在晚风中飒飒作响；一样黑亮的眼睛，如深邃的天渊。

"大卫，你为什么这样看着我，你见过我吗？"

"我认为，是的。"

"那你一定在做梦了。"

做梦？如果这一切都是虚幻的，什么才是真实？

"你出生在哪里？"

她指了指远处山坡上的一所大宅子："就在那里。"

"你诞生于人类的家庭？"

安琪笑了，可那也是露的笑，笑声清脆如响铃。"你不是吗？你真是个稀奇古怪的小家伙。就像我的鸟，长着三只脚。爸爸认为它是个不祥之物，是我养大了它。你看，它多喜欢我，多听我的话。"她把那只鸟叫回她的手上，爱抚着它，和它说话。

我也喜欢你！突然，我想向她倾诉。这样的冲动如此强烈，有一瞬，我竟然感觉到如鲠在喉。

她站了起来，用胳膊搂着我的肩膀。她比我年纪大一点，个子高一些。她的皮肤很凉，透过她光洁的额头和精致的面颊，我感到了自己突然烧红的面孔。

我们走在山坡上，一面采撷花团锦簇的风信子，一面向那所大宅子的方向走。三足鸟和我们在一起，它在花枝间嬉戏，还不时地歪着小脑袋，忽闪着漆黑、灵动的小眼睛，向我们窥伺。

安琪话不多，或许是我们的相遇太过突然，彼此不知道说什么才好！她拉着我的手，她的手那么软，那么轻，手如柔荑。我的心在颤动，就像在悬崖峭壁的边缘摇摆不定。

"我该走了，大卫。我常来这里散步，我想，我们还会再见的。"她在离别时对我说。

"呱！呱！"三足鸟叫了两声，跟着她飞远了。

目送她的背影，我不再疑惑她是谁了。安琪和露，她们的名字混杂在一起，而且渐渐地安琪的名字在我头脑中更为响亮起来。在我的印象里，露是如此的令人心悸，现在面对真实的她，我觉得像是刚刚遇见了另一个与她极为相似却更为光彩夺目的人。

散步

在归途中，安琪裙裾的那一抹蓝，总是漂浮在我的眼前，无论我朝哪一个方向看，都是蓝，梦幻般的蓝。

仿佛看久了太阳，那日轮便和我的眼睛一同迁徙似的。

巴克先生的红砖房在夕阳的照耀下漂亮极了，窗玻璃熠熠生辉。鸟儿在傍晚的彩霞中掠过，老栗树仿佛在伫立聆听。这一刻我体验到了一种如在故乡的安定感，正如一只觅得巢窠的禽鸟。我伸出臂膀，深深地呼吸。此时此刻，我太幸福了！这纯粹的幸福风暴驱逐了往日的愁苦阴霾，将一切苦难扫荡殆尽。

从那一天起，每个午后，我便到冈坡上，躺在她曾躺过的风信子花丛里，目不转睛地凝望着云彩。有时它们像一幅凝固的油画，有时它们宛如浮动在海上的冰山，有时它们急匆匆地飞往辽阔的原野上空。

我在山坡上一躺就是几个小时，远处的田野里，阳春的光影迈着轻盈的步伐在新翻过的田垄上起舞。沉甸甸、黑黝黝的泥土上，一把犁铧闪烁着银光。我急切地盼望着她那明朗的身姿，急于告诉她我发现大地是如何鼓起的，而奶牛毫无知觉地仍在悠闲地吃草。

每每和她一同散步，我便有一种奇特的昏迷感，人也变得轻飘飘的，似乎能够飞到空中。我用手中的笔，向她讲述小幼萤的蜗牛汁派对，黑蚁和行军蚁的生死大战，海妖宫阙的"雪"，菌罩的争吵，腐尸花，黑蜘蛛的幽暗地府……倘或安琪对我微笑，我就毫无迟疑和畏怯，只要她喜欢，我愿把和露在一起的所见所闻都告诉她。

"可是大卫，"有一回，她问，"你怎么会知道，鬼菌说什么，飞蝇唱什么。海底宫阙和地下圣殿是这样的呢？"

"它们对我说过，唱过，"我如实回答，"而且我自己曾到过海底和地下圣殿。"

安琪挑着眉毛望着我，嘴巴噘起，半是嘲弄，半是新奇，仿佛我是又一个不寻常的生物，像她的三足鸟。

山间小路曲径通幽。有时我们会坐在花丛下，看鲜花繁盛灿烂，殷红夺目。脚下是一汪潭水，潭水澄澄，水平如镜。水里生长着芦苇和睡莲。我们静静地看那长腿水黾在水面怎样优雅地跳着芭蕾，大头的孑孓又怎样忙碌地上下汩水，光滑的水蜘蛛怎样搭建光亮的小窠，生着桨爪的水甲虫怎样打转转。

这里是异常静美的另一个世界。

我沉浸在回忆中，看着潭水深处，对安琪写道：

"水下永远是黄昏。光线透过浮萍，使水下的黄昏绿得发暗。原本清晰的天空和树木，从水底向上看，变得朦胧又柔和，似乎成了一幅油画。鲵鱼像黑色的影子一般绕着我游来游去，很是好奇。水底的污泥和枯叶踩下去软软的，又很轻。我不小心踩到了一条鳗鱼的尾巴，当时它正潜伏在泥沙里。它是那片潭水里唯一游到过大海里的鱼。它向我叙述了它的旅行。

"然而说到见过世面，谁也不及癞蛤蟆。它'扑通'一声，从岸上跳下来，打碎了水镜，世界破裂成百万碎片。这只肥胖的癞蛤蟆生着两只圆滚滚的眼睛，像铜铃似的。它一眼就认出我是个人，因为它曾在人类中生活过。那是很久以前的事了，后来它失去了家园和它深爱的妻子，陷入彻底的悲伤之中。那时它整日整夜想的都是如何报复，如何抗争……它说真正的生活就是破裂的，它指着水镜上破碎的天空。直到后来，它找到了治愈伤痛的方法——爱。它说爱是唯一的方式。"

安琪抬起头，怔怔地看着我："现在，你还能再到那里去吗？"

"现在？"我缓缓地摇了摇头，"我会淹死的。"

她的话唤起了我的回忆。我是怎样失去露，失去曾经拥有的幸福的呢？我想起了那个如同荒芜谷地的夜晚，除了我自己的呜咽声，就只剩寂静。那是一种风暴过后的寂静，像一声枪响过后的耳鸣。这寂静是一道伤口。

安琪使劲摇撼着我，我回过神来。"为什么现在不可以了呢？"她问。

"我也不知道，你不要再追问了。一个可恶的小东西，毁了一切。但现在一切都回来了，比先前还要好。你在这里，我就心满意足了。"

这一潭水，盈满而平静，在黄昏的夕照下，活像一面镶嵌在地上的抛光金属圆盘，四周长满了一圈湿漉漉的青苔。那光线感觉很专注，近乎警觉。空气里弥漫着花香，还有一股蘑菇似的气味。

如此的一种寂静笼罩着这里，既紧张又如同梦幻一般，仿佛置身于童话故事里，树木会转身来看我俩，藤蔓植物会像一只只手一样伸出来，紧紧缠住我们的脚踝，欧石楠刺条会像鞭子一样一拥而上抽打我们的脊背，但这种事一件也没有发生。这里平静的日光，甘美而迷醉。直到远处的钟声敲响，一只小鸟从一个灌木丛中倏地飞出，一边疾速飞离，一边发出口哨般的尖叫，我和安琪才慌忙回家。

向三足鸟问路

这一晚我躺在床上，看着常春藤的叶子浮过窗棂。一下，两下……似乎听得叩窗声。我以为这是叶子的颤动，然而叩得很是分明。

我轻轻地开了窗，谨慎地四顾。

在一片常春藤叶子下，我发现了一个小小人的轮廓。从他那双凸起的骇诧的眼睛，我认出那是雨果。在他长鼻子的尖端，月亮画上了一抹细小的星火。

"你忘记我了么？大卫。现在正是时候，我们一起去寻找苇笛。"

"可我现在有了安琪，我不想再失去她。"

"假如你俩一起寻找，一起开启圣光之门，说不定就能永远幸福地生活在一起。何况她还有一只三足鸟，这可真是天意难违啊！"

"好，我去问一问她可否愿意。"雨果点点头，火速地爬下去了。

第二天，我来到风信子冈坡眺望。不远处，旷野中央有一株樱桃树，枝叶间挂满无数个红玛瑙般晶莹闪烁的小樱桃。我情不自禁地走过去。当我站在枝叶茂密的樱桃树下时，有个硬东西砸在了我的眼睛上。不是石头，那东西没有那么硬，只不过黏乎乎的。

是个樱桃。

确切地说，是个樱桃核。没有蒂儿，果肉的下半截儿也没有了，只沾着一小块紫红色的果肉。我站在原地，抬头向上看。一阵沙沙响，树枝剧烈地颤动起来。我隐隐约约看到一个小小的黑影。

是三足鸟。

我呼唤它，它飞到我的臂膀上来。嘴里还衔着一枚熟透了的红樱桃。我问它可否知道通往圣光之门的道路？可它丢下那枚樱桃，呱呱叫了两声，好像在说"不知道，不知道"，然后飞到安琪的手上，她不知从什么时候起就站在那里。

"你在想什么，大卫？"安琪问。

"你不知道吗，安琪？你不知道我的苇笛丢在了哪里？不知道我为什么要寻觅它？"

"不！不！告诉我，这是怎么回事。"

我便把关于音符、苇笛、三足鸟和圣光之门的事都写下来告诉了她。

"这真是太神奇了！"她沉思着说，"如果我们寻回了苇笛，你接下来打算怎么办呢？"

是啊，我又该怎么找到世间的音符呢？我迷茫地望着远方。

有一只白蝴蝶，在晴明的日光中，抖动着翅翼，向我飞来。它身后的翅膀抖动形成一个大大的光圈，像一枚发光的硬币。

"露，露！"我轻轻地说，好像在那光圈中会突然亮出两只漆黑的眼睛，接着就会呈现出一个娇小的身躯。黑眼睛，白色肌肤，穿着丝一样光滑的蓝色衣裳，浓密的黑色卷发上戴着白色花冠。

"露是谁？"安琪听见了。

三足鸟突然呱呱地叫了起来。那只白蝴蝶展翅飞走了，仿佛一艘转身离去的船，撇下我，消失在虚无之中。在我脚下的草丛里，一朵雏菊向上仰起，像一只白眼瞪着我，满是无言的责备。

"是她给了你苇笛？"安琪接着问。我的嘴唇上下翕动，却发不出一点声音。但她还想知道得更多。"她是谁呢？她在哪里？"

"她不见了，你来了。只有安琪，只有你在我的身边。"我急忙把自己写下的那串字母递给安琪看，生怕在我的手里它们会忽然伸出钳子，长出山羊角，摇身一变，变成别的什么玩意儿。

我没有回答她的问题，这令安琪怫然不悦。

我从树下捡了一颗熟透的大樱桃递给她。她的脸随即像玫瑰花苞一般绽开。她把樱桃放进嘴里嚼，用明亮的宝石般的眼睛审视着我。我的胸口仿佛有一只疯癫的小鹿，在蹦蹦跳跳。她看着我，慢慢靠近我……她樱桃红的嘴唇是那么饱满……我感觉到脸上热辣辣的，某种又黏又热的东西在胸腔涌动。她忽然抓住我的手，低头，将樱桃核吐在我手里，发出一声浅浅的咯咯的笑声，转身跑开了。

一阵恍惚。

那枚小小的樱桃核在我手心，它像一颗小石子让四周溅出水花。而此时此刻的我就是一座封了口的火山，内里暗藏一个滚烫的爱的岩浆池。

"我知道这旋律在哪里。"跑在前头的安琪忽然停下，转身对我大喊，"明早我来接你，去我家里。等着我，大卫。"

等我缓过神来，她已经走远了。那只挥舞的手臂，像是田野另一端伸出的触角，它晃动着，又像闪闪发亮的感叹号。

那天夜里，我梦见了我的爹地，有哥哥，有姐姐，有安琪，还有好多小时候认识的人，他们都在对我笑，在我的身边转来转去，就像公园里的旋转木马。那些熟悉的面孔一个劲地笑，疯狂地笑，笑得面目扭曲狰狞，还不时地对着我指指点点。我不知道他们为什么笑，但我从中听出了嘲笑的意味。爹地的脸此时变得巨大无比，带着惊惶的神色，跟当初在甲板上瞥见我时的眼睛一模一样。接着那些指向我的手也伸了过来，越逼越近。我感到一种无名的恐惧，哭着醒来了。

醒着时的噩梦

我在黎明中等候。早上的空气凉飕飕的，透过山谷中丝丝缕缕的晨雾，隐约可见田野里一簇簇荆豆绽放着金灿灿的黄花。

太阳升起，大地上的光和影变换得出奇的迅捷。

这永恒的日常性"复活"，仿佛神灵实施的清晨魔法。

一声摄人心魄的鸟鸣划破空闷，我在久待的焦躁中，骤然兴奋起来。但那不是三足鸟，而是一只乌鸫疾飞而过，在空中画出一道弧线。它那光亮的翅膀反射着金色光芒，像披上了黄金氅衣。远处传来犬吠声，以及不知什么东西发出的单调的吱吱嘎嘎的声响，我满怀期盼地倾听着这往来的一切杂沓的声响。

蓦然，安琪的履声橐橐地逐渐临近。待我迎过去，她已经面带微笑地走来了。

"三足鸟呢？它在哪里？"我迟疑地问她。

"在家里啊！跟我走吧，大卫。"

我感到一种因为期待而产生的颤抖，这颤抖里似乎还潜藏着一丝犹豫、迟疑和害怕的感觉。

我在担心什么呢？当时的我懵懵懂懂，如一团晨雾。我无法解释或理解这种感觉预示着什么，或者至少说，它意味着什么？如今回忆起往事，我向前迈出的那一步是如此可怕，如此意味深长，这么多年来我依然记忆犹新。因为这一步，我的生活彻底改变了。我从睡着时的噩梦中醒来，以一种无知无畏的姿态，一头扎进了冰冷如晓色的醒着的噩梦之中。

安琪拉着我向前走。

转过一个弯道后，庄园便映入眼帘。它就像童话里的城堡，在无限高远的湛蓝天空下，显得无比庄严、神秘。庄园的整体建筑方方正正，墙面漆成了黄色，塔楼的拱顶上还竖立着一尊带翅膀的锡制神像。

安琪推开一扇厚重的、镶满了装饰钉的门，我仿佛听见房间发出的惊呼，这突然而至的强光在打了蜡的地板上铺成一条小径，好像银龙闪光的背脊。

我站在原地张望，安琪忽然抓住我的手，拉着我穿过房间，沿着宽大的楼梯走上去。楼上传来嘈杂的人声。安琪加快了步伐，楼梯在我们的脚下呻吟，我的脚能感觉得到它突然绷紧的"肌肉"。

房间里到底有多少个人，我没有细看。他们在高谈阔论，但我一进去，空气就好似凝固了一般。

我低头注视着地毯上那些魔幻般的花纹，不同形状、不同颜色的线在无声无息地前进、相遇、锁住、打开、相互穿越，永不停息，织就了一个无边无际、平静而光彩夺目的几何空间。

"这就是那个农场主的养子吗？"一个声音正对着我，随着声音飘来的是浓浓的雪茄烟味，"不要怕！进来吧。"

旁边一个声音打趣道："咦！安琪儿，你的新宠吗？"

安琪耸耸肩，只是微笑着，默不做声。这是什么意思？我站在那儿茫然地凝视着四周，带着一种勉强克制住的坐立不安。

那边一个穿黑色礼服，深色头发的男人走了过来，他用犀利的目光紧紧盯着我：“听安琪说，你在寻觅这人世间永恒的旋律？我很诧异，那农场主是虔诚之人，难道他没有告诉你，音乐是上帝的语言，是他的声音，是他的唇语，是他在对人的灵魂说话。只有赞美上帝的音乐才是人世间最神圣的永恒之歌。”

“不，不是！这不是永恒的旋律。”我一字一顿地说，“永恒的旋律，它不是用来歌功颂德的。它是一种连接，与无上之光的连接。”

我听到了惊讶声，也感觉到来自四面八方的刺人的眼光。

“这是谁教他的？”

“这孩子一定看了什么邪书吧。”

“嘘！听他怎么胡说吧！”

这些质疑之声，令我面红耳赤。我感觉很热，快要眩晕了——房屋旋转着，地毯上的图形、线条开始蠕动、扭摆，许多面孔、声音不停地闪现。我紧紧地盯住我的脚，就像一个溺水者死死扒住一根浮木。

“揭示真相绝非易事！”

我听到四周一阵窃笑，然后，那些或坐或立的人开始议论，他们那番话在我脑袋里激荡不停，溅溅泼泼，就像巴克先生手推车里装着的泥巴水。

“他像是读过安徒生的童话故事。”

“我看是走火入魔啦。”

“如果他读过安徒生，就应该对上帝多一些敬畏和虔诚。”

上帝。这个词钻进了我耳朵里，并清晰地勾起了我的回忆。我的脑海中出现了教堂窗户上那绿绒的帷幔，《圣经》的花纹字母，还有管风琴那神秘悠远又变化多端的音色，还有每晚父亲那冗长又宏亮的祈祷声……啊，过去的时光！被颠覆的岁月……接踵而来的是：伴随着死亡的祷告，非现实的混乱，临终的惊厥，以及死人眼中最后的疑惧——希望终止。我想起了那一张张被海水浸泡的蜡白的脸，眼睛张得大大的……如果死人能说话，他们该说些什么？

突然有一种炽烈的念头在我胸中翻腾，我不禁脱口而出：“人们一开始就搞错了，不是上帝创造了人类，而是我们造出了神，是我们出于痛苦、绝望、孤独、恐惧而发明了那个叫作‘上帝’的神。真正的创造者是我们自己。人即是神！”

不假思索脱口而出的话语，像瘴气弥漫在房间的每一个角落。

没有喧笑，房间里静得可怕，我不由得浑身打起哆嗦，仿佛在冰面上溜冰，一不小心踩到了碎裂的冰窟窿，掉进冰冷的水里。一种无名的惶恐开始在我心里抽动，如同昨夜梦中的感受。

那穿黑色礼服的男人愤怒地走到我面前，他粗暴地一把抓住我的胳膊，将我往外推。

"滚出去！"他吼道，"任何毁谤上帝的人，在我们这里永远不受欢迎。不要再到我的眼前来，你这个魔鬼，该下地狱的异教徒。"

四面八方投射过来的冰冷而嫌恶的仇视目光，像无形之手，推推搡搡，将我逼得节节败退。我无助地在人群中寻找她。

"安琪！"我用尽全身的力量叫着她的名字。

"听着！永远不许再见我的女儿。"那穿黑色礼服的男人下了最后通碟。

橡木门砰然阖上了。从门缝中我瞥见的最后一眼是：安琪低着头坐在椅子里，不敢抬眼看我。我不知道我是怎么走下楼梯，走出那扇厚重的、镶满装饰钉的庄园大门。泪水早就聚集在眼眶里，伺机夺眶而出，就像一群伸出爪子，扒着门框，央求主人放它们出去的狗。回去！回到屋里去！然而太迟了。泪水夺眶而出。

"你欺骗了我？"

如今这一幕真的发生了，我反倒说不清心里的感觉到底是怎样的。我全身轻飘飘的，没了分量，像被掏空了似的。先是露，再是安琪。虽然表面上我完好无损，但我身上的某些东西丧失了。我害怕自己会就此消失，被这广袤的、孤独的空间所吞噬。

外面阳光明媚，修剪过的草坪顺着斜坡而下，延伸到一堵栅墙前。

我在慌乱中冲出栅墙，踉踉跄跄地往开阔地带奔去。结果脚下一不留神，绊倒在坡地上。我恰好摔在那棵樱桃树下。我颤抖着身体伏在树下，啜泣起来，脸颊紧贴着刺人的草尖和坑坑洼洼的泥土。

"呱"的一声，吓了我一跳。我抬起头来，发现三足鸟站在樱桃枝上，向我窥看。当我张开嘴，想要请求它为我捎去爱的信息时，它却鼓翼而去。我气愤地捡起一颗樱桃丢向它，它飞远了，变成了茫茫空际间的一个黑点。

我垂下手臂，无意间触摸到口袋里的樱桃核。啊！安琪。这粒小小的硬核曾经是多么幸运啊。它在她的齿舌间滑来滑去，一遍又一遍，触动我的心弦。在我的想象中，它如同一串串无休止的音符，涌现在一个无边无际的臼齿矩阵中。这粒饱满的樱桃核，没有什么重量，它轻触我的手心，那温润、柔软的触觉如同一个吻。

哦，我的樱桃吻。

忽然之间，我脑际回旋起橡木门那砰然阖上的声音。我愤怒而又沮丧的意识到——我像这枚樱桃核一样被唾弃了。

我曾两次失去我的爱，一次是在太平洋的孤岛上，第二次是当她再次出现在我面前的时候。这次我不会让他们得逞的——不，绝对不会！我的手在颤抖，那粒小小的樱桃核从我手中滑落，发出了一声轻微的撞击声，仿佛一种恶意的戏谑。

"大卫！大卫！"一个细小的声音叫道。在我脚边的一株雪青色的雏菊旁，雨果露出了他的脑袋。"你要到哪里去？"

"一切都是因为你，"我埋怨道，"让我安静点吧。"

"是你对这些人大放厥词，你为什么要这样做？"

蓦然地，我想起了露的警告。"这些人，真可憎！我要找到丢失的苇笛，证明给他们看。"

"没有用，他们不会相信你的。"

"不！我不会善罢甘休的。我确定它就在腐尸花沼泽。"

"我知道那片沼泽地。"他沉吟道。

"那就带我去吧，雨果。现在就去！"

黑精灵的巫术让我飞了起来，我以游隼的速度飞越平原，飞越纽约港，飞越太平洋……我们飞了一整天。到了晚上，月亮在乌云间穿行，狂风怒吼。我们降落在那片我熟悉的沼泽地时，我的心霎时被暖意融化，像初春时冰雪消融的溪流。我喃喃细语："露！露！"

但这片沼泽地变了样，它成了一片死去的黑色泥淖。在骨白色的月光下，它像失去了记忆似的，没有腐花和苍蝇，没有声响，也没有风号。

我战战兢兢，双手紧紧抓住我趴伏的那块岩石，勉强阻止眼前的世界突然倾覆，阻止一切滑入无边无际的深渊，包括……尤其是包括我在内。它意味着什么呢？或者说，它预示着什么呢？

"大卫，它在哪里？"

"不是……全变了！原先不是这样的，我记得……"

"这么说，你欺骗了我？"雨果从我的肩头溜下，"我早该知道，你和那些人没有区别。"他恶狠狠地抛下这句话，消失在灌木丛中。

为什么？为什么会是这样？我越想证明自己，就越是陷入无法证明的荒谬之境。

我漫无目的地走在潮湿、阴暗的霉菌地。

在我身后，在灰蒙蒙的黎明前的微光下，一切生物都缄默着，只有枝叶在微风中瑟瑟作响。走累了，我停下脚步，坐在被露水浸湿的苍苔上。

"那些腐尸花在哪里？"我问刚刚苏醒的鬼菌，"先前它们还在那片沼泽里。"

然而没有一个知道，它们都只活在这一夏。

我又去问那细长的蕈烛。

"我们不和人类说话。"它们抛下这句傲慢的话后，便熄灭了烛火。

一封误投的信件

我和那些人一样吗？

我想。不！不可能，我憎恶那些人。我不愿意做一个人。可是，我该怎么办呢？我回不去了，也不能再见安琪。

这是老天对我的责罚吗？

露，我失去了你，为什么还要再失去一次？

悲伤就像一个巨大的铅球，突然掷进了我的怀里。那铅球又重又滑，压得我踉踉跄跄。

我一下子爆发了，放声大哭，眼泪如狼奔豸突。

我多渴望自己能摆脱这种重压，能重新激荡、跳跃起来，而不是被孤独和伤感摇晃得散架，被撕成碎片。一个破碎的人。既不在此，也不在彼。像一封误投的信件。

我哭得全身乏力，感觉轻飘飘的，没了重量，好似一只柔软的小虾褪下了硬壳。摆脱了束缚，令人释然，但感觉上又好像少点了什么，这褪下的壳似乎带走了我的灵魂，带走了一切它可以带走的东西。我抬起头，心里无比失落。

太阳从地平线上黄金似的喷薄而出，迅速地上升。在明媚的光线中，传来一阵抖动翅膀的轻微振颤声。我侧耳倾听，屏住了呼吸。在这死寂的荒野中，它仿佛最后几滴水珠，即将滴入干旱的沙子。这声音越来越真切，我四处巡视，发现一只白色蝴蝶，似一束光从稀薄的空气中显现。它向我飞来，在我的头顶蹁跹了几圈后。

这是樱桃树下的那只蝴蝶吗？我疑惑地看着它，而它像一根无形的手指在我面前探索。现在的我好像一匹赛马，困在一个没有跑道的地方。它向前飞去，这是要给我指引一条道路吗？我不由自主地跟着它，离开潮湿的霉菌地，向高大的棕榈树林走去。

当它飞过几排树木时，我猛然觉察到一个黑影，鼓动着黑色翅翼，像幽灵似的，悄然逼近。然后，它像气球一样在我眼前迅速膨胀，除了这团黑暗我几乎什么也看不见。一转瞬间，白蝶就消失不见了。那黑影迅速地向我扑过来。我惊恐地捂住了眼睛。

启悟 ● ● ● ● ●

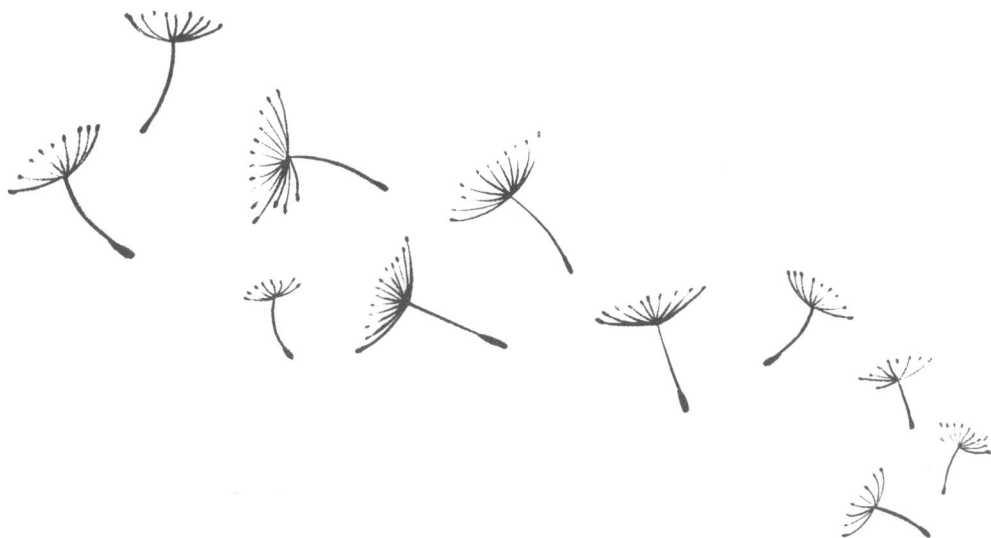

似鬼非人塞缪尔

那像大蝙蝠一样向我扑来的黑暗，等我睁眼去看时，却变成了一个人形的东西。

他很瘦，个子比我高不了多少，长着一张狭长的狐狸脸，颧骨很高，下巴尖又长且肤色蜡黄，铁青色的头发一绺绺的，高高竖起，好像有什么力量在往上、往后拉扯那个脑袋。

他站得离我非常近，身上的味道像血和痰。他瞪着小而凶顽的眼睛审视着我，向一侧歪斜的脸上露出促狭的神色。

我觉得自己面对的仿佛是游荡在荒野里的精怪，也许是传说中的……他显然跟露和雨果不同。

"你要这个吗？"他摊开手，让我看他手里还在动弹的可怜的小生命。那白色的蝴蝶儿，快要死了，拗断了的翅梢还在微微颤抖。

我感到一阵寒栗，似乎有一股阴冥之气从背后吹来。他那笑声，那令人害怕的指甲，还有那双眼，使我想到阴沉沉的冷冽天空。

"你是……什么人？"

"塞缪尔。我叫塞缪尔。"他嘻嘻笑道。

"你是人吗？"

他将蝴蝶塞进衣袋，突然倒立起来，两条细腿在空中像剪刀似的交叉移动。那张颠倒的脸做出骇人的怪相，露着寻常看不见的眼白，面目看起来似鬼非人。我本已十分愁惨，现在却因恐惧而发抖。

"现在你看我是不是人？大卫。"他朝我吐出一条长长的舌头。

"你知道我的名字？"

"我知道你的一切。"他猛地翻转过来，将那条耷拉下来的长舌头塞回嘴巴。

"那你能帮我找回丢失的苇笛吗？"我像是抓住了救命的稻草，"那些腐尸花，先前它们还在那片沼泽里，但是我……"

"噢！"他皱起眉毛，不耐烦地打断了我，"苇笛？音符？不朽之地？真可笑！地魈的话你也信？他们自己还糊涂得很呢。"

"不，是真的，我是有一根苇笛，是 Moon 给我的，但被我不小心弄丢了……"

"Moon？那个独角精灵？"我点点头，塞缪尔对他嗤之以鼻，"他就是个梦影，很不真实的。而你是人，是有血有肉的人。说白了，你的'上帝'在人间，你必须回归人类。"

我的脑际又隐约响起橡木门那砰然阖上的声音。"他们唾弃了我，把我和安琪硬生生地拆散。我憎恶他们，我不愿意做一个人，更不愿意向'上帝'妥协。"

"看来，你很爱安琪喽？"

"是的，没有她我不能活。"

"但是安琪是人啊！"他忍着笑，"你不愿意做人，又怎么和她一起生活？"

"她其实是露……"慌乱之中我含糊地说。

塞缪尔用他骨立的手来掐我。

"噢！"我疼得大叫。

"真是个糊涂蛋！"他骂道，"安琪是人，而且和别人没什么两样。当那些人羞辱你的时候，你没见她坐在角落里一声不吭吗？她之所以同你嬉戏，正如她和那三只脚的乌鸦玩耍一样。你就是她的一个宠物，而且她根本不相信你所说的一切。她不爱你，也不在乎你。"

"不，不是这样的！"我拼命摇头，"安琪不是你说的那样。"

"唉！"他叹了口气，"你不相信我？那这样好了，我带你去见她，如果我说错了，你我各走各的路；如果我说的对，你必须听从我，按我吩咐的去做。"

一瞬间，命运似乎向我露出微笑。因为期待而产生的兴奋，我的颈背一阵发软，好像看到安琪挥舞着手臂，像是田野另一端伸出的触角，它晃动着，向我发出甜蜜的召唤。我的脑海被这突如其来的意象所占据，我想也没想，立即答应了塞缪尔。

他在一旁饶有兴趣地注视着我，我仿佛听见从他的身体深处传来的笑声。

怎么？我样子很好笑吗？我一边犯嘀咕，一边打量自己。

这时，一只树蛙从他面前滑翔而过，他看也没看，一伸手便准确、利落地将其擒获。然后他慢慢松开手，树蛙"吧唧"一声落到地上，像一只浸透水的手套。它挣扎着翻过身，一扭一扭向前爬去。塞缪尔不紧不慢，等它歪歪斜斜地爬行几步后，他用漆皮鞋的后跟使劲地踩下去，只听见一声打嗝似的闷响，接着一股粉红色的东西划出一条弧线，仿佛在空中刻着碑文，最后"咕哜"一声落在我面前的草地上，几乎在我眼前炸开了花。

在他那不可抵御的淫威前，我站立不稳。

"准备好了吗？我们出发啦！"他抓住我的手，我下意识地往回缩了缩，但太晚了，我现在俨然就是另一只陷入风中魔爪的树蛙。

安琪的成人礼舞会

从缓慢的启动到自由奔跑，我们在时间铺就的双轨上，踏上一条暴风雨般的嘈杂之路。在路上，无数漫长的影像被打碎，像是意识的突发性痉挛，世界支离破碎地从眼前闪过，不断地溜走。我感受着速度所带来的针刺般的快感，还有我身边不断呼呼作响的声音。我的灵魂在旋转，打碎了岁月和时刻。

忽然所有的嘈杂声都平息了，我的眼前一片黑暗。慢慢地，我看清楚了，在我面前有一栋贵族宅邸，窗内的灯光是鹅黄色，将整栋建筑映照得富丽堂皇。门前的草坪上人来人往，停着很多辆黑色锃亮的汽车。我抬头看了看屋顶上那尊带翅膀的锡制神像，猛然吃了一惊，我正站在安琪家的门口。

那些衣着光鲜的宾客们，陆陆续续走进那扇厚重的、镶满了装饰钉的大门。他们对我们视而不见，好像我们不存在似的，只顾笑着，喋喋不休地互相交谈，一个接一个，像游鱼一样进入那座向他们敞开的豪宅。气氛友好而热烈。

今晚的庄园就像个老太婆藏起了她的钩爪，热情得近乎谄媚。

我紧紧地扒着窗台向里张望，脚蹬在突起的墙砖上。而塞缪尔像个蝙蝠般倒吊着，他是个黑暗的形体，只有那面目，在明朗的光芒照耀下，隐隐约约地有些鲜明。

此时夜初静，人未寐。薄薄的青雾浮起在山谷里，一片寂寞冷清。而这个烛火通明的大厅，到处是镜子、鲜花、美食，装扮得美轮美奂。着盛装的人们在乐队演奏的轻盈、活泼的华尔兹舞曲的伴奏下，或步伐舒徐，或旋风一般回旋。屋里的空气如脉搏般悸动，散发着阵阵热量。那些盛装的年青女子，欢快地旋转着舞步，像色彩斑斓的蝴蝶，美得如海妖一般。一曲华尔兹踉跄着结束了。仆役们立即奉上鲜果和酒饮。

"真是光彩夺目啊！"我情不自禁地发出赞叹。

"你的公主更加光彩夺目。看！她来了。"

她长大了。

一身纯白雪纺公主裙，头戴白色发箍，透着少女独有的清纯、可爱，宛如朝露般新鲜。她的头发乌黑浓密，皮肤柔滑如池塘的水面。我的安琪，面带似有魔法的微笑，以一种女王般的沉静向人群中走去。她的嘴唇红得像熟透的樱桃，挂在我的眼前。我感觉到体内的欲望如流萤长出了翅膀，开始扑扑乱飞。

但安琪在众目睽睽之中走向一个男孩。他身材颀长，面容俊朗。

他挽着她洁白的手臂，当音乐响起，他们跳起了华丽的探戈。她是那么幸福！看起来就像个不久前刚刚抛光过的物件，而且由于某种我想象不到的原因，她在熠熠发光。

安琪，你忘了我吗？忘了我们曾经的一切？我感到脸上忽冷忽热，就像一会儿泡在沸腾的水里，一会儿又掉进了冰窟窿。

"人们对爱情其实并不比遥远的银河系了解得更多。看，安琪的脖颈低垂下来，她在等着上轭。她不在乎你，她爱的是与她共舞的男孩。她真像一只等待求爱的小鸽子，咕咕！"塞缪尔的话就像一把刀子，在我心中搅动。

"我能感觉到她内心的渴望，她渴望彻底地奉献灵与肉。而握着她的手，与她共舞的男人心里想的却完全是另一码事。女人为爱情而放弃自我，但那不是男人之爱的本质，在男人身上，他们的爱情就是占有的欲望，以占有为结局。

"现在你把眼光从安琪身上挪开，看得更远一点。那一张张迷人的笑脸，那微笑大部分是伪装和诓骗。坐在厅壁下的那些先生们，贵妇们，他们好比是围着池子的渔人。年轻的小姐是钓饵，王子是鱼；或者倒过来，年轻的小伙是钓饵，公主是鱼。一切微笑的眼睛和可爱的嘴唇之后，藏着的全是另一码事。哼！表面现象和深层目的之间存在着一种可以说是不道德的落差。"

当塞缪尔指给我看的时候，他们的仪容和姿态忽然变了，优雅、高贵中显露出了虚伪、轻浮和愚蠢，一切都如拨云见日般有了分晓。不管我以何种角度观察，我看到的都是满眼的虚假以及藏在舞姿、音乐和罂粟花般的笑容背后的——角逐。

什么是爱？

从那刻起，我心中有样东西干脆就冻住了。

这时，身后一阵冷风穿透了我。

我下意识地回过头，向后看，只见一个瘦长的形体，披着一件黑色大氅从夜色中显形。他苍白的脸在华灯照耀下，只看得见两个深洞似的黑眼窝。

"啊！大卫，这是我的老相识。他名叫永终，也就是夜之子。"

我懂得，他说的是死，是阎王。

我紧张极了，胆怯地注视着他那深陷的眼睛。他的神色是严正的，却不残忍，也无敌意。瞬息之后，我的心跳不那么剧烈了，呼吸也较为顺畅。

"这是大卫。"塞缪尔对永终说，"他受了地魃的蛊惑，在寻觅一把笛子和散落人间的音符，幻想着开启圣光之门，进入传说中的不朽之地……"

"哈哈哈，"永终的笑声令我毛骨悚然，"不朽之地？除了我，除了死亡，他们什么也寻觅不到。"

不知为什么，我在死的面前感到羞愧。"您现在要带我走吗？"

"你想什么呢？我的孩子。"那长人对我说，"你会长大成人，在人世间继续你的生活。"然后他指着那辉煌的大厅，"我来这，是因为我的工作。"我顺着他手指的方向看去，只见乐队的长号手像个撑不住的木偶一样倒在地上，骤然闭上了眼睛，那支长号躺在他身边，也死在了那里。

音乐停止了。人们骤然形色仓皇起来，女人的尖叫声此起彼伏，大厅顿时乱作一团。

安琪的成人礼在死亡阴影的笼罩下草草结束了。

所罗巴伯之死

那长人对我们说道："最近的工作实在太多了！几百万无辜的人像蛆虫一样被屠杀。"

我知道那长人和醉酒的波兰人，以及精灵王，他们说的是同一件事。我感到无限的忧惧，对大鼻子先生的思念从心脏一直涌向我的喉咙。"等一下，我能向您打听一个人吗？"

"谁？"

"犹太人所罗巴伯·伊姆莱。"

他思索片刻："一九四一年十一月二日凌晨三点十七分二十五秒。我一会儿就要赶去那里。"

不！一定是搞错了。我的大脑乌云密布，各种情绪纠结在一起，混乱极了。但，死，那双毫无表情的空洞的双眼，让我心里明白，一切是无法挽回，无法阻止的了。

"请带上我吧！"我伤心地请求他。那一刻我是多么痛恨这该死的战争啊！多少个家庭被它生生拆散，就像撕碎的纸屑被抛入风中。

那长人漠然地点点头。

塞缪尔诡秘地瞥了我一眼："学会思考就从领悟死亡开始。总有一天，你会明白，在死亡面前，任何一个人都是弱者。"

于是死挥舞起他的大镰，幽暗从四面八方响应。一股令人战栗的风旋转起来，将我们托举到高天。塞缪尔和我紧紧抓住那黑色的大镰，在纷乱的呼啸声中，巨大的虚无如漩涡般湍急。一刹那间我们便飘浮过去，然后开始摆动，慢慢地坠落，最后降落在波兰加利西亚的奥斯威辛集中营。

这地方有一种忧郁的气氛，还有一种无所不在的恐惧。房间很暗，而且阴沉、寒冷，走道两侧的床铺上密密麻麻地塞满了犹太囚犯，像是动物的巢穴，散发着难闻的气味。但他们同样对我们视而不见，仿佛我们是空气。

塞缪尔说那都是些活死人，唯一的出路就是从烟囱飞出去。

我在一个阴暗的床角突然发现了他，大鼻子先生！他僵硬地躺在那儿，瘦得皮包骨头，只剩下一付发白的枯死的外壳，像是被挖空了。我感到震惊，内心里被由各种情绪混合而成的风暴袭击——那是模糊的恐惧和莫名的怨恨。

我跪在他的床头，瞪视着这张熟识的脸。

他用恐惧的目光仰望着头顶上方发霉的床板，嘴巴在蠕动，干枯的手指紧紧抓住盖在胸口的毛毯，仿佛抓着悬崖的边缘，而他正在缓慢地、无助地往下掉似的。

我轻抚他干枯的头发，紧紧地抱着他。往事涌上心头，我情不自禁地说出记忆深处的那一句话，他的眼中突然闪现出光芒，显然这句话让他想起了什么。他把脸慢慢挪向我，一丝疲乏的微笑便出现在深陷的双颊上。我不知道他涣散的瞳孔能否看见我，但他动弹了一下，叹了口气，喉咙里发出一声吞咽声。我把耳朵贴到他的唇边，听他发出艰难的两个音节："大……卫……"

我感觉一阵揪心的痛，止不住地号啕大哭起来，听任自己的眼泪将心里的悲伤消化殆尽。

床尾站着那个人们追随了一生的黑暗形象——低着头，随着时钟的嘀嗒，向垂死的人展开双臂。

大鼻子先生的神志开始恍惚。他突然从枕头上坐起来，两眼发直，用有力而深沉的声音大声喊叫，双手揪着被褥，像是在抵挡一个袭击者。接着，他又躺下，喉咙里发出一种嗓音，好像他正在被淹死。

"听那呻吟！——越来越短，越来越弱。很快要平静了。"塞缪尔说道。

我紧张地盯着他看。那可怜的人已经不再动弹，然而那半开的口中还在发出短促、尖锐的呼哨声，似乎被一块重石压住胸膛，喘气越发艰难。然后，呼吸，缓缓地，几乎是故意地，停了下来。他的眼珠终于停止了转动。

于是，死抬起手来。

一切归于寂静。

所罗巴伯·伊姆莱的面容蒙上了一层青苔般的阴影。

此刻只有寂静和幽暗，世界仿佛坠入了一个黑的、无底的空虚。

路的尽头是什么？

我不知道先生在结局处会遇见谁？是手持死亡记录的纳粹军官？还是犹太人所信奉的上帝？可我看到的只有永终，睁着他那空洞的双眼。

也许，在大鼻子先生面前的只有无限，没有方向，没有时间，一片无可救药的空旷，所有人——在那一刻和永远。

那些犹太囚犯，他的同胞兄弟们，就像动作敏捷的老鼠，一个个挨近犹温的尸体，在"看护"来移走尸体前，他们抢走了死者的毛毯，扒下他的外衣和鞋子。当那个穿着灰绿色制服，帽子上缀着骷髅的人出现时，他们快速回到原位，以事不关己的冷漠，看着那人把尸体拖下床，像拖着一条死鱼一样拖过凹凸不平的泥地，来到门口那两级通往户外的台阶前。先是腿，再是躯体，紧跟着一阵恐怖的后脑勺碰撞台阶的声响之后，尸体总算被拖到门外。随着牢房大门"啪"的一声关上，一切恢复正常。而那些凹陷的、灰黄色的面孔上，毫无表情，似乎已经彻底麻木了。

也许我在心里早已预料到大鼻子先生不可避免的死亡，但绝不是这样——以这种不相称的方式给我当头一击。

每个人都载着人类状况的全貌

所罗巴伯·伊姆莱。

又一个人消失了。

或许他在被迫流亡时就已经死去，他后来的一系列境遇只是一种不恰当的添补，是生命对死亡的填充。

现在他完成了自己。

那被死亡和暴力所践踏的草茎扑向它们的泥土。

哼着残骸的歌。

哼着灰烬的歌。

哼着石头的歌。

夜之子要离开了，因为"太多的工作"。

我情愿跟他在一起，但这次，他温和地拒绝了我。"不，大卫，你应当跟着塞缪尔在人世间。等时间到了，你会再见到我。"说完他消失在夜色中。

夜更加黑，仿佛这里还有别的，比它更晦暗。

他一走，塞缪尔立即用一目斜睨着我，露出可怖的眼白。"你不是答应过我，要听从我，按我吩咐的去做吗？为何又要与永终同行？"

"我憎恶人类，他们都是道德上的病人。"我嗫嚅道。

塞缪尔出言讥讽："难道你不是人？你就没有病？哼！憎恶人类！在你指责人类前，首先要好好认清你自己。这样轻率地妄下结论，就因为现在你并不知道自己是谁，懂吗？你需要游历人间，才能认清你自己。更何况，你现在没有选择。你必须跟我走。"

我一时语塞，气愤得说不出话来！

他反而开心地拍着手，朝我扮了个鬼脸。"咒骂希特勒，或者墨索里尼很容易，但是扪心自问，谁心里没有原始、丑陋和邪恶的一面？其实，你跟他们没什么两样。"

"不！我不是！"我涨红了脸，气得浑身颤抖。

"哈！别不承认，大卫。总有一天，你会意识到我说的都是事实。只要有人，野蛮和仇恨将会始终上演。"

我本以为我的身体会在这愤怒的发作中变成一小块一小块，整个人会崩溃、四散开来，然而这并没有发生，我反而以惊人的速度开始缩小，尽管我整个人还是抖个不停。他让我感到自己的软弱和无知，仿佛一只泄了气的皮球，在塞缪尔面前我不知不觉地降伏了。

黎明到来，太阳升起，它在一亿公里之外，我无法获得暖意。

那些佩戴着耻辱标记的囚犯们，由少数武装人员押着，陆续出来，排着队领取早餐。

运尸体的马车过来了，它横穿过队列。

尸体像一捆捆干草堆在一起。那些呆板、僵硬的，如同两个窟窿似的眼睛一动不动地瞪着这个世界，没有人将这些眼睛合上。而僵硬的手臂和芦柴棒似的瘦腿伸向天空，满是无言地控诉。

人们扭过脸去。他们每个人的双脚都始终踩在生与死之间的一条细绳上，随时可能倒下，躺上这辆马车，被运往角落里那个带烟囱的房子。它矗立在铅灰色的天空下，时不时"轰"的一下，冒出一股浓浓的黑烟。在萧瑟的秋风里，灰烬逐渐飘散，变淡，仿佛生命在那里喘气。

我看见，

灰烬绽开——黑色的玫瑰，浸透了咸味。

在时间的出口，一道光影将其收割。

这就是所有人的最后归途吗？

像眼翳一样灰蒙蒙的白昼，迟钝的意识里充斥着冬季大地般的荒凉之感。在那一刻，我似乎超越了年龄，超越了痛苦，超越了善恶，甚至超越了时代！如果说燃烧的船骸沉入水面的那一刻，我的童年结束了，那所罗巴伯的死留给我的则是生命意识层次的飞跃。

我是一颗早熟的葡萄，严酷的现实在我体内，爆炸性地催生出一种全新的品质。

离开奥斯威辛那个巨大、丑陋、混乱、冷酷的地方，我回头望了一眼那无穷无尽的队列。它的长度可以用公里来计算，但有一样显而易见却偏偏不能计算的是——人们的绝望。沉默。直至无限。

高墙渐渐隐退。那片还在械斗的黑暗的蛮荒地，还有隐而未见的尸堆都从我眼前消失。我们远离了奥斯威辛。

Moon 曾经说过，人们内心筑就的无形之墙，永远无法拆毁，它只会让人与人隔绝，并相互疏离。

人到底是怎样的人？

我心底的这些疑问再次浮出水面。

我想起了 Moon 在精灵聚会上所说的话。但我不想沉湎于哀悼和恨，我只想打开墓碑，深挖下去，直到碰触那一切生命形式的真实存在。

梦

我忽然觉得困倦不堪，疲惫像张湿毯子般罩住了我。"我想睡一会儿，塞缪尔。"

"我不喜欢睡觉，"他说，"一个人应该永远保持清醒，永远在思考。但……也许我该让你休息一会儿。"

我的头越发沉重。我席地而卧，倚躺在草坡上，凝视着他那闪烁的小眼睛。似乎那小眼睛越闪越远，后来就消失在白芒芒的光晕里。我仿佛听到远处的声音奏响，地面从我身底飘离。我思想中有序的和弦分裂成散乱的音符，无规律地飘浮，逐渐蔓延到……睡眠。

当我些微有了知觉，我意识到我做了一个怪异的梦。这时我还没有完全清醒，准确地说我不情愿醒过来。我要再回到那正徐徐消散的梦境中——

塞缪尔和我置身于一堵墙前。那是座阴暗的大房子，墙面斑驳，破旧。一把木梯子就摆在高处的一扇窗下。塞缪尔说他要带我去一个地方。于是我跟着他爬梯子进入房间。但那不是一个真正的房间，什么都没有，既见不到任何人，也见不到任何东西。那里空荡荡的，甚至没有地板，地上满是沙砾和荒草。

我们穿过一间间房，穿过一片片砾石和沙草荒滩，最后来到一个电影院似的大厅。那里人很多，到处都是嗡嗡的声音。大家坐在一起交头接耳地谈论着什么。气氛轻松、愉快。我看到了几个熟人，其中就有那个醉酒的波兰人。他的脸上不见了宿醉的悲苦，倒像是终于得到解脱般的充满平静和愉悦。他向我讲述他是怎么一下就过去了。在我们身侧不远的地方，有人陆陆续续地从一个黑暗的类似楼梯井的空间走上来。新来的人与大家分享各自死亡的原因和过程。

这时，塞缪尔提醒我，时间差不多了。我与大家握手道别。有个人握了我的手，他问我，你的手为什么这么冰凉？我的心里咯噔一下。

我们按原路返回，来到窗户前，却发现梯子不见了。正当我着急的时候，塞缪尔溜走了。他消失在窗外的阴雾中，我望不见他。

后来我听到窗户在吱嘎作响，童年时用人吴妈的儿子不知从哪里冒了出来，他为我找到了那把梯子。我顺着梯子爬下去，他却飘了起来。我一心想找塞缪尔算账，问他为何背叛我。

当时天下着浓雾，也可能是烟气什么的，看不清东西。不过，我确确实实搜寻到了他。他看见我扭头想逃跑。我伸手去抓他，却发现我的手软塌塌的，没有缚鸡之力。

"你在那里待得太久了，已经丧失了阳气。"他对我说。我感到有阵风从我身边掠过，它吹灭了我的生命之火。我飘了起来，如同一片废纸。

一个现代化的城市，一个文明的世界

"醒一醒！"有人在摇撼我。

我微微睁开眼睛。熹微的晨光中，一张狐狸脸俯向着我，是塞缪尔。

我猛得挺直身躯，从床上跳下地。"你怎么了？大卫。"

"我死了。"我愤恨地看着他。

"做梦吧？快醒醒！你已经睡了一天一夜，如果再不醒来，我真的怀疑你是睡死过去了。"

说完他走到窗前，打开百叶窗，阳光随即照了进来，像是一种稠密的、银白色物质，摊开在地板上。这时我才意识到我在一间狭窄的阁楼房间里，这里到处都是尘土，鼠灰色如絮状的尘土像是一层毛毡，垫在我的脚底下。

而在几步之遥，城市就悬挂在我的窗口，平展展的，像一张充斥着小道消息和花边新闻的报纸。一辆卡车颤抖着停了下来，刹车片发出重重的喘息声。一场小小的意外。我俯身向下看，街道上人来人往，如同蚂蚁一般骚乱。

"这是哪里？"

"纽约。"塞缪尔耸了耸肩，做了一个可笑的鬼脸。

"哪一年？"

"一九三八年。"

我的脑海中翻书似的闪过我人生的片断。

"比起蚂蚁堆来，我觉得这座大都市更像庞然大兽。"塞缪尔大声说道，把我拽回到现在，这个特定时刻。

听他这么说，我忽然感觉就像站在一只大怪物的背上。

那纵横交错的街道，就像一条条血管。人潮汹涌如黏稠的黑血。而烟囱里的浓烟仿佛是它昏暗的呼吸，热气腾腾，从百数鼻孔里往上喷吐。一座座镶着玻璃外墙的建筑，亮闪闪的，像它锃亮的铠甲。而地底下，油乎乎的倾泻物正在一根根地下铁的肠道里汩汩沸腾着。

"走，大卫，我们去看一看，这里的人们是如何生活的？！"

塞缪尔领着我在城市的一切角落里巡游。

我们走进广场，走进高楼大厦，看它光鲜亮丽的金属表面，那些人造的钢板、螺钉、水泥柱和反光的玻璃。我们也走进腐烂发霉的贫民窟、污水塘、垃圾堆、坟墓，打开这庞然大兽的肚腹，读它冒烟的五脏六腑。脚下的沥青路面上，不时可以看见风镐砸开的洞，那些秘密留藏的东西便一览无余，什么电线啦，管道啦，发臭的阴沟啦。城市所有的内脏彻底暴露出来，犹带血腥，生机勃勃，就从这被剥落了皮肤的"窗口"呈现出来。

这是一个现代化的城市，一个文明的世界。

人们身上蒙着一层硬壳，他们行走在大街上，简直就像一辆辆钢铁汽车；又仿佛是抱作一团的杆菌，被街道上马达的轰鸣声驱赶向前，推至浪峰上，接着这些起伏波动的身影一齐涌向道路的另一端。

我在人们的脸上看到的是面具，到处都是面具。那一张张脸孔，在躯体的顶端滑行，没有表情，没有意愿。人们似乎已非自己的本来面目，像是被催眠了一般，额头下藏着冻结的大脑，坚硬的皮肤遮掩着血肉之躯。这些"硬化症患者"，大家都看着自己的前面，对我们却一无所见。

我听到身后有囊囊的脚步声，亦步亦趋。蓦然回首，大踏步走在人潮之中的正是那瘦长、苍白的人。他向我点头。

"人们能看见他吗？"我问塞缪尔。

"只要人们愿意，就能感受到——他无时、无处不在。他是永远的存在。"

城市的混乱和喧闹使我昏聩，让我暂时忘却了自己的忧伤。

我们走到浓烟升起的地方，那里机器声轰响不绝。一座座工厂就像是地球表面鼓起的水泡，充满热能、声响和运动。污浊的机器启动巨大的齿轮，格碟着，撞击着，发出震耳欲聋的声吼。这声音将人们的话语和思想逐得远远的，不给任何东西留有余地。

在这里我感受到另一股暴力，比罪恶更可怕，像是蓄谋已久的报复。

我受不了转个不停的机器，这些振颤着的肉食动物，深入人的体内简直要摧毁个人的思想。而那些穿着工作服，脸色苍白的工人，也仿佛丢失了灵魂，变成一台台移动着的、微小的肉体发动机。

"轮子。"塞缪尔在空中翻了个滚，"也是一种象征，一种符号。它的主要特点在于周而复始地不断旋转。对这些人来说，一天又一天，他们在重复同样的劳动。难道人不像轮子吗？"

塞缪尔不喜欢热闹的商业中心，偏爱空气滞重而阴郁的困苦区域，那里是被世界遗忘的角落。

在污秽的贫民窟，悬挂的衣服、被单把狭长的天日也给遮暗了。他们住的屋棚是这么小，这么昏暗，一间挨一间。我看见孩子在泥地上爬，老人佝偻着背像孵蛋的母鸡般坐在屋角，蓬头垢面的少妇在给怀中羸弱的乳儿哼着小曲。从一间黑屋里传来争吵和打闹声，丈夫甩门而去，留下绝望的妻子在黑暗中哭泣。我的心情无比深重，说不清道不明的苦痛让我倍感压抑。一个栗发的女人坐在门前眺望着黄昏中的巷子，像望着炉膛里的灰烬，那面目是如此空洞、鲁钝而又冷漠。

"塞缪尔，"我问，"在这里生活的人们，总是这么艰难和困苦吗？"

此时黄昏将尽，夜色渐浓。从几扇窗户里透出黯淡的黄光来。塞缪尔给我讲那房门背后的许多故事，讲在那里生活的人们的遭遇，讲经济大萧条，讲人们内心的挣扎与迷茫……他不回避和省略那最阴暗的，还偏偏选取令人难堪的，最下贱的事情讲给我听。倘若我因为他残酷的叙述而面容失色，他便得意地咧着嘴笑。

我们不知不觉走到码头，一片赤褐色的云彩倒影掠过水面，那月牙儿也映在上面，尖尖的像犄角，闪着微光。一艘货轮到港了，弧形的船首耸立在我们的面前，看上去像斧刃一般锋利。有人吹了声口哨，在不远处徘徊的几个人影，突然冲出来，扑向一堆从船上扔出来的腐烂的水果蔬菜。我看得真切，他们只是些蓬头垢面的孩子。为了烂果子、烂菜，他们互相争抢。蔬菜水果从码头装上卡车，驰向城内。他们就跟在后边跑，有什么掉下来就捡。

在离码头不远的一处救济站，等待领取救济食品的长队一直延伸到广场，然后拐向一条小巷，再横贯大街，排列到另一个街区。在这个队伍里每个人只能看见站在他前面的人的背部，人们唯一的动作就是焦虑地往前推挤，像合着死神那巨大的节拍器，发出枯燥、沉闷的声响。

在经受了贫穷和饥饿的消耗之后，我看到的是一个个仿佛被生活吐出的残渣：沉默的人，金属般僵硬的骨架，没有灵魂的装置蠕动着向前。宛如一个镜像，我恍若再次看到高墙内那走向死亡的无穷尽的行列。这是一个象征，也是一个讽刺。虽然站在这里的不是犹太人，但我从眼前那一张张面孔上读到的是同样的信息：麻木、沮丧，世人生活的无意义与荒谬。

塞缪尔指着队伍中的一个人让我仔细辨认："你还记得他吗？"我大惊失色，怔怔地望着那个人和他手里的长号。塞缪尔得意地发出一声响亮的哗笑。

我见过他，在安琪的成人礼上。他以嘹亮的最后一声，燃尽生命。

关于人生

我跟着塞缪尔在纽约的大街小巷逡巡了几日。

那晚，我们走在稠密的，发着亮光的夜色中。

其时，百老汇大街上行人稀少，商店已经打烊。潮湿的街道闪着亮光，被阴影遮蔽的建筑物黑魆魆的，像朝笋一般挺立。

城市是深沉的，比白天想象的深沉。

我们路过时，街上一盏霓虹灯怪异地亮了又灭，灭了又亮，似乎怀着敌意。

一辆汽车从我身旁疾驰而过，吓了我一跳。它在弯道处甩出一条弧线，如同被斗牛士追赶的一头疯牛，在夜色中奔腾。

起风了。

这是萧瑟的秋风的恶作剧。

在屋角或拱廊下，灰尘与纸屑在涡流中打旋。一张报纸在人行道上飘扬，结果糊到了金属栅栏上。两个流浪汉待在阴暗的角落里，躺在地上的那个捂着嘴拼命地咳嗽，另一个站起身走了。风吹来河面上恶臭的气息，黑暗中河水拍击着堤岸，冲了上来，又滑落下去。一切都显得那么颓废、阴郁，令人心碎。仿佛所有的事物都在慢慢走向毁灭，这是一个慢无止境，又悄无声息的崩溃过程。

"人生到底是什么？"我陷入了沮丧之中。

"啊！这个问题说来话长。"塞缪尔故作深沉地望着我，"在不同的人眼中，人生也是不尽相同的。楼梯派认为，人生就好比上楼梯，缓慢地，但不可阻挡地一直往上，朝着顶部一个幸福安宁的楼梯口爬去。在他们眼中，只有未来是光辉灿烂的，是值得追求的，值得奋斗的。其实这一派纯粹是妄想派。"

这时，街上的乞丐和醉汉们活跃了起来。还有那些以垃圾箱为目标的拾荒者，从路人抛弃的购物袋里捡东西吃。

塞缪尔看了他们一眼，继续说道："斜坡派则刚好相反，一切都在向他们证明，世界是倾斜的，是浮华堕落的。人生来便置于这斜坡之上。不管人们如何努力地向上爬，都无法真正地主导或支配生活，人们永远卑微地蛰伏在生活的最底层。人们如同看不见的斜坡上受重力作用的石头，不停地滚啊滚。所以人生在世，就是一个不断下降的过程。这一派是完全的悲观主义者。"

"那么，在你看来，人生有没有意义？有没有希望？"我感觉到这个问题如同沉重的包袱压得我透不过气来。

"人生如何，只能每个人自己去体验，任何人无法给予你所谓的答案。我能告诉你的是：这个世界并非神圣、道德的，也并非正义、仁慈的。不要被它的表象所迷惑。"

此时，几个衣衫褴褛，身体却很健壮的年轻人，他们站在人行道的中央，一边甩着胳膊，愤怒地嘟囔着什么，一边准备愣头愣脑地往前冲。我有一种什么事情即将发生的感觉，仿佛一项罪行在召唤，等待着有人来把它付诸实际。但交通灯变了颜色，阻挡了他们的脚步。某种龌龊的小小的真相刚要显形便消失在夜色中。

突然，我感到一阵震耳欲聋的声响从天而降。我抬头看去，一架黑色直升机冷不丁地从夜空中显形。那些年轻人见状，登时慌忙鼠窜。

我们快步离开这里，走到广场。

在一个长椅上，我失神地凝望着夜空，那里静谧辽远，那里也热闹非凡。满天的星辰数不胜数，如同罂粟的种子一样细小、繁多。星星们在遥远的夜空中眨着眼，像亮闪闪的银色胸花缀在夜那无边无际的黑斗篷上，亮闪闪的，从未失色。

"塞缪尔，"我突然问他，"你听说过无上之光吗？"

"无上之光？"他一反常态，沉思了好几秒，"是 Moon 对你说的吧？！除了我们自身之外，这世界没有所谓的造物主来主宰这片土地上的一群废物。就拿星星们来说，"他指着天空中眨眼的星星，"它本身并不发光，不是你想象中的灯烛似的。其实它们和我们脚下的地球一样，只是漂浮于宇宙间的一粒粒微尘。既无上，也无下，且永远没有穷尽。"

"不！在浩瀚的宇宙之海里，存在普遍一致的全宇宙意识，或者叫世界心智。"我反驳道。

"人，真是一种善于崇拜的动物。"他促狭地笑了笑。末了，又指着街对面一家尚未打烊的面包店对我说："看！那里能为你打开一扇更深刻的洞察世界的窗口。"

这是一次从云端的降落，一次与残酷、丑陋现实的遭遇

从街对面店铺传出的香味，比我闻过的任何一种气味都要诱人。我咽了一下口水，深吸一口气，手里攥着塞缪尔给的几个硬币，向面包店走去。

刚出炉的果酱面包，散发着蓝莓、柠檬和苹果的香气。我的空腹咕噜作响。"我要两个果酱面包。"我听见自己说，"一个蓝莓，一个苹果。"我猜柠檬的酸味会让塞缪尔做出可怕的鬼脸。

面包店的男人上下打量我，显示鄙夷的神色，冷冷地说道："两个二十五分。"

我伸出手，给他看手里的钱币。但他的面色一凛，眼里升腾起怒火。

不知为什么，塞缪尔给我的钱币全变成了硬邦邦的石子。

还没等我反应过来，一只大手如捕鼠夹一般紧紧扣住我的手臂，力道之大，使得石子从我手里飞了出去。我像个布娃娃被高高掮起，抓离地面。随后那张脸砸到我的面前，他有着青灰色的下巴和冬日荒野般的冷峻眼瞳。"滚出去！"他粗声粗气地对我吼道。

我不记得自己是如何摔倒的，但等我回过神来，已经重重砸在水泥路面上，髋骨一阵痛。

"滚！快点给我滚！"那人朝地上啐了一口，"下次再用石子冒充硬币，有你好看的！"

广场上围观的群众三三两两，对着我指指点点，夹杂着几声嘲笑。我只觉得四面升起高墙，将我孤绝开来，使我非常气闷。我抬眼去寻塞缪尔，可他早已不见踪影。骗子！我禁不住心头突突地狂跳，感觉耳边似乎敲了一声响磬，广场旋转着，道路蠕动，许多面孔在眼前晃。

忽然之间，我脑际再次回旋起橡木门那砰然阖上的声音。这些围观的相似的眼睛，剃刀似的眼睛，似乎连成一气，扑上来咬我的灵魂。

我不知道自己是如何爬起来，又如何跟跟跄跄地向暗夜奔逃。

我左弯右弯，快步跑过不知多少个街区，仿佛要从某种沉重的东西中冲出。忽听得背后"嘎"的一声大叫。我悚然回头，只见一只夜鸦张开两翅，扑楞着，箭一般直冲向远处的夜空。

我怔怔地仰面向天。圆月已经升在中天了。它用浩大、皎洁的光亮驱逐隐藏在缝隙角落的阴影。

这是一条狭窄的通道，夹在两栋破败的砖楼之间。

四周是令人压抑的空虚，还有死的寂静。

在一个避风的角落，月光铺满一地白纱。我半躺半卧，身上还穿着做客庄园时的那一身行头。那是巴克太太的杰作，她将巴克先生的旧礼服改成了时髦的吊带西服套装。

我坐着，却如坐针毡。

我的耳朵仿佛在这寂静之中变长了，它的神经枝丫沿着夜的脉络伸向远方。一切往来的履声，汽车的呼啸，枯枝嚣张的魔爪，还有那鬼鬼祟祟，出穴觅食的小鼠，都使我心惊肉跳。

一切太静寂了！

我缩绻身体，想在这夜寂中遁形。然而月亮如同一面新磨的铁镜，用寒光照透了我的全身。哦，镜子，照亮我回家的路。我似乎又看见亲人的微笑，树的微笑，风的微笑，食物的微笑，故乡的微笑，时光的微笑。那么多微笑像搅在水里的鹅毛一般，转了几个圈，最终浮上梦的表层。

在那团白光的背后，是：

一条归乡的路。

码头

第二天早晨，一群孩童大呼小叫地跑过我身边，追着一个滚动的铁环。我怨恨地瞪着他们。他们惊扰了我的梦乡，我再见不到妈咪，还有哥哥、姐姐和布朗先生……

这里的孩子大都穿着破衣烂衫，饥馑的目光充满戒心。我曾试着和他们说话，看能不能交个朋友，让我有地方睡。可他们飞快地瞧我一眼，如果我靠近，便立刻跑开。而他们的兄长则傲慢地看着我，给我取难听的绰号，围着我转，拍手叫我"黄耗子"，像轰过街的老鼠一般，将我赶出他们的地盘。

我走过乱糟糟的棚屋；走过肮脏、拥挤的跳蚤市场；走过冒着热气的路边餐车，煎香肠的肉香四溢，我只觉空虚的肚子不住翻腾，枵肠哀号；直到我抵达码头。

我想起之前我跟塞缪尔见到的那些从船上往外扔的烂果子、烂菜，或许我可以靠这个充饥，想到这里我的肚子就咕噜乱叫。可是烈日当空，码头陷于昏厥，像一条躺平的咸鱼，散发着腥臭味。有几条破旧的渔船泊在水里轻轻摆动，船桅上停着几只没精打采的海鸥。看不到货船的影子，也不见码头工人的身影，只有远处酒肆廊檐下坐着的一个人不像人、鬼不像鬼的乞丐。

那个乞丐没鼻子，而且少了只眼睛，眼眶周围的皮肉满是伤疤和褶皱，一直延伸到脖颈处。看到他，我不禁想起以前在插图书上见过的猩猩。由于他脸上的洞和灼伤，教人很难一直注视他。我正要转身离开，他突然张嘴，像只大蜥蜴一样嘶声怪叫，朝我吐舌头，可那东西不像舌头，倒像块烂肉。

我吓得直往后退。他一边嗤笑着，一边捡石子朝我掷来。若不是我躲跳及时，石子很可能正中我的头。"快滚！你这乳臭未干的小鬼，滚回家找妈妈去！"很显然他的声带也毁了。

"我不怕你。"我脱口而出，根本来不及阻止自己，"你是人又不是鬼。"

他没想到我会这么回答，声音里竟多了一分友善。"你来这干什么？"

"跟你来这的理由一样。"我没有正面回答他。

"鬼扯。"他啐了一口，"你是离家出走了吧？少爷。"

他的话刺痛了我。

我生气地说："我是个孤儿。你满意了吗？"

听到自己说出"孤儿"这个词，我吃了一惊。几乎就是同时，一阵酸楚从内心深处涌出，充满了我的胸膛，我的眼眶顿时湿润了。

"过来！"他看了我一眼，示意我走近，然后从兜里摸索出一方手帕包裹着的东西递给我，"饿了吧？！拿去！"

"你怎么知道？"我打开那方手帕，对着小圆面包咽了一下口水。

他咧开嘴笑了，那半边脸更加扭曲、变形："小鬼，我的心可没瞎！"

我狼吞虎咽地吃掉面包时，他笑得更难看了。

当我问他的脸是怎么回事时，他对我说："战争可以夺去人的生命，但永远不能夺去人的精神！"原来他的脸是在第一次世界大战中毁容的，后来赶上了大萧条，只能在路边乞讨为生。

这回看着他那骇人的伤疤，我没有扭过头去，而且心里由衷升起一股敬佩、信任之情。

"我敢打赌，你是个有钱人家的少爷，是吗？告诉我你叫什么？怎么来到纽约，又是如何流落到此的？"

我怎么能对他说起关于露、雨果和塞缪尔的一切？他能信吗？况且我对精灵发过誓，要守口如瓶。那么我能说的，也只有他可以相信的部分事实。

他的话不多，但听得很仔细。

然后他告诉我，尽管贫民窟的生活艰难，但这里的人们各有各的生存之道。要想在这里生存下去，就要明白一个事实：这是一个弱肉强食的世界，遵循着丛林法则。

如何才能活下去？

"答案只能你自己寻找！"

渐渐地，码头上的孩子多了起来。他们发现老乞丐身边多了一个人，都好奇地围过来。这些孩子脸上瘦削不堪，一个个脏兮兮的，嘴也不干不净，他们瞪着我的西装和皮鞋，我很清楚他们心里在想些什么。有一个生着癞痢头的瘦小鬼趁我不备，企图扯下我脚上的鞋子，我随手捡起石子，打中他的头，他捂着脑袋抽抽噎噎地跑走了。

突然，伴随着孩子们的欢呼声，货船驶进了码头。敏捷精悍的装卸工不知从哪里冒了出来，码头顿时生气蓬勃。我跟着那群孩子一起围上去，结果遭到大声呵斥，我们只能退到远处，眼巴巴看着工人们慢条斯理地装卸货物。

在这专注的等待中，我们每一个人的眼中都闪着节庆的光亮，胸中仿佛有火在烧，连黄昏也在热情的脉动中成熟，臻于完美的高峰。

当那玫瑰色的水手出现在我们面前，以帝王般的姿态倾倒烂蔬果时，在一旁等待的我早已按捺不住，一跃而起，向前冲去。从船沉下的那刻起，我就已经不是宋家少爷了，现在我是"黄耗子"，是"小鬼"，是受本能驱使奋力抢夺的码头乞儿。

我听见老乞丐在远处发出不满的叫骂声。

结果我一时大意，被癞痢头伸脚这么一绊，整个人扑倒在地，额头撞起大包，膝盖则狠狠磕在水泥地面上。我挣扎着站起来，顾不得膝盖的疼痛，向前跛行。

一颗卷心菜滚落到我面前，我刚要伸手去捡，一双手抓住我的头发往上扯。

"这是你能捡的吗？大卫少爷。"一个蛮横的声音在我头顶响起。

我痛得两脚狂踢，但那双手力气好大，我的头皮都要被扯下来了。唇上，我感觉到咸咸的泪水滑过。

混乱中的一瞥，远处那张毁坏的、毫无表情的面孔对着我模仿出一个微笑，像是一只愤世嫉俗的老狐狸。

废墟里的国王

把我掳走的是一个瘦削，但力气很大的大男孩，他的帽檐压得很低，露出一个满是痘痕的酒糟鼻，尖下巴上还长着一簇扎眼的黑痦子。

那些孩子带着捡来的烂蔬果乖乖跟着他，向离码头不远的废弃工厂走去。

他们就住在这片废墟里。

这座废弃工厂人迹罕至，看上去似乎被火焚烧过，有些部分已毁坏崩塌，露出焦黑的梁柱像烂牙一般竖立着。杂草丛中的烟囱活像一根巨大的、半融化的黑蜡烛，耸立在渐渐枯萎的天空。这时暮色的瘟疫阴险凶狠地往四面扩张，在残垣断壁间游走，似乎被它染上的东西都立刻腐烂、变黑。

我就像小鼠落在捕机里似的，仓皇得很。

这是工业时代留下来的一声叹息，有着语言难以描述的荒凉破败。破碎的砖头，尖锐的碎玻璃，生锈的金属，看起来是那么触目惊心，它们如绝唱般反射最后的余光，又像一个个没有眼球的空眼窝，向我露出空茫的神色。

这里的空气也是黏稠、胶着的，周围的活物似乎都在其中凝结了。

一只瘸了腿的黑猫冷不丁地在我们面前跃过，如同妖魔鬼怪出没。我的手臂上起了鸡皮疙瘩。但癞痢头见了它十分开心，他唤了一声，那只黑猫直奔他的怀中。

突然"啪啦"一声，吓得我差点失声尖叫，但那不过是窗板被风吹动的声音。"大卫少爷怕啰！"长着黑痦子的人怪笑着说。那些流浪儿听了立刻跟着起哄，扮鬼脸来吓唬我。

我紧咬嘴唇。**都怪那该死的老骗子！**我在心里痛骂老乞丐。他出卖了我，让我沦落此地，成为耻辱。我越想越气。

他先睬眼瞥我，"怎么？生气了？"接着从鼻孔里哼了一声，"那老鬼才失望呢！他原本以为可以从你身上得到一大笔赎金，结果你就值几个铜板。还好我慈悲为怀，不然你就得活活饿死。"

这么说他倒成了我的恩人！简直就是颠倒黑白。我又愤怒又沮丧，等到内心里那有如海上风暴般的情绪退去，只留下一股悲伤的细流。

黑痦子把我们带到一处有亮光的地方，这也是保存最完好的一间大厂房。房间里打扫得干干净净，铜烛台上点着三根蜡烛，置于长条桌上。一个胖胖的黑人老妇正忙着摆餐具。

烛光舔舐着黑，将偌大空间的昏暗分成了若干块。我瞅见用纸隔板分割而成的集体睡室里没有床，只有填充着稻草的布垫整齐地躺在水泥地上，活物似的发出沉闷的呓语。

在厂房深处蛰伏着一间单独的房间，那是个带有威胁又令人生畏的所在。从它门缝里透出忽闪的烛光，给门框镶上了一圈明亮颤抖的花边。

那些流浪儿将捡拾来的烂蔬果放入厨房，就一个个迫不及待地坐到桌子边。

我刚想坐下，长着黑痦子的人一把揪住我的衣领，把我拖走。"嗨！大卫少爷，这里可不是救济所，这里没有免费晚餐。"

"我也捡了，是你扯我头发……"

我还没说完，他甩手给了我一记耳光。我头晕目眩地倒在地上，耳朵没了知觉，伸手一摸，指尖湿湿的都是血。"听好了，我只说一遍：我没让你说话，绝不能自己开口。谁多嘴多舌，就是自讨苦吃。"

这是从小到大，我第一次挨打。

我的右半边脸整个肿了起来，隐隐作痛。可更糟糕的是那长着黑痦子的人发现了我脖颈上挂着的珐琅吊坠，他粗鲁地抢走了它。这股炽热的恨意太具有爆炸性，它在我周身的血脉中暴风般地旋转。我试着爬起来，却觉得大地在摇晃。那些流浪儿就在旁边哗笑，但我耳鸣不已，无法分辨他们说了什么。我瞪着他，如果我的眼光是利刃，他早已被我千刀万剐。他抢走了我的珐琅吊坠，那是我的根，是我的故乡，是我记忆深处的一张张脸庞，他们在我大脑的深处发出晃眼的流苏。

可是他却先发制人，突然上前一把抓住我的西服前襟，逼我跪下。我不知道他为什么要这样做，等我抬起头，在我面前的是我这辈子所见最为高大的人，简直就像是故事里跑出来的巨人。我不知道他打哪儿冒出来的，黑痦子站在他旁边，尤如大象身边的一根狗尾巴草。他的脸活如用岩石雕刻而成，双眼则是虚妄又残忍。一座会走路的熊山。

我垂下视线，一言不发。嘴里的血有一股咸涩的金属味。

他用锐利的目光巡视我们这些人，脸上的表情悭吝又严厉。"你们在吵吵什么？这里都快成跳蚤窝了。"他的声音有如鞭子破空。瞬间，鸦雀无声。

他面色阴沉，把我从上到下打量了一番，问黑瘩子："威利，这是新来的？"

"是的，爸爸。"黑瘩子在他面前毕恭毕敬，变了一副嘴脸。

"听好了……"他一停顿，黑瘩子立马见缝插针："他叫大卫。"

"听好了，大卫。别把这当孤儿收容所！在这个屋檐下，所有人都得工作。你想要面包，那就得自己去挣。在我这里讨生活，公正无私是唯一的规则。"他居高临下注视着我，眼神如此严厉，像一把冰刀，令我打了个寒战。"不，"他说，"我想你做不到。"

"威利，告诉他应该干什么。"

"是，爸爸。"

"所有人来到这里，爸爸都会仁慈地给我们三个选择。如果你手脚麻利，你可以整天游手好闲，只要能带回钱包；如果你手脚勤快，干活卖力，你可以一整天擦皮鞋、卖报纸、捡废品；如果你手脚既不麻利，又不勤快，只能砍下你的手脚，然后去讨饭。伸出你的手，大卫。"

我以为他要砍断我的手，顿时两眼发黑，耳朵里"嗡"的一声，觉得全身仿佛微尘似的涣散了。

黑瘩子不耐烦地揪住我的手，强行将它拽到眼前。"我敢打赌，你是个饭来张口衣来伸手的大少爷。"他说，"瞧瞧这手，细细长长，又白又软。你跟着瘦猴掏包去吧！"

我来不及思索，就听见自己说："我不做小偷！"

熊山皱起了眉头。"威利，让他懂点规矩。"

这回打我时，黑瘩子用一只手紧紧托住我下巴，他一共打了两次，先打左边，然后更用力地打右边。我的嘴唇整个破裂了，鲜血一直流到下巴，混杂着咸咸的泪水。

"知道为什么挨打吗？"熊山问我，"我的鼻子能嗅出你的轻蔑、你的傲慢、你的违拗、你的自以为是，若是让我闻到一丁点这些臭味，你就得付出代价。"

接着，黑瘩子神气活现地对我说了一大堆这里的规矩。

"那么大卫，如果你不愿意跟着瘦猴，就去卖苦力吧！"最后他宣布。

"我会画画，我可以给人画肖像。"我只会干这个，况且如果能出去画画，说不定就能找机会逃跑。

黑痦子反手就给我火辣辣的一巴掌。而且被打时，我咬到了舌头，我恨他。"没人征求你的意见！大卫少爷。你再多嘴，就砍了你的手脚。"

突然一股热念袭上心头，我对自己毫不妥协的英雄主义感到惊讶不已，我就这么想也不想地对他大喊："真的！我会画。我画给你看！"那一刻，我完全顾不得思考剁掉手脚是什么滋味了，就这么扎进了死巷。我明白一旦进入那里，似乎就没有任何转圜的余地了。

"怎么？欠打？"黑痦子又想伸手打我时，被熊山制止。他对我吼道："小崽子，要画现在就去画，趁我还没有改变主意。"

"公平正义"

第二天，我坐在中央公园的喷泉边。

熊山为我置办了一整套画具。

黑痦子在一旁卖力吆喝，同时我能感觉到他的视线如网状物，将我牢牢钉在中心，不让我逃脱。

一只钢蓝色的、怪兽一样的苍蝇，发出轰隆隆的嗓音，在我身边盘旋，继而飞入人群，疯狂撞击每一堵人墙。它那忽高忽低的音阶似在绝望的哀叹，又似在控诉，尽力向人们展现它无法释怀的内心折磨。

广场上的人很多。

许许多多的身体和脑袋神经质地扭动，就好像迫不及待要彼此分开似的。显然，身体和脑袋之间有种由来已久的嫌隙，如同理想和现实世界。

我使劲揉了揉眼睛。因为饥饿，我感觉头晕眼花。

昨晚饿着肚子睡在老妇为我临时填塞的破布垫上，盖着薄薄的毯子，感觉像是躺在冰冷的地底深处。毯子纠结成团，我辗转反侧，难以入睡。胃里的钝痛厉害时，我忘记了一切，眼前闪现的尽是各种各样的食物；痛苦减轻时，心中就感到一种莫名的伤感，好像我的身体在滞闷的空气里失了重，被乡愁吹向一个渺茫的远方……

今天的空气清冷，夹着恼人的风。

树叶发出烦躁不安的瑟瑟声。那是一种忽而微笑，忽而近乎哭泣的神经质声响。发黄的枯叶随着风摇落，上下纷飞，像大地脱落的发丝。

一阵冷风穿过我的身体，我不禁打了个哆嗦。

我想到生活中的风，那陪伴着我生活的——温馨的童年的微风，岛上自由快乐的风，然后有令人清醒的西北风，还有狂风，那像野兽一样咆哮的海上风暴以及摧毁"中华号"邮轮的地狱焚风。

这时，在黑痦子的吆喝声中，一个老人走过来坐到我的面前。

他的脸显得粗糙而憔悴，眼皮打褶，从鼻子到下巴尽是皱纹。这是一张被岁月蚕食得一干二净的脸，如同一片被风摧残了数个世纪的平原，终成寸草不生的荒野。苦苦支撑的鼻梁，从皮肤下隆起如沙丘，而皱纹如沙浪起伏，勾勒出噩梦的形状。

他戴上老花镜仔细审视我画完的第一幅肖像画，也许是距离太近的缘故，我闻到他嘴里的难闻气味，臭得像头山羊。我下意识地往后缩，但他越发向前探身，激动地抓住我的手，我感觉到一股闪亮的激情透过他枯槁的双眼迸发出来。

这幅画为我赚到了当晚的一个黄油面包，外加一碗掺杂着胡萝卜、番茄、洋葱以及几片红肠的罗宋汤。喝一口，酸得眉毛直抖，让人胃口大开。

熊山每天傍晚坐在他的小屋里收钱，这些流浪儿会排队把他们当天赚的钱币或者是偷来的皮夹子交到他手里。他会细心点数，记录下来，并熟练地把钞票分类堆叠。他从不用眼睛分辨，而是习惯用手指触摸，数几张钞票他就会舔一下手指，再喝上一口威士忌。偶尔，他会抓几个硬币放在桌上旋转，倾听它们哗啦倒下的声音，以此助乐。

等所有钞票被手指点数过之后，他就会宣布今晚哪些人将受到惩罚，挨饿；哪些人将受到嘉奖，得到额外的犒劳，通常是火腿或是一根大香肠。

这就是他所说的公平正义。

但显然，他很喜欢从我们身上闻到一种味道：恐惧。并乐此不疲！

这个掌握生杀大权的废墟国王。

我痛恨他们的懦弱，更痛恨自己的懦弱。在这里我感觉自己变成了老鼠，像老鼠一样灰扑扑的，在裂缝与黑洞之间求生。我得随时留心闪避，以免冒犯到他。

恐惧就跟咕咕乱叫的肚子，嘴角长出的水疱一样，成为了我生活的一部分。

当熊山不在的时候，黑痦子就开始骄横跋扈。

我时刻盯着他的一举一动，总疑心他要将我的珐琅吊坠悄悄卖掉。一想到这，我就如鲠在喉，如芒在背。

有一天早上，我们坐在餐桌边吃加了洋葱和胡萝卜的燕麦粥，还有一块不太新鲜的土豆乳酪面包。他从盘子上一抬头，发现我正盯着他看。"大卫，过来！"

"你在看我，我看见了。"他用手帕擦擦嘴，然后一甩手扇了我一巴掌，"我跟你是怎么说的？"他反手又一巴掌，"不许东张西望！你是聋了还是怎的？"

我被推倒在地，那种年少勇猛的英雄气概忽地又从心中腾起。"把我的珐琅吊坠还给我。"我站了起来，冲着他大声说。

他愣住了，眼里闪过一丝惊惶。他该不会怕熊山听见吧？"还给你？现在它在我手里，就是我的。你若想要，就得拿钱来买！"他一脸无赖地对我说道。

"多少钱？"

"每天一个二十五美分。"

我咬了咬嘴唇："好！"

"期限是三年。"他一脸坏笑。

我真想扑过去撕烂他那张嘴。但我忍住了。我答应了他。

那晚我梦见自己回到了家，屋子里空荡荡的，没有一个人。一切家具摆设还是老样子。我看到熟悉的门把手，房间里的地毯、桌椅、嘀嗒作响的时钟……人都去了哪里？"妈咪？"我喊，"哥哥？姐姐？"无人回应。一阵冷风从后颈刮过。"爹地，"我喊，"求求你，不要抛弃我。"屋子里都是我带着哭腔的回声。这时我听见远处传来妈咪的笑声。我跑起来，推开一扇又一扇门，穿过一个又一个房间。她那件月白蝉翼皱纱旗袍，像游鱼似的荧光一闪。脚底一滑，我跪倒在地。"妈咪？"我低语，"原谅我，我没能和你一起……"愧疚的泪水模糊了双眼。我哭着醒来。

夜晚如同这个看不见出口的房间，把我关在它里面，跟囚犯似的躺在硬梆梆的垫子上。我还沉浸在忧伤的混沌之中。**他们都不在了。**我看着燃烧的邮轮沉入了火海。露呢……你在哪儿？你也飞走了吗？那如父亲一般的伊姆莱先生，哼着灰烬的歌，消失在荒野。

黑暗像日蚀吞噬着我的内心，原先兄弟姐妹父母朋友所在之处化为乌有。我可以感觉到我血肉之下的虚无，内里的空洞。逼仄而又贫乏，无法填补。

我逐渐走到了行星轨道上离太阳最远的点，进入生命中太阳照不到的暗面。

三年以后……

肖像主义

当我拿起手中的炭笔时，我不是我，而是由无数个我组成的"我们"。

人们来来往往，高跟鞋，紧身裤，血红的嘴唇，发亮的尖指甲，金属和海绵撑起的乳房；香烟，锃亮的皮鞋，手中转动的打火机，以及粗俗，空洞的闲聊和虚伪的笑声。

我用垂直线、水平线、曲线、弧线、千条线万条线来涂抹"我们"的脸，来编织"我们"的人生悲喜。

当我注视人们的面孔时，如同蜻蜓复眼，我拥有了多重视线。

凭借这心灵之眼，我在白纸上用咒语显现每一个顾客内在的精神肖像。

不管多么伪装，人们在本质上都是畸形的，我看到了太多的石头人，硬化症患者，说谎者，无泪之眼，两面派，是背负着自己墓碑的活死人。

那一张张面孔，一个个人，他们都如同取材于生活的，一部拖泥带水的小说，不，或许他们就代表了生活本身。他们打着各自的命运烙印，却又如出一辙的相似。

渐渐地，我发现那些面孔的轮廓中似乎潜伏着各种各样的文字，如丛生的灌木般互相缠绕；每一道眉毛，每一撇胡子都勾勒出不同的符号和意义，像摩尔斯电码，诉说着在空洞的面具背后，充满回忆和秘密的故事，像是无法用言语来传达的，已经被世人遗忘的世界之谜。

从此我迷失在人脸地图中，迷失在如火车车厢一般，接连不断的众多意义之中。

我用目光追踪一个个男人、女人、老人、儿童。

阅读世人脸上的文字，需要一种看外表的线索，而一旦掌握了它，我就能毫不费劲地读懂人的唇语和眼神所传达的心语。

我已经不在乎我自己，或者说我不再是我自己，而是一个没有过去，没有记忆的模仿者，像一团雾一样渗进别人的生命，阅读别人的故事，沉浸在别人的喜怒哀乐里。那些符号和文字就像光线一般，从这群挣扎扭动的假面下渗透出来——

一个胖子坐在公园的长椅上喝可乐，吃汉堡，我只在他身边坐了一会儿，突然间我就进入了他整个的存在，他干瘪的思想，还有被垃圾填满的身体。人们创造了一个消费的社会，一边是为了享受垃圾而疯狂消费，一边是为了金钱而疯狂生产垃圾。我在这样的生存方式里看到了一个走向毁灭的圆圈。

走过商店橱窗时，一只鹦鹉学舌。我立刻觉得自己仿佛长出了羽毛，变得五彩斑斓，喋喋不休。当我以一只鹦鹉的眼光反观人类时，我发现人们的思想就如同被禁锢的小鸟，看似自由的人生其实都在被操纵。除了大自然母亲的绿色恩赐，我真搞不懂，人类真正的需求是什么？

人们总把世界分成尚未发生和已经过去了的，但是，在退役的美国前陆军中尉心里，什么也没有过去，历史就像一道计算题，永没有除尽的那一天。他天天带着地图和望远镜，在他的房子周围挖地道，修建各种防御工事，因为人们心里的"小纳粹党"让他时刻保持警惕。而"纳粹"不仅仅是一支队伍，一群疯子，也可能是被打死的受害者，是你，是我。它如同疾病，源自人们的天性深处。

在我遇见的所有人之中，那个苍白、谢顶、精疲力竭，一碰皮肤就会剥落的学者是对我最好的人。我一看见他，就从头到脚变成了一个完整的他。我了解他的每一个秘密，了解他心里的忧伤，知道他何时会握紧拳头，变得硬梆梆的，如同犀牛一样粗暴易怒；又何时会抬手捂住自己蒙受着辱的脸。我疯狂地画他，像个影子一样跟踪他，直到他说，他无法再忍受我的眼睛，忍受我的审视，因为他在我的观看中反观到他自己和他的一生。所以他要求我离开，走得远远的，因为他要做一件事，为他自己。我知道他要干什么，一声不吭就走开了。他的内心充满了像蛇一样活生生的忧虑和恐惧。像我们大家。他经常不知所措，感到无可救药的孤独。像我们大家。我听到他在绝望的清晨发出的呐喊："给我生活的意义。"像我们大家。

我的心中有无数故事的波涛在汹涌澎湃。

每一个人都是一座孤岛，一个王国，一个单独的城堡，有自己的"上帝"，有自己的"撒旦"，还有隐藏起来的无数见不得人的秘密。在这个迷宫般怪诞、冷漠，处处充满敌意的世界里，人们仅仅为了能活下去，就需要变得像大多数人那样——谎话连篇，铁石心肠，自我中心，物质主义以及争强好胜，力求不要倒下，不被他人吃掉。

"要么是铁锤，要么是被铁锤敲打的铁砧。"

以前，在我眼中正常的地方，我现在看到的是一个牢狱系统，其中有男人和女人，有暴行和屈从，有猎人和猎物。

我画我们的森林，画我们的皮毛，也画我们的幻梦，画我们的信仰，画我们的童年。那一个个不圆满的人生故事静静地流进我的体内，在我心中滔滔汇合，向我传送那参透生命的谋杀、意外、巧合、死亡与堕落的信息……

渐渐地，我遗失了自己的脸，我感觉所有的脸都是我自己的脸，所有的不幸都是我自己的不幸，所有的人都是我自己身体的延伸。

我是一切人和事的客栈。

我就是所有人。

我就是全人类。

这只炭笔，洞幽烛微，它成功地在人们心中掀起风暴，搅动起人们心中那些逐渐被磨蚀的记忆——像是藏匿在黑暗海底的一艘艘沉船里的尸体。有人惊恐；有人气愤；有人羞惭；有人感动；有人哭，有人笑。我用手中的炭笔剖开人们，宰割人们，暴露人们，控诉人们，把人们血淋淋地钉在纸上，如同钉在十字架上。

然而我不是个挑衅的黑色愤怒者，我的眼睛抵达人们的心魂，为的不是毁灭，而是照亮，用寓言之光照亮人们内心的道路。

他人即地狱？

熊山越来越警惕。

我们长大了。用他的话说我们正处在不安分的年纪，就像煎锅里那一把沸腾的豌豆，噼啪乱跳，永不停歇。

黑痦子比我们都大，他早已成年。

我在广场画画时，他就用那双贪婪，饱含着色欲的眼睛盯着姑娘们的胸脯，像一只嗡嗡叫的蜜蜂在"熟透的桃子"间逡巡。

最近，他常常开溜，找不到人影。他向我坦白，这全都因为辛迪，漂亮的辛迪！她拥有世界上最完美的"米洛斯式的乳房"。他的那些直白露骨又猥亵下流的笑话，让我浑身不自在。

熊山大为光火。有一次，当着我们所有人的面，他把黑痦子骂得体无完肤。

我从没有见过熊山发这么大的脾气。他浑身抖个不停，嘴里骂个不停，整个人变成一团不断挥舞的手势和脏字。

这件事后，黑痦子对我的态度突然转变。他不再对我横眉冷对，相反，他急切地想要对我一吐为快。他埋怨熊山，骂他是个疯子，是个吸血鬼。是个大独裁者，就像

164

那个众所周知的小胡子。

仿佛有一把柳叶刀切开了他心中那日积月累的大疖子，毒液在倾刻间爆发。

一开始我还能勉强挤出一个苍白的笑容作为回应，但渐渐地，这些话就像野兽的勾爪，令我心惊胆颤。

后来，他越说越离谱，但他不知收敛，反而像个耕田的农夫，顺着褐油油的犁印般的想法，勇往直前地说下去。

他抱怨他没有得到公正的对待，从来没有，尤其是我来了之后。说到这儿，他停住了，斜乜着眼睛向我投来嫉恨的目光。

他抱怨他那法西斯父亲，在他的家里，父亲就是地狱，"父亲"两个字等于空中飞舞的藤条。他用一种报仇雪恨的口气对我说，有一天他梦见一列巨大的火车，在他那贪吃又暴虐的父亲身上来回碾压，车轮锋利如切火腿机，把他切成薄薄的一片片。

他的内心真是肮脏不堪，就像个下水道。同时他那地狱般的毒舌，又让我清醒地认识到地狱其实不在另外一个空间，不在彼岸，而在日常生活中，在人与人的关系中。人们群居在一起，就像狗咬狗，互相追逐，互相伤害。难怪萨特痛不欲生地喊出"他人就是地狱"的结论。

真的，我们生来就爱他人吗？

我宁愿面对他以前的敌意，也不喜欢这种让人觉得险恶的热情。

接连几日，他变得神秘兮兮的，似乎有什么事瞒着我。

我数次提醒他，我们约定的三年期限就快到了，我要赎回我的珐琅吊坠。他答应了，却显得漫不经心。

我期待的日子到来了。

那一天黑痦子格外热情。他卖力吆喝，帮我数钞票。收工时，他对我说，他要先去见辛迪。我们约好晚上在塔楼见，到时候我支付他最后一个硬币，他把珐琅吊坠还我。

他说得那么真诚，但不知为什么，我心里却隐隐有些不安，好像有事要发生似的。

当我把一大把硬币和钞票堆在熊山面前时，他笑逐颜开："好样的，大卫。你从不叫人失望。"

然后他习惯性地边数纸钞边舔手指。

"今晚想要，咳咳，什么奖赏？咳，说……"他的话被一阵突如其来的猛烈咳嗽声打断。

癞痢头识趣地把旁边的酒杯递过去。他端起来喝了一口，但所有的酒都随着咳嗽喷将出来。他的脸越涨越红。玻璃杯从手中滑落，发出一声清脆的破裂声。

厨房老妇推开我们，来为熊山捶背："您怎么了？先生。"

他眼白突起，面色深紫，一双手又抓又挠，仿佛有只无形的手扼住了他的咽喉，不让他呼吸。

他要死了。我忽然醒悟到。

爱哭鬼小比尔吓尿了，放声哭号。其他人不知所措地站在那里，脸上写满恐惧。

熊山撞翻了桌子，倒在地上，哗啦啦，硬币滚得满地都是，我看见有人趁乱塞了几个藏起来。他忽然松开手，缓缓指向我，瞪着死鱼般的可怖眼睛，从喉咙里挤出一声细得吓人的嘶声，似乎有话要说。所有人的目光都跟随他的手指转向我。**不！这与我无关！**但似乎没人相信，我看到有几个大男孩眼神凶狠地向我走来。

快逃！我本能地往后退。转身，推开众人，拔腿就逃……

"快抓住他！他是凶手，他杀了爸爸！"

赎回珐琅吊坠

奔跑。跌倒。不安地加快脚步。

阴沉沉的暮天，铅一般沉重。北风尖利地呼啸，仿佛里面关着一大群恶狗或妖魔，向我鼓起双颊。我的后颈能感觉到它们的呼吸，像是在追我。

一座尖塔倾圮的古老教堂，就矗立在开阔的岸边，四周是一片荒野。经历了一场大火焚烧，教堂大部分业已毁坏凋敝，只剩下石头钟楼。这高耸的沉默体，如同一个我们无法进入的世界，那个由黑暗角落、蝙蝠洞、老鼠窝、地板下的秘密和号哭的风声组成的隐形世界。

我回头看了一下，发现没人在追。我孤身一人置身于死寂的荒野。小路的尽头就是那座焦黑的教堂。我的心里七上八下，不确定黑痦子是否在那里等着我。但我已经没有退路，我的腿替我做主，以前所未有的坚定迈向前方。

一片、一点……像轻盈的柳絮，又如洒落的粉末，有东西落在我的身上，有一丝冰凉。

我抬头，空中竟然飘起了点点雪花。

不一会儿，雪花开始稠密起来，雪片大如梨花瓣儿，像抖落的棉朵，又似一团团白羊毛，似光明的小鸟纷纷落到我的身上。那么美，那么圣洁！仿佛在美之外，一切都消失了，没有自身的安危，没有忧愁，甚至没有生死。

天愈来愈黑，雪越下越大。

夜，静极了。

雪纯白，晶亮，闪光……人间的色彩纷纷褪去，唯有黑、白和灰：黑的树影、黑的塔楼，白雪，灰色天空和白茫茫的大地。一个纯粹的世界。一个不属于我们的世界。

我驻足，抬头望向天空，任雪花吻上我的脸颊。

雪吻，如同回忆一样轻柔而沉默，又好似柔软的话语，从天空的信笺上滑落下来，仿佛来自故乡的一封家书。

一封家书。

我弯腰拾起一把雪，放在指间挤压，捏成一个浑圆的雪球。

雪的冰凉从指尖浸入内心，似暗藏的刀锋。我的心打开，长出六个翅膀，就像一片冰晶雪花，拽住时间的衣角，穿过记忆的渡口，回到——

"嗨！大卫，快出来啊！"我听见哥哥在喊我。可我一出来，却遭到了雪球的伏击。哥哥嘻笑着逃开，那一年他刚好如我现在这般大。我一边追一边捏雪球。可我总是捏不好，捏不圆。我急得快哭了。姐姐跑来帮忙。我们左右夹击，打得哥哥没有还手之机。我把一个蓬松的大雪球扣在了他的脑袋上。

而今我可以捏出完美的雪球了！又有什么用呢？我望着手里这个冷冰冰的玩意儿，忽然悲伤不已。一瞬间，内心积压的所有委屈、辛酸、压抑和伤痛一齐涌了上来，如同这大雪纷飞。我跪倒在雪地里，雪花和滚烫的泪水交融在一起。我尝到了童年的滋味，清白的滋味，爱的滋味，这是家的味道。

脸颊冰冷，指头麻木，双脚又湿又冷。不知道在雪地里跪了多久。我挣扎着站起来，内心生出渴望，炭火一般。塔楼就在面前，我要赎回我最珍贵的东西，我生命的家书。

我一步步走近炭化的教堂。在雪光的映照下，它阴森黑暗得就像末日景象。那肋骨般的椽子、檩条和支架，如同冬日黑暗的肺。野草成为这座废墟的统治者，藤蔓攀上颓倾的墙面，茎叶覆盖了所有人类文明的设施，凭着一股野蛮的力量，像病菌般蔓延。每次来这里，我都有一种深入亚马孙雨林，探索喀斯特溶洞的心态。

但今晚我没有心情复活和萌发那些无法言说的荒诞，以及毁坏与重生的诗意。

我走进被烟熏黑了的钟楼。无穷无尽的方形旋梯垂直向上。我像井底的伏蛙，望着尖拱处那一圈微弱的光。在晴朗的夜晚，那圈光如同国王的星冠。我走上螺旋形石梯。起初还能看见楼梯和墙壁的模糊轮廓，随着黑暗渐长，周围黑得就像掉进了沥青桶。三十九、四十、四十一……等到爬上第五十级台阶，我的腿脚开始颤抖，不得不停下来喘口气。六十九、七十、七十一……到得第八十级，我的腿脚有些不听使唤，可台阶还在无止尽地延伸。北风透过当年被高温烧裂的石头缝隙，发出呜呜的哭声，像一场愤怒的控诉。九十一、九十二、九十三……越走越亮，微弱的天光通过哥特式尖券上的四壁拱洞照射进来。

走到第一百级台阶时，我已到达顶端。一群寒鸦怪叫着腾空而起，像一块黑色的云团，一大片羽毛和翅膀组成的云团，围绕着横梁上悬吊的大钟盘旋。这里变成了真正的鸟类客栈，它们的诺亚方舟。

黑痦子还没有到来。

我在这四方形室壁踱步。从地中海风格的拱形壁洞里望出去，塔楼就像山峰，矗立在荒芜的海岸。它是最遥远的海岬，是整个世界的直布罗陀。

大约半个钟点后，白茫茫的雪地上出现一个移动的黑点。**他来了！**我紧张地深呼吸，像从天空的巨大胸腔中吞下一口辽阔、新鲜的冷火。

走到塔楼底下，他仰头吹了一下口哨。我回应了他。

几分钟后，他气喘如牛地上来了，不断用手擦试沾满汗珠的额头。"怎么回事？"他劈头盖脸就是一顿质问，"刚才来的路上，我碰到了弟兄们。大家都在找你，说你杀了爸爸？"

"我没有！"

"真的没有？"他怀疑地眯起了眼睛。

"没有！"我几乎要吼出来了。

"那他是怎么死的？"

"信不信随你。"我告诉他，"我什么也不知道。"

在等待他到来的这段时间里，我把这件事从头到尾仔细想了一遍。熊山的死因实在是扑朔迷离。但很显然有人在借我的手杀死熊山，可他怎么知道熊山的习惯的？我没有碰过那些钞票，一向都是黑痦子负责收钱。难道有人在钞票上做了手脚？

"所有人都得死！"他走到我的面前，拍拍我的肩膀，"早死晚死都得死，谁也逃不开。"他望着飘雪的夜空，走到壁洞前站定，"愿爸爸的在天之灵，永远安息！"说着在胸口划了一个十字。"那么接下来，你有什么打算？大卫。"

我走到他的身边，掏出口袋里的硬币递给他："这是最后一个，你答应过我。"

"啊！我怎么能忘记呢？"他转身朝我挤了挤眼睛，然后从怀里掏出珐琅吊坠，抓住它的链子，在我面前晃来晃去，"我可是说到做到！"

当我伸手去拿时，他忽然扬手将它从没有遮挡的拱洞扔出去。我随之一个箭步冲上前，寒风裹着碎琼浪潮一般扑面而来。我不自觉地往后退，大衣被风吹得猎猎作响。这时候，黑痦子在我身后猛地一推。在恐惧中，我的手指死命扒住滑溜溜的石壁，整个身子大部分悬于拱洞外面。他继续无情地把我往外推。"去吧！大卫，去拿回你的东西。"奋力躲闪中，我的一只脚打滑踩到半空，脚下是不着一物的虚空。我竭力站稳脚跟，试图往里挤。但他毫不让步，竟用力掰我的手指。我咬牙使劲地坚持，可他比我高，比我有力。眼看我就要摔下去了。慌乱之中，我伸出一只手拽住了他的外套，用力拉紧。他跟跄着往回抽。"放手！"他大吼道。此时朔风如抽动的皮鞭，把我们俩往外卷。他的外套崩开了，我突然看见了那把铜钥匙——那是熊山拴在衣襟上的保险柜钥匙！他一定回去过。

霎那间，仿佛洞若观火，所有的碎片都吻合上了。就在那几秒之间，我确定自己已经一清二楚了。

"你才是凶手！是你杀了他！"我怒火暴发，朝他大声喊道。

他一愣神之际，被我一把拽了下来。如果一定要死，就让我们同归于尽吧！我心想。

我们全都翻了下去，像一串腊肠挂在塔楼的外壁上。他抓住了我的一只脚，而我则用一只手紧紧扒住了拱洞的边沿。

我们的下方空无一物，唯有冰雪、寒冷和死亡。

风穿透了身体。乌鸦在夜空盘旋。大地的白，似乎是一把匕首的反光。

一阵绝望的恐惧笼罩了我。

我再也承受不住了。

"为什么要这么做？"我听到自己的声音细小、邈远。

与此同时，我感觉脚上的鞋子在一点点往下滑脱。

忽然之间，重量脱落。

他像一片落叶坠向大地。

"这就是生存之道！"

我听见他的声音在风中破成无数碎片，如雪花飘散。

刹那间，似乎大地都屏住了呼吸，连狂风也停止了呼啸。

没有岁月，没有记忆，没有存在，什么都没有。

寂静是唯一的余音。

我不敢往下看。我感觉呼吸不畅，咽喉里像有一口浓痰，堵得我喘不上气来。那哽住我的不是别的，是黑色而黏腻的死亡。赤裸裸的死亡滋味。

不知过了多久，我听到有人喊我。

我抬头，看到塞缪尔那张促狭的鬼脸。他嘻笑着向我伸出了手。

你是谁？

我的样子十分狼狈。头发结冰，心脏狂跳不止，一双手又痛又僵，左脚没了鞋子。想到生死竟在一线之间，我不禁战栗起来，全身脱力地跪倒在地。

塞缪尔"啪嗒"一声点燃了手指。

"嗨！大卫，你还好吗？"他眯起眼睛，审视着我。然后，露出狡猾的微笑，冲我挤挤眼睛，夸张地冲我喊道："看呀！"他咂巴着嘴唇，围着我转，"我们的小大卫哪里去了？这个男子汉是谁？看看这喉结，这额头，这小胡须……"

但他看起来没有任何变化，好像他的身体过滤掉了时间。

"站起来！"他命令我。

他走到我面前，比量着，我惊异地发现他竟然这么矮。"但你的身材可算不上魁梧啊！你多大了？大卫。"

"十七。"

"听听这声音，1-7！"

他压低嗓音学我说话，还把身子凑过来，神秘兮兮地在我耳边说："有女人吗？"

我感觉到脸上一阵发烫。

他哈哈大笑。

我下意识地摸摸脑袋，手指触到脖颈时，突然想起了吊坠，我的珐琅吊坠！它掉在雪地里了。

塞缪尔朝我挤挤眼睛："你是在找这个吗？大卫。"

我看着他，热泪盈眶。

"快拿去吧，傻瓜！"

我从他手里接过心爱之物，眼泪瞬间像断了线的珠子，顺着脸颊滚落下来。

"还是我对你好吧！"塞缪尔促狭地朝我做起鬼脸。

我心里忍不住想笑，但我还是擦干眼泪，佯装生气，质问他："三年前，你为什么欺骗我，抛下我不管？"

"傻瓜！"他一板正经地对我说，"还记得我对你说过的话吗？'人生如何，只能每个人自己去体验，任何人无法给予你所谓的答案'，那么你现在有答案了吗？"

我一时语塞，说不出话来。

他眨巴着眼睛紧盯着我："那么，你是谁呢？大卫。"

我窘得说不出话来。

是的。我是谁呢？

他的眼像两个钢钻头直钻到我心底。"我可记得你心里的疑惑呦！人到底是怎样的人？人生究竟是什么？大卫，你可有了自己的答案？"

此时，雪的荧光正逐渐黯淡，取而代之的是黎明前漆黑浓重的阴暗。

我望着大地的黑色剪影，思索塞缪尔的提问。

"每一个人都是他人的镜子。通过别人的言行，能够更好地界定自我，认识自我。"塞缪尔的声音传来，如同从遥远的渡口穿过重重夜雾抵达我的耳畔。

我的心头忽然涌现出关于人性的道理，我不知道它是否是颠簸不破的真理，但我的心里有一种奇怪的兴奋和愉快，仿佛被神的手指触碰了一样。

一阵微光。我不确定是雪的魔法发出银光，还是清晨已经苏醒了。黎明用它的银色梯子焊接了黑夜和白天。

新的一天。

人性的变化无常和多层重叠

灵魂真是一个奇妙而复杂的装置，有着数不清的路线和互相抵牾的观念。通过这些迷宫般纷繁复杂的曲径，我看到了人的变化无常和多层重叠。

在有些人身上，我常常可以窥见一道裂隙就横亘在我前进着的脚下，当我低头望向人性的深渊时，它是多么深不可测啊，就像一张黑暗牙龈的大嘴，散发着地狱硫黄的恶臭，要吞噬掉不小心坠落其中的人。这让我感到既厌恶又害怕。

偶尔我也会在某些人身上看到灵魂的忽闪，犹如摇曳不定的烛光，那是纯洁而美好的人性之光。这让我产生一股莫名的冲动，我真想像盖茨比一样，用双手把那光严严实实地遮住，哪怕舍弃生命去守护它。

人性的森林并非漆黑一片，总会有星星点点的光亮，虽微弱却温暖无比。

有生以来，我第一次觉得以往对待人和事物的态度是不对的。

我曾经是那么的嫉恶如仇，对于洁净有一种天生的癖好，仿佛不能沾染哪怕一星半点尘世的污秽。现在，我突然领悟到，所有的人都是以同样方式构造的，无人例外。道德君子也好，流氓地痞也罢，其实都是一回事。

一念善一念恶，人性不是固化不变的。

无论是低眉顺眼的善，还是飞扬跋扈的恶，它们都是人性的一部分，是像胚胎一样根植于每个人内心的。人世间所有的爱与恨，善与恶，生命与死亡，受害者与杀人犯，正面与负面，天堂与地狱，它们相生相依，又实为一体。就像一枚硬币的正反两面，在其根本意义上是同一个东西。

我自己又何尝不是如此呢？

那是一场残忍的猎杀，一场生死搏斗。当黑痦子在背后袭击我，企图把我推下塔楼时，我就坠入了愤怒的漩涡。我希望他死，哪怕与他同归于尽。在充满愤恨和恐惧的混沌中，有谁分辨得出谁是猎人，谁又是猎物？谁是受害者，谁又是施害者？

那一刻，我有两个面孔：David 和 Davy。

大卫和头上长角的大维。

那是我心中的善恶两面，如一对孪生兄弟，困在非理性的狂野中，无法把自己从那些犄角的纠缠中抽离出来。

也许这世间的每个人都会如此。人的内心既求生，也想死；既向往光明，也踯躅黑暗，且人人既不高于罪犯，也不低于神圣。

这是生命的核心秘密。

她只是一个平常的姑娘

当朝阳升起，潮湿的街道闪着亮光，城市巨兽便开始了一天的"物质代谢"。

稠密的人群像一团团漂浮的浓雾从门里被吐出来，卷入越来越难以阻遏的涡流之中，最后再被另一扇门吞噬。它的运动毫无节制，而且充满了噪声。

塞缪尔，在我身旁变成了影子般的存在。人们经过他的身边，只会无来由地感觉一阵冷战。似乎只有我看得见他，看得见他那张促狭的狐狸脸。

我们还没走到广场，已经看到非比寻常的骚动。人们在街上四处奔跑，带来不可思议的消息：日本偷袭了珍珠港。

惊讶、不知所措的人们互相传递各种道听途说的信息。什么？竟然没有经过任何外交程序就直接轰炸？我们的国家那么平静、那么与世无争，怎么会有人来打我们？为什么而打？我们毫无防备。这简直就是耻辱！

一辆大巴在我们前方停下，张开嘴，吐出一队年青的姑娘，像是大学生。她们手里拿着书本，一边走一边相互取笑。那清脆的笑声穿过我的寂静，像是一串铃铛在作响。我看见一个姑娘忽然驻足向我张望，她穿着一件赭红色的小皮衣，戴着一顶时髦的黑帽子。那是一张似曾相识的面孔，好像在哪里见过。

塞缪尔在我耳旁低语："是的，你认识她。她叫伊丽莎白，有几个人称呼她安琪儿。"我倏地转身，塞缪尔看着我，一脸坏笑。

"不，这不可能。她根本就不像露，她只是一个平常的姑娘。"

我难掩失望之情，当初的那股子欢喜和激情已经荡然无存。

"我早就告诉过你，安琪是人，而且和别人没什么两样。"

我仔细地打量眼前这个姑娘。*确实，如他所言。*她和别人没什么两样。关于安琪的一切在我记忆的巨大内存中已经磨损、破碎，我唯一清晰的记忆就是成人礼舞会上的安琪，她面带似有魔法的微笑，以一种女王般的沉静向舞会的人群走去。

与此同时，安琪也在打量着我。

"你认得他？安琪儿。"她的女伴察觉了，在她耳边低语。

她不声不响地看了我好久，"大卫，他叫大卫！"她忽然如梦方醒。

姑娘们全凑过来，期待地看着她。

"他曾是巴克先生的中国养子。"安琪显然回忆起了我曾经的模样，还有我那些稀奇古怪的故事。

"后来呢？后来怎么样了？"

"后来……"安琪的神色显得有些不安。从往昔传来一声少年的呼喊，她被穿透而惊呆了。她回忆起生活曾经创造的，并保存了一段时间的声音和画面，尤其是伴随着少年大卫的绝望而来的她父亲的咆哮，还有橡木门那砰然阖上的巨响。

"后来……他失踪了，没人知道他去了哪里，也没人再见过他！"安琪皱起眉头疑惑地看着这个叫"大卫"的中国养子，一脸不可置信的表情。

我们的心底潜入了一种莫名的东西，像石头一样沉重，为失落的和逝去的一切，那些太过沉重而无法说出口的伤害和悲痛。

塞缪尔的小眼睛在骨碌乱转，他对我说："大卫，说实话，你心里还爱慕她吗？也许……"

"不，我宁可见到她死，像别人一样。"我连忙打断他。

塞缪尔阴沉地笑了一下："我可以满足你的任何愿望。"

他用手指轻轻一点，安琪立刻倒地，姑娘们发出一声惊呼。

不！我不是这个意思！我没想要她死！我愤恨地瞪了塞缪尔一眼。

同时，一股绝对惊慌席卷了我的所有感官，我的心脏像个陀螺，往事用力地抽打让它转了起来，发出震耳欲聋的声响。所有的记忆碎片围绕着一张少女的脸，以一种可怕的方式在我眼前旋转起来。

我不由自主地往后退，然后转过身，拔起腿就跑。行人惊慌失措地给我让道。

不知跑了多远，我停下来，深呼吸，将我的脸伸向远天。那里，我的双颊能感觉到阳光的抚摩，和蔼地，如同宽恕一个罪人一般。

我的心，却像我的腿一样沉重。

北风把树叶吹得沙沙作响。我的心神也被这寒风扫过，有那么一瞬间，我仿佛能听见安琪的呼喊就像从心脏的瓣膜喷涌而出的血液冲击着我的全身。

与萨尔瓦多重逢

我拐上了一条偏僻的小道。

在破败的街巷深处，有一截漆成了蓝色的破墙，一段摇摇欲坠的木栅栏，上面用油彩涂着一些名字、骂人的脏话、反战宣言、镰刀和锤子、骷髅、流血的巨大心脏、如生殖器般的花蕊，还画着一个形似球茎的连体空心人。

不远处，两个流浪汉在打架。他们喘着粗气，抡起拳头，向对方猛砸下去。伴随着沉闷的击打肉体的声音，一个人倒下了，另一个人瞄准了踢下去，再狠狠地来一脚。

一张征兵的宣传单在劲风中翻飞，结果糊在了栅栏上，遮住了连体女人的脸。

我看到成群的老鼠，涌过巷道，奔向一堆不知什么人留下的呕吐物。

我跳着脚，往前跑，在一个门洞里停下脚步，等待着，热切而又恐惧。

我有种预感仿佛某种不可知的宿命此时正向我悄悄地显示身形。

挨揍的流浪汉还躺在地上，满脸血污，拼命地咳嗽，像条呜咽的老狗。另一个已经走了。大风肆虐地刮过巷道。前方传来一阵沉重的脚步声。鼠群丢下大餐，吱叫着向四周窜逃。嘘！那召唤来的是谁的灵魂？嘘！

那人迈着圆规步向我走来。

一副黑色大帽檐遮住了他的眼睛。他从我的面前走过，又走了回来，再走过去，然后再慢慢地走回来，最终站住了脚步。用一种熟悉的腔调大声说："大卫？是你吗？你都长这么高了，我差点认不出来。"说着，他咧开嘴笑了起来，发出一系列轻柔的爆破音似的喷气声。

我注意到那里黑洞洞的，空缺了两颗门牙。我一下子愣住了，感觉身体的一部分变僵了，就像小时候泥巴做的玩偶，让大风吹硬了。

"萨尔瓦多？"

他仔细地端详着我。"大卫？"他高兴地拍着我的肩膀。

"小子，我们可是一起经历过生死啊！"他兴奋地说，"那还真是一场严峻的考验，但我们活了下来，不是吗？说起来，都是很久以前的事了。你现在多大了？这些年你是怎么度过的？"

"十七岁。"我回答。

他听到我说话，很高兴。"那个犹太人，叫什么来着？"他一拍脑袋，"所罗巴伯，是的。他说你是个天才，比我们大多数人要聪明的多。看来，他说得没错啊！"

听到"所罗巴伯"这个名字，我心里一沉，仿佛这几个字母是用铅铸就的，沉甸甸的。我不想向他提及大鼻子先生的死，我说不出口。也许是因为有些事一旦昭然，只会让人太痛苦。

于是我岔开了话题，我急切地想知道他是否找到了玛丽。

他的笑容僵住了，并且警惕地向四周张望："这里不是说话的地方，来，跟我来！"

我们从一座铁路桥下穿过，一条小巷散发出河水酸腐的臭味。涨潮了。我们沿着码头，在泥泞的小道上走着，最后在一个下等酒吧的门前停下。有个跛脚的妓女，她就坐在台阶上，醉熏熏地唱着一首悲伤的小调："我从未去计算，但我知道，爱必须付出，必得有个代价……"我们从她身旁经过时，她向我咧嘴笑，露出满嘴的烂牙。

酒吧里乌烟瘴气，充满了放纵恣意的喧闹声。这里的天花板很低，桌椅是塑料的，墙上贴着以战争为主题的印刷画。人们在这里喝酒，谈论着有关战争的一切。我听到了诸如希特勒、珍珠港、共产主义、斯大林、罢工、征兵等情绪激烈的话语。

我们在角落的一张桌子旁坐下，萨尔瓦多要了一杯朗姆酒，给我点了一杯柠檬水和一个汉堡。他喝了口酒，咂了咂舌头，用一种怪异、空洞的眼神望着我。

玛丽，我的灯塔

"我成了杀人凶手。"他开门见山地说。

见我愕然，他补充道："我就是用这双染血的双手，杀了那个酒鬼和他的狗。"

"谁？"

"玛丽的丈夫。"

我觉得很难将记忆中的"门牙"和眼前的杀人凶手联系在一起。

"很难接受，是吗？大卫。像我这样多情善感的人意外地变成凶手时，我自己都适应不了，总感觉做这种事的人，不是我，而是别的什么人……"他尝一口酒，慢慢品，"真不敢相信啊！"他那嘲弄的笑容看上去有着怪异的空洞感。而他的眼睛一眨也不眨，里面有某种死气沉沉的东西，某种非常遥远的东西。

"三年前我打听到她的下落。所有人都劝我，离那女人远点。因为她的丈夫是个有钱的阔佬，还养了一条凶神恶煞般的狼犬。

"当我决定不顾一切去找玛丽时，大家都说我疯了。

"我确实要疯了，这些年为了搜寻六年前失落的命运轨迹，我绕地球好几圈。

"你知道，玛丽是我的灯塔。没有她，我的生活漆黑一片。

"为了接近她，我开始绕着她的家走来走去，像蜘蛛一样，慢慢靠近我的目标。但随着直径的不断缩小，我却越来越不自信，越来越嫉妒。你没看到，那栋豪宅，有漂亮的花园和崭新的汽车。再瞅瞅我，除了我的黑皮肤，以及肤色一般深重的不幸外，一无所有。

"最后这蜘蛛网的'游戏'被一只狗的疯狂吠叫打断了。上帝啊！那只狗真凶！它拼命地狂吠，向我投来憎恨的凶光。那畜生，好像看透了我的心思。一开始，我装作若无其事，还逗它玩，谁知那畜生越发凶狠。

"'巴顿，走开！'有人喊了一句。那狗怀着怨气跑开了，我能感觉到它在几码远的地方对我咬牙切齿。

"接着她出现了，站在我的面前。像蜡烛一样纤细，却依旧光彩照人。

"我得承认我的心脏膨胀了。天哪，我有一颗鲸鱼的心脏。怦！怦！怦！就像初次见面一样，玛丽让我怦然心动。"

他举起酒杯，咕咚咕咚，一饮而尽。然后冲着吧台大喊："再来一杯。"他叹了口气，对我说："这酒真好喝！浓得像血，让我感觉重新活过来了。"

"她向我走来，就像六年前一样。我又变回了当年那个惊慌失措的小堂倌。我怎么远离的'他'，如今，我又怎么回到原处。'嗨，玛丽。'我叫了她一声。她没能立刻认出我，因为六年的光阴对于她来说转瞬即逝，但对我而言，却无比漫长、沉重。

"我告诉她离开哈瓦那以后，我都做了什么，但我没有告诉她，我所做的一切都是为了寻找她。

"她很同情我的遭遇。

"'那么，你生活得怎么样？你幸福吗？'我问她。

"她告诉我，婚后不久，她因为意外而流产。从此以后，便落下了习惯性流产的毛病。托尼（她丈夫）带着她四处求医，意大利，英国，法国……但没人能治好他。她说这话时，目光躲闪。我就知道她没说实话。为了探究她话语背后的隐情，我请求做她的园丁，为她打理那一园姹紫嫣红的玫瑰。她同意了。

"瞧，开局不错！

"我开始近距离观察托尼的一举一动。

"他又高又瘦，话不多，面相很难看，右脸颊上有块皮肤呈粉红色，看上去像是烫伤以后新长出的肉。他是个商人，貌似中规中矩，是个正派人。唯一的破绽是，玛丽经常莫名起妙地受伤。什么不小心摔了一跤，被电话线绊倒了……每次都有正当理由。

"我不是傻子，没这么好糊弄。

"有一天晚上收工后，我故意绕了一圈又折回来，藏在花园的储物间里。等到夜深人静，我才听到屋外传来动静。托尼开车回来了，喝得醉熏熏的。狗在狂吠，那男人也在叫嚷。我像只耗子悄无声息地躲到窗户底下偷听。后来听到卧室里传来一声惨叫。那是玛丽的声音！接着殴打开始了。玛丽哭着跑出来。那只狗开始疯狂吠叫，仿佛闻到了鲜血的腥味。那男人一直叫着、骂着，满嘴脏话。他就像只动物，就像他的那条狗，浑身散发着一股难闻的酒味。

"那天晚上，我满脑子都是玛丽痛苦的呻吟声，像马蹄一样敲打我的脑袋，赶也赶不走。"

萨尔瓦多说着握紧了拳头，他内心的愤怒溢于言表。我能感受到在他胸腔里，那颗硕大的鲸鱼心脏在皮肤下捶击，震得山河哀鸣。

"第二天，那个酒鬼丈夫一走，我就冲进玛丽的卧室。那一刻，我百感交集，说不出话来。

"她看了我一眼，淡淡地说：'你昨晚都看到了？'没有哭诉，没有怨恨，出人意料的平静。

"'那孩子……不是意外！'我快疯了，拼命压抑一腔的怒火。但她只冷冷地回答：'你猜得对。'

"我不顾一切，跪在她面前，向她倾述爱慕之情，肯求她离开那个酒鬼，跟我一起回哈瓦那，回到我们的故乡。她那糖浆色的眼睛深处似乎闪烁着变幻莫测的光芒，我看不出她在想什么。她只对我说这是她的家，她哪儿也不去。不！你没听错。她就是这么说的。家？这也算是个家？一人在另一人的下面？

"她替那个酒鬼说话，她说托尼是个可怜人。'都是因为战争，你不知道。他曾当过兵，中过一次炮弹。'

"我说：'真该再挨一下。'

"'你可别这样说。'她有点不高兴。

"'我不懂他喝酒和中炮弹有什么关联，我只知道应该在他屁股上狠狠踹上一脚让他醒醒。你怎么能容忍一个男人由着性子胡来？'我就是这么质问她的。但她说：'不！你不明白。肉体上的伤口容易恢复，而灵魂上的擦伤，永远无法治愈。'

"呸！这是什么狗屁逻辑？我不懂。

"但那个酒鬼确实有一套，他经常给她买珠宝首饰、华衣美服，满足一个女人所有的物质欲望。她就是为了这，这美国生活的享乐安逸，不愿跟我回哈瓦那？即便她的丈夫是个耍酒疯的醉鬼？

"她沉默不语。

"那一刻，我发誓，一定要把她带走。谁让我为那女人昏了头。

"接下来，我对她展开一系列爱的攻势，试图感化她：花瓣上的诗，冰箱里的雪莱，令人哭泣的阿希亚科汤菜，流星焰火，心形月亮，水手的癫痫舞，还有澳洲大龙虾里藏着的我的心声——

"'玛丽，人生。

"玛丽，建造者。

"玛丽，我的灯塔。

"玛丽，我的母亲。

"玛丽，我的父亲。

"玛丽，我的女儿。

"玛丽，我。

"玛丽，世界。

"既是一切又是唯一。'

"她吃龙虾时发现了这小纸条，将它悄悄地藏在盘子下面。

"但我的这些疯狂举动，没能掳获她的芳心，却把我变成一个可笑的爱情侏儒。她高高在上，手里擎着的百万美金火炬，闪烁着太阳般的光芒。这是强盗资本家的美国，是骗子恶棍的游乐场。那段时间我真是痛苦极了，要忍受爱情的折磨，还得学会任人摆布。也许那个酒鬼嗅到了什么，或者是玛丽背叛了我，将一切都告诉了她的丈夫？总之，从某一时刻开始，他想尽花招羞辱我，如同着了魔一样——

"'萨尔瓦多，我的鞋子上沾了一块狗屎……'

"'萨尔瓦多，我看到一只老鼠跑过花园。去，把它捉来……'

"'萨尔瓦多，我讨厌臭虫，把这一片树篱给我统统检查一遍，别放过一只……'

"……

"萨尔瓦多，萨尔瓦多，萨尔瓦多，萨尔瓦多，萨尔瓦多，萨尔瓦多……

"那天晚上，我刚要回去，托尼醉熏熏地回来了。

"他斜着眼看我，脸上挂着古怪的笑容，更招人厌了。

"那只狗跑到他面前，直摇尾巴。他蹲下来，摸摸狗的脑袋。这个烂醉的怪人指了指我，对他的狗吹了吹口哨。'巴顿，上！'那畜生怀着怨气朝我狂吠，呼哧呼哧的，喉咙里像藏着有毒的风箱。

"当它向我扑过来时，我顺手抄起树篱边的长剪刀。它张大嘴，冲我的胳膊咬过来。我瞅准时机，握着剪刀柄往它的嘴里猛得一插，一插到底。我能感觉锋利的剪刀从喉咙通过，一直刺穿它软软的内脏，将它钉在地上。那狗的尾巴举起来摆了几下，就垂了下来。

"我清楚地记得，那晚很冷，月亮在乌云间穿行，狂风怒吼。

"我不知道，是什么让我脱离了自己的掌控，让我的内心充满陌生的暴力。但一个人只要有一次克服恐惧而采取了行动，立刻就会变成截然不同的人。"

我听得心惊肉跳，差点被柠檬水呛住。这时，酒吧里的一个醉鬼不合时宜地撞翻了萨尔瓦多的酒杯，打断了他的叙述。萨尔瓦多跳起来，一把揪住醉鬼的衣领。看他打人的架式，就像一台机器，不仅自己没有感情，而且还非要把别人的感情也杀死不可。

酒保过来息事宁人。萨尔瓦多啐骂一句，重新落坐。

"你怕我吗？大卫。"他喝了口酒定定神，"那天的我，就像你现在看到的这样冲动。我那时抱着最后一线希望，孤注一掷，不在乎自己是死是活。

"玛丽尖叫着奔出房子。

"那个酒鬼惊恐万分，抱着他的狗开始用尽力气高声哀号。他的嘶喊让我头皮发麻，我害怕，风一吹，整个纽约都能听见。

"我后退着想悄悄离开，托尼突然跳起来，他停止哀号，朝我咆哮：'你杀了我的狗！'

"我百口莫辩。他在树篱边找到一把铁铲，想用它替他的狗报仇。

"玛丽吓坏了：'住手，托尼。求求你了！'

"但那酒鬼显然失去了理智。他的眼里闪着疯狂，脸被仇恨激得通红。我手无寸铁，心想这下要玩完了。千钧一发之际，我看到脚边有一块石头，就捡起来朝那个酒鬼扔去。

"那一瞬间，时间仿佛也凝固了，那是我一生中最短又最长的时间。

"那块尖锐的石头不偏不倚砸在了他的太阳穴上……

"他倒在地上，不停地抽搐，像有魔鬼在操纵他。

"玛丽一个劲地尖叫。

"他忽然不动了。那一刻，整个世界好像都沉浸在了神秘的寂静之中。也就是在那一刻，我感受到了一种冷酷的死寂，好像我还没死却跟着他承受着死后的空无。

"玛丽冲过去查看他丑陋血污的尸体。

"那时我已恢复理智，清醒地意识到自己做了什么。但我没有逃走，反而怀抱虚妄的希望，肯求她原谅我，跟我回哈瓦那。但她甩开我，眼神异常镇静而冷酷。她对我说：'滚！我永远不想再见到你。趁我还没有改变主意。'

"直觉告诉我，我只是她伟大计谋里的一颗棋子，她在要弄我。

"你能体会这种感受吗？大卫。一个星期又一个星期，一年又一年，我沉浸在婚姻的迷梦中，以为总有一天，我会实现多年的夙愿。直到那一刻，我看见她望我的眼神，然后陡然明白了，我的梦想永远不可能实现……"

萨尔瓦多声音哽咽。他往地上吐了口痰，喝掉最后一口酒，长叹了一口气。在那一瞬间，我仿佛看到他在他内心那个蛛网密布的隧道中挣扎，寻找着出路。

"离开血腥的现场，我在街头游荡了三天。三天后，我的双手不再颤抖。但我心底的那片死寂却挥之不去，它让我饱受孤独的痛苦和折磨。然而最可怕的是，一旦剥夺了别人的生命，这种感觉……我很难解释清楚这种感觉像什么，我再也无法感到快乐，感到有希望了。有时，我甚至希望死去的是我，而不是那个该死的酒鬼。

"大卫，你知道吗？残酷，怀疑，还有邪恶，这都是些会传染的病毒。一旦你开了小孔，它们就像霉菌一样大量滋生，吸收你体内的营养，把你变成一具僵死的空壳，如同已经死去的茧子，从这胚胎的空壳里再也别想孵出生命。"

他把手伸进口袋，掏出钱，放在桌子上。我紧跟着他，穿过闹哄哄的酒吧，向门口走去。那个跛脚的妓女，仍然坐在台阶上，醉熏熏地唱着同一首小调："我从未去计算，但我知道，爱必须付出，必得有个代价……"

我们沿着码头，在泥泞的小道上走着。

午后的阳光在我们的眼前如爆炸一般。那颗燃烧的星球正跨着时光的骏马驰骋，将金色的麦穗撒向大地。

走在我前面的凶手，我心中说不清是同情、悲伤，还是应该害怕。

萨尔瓦多跟普通人一样，远观时相当完整，可靠近一看，却有千万道人性的裂痕。我暗自纳闷，这么多显然无法相容的东西，爱与恨，善与恶，受害者与杀人犯，正面与负面，天堂与地狱，它们是如何共存在一起的？

从一座铁路桥下穿过，我们走上那条散发着酸腐臭味的小巷。

萨尔瓦多对我谈起那个斑驳美丽的城市哈瓦那。"提起它，我就心潮澎湃！"他满脸自豪，沉浸在对故乡的美好回忆之中。

当他喋喋不休地讲述时，我脑海里立刻产生了一副蛙鱼洄游的画面。他就像一条蛙鱼，沿着幽暗河面展开自己的白色旅途，在精神的空间里穿行，向生命的本源回溯，回溯到他出生的那片水域，回到很多年前的哈瓦那，那时他还是个年轻的小堂倌，种种谎言、背叛和罪行，还没有开始轮回。

突然头顶传来轰隆隆的声响，一架军用直升机在纽约的上空散发征兵宣传单。

那些随风飘落的白纸如无数翅膀在我们的头顶飞扬。但不可思议的是，这些宣传单如同长了眼睛一般，完全无视我的存在，它们徐徐降落，往萨尔瓦多的衣服上，帽子上，皮鞋上吸附过去，遮住他的眼睛，塞住他的嘴巴，覆盖他的全身，把他变成一个沙沙作响的纸人。他伸出胳膊，宛如一个溺水者旋转自己的双臂，想要抵抗这场突如其来的命运风暴。

随着又一阵劲风扫过，这些纸片鸟儿般纷纷呼啸着逃离。

这是命运的昭示吗？

还是神明经过，撒下这天书般的符号，让我们来解读其中的奥义？

萨尔瓦多怔在原地，他望着飞扬的征兵宣传单，伸手抓住一张，陷入沉思。

我注意到他那笼罩着灵魂阴影的眼眸里，忽然闪现出某种令人缄默的神色——顺从。

他想听天由命。

在这个神奇的瞬间，仿佛他说过的每一句话，做过的每一件事，犯下的每一桩罪行，都将轻如鸿毛，消散于风中。因为那虚空的中心已指示一条路，一条再次成为好人的路，也是一条终结轮回的路。

萨尔瓦多慢慢转过身，对我说："这是个很好的选择，不是吗？"

可我什么也说不出来。

萨尔瓦多走了。他低着头，等待上轭的脖子弯曲着，跟在苦难后面，走向白日光明。

他看起来没有一点悲伤，这反而使我忍不住想大声哭出来。我的胸口就像被一个红彤彤的灼热的钳子夹住一般难受。

一路上，我都在回味他的故事。我从他的叙述中觉察出另一个他，至于是怎样的他，为何存在这另一个他，我不愿去深究，因为人性的这一断层裂缝，让我再次瞥见深邃，有如深溪洞壑，让我头晕。

我再一次从他人的镜子中窥见了我自己。

爱有两张面孔，不是吗？一张光溜溜，一张毛茸茸。

山姆大叔需要你

我感到一种难以忍受的忧郁涌上心头，我在想其他一些人，想到那些已经不在的人，所有那些被生活或死亡吞噬的人。

塞缪尔出现在我面前，先是一团黑，然后慢慢显形。风就栖息在他铁青色的短发间。

"啊哈！大卫。"他斜着眼睛看我，一对眼珠子就像碟子里的水银滚来滚去，"你长大了，脾气也见长。"

"走开！"我没好气地说，"我不想和杀人凶手说话。"

塞缪尔哼了一声，抬起眉毛，用奇怪的表情看了我一眼："拜托！你才离开凶手，而且还很伤心。"

这句话激怒了我："他是出于自卫，可你不一样，你滥杀无辜。"

他的嘴角闪过一丝微笑："别激动！大卫。谁说安琪死啦？"

"她没有？"我惊讶地问。

"她活得好好的，"塞缪尔说，"只是有些头晕而已。"

"你不早点告诉我，害得我……"我忽然觉得理亏说不下去了。

塞缪尔目不转睛地观察着我："谁知道你那么冲动，那么易怒！"

他说的没错。不知为什么？自从塔楼事件以后，我看什么都不顺眼，一种无法理喻的烦躁情绪仿佛潮汐，忽涨忽落。

"你在想什么呢？大卫。是不是经历了这些事之后，你害怕自己会跟那些人一样？"

塞缪尔有一眼看穿人的聪明，也有刻薄地评判人的本事，可他就是缺点儿管住自己嘴巴的明智。

"不要再提这些事，我已经厌烦透顶了。一听到它我就会全身起疹子。"我心里愤怒的小火苗又蹿了起来。

塞缪尔猛地沉下脸，小而凶顽的眼睛紧盯着我，说："看着我，你给我听好了，一字不许漏！"

他面无表情地对我说："你不过是芸芸众生的一员，有光亦有暗，大家都一样。"

我张开嘴巴想要反驳，但什么都说不出来。

"可不同的是选择，明白吗？你的选择让你最终成为什么样的人。"他说。

简单。有力。直击要害。

塞缪尔让我感觉自己就像走在白日光明中的瞎子一样。

我意识到对于这个世界，我其实一无所知。所有的制度、科学、技术的进步，始终只是在描述我们人类的无知。

所以大鼻子先生才会说："这世界的真相啊！就如同俄罗斯套娃，打开一层又一层。你所见到的真相，不过是一个又一个虚假的表象而已。"

此时，我们走到了广场。

到处是发放征兵海报的年轻人，他们成群结队，高举着"山姆大叔需要你"的海报，向路人宣讲应征入伍的优惠政策。海报上山姆大叔的眼睛直勾勾地看着你，像是在对你进行道德解剖。

有张海报上画着性感的比基尼美女，坐在战斗机上，露出黑色丝袜和雪白的大腿。

"诱惑！"塞缪尔厉声说道，"这是赤裸裸的诱惑！欺骗！"

我一下窘得面红耳赤。

"真实的战争是个丑陋、残酷的老太婆！像个吸血鬼，有尖利牙齿的嘴巴，以生命为食。"

塞缪尔的怒火点燃了那张海报，混乱之际，我拉着他赶紧离开了这儿。

广场那边的征兵站气氛尤为热烈，一个个热血男儿，一个个闪耀着神圣光辉的灵魂，给我带来强烈的感受，我感到火药、钢铁、热力在血脉中激荡不已。我的心也随着无数颗心灵一齐跳跃、激荡。

"这是最好的选择，不是吗？"我激动地说道。

看我一脸兴奋，塞缪尔皱起了眉头："冲动可不好，冲动是魔鬼！"

他意味深长地说："从本质上看，战争没有是非、对错。与其做正义的炮灰，不如我明天送你去一个地方，在那里你可以亲身体验罪恶是如何产生的。你不是想挖掘真相，搞明白是什么导致了罪恶的产生？"

我一下怔住了。

那些记忆片断，简短的一幕幕，精灵王、Moon，还有所罗巴伯，仿佛这些事件的流动被压缩在某一点，被加速，被弄得过热。

一阵跌落感。

是的。我想知道是什么让我们的文明中毒，让我们失去美德，让我们精神分裂。

我想知道。

突然，我看见了一个人，就在一群预备役士兵里面。我觉得自己好像要瘫痪了一样，没办法对他做任何手势。但他发现了我，向我走来。

"大卫，你是来向我告别的吗？"萨尔瓦多就站在我对面，英姿勃发，脸上挂着一抹勉强而为的微笑。

我感觉嘴唇很麻木："哈瓦那……"

他注视着我，目光黯然。"回不去了……"他喃喃地说，就在这时，就在眼前，我发现他脸上的神气不见了，面容一下子变得苍老而疲倦，"哈瓦那……那是很久以前的事了。"

他的话还没说完，我就觉得喉咙一紧，悲伤、心痛的感觉泛滥成一片，我一个字也说不出来。

"忘了我吧，大卫。"他苦笑着，那副夸张的笑容看起来比哭还难看。

"再见！小伙子！"他拍了拍我的肩膀，转身凝望着天空，用听不清的声音咕哝道，"真是个赴死的好日子。"

我感觉一阵刺痛，就像被人抽了一记耳光。因为那一刹那，我在他脸上清楚地看见了死亡的阴影。

他走了。迈着水手的圆规步走了，走向一段梦魇的尽头。

飒飒的北风拂面。天空像一片汪洋，裹挟着如失事船只的残骸一般的云朵，在头顶无声地奔涌。我目送他的身影，直到他消失不见。

当我转过身时，忽然发现不远处站着一个熟悉的身影，那是狗鼻子水手？他穿着纽约警察的制服，向我挥手致意，嘴角边挂着一抹心领神会的笑容。

哦，一切都逃不过他灵敏的鼻子。

此刻，塞缪尔正在不远处监视着我，他的双眼似钻头，直钻进我的心里。

那天晚上我睡得很不踏实，几乎可以说是噩梦连连——

先是我独自走在一条空荡荡的街上，家家户户的门窗都紧闭着。

"有人吗？"我大声呼喊。回答我的只是回声："……人……吗？"我继续朝前走。

清晨的雾浓得化不开，我不时地听到有人在说话，但我听到的言语都是无声的，这些话语没有声音，只能感受到，宛如行走在水底下。

天慢慢地亮了。一个人在我前边走，他的身躯擦着路边的枝条，树叶纷纷坠落。"萨尔瓦多，是你吗？"他停下来，回头望着我，眼中反射微弱的晨光。"真是个赴死的好日子。"他对我说。然后，他的脸开始熔化。嘴巴下陷，扭曲成一副可怕的怪相；鼻子坍塌，变软；眼睛内的玻璃体熔化成水；深红色的皮肉，筋腱，黏浓的液体；眼珠子滚落下来，头发烧成一团火。"这就是我的死。"他的牙床在对我嘶吼。

我吓得往回跑，一路跌跌撞撞。

当我筋疲力尽停下来时，我能感觉到周围传来幸灾乐祸的笑声。这是一大群人，人数庞大，就像一大团虫子，在尘烟中扭动着身躯。这尘烟和天空一样灰蒙蒙的。所有人都被困在同一条道上，缓慢前行，然后顺序通过前方一道窄门。

我跟着进来时才发现，原来这是集中营。

在这里，到处散发着黄色的酸味，因为这是一个不幸的地方，一切都沾上了不幸。我走着走着，发现陆续有人消失，只剩下我和我面前的一队人合着死神的节拍，排队进入前面的旧磨坊。这里阴森、恐怖，窗棂上积满了灰尘和蜘蛛网。映照着血光的圆石大磨盘像巨大的牙床咔哒作响。这一队人挨个被扔进磨盘里，一个个被磨盘碾成薄片，"咔哒咔哒"，血红的薄片人在磨盘边堆积成小山。

我心里知道我也是这架死亡磨盘的一部分。

醒来时，我的心中堆积着血红的绝望，令人作呕，让人窒息，就像是在活蹦乱跳的心上敷上了一大团烂泥。

另注：萨尔瓦多在一个寒冬的夜晚死去，他的头浸在血泊里，一阵临终的倒气把他带走了，他眼里闪过一抹解脱的神色。面对死亡，他给自己选择了一种无懈可击的形式：尊严。

多纳尔疗养院

这一次塞缪尔没有耍花招。

他带我瞬间移形，来到位于柏林西南部的山谷。

这是一片有着阴暗、浓密树木的森林，由不同层次和色泽的山毛榉、桦树、椴树、橡树、松树和杉木等组成，越往远看，颜色更加灰暗。

"这是你的新身份证件和介绍信。"塞缪尔掏出几张纸递给我。

我看到一个名字：穆特·施密斯教授。

"德国最好的脑神经生物学家、精神病学家，也是意识物理学家。"

"你想让我做什么？"我忐忑不安地瞅着黑森林。

"他需要一个助手。"塞缪尔轻描淡写地说。

"嗯……"踌躇了一会儿，我说，"你确定我们非得这么做吗？"

"你想要真相吗？"他问。

"当然想，但是……"

"真相就在多纳尔疗养院。"

"我不会讲德语！"我的心狂跳起来。

他笑嘻嘻地看着我，突然做出骇人的鬼脸，舌头就像蛇一样朝我舔过来。我来不及躲开，被他结结实实舔个正着。我恶心地直打哆嗦，不是因为寒冷，而是仿佛有些事物穿过我的身体，那么缄默，那么迅速，让我无力抗拒。

"你是世界公民了，大卫。"他得意地说，"现在你什么话都听得懂，什么话都会说。"

我有些半信半疑："那……谢谢了！"

"记住：只有一种洞察世界的方式，那就是科学，是理性。"他认真地说，接着拍拍我的头，"人的大脑是一个浩瀚而神秘的系统，就像宇宙一样，所有的真理都隐藏在这里。人，才是最终的目的。"

然后他突然伸出火花指，瞄准天空。

"等等！"我喊道，但已经晚了一步。

"砰"的一声响。

我感到耳膜都要给炸开了。疯了吗？我刚想找他理论。他冲我大叫一声"祝你好运"，然后化作一团黑烟消失不见了。

不一会儿，森林里就传来几声狗吠，一伙荷枪实弹的德国兵冲了出来。

"不许动！举起手来！"

"你是什么人？"

"刚刚是你开的枪？"

在极度紧张中，我高高举起双手："不！不是我！我来找穆特·施密斯教授。我是他的助手。"

我把伪造的身份证件和介绍信给德国军官。直到这时我突然意识到我不仅能听，还能说一口地道的德语。小鬼头还真有一套！

"你来自海德堡大学？"那个军官怀疑地打量我。崭新的西服、皮鞋、领带，戴着金边圆形眼镜，塞缪尔说我儒雅得像个诗人。

在他的虎视下，我的心脏仿佛一台马达强劲的活塞，但我还是抬起头，佯装镇定地看着他："是的，先生。"

第一关，用谎言伪装身份。

"请跟我来！戴维·里希特。"

我大大地舒了一口气，拎着行李箱跟着他们进入黑森林。

但是我究竟要变成谁？要变成什么样的人？戴维·里希特只是一个赝品，既可悲又可耻。而那个真正的"我"，那从一个饱经苦难的孩子的死亡中诞生的"我"，仿佛正隔着遥远的距离，向我呼唤。

在森林那灵动的黑暗中，小路突显了出来，像是多部和弦组成的乐曲般蜿蜒。当树木变得稀疏，树影间隐隐浮现一座围着铁栅条的三层红色砖楼，有着拱形花窗、门廊以及哥特式尖顶。门侧的招牌上写着"多纳尔疗养院"。

这是一个戒备森严的地方，到处是站岗和巡逻的士兵。

现在我能理解塞缪尔那句"祝你好运"的意义了。

士兵进去通报，很快穆特·施密斯教授出来了。这是个四十岁左右的男人，穿着医生的白色大褂，戴着眼镜，头发和瞳仁的颜色是秋天的枯叶色。他看起来很斯文，面带神秘的微笑，说话也很温和。

"我昨天收到了克莱蒙校长的电报。"他对我伸出手，"欢迎来到多纳尔疗养院，戴维·里希特。"

我连忙握住他的手，他的手很大，又很柔软。"请叫我戴维，教授。"

"我原先的助手，他太脆弱了，不能胜任这项工作。"

说这话的时候，我注意到他的脸上好像有一层影子，一下子，一朵云似的东西就从他眼前浮过，飘过额头，令他的眼神充满怀疑和疲惫。但，很快，阴影消失，他的目光又变亮，反射着跳跃的阳光。

"克莱蒙校长说你很勇敢，性格坚毅。我们需要的正是这样的人。"教授强调，"投身于科学研究，需要一种奉献精神，一种自我牺牲的精神。"

奉献？自我牺牲？难道会是什么可怕的工作？我有些惴惴不安。

教授拍拍我的肩膀，给我一个鼓励的微笑。"走！我带你去见院长。"

一走进疗养院的大门，我就感觉到一种秩序，一切都显得井井有条。所有医护人员穿戴整洁，墙壁、地砖都擦得干干净净，弥漫着庄严的寂静。

推开三楼院长办公室的门，院长就坐在整洁的办公桌后，坐在元首肖像的下方，他看起来强大、阴沉，像家长般充满威仪。

"瓦良格院长，这位是新来的助理，戴维·里希特。"教授向院长做了介绍。

"海德堡大学的心理学高材生！欢迎！"他欠了欠身，示意我们坐下。

"这是多纳尔疗养院的院长瓦良格·尼克劳斯·冯·柏林先生。"

我起身问候，迎向他那张势在必得，充满自信的脸。

瓦良格院长比教授年长，胡茬如麦垄耕耘了半个脸颊，麦芒又尖又硬。他的眼眸是绿色的，但是这绿色会随着光线而变化，显现不同的色泽。两道灰色的浓眉，与鬃毛般的颊须连在一起的口髭也是灰色的，这给了他一副严厉的神情。而他的头发已经开始枝叶疏落，像秋天的原野。

就在院长要开口对我说什么时，楼下忽然传来几声凄厉的嘶喊，我感觉脊背一阵震颤。

"你听到了，戴维·里希特。这就是我们出现在这里的原因。"他神色冷峻，"我们要把疯狂从这些人的大脑中蒸馏出去，让他们获得净化，让他们的大脑恢复理性的秩序。"那双眼睛像被海水抛光的玻璃，闪着绿光。

"那么，戴维·里希特。"他忽然向我发问。

我挺直了发僵的脊背，望着那两道绿水，感觉自己的心跳加速了。

"你来告诉我如何建立秩序？"他的目光锁定在我脸上，像狮子盯着它的猎物。

不幸的是，我的头脑一片空白。

焦急中，我的思维开始急速迸发，蹿向所有关联的方向。忽然之间，我想到了一个词。

我清了清喉咙，紧张地说："只有切实可行的规章制度，才能建立起良好的秩序。"

他皱了皱眉头，显得有些不耐烦。"不！年轻人。"他眼里闪着的绿光，这时候却显得灼热而尖锐，声音像雷一样滚过，"是服从。在多纳尔，只有绝对服从，才能建立崭新的秩序。"

然后他向教授示意，教授随即起身。

就在我们离开院长办公室时，在门口遇见了海尔曼先生。

海尔曼先生仪容整洁，不苟言笑，一双颜色极淡的瞳仁里，看不出任何表情。他的眼睛就像冰。且嘴唇极薄，抿紧时几乎成了一条线。

"他是副院长，负责疗养院的日常工作。"教授凑近我的耳朵低语，"小心别得罪他，他对手下毫不留情。"

在楼梯上，我们遇见了两个身材魁梧的护工，迪姆－汤姆组合，他们很友好地和我们打招呼。两人看上去就像两只活生生的，有心跳的橡胶熊。

然而我们还没有走下楼来，就听到阵阵惊叫。

我们迅速跑下一楼，只见护理人员在走廊里蟑螂一样四散奔逃，一个穿着病号服的疯子在后面追，手里拿着注射器，龇牙咧嘴地狂哮。

我从没有见过像这样的人，不！他已经不能称之为"人"了。那只是一具枯槁的空壳，一副溃烂的、饱受折磨的皮囊。

他冲着我们过来了。那疯子在狂吼，他痉挛的动作，像是从什么秘密通道钻起来的入侵者，举着锋利的大螯。我吓坏了，只觉膝头一抖，腿脚发软，心跳几乎停止了。教授见我杵在那里，一把将我推开。

几乎同时，枪响了，就像开香槟酒时软木塞发出的"嘭"的一声。

那疯子应声倒地，他血肉模糊的头颅已无法辨识。

我后退着，拼命忍住干呕。

院长和海尔曼先生走上前来。

海尔曼先生面无表情地收起枪，随即开始安排人员处理善后。而瓦良格院长目光阴沉，他扫过躲在角落里瑟瑟发抖的医护人员，好像要将犯错的人钉上耻辱柱。空气沉重得令人透不过气来。谁都可以感觉到他内心压抑的愤怒，就如同暴风雨来临前的天空，乌云裹挟着硫黄电光层层堆叠，带来深渊、地下室和坟墓的气息。

迪姆－汤姆组合过来将尸体抬走。

我趁机也跟着离开，到外面透透气。

原来，疗养院主建筑后面还有一圈马蹄形厢房，那里有库房、营舍、狗圈、厨房、洗衣房等设施，最远的角落里还有一间带烟囱的屋子。一个佝偻着背的老人走出屋子接管了尸体。

他的脸像是用许多块腊肉拼成的，一说话就乱颤，形成古怪的皱纹，有如变幻莫测的迷之漩涡。

"你是新来的助理？"因为酒精和烟草，他的声音已经跟一口破铁锅一样。

我点点头。

"看你的脸色就知道了。"他笑道，"慢慢会习惯的。告诉你个秘诀：只需放下窗帘，打开收音机，世界自己就会渐渐熄灭。"

他叫费恩，是这里的焚化工。

卡卡·阿里奇姆的到来

整个走廊就像一个山洞，黑乎乎的，仿佛夜色，或者比黑夜更沉郁的东西。我用尽全力往前跑，身后传来巨大的回声。空气中残留着什么不怀好意的东西，就像关不住的风一样。*我得离开*。我催促自己快点，但双腿却不听使唤。焦油一般墨黑的血从天花板滴落，雨点一样打落在我脸上、身上。*救救我*。前方黑暗里有什么在动，接着什么东西撞上来，我急速躲避。*天啊！他死了，死了，我亲眼看见他死了*。我张开嘴巴，想纵声高呼，却只能发出断续的呻吟声……

我喘着粗气，从噩梦中惊醒。

现在是凌晨三点。

我捡起掉落在地上的书，那是塞缪尔悄悄放在我行李箱中的海德堡大学心理学教科书，以及一本德语词典。

整个疗养院静悄悄的，只有窗外的橡树叶随着微风吹拂而抖动，发出水流潺潺般的声响。这里被一大片森林与黑夜包围，如同一艘船，一艘吃力地穿越河底淤泥的老汽船。

好不容易挨到早上六点，天已经大亮。多纳尔疗养院启动了巨大的磨盘，碾着白色的时光。

一天被切割成无数个碎片：起床、早餐、到岗、跟随教授查房、手术、处理突发状况……我适应不了这节奏，感觉自己正在变成时间体系中一个微不足道的齿轮，周而复始地不断旋转。

这铁一般的秩序，让我真实感受到了一股暴力，如同在我们每一个人的身体里安装了一台精确运转的仪器。我感觉我就要消失了。我的生命将一钱不值。

更让人难以面对的是那些绝望、惶恐又疯狂的精神病人。

有的会像歇斯底里的孩子一样暴躁地跺脚；有的蜷缩在床单下，如同返回到生命的原始状态，成为一摊已经退化的生物胶质；有的焦躁不安，在房间里撞来撞去，像一个被困在陷阱里的狒狒，嘴里发出咻咻的喘气声；有的舌头失控，各种谩骂像飞溅的脏水，弄脏地板，淹没整个屋子；还有人终日茫然地坐着，那一双空洞遥远的眼睛，没有含义，就像眼白中的一个黑点。

疗养院的病号都有着悲哀蓬乱的人形，像是戴着万圣节面具一样。

他们的模样只需看上一眼，我的心就像受了一记重锤。

教授告诉我，所有进入多纳尔疗养院的病人都必须经历一系列"测试"。包括噪声刺激、电击、辱骂、酷刑、孤独、感觉剥夺、睡眠剥夺等测试，再施以催眠、药物和手术治疗。

但是，几乎所有的病患都抗拒吃药。

那是一种浅蓝色的药片，圆圆的，像凝固的水滴。

"把药混入酒水、香烟，或者制成水溶液，直接注射。"教授吩咐道。

在我的观察记录中，所有按剂量服药的患者都出现了不同程度的急性精神错乱和冲动性行为，有时导致暴发性愤怒发作而去杀人行凶。

看得出来，教授对此类临床症状也是心存疑惑的。

下午，救护车送来了一个新病患。

五花大绑。

这是一个桀骜不驯的年轻人，长相十分俊朗。五官深邃、鼻梁高挺，发色和瞳孔都像黑炭一样。尤其是他那副像从水管里发出来的低沉、雄厚的大嗓门，唱起歌来一定很动听。他是用整个胸腔的力道在发声，一点也不矫揉造作。

这是一块体内蕴藏着烈焰的煤。

两个医护人员把他从车上扔下去。

他的嘴唇倒地时摔破了，流着血。"放开我，你们这些疯子。"

他的胳膊、腿都被牢牢捆缚了，只能像蠕虫一样在地上扭动着身躯。

海尔曼先生走上前，抬起脚，照准他那英俊的头颅踩下去。然后，他俯下身子，又加了点压力："你叫什么名字？"

"卡卡·阿里奇姆。"他大声说，"我才没疯，疯的是你们。快点放开我！你们这伙强盗。"

海尔曼先生脚下使劲，踩得他无法开口。"从明天开始，你就不会记得你叫什么了。从现在开始，你叫……"他翻开登记本看了一下，"77，这是你的新名字！"他松开了脚。

上来两名医护把他架走了。

"疯子，强盗……"他的声音在长廊里回旋，仿佛歌剧里的咏叹调。

当晚我跟随教授最后一次查房时，他已经换上了病号服，像是囚禁在竖条纹里的斑马，在房间里焦燥不安地来回踱步。

"医生，我没疯，相信我！"他像抓住救命稻草一般地抓住教授的胳膊。

"疯没疯，明天做检查才能得出定论。"教授似乎已经习以为常了，难道他就从来没有怀疑过？

77 又用祈求的目光看着我，好像在问"你信吗"。

我想他从我的眼睛里读出了怜悯和怀疑，第二天我又来查房时，他悄悄塞给我一张小纸条，上面用指血写着一行字母：

他们都是被纳粹抓来的犹太人，他们用犹太人做实验。

用正常人做实验？

这听起来太离谱了！他们要做什么实验？为了什么？但我到这里来不就是寻找真相的吗？

我把纸条藏了起来。

接下来，77因为不配合，挨了几次暴打，被关进了地窖，接受特殊测试。

我见过迪姆－汤姆组合是如何对付不听话的病患的。

一个瘦弱的女患者死死扒住门框不愿进电击室，他们对她拳打脚踢，那个女人发出可怖的尖叫，而他们好似总也停不下来，喉咙里喘着粗气，仿佛沉闷的怒气，或是机器低沉而不规则的响动。直到那个女人像条狗一样缩在地上啜泣，他们才住手，发出冶铁风箱般的喘息。

这时迪姆瞥见我，不好意思地笑了笑，对我说："这是工作！"似乎在为自己辩护。

这仅仅是工作吗？

为什么所有的人不质疑，不思考，只是一味地盲目服从？

我想我必须彻底搞明白，哪怕挖地三尺。

如果能看到病人的档案，或许就能证实77所言是否属实。但所有的档案都在海尔曼先生的办公室里，门口有卫兵把守。

要如何接近这世上最冰冷的人？

我开始观察海尔曼先生，可我了解得越多，越是灰心丧气。

这个人严格自律到可怕的地步。他没有特殊癖好，不喝酒，不应酬，每天跟随着时间的节奏有规律地生活，好似身体里面有个大钟摆锤一直在用规整的六步格顿挫地摆动着，每一摆动，都更接近某个预置好的生命时辰。

他就像是一个人体钟，一个发条人。

而我则成了迷宫中的小鼠，瞎转悠，苦于找不到出口。

他的模样也像鸟，一只无歌可唱，褪去羽冠的秃鸟

教授让我陪他去散散步。

森林浸淫在一片玫瑰色的黄昏里，犹如镀上一层釉彩，充满永恒而又转瞬即逝的美，以及无法诉说的哀伤。

此时，倦鸟归巢，各种啼鸣让森林成为一首宏大的交响乐。

四周的一切庄严起来，树木发出黑暗的涛声，显得孤独而深沉。

我们走到溪涧处，因水流湍急，水面形成一处漩涡。

教授注视着水面，我们俩在溪岸边沉默地站立片刻。

他终于开口了，声音深沉严肃。他说他的大脑像被湍急的漩涡给缠住了，无法脱身。他想像修剪树木的园艺工人那样，用剪刀的双刃，剪去大脑里那纠缠不休的枝枝杈杈，只剩下一根笔直的意识主干，但他办不到，他甚至连这样一把剪刀也找不到。

最近我的注意力都放在海尔曼身上，直到此刻，我才惊讶地发现教授那苍白而又松弛的脸庞笼罩在失意和沮丧之中。我能感觉到在他的内心潜伏着一股强烈的感情暗流，那是一股不可思议的洪流，令人压抑。

"到底是什么困扰了您？教授。"

"我感觉像是有什么东西浸到我的身体中，一些焦虑而不安的东西攫住我的心，占领了我的思绪……"他的脸上再次浮过一层阴影，令他的眼神充满怀疑和不确定。

"是不是工作太劳累了？"

他摇摇头："我也说不清。"

"教授，"我有点犹豫，可还是清了清嗓子，"那些蓝色药片是什么？"这个问题藏在我心里太久了。

"是从生长在黑麦上的一种真菌——麦角菌中人工提炼而成的，作为精神治疗辅助药物。"他耐心地给我讲解。

"可是，教授，服药的患者为什么没有镇静下来，反而更冲动了？"我犹疑地看着他。

"不！戴维，你搞错了。"他纠正，"它不是镇静型药物，与之相反，它能激活大脑内微量物质的活性，作用于视觉、听觉、注意力，各个神经系统……"

忽然之间，犹如昙花一现。

"啊！我明白了！"我打断他，激动地语无伦次，"它把人们大脑中受到压抑的本能、欲望、驱力，像海面下的冰山，全部给显露和充分展现出来。"

"聪明，戴维。"他向我投来赞许的目光。

"我们将它用于辅助治疗，就是期望那些被遗忘或被压抑的经历能较快地被意识到，从而实现精准治疗。"他突然话锋一转，"但是，在临床实验中，越来越多的负面效果展现出来，就像你看到的那样。"

"正面似药，反面似毒？"

"是的。它就像只狡猾的狐狸，难以捉摸。"

此时森林里鸦雀无声，教授任由这寂静久久延续。

突然，他的身体摇晃了两下，有如牵线木偶。我赶紧扶住了他。"教授，你怎么了？"

"我脑子里好像有无数念头在转，根本控制不住……停不下来。我感觉自己是在一个毫无头绪的隧道里穿梭。"他口齿不清，断断续续地说道。目光也变得浑浊不堪，像被搅动的河水。

从我扶他回到疗养院的那刻起，教授的状态每况愈下。

他的内心世界已无法平衡，一切都在摇摆、流动，四下倾斜。这从外表也可以看得出来。

有时候，他会目光僵直，漠然发呆，随后开始粗暴地发号施令，脸上带着某种异样的光辉，那超越现实，全神贯注的神情是大家从未见过的。那些压抑在他心中的东西，让他原本和善的声音也变得粗哑了。

谁都看得出来，这不是个好兆头。

直到有一天他晕倒了，晕倒在盥洗室里。

"教授。"我想摇醒他。但他没有一丁点反应。我又试图将他拖出盥洗室，但他的身体却沉重得很，而且凉飕飕、湿漉漉的，还不停往下滑。

最后在众人的帮助下，才把他抬到病床上。

海尔曼先生命人给他注射药物。

不！教授没有疯。那一刻，我心里涌出一股深深的苦涩，无法以言语表达。

我想在这幢古老的建筑上寻找温柔的线条，寻找善解人意、平心静气的眼睛，但我什么也没找到。我看到的只是一堵冷酷、粗糙的砖墙，砖墙上有战争张开的汗孔，有疾病的皱纹，有殴打导致的裂缝和暴露恐惧目光的窗眼。

这幢房子本身就是一位衰羸的医生，本身就是一个囚徒或将所有人一起囚禁的监狱。

宁静像乙醚一样弥漫了整个病房。

教授醒来了。

他穿着条纹病号服躺在铁床上，青色的嘴唇微微动了动，发出一声颤抖的、像是在抗议的叹息声。

我轻声呼唤他。

他睁开了眼睛，目光呆滞，像一台熄了火的机器人，茫然地凝视着天花板，也许他还在自己的大脑曲线回廊中穿梭，迷失在他内部的迷宫中。

过了一会儿，他喃喃低语："我怎么在这里？"

"教授，你晕倒了。"我轻声提醒他。

他忽然想起了什么似的，坐起来，从兜里摸出一把钥匙，吩咐我拿来他办公室抽屉里的黑色烫金封面笔记本。

他有一本厚厚的笔记本，封皮已经破旧，纸页也都卷了角。那是他多年研究工作的积累。一页页，写满了字母、公式和图表，笔迹纤细而整洁。里面很多专业术语我看不懂，几乎没有听说过，但他写在纸上的那些数字、符号、等式与不等式，是如此错综复杂，又如此简洁明确，包含着一种秩序感，一种对称性，一种完整性，令我如痴如醉。

我把笔记本交给他。

他把它摊开放在膝头，枯叶般的眼睛闪烁着热切的光辉。

"这本笔记本记录了我的毕生心血。"他说话声音很轻，却很有力度，"现在，我把它留给你！"

我觉得喉咙一紧，悲伤、心痛的感觉似曾相识。

我在萨尔瓦多脸上看到的死亡的阴影如今又笼罩在教授的脸上。

"人生最伟大的冒险，就是对精神世界的探索。"他此刻一反常态，身上仿佛弥漫着宗教礼拜的氛围，"它浩瀚无边，就像宇宙一样，不为人所知。"

他的目光从我身上滑过，停留在窗外。远方的天空中，有一大群乌鸦在翱翔盘旋，黑压压的一片。我觉得他的模样也像鸟，一只无歌可唱，褪去羽冠的秃鸟。

这时我身后的门开了，我一转身，看见护士站在门口，看着我们。她叹了口气，摇摇头，脸上带着淡淡的烦恼。

"该吃药了，教授。"一只镍制的盘子里摆放着蓝色的药片。

教授像个听话的孩子，乖乖接过那些药片，就着护士递过的水，一口吞咽下去。

夜深人静的时候，我打开教授的笔记本。

扉页上写着一句话：世界上最大的监狱是头脑的监狱。

根据教授的记录，我惊恐地发现人的天性里有比所有动物都更为强烈的疯狂、混乱、暴力、矛盾与冲突。

这本笔记，犹如打开的潘多拉盒子，让我洞见最复杂、最难辨的人性，同时也勾起我心底最常疑惑的问题：到底什么才是真实的我？

而关于蓝色药片的临床记录，有一句话引起了我的注意：可以令人短暂失去意识，使得病人更易于接受心理治疗的引导？

在这句话后面，教授打了一个大大的问号。看来他对此药效也持怀疑态度。

我一页页地翻下去，就像顺着迷宫里的一根线，一路去追索。

可是，教授的情况却越来越糟糕。

他蜷缩在床上。肩膀以一种强迫性的节奏快速地抖动；脑袋前倾，使劲下压；喉咙里发出怪声，像狗在咳嗽。一层模糊发白的阴翳遮蔽了他的眼瞳，使他看上去更加呆滞。他似乎对生命周遭发生的事情，全然失去了知觉。

我不忍看他受尽折磨的神情，更不忍看到他脸上那抹游离于世外的僵硬笑容。

我记得那天，天空如此湛蓝，像蓝冰一样透明而开阔。太阳垂直地照耀大地，向万物释放火焰的洪流。疗养院像个安静的老人在日头底下打着瞌睡。

我正埋头填写表格，就听到外面有人惊叫："天哪！教授……不！"

我的心咯噔一下，仿佛要有什么不好的事情发生了。

等我冲出来，发现楼下站了好多人，伸长脖颈，仰起脑袋，好像被一只无形的手提溜着向上。而教授站在楼顶边沿，看也不看一眼底下的人。

我抬头看了一下，几乎要仰面跌倒。

我三步并做两步冲上楼梯。

他已经跨出栏杆，双脚踩在边沿，背对着我，整个人沐浴在缤纷耀眼的光焰之中。

我倒吸一口冷气，小心翼翼地接近他："教授，请跟我回去！"

他转过身，身体轻轻摇晃了两下。我听见自己急促、慌乱的心跳声。

他看着我，以及赶来的其他人，什么也没说。风拂过他灌木般蓬乱的头发，将他单薄的衣服吹得猎猎作响。他面露微笑，眼中闪烁着遥远星球的炽热光芒。没有苦涩、没有无奈、没有伤痛，他的笑容里充满了彻底解脱前的平静、安然和喜悦。

然后，他张开两臂，怀抱天空，后仰着坠下，似乎想要向上摔去，遁入空中。那一刻，他的眼睛朝向太阳，看向更远的天际，看向那个即将到来的冰冷的虚空。

在这两三秒的昏黑之中，鲜血撞击我的脑袋形成红色的日蚀。我看见教授那白色条纹衫被风鼓起，就像一片风帆，向着光芒万丈的无限，飞升，飞升……

黑色档案

晚上，在会议室大厅，瓦良格院长为教授举行了悼念仪式。

我们沉浸在悲痛之中。

可仪式进行了一半，就听远方传来爆炸声，接着突然停电了，整个疗养院陷入黑暗。

海尔曼先生让大家待在这里不要动，所有卫兵全部到大门外集合，并组织人员进行人工发电。

机会来了。我意识到。**请保佑我，教授！**

我悄悄溜出去，先找个凹陷的阴影处躲起来，等海尔曼先生和卫兵全部离开，便脱了鞋子，快速穿过走廊，走上楼梯。

楼梯漆黑一片，伸手不见五指。

等眼睛渐渐适应黑暗，便可以看清台阶的轮廓。我像只耗子，悄没声息地直奔三楼。

我感觉到我的皮肤都处在警觉状态，头发根根竖立，由于恐惧而绷紧了每一根神经。

海尔曼的办公室有月光透过窗户，洒下清冷的微光。

我直奔档案柜，档案放在什么地方，我多次观察早已熟知。但不幸的是柜子锁上了，钥匙在哪里？我心里正暗暗发慌的时候，一眼瞥见扔在桌上的一串铜钥匙。我拿起来一个个试，由于紧张，我可以感觉到自己的手在微微颤抖。

这时我听到钥匙咔哒一声滑进了定位，吻合的程度让人惊讶——像是一团混乱的思绪在刹那时变得清晰明了。

柜门打开了，所有病人的档案全部一个个贴上标签归类得整整齐齐。

借着月亮的微光，我一个个搜索。找到了，这是卡卡·阿里奇姆的档案。德国人，大学生，被捕的原因：散发反革命传单。卡卡没有撒谎，他没有疯。然后，我快速翻阅其他人的档案。犹太人，犹太人，犹太人……果然全都是！但是——没有一个精神病人，他们全都是正常人。

忽然，我看到了教授的名字。他怎么会出现在病人的档案里？当我翻开档案后，我感到一阵疼痛，那是一种来自胃的深处的尖锐疼痛，是一种抑郁，一种蓄势待发的愤怒。

为了测试这种药在高智商人身上的效果，他们把教授也当作了秘密实验白鼠，里面详细记载了每一次用药的剂量及出现的相对反应。

这些卑鄙小人，冷血动物，凶手，他们竟然向自己人下手。

等等，这有一份绝密文件。

我刚要打开，就听到楼梯上传来脚步声。

我立即放下，锁上柜子，把钥匙放回原处，寻找藏身之处。情急之下，我跳到窗帘后面，但不小心脚趾头撞到桌腿上，发出些微动静。

"谁在那里？"这是海尔曼的声音。

我屏住呼吸，紧张得大气儿也不敢出。

他走了进来，站得离我那么近。他一动不动地站着，我可以听见他手指在扳机上摩擦的声音。

我感觉像被捕兽夹子抓住一般，不断增长的恐惧让我几乎瘫痪。

能坚持多久？一分钟？一个钟头？

我们陷入僵持。我的意识仿佛堕入一种下跌和升高的机制，一个劲儿地沉没和飞升。

这时，有人在楼下大声喊他，像是瓦良格院长的声音。透过布帘，我能看到手电筒的光柱在楼梯间闪烁。

海尔曼拿起桌上的钥匙离开了。

他走后，我猛得吐出一口气，仿佛一个窒息的游泳者挣扎着浮出水面。

等到灯光突然刺破黑暗的时候，我们所有人都坐在原处，仪式继续进行。

"他致力于研究精神分裂症与遗传或环境之间的联系……"

真的是这样吗？我心想。对于这一切，教授不可能不知情，可他为什么跟老费恩，跟迪姆－汤姆组合，跟这里所有的工作人员一样，把脑袋埋进沙子里，对所发生的罪恶视而不见？

难道仅仅因为"这是工作"？

那么谁将为罪恶负责？

地窖囚徒

迪姆打开手电筒，我的眼前顿时出现一个深渊，无穷无尽的方形旋梯垂直地深陷地下。

天哪！我的膝头打颤，腿差点儿软下来。

迪姆和汤姆带头，我跟着他们走下旋梯。迪姆的手电只能照亮我们脚下磨光的石头台阶，使我无法看清地窖的全貌。唯一可以确定的是，这里又狭又深。

到底了。一间非常小的石室。

迪姆拿出钥匙，打开石室的锁，示意我向前。"做好心理准备，因为眼前的景象可能让你大吃一惊。"

我不知道该期待什么，只能向石室走去。

"太臭了！"迪姆和汤姆在我身后叫唤，"我快被熏死了。"

当迪姆的手电照到里面的人时，老鼠从他嘴里滑落，他用鲜血淋漓的双手挡住眼睛，发出一声号叫："拿开，不要光！求你了。"他胡乱蹬着地上的稻草，一心想要钻到角落里，挤进冰冷、潮湿的石墙中去。

"他在吃老鼠耶！"迪姆恶心地想吐。

"我不吃它，它就要吃我。"他嗫嚅道，"它啃我的脚趾，啃我的手指，还咬我的脸……求求你，把手电拿远一点。"

汤姆笑了，他觉得很有趣："所以你就吃了它？"

"是的，我把它吃了。不吃就会被吃，黑牢里别无选择。"

我走上前，踩得稻草沙沙作响。"还记得你是谁吗？"

他从手指缝里望着我："卡卡·阿里奇姆。"热泪滚下脸颊。

我心领神会地颔首示意。

迪姆用手电照他的脸，他再次嘶叫起来："求求你！"好像有无数尖针刺进他的脸和眼睛。

"77。"迪姆大声说，"你的名字叫77，记得了？"

"我记得。"他哀求道。

"起来，跟我们走。"迪姆命令。

站在阳光下，这个蓬头垢面、全身酸臭的男人望着阳光、天空、树、小鸟，高兴得手舞足蹈，像是第一次睁眼看到这个世界。

"太美了，太美了，太美了……"他翻来覆去地说这几个词。

迪姆和汤姆嗤笑一声，催促他快走。

我趁他们转身的工夫，将事先写好的纸条塞进卡卡的手里。他机警地将它藏好，向我露出一个心照不宣的微笑。

那是我在海尔曼先生找我谈话之后匆忙写就的。

"戴维·里希特。"他的眼睛冷冰冰的，仿佛一块光滑的冰面。我感觉自己像是一不小心踩到冰层上的坑洞，整个人滑倒在他的注视下。"穆特·施密斯教授生前对你赞赏有嘉。作为他的得力助手，你怎么看待发生在他身上的悲剧？"

他想知道什么？我思考了一下，谨慎地回答："真是难以置信！"

"他有没有对你说过什么？他的看法，他的感受……"**这是在套话？**

"说过。"我决定将计就计。

"他说这是个错误。这个药完全没有达到原先预想的疗效，反而出现不同程度的急性精神错乱和冲动性行为。"**对不起教授，我说谎了。我希望阻止这非人道的人体实验。**

"他真是这么说的？"他向我投来犀利而沉重的凝视，在他"眼"的范围内，一举一动都无所遁形。

"千真万确。"

"那你的意见呢？"**他想探明我的真实想法。**

"我们不能把握存在，亦不能把握真理。因为人无法通观自己，也无法超越自己。"我没有正面回答他，而是和他玩起了太极。

"那么你信仰什么？你为何而生？"他眼里寒光乍现，向我掷来一记长矛。

我明白他的潜台词。他的目光是给我的无声警告——老实点，小子，别耍滑头！

"我还在探索——这也是我未来的方向。"**我不能违背我的良心。**

他显然对我的回答非常不满。"让我来告诉你，这是一个权力意志的世界。我们的意识形态必须经过火的历练，才能够造就出新人类的一盏灯，一束火光。这是场秘密战争，为了将火传播到整个世界，我们必须绝对服从，必须有所牺牲。有时，你得自个儿做决定，比如说让这台机器的一部分休工。"他把两根僵直的手指贴着心脏部位的附近，"直到战争结束。然后你把它放回去，享受新德意志的快乐。"

没有灵魂、头脑和心灵，变成不再敬畏生命，丧失悲悯精神的机器人，没有灵魂的装置；变成一台精密机器的齿轮，每个人都是在执行命令，却不为结果负责，这就是所谓的牺牲、奉献？听起来太可笑了！新德意志就是悬挂在这些蠢驴面前的那根闪闪发光的胡萝卜。到头来你们什么也得不到，除了罪恶和死亡。在道德的废墟上永远开不出人类文明的花朵。

我的沉默不语激怒了他，"从现在起，你参与病人77的全部心理测试工作。这对磨炼你的意志有好处，年轻人。"

从办公室出来，我意识不管那份绝密文件里写了些什么，绝不是好事。我必须阻止他们。这信念，犹如一股辐射着坚定真理的热流渗透了我的全身。

所以我写了张纸条给卡卡：马上要开始对你进行心理测试了。从现在起，停止一切胡思乱想，转移注意力，竭尽所能地抓住任何信念，哪怕只是一个微不足道的念头。当他们要逼疯你、迫害你时，别让他们得逞。你要在内心拼命抵抗，不要听，不要想，不要争辩！不要让任何人夺走你的心智。请坚强起来，我们一起制订计划，离开这里。

一天漫长得像一年——三百六十五个日夜那么漫长

和海尔曼先生一起工作真是折磨人。

在对病人77进行心理测试时，他一反常态，就像变了一个人。整个人处于一种狂热的警觉状态，77稍有一丝反抗，他便对病人咒骂不止，踢他，向他丢食物残渣。他比这些疯子更加疯狂，像中了魔魔似的。瞧他那模样，不像高高在上的人，倒像一只被逼入绝境的老鼠，龇开毒牙，见谁咬谁，那可怕样儿让人避之不及。

我看到了他内心深处的另一面——那个阴暗、丑陋、乖戾、嚣张的孩子模样的人，长了一颗硬邦邦的，顽石般的心。

77默默忍受他的侮辱，渐渐有些麻木不仁，似乎连房间里的空气都充斥着一种彻底的、呆板的、无可救药的愚蠢。这更让海尔曼生气，他那仿佛受了伤害的阴郁眼神密切注视着病人的举动，伺机寻求发泄。

可怜的卡卡深受折磨，乌青的黑眼圈使他看起来几近崩溃。我从他眼睛的深处看到了一个被摧残的灵魂，一个赤裸裸的灵魂，一个挣扎着直喊救命的灵魂。

我有种非常心痛，非常震撼的感觉。

作为旁观者，我同样深受折磨。

有时整天下来，我所听见的各种噪声纷扰，全部汇集成一股单一的音调，在我脑中不断地回响，仿佛一阵烦人的剧烈头痛。

这让我患上了失眠症。

夜晚，被光明遗弃的老屋，黑咕隆咚，如同一艘迷失的潜水艇，有一种深沉的如海底般的静寂。月亮在窗口鬼鬼祟祟地露出它并非无暇的媚颜，它的光芒让屋内的黑暗有了形状复杂的轮廓。

我想把自己藏起来，藏起来，藏进安静的墓穴里。

但纷乱的思绪在我脑子里盘旋缠绕，就像一群被困在罐子里闪烁飞窜的萤火虫。

即使睡着了，我也常常做噩梦。

有时，我梦见这个疗养院变成了一个迷宫，我被困在里面。屋子有意捉弄我，惩罚我，它像海尔曼一样对所有的人心怀不满。一切都被堵住了。屋子仿佛早已洞悉我的心意，房门像一柄折刀猛地合上。窗帘抖动，如打颤的牙齿。门栓有系统地一一扣住。然而这一切阻止不了一颗离去的心。我感到了一种急迫的渴求，想拥抱外面的世界。但到处是墙壁，没有出路。

有时，我睡梦中被墙那边窸窸窣窣的动静，还有某些说不清道不明的嗓音吵醒。我起身，想探个究竟。当我旋动门把手时，我的知觉迅速膨胀，那隐藏在我记忆深处的陈年旧事，如影子一般飘移过来，我进入了自己的记忆之中。这里仿佛时间的陷阱。我打开第二道，第三道，第四道门。我感觉我的自我也在开了又关，关了又开。我能听见他们的声音，那些我深爱着的人，他们都被困在某扇门内，徒劳地摇晃着死了的门。出来，快出来！别再躲藏了。我使劲撞开一扇沉重的门，却看到自己的床。我像一个旅行者，在经历了漫长而崎岖的旅程后，终于回到自己的床上。

内心折磨。失眠。噩梦。

我已经无法忍受，人生将一如继往。

在这个缩至一隅的小世界，一个表面仁慈的监狱里，生活——就是噩梦，是流亡，是蚀，是蛆虫，是覆盖着旧时光灰烬的墓碑。

我心中的匮乏越来越明显。

那是一个大大的深渊，无法填满，即使用没完没了的工作也是填不满的。

我不知道这种感觉从何而来，但它是那样真实，那样强烈，让我身不由己地产生对爱、对家庭、对个人归属的渴望，它们就像供给短缺的战时物资，让我的生活如今失去了平衡。

总有一天，我会被我那失去平衡的生活跷板抛掷到空中，然后猛烈地撞向地面。

春意萌动

疗养院安静得如同一个哭干了眼泪的身躯。

我推开门，走进屋里。日象在我的精神上飘泛，并逐渐黯淡，最后消失。虽是正午时分，对我却是十足的幽暗。

最近几日一切工作都暂停了，院长和副院长神神秘秘的，不知在谋划些什么。

所有人得以舒缓一下绷紧的神经，这时候，我们才感觉到春天的临近。

日复一日，我几乎感觉不到屋外的四季在更迭，世界在悄然变化。时间的流逝仿佛只存在于我们心中，存在于每个人的细微变化之中。

那天傍晚，太阳开始下沉，天边映出一片明亮的绯红，春寒砭骨。

在晚霞最后一抹嫣红退去后，黑暗有如潮水，一波波袭来。上方的空气仍不想放弃光亮，但下面的世界渐渐溢满了服丧的色彩。

一切都突然安静下来，好像整个世界都惊骇地屏住了呼吸。

一辆欧宝高级轿车驰进了疗养院。

瓦良格院长站在门口迎接，并亲自为其打开车门。

从车上下来的并不是纳粹高级将领，而是一位美丽的欧罗巴少女。

与她对视的那一瞬间我的目光就像是命运射出的子弹，以一种极端偏执的精确和超自然的力量，不偏不倚，甚至可以说我的命运直抵靶心。

一个极为坦白、简单、清楚的意义就出现在那张慑人而夺目的脸上。*我似乎在哪里见过她？她像……*我发觉我内心深处有什么东西开始活动了，那种我以为会永远埋葬下去的东西。

她称呼院长"瓦良格叔叔"，而院长则谦卑有礼地叫她"公主殿下"。

*她……是公主？*我的心怦怦直跳。

她从我身边走过，她离我那么近。她的发丝间充满了风，席卷过额头，我听见她发出树叶般的沙沙声。她的眼睛是大西洋的色彩，溢满了青灰色的海水。我能从中感觉得到海浪的波动，一滴，两滴……恍惚间，我的脸颊上好像落了雨水？但我抬头，夕阳的余光尚未退去。那么是晨露、海水？抑或是来自她的凝视？

在接下来的欢迎晚宴上，院长说公主殿下精通古斯堪的纳维亚语，一种源自维京人的北日耳曼方言。这次邀请殿下来是为了翻译一份重要的文献。

当院长介绍我是来自海德堡大学心理学专业的见习医生时，公主的眼睛望向我，朝我发亮的那一瞬间，她就像一件无价之宝，闪烁着火花，令她周围的一切物品都好似屈服于一种魔力。

"我夏天就进入海德堡大学深造，选修哲学。"

我因为紧张而感觉全身燥热，不知道说什么好。

她微微一笑："那么，戴维·里希特医生，你认为人类能控制意识吗？"

众人的目光齐刷刷地射向我，我突然舌头打结。我被我自己的火焰炙烤得浑身发热。

镇定。我对自己说。我清了清嗓子，迎向公主的目光："我们或许并不存在真正的自主意识。人类的基因就像一个复杂的编程，在它的算法之中，或许一切都是可控的。我们以为的未知事件，其实早就被安排好了，而目前人类在精神方面的探索显然是盲人摸象。"

我看到瓦良格院长朝我投来意味深长的目光。

公主或许不理解，但她热烈地看着我，眼睛烁烁放光，微笑的嘴唇抿得紧紧的。

我看起来一定像是一只扑向烛火的飞蛾，或者就像那烛火，因为自己的火焰的炙烤和炽热的温度而颤抖着。

巴伐利亚公爵费迪南德·马克西米·曼努埃尔·乌迪斯的女儿。

我想我一定疯了。

我喝着蔬菜汤，眼睛却在一小部分再一小部分地偷瞄她，她的脸，修长的手指，如瓷器般光滑的皮肤……

她的泰然自若隐约带着点俏皮，就连她四周的空气，都有一种特别的柔和感，就像温暖的手，抚摸着她，保护着她。

从此，我深陷于一连串飞驰的暇想或是白日梦中。我想看见她的身影，听到她的声音，这种渴求就如同一把铁钳子钳住了我的心。

有一次，我们在楼梯上相遇。她的臀部无意中碰到我的腿，可她走开以后，仿佛一切只是我的想象，她的体温，她浪花似的曲线，还有她纤细的双手。

春天的躁动摇撼着我的心灵。

外部世界在春风的指挥下，变成了一首春的交响曲。疗养院花坛里，嫩芽是跳跃的音符，海棠是弦乐，郁金香是笛子，池塘里的睡莲是定音鼓，黄水仙是举起的号角。

春天实在太吵闹了。

公主殿下每天清晨都在卫兵的陪护下，去森林里采一束野花，插在水晶花瓶里，让春天盛开在她的案几。

她捧着鲜花，像个孩子一样开心。风吹落了她的兜帽，她的黑发漩涡顺流而下如涨水的河流，新摘的蓝紫色雏菊就漂浮在这片黑色波浪上。

我也不知何来的勇气，那天清晨，我拿着画具早早来到森林里写生。

鸟儿在橡树上啼鸣。它们在歌唱这个世界的早晨，歌唱美丽的大自然以及心中那纯洁无瑕的爱情。山谷是崭新的。鸟儿坚薄而空心的骨头在歌声中舒展。

自由和快乐。

有脚步声传来，我听不到周围一点儿聒噪声，仿佛整个世界都因为这个重大的时刻清场了似的。

当公主殿下看到我的风景素描时，她的眼睛像神龛前的蜡烛，一下子亮了。

"上帝的线条！"她赞扬道。

我的心就如同旷野的鸟，似乎在她的眼睛里找到了飞翔的天空。

"可以把这幅画送给我吗？戴维·里希特医生。"她望着我，眼中的绿色，那永恒的绿色，因爱而闪亮，这是生命的光彩。我多么渴望把自己融进她的亮光之中，这令人目盲的清澈，会将人间一切以及所有，涤荡干净。

我把画卷起来交给卫兵。

公主殿下邀请我与她一起采撷野花。

淡淡的粉红晨光闪耀在花朵、叶子和岩石上。每片芳草都是翡翠雕刻而成，每朵盛开的花菱草、香豌豆、矢车菊、鸢尾、欧石楠……在露水的滋润下，好似披上玻璃的晨缕，放出明亮光辉。她对最微不足道的禽木鸟兽都凝神关注，似乎那些形体里蕴含着最深刻的生命奥义。

露水打湿了她纤细的小手，从她衣服的褶边和发丝上滴落。每滴露都仿佛一个完整的世界，一个蕴含着我们未来机遇的水晶球。

一只大蛾子从一枚叶片上突然向我飞撞过来。

我"霍"的一下跳起来，撞到她的身体。导致她一下失去平衡，跌落到我身上。她的身体犹如芦苇般柔软轻盈，好像每一根骨头都跟苇秆一样空心，没有重量。我一阵手忙脚乱，还有不经意间的碰触。她的皮肤凉凉的，那双溢满了青灰色海水的双眼向我波动，我的心怦怦直跳，害臊极了，面颊上似有一团火在燃烧。

看着我震悚的模样，她兴奋地大笑，喉咙里像有一只可爱的小马驹在嘚嘚地跑。

一种生命原始的力量在复苏。

我感觉兴奋，汗从我的额头和手心里渗出，不知是因为天气转暖的缘故，还是出于某些说不清道不明的感觉。

她说在巴伐利亚，夏天的夜晚，父亲常常带着她爬上山岗，在长满欧石楠灌木的洼地上点燃一盏白炽纱罩煤气灯，静等夜蛾恰似从天而降般开始画着成千上万条弧线和螺旋线，成群结队地蜂拥而来，在灯光四周形成一阵悄无声息的暴风雪。父亲说，这个世界是一面窥视上帝的镜子，他能在一切事物中看到上帝。

她是那么沉醉于与父亲在一起的美好回忆之中，我又是那么如痴如醉地侧耳倾听，所以我们竟没有注意到时间的流逝。此时朝阳的霞光在天空染上一条条粉红、橘黄或红色的条纹。太阳在我们头顶第六十亿次升起，就像初生婴儿的眼瞳。

我抬头望向天空中那珠光色的太阳，这灿烂的光芒如爆炸一般，难以捕捉，又转瞬即逝。我感觉自己的瞳孔好像扩大了，光通过打开的瞳孔流进我身体的黑屋，进入我短暂的生命时间。

我忽然感到一种幸福，那样一种盈溢了全身，简直——让人有点害怕的幸福。

那一整天，我都带着这光芒，那是一种新的生命介质，一种稠密的、银白色的物质，闪烁着亮光。

这个我不能亲近的女人，在夜晚的梦中将我捕获。

她走入林间的溪水里，激起一片晶莹的水花，像朵朵白梅，微雨似的纷纷落着。

她的裙子被遗落在身后。满头乌发在水面上摊开，像是在暗流中摇摆的水草。她的眼睛是深不见底的河床的颜色。有一瞬间，她似乎有着露的影子，闪烁着露的火花。

我不由自主地将她们的身影重叠在一起。

我在水岸边，她向我伸出手，身上水淋淋的，发着微光，像是一个白色的、光洁的蓓蕾。在睡梦中她的手指像羊齿草一样伸缩弯曲。透过薄纱似的雾帐，我听见她的嗫嗫细语，像是独白。

她身上的一切都流露出一种显而易见的热情，对于这种渴望，心灵比肉体要热切百倍。

我内心的漩涡，也在不断冲击着理智的堤岸，同时伴随着一种生理上的悸动，来得缓慢却很彻底。

泉水温乎乎的，浸在脚上像绸缎一样柔软、光滑。

我脱下衣裤，脚踝颤抖，踉踉跄跄地走向她。我那盗贼似的神态，让她笑得浑身发颤。水底凹凸不平的石头，害我差点滑倒。她及时地拉住我。我想我们俩就快要一起摔倒了。等我意识到这一点时，我们已经紧紧相拥在一块。我迅速又笨拙地在她红宝石般的嘴唇上吻了一下。微风拂动她光亮的长发，她垂下眼帘，我的心为之一颤。随后一阵心醉神迷的狂喜，和哀愁相差无几，我感到气都喘不过来了。

我深深地陷进她张开的嘴唇形成的火山口中，陷入里面，绕过牙齿的暗礁，直抵温热的深潭。在那里，她的舌头像海豚一般柔软。

我不知道除了亲吻，还有什么是通往爱的途径。

在这海洋般沉涌起伏的泉池里，我好像已经被狂热的巨浪冲击成了齑粉。她的曲线精致柔润，皮肤在阳光和水沫中泛着银白色的光泽。蓝色的静脉像翠鸟一样，同时也和翠鸟一样害羞，时隐时现。

她贴着我浑身发抖，让我领略到一种强烈的可怕的甜蜜滋味。我抱着她那由于热望而变得萎顿僵直的身躯，在那一刻，我好想变成一条酷似漏斗的章鱼，把她囫囵着吞掉，或者通过我全身张开的毛孔把她吸进我的体内。

她喘息着推开我，我的拥抱令她感到窒息。

虽然我无比憎恶男女抱在一起像长着两个背的野兽，但现在我不得不把它视为唯一的爱的方式去实践……

她拉起我的手，引导着我，循着她潮湿的世界地图，去捕捉那从深海来的某种结构复杂、长着粉红褶边和深色穗须的神秘生物。我异常兴奋，连手指也忽然间变得粗笨，不灵活，像肿胀的水蛭，爬行在她谜一般的身体上，仿佛她是一幅我重新描绘的地图。我的手指标识着身体的渴望，从那诱人的峰峦、谷地、平原，一路向下，沿着海湾的岬角，直至这神秘的海洋生物显现。它是那么柔软，滑溜溜的，似乎有一种原始的魔性，一种我永远抵抗不了的力。我听到耳边涨潮的轰鸣，我急忙甩下渔人的钓竿，划开水面，在它的柔软部位落下了锚，钓钩越刺越深，沿着脊椎，一节一节，进入它的嘴巴，直到它喊出我的名字。

在梦中，我被一种温暖而模糊的快感充满，这种美妙的感觉渐渐强烈，化为一股涌动的热流……

米娅

"你恋爱了？"有机会单独在一起时，卡卡问我。

我涨红了脸。

"她是个纳粹公主！"卡卡怒视着我。

这个称呼犹如一把尖刀在我肚内翻搅。"不！她不是纳粹公主！"我几乎要吼起来，"她是世上最纯真的人。"

他的表情像被人扇了一巴掌。"恋爱中的人是瞎子，也是聋子。"他无奈地说。

我也很气愤，他怎么能这样侮辱她？我们俩怄气，互不理睬。

卡卡轻声哼起一首曲子，斯美塔那的《沃尔塔瓦河》……直到眼泪像块融化的冰源源不绝地流淌下来。

他哽咽着对我说，直到现在他才完全听懂这首曲子。

他希望时光不要流逝，希望他能够向后跑，跑到它后面，在那里他和米娅的生活依然如故。

米娅？

是的。米娅。

一个犹太女孩，满头厚实的长发结成辫子垂在脑后，犹如一条长长的亚麻绳索。

她不像其他女孩一样，喜欢谈论电影、美食和异性，她致力于历史、哲学和精神学领域的学习，对法国革命和人权的话题尤为敏感。

她是卡卡大学时代的女友，他们在一起学习生活了三年。

米娅在一九三七年的春天，被校方冠以"糟粕"、"脓疮"、腐烂尸体中的"蛆虫"之名，和其他犹太学生一起被驱逐出校园。那时她还不满二十岁。

离校的那一天，她像个幽灵站在卡卡的窗前，此时整个宿舍还沉浸于梦乡。在微弱的光亮中，为了不吵醒他人，她轻声细语地告诉卡卡，她梦见自己在草地上散步，雾霭从脚下升起。她感到身体被气流托浮起来，然后慢慢地自由旋转着逃离到蓝色的天际。她升起来，冲上了天。当她在白色的被单下醒来时，她全身被汗水浸透了。

这时的德国，被那些巨大的，在火光里飘进黑夜的旗帜所覆盖。

无论人们走到哪里，海啸总跟在身后咆哮，那是千千万被民族振奋的热情所点燃的"雅利安人"所形成的暴力洪流。这些社团和人群在新国家政权的操纵下，迅速滋长，数量难以估计，就像人们在无线电广播里听到的那样，帝国总理用沙哑的声音连续不断地重复这些量词：千，十千，二十千，千乘以千。这些量词灌进德国人耳朵里，与震耳欲聋的口号、伸出的双臂，形成一股疯狂的浪潮将德国拖入深渊。

米娅最后一次与卡卡见面，就在慕尼黑郊外一处僻静的地方。那时正值盛夏，池塘边开满金灿灿的花菱草。米娅在黄昏将尽时才出现，她削瘦了很多，眼镜的一个镜片上布满螺旋形裂纹，这严重影响了她的视力。

她告诉卡卡，在经过市政厅钟楼前的广场时，几十万德国人正在集会，他们那狂热的眼神，整齐划一的动作，使她透不过气来，好像整个慕尼黑都俯首贴耳地屈从于这种暴力和恐怖的先兆。她当时产生一种想法，好像她生活在虚幻中，犹如在睡眠中那样，这个世界看起来是如此的不真实。她缓慢地穿过由德国人组成的宽阔巷道，好像再也弄不清该往何处去似的。

"傀儡，傀儡，到处都是傀儡，却见不到一个真正的人。"她说。

她父亲那家生产非斯帽和拖鞋的工厂也雅利安化了，他们用强迫手段使她父亲失去了银行存款和有价证券，没收了他的诸如绘画和古董之类的财产和他的施泰尔汽车。现在，她不能坐出租车，只能步行或者坐电车，坐电车时她只能坐在后挂的车厢里；日常供给越来越少了，她只能在规定的那几个钟头去购买必须的食品和日用品；她不能去咖啡馆，不能上电影院，不能去听音乐会或者参加聚会；很快她被禁止走公园一侧的人行道，禁止进洗衣店，禁止使用公用电话……昨天犹太教堂区的送信人带来消息，他们一家必须准备好，在六天的期限内他们将被遣送。

米娅说自从他们分开以来，她感到，好像一切都在漩涡中越来越快地往下旋转。

"还记得那首曲子吗？沃尔塔瓦河。"她对他说，"每次听它，我感觉自己就像水上的一片叶子，在黑暗中旋转，一圈又一圈。"

告别的时候，她拥抱着卡卡，用一种伤感而节制的口气说，她希望卡卡能替她来这里散步，过去她十分喜欢这个池塘。没准天气好的时候，往黝黑的池水里瞧，就会看见她的脸在对着亲爱的卡卡微笑。

她转身离开的时候，卡卡觉得时间仿佛也走到了尽头，像是闭上了眼睛，天刷的一下就黑了，和熄灯一样快。夜色降临到米娅的生命之中，她的脸上、手背上都隐约可见那种轻柔、萦绕不散的黑暗。

米娅一步一步，走进夜幕笼罩下的慕尼黑，消失在不远处。

卡卡事后觉得，在米娅转身的那一刹，夜幕像是开启了一个黑色通道。这个漆黑、无声、没有一丝光线能照亮的深渊仿佛就是米娅的家族和她的民族深陷下去的灾难的写照。

那晚的夜空，在卡卡的记忆里，像黑人一般黑，熔化了星辰，如无垠的海，又如一口巨钟，罩住了他。他几乎无法考虑任何事情，既无法考虑米娅，又无法思考自己身上将发生什么，无法思考这种毫无意义的生活的未来。整整两个星期，他都没有真正苏醒过来。

听了卡卡的诉说，我完全能体会这首乐曲所带来的默片式的心灵感悟。

它在触动米娅时，从她心底涌起的深沉的情感，现在也存在于卡卡和我的身上。

这是一条生活的河流。

无真相，无理性，无思考

整个冬天，疗养院唯一的那根烟囱上开满了黑色的花朵，每朵花的花蕊中都有一颗圆滚滚的、锐利的眼睛。等我走近，这些黑色的花朵忽然幻化成无数的翅膀，飞向空中，在屋顶绕着我"画"圈圈，仿佛在施展抵御危险的魔法。

这些黑色的鸟黄昏时飞来，那"啊——啊——"的嘶哑、凄惨的叫声，像死亡呼啸着掠过天空。直到破晓时分，它们才成群结队飞起，如同大片大片的煤灰，染黑清晨洁净的光线。

渡鸦对我十分警觉。

它们看我时脑袋侧向一边，圆滚滚的，眼珠子不停地转动，像一口钢铁的深井，投射出清冷的寒光。我听到它们的窃窃私语，那从喉部发出的呱呱声、格格声、尖锐刺耳的金属声、敲打声、低沉的嘎嘎声及接近音乐的响声。

老费恩走了出来，满手的煤灰。他从早到晚都在捡敲煤块，跟这些远古的碳化

212

石矿物融合为一体。它们比现实世界坚固，是他的精神支柱。

"这些鸟为什么会驻守在烟囱上？"我问他。

他耸耸肩。"我事情多着呢，哪有空管渡鸦打哪儿来，飞哪儿去。它们愿意把那儿当家，就随它们去吧！"他微笑着，露出满口破黄牙。

这些鸟已经安静下来，又落回烟囱上，有如活生生的黑色叶子。

"这些鸟不怕人！"

"是啊，撵都撵不走。"他咕哝着，"不祥的鸟……"说完，走回他的屋里。

离我最近的一只渡鸦瞪着我，在那时刻，仿佛挟带了命运之神的审判目光。在它那锉刀般锐利的凝视下，我感觉全身发毛，好像我不完全是自己，我的灵魂像只鸟儿慢慢地腾空而起，从远处俯瞰这人世间的丑陋。

这里如同冷冰冰的墓碑，没有一丝生气。

无真相，无理性，无思考。

所谓信仰，只是一种智力的残暴。

我思索这个时代的意义，为我们的生活在寥寥几年内的毁灭而难过，一些不能提及的沉重往事，压在我的胸口很多年了，如今像一块沉埋于海底的木板一样冒出水面。

正在这时，公主殿下走了过来。

每次看见她，我都可以体会到心中的那一颤。

"你在看那些鸟？戴维·里希特医生。"

她那双眼睛多么明亮，就像在月色下泛着亮光的水潭。

"是的。公主殿下。"一见到她，我就莫名地紧张。如果没有夜色的掩护，我此时的脸一定像个熟透的番茄。

"在北欧神话里，渡鸦是不祥的鸟，是死亡的象征，也是思维和记忆的代表。"

我想起了卡卡的话，突然想试探一下。于是我对公主说："也许，这些鸟是那些死了却没有得到安葬的人的灵魂，是那些在人世间受到了不公正待遇，被蹂躏、被屠杀、被谋害的男人、女人。他们的灵魂浸透了死亡的汁液，就变得像死亡一样黑。"

她很愕然，看着我，像猜不透似的，不敢相信自己的耳朵。

她被触动了，我心想。

"你为什么会这么想？"她皱起了眉头。

我琢磨了几秒钟后做出了回答："因为来到这里的人，只能从烟囱出去。"

"够了，戴维·里希特医生。"她的声音如同海浪击打着岩石。而从那双眼睛里我看到像黑色玻璃碴一样冲刷上来的浪涛。

我立刻就后悔了。我冒犯了她，公主殿下生气地离开了。

此时冰冷的月亮探出脸来，看上去就像牛奶中包着的一个蛋黄，没有丝毫的热量。

我看着她离去。那一瞬间，我是那么害怕失去她。那炭一般的黑色抹杀掉了我曾经幻想的一切色彩，像进军的旗帜占据了我的眼睛、我的灵魂，以至于我所看到的一切都蒙上了一层黑色阴影。

黑色。

只有黑色。

奔赴自由

这几日，瓦良格院长兴致很高，他们的工作似乎进展得非常顺利。

自从那天的不愉快之后，我再也没有见到公主殿下。她没有去采撷野花，没有出现在楼梯，也没有出现在走廊、办公室、院子等任何地方。

我那颗逃逸的心，在屋子的各个角落游荡。

痛苦折磨着我。

我整个灵魂好像被她放进那臼里研磨着。每一天，每一时，每一分。咔哒。咔哒。

直到一天傍晚，她差一个卫兵给我送来一封密笺。

我立刻缴了械。我的体内仿佛有一个气球到处乱窜，怎么也碰不到内壁。

我的公主，她是这样写的——

明天晚上，院长将举办庆祝晚宴。趁他们喝得酩酊大醉之时，带领那些你认为遭受到了不公正待遇的人逃离这里。在焚化房的后面有一扇没有上锁的院门，从那里出去。愿上帝保佑你！

一瞬间，如同看见光芒四射的隧道口，我心里涌起一股激悦之情。但随之而来的某种复杂情绪，在我头顶聚集，同我不愿触及的"分别"和"不舍"这样的词联系

214

起来。

当晚我便通知卡卡，让他秘密联络所有因停药而恢复理智的犹太人。

第二天，整个白天我如同架在时间之火上炙烤。我生活中从来没有如此紧张和充满热望的时刻，我盼着夜晚的到来，我盼着再见她一面，与她道别。

无论结局是什么，我所做的一切都是出于爱。

白昼的最后一刻，时光如同剩余的糕点一般，被不灵巧的手指捏成了碎屑。

整个晚宴充满了欢声笑语。瓦良格院长昔日那严厉、不屑的神情不见了，取而代之的是慷慨激昂。像是一个从灰烬中涅槃的人，他发出了一种特别的光。他感谢公主殿下做出的卓越贡献，后来，他又说了什么，我记不清了，我的心早已飞走了，飞到公主的身边，再也听不清他在说什么，但见他的嘴巴像台疯狂的号角，吹出一颗颗词语所形成的水泡，颤颤悠悠的，带着爆裂声。

我凝视着她，她脸上带着某种光辉，那神情是我从未见过的，这让她具有火炬般光彩照人的美。某些东西在我的灵魂里翻滚着，嘶喊着让我说出来，但我却不知道如何说出口。

由爱带来的福祉近在咫尺，但我却只能困在自己的位置，像被捕猎的鸟儿，带着一种强烈的失落感。

一个个既丑陋又黑暗的身体在我们之间组成了森林，他们漏斗形的大嘴不知节制。很快，那些满足于安逸和享乐的人便两颊燃烧着红晕，从淡薰衣草色到勃艮第红再到最深的皇家紫。

瓦良格院长靠在椅背上打起了呼噜，连一向自律的海尔曼先生都醉意醺然。

公主殿下的面颊上洇晕着两朵桃花，她向我点点头，示意我离开。

我站起来，仿佛被什么东西击中。那一刻，我感觉到体内的撕扯。我竭力缩紧身子，这样就不至于被撕扯得太厉害。但我却没法让它停下来，我感到了口里的咸味，再看她最后一眼。

再见！我的公主。

我听见内心的声音跟随血液从心脏的瓣膜喷涌而出，冲击着紧闭的牙床。

转身的时候，我深深呼出一口气，将胸腔中压抑着的情绪释放出来，然后迈着坚定的步伐离开。

除了宴会大厅，整栋楼出奇地安静，好像停止了呼吸。我感觉到空气中有股静静的杀机，我站着不动，手臂上的汗毛都竖了起来，我费了好大的劲才挪动脚步。

开始行动！

我的心跳跟随着时钟嘀嗒嘀嗒，一秒紧接着一秒，似乎也变成了计时器里的齿轮，任由时间在自己的五脏六腑里转动。

大部分医护都去参加晚宴了，只留下少数值班人员。

我走进值班室准备偷病房钥匙时，发现值班的护工趴在桌上醉倒在一摊葡萄酒里。

得来全不费功夫！我心中窃喜。

病房区的值勤卫兵站在灯光下昏昏欲睡，他瞟了我一眼，什么也没问。

我的心怦怦直跳，每一寸肌肤都在颤抖。我先打开卡卡的病房门，让他用我给的麻醉巾放倒那个卫兵。他从后面捂住他的嘴，那个卫兵就像个软塌塌的面口袋，滑溜到地上。然后我挨个打开所有病房的门锁，他们都穿着蓝色条纹病服，看起来像一条条珊瑚鱼从房间的鱼缸里游了出来。

月亮在云层间穿梭，渡鸦扇动漆黑如夜的翅膀，盯紧大地的窃贼。狗在那儿，守在石砌圈棚的栅栏里。我们经过时，狗先疑惑地哼了哼，又叫了两声，直到我把从晚宴上偷出来的几块猪排丢过去，才不叫唤。而那扇掩藏在萝藦藤下的院门也果真如公主所言，没有上锁，也无人把守。**你救了我们大家的命。**我动情地望向公主所在之处，那里灯火明亮，人声喧哗。

在夜色的掩护下，一个接一个，我们怀着激动的心情奔赴自由！我跟随内心的召唤，迈开腿即将跨过旧生活的门槛时，我回望了一眼，夜色笼罩下的疗养院就像一个陌生的、超常的存在，仿佛它会毫无变化地留在这个世界，直到永远。在另一个时间，另一个空间里，历史将重演，高墙内的东西永远也得不到清算。

迷雾在林木间弥漫，这里是世上最黑最暗的地方。地面多石而崎岖，点缀着苔藓与荆棘，我们不得不放慢速度。这些犹太人在疗养院受尽折磨早已是羸弱不堪。而愈往深处，森林愈加茂密。纠结的灌木丛隐蔽了危险的沟渠和小溪，常常有人跌倒而受伤。

"我们分头行动。"卡卡对我说，"这么多人目标太明显，速度又慢，万一被发现，至少有人可以逃脱。"

他说得有道理。"可是，我不识路，万一在森林里迷路走不出去怎么办？还有，我们接下来又要去哪里汇合？你知道这些犹太人已经无家可归了。"

卡卡说："如果能走出森林，先找佃农的茅屋躲一躲，换下病号服，乔装打扮，然后再想办法联络。我们的目标是把他们偷运出国境，这样他们……"

还没等他说完，死寂的森林里突然传来狗叫声，伴随着枪声和火光。

恐惧犹如尖刀刺进我的心房。

不！这不可能，这也太快了！他们明明醉得不省人事。我愣住了。

"这是陷阱！"卡卡对我抛下这句话，就在黑林子里没命地跑。

我不能思考，我的意识里似乎充满了倾倒的石块。

一切都发生在瞬息之间。

先是斜刺里冲出一只狼犬将我扑倒在地，慌乱之中我朝小丘上爬，却被另一只狗咬住了裤管。我捡了块石头，冷不防朝狗的脑袋掷去。那狗呜咽一声，松了嘴。正在我松口气的时候，忽然，我的头部被猛得一击，声音戛然而止。时间仿佛停滞了，我跌进一个黑洞。在失去意识的刹那，我眼前掠过一幅闪烁模糊的画面：枪托，瘦高个男人的冷冽双眼，哭喊声，火光……然后我整个脑壳好像都在痛苦的痉挛中裂成碎片。

大脑辐射器

开始，我什么也感觉不到，罩在昏聩麻木的穹顶之下，只有饥渴，在内心深处像发动机一样不停地旋转。

水。

我想喝水。

渐渐地，意识的余烬复燃，再次烧红。

我感觉头大如斗，疼痛欲裂，就像是有头潜伏在黑暗中的猛兽，用它锋利的钩爪紧紧地抓着我。

有人从腋下架起我，半拖半抱地往前挪，然后伸出强悍的胳膊箍着我，将我拖上台阶，又重重扔在地上。他突兀的动作引起我的胃里一阵翻涌。在天旋地转中，我从嘴里喷涌出一团棕褐色流体。

我恢复了知觉，发现自己躺在审训室的地砖上。灯光在我头顶闪烁。在我左边的脑袋上，我摸到一些黏腻的黑红色血痂，从头顶到脖颈，就像冷却的岩浆一样弯曲。

我想爬起来，但身体滞重，脑袋发懵，几乎动弹不得。

我的意识尚停留在幻觉中，一时分不清什么是真实，什么是虚幻。仿佛连我自己也不再是真实、完整的自己，而是用零零碎碎的记忆、感觉和幻想一点点拼凑出来的。

"戴维·里希特。"有人在这里。

我再次试着站起来，立刻感到大地在摇晃，在我周围旋转，然后又将我抛开。我重重地跌倒在地，脑袋好像支撑不住似的，往下垂，接着一阵眩晕，心慌意乱。

"你早该挨这么一下子了！"听起来像海尔曼的声音，完全没有一丝醉意。

难道这一切都是陷阱，是一场狩猎？

我抬起头，定睛看去。屋里有三个人：瓦良格院长、海尔曼先生和公主殿下。是的，我没看错，那是她。

就像是被人迎头痛击一棒——我只觉得昏天黑地，手脚冰凉。心脏如同被人抓着一般喘不过气，好一会儿才缓过劲来。

我落入了一场爱情棋局，借由一封密笺她巧妙地移动了一颗棋子。可这一切是谁策划的？为什么要这样做？

当时，一股热流涌进了我的身体，从血管里扩散到胸腔，我不知道这是愤怒，还是悲伤，我想站起来，但我动弹不得。

他们站在一堆奇怪的机器旁边，那机器看起来就像一个倒扣的大汤锅，连着电线、盛着不明液体的瓶瓶罐罐、操作杆和观察记录仪。

"还记得那份绝密文件吗？那晚你没来得及看的那一份？"海尔曼那副嘲弄的笑容在灯光下就像一摊腐肉，"其实你的一举一动都在我的监控之下。那把钥匙也是我放在桌上的，还有那次故意停电。"

"为什么？你为什么要这么做？"我喘着气，牙齿打颤，咔嗒咔嗒响，像汤匙在演奏交响曲。阴冷的寒气已经渗入了我的骨头，似乎要将我的生命力剥夺得一干二净。

他指了指那些仪器："看到了吗？这就是我们的绝密计划——托尔之锤。"

那一瞬间，我感到像在水下憋气过久一样的眩晕。托尔之锤？他们究竟想干什么？

"这都是公主殿下的功劳！"海尔曼转向公主，面露谄媚之色，"根据古斯堪的纳维亚文献记载，在多神教仪式中，人们使用某种复杂仪器，它能产生辐射，作用于脑垂体从而进行精神控制。"他故意顿了顿，得意地说："现在我们成功研制出了能控制人意志的方法，这就是大脑辐射器实用模型。"

我震惊得说不出话来，大脑一片茫然。

"关于人类意识，你说的对，戴维·里希特。"瓦良格院长插话，他的绿眼睛在灯光下如同两块镜子的碎片，"人类或许并不存在真正的自主意识。人类的基因就像一个复杂的编程，在它的算法之中，或许一切都是可控的。"

"你们的最终目的是什么？"我只想知道这一切背后的真相。

"你还不明白吗？这是精神控制武器，有了它，所有人都会服从命令，所有人都会为新德意志拼命，包括敌对者。"海尔曼的眼睛像铁一样闪着冷漠的寒光，"这将是权力意志的世界，此外，一切都不存在。意志就是力量，意志就是公理。"

他的话就像一把无比锋利的尖刀，残酷地剜割我的心。既可怕又荒谬，我真想大笑一场。

真是"痴人说梦"。

"你说什么？再说一遍？"海尔曼眼中的寒光反照在身上，仿佛浑身披着闪光的钢片，气势汹汹，恨不得发泄仇恨，显出凶残的动物原形。

"你们这是痴心妄想！"我声音嘶哑地对他们吼叫，愤怒从我压抑已久的胸膛中迸发出来。

海尔曼的脸色变了，变得僵硬，仿佛被喷了一层定型胶一样。"好！我就让你亲眼看一看！"

我全身冒冷汗，心脏在急速而不规则地跳动，舌头和上腭干渴得像太阳炙烤的沙漠。而公主就在左近，犹如甜美的物质，但她却冰冷地释放毒素，烧干了我的内脏。在看到她的那一刻，我的心就死去了。

不一会儿，卡卡进来了。像一位白发苍苍的老人一样举步维艰，全身关节像被打断打碎了似的，一点点往前挪。

看到我的一瞬间，他的眼里闪过深切的悲哀和绝望，仿若跌落深渊。

卫兵将他按到椅子上坐下。海尔曼将那个汤锅卡在他的脑袋上，完全罩住了他的头颅。然后接通电源，玻璃罐里的暗红色液体通过导管流入汤锅顶部。

我的心跳都快要停止了，全身的鲜血凝固不动。

忽然像遭受雷击一样，卡卡发出一声惨叫，整个人从椅子上滑落，像一摊烂泥躺在地上，如同被象群践踏过一般。

公主吓得一哆嗦，瓦良格院长马上伸出手臂揽住了她。

"起来！站起来！"海尔曼对他发号施令。

我看到卡卡的表情，他怔住了，也许那些词长出了倒刺，刺透了他的皮肤，进入了他的内心。他的抵抗逐渐瓦解，神色平静下来，目光变得凝固、厚重，像被遗弃的铅。

当着所有人的面，卡卡站了起来。

"好样的！去！走到他的面前，"海尔曼用手指着我，"用脚狠狠地踹他。我不喊停，不许停下。"

在托尔之锤的魔力驱使下，卡卡迈着僵硬的大腿，哆嗦着四肢，一步步向我走来，眼睛空洞地发出搪瓷的光芒。

我知道我的命运险峻，却没有料到我竟走到如此陡峭的悬崖之前。在生与死之间，这是一条窄径，是悬在两个世界之间的绳索。我用力地拽着绳索，向生命回望！

心灵地牢里的鬼怪

冷。

我如同躺在雪山之巅，厚厚的冰雪覆盖了我的全身。

一片寂静。

在这白色的深渊里，我从我心灵的漩涡中抬眼观看，时而会闪现神秘的身影，夹杂着闪烁不明的声音。

头上的伤痛一直纠缠着不放，它就像把叉子不时戳进我的头颅，我的一部分已经变得麻木，其余部分则被拖拽着不得安宁。

在某个混沌的时刻，我似乎听到从遥远、久违的空间中，传来轻柔的呼唤。

一个女人的声音。

这是哪里？

锯齿状灰暗连绵的山谷，到处是成团的雾霭，还有在湿淋淋的冷杉树林间低低飘动的浮云。一个女人穿着雪白的裙裾，在前面走。我跟着她进入鸟语花香的森林，这里的空气仿佛涂了一层明亮的糖晶。她的蕾丝裙褶间缀满小而圆润的珍珠。她百合般的白，茉莉一样清新。一束晃眼的阳光穿透枝丫照射下来，她发现了我，嘴里咯咯笑着，像只小鹿一样跑起来。她身上的衣裙染上了熟透的浆果的颜色，如火山熔岩一般热情奔放的红。我捉不住她。她躲起来，完全融入了草木，身体是蕴含生命的青草色。

忽然天空乌云密布，森林死寂阴沉。我害怕极了，开始逃命。树根攫住我的脚，枯枝抽打我的脸，在颊间留下猩红的血条。我跌撞前行，只觉无法呼吸。你在哪？你在哪？我大声喊。身后传来一声雷霆般的怒嗥，让我血液凝固。我回头瞥去，公主站在那里，树根缠绕她身体内外，将她包裹支撑起来。她头戴铁王冠，颜面惨白，灵魂里都是铁的颜色。一根长长的卷曲的樟树枝从她的裙裾里伸了出来，扭曲着身躯。噢，不对！我差点把一条蟒蛇当作了树枝。它向我扑来，吐出它那血红的信子。我用尽全力奔跑，双腿却不听使唤。周围的树长了人脸，统统在嘲笑我。笑声与嘶吼交织在一起，我张开嘴巴，却只能发出断断续续的呻吟。

我身体里的热浪终于退去。

我全身湿漉漉地醒来，身体跟冰封似的，冷得打颤。

我发现自己躺在幽暗之处，像死了许久一样。这是什么地方？有一刹那，我以为自己又变回了"箱子大卫"，被囚禁在密封的、透不过气来的狭窄空间里。这里是这么小、这么黑，就像一个缩紧的罐头盒，挤压我，令我透不过气来。

慌乱之中，我在阴冷潮湿的地上摸索，手里抓起了一把稻草。

原来，这是曾经关押过卡卡的地窖。

我在这里被关了多久？这长时间、无声的死寂好像长出尖刺刺的长针，不时猛扎我的心，甚至吸入的空气都如长针般扎人。

我试着回忆与思索发生的这一切事情！

疗养院，不！应该叫纳粹精神武器实验基地，简直疯狂到了极点。肮脏、可憎的暴行把我刺得体无完肤。在我遍体鳞伤的身体上，已经找不到一块可以插进一支注射针尖的地方了。

愤怒如同百爪挠心。

我已经失去了忍耐的能力，我已经不能再被伤害了。

我控制不住自己，禁不住气极而泣，泪珠自眼角落下滴在脸颊上。

这时，一阵突如其来的震颤。

我抬起头，瞥见一个瘦长的阴影，站在离我不远的角落里。那是一抹比黑暗更难穿透的阴影。他目无表情地朝我点点头。我猛然僵滞，凝固在摇摇欲坠的状态。

是永终？这么说，我的时辰到了？刹时，我的心底潜入了一种莫名的东西，沉重得让人窒息。

接着，我听到一声叹息，像是从某个无形的地域传来的。

"大卫！"有人叫我。

我四下张望，没有见到什么人，但觉得有一只手搁在我肩上，耳边还听到呼吸声。

我挺直背，感觉有铅块锤打我的心口，令我不停地颤抖。

不不不！千万别是塞缪尔。

然而我一扭头，恰好与塞缪尔四目相对。他看起来还是老样子，笑嘻嘻的，一张微笑的狐狸脸。

"生活可不相信眼泪啊！"他打亮火花指，出现在我面前。

"拜你所赐！"我回瞪了他一眼。

"你不是要打开墓碑，深挖下去嘛！"他问我，"那么，告诉我，你得出了什么结论？"

啊！这个问题让我陷入沉思。这段时日我闯进染着纳粹瘟疫的躯体，顺着贪婪的神经，钻进内脏，对他们的身份与存在进行了深刻的质疑。那么究根问底，是什么导致了人类文明的大倒退？又该如何解释集中营的大屠杀，以及诸多非人性的罪恶？这背后的真正原因是什么？

塞缪尔斜眼看着我："有答案了吗？告诉我，罪恶是如何产生的？"

就在此时此地，一种认知瞬间点燃了我思想的灯盏。"是的，是的。"我激动不已，"我明白了，这一切都是现代文明的产物。"

塞缪尔愣住了："什么意思？"

我对他解释道："社会分工将人们物化为纳粹机器上的一个齿轮、一颗螺丝钉，每个人都是在执行命令，并不为结果负责。所以他们才会说'这是工作'，而不会去反思他们的所作所为。正是现代社会体制，对人的内在产生的巨大影响，让人们丧失了同理心，不再敬畏生命，退化为被操纵的无脑人、群畜，才犯下这滔天罪孽。所以，是体制，而非人本身，成为我们时代根本的病灶。"

"你错了，大卫。"塞缪尔跳了起来，"这不是社会分工的问题，是人的问题。假如人不从根本上改变，任何社会变革都无法终结人类的苦难。只有我们每个人的内在发生转变，才能带来终极文明。"

"怎么改变人的意识？"

"只有一种方式，那就是科学，是理性。"他的手在空中比划着，手臂张开像两把钢刀。他的愤怒和欲望构成了这两把钢刀锋利的双刃，闪耀着咄咄逼人的寒气。

我耸耸肩，表示不理解。

"托尔之锤。"他简洁明了地说。

"你疯啦！那是纳粹的精神控制武器！"我叫道。

"别这么大惊小怪的！托尔之锤，只是一种手段、工具，包括纳粹也是。思考一下，世人制造的混乱，带来的战争。知识只会让心灵钝化，观念带来腐败。我们的目标是塑造新人类，消弥自我冲突，实现人类意识的大一统。"

我凝视着塞缪尔凶恶而突出的额头，凝视着他冰冷、狡黠的眼珠，还有那又尖又长的下巴。"是你，不包括我。"原来他这是要实行全世界、全人类的纳粹主义！

"你不是说过吗？人类的基因就像一个复杂的编程，在它的算法之中，意识可以被改变。"

"我也说过，那将是盲人摸象。我们不能把握存在，亦不能把握真理。因为人无法通观自己，也无法超越自己。"我反唇相讥。

"只有一种洞察世界的方式，那就是科学，是理性。"他气急败坏地说。

"不！这不是科学，更不符合理性。"我大声反驳道。

他恼羞成怒，掏出一把明晃晃的匕首。那把匕首镶嵌着黑曜石，没有多余的装饰，银白色的刀刃在黑暗中寒光闪闪。

"你要干什么？"我问。因为震悚，我的声音发颤。

"要么死！要么跟我走，你才有活路！"他气势汹汹地逼近我，死灰般的脸像把迎头砸下的利斧。

"去哪里？"

"上面。"他是指疗养院。

"不！休想！我死也不做纳粹的帮凶！"我斩钉截铁地回答。

他仰天大笑起来，笑声就好像利斧劈木柴一样尖厉。"你能阻止我吗？你不知道我有多强大吗？"

塞缪尔的强大，我是知道的，我向来未曾反抗过他。但这次不一样，我要抗争到底。

匕刃在我眼前闪烁，我瞥见红焰和火花。我躲过了塞缪尔的匕首，却没躲过他的铁拳。随着一阵痉挛，我的手臂瞬间垂下，失去了抵抗力。那记落在我耳朵上的拳头，力道大到足以杀死一匹马。但这记拳头打偏了位置，将我的耳朵以如此强劲的力道硬生生地扯裂。我还硬撑着，但呼吸不济，眼前涨起了一层血似的通红面纱。我的半只耳朵掉落在地上，发出一记沉闷的声响。

塞缪尔不依不饶，他揪住我的衣领，厉声喝道："跟我走！"我拼命抑制住上涌的血水，从喉咙里挤出一个字："不！"他似乎难以置信，原本凶巴巴的脸因厌恶而扭曲。

他用钳子般的手抓着我的前臂，像屠夫让鸟儿折翅一样，轻轻松松地把我扳倒在地。我的背部传来紧贴地面的压迫感，双腿被迫向后折去。脚踝处被紧紧箍住，脊椎紧绷，像一张弓。身体被如此弯曲，我感觉整个人快断成两截了。

一阵无名的怒火从我心头燃起，烧灼着直抵我的太阳穴，像一把火钳，越拧越紧。我大声地吼出"我要杀了你"，吼得肺都要炸裂了。

他忽然大笑起来，松开手。

"你是杀不死我的，傻瓜！难道你就从来没有意识到我是谁吗？想一想我是谁？我来自哪里？"他故意停顿了一下，接着提醒我，"你还记得吗？我曾经对你说过，每个人的心里都住着一个小纳粹。而我就是你心里的那个人。"

他的话，如同掉进锅里的巨大秤砣，砸到了我的身上。无论从哪方面讲，对我来说，都不啻于一次突然袭击或一起暗杀，我对此毫无准备。

"不！你撒谎！你是鬼，不是人。"

"人的心灵才是鬼怪的永恒滋养地。"说完，他狡黠一笑。

这是 Moon 说过的话，他怎么知道？难道他真的是从我自身娩出的一个分身？

此时我的情感与思绪如此纷乱错杂，就像一车满载的沥青。

他让我感觉，自己就像个失足的女人，一面与自由调情，同时却与暴君同床。

然而他步步紧逼。"我就像你身后的影子，你呼吸，我也在呼吸；你奔跑，我也在奔跑。我们其实从没有分离，从没有。我与你共享一个身体，我是你的一部分，不是吗？你好好想想！"

塞缪尔的话犹如存在于我记忆中的残影暗线，这条通向远方的轨迹，促使我去释放记忆，退回到自身之中，进入我内心那因禁往事的废墟内部，去触摸像患了风湿病一样的颓垣断壁。

宇宙本身就是一个巨大的记忆系统，没有任何事物能被真正遗忘。

塞缪尔急躁起来，他的声音仿佛来自远方。"现在，你想起来了吧？这一切，包括我，包括你珍爱的女孩，我们其实都来自你的心灵、你的想象！"

他用硬邦邦的手指戳我的胸膛。"我就是你，你就是我啊！那么跟我走吧，大卫。我们去实现我们共同的目标、共同的理想。"

此刻，我正在时间的深渊中下潜，记忆的黄色波浪、白色炭火和翻涌着的黑色浪潮在我周围打着旋。我混乱极了，但来自心灵深处的良知令我脱口而出："不！"

一种挫败的表情从他脸上一闪而过，随即愤怒横扫了一切。塞缪尔再次用蛮力压弯我的脊柱，把我弯成弓形。身体被弯曲到这个程度，我感觉整个人快断成两截了。

我就要断了。

但他丝毫没有松劲，我的双腿被残忍地向后扳折，以至于双膝被压在肩膀两侧。随后，我听见自己大腿后侧的肌腱仿佛紧绷的绳索一般"啪"的一声断裂了。

我朝着那团模糊不清的脸庞大声尖叫。

塞缪尔将我狠狠甩向一边，我的脑袋磕在地窖石壁上，一阵剧烈疼痛猛然袭来，我感觉我头颅上愈合的伤口再度裂开，血涌了出来。

虽然伤口钻心地疼，令我时不时紧咬嘴唇，但这一撞，却让我清醒地意识到我必须绝地反击，打响我生命的最后一役。

我听见我喉咙里冒出一声闷响。然而那并不是求救的声音，那是一场秘而不宣的战争回音。那是我一个人的战争。一个形而上的战争。我将和内心里撕咬我的东西决斗，不关其他人的事。

这将是我与我自己进行的艰苦卓绝的一役，是真正的战争。

当我触到地上一个又尖又硬的物体时，我逼迫自己在这旋转不停、模糊又黑暗的疯狂里，寻找出一道理智的亮光。在这道亮光的指引下，我捡起黑曜石匕首，用手指紧紧扣住这杀人的利器。

与此同时，塞缪尔走近我，他探身向前。

机会来了。

只一瞬间，我直起身，将匕首尖利的一端挥起，用尽全力刺入自己的心脏。

他完全怔住了，只来得及发出一声细小而粗浊的喘息。

随即，他的皮肤变得焦黑而后开始冒烟。接着腾起一团烈焰。他不停地放声哀号，惊恐地望着我。很快，他全身燃起了熊熊火焰。头发烧焦的臭味弥漫了四周。一秒钟后，他整个眼球变白，全身开始沸腾，接着一声爆炸……他化成茫昧的形状，一道霏微的灰色烟霭，消散在空气中。

我杀死了他！我消灭了我心里的鬼怪！

那长人一动不动，默默注视着这一切。他的眼光已不再令人恐怖，反而显得十分温和，更加诚恳。他见证了所发生的这一切，只是等待着，因为这是他的职责。

现在，我的伤口血流如注。尽管如此，我还活着，还有一息尚存。

我感觉自己的意识在时间深渊中正从黑暗渐渐过渡到朦胧，仿佛从海底连续穿越一层层海水，向上，向着光明的方向。

这伤口如同光照进来的地方，是命运在我身上缝下的补丁。我感觉到它的引领，它就像是灯塔，引领着我向上穿越黑暗。那光就是生命，就是希望。光对旋转的地球，对动物、植物，对季节的更替意味着什么，光就对我意味着什么。

如一滴水，溶入汪洋大海；如一粒尘，归属山河大地

我的鲜血悄无声息地涌出，像枝叶一般向四周扩展，又像蔓生植物沿着地面的缝隙一路向下，渗入地下的土壤，并生出根须。它带着我的爱、我的痛楚，向深处生长，越长越深，终于将触到那些深葬地下的骷髅，并与它们亲如兄弟，彼此相依。

生命不是，死亡才是，

正如，故乡不是，

自由才是，

灵魂深处的地标。

我越过所有过去的岁月，极其清楚地看到那个不断失去、不断脱离原有生活的孩子。他所有经历过的事情，一件接一件，呈现在广袤无垠的记忆中，如电影的一个个镜头。

童年的洁白，露所象征的纯粹的绿，我的蓝色岁月，以及海岛所带来的有生命的金色，渗透了感官的欢愉，还有人世间的黑……我的记忆瞬间渲染出一片欢腾的色彩。在这五秒钟里，我经历了自己短暂的一生。直到我流干了身上的最后一滴汁液，如同一只被掏空的海贝。

我感觉轻飘飘的，仿佛脱离了身体，如同一片羽毛飘浮在一个黑暗的维度。

我摘下脖子上悬挂着的珐琅吊坠，将它打开平放在我手心。

自从我踏上那没有尽头的旅途，被倒吊着拎来拎去，成为"箱子大卫"之时，时间似乎就已经停滞了。我的生命同邮轮一起沉没了。我那颗稚嫩的心脏也一劳永逸地停止在那里，没有任何东西能帮助我抵御那永远不会熬尽的黑夜的寒冷。

一切已逝，似乎很久以前就结束了。

黑暗蔓延开来，并成为我身体的一部分。

我感觉疲惫，像是躺在家里的床上，妈妈到我的房间里道晚安，她亲吻了我，关掉灯。漆黑一片。

我喊了一声"妈咪"。

她又重新打开灯。

我看到了。她穿着那件月白蝉翼皱纱旗袍，像游鱼似的鳞光闪闪。还有爹地，哥哥和姐姐，大鼻子先生以及萨尔瓦多。他们都望着我，微笑不语。

露曾经对我说过，只要他们还在你心里，死亡就不是分离。

我合上眼睛，妈妈再次亲吻了我，她关掉灯。

我的情感也如丧失了一般，我不再害怕，不再痛苦，不再牵挂，一种从未体验过的平静的感觉包围着我。

这时优美的笛声响起，我只觉一股激流倏地穿透了我，当下我的灵魂似乎要唱起歌来。那是 Moon 在吹奏那支闪闪发光的苇笛。他从黑暗中现身，通体闪耀着白色光芒。

随之而来的是一声无形缥缈的呼唤，在我耳朵里瑟瑟地响："大卫！"

这是露的声音。看哪，那金蓝色的光点，不正是她吗？那是露，一定是的！我仿佛一下子又回到了当年，嘴里发出一声热情洋溢的欢呼，因为这神奇的枨触而瑟瑟发抖。

光点在我面前越来越大，几乎变得跟我一般大。她现身了。她长成了一个窈窕少女，眼若星辰，跟我想象中的一模一样。

我挣扎着想起来，但全身如破布娃娃一般无力。尽管如此，我仍咬紧牙关，用手扒着凹凸不平的地面，一点点向她挪去。

她俯下身抱住我，泪珠自眼角落下，滴在我的脸颊上。她摸着我的脸，轻声说："舍生取义！大卫，你真了不起！"

望着她，我喉头哽咽："我消灭了……心灵地牢里的鬼怪！"

她强忍着泪水对我说："你真勇敢！你以你自己的方式舍弃小我，成就大爱！这份爱将融合光明与黑暗，融合你与我，以及整个世界。"

我望着眼前的她，脑海里却浮现出另一张清晰的面孔，那是露在仰望苍穹。在月光照耀之下，她脸上那若隐若现的透明火焰，如同一只闪闪发光的火把。我猛然意识到，将我们分开的这么多年并不是阻隔。对某些人来说，时间并不是以同样的方式流逝的。

从心底迸发出的一股爱的洪流，瞬间充溢了我内心匮乏的，那个一直填不满的深渊。我此刻感到无比充实，无比轻盈。我多么想乘着风的翅膀，和她一起飞翔，像我们曾经的幸福那样轻盈，比鸟儿更轻盈。风会将我们带往它想去的任何地方，森林，大海，山川，河流，让时间随我们飞翔……

我端详着她的脸。她的睫毛之火，照亮了我的心。她的眼泪，她的水晶，那从星辰中溢出的词，在我的脸上熔化，那是爱的回应，永恒甜蜜的滋味。

"知道吗？露，一直以来，我真正爱的都是你。"我艰难地向她进行最后的爱的告白。

是的，一直以来，我就只是在找寻她，在我的记忆深处找寻她，在我的生活中找寻她。我对她的爱停留在某一点，很久以前的某一点，并且再也没有改变过。无论我遇到谁，我看到的都是她的影子。我所遇到的每一个人都成为我们爱的一部分。

她哭着呼唤我的名字：大卫。

我回唤她：露。

露。世界只剩下这个字。

她的名字从我的伤口进入，在我的血管中匍匐直达心房。她就是这样流入了我，她进入我的动脉、我的心脏、我的淋巴。那利刃划开的是我的身体，流出来的就都是她，火红的露，她如同活在我的手指上，从我的指间向下一滴滴滑落。

她抬起手，轻抚我的脸，轻声说："只要你的心里有真善美，我们就永远在一起。"我流着泪点头。"爱，让你摒弃对自己的依恋；爱，也会让你在整体的生命中复活。你将进入永恒，与我与自然与宇宙意识合一，这是最完美的回归！"

这一刻，慈悲之花绽放了。

我在找寻她的同时也找到了我自己，并成长为真正的自己。

Moon 这时对我说："摒弃个体，投入浑然一体，且生生不息的宇宙本源。你终于觉醒了，大卫。还记得我对你说过的话吗？时光之河，苇笛如舟。笛声的阶梯，能引导你远离尘世愚昧，向上攀登，直往光明。"

我知道，我的时刻到了。幸福和悲伤箍住了我的咽喉，让我喘不过气来。

他用苇笛平息我的心，帮助我连接自有永存的无上之光。我将进入浑然一体，且生生不息的宇宙本源。我的生命将在整体的生命中复活。

这是我渴望的回家之路！

悠扬的笛声回荡在这处阴暗的地窖里。

我感觉自己如一团夜雾，我是笼罩一切的雾霭。我行走在树木之间和树木之上，我将高耸的岩石覆没，我进入天地的深渊，在那遥远不为人知的地方畅游！

突然一股巨大的能量向我冲了过来，就像是螺旋桨的气流，力量大得可怕。

一道非凡的光在我的脑袋里燃烧，我从没有感觉到如此精神愉悦。

突然间，那不可知的广阔出现了，不仅在这小小的石室，而且超越了，往深处蔓延，在内心最深处，曾经那里是心智所在。那浩瀚之物没有留下任何印记。它就在那儿，清楚、强烈、难以理解、不可触及。它的强度如火焰，不留一丝灰烬。

我的内心在一瞬间感受到了一种升华，整个生命充满无可比拟的喜悦。

穿过人生的碎石旷野，沿着时间森林，这一刻，我终于抵达了内心深处，那里有真知的火炬如日。

然后，最后一口气从我肺部和口中溢出。

那幽暗的长人从隐蔽处走来，他抬起手，给我的面孔蒙上一层青苍的阴影。

于是一切陷入了寂静，渺茫而又空虚的寂静。

奇异的是，那一刻，我却感到彻彻底底的自由，好似脱下了一件束缚肉体的紧身衣。

时间在我面前朝过去和未来无限延伸。我的灵魂在飘离，如同一片脱离了时空牢笼的羽毛，轻盈，洁白，向上飞升……

风吹向风

水滴入水

云融化云

火吞噬火

土掩埋土

这便是死亡。

这便是回归。

没有任何记忆能被遗忘，被丢失。它们一直就在那儿，等待着重新出现的那一刻

人们在地窖里发现了他的尸体。

那个年轻的助理医生，他像纸一样苍白，又像失去了手掌的手套一样安静。

但是他的脸上没有痛苦的挣扎，相反，人们发现他的嘴角有一丝不易察觉的微笑，那微笑似乎长途跋涉，穿越了漫长而艰难的历程最终到达了某个神圣的地方。当人们顺着他的目光望上去时，那里什么也没有，只有虚空，空，一种无限的无限！

那么，他为什么微笑？是因为解脱，因为终极的自由？还是他在微笑着，准备好来一次飞跃，将他引向永生，引向宇宙间另一种无限快乐的存在？

这些问题累积在人们的心里，就像困在笼子里的鸟儿不安地扇动着翅膀。

当时，公主正在她的房间里看着那幅素描。她从画里看到的东西穿过她崎岖的心境，像弹片一样击中了她。她心中突然涌起一种前所未有的情绪。戴维·里希特在这些线条里倾注了如此多的灵魂，令她震惊。

而他的姓"里希特"在德语里是法官的意思。一个见证者，一个审判人。

他被推进焚化炉的那天傍晚，渡鸦在妃红的天空中哀鸣，它们在这焚烧的赤风里绕着烟囱，发出阵阵粗嘎的叫声，像是在举行一场渡鸦的葬礼。

黑色的翅膀，黑色的身躯，黑色的眼睛，黑色的火焰，黑色的死亡。

天色变得昏暗，仿佛夜空已经与大地胶合在一处，并掩盖住了所有的人世喧嚣。

大地上的众生如尘埃在风中起落。

那开满黑色花朵的烟囱如同祭坛，以渡鸦的冷瞳俯视深渊中的人们。

她再也无法面对他的画，她感觉全身灼热刺痛，好像有种内部的麻痹感在阻止她呼吸一样。

她想起他说过的话，这些鸟是那些死了却没有得到安葬的人的灵魂，是那些在人世间受到了不公正待遇，被蹂躏、被屠杀、被谋害的男人、女人。忽然，她心中的堤坝崩溃了，释放出汹涌而势不可挡的情感，顺着泪水，倾泻而下。

她走到当初他们一起看鸟的地方。那些黑色的鸟此刻就像是悼词，在天空疾书，为失落的和逝去的一切；又像是倾述，倾述那些太过沉重而无法说出口的伤害和悲痛。

一只渡鸦拍打着漆黑如夜的翅膀飞低了一些，在她的头顶盘旋，用摄人心魄的眼睛盯着她。她觉得内心像是被什么东西蹭过一样，留下一道流血的伤痕。

公主意识到，她看到的不再是渡鸦，而是他的灵魂在永远离开她之前，跟她道别。

那只渡鸦仿佛懂得她的心思，它扇动着翅膀绕着她飞。那黑色的翅膀，拍打着送出信息。她明白了，它要她远离伤害，远离这个晦暗如同坟墓的地方。

她向着天空伸出手臂，踮起脚尖，努力够着，嘴里喊道："再见！戴维！再见！"而她的心却在忏悔中滴血："原谅我！原谅我！"

那只渡鸦再度高飞，和其他的鸟一起，像那些忧伤的韵脚般相遇，找到彼此，合成一首生命的挽歌。

它们绕着烟囱转了几圈后，越飞越高，有如流动的黑纱，飘向昏暗、孤独而深沉的天际。

朱妍

2022 年 3 月 6 日

灵 次 元

这片我们丧失之国的破腭骨

在这最后的相遇之地

那些穿越而过

目光笔直的人，抵达了死亡的另一王国

记住我们——万一可能——不是那迷途的

暴虐的灵魂，而仅仅是

空心人

填充着草的人

——T.S. 艾略特

离开故乡很久了

久得就像屋顶的瓦檐间长满了青蒿。

我闭上眼睛，感觉时间在秋风的浩荡中飞逝——我的十六岁啊，分明就在上一刻。

如今人去楼空，年久失修的老屋在我面前好似远处黄昏的水塘一般寂寞、荒凉。

此时天色未暝，檐角吊坠的斜阳，引燃天边橘红色的烽火。

一只喜鹊曳着长尾喳喳喳喳地从我头顶飞过，落在瓦檐上，像是指引我这归来的游子对着故乡的暮晚做最后的抒情。

老屋是曾祖父留下的，驻守在原本喧闹的老街一隅。

现如今，这条临河的老街在凝重、弥漫着梦境的黄昏里几乎空无一人。泛着幽光的青石板古道旁，没几家店铺是开着的，更多的人家把卷帘门拉下一半，仓促地结束了生意。

放眼望去，整条街，整个镇子，都显得很忧愁、很萧索，到处冷冷清清的，好像自从我离开，它就被抛弃在时间深处，被世人所遗忘，就这样 Lost in time。

而且很多熟悉的面孔都不在了，人群在我眼里变得陌生。早年间人们心中飞扬的激情似乎已消逝，我从他们的神色中感觉到的是一种暮气沉沉，恰如这迟缓的晚夕。我心中不免感到一丝难言的失落。

记忆中来往船只如梭的碧水河，也寂寞无力地蜷缩在岁月的角隅。

它就跟老屋一样，不但样貌衰颓，就连筋骨看着也是不堪一击的。

我的眼前浮现出端午赛龙舟的热闹场面，耳边似乎还能听到"嘭嘭"的鼓声掠水越山而来。

回忆往昔，令我心潮涌动，忘了自己已不再少年。

回转身来，眼前这摇摇欲坠的老屋，正如同我日益沉重的中年。

老屋已老，墙皮剥落如同得了白驳风，雕木门窗皆已朽腐。

原先门楣上高挑的招牌旗帜早已不知去向，只剩下一根铁条，像手中攥紧的长钉。它在向什么宣战吗？

我看到草兵压境，沿着墙角沟檐开始，呈包围之势。

在老墙根的缝隙里，顽强不屈的苦艾草在一点点补缀旧岁月。

我弯下腰，抚摸它发黄变老的叶子，胸中却无限凄楚。我这离家的游子啊，风霜血雨中不也似苦艾一般地活着吗？

黄昏是这样的温柔、美丽和平静，

只有阴暗、潮湿的风剥蚀老屋，发出阵阵铁质的回音。

我直起身，抬头看到檐上青瓦在最后的日光里扒开自己，坦露人生的破绽。让我这无处安置的苍凉，像檐上荒草，在夕阳的暮光里永久地寥落。

我颤抖地掏出钥匙，打开已锈成铁疙瘩的锁，走进往事的尘烟。

油漆斑驳的木门发出一声沉重的"叹息"，它见证了我们家族的人进进出出，从出生到死亡，一代又一代，离去，归来。

山里的天气，潮湿多雾。在一股子腐败杂芜的肥皂泡沫气息中，我闻不出往昔熟悉的味道。

堂屋的墙壁被霉菌侵蚀了，泛着灰绿色的幽光。摇曳的树影投射在斑驳的墙面上如同守望在岸上的波涛。

而这栋满载着我童年记忆的砖木老楼，恍若一条破损的船，在时光的大海里颠簸荡漾。

这里不再是我记忆中的老家，它就如同一座时间的陵墓。

我甚至产生了一种错觉，似乎时间因某种无法解释的期待而凝滞，等待我的到来。

这栋两层老楼，下面是店铺和厨房，上面住人。

店铺里只余空空的货架，在半明半暗里，积满灰尘和蛛网。

我的到来似乎惊扰了某个隐形的世界。在黑暗角落、墙洞、地板下的腐朽空间，以及头顶的房角门楣，一群感觉灵敏的侦察者，发出窸窣的声响。等我把耳朵贴近深处，想听听在这个死亡的房间，这些寂寥的遗腹子，靠啃食什么活下来时，忽然四周坟墓一般地寂静了下来。

一个发响的东西撞在我的脚上，我吓一跳，连忙弯下腰摸起来凑到光亮的地方一看，原来是一个罐子，用手指把灰尘一划，露出透明玻璃，里面空空的。

这物件，也像是八百年前的东西了。

杂货店后面的厨房，那是奶奶一生的战场。烟灰无心，早已把过往熏得黝黑。

沿着阴森森的木楼梯向上，楼板在脚下咿呀作响。

厅堂里充满了黑影，那些古老、厚重的家具，如同沉船里的残骸，浸淫在深海似的黑暗中。

王子的钴蓝色睡垫子，还在老地方，在离我们卧室一米远的地方。

我习惯性地放轻脚步，仿佛它仍然蜷缩着身体伏在睡眠那毛茸茸的背脊上，暗自颠簸。

"从你们踏进家门的那刻起，我就睡在这里。"他经常这么对我们说。

绕过他的地盘，我推开自己的房门。

昏暗的房间里窗帘紧闭，墙纸上爬满暗绿色的苔藓和黑乎乎的霉菌，但这里的家具摆设依旧。恍惚间，我产生错觉，似乎自己从没有离开过，依然困守在这升斗般的生活阴影里。

我在每一处寻找那一个个不在场的人，所有那些被生活或死亡吞噬的人，还有一大堆或伟大、或渺小、或可笑、或可悲的家族往事……

这让我感觉沉闷压抑，又似乎在生谁的气。

是的，我有点生气。

回忆是如此沉重，压得我喘不过气来。

我如一条缠网之鱼，缠绕在我和我们家族人的血脉和命运交织而成的网中。

忽然间，我有种冲动，想要反抗，想要强行把网剥离，想要打碎时间的废铁，想要拉开那层积着厚厚尘埃的老粗布窗帘，好像我的那个十六岁就躲在那里，等着我拉开幕布，释放尘封已久的青春……

冥冥之中，一只大手抡起铁锤发出最后一击……

十六岁这一年，充满了意想不到的变故。

恰如被锤打的通红而弯曲的铁，插入水桶，"咝"地腾起一片呛人而焦灼的热气。

我多希望我根本没有活过这一年。

先是爷爷在春天逝去，就死在我刚迈入十六岁门槛的那个残酷四月。

我记得整个春天都阴雨连绵，淅淅沥沥的春雨，有一种无尽的、模糊的悲伤，直渗到人的骨子里去。

爷爷如同风中的残烛。

那段时期，他的健康已经每况愈下。

他已经坐不起来了，整天躺在床上，被五颜六色的药丸、瓶罐所包围。疾病苦涩的气味如尘埃一般覆盖住房间的每一个角落。

我们所有人都眼看着爷爷一天比一天缩小，像是一枚从内部开始枯萎的浆果。

他的目光呆滞，直勾勾地望着天花板，深陷于某个只有他自己才看得见的空间。

这段时间，杂货店都是奶奶一手打理的。

日落以后，楼下的杂货店打烊。奶奶抱着账簿上楼，爷爷的情绪就会变得亢奋易怒。他唯唯诺诺了一辈子，这段时间却一反常态。他跟奶奶生气，指责她没有把账记清楚。

此时的他整个人充满病态的活力，枯萎的脸颊上闪着一抹红晕。

"命运只给我一样东西：失败。"有一次我听到他喃喃自语。

不止一次在半夜里，我被他梦魇般的谵妄胡话所惊醒。

我从爷爷房间的门缝望进去，看见他将被子踢翻，手舞足蹈地，似乎在拼命压抑着从他体内慢慢集聚的愤怒。床头柜上的台灯将他头颅的阴影放大了映照在墙上和天花板上，围绕头颅的那一丛狂野"灌木"，魔法一般滋生出庞大的新枝末节。爷爷像鱼想要呼吸氧气似的大张着嘴，咂巴干燥的舌头，神色凄惶地东张西望。

有时，他会狠狠咒骂一声，猛地把一口痰吐向窗外，射向这海螺般充满回声的夜，似乎窗外深夜里有某种庞大的黑暗能量在跟他作对。

直到晨曦的光芒从时间苍白的山巅泄泻。爷爷才在清晨鸟儿的啾鸣声中，昏天黑地睡上几个小时。

他白天的大部分时间都蜷缩在枕头之间，银灰色的头发像被秋风扫过的灌木一般。他就这么静静地躺着，双眼深陷，目光暗淡，像雾气笼罩的水潭，沉浸在他复杂阴郁的内心世界，越来越远离现实。

对于别人的问话，他只用内心独白似的只言片语来应付。

那一次，我不小心把他的药碗打翻在地。

爷爷那混浊泛白的目光终于从漫游中归来，一抹嘲讽的微笑浮现在他浓雾一般的脸上。

"噢！爷爷，我……"我赶紧道歉。

他似乎一点也不生气，自顾自地说："一只碗摔落到地上，裂成了碎片。"

他临终前讲话的风格，像谜一样。

"我们最终都会这样，一堆碎片！"

然后他的脸再次抽离现实，逐渐变成一面空白的墙，仿佛被洗去了所有的表情，眼睛半睁半闭，茫然注视着空间的某一点。

当下，我的心里感觉到一阵刺痛，就像有什么东西搅到了我灵魂的深处。

因为从他的脸上，几乎看不到生命力的跃动，那里有的不过是不可避免的宿命——死亡的蛛丝马迹，它已经爬上他那张枯槁的脸，在他狂乱的发间筑巢。

他似乎也感觉到了什么，从深渊中归来，凝视着我的眼睛，对我说："娃儿，你也晓得了！爷爷将不久于人世了！"

我的鼻子一阵酸楚，泪水夺眶而出。

"娃儿"，是爷爷对我的称呼，他从来不叫我别的，只叫我"娃儿"。

从我记事起，爷爷就是我在世上最亲的人

我两岁时被爷爷用毯子包着抱回了老屋。

他一手抱着我，一手牵着哥哥。

他清理干净我们身上的烟灰和血迹，挑出扎入我们皮肤上的玻璃碴。

他抚养我，照顾我，教会我认识各种各样的动物和植物。

他还是个故事篓子，胳膊下夹着一袋子新鲜、有趣的故事。

"娃儿，想不想听爸爸的故事啊？"爷爷举着勺子对我说。

"想！"我用力点头。

"那娃儿要乖哟！来……张嘴。"他塞了一勺粥到我嘴里。

"你爸爸呀！他可是个出类拔萃的男娃仔。他会用石子打水漂，石子嗖的一声，一直飞到大河对岸，砸碎芦苇丛中的一窝鸟蛋；春天柳树发芽了，你爸爸呀，掰下嫩柳枝，拔下一节皮管，做成柳哨，吹出清脆悦耳的声音，大河里的黄颡鱼听了，跃出水面，用棘鳍跳舞；夏天的晚上呢，他喜欢躺在田垄上学青蛙叫，就像这样……听好

了，呱呱！"爷爷鼓起了腮帮子。

"结果啊！你猜怎么着？引来了一群癞蛤蟆直往他身上爬！"

我惊得张大了嘴，爷爷趁机又塞了一勺粥到我嘴里。

"有一天，他放学回家，迎面窜出一只疯狗。"

"后来呢？"

"后来……乖，再吃一口啊！"

"爸爸跑开了吗？"

"没有！"

"他大喊大叫了？"

"没有！"

"他晕过去了？"

"好了，孩子，把嘴里的饭咽下去。你爸爸没昏过去。那疯狗龇牙咧嘴地朝他逼近时，他就站在原地一动不动，甚至没拿正眼瞧它。这狂暴的畜生跳起来，像一团嘶叫的腹蛇准备扑咬时，你爸爸猛地弯腰，顺手捡起一石块——啪！"

我紧张地握紧了拳头。

"正打在狗头上。"

"疯狗呢？"

"疼得嗷呜一声……跑了！"

"爸爸呢？"

爷爷站起来，叹了口气。

"爸爸现在在哪儿？"

我看见他的嘴角不易察觉地抽搐了一下，"你现在和爷爷在一起。"

他那习惯于拨弄算盘珠、整理货架、修理毁坏物品、在账簿上写写划划的手，现在轻轻取下我的脏围嘴。他弯下腰把我抱起来，吹痒痒逗我，还用胡子扎得我咯咯地笑。

"娃儿，我的娃儿。"

奶奶一听到爷爷讲起爸爸，眼眶子就红了。"哎！"她悲叹道，"我可怜的崽啊！"每回说完还不忘瞪我一眼。

古镇很小，古镇也很大

说它小，它只有几千户人家；说它大，它能揽山纳水，把大牛山和碧水河都兜入怀中。

它是凭水依山而筑的。

人们在山坡上开垦梯田，种植稻谷。而在临水的一面设码头，湾泊的船只来来往往，将粮食和山货运出，又带回人们生活所需要的物资。

河运繁荣促进了沿岸的商业发展。

临河的老街饭店、酒楼、杂货铺、酒吧、美容美发、药铺，林林总总，贯串了各个码头。

每当夜幕降临，沿河的灯火高低辉映，犹如从九天遗落的繁星点点。

小时候，我最喜欢在春天看河中涨水。

那浩浩荡荡的春水咆哮着，一泻千里，像一头水兽要冲垮堤坝。

大家都跑到堤沿上，呆望着从上流漂浮而来的牛啊、羊啊、猪啊，有时是大树、房子，有一回甚至漂来个孩子，坐在木桶中哇哇大哭。

我记得人们如何慌张地喊叫，有些调皮的孩子趁机挣脱大人牵着的手，跟着河中的木桶跑起来，直到救援快艇赶到将木桶堵截。

小孩子都爱看热闹，这条河最热闹的当数端午赛龙舟了。

那时河边必站满了人，来自十里八乡的龙船云旗猎猎，蓄势待发，只等战鼓擂起，便如离弦之箭，向豆绿色的河面射去。

少年的心也随着锣鼓的敲打，像河面翻起的波涛，起起伏伏，充满不可言说的快乐。

碧水河两岸群山巍峨，山上植被葱茏，常年蟠青丛翠。

古镇的风水靠山叫大牛山，因状似巨型卧牛而得名。

这大牛山有令人魂牵梦绕的神秘和秀美。

每当夕照时分，绮霞满天，它常常幻化为含羞的少女，若隐若现，使人疑心是天光使了障眼法，用夕阳的霞光与袅袅山雾织就了一件紫蒙蒙的薄纱，披在她的身上。而开凿于南坡的人工梯田，恰似她肥大、层叠的裙裾，随着光影变换呈现出多变的色彩。此时的碧水河便如同她的青玉飘带，又像一条有力的筋脉，横穿山谷，流经她的

241

脚下。

这大牛山还有一处隐藏的瀑布深潭，那是我们儿时的乐园。

热天，孩子们三五成群顺着山涧沟溯流而上，大约半个钟头后，就会传来一阵瀑布春雷般的轰鸣声，眼见一股巨大的水汽升起来，好像雾一般，在白日照耀下呈现出无数道彩虹。

就在那蒸腾的水汽下藏着一道飞练似的白瀑，从裂口两侧直泻而下，好似千万匹野兽在搏斗，在怒吼，在翻滚。这由万斛晶珠织就成的银色长绢，落成一处清澈见底的深潭。

这深潭远看如一块蓝田玉，待走得近了，水底的白石子，带花纹的玛瑙石，全看得清清楚楚。水中的小鱼小蟹游来游去，如漂浮在透明的空气里。

天真烂漫的孩子就在此汩水，捉鱼，不到日头西落不知返。

我们的古镇如同一部凝固的历史。

那些四角飞檐高高翘起，似雄鹰展翅，扑朔欲飞的古老建筑，它们千楼自别，相互竞秀，有的跨水环谷，有的拔地倚天，仿佛是生长在麦秆上的麦穗，依山顺势，层叠而上。

悬挂在屋檐下的花布床单和衣裤，如同家家户户的旗帜，迎风招展，抚慰人心。

古镇的生活永远那么单纯、静寂，除了生老病死，似乎没什么可期待的了。

生活平静得像一条河流，从人们的心上流过。

然而再平静的河流，也会涌起意想不到的漩涡。

这就是人生的无常。

老废木和小废木的幸福时光

爷爷家位于喧闹的街角，大清早就有小贩的吆喝声和货船的马达声划过时间的边缘，叫醒我的耳朵。但我喜欢赖在床上，睁着眼睛在白昼的边界做梦。而此时屋子里光影波动，如同一艘潜水艇，带着我在时光的海洋中徜徉……

爷爷总是一声不响地推门进来，走到窗前，"哗"地拉开窗帘，让阳光从金黄色静脉的深处喷薄而出，为我的脸涂上一层金漆。

"起床喽！太阳晒屁股喽！"

他不容分说，一把掀开我的被子……

我不喜欢待在杂货铺，跟架上那些毫无生气的物品待在一块儿。

只要瞅见店里没什么人来买东西，我就扯着爷爷的袖子，央求他带我去山上玩。我们一老一少像做贼似的，趁奶奶不备从后门溜出去。我戴着小草帽，爷爷戴着大草帽。

山坡上，草丛里，蜻蜓、蚂蚱、蝴蝶、笨大螳螂，个个鲜活，个个欢腾！

我想怎么样，就怎么样。我想干什么，就干什么。反正爷爷都依我。

我看见一只大蜻蜓从眼前飞过，我追蜻蜓，爷爷也跟着追蜻蜓；我又看见一只绿色方头大蚂蚱在我脚边跳，我转去扑蚂蚱，爷爷也跟着扑蚂蚱。蚂蚱跑得慢，不像蜻蜓飞得快。我们一捉就能逮到好多只，爷爷用狗尾巴草给我串了一大串。

玩累了，爷爷坐在树下歇息。我抬头看见树叶间吊了串串果实，密密麻麻的，像翠绿的项链，又像一只只小元宝，风一吹，就张着小翅膀自由自在地飞，愿意飞到哪里去，就飞往哪里。大树也猜不着。

爷爷说那是"鬼子柳"。

我说不对。那翅子越看越像两只兔耳朵，我管它叫"兔耳朵树"。兔耳朵树上结了一串串兔耳朵。

爷爷笑起来，笑得脸上开了花。

我捡了一大堆飞落下来的树籽，用手捧着往天上扬，一边扬一边喊：

"下雨喽！下雨喽！下兔耳朵雨喽！"

大牛山可真好啊！

天是瓦蓝瓦蓝的。云很白。树很绿。花儿是红的。我是自由自在的。

我到了这里好像就非跑不可，非跳不可，人变成一头撒欢的小兽，似乎一切都由不得自己了。

但一回到家就是另一个世界，另一番光景了。

我们每回偷溜出去回来后，都免不了奶奶的一顿刮："你们爷俩死哪去啦？这么晚才回来……"爷爷和我都不吭声，只猫着腰往屋里钻。

在家里，奶奶整天指派爷爷干这个干那个。爷爷因此常常挨骂，奶奶骂他没用，什么事也干不好，是个老废木！我听不得她骂爷爷，有时会涨红了脸跟她顶嘴："爷爷才不是老废木！"

奶奶就用手里的鸡毛掸子抽我，可我滑溜得快，她打不着，气得她直跺脚："你个小废木，跟爷老子一个德性！"我一边做鬼脸，一边逃走了。

即便挨骂，我仍然经常拉着爷爷往大牛山上跑。

大牛山上不仅有蜻蜓、蚂蚱、蝴蝶，还有一个宝贝，爷爷说那可是国家重点保护的野生动物！

每年秋冬有一群朱红色的大鸟从北方飞回来越冬。它们从我们的头顶飞过时，那才叫个"红运当头"呢！这些鸟儿把它们丰饶的生命力都展现到了羽毛上，在我们头顶画出一片美妙的火烧云。

它们叫朱鹮，是大牛山的神灵。

白天它们经常在溪流、稻田中涉水，跟那些傻笑的鸭婆鸭公一起漫步觅食，晚上就栖息在高大的树木上。

一到冬天我就拉着爷爷带我去观察候鸟的习性。

我记得爷爷带着我潜伏在田梗沟壑。我们不敢靠得太近，因为朱鹮生性孤僻胆小。

等它们放松警惕，悠哉悠哉地晃过来时，爷爷那只上了年纪的手竟敏捷得惊人，只见他从竹篓里掏出一只绿皮青蛙，对着觅食的朱鹮抛过去，在空中划出一道呱呱叫的弧线。

"仔细观察，娃儿。"他说。

那些粉红色的大鸟纷纷拍打着翅膀，飞过来争抢食物。

它们的鸟喙细长且弯曲，从喉咙深处发出一阵阵嘶哑、贪婪的叫声。

爷爷又扔了几只青蛙，很快，稻田里聚成一块淡粉色、波浪起伏的花圃，像是一张有生命的地毯。

我忘乎所以地拍着手，站起来大声欢呼。

那块地毯便迅速瓦解、四散开去，变成动态的花，伴随着尖叫腾空而起，组成一大片翅膀的云团。慢慢地，云团越来越稀疏，溢出的色彩像泼洒的水一般不断流泻、扩张、漫延，然后吞没了一大片山林。

我让爷爷在地图上标出朱鹮由原生殖地迁往越冬地的路线，它们需要飞越的高山和峡谷，经过的城市和村庄。

白露凝结，我就开始守候。无论吃饭和睡觉，我都竖起耳朵，有回睡觉做起梦来还喊着：

"朱鹮飞回来啦！朱鹮飞回来啦！"

等它们真的回归的那一刻，我却一个字也喊不出来了。它们就像是从天空裂开的魔盒里蹦出来似的，一群唧啾不休、鲜花一样怒放的朱鹮，像魔法纸牌，五彩缤纷、噼噼啪啪地洒落一地。

每年发现有受伤，害眼病，或身上长瘤的朱鹮，我们就把它带回家。爷爷会悉心地照料它们，给它们接骨，做手术，挤出脓水，上药，喂食……

来年春天迁徙时，痊愈的鸟儿会用闪烁不定的直线和曲线，在我们屋顶上空盘旋，画出条条缠绕的丝带。

但每年冬天能够飞回来的朱鹮是越来越少了，爷爷告诉我，沙尘暴、雾霾、雷电和子弹……这些都可能是导致它们没有按时返还的原因。

只有我还在年年长大，年年等候它们的归来。

远处山峦上的一个橙红色的点，常被我当作它们临近的身影；荆棘丛上飘着几簇羽毛，莫非是有人在偷猎？田埂上的每一处新粪迹，都可能是它们经过时留下的……我长到十岁时，爷爷对我说："别再等了，娃儿。"

"它们很快就灭绝了。"他说，"看看稻田里撒的农药，污染的河水，还有偷猎者的枪声……更别提迁徙路上所要经历的重重险阻！别再等了，娃儿，它们不会再飞回来了。"

我听了号啕大哭。

"回来啦！回来啦！我知道你们一定会回来的！"

爷爷去世的那天，天空布满云层的褶皱。

那时他已经陷入了昏迷。皮肤随着呼吸分泌出乳白色、黏黏糊糊的汗液。

家里来了很多亲戚，人们进进出出的，房间里盘旋着一团巨大的由压低的噪声、啜泣和破碎的对话组成的混沌之物。

我和哥哥帮着奶奶端茶倒水，招呼这一屋子人。

就在这时，我听到外面人声嘈杂，像是发生了什么事。

我们拥到窗前，看到人们抬头望向天空，用手指指点点。

一阵鸟声聒噪，天空中飘过来一条红丝带。

是朱鹮！是它们回来了！我一边喊叫着一边冲到爷爷的房间，一把推开黑色谶词似的窗棂。

这长着长腿的飞禽，穿过污浊的云层，周身彤火，如不死的烈焰焚烧，又像多脚的霹雳一般，轰鸣，逼近。

当它们越飞越低，离我们越来越近时，我发现这些鸟儿之间，还飞着许多怪鸟。

有的鸟残废了，用一只翅膀在空中歪歪斜斜地飞着，有的飞着飞着就肚皮朝天了，还有的长着别扭又笨重的鸟喙，厚重得有如挂锁。最令人惊恐的是长了彩色肿瘤的鸟，看起来就像是制作拙劣的标本，从某面墙上飞出来的。

谁也没有注意到，爷爷这时突然坐了起来，像受到神明启示般张开双臂，大声呼唤这些鸟儿。

他凭感觉认出了它们，这些都是他曾悉心照料过的鸟，在他死亡的前夕回到这里。

这幕出乎意料的归来，令在场的人莫名地感动。

他发出各种声音，呼唤鸟群。

而朱鹮似乎听懂了爷爷的心声，它们纷纷降落到窗台，在大家惊惶的目光中，一眨眼的工夫，卧室里就仿佛铺上了一块起伏如浪花的彩色地毯。

"爷爷，爷爷，朱鹮飞回来了！"突然降临的喜悦令我雀跃。

我抱起一只大鸟，手掌中感受到它心脏的跳动，如同握着一粒温热的种子。

爷爷两眼精光四射，面色红润，竟似起死回生了一般。他摸着朱鹮的样子，就像抚摸自己的孩子，嘴里念叨着："回来啦！回来啦！我知道你们一定会回来的！"

这时，远山发出如雷的咆哮，振动着窗玻璃，与鸟的鸣叫和爷爷的低语混合在一起。

爷爷想必也听到了，他抬手做了一个挥赶的动作，那比较像是他内在的恣态，一种绝决、悲情的告别。

朱鹮又像来时一样从窗口飞走。多远了，还能听到它们发出的"啊！啊！啊！"的声音，浑厚而笃定，似乎将遗落的亮钉，穿透人世的铠甲，直射入天地之心。

很快地，爷爷的精神迅速消退，他的动作和表情中开始流露出一种虚弱，一种不再挣扎的放弃。

他把我和哥哥叫到床前，哥哥略有些迟疑，被奶奶从后面推了一把。

爷爷头上长满了蓬乱的银发，乱糟糟的，像稻草，又像是粘贴上的鸟毛。他伸出干瘪、多骨的手紧紧攥住我们。

"爷爷的人生失败了！这种算来算去的日子，不是我喜欢的生活。满崽，娃儿，你们不要学爷爷。"他的呼吸越来越慢，喉咙里发出咯咯嘎嘎的声音，听起来就像一只张开翅膀，撞进罗网的鸟发出的惊恐而尖锐的叫声。

他张大嘴巴，费尽全力说出最后的话："人应该为了兴趣和价值而活，不能只是为了赚钱！"

在死亡来临的最后一瞬，他的嘴巴里只有出的气没有进的气，喉咙里发出咔嗒咔嗒的喉音，然后……一切归于死寂。

感觉就像有人伸手在我胸口打了一拳，一阵从内心深处涌出的酸楚充满了我的胸膛，我的眼眶顿时湿润了，随着外面雨水的倾倒漫漶一地。

屋里一片哭声。

屋外，雨的鼓槌敲打着大地，齐刷刷的节拍淹没了一切声响，而在乌云翕合的远空，我好像看见一道剔亮的裂缝，有一部分雨向上溯流，将爷爷的灵魂引向铅华洗净的天心。

雨水缠绵阴郁，下了整整一个春天。老屋的墙壁和家具上挂满了细碎的水珠，脚步的轻微震动，就会让这些脆弱的水珠惆怅地流了下来。屋里潮湿，屋外是水。天空仿佛是一片悬挂的大海，雨水通过数不清的筛孔落下来，它打湿我的心，洗白了我的脸。

天地仿佛浸泡在泪水里。

爷爷走了，生活一切依旧。但是又似乎有所不同，仿佛什么地方有了个看不见的缺口，始终无法填补起来。这道伤口，似有若无的，时时扩张、收缩，挤压着我，使我感到呼吸不畅。

王子不接受爷爷已经去世的现实，它整天屋里屋外地寻找爷爷，嘴里发出一种幽婉颤抖的声音，似乎在设法追忆一首已忘怀的曲子。

终于有一天，它不得不承认爷爷再也不会回来了，就在这个时候，它身上发生了明显的变化：活力风采尽失，变得郁郁寡欢，行动迟缓，对外界环境不闻不问，但是有时候又很敏感，暴躁易怒，对我们兄弟俩也不如以前那么有兴趣了。

一点一点地，一针一针地，生活穿过皮肤上的孔洞刺痛着我

自从爷爷去世，奶奶更加忙碌了。

上货、理货、记账、收银，生意不好做，外加两个孙子的一日三餐，她变得严厉了，甚至有那么一点儿冷酷。

但她对哥哥的喜爱和放纵有增无减，家里无论有什么好吃的、好穿的，都让哥哥先来。

有一回，哥哥穿了一双新球鞋，大摇大摆地在我面前炫耀，我低头看看自己脚上哥哥穿旧的鞋子，那一刻，我觉得自己就是一张不起眼的废纸，被身后吹来的冷风刮得四处飘落。

我知道奶奶不亲我，从小就不喜欢我，因为我打小体弱多病，面黄肌瘦的，像是用纸裁成的一样，且呆头呆脑，反应迟钝。性格长相都继承了我母亲家族的精神气质，属于想入非非又多愁善感的一类人。

奶奶也从来不喜欢我妈。她们之间的冷漠和忌恨，就像隔年的面包，又冷又硬。

我曾经听到，奶奶对她的朋友说起过——我儿子一进大学校门就被那女人盯上了，她替他打饭，洗衣服，要不是因为她，我儿子也不会留在城里，就不会有后来的事。那女人简直就是个丧门星！

因此奶奶总是怀疑地打量我，好像我是灰色的，是不祥之物。有时候，我感觉到奶奶注视我的目光，就像两颗锋利的钻头，带着冰冷的敌意，几乎直挫到我的心底，仿佛我犯了什么我不知道的罪行。

我从她的眼睛里感觉到我就像一个劣质产品，而我哥哥纠正了这一错误。

她不止一次说过，哥哥长得跟父亲非常像（如同一个模子里刻出来的），身体壮，不挑食，能写会算，成绩好。

我和哥哥，我们是如此的不同。他是那么善变而聪明，嘴巴能说会道，总能轻而易举地为自己赢得一片天地。

在家里，哥哥总是欺负我。每次刷碗的时候，他总是借口上厕所，把一大堆脏兮兮的碗碟丢给我。店里新进了好吃的零食，哥哥会背着奶奶抓一大把到房间，然后把吃剩的包装放我床头，嫁祸于我。爷爷死后，哥哥迷上打电玩。有一回，他甚至把

我攒了一学期的零花钱都偷走了。我哭着跑去告诉奶奶，但她忙着做买卖，不耐烦地说："真没出息！哭，就知道哭！还跟小时候一样哭哭歪歪的。"见我哭得更厉害了，她便抽出几张纸币给我。

我无力又绝望地大哭起来，然而哥哥没事人似的，他打开游戏机，屏幕上正播放着他最喜欢的吃人游戏——一个专吃死魂灵的小恶魔，他会释放负能量情绪，使人消沉、悲伤，然后从他眼里射出跟勃朗宁 9mm 子弹一般大小的泪弹，将人杀死，然后大快朵颐，就像舔冰淇淋，吃巧克力豆，嚼薯片似的吃人们悲戚戚的死魂灵。

那一回，我越想越觉得自己受了天大的委屈，在内心乌云压顶般的黑暗中走出家门。

我远离那些嬉笑玩耍的孩子，寻找和我此时的心境一致的地方。

放眼望去，那条在阳光下涌动着微光的大河，好像正在像我发出邀请。

我坐在河边的大石头上，痴呆呆地望着那宽广而无情的河面。

我想象着自己掉进水里，毫无知觉地被水淹死，等到人们把我从水里捞起来时，奶奶和哥哥看到湿漉漉的、毫无生气的这具遗体时，他们会怎么做呢？他们会为我哭泣吗？他们会俯下身来哀求我的原谅吗？唉，或者他们就像这残酷的世界一样，狠心地扭过头去？

这种想象给我增添了一种悲壮的情怀，还夹杂着一丝复仇的快感和强烈的自怜。

河水哗哗地流淌，似乎对我每一个悲哀的念头都表示赞同。

我在脑子里一遍又一遍地做出种种猜测和分析，直到再也没什么好想的了，才叹口气，站起身来，在夜幕里回家。

现在我还清楚地记得十六岁那年夏天的高温

天气潮湿而燠热。

吸饱了春雨的土地，在夏阳的炙烤下水汽腾腾，像个蒸笼。

屋后的坡上，爷爷亲手种下的星星果树结满了盛夏的"思念"，一串串的，像金色的泪滴。

有时奶奶会让哥哥爬到树上去摘金灿灿的星星果。甜的给我们吃，至于酸的，奶奶拿它来煮鱼汤，会令你胃口大开。

而后窗的一株无花果似乎长过了头，那腐败开裂的果实招来了一群钢蓝色的、怪兽一样发出嗡嗡噪声的多毛苍蝇，在热浪中发出沉闷、单调而又抑扬顿挫的打击乐。

哥哥非常讨厌这些绿头苍蝇。

他尝试了各种方法来消灭它们，但它们高超的复仇，总让哥哥陷入永不休止的绝望追逐中。

我们一整个夏天都听到这嗡嗡响个不停的恼人的控诉。

所以哥哥总不愿待在家，天天跟着狐朋狗友跑出去泡游戏厅。

我不得不留在家被奶奶指派着做这做那，心里很是孤独、落寞。

有一回，奶奶让我去拐角的储藏室找扳手。很久没人进去过了，黑洞洞的储藏室里泛着霉味，灰尘不知积了有多厚，还有那黏糊糊的蛛网蛛丝。这储藏室有一个小后窗，透过蒙尘的玻璃渗进一些亮光，我就趁着亮光翻翻拣拣。

这里除了家具物什，还堆了杂七杂八的书，它们在那里不知放了多少年，有些个快要腐烂了，有些个生了虫了，被遗忘在记忆的角落。《数据结构》《算法导论》《重构》……这都是爷爷用过的工具书，里面尽是些带钩刺的字母，夹着一串串数字、符号，像诡秘而闪亮的矩阵，摆在我面前等着我去破解。

而掌握这种密码的爷爷，早在四十年前就彻底放弃了这门语言，回到小县城，坐在杂货店里，坐在他灰色的失意潦倒之中，接受不得不接受的命运。有时，他迷蒙的双眼中还微微闪烁着城市遥远的炽热光芒……

十岁那年，我记得那时特爱刨根问底。

暑假的一天，哥哥在屋后练习飞镖。

一只野鸽子吓得在半空中忘了震翅，险些坠地。

"你知道爷爷以前是做什么的吗？"看见我拎着水桶出门倒水，哥哥停下来问我。

他知道我对爷爷的事一向很感兴趣。

见我答不上来，他得意洋洋地说："码农。爷爷以前是码农。"

"码农？"我挠了挠头，"那是种什么的？"

哥哥哈哈大笑："听好了，傻瓜。码农就是游戏程序员。"

"告诉你吧，"哥哥瞅了瞅屋里，把声音压得像耳语一般，"我知道爷爷为什么不开心！因为他是个失败者。是个 loser。他是被大城市撵回来的，就像被驱逐的印第安人……"

哥哥听奶奶说，当年的爷爷就像许多同龄人一样，怀揣梦想，来到大都市。但他面试了一家又一家公司，却得不到任何回音。焦虑不安的他一夜未合眼，天刚亮就到建筑工地找活儿干。他扛大包，搬砖，推独轮车，身上脱了皮，满手是泡，累得腰像要断了似的。就在他越来越焦燥不安，几乎经受不住考验，准备打道回府之时，他接到了入职通知。

于是，爷爷进入一家游戏公司做了程序员，这份工作虽然压力大，经常熬夜加班，但收入高，足以让他搬出地下室，住到看得见阳光的房间里来。

未来在向他挥着希望之手。

他早早起床，赶公交，挤地铁，跟随人潮泄洪一般涌向城市的各个角落。

然而，他渐渐发现这个城市似乎并不欢迎他。

"当地人很排外。"他在家信中写道，"被人瞧不起倒是小事，关键是什么都受限制，买房、买车、摇牌照乃至下一代的教育升学……一大堆条条框框，这一切仅仅因为我的户口不在这里。"

但他没有气馁，不管大都市的生存环境变得多么恶劣——人口膨胀，空气污染，交通堵塞，房价飙升，以及无处不在的生存压力。

他相信，梦想也许遥不可及，但是我只要努力一点，就会离成功更近一步。

有一天公司加班到凌晨，大家又困又乏，一个同事趴在办公桌上睡着了。起初谁也没有在意，直到大半天过去了，他竟毫无动静。有人觉得不对劲，过去查探，这才发现那位同事已经死去多时，身体僵硬如石头。他就那样保持着坐姿，一只手还放在键盘上，为自己敲完了最后一行死亡代码。

那具尸体看起来好像是什么人遗下的衣服。人已走，不再需要他唯一的皮囊。

从那一刻起，一切都变了。

他在信中说："在城市里生活久了，经常感到这个世界多你一个不多，少你一个不少。活着没有任何意义，甚至，连意思都快没有了。别人都说我丧，我不知道自己为何要丧。其实，我不伤心，也不难过，但心里头偏偏又沉闷地喘不过气。"

他面无表情地塞在拥挤的电梯里；

他面无表情地走在地铁汹涌的人潮中；

他面无表情地站在斑马线上，看着身边的人走来走去。

有时走在昏暗的地下通道里，他甚至有一种错觉，好像他的脸和别人的脸变成了没有形状的污点掉落下来，堆积在急匆匆的路人身后。

他意识到自己跟大多数现代人一样，于不知不觉中患上了一种没有感觉的病，活着没有目标，没有未来，更缺乏归属感，他一度以为走在路上的不是人，而是头颅状的拨浪鼓，是具有人形的木偶。

他成了一个空心人，和千千万万人一样。

突然爆发的传染病，让城市按下了暂停键。

生活的难处如同卡在机器齿轮间的硬物，微小、具体而膈应。

在缺菜少粮中封困了近两个月后，他和很多打工人一样，背起行囊，逃离了大城市。

在那个让他不愿再回忆的春天里，年轻的爷爷坐在摇摇晃晃的车厢里，情绪低落，双手插在兜里，膝盖并拢，这种显得又颓又怯的样子后来保持了下来，他坐在杂货铺柜台后面的时候，两膝就保持这个角度。

但家乡容下了他的肉身，却无法安置他的灵魂。

他有如无根之木。

像一个被流放的无家可归的人。

我不知道爷爷想成为什么样的人，他理想中的自己是个什么人，他又如何在时光的侵蚀中活命的。

这一切恐怕只有他自己才知道。

爷爷已经离开了，从时间中跌落，犹如星星从天穹中陨落。

我想念他。

我找来一个纸箱，将爷爷的书一本一本码放在里面。

它们是爷爷没有实现的梦想。

那个只剩下骨头的人，只有我知道他的灰烬里藏着一座火焰山。

这时，一本书掉落在我的脚边。我捡起来吹落灰尘……

"娃儿，你见到这些鸟时，要能说出它们的名字哦！"爷爷把这本彩绘的鸟类学版画放到我手里时，我才五岁。

他带我翻阅这些彩色的图片，长着羽毛的奇幻鸟类仿佛从书页中飞了出来，让房间里充满了拍动不停的彩色翅膀。

爱鸟的爷爷对鸟有一种艺术家般的狂热。

有一次，他带我到梯田边的树林里，手搭在我肩膀上，指着树枝上的鸟让我看。

"仔细观察。"爷爷说。

他告诉我怎样通过形态和叫声来识别鸟类，我记住了孔雀、雉鸡、朱鹮、鹈鹕、鹦鹉、画眉以及大嘴巴乌鸦——

为了让我更好地观察，有一次，爷爷爬树，掏鸟窝，把长着褐斑的蓝皮鸟蛋带回家，放在棕色的牛皮纸盒里，在底部放一些碎纸条，然后将其放到有灯光保温的暖箱中。

三天后鸟蛋孵化了，从壳里钻出来一只瞎眼的、笨拙的雏鸟，眼睛布满白翳，发出暗哑的啾鸣。

爷爷用生鸡蛋、馒头渣、牛肉馅、面包虫还有青菜叶子来喂它，然而几个月后，它没有长出令人赞叹的亮紫色、靛蓝色、铜绿或银白色的羽毛。

它的羽毛越来越黑，黑得如同一团焦炭，叫声也越来越嘶哑。

"这是一只大嘴巴乌鸦！"爷爷无奈地摇了摇头。

自从被一锤定音之后，小乌鸦活得越发肆无忌惮。

它喜欢追着人跑，十分顽皮，也十分聒噪，简直是个烦人精。

奶奶很讨厌它，爷爷数次想要把它送回山林。

但小乌鸦不愿意飞走，它发出令人悲伤的声音，即使是最坚硬的心灵，也会被它软化。

就这样它成了我们家庭的一分子。

它越来越聪明，可也越来越火爆。脾气性格活像奶奶，俨然是一个爱斗嘴的老娘们，见人就攻击。这让每个进出家门的人都时刻提心吊胆，冷不防小腿上就会被它啄一下或咬一口。

这本书对我来说是如此珍贵！

我小心翼翼地把它收到抽屉里，藏在其他书下面。

有时，我会在夜深人静时来到储藏室，流连在充满回忆的书页之间，而总有那么一个瞬间，这些不死鸟呼啸着从书页间腾飞上升，书页燃烧起来，深夜里发出抚慰人心的光芒。

其他的书本相比之下就像荒凉的石头，显得黯然失色！

就在那年夏天，奶奶趁我不在的时候，把一箱子书，连同那本鸟类学版画，论斤卖给了收破烂的，换了一个蓝色塑料桶。

那些大大小小的坟茔，远远望去，就是一些鼹鼠包一样的圆形土丘

我跟奶奶吵了一架，一个人跑到爷爷的坟上哭。

坟场建在山阴。那片忽隐忽现的圆形土丘掩映在蒿草之中，显得杂乱且有法度。

天气燠热而沉闷，空中没有一丝儿微风。

八月的阳光火辣辣的，闭着眼都受不了，睁开更是发现整个世界杀声震天。

在凶猛的热浪中，树上的山蝉疯了似的拍动翅膀，发出刺耳、着魔的声响，仿佛大理石切割器在割断阳光最火硬的脉络。草丛间被激怒了的荚果"啪"的一声爆裂，种子有如弹跳的蚱蜢。

坟上的草格外茂密，间有青绿昆虫振动习习的声音。

爷爷就躺在这层最柔软、蓬松的绿色床单下，那纠结缠绕的野草在午后的火焰中像病菌般蔓延、扩张，凭着 股野蛮的劲头争夺整个山头。

在他旁边安息着他此生最想念的亲人——我的父亲。

父亲死时我才两岁，他的形象仿佛是一个模糊的影子，如同黑暗中的光斑，又好像是从一幅很大的拼贴画中撕下来的一角，除了这残缺不全的一角，其余的画面都消失不见了。

小时候，我曾经做过一个梦，梦见一场大火。熊熊燃烧的火舌吞噬了整个房子。爸爸在火里喊我的名字，眼里冒着火焰的红光。我想答应他，可我不敢！因为他的脸开始熔化、坍塌，嘴巴扭曲成一副可怕的怪相；眼珠子滚落下来，头发烧成了一团火。"快过来！"他的牙床在朝我嘶吼。

我醒来后吓得大哭，爷爷把我抱在怀里。

我问爷爷爸爸去了哪里？为什么他不能带着我一起去？

爷爷对我说，爸爸去了一个黑漆漆的地方，那里没一点光亮，就像夜那样黑的地方。大家都不喜欢黑暗，只能他一个人去。

我不明白为什么，为什么爸爸要去那样一个地方。

如今爷爷和爸爸都去了那个地方，再也没有人能安慰我，听我诉说我所有的委屈。

我越想越难过，禁不住放声号哭起来。

那些过去的往事，桩桩件件，全都复活了一般，随着我的眼泪变得鲜明起来。

我永远不会忘记那个明亮的冬夜——

因为口角，哥哥奚落我个子矮，他说我是脱了毛的鸡毛掸子。

那年我十岁，哥哥比我大两岁。但论块头，他却是我的加、加、加大号。那个时候哥哥已经开始变声，全身生出黑色的体毛，说话的嗓音也从男中音变成男低音。

邻居们开玩笑说，我奶奶一定背着我喂哥哥好吃的，他才长得像牛犊一样硕壮，而相比起来，我却瘦弱得如牛犊旁边的一根狗尾巴草。

哥哥的话令我伤心，我哭着去找爷爷告状。

爷爷正在屋后汲水，他充满感情地看了我一眼。

"娃儿，打起精神来！"说着他摇转手柄，水桶落下击碎了一井星光，"看一个人高不高唯，那得看他的宽度！"

然后，他开始引水，压把手，让活塞上下移动。

"宽度？"我瞪大了眼睛看着他。

"宽度就是指一个人的眼界，他的视野够不够宽广。"

"是不是眼界宽了就能变高了？"我更加疑惑了。

爷爷于是笑了，且说："娃儿呀，光长得高有什么用呢？历史上有那么多身材矮小的人，做出了伟大的成就。那才叫真正的高人！"

我使劲摇转手柄，水桶上升，那破碎在深井里的星光又重新聚合。水打好了，我吁一口气，突然觉得原先心上那沉重的东西，似乎被挪移走了。

爷爷不说话，只是抿起嘴唇笑着。

此刻，他的音容笑貌穿过记忆的流年浮现在我眼前，我动情地呼唤："爷爷。"

一只黑老鸹受到了惊吓，"呀"的一声，向着对山山坳振翅飞去。

爷爷用自己的碑影罩住了我，像是无声地抚慰。

我感到脸上一阵湿热，泪水已如两道湾流。

不觉已近黄昏，天空如血般洇着。

我看着大牛山渐渐浸入一桶黑墨汁里，鸽笼似的镇上人家逐渐点亮灯火。

纺织娘在草丛里开始了长篇大论，虫声繁密如落雨。

坟地上那些摇曳的深紫色花朵，像无数双猫眼在窥探。

长庚星从生命地平线的另一边升起，像一朵银莲花绽放在暮紫色的天穹。

我不由得想起刚上学那会儿，老师教我们绘制星空图。

放学后，我兴冲冲地把我画的星星图拿给爷爷看。

爷爷什么也没说，却从抽屉里拿出一张大纸，铺在地板上。

这是一张我从没见过的大纸，由一页页小纸缝合而成。纸上用铅笔标记着一些黑点，中间用直线或弧线连在一起。有的地方还出现了一些奇怪的字体。爷爷对我说："这是从年初到年末的四季星空图。"

"是爸爸画的？"

"对！他是天空绘制员。"

我指着星座旁边那奇怪的字体说："我不明白这是什么意思。"

爷爷笑了。他说："这是玄语，星星的文字。"

爷爷说要想学会这门语言，要长时间地观察星空，要学会驾驭那些比蛛丝还细、比蝶翅还轻的意识之光，才能进入到另一个时空，与星星交流。

"另一个时空？"我觉得他在逗我，我不相信！

爷爷用手指了指我们头顶的那片天空。

他说："天空之上，有一个与我们相对应的灵性时空。"

他给我讲他和小时候的爸爸如何在夏夜，一起爬到山顶去仰望星空。他们躺在发白的岩石上，眼睛睁得大大的，畅饮着水一样的夜色。四周静悄悄的，只听得见鸟啼虫鸣，和无休无止的风吟。

爷爷说，他感觉头顶上，一扇巨大的门敞开了，他滑了进去，潜入了夜空那非时间非空间的维度。

我的爸爸第一次就进去了。

这是一种无法言说的体验。

爷爷说他感觉自己既在这里，又在那里，忽远忽近地，像一个在无氢无氧环境中自由漂浮的粒子。

等到他察觉星星在移动时，夜便结束了，而自己恍惚只停留了片刻。

"我们从岩石上爬起来，慢慢地往回走，好像刚从梦中醒来。太阳升起的时候，王子跑到巷口迎接我们回家。我们打量着彼此，打量着四周，一切都是新鲜的、明亮的。那种感觉真是好极了！"

记忆中爷爷的话就像是画外音，我看着眼前大海一样广阔的星空，想象着他们如蒲公英的种子那般乘着意识之光向灵性时空逃逸。

可现在，爷爷和爸爸，你们又在哪里？在哪个时空看着我？

此时，天完全黑了。月光如银，把山上的大岩石照得像漂白了的骷髅。成片的篁竹皆成黑色，一根根如祭祀用的蜡烛一般挺直，而纠结缠绕的灌木，远看则像蜘蛛一样盘踞在山坳。夜雾升腾，四下里凉飕飕的。这里一片寂寞荒凉，间或有猫头鹰在夜色中发出送葬般的哭声，听着阴森可怕，让人凄惶。

一颗流星划空而下，从真实而令人胆怯的虚空中坠落，只余下短暂的痕迹，如同人生。想到这里，我的心上不免有些儿惆怅。

如果说我们每一个人都是与一颗星星一起出生的，那么死后，我们还能再回到天上吗？

群星在银光中旋转。黄昏时最早出现的长庚星，夜空最明亮的天狼座，荧荧似火的火星，如蓝宝石的猎户座……这些星星都在穹宇里旋转，忽明忽灭。

唯独北极星一动不动，忠实地充当迷途之人的向导。那是爷爷灵魂的光辉吗？

它冷峻、清醒而又坚定的星光，和爷爷的目光重叠在一起，似钢铸一般不可动摇。那压在我心里千斤重的东西，忽然就消失不见了。我释然了，一身轻松，且得到一种启示和解放的感觉，心上澄明起来。

我想明白了，我知道我自己——

不是为了悲伤而来，而是为了把生活中肮脏的湿落叶扫除；

不是为了反抗而来，只是为了保护心中摇曳的烛火不被吹灭；

也不是为了逃避而来，我只想寻找、抓住、拥抱。活着。

这时，我看见脚下漆黑的山谷里闪烁着萤火虫似的火光。

我听见哥哥呼喊我名字的声音划破夜空，与犬吠交织。

爷爷的樟木箱

暑假快结束了，奶奶让我打扫卫生。

我在爷爷床底下发现一个积满厚厚灰尘的樟木箱子。

我把箱子拖出来，吹落尘埃。箱子没有锁，很容易就打开了。里面有白色的动物骨头、石化了的鸟蛋和巨大的软体动物碎壳……

在一堆纸张和杂物中，我看到一张放大了的毕业照。

在那些中学生模样的孩子中间，我清楚地看到了他，我的父亲。虽然当时他还不是我的父亲，但他是将要成为我父亲的那个人，以及曾是我父亲的那个人。

那张稚嫩的面庞让我沉浸在遐想中——田野绿了，粉色的、白色的桃花徐徐绽放。大公鸡跳上草垛；牛在牛舍里哞哞地叫；布谷鸟开始一天的布道。照片中的那个少年走在田埂上，他用柳哨为水禽伴奏。那柳哨发出甜美的颤音，像一窝啜泣的夜莺，青禾听了，努力伸展双臂，像波浪一样舞蹈……

我完全没注意到奶奶就站在我身后，脸色苍白而严厉。

她弯腰把照片从我的指间抽出，放回箱子里，又从最底层拿出一个黑色仿皮记事本，那封皮弥漫着时光的灰暗气息。

"这里记录着你父亲小时候的事。"她的面色凝重如铅。

我迟疑着不知要不要翻看，奶奶见状转身离开了。

这是爷爷的笔迹，他在字里行间记下了逝去的过往，使之永远保留了下来，就如同是时光中的一粒宝珠——

四岁的娃儿（跟我一个称呼？）主意很大，大概进入了第一个执拗期。有一次，娃儿任性发脾气被爸爸训斥，他撅着屁股趴在床上好半天，不声不响的。我问他在干什么？娃儿一脸委屈："我在等我的内心平复啊！"一个四龄童竟然说出这样的词，我只好化干戈为玉帛了！——2014.10.9

元旦之夜，娃儿和爸爸妈妈一起守岁，新年到来时，他搂着我的脖子，摸着我的胡子脸，忽然对我发出这样的感叹："看！这才是爱！"此后他对爱的领悟，体现在生活的一举一动之中：他给我拿来一个苹果——"看，这就是我爱你的方式"；他给我的伤口抹药——"看，这就是我爱你的方式"。有一天，他竟然脱口而出，用"爱情"来形容我们的父子之情。——2016.1.19

娃儿和爸爸一起玩耍嬉闹，爸爸轻轻咬了一下他的耳朵，他马上紧张地说："爸爸，你可不要吃了我哟！"我连忙笑着安慰他，可过了一会儿他仍然不放心，转过头来看着我，一副忧心忡忡的神态："我觉得我需要买一份保险！"——2016.3.23

初夏的夜晚，娃儿搂着爸爸睡觉，冷不丁小家伙冒出一句话，配合着忧心忡忡的神态："爸爸……你可不要死啊？"我一时语塞，不知如何向他解释关于生死这个深奥的问题，只能尴尬地说："我尽量，我尽量……"他敏感地觉察到了我语气中的不确定，小手下意识地紧紧搂住我的脖子，把脸贴在我的脸上："要死，我们一起……"那一瞬间，我万分感慨，这个世界上竟有人愿意与我同生共死！为此我整整幸福了一个夏天。但中秋假期的最后一天，他做了一个积木方框送给我，让我把我的相片放进去。我问为什么，他煞有其事地说："爸爸，把你的照片放进去，你死了以后，我可以想起你！"我瞬间有种无法言说的失落感，或许他小小的心灵已经意识到了终有一天父母将离他而去，而成长就意味着独自拥抱世界。——2016.9.17

昨天晚上娃儿又哭又闹，一家人都没睡好。第二天起床后，他带着一丝歉意挪到我的身旁："爸爸，你知道我昨晚为什么哭闹吗？""为什么呀？""那是因为我到了人生的另一个阶段，我到了更年期！"面对这样的回答，我是哭笑不得。"什么！更年期？""当然啦！你以为只有女人才有更年期？我们男人也有！"他洋洋得意地反驳我，好像手里攥着我不知道的科学依据！——2016.12.2

报纸上刊登了一篇新闻报道，有个退休老中医连续两年不间断地为植物人按摩，成功唤醒了那个植物人。娃儿听说了，一脸懵懂的表情："爸爸，什么叫植物人？为什么不把植物人埋在土里？还要给他按摩呢？"我们哈哈大笑。小家伙不理睬我们，继续浮想联翩："如果不停地给植物人浇水、施肥，他会不会脑袋开花？"然后他站得笔直，伸展胳膊，如一棵小树，嘴角绽开大大的笑容，好像脑袋上正顶着一朵大红花！——2017.3.4

娃儿便秘，坐在马桶上憋得脸红脖子粗。我告诉他别着急，慢慢来。罗马不是一日建成的！等到他终于解下来了，他发出感慨：果然急不得，这就像人生一样，谁都得从小不点慢慢地长大，然后再一天天变老。我笑着说："没错！做事不能急于求成，只有付出努力并持之以恒，才能取得成功。"他抢着接过话茬："对！也跟上楼梯一样，需要一个一个台阶往上走……"我们的楼梯派哲学家在马桶上悟道了！——2019.6.2

我兴致勃勃地往后翻看，却发现记录到此为止，后面一片空白，只在最后一页附有爷爷的签名，字迹工整，堪比印刷体。

我的心也如同那空白，突然感觉空落落的，像掉了一点看不见的东西。

我慢慢合上记事本，把它丢进箱底。它黑色的皮面却像被人们的冷漠所刺伤的盲目，瞪视着我。

我愧疚地想，我不能，我不能让我的父亲就这样降入遗忘的泥沼，不能把他丢弃在最后的休憩之地。可我又能做什么呢？作为儿子，我应该擦亮记忆之眼，向父亲的死亡撒上哀悼和受难的百合花花瓣，永远保留他的一张脸孔、一道目光、一个微笑、一丝痛苦。但我对他几乎没有记忆。

最后，我郑重地拿起它，带着它走出门来。

奶奶没有离开，她依偎在墙上，肩膀一耸一耸地，脸上的皱纹拧成一团，像一封被揉碎在掌中的信件。我仿佛能听到她内心的哽咽，感受到深藏在她心中的那股无法排遣的悲伤。

那一瞬间，爷爷说他听到了命运捕兽器发出的咔嗒一声响

爸爸遇难的那一刻，在遥远的家乡，挂在墙上的全家福照片突然掉落了下来。

这件事对爷爷的触动很大。

"砰"的一声。

他说他看到摔碎的相框时，毛发直竖，全身僵硬如蜡。

爸爸下葬的那天，爷爷不顾众人的劝阻，在儿子坟旁陪了整整一夜。他一声不吭，以至于没有死者注意到他的存在。

王子静静地卧在他的身边，时不时侧耳倾听地下传来的响动。

夜晚，厚厚的星云包围着大地，天空闪烁着数不清的光点。

爷爷望着头顶上那一整片鬼火般的星空，上面布满明亮的符码、信号和残缺不全的文字。他感觉到世界完全静止了，像是在等着他，以及他那身处截然不同的次元中的儿子，等着他们共同进入这场幻梦，进入天空为他们开启的短暂的永恒。

这次，他没费多大劲，就让星星那闪着鳞片的银光通过他的瞳孔进入了体内。

爷爷说那一夜很短，短得如同香樟树上的一声蝉鸣；那一夜又很长，竟比他的一生还要漫长。

我长到七岁时，有一天问爷爷："你和爸爸在另一个世界相遇了吗？"

那天他干坐在柜台后面，目光混沌而空虚。

"娃儿，你说什么？"

"那晚你在爸爸坟前的时候……"

"啊……"爷爷欲言又止，他的目光在远方某处神游，似乎看向一个已经离他远去的世界。

我见爷爷半天不说话，自觉没趣，就跑开了。

经过厨房时我看见了奶奶，她从竹篓里捉住一只呱呱叫的四脚田鸡，于拿菜刀在它的脖颈处轻轻一割，然后开始用力剥皮。

我蹲在她的身边，眼睛盯着她的一举一动。

"世上真有天堂和地狱吗？"我问奶奶。

奶奶嗔怪地看了我一眼，好像我不该问她这个问题。她气呼呼地扯下田鸡那张青绿色带斑纹的皮，甩到垃圾篓里。

"我只知道坏人死后是要下地狱的。"她恶狠狠地说，她的口气令我不安。

"小鬼们会来扒他们的皮，然后开膛剖肚，把他们捆在一根直径一米、高两米的铜柱筒上。点燃筒内的炭火，并不停地扇扇鼓风，很快铜柱筒就烧得通红……"奶奶一边说，一边把杀好的田鸡用铁签穿好，撒上调料，放入烤箱。

然后转过身，怫然不悦地望着我，好像我刚刚失手打碎了一件她珍爱的器皿。

我害怕地笑了笑，赶紧找个借口，溜了出去。

吃烤田鸡的那晚我做了个噩梦，梦见流淌着岩浆和鲜血的沸腾地狱，在那灰暗的空中飘浮着一颗颗燃烧的人头。我吓得大喊大叫，吵醒了全家人。

爷爷把我抱在怀里："别怕，娃儿，只是个梦！"

可我被吓过了头，睡意全无。

我在自己的小床上辗转反侧，像死刑犯，绝望地听着厅堂挂钟嘀嘀嗒嗒地走。

而哥哥在另一张单人床上呼呼大睡，睡得很香，还不时吧唧嘴。

这时传来爷爷和奶奶的说话声，像是夜的魔法直抵我耳边。

我听见爷爷压低嗓音在指斥奶奶，为什么说那样的话来吓唬孩子？

奶奶还想辩解，可爷爷不等她说完，生气地对她说，她不应该把不幸怪罪到孩子头上。

奶奶似乎有天大的委屈："不怪他怪谁？要不是他，我儿子就不会被活活烧死……"

奶奶开始啜泣，听起来一顿一顿的，又像是在笑。

这是我听过的最古怪的哭声，它使我感觉整个世界变得荒唐可笑。

可我到底做错了什么？我是个坏人吗？我会下地狱吗？

我真想爬起来问个明白，就在这时爷爷说话了："行了，别哭了，快点睡吧！"

耳边，奶奶的啜泣声越来越低，渐渐地融入到无边的岑寂之中。

我无法成为复数的人！

开学前一天，奶奶照例要啰里啰唆说一箩筐，她讲不出一番大道理，只会反复叮嘱我们哥俩好好读书。

妈妈也打来电话，她今年负责一个顶要紧的项目，但一有空她就会回来看我们。

妈妈在北方的大城市工作，一年才回来一次，和随着季节迁徙的朱鹮一样。

小时候，我一想妈妈，就向爷爷吵着要纸和画笔。我画下自己骑上火焰一般的朱鹮，飞越大牛山，飞越广袤的土地和河流，飞去妈妈所在的城市，与她变换着一千零一种相逢的场面。

我画的朱鹮，翅膀展开有一辆奔驰车那么宽，胸腔里有一台动力强劲的马达心脏。而连环画的结尾总是我挂着不锈钢般的微笑，像英雄一样降落在妈妈面前。

长大之后，我就不再这样做了。我对妈妈的期待也在时光的流逝中淡化成一个遥远的幻梦。

新学期开始了！哥哥上高三，我上高一。

班级里几乎都是陌生的面孔，只有几个熟人。

上初中时，我觉得自己还应付得来，只要认真，一定能学好。但不知为什么，新学期的课程总让人云里雾里得听不明白，尤其是物理课，概念很多，什么质点、标量和矢量，位移和路程，速度和速率，我一听脑子就浆糊了。

我一向文章写得好，语文老师常常将我的作文作为范文贴到壁报上去。

小时候我就喜欢看书，抓到什么书都跟宝贝似的，日日夜夜埋首于书中，脸上挂着神秘又兴奋的光芒。爷爷说我被书本捕获了，就像被罩在一个无比巨大却又无法逃脱的笼子里，整日里哭哭笑笑，活像只神经质的鸟。

第一次月考，我的语文成绩全班最高，但物理、数学，统统不及格。我窘得抬不起头，爷爷是码农，爸爸是建筑工程师，哥哥的数理化成绩在年级也是顶呱呱的。只有我……

奶奶没什么文化，可偏偏最恨读不成书的人。

她把筷子往桌上一拍，冷脸上刮得下霜来。

我在家里受到奚落，来学校又浑浑噩噩的，提不起劲。

我上课常常心不在焉，满脑子尽是一些怪念头。

老师的嘴巴一张一阖，我听不见他在说什么。

教室里光影波动，像个鱼缸。我仿佛坐在布满残骸和溺死者尸体的水底，常有一种窒息感，需要浮上水面，深吸一口气。

在一节物理课上，我没有盯着老师看，而是望向教室的窗外，望向更远处的碧水河，那里浪花闪动像银鱼在腾跃。

我感觉到了一股危险的电流，当我转过头来时惊恐地发现物理老师就站在我的面前，拿教杆指着我，小小的木头杆子，像戳向我的一记长矛！

"你，站起来，回答问题：什么叫质点？"

我答不出来，面颊上像给红铁烙了一下似的，热得发烫。

"你东张西望当然答不出来！有没有做课堂笔记？拿来我看看。"

慌乱之间，我想藏起我的练习簿。但晚了一步，他正用锥子一样的目光等着伏击我的思想。

他一把抢过我的本子，皱着眉头看了我一眼："这是什么？……哦，还是首诗。真没想到啊，这个东张西望的年轻人竟是个诗人！"他那满含讥讽的腔调，让我无地自容。

随后他大声读起来——

"此在和所在之间，

"我沉睡于一处斜坡。"

同学们哄堂大笑，笑声刺耳。

他将练习簿甩在我的脸上。

"这里是课堂，不是斜坡！"因为生气，他的声音异常响亮，就像从喇叭里传出的飓风一样，"如果再让我看到你在课堂上写这些乱七八糟的东西，我不会让你'沉睡'的，我要让你滚下斜坡！"他似乎觉得不够解气，又恶毒地补上一句："把今天讲的概念和公式抄写一百遍！"

我羞愧地站在那里，身体打着颤，像只鼹鼠，一心只想往地下钻。

从此以后，我便得了一个外号——斜坡诗人。

有些爱起哄的学生，随时随地不忘加上我写的那两句诗。

班长收作业："杨德凯，你的作业呢？"

一个青春痘鲜红肿胀的男生用懒洋洋的声调回答："此在和所在之间，我沉睡于一处斜坡。"引来一阵哄堂大笑。

早自习有人迟到，老师问原因。

平时吊儿郎当，见了漂亮女生就像打了鸡血似的男生，此时装出一副将醒未醒的样子，一脸无辜地背诵我的诗："此在和所在之间，我沉睡于一处斜坡。"

在众人的哄笑之中，我急忙转移我的视线，寻找一条地缝，寻找一丝微风，寻找最细小的光，寻找一根能让我抓住的浮木。

我本来就性格孤僻，不合群。现在我那颗被围歼的心灵更加孤独、更加内向。

虽然生活在众人之中，但我根本没法融入集体，没法成为众人，做复数的人。

我已被麻木、挫败和从这个世界消失的渴望所压倒。

老师的三尺讲台就是那张铁床——普洛克路斯忒斯之床，把我们塞进统一的模子。在秩序中生存或死灭，剩余的都是同一块布料裁切的碎片。

每一天我眼见着日子就这样过去了，接下来又是同样的重复。这些可怕又无用的时日，压迫着我，像难以忍受的苦力，让我想大吼几声。

我的胸口胀极了，快要炸裂了一般。

我很怀念那个仲夏夜，满天的繁星像一树宝石，熠熠生辉

哥哥喜欢汹水，且水性极好。

他在水里比在岸上更自由。

在水里，他总是劈波斩浪，游得很快，感觉像在飞一样。

这种自由漂浮的感觉，让他对水上瘾，就像对空气的需求一样自然。

他喜欢在黄昏时和几个死党到瀑布深潭里裸泳。

我看着他们张开双臂，朝着水中的星星，纵身跃入，在月光下激起一片银色水花。

哥哥游得飞快，来回转动脑袋，憋气、换气，均匀地拍打着水面。

那健美的身材像大理石雕像一样光滑、挺拔。

每个人都是一条羊水里的鱼，他说。游泳让人有回归母腹的愉悦。

哥哥天生是一条鱼，但我是只不折不扣的旱鸭子。

我害怕水，就像害怕火一样。

十六岁那年暑假的一天，只有我一人陪他游泳。

我坐在岸边看着月色下他那散发着荧光的身体。

哥哥游累了，就伸展胳膊静静地躺在水面上，看着深蓝色夜空中漩涡一般的繁星。

后来，他朝着潭边的我喊话。他说他有些头晕，能听到耳朵像海螺一样发出神秘的声响，他说他有个奇怪的感觉，好像又回到了小时候，他还能听到父亲的笑声，听到母亲温柔地呼唤他的名字。

他的话把我带回了我自己的童年。

好像时间是垂直堆积的，过去、现在和未来同时存在于这一刻的现实层面。

我对着夜空出神，仿佛看到我们的母亲在星光下向我们走来，我奔向她，像小时候那样，看着她弯下腰，伸出胳膊，把我抱得高高地转圈。我飞了起来，抛开肉体，自由地飞越那一段无始无终的时光。

不知何时他已经从水里爬上岸，来到我的身边。

我需要有片刻工夫，才明白自己身在何处。

哥哥穿好衣服，带我离开瀑布深潭，往一处僻静的悬崖走去。

月亮在如水的夜空像船一样破浪而行。

路上，他突然兴致大发，拿他的手电筒，像小时候一样，对着我的眼睛使劲儿晃，直到我对他大叫起来。

"哈哈，晃到你喽！"

"别闹了！"我抗议道。然后，我也用我的手电筒对着他的眼睛晃。

我们来了一场短暂的手电光激战，直到把眼睛晃得满是黄色小星星才罢休。

哥哥站在崖顶的大青石上，朝着沉寂的大山喊道："喂喂喂——"他的声音向山谷深处传去，发出悠远的回声，惊起夜鸟无数，我们的头顶尽是翅膀的扑棱声，那声音让我的后背直发麻！

我们都玩累了，干脆坐在大青石上遥望这夜幕下的世界。

我们看天上的星，草里的萤，听纺织娘拖长了声音纺车，远近各种虫鸣清音繁密如织，沁凉的山风吹到脸上，是那么舒服。

这仲夏夜光景想来如同做了一场梦。

那晚哥哥表现出了少有的和气和友爱。

当他梦呓般地向我讲述他记得的童年往事时，我也蠕动着双唇，好像我就是他，我们像是骤然回到童年般那么轻松自在。

说到母亲，哥哥叹了口气。

母亲在我们心里就像一颗沉默的痣，一个悲哀的身影，一种不能言说的痛。

这么多年，一次次的期待，一次次的分离。她累了，我们也不再心怀希冀。

她成了照片上的妈妈，那一张张照片，是时光的碎片，压在钢化玻璃的下面。年轻的母亲，面带微笑，和蝴蝶标本一样，好像是被禁锢在了照相机镜头的中间，她的生命也像是被永远定格在了那一刻。

说到父亲，哥哥那双眼睛多么明亮，就像是月色下泛着亮光的水潭。

他记得爸爸的模样，他记得他说话有多温和，他记得他的手有多灵巧，他记得他给他做的玩具小火车有多棒……

最近一段时间，哥哥说他总反复做着同一个梦，梦中他总是坐在一列火车上穿过崇山峻岭向前飞驰。梦中这列火车跟爸爸小时候给他做的玩具火车一模一样，有十二节土色袖珍车厢，乌黑的蒸汽机头向上喷出一道烟柱，像顶着一根巨大的鸵鸟毛。他从火车车厢的窗户往外望，看见黑乎乎的原野，看见一个深不可测的河谷，看见地平线上云雾缭绕的山脉和四翼老式风车。风车高高耸立于村庄的屋顶之上，它那宽阔的翼板一个接一个地匆匆扫过黎明的天空。在这些琐碎的梦幻景象里，他感觉他的童年，还有那铺着石子路的花园、游乐场、幼儿园、高高的楼房所组成的家，简直是在拼命地从他脑海里往外挤……

他想念家的欢乐：那时候妈妈抱他，亲他，教他唱歌，逗他玩时老爱挠他的胳肢窝让他笑个不停；爸爸工作忙，可一进家门，就会将他抱起，举高高，然后让他骑在脖子上，玩状元骑大马。

他想念每天早晨醒来时，伸展双臂，左手搂住妈妈，右手搂住爸爸，就像夹在两片面包中的一小片肉，那是他最怀念的"三明治的幸福时光"。

哥哥深深沉醉于他与父母在一起的美好回忆，桩桩件件，那些曾经具体而鲜活的过往是我所不曾拥有的，我几乎是怀着又妒又恨的复杂心情倾听他的述说。

谁也没有注意到时间的流逝，天空已渐渐泛白，朝阳的霞光在天空染上一条条粉红、橘黄或红色的条纹。

哥哥在黎明的微光中，轻声哼唱起一首儿歌小调，他说那是父亲教他的……我看到他的眼泪像块融化的冰源源不绝地流淌下来。

那是我印象中第一次看到哥哥流泪，也是我们哥俩在一起最温馨最珍贵的时刻。

当我们沿着越来越光亮的山坡往下走，向展现在我们面前的那间摇摇欲坠的老屋走去时，所有这一切都在我心中引起一种被时间活活拆开的割裂感。

无可救药的体育后进生

哥哥不仅数理化成绩好，运动细胞也特别发达。

而我，自卑地生活在他的阴影下，如同灰烬一般。

我最怕的其实不是物理、化学，而是体育课。

有时我宁愿生来就是个瘸子，这样我就可以坐在一边看着他们做各种体能测试。

短跑，长跑，推铅球，立定跳远，仰卧起坐，跳马，单杠……

我耐力可以，但手臂的肌肉力量实在太薄弱了。

推铅球我从来没有及格过。体育老师讽刺我的手是姑娘的手，只拿得动绣花针。

但最丢脸的却是单杠，由于手臂无力，我永远也别指望自己能像别的男生那样来一套漂亮、连贯的动作：双脚向前上方摆出，同时双臂用力拉杠，仰面朝上，翻身上杠后呈杠上支撑动作。

其实没人的时候，我也偷偷练过几次单杠，但一次都没有成功过，我通常做到第二个步骤，就从杠上摔落下来。

等体能测试的时候，我站在沙地边紧张地两股战栗，就像上了法场，等着去砍头似的。

体育老师点到我的名字时，我硬着头皮走到杠下。那根杠那么高，剑一样悬在我的头顶。我全身冒冷汗，心脏在急速而不规则地跳动。在老师的指令下，我双脚向前上方摆出，同时双臂用力拉杠，但我的脚用力蹬了几下，没用，翻不上去，于是我更加拼命蹬踢。

我猜我笨拙的样子一定很好笑，周围一片哗然。我听见杨德凯的怪腔怪调："此在和所在之间，我滚落于一处斜坡。"

这一下笑声更大了，连老师都忍不住了。

我脑子里一片空白，心一慌，手滑开了，顿觉整个世界从我眼前坠落。

看我像一摊烂泥躺在地上，他们笑得更厉害了，那一刻，我真希望自己从来没有出生过。

老师叫同学上前扶我起来，可我的手麻木得很，像死去的鸟。

看到我如此衰，老师的脸色变了，变得僵硬，仿佛被喷了一层定型胶一样。

那一天余下的时间，我如坐针毡，好不容易捱到放学，赶紧往家跑。

凌辱是慢慢渗进来的，直到放学，这黏糊糊的凌辱已经覆盖了我的整颗心，硬得就像一层厚厚的茧壳。

而在内心深处，我还躺在沙地上，如同被象群践踏过一般，发出无可名状的哀号，像是来自远方的荒谷哀音。

学校就是一个杀戮的战场，是荒凉的地方，是令人孤独的地方。

我在这里被一点点地掏空，吸走能量，整个人仿佛被劈成了两份、三份、十份……

十六岁啊，实在是让人烦恼到了极致。

一天又一天，我就如同被困在捕蝇纸上的苍蝇一般垂死挣扎。

那一刻，我真希望她是我妈妈

隔壁搬来一家人，做铝合金门窗生意的。

他家的胖阿姨热情好客，经常给我们送来自己做的糕点。她的糕点香甜酥脆，非常好吃。

那天我单杠出了丑，急冲冲往家赶，刚进大门，她就在二楼窗口喊我过去。

我到她家去，她给我端来刚出锅的芋米饼。

细心的阿姨发现我脸色不太好，关切地问我怎么啦？是不是在学校遇到了什么烦心事？

她的话像是在我心上撕开一道裂缝，一阵从内心深处涌出的酸楚充满了我的胸膛，我的眼眶顿时湿润了。我像小孩子一般哭了起来。

她吓得怔住了，然后满屋给我找抽纸。

"怎么啦？这是？到底受了什么委屈？"

我禁不住失声痛哭起来，眼泪鼻涕像瀑布似的无法控制。

她没有办法，只得让我哭个痛快。

我晓得自己不讨人喜欢，脾气太过孤僻，从小到大没什么人肯跟我要好。

当她给我一句好话，我恨不能立刻把心掏出来给她才好。

我抽抽搭搭地向她诉说我的烦恼。

"你不会翻单杠，这有什么大不了的？他们实在不该嘲笑你。"她说着把一大盘芋米饼推到我的面前，"来！多吃点。把身子骨养壮实了，什么杠子都能翻。"

我忽然发现她的身躯虽然肥硕，却有着玫瑰色的面颊和温柔、明亮的眼眸，像有滴金汁在里面。透过这双眼睛，我感觉我的灵魂长出了新的屋顶、地板和墙壁，还拥有能让我听雨看风景，以及凝视天空和放飞期望的大大的落地窗。那一刻，我真希望她是我妈妈。

自从这一哭之后，我感觉心里舒畅好多。

从此有事没事我总往隔壁跑，待到很晚才很不情愿地离开那里。

后来我察觉到哥哥看我的眼神总不怀好意似的，我才懒得理睬他。但我打睹，哥哥一定把这些都记在了心里，等待借题发挥的机会。

我照旧一放学就到胖阿姨家去，帮她做事，陪她说话。

有一天我放学归来听奶奶说隔壁阿姨生病了，她的病严重吗？她要是死了那可怎么办？这个念头把我搞得心乱如麻。

我匆匆扒拉些晚饭，就想去隔壁探望。奶奶瞟了我一眼："怎么？不好吃？"

不等我编好理由，哥哥立刻抢着回答："奶奶，我知道原因。"他冲我挤挤眼："只要一看到隔壁的胖阿姨，保管我的小弟弟就有胃口啦！"

奶奶阴沉着脸，默不作声地盯着我，目光宛如打井的钻头一般直探我的心底。

"我说我的小弟弟啊，你最近为什么总不愿待在家里呢？"

见我垂下眼帘，说不出话，哥哥开始添油加醋："连睡觉也不老实，老是翻来覆去，说一些奇奇怪怪的梦话，害得我一半时间都睡不好！"

"你这是作什么妖？"奶奶冲我嚷道，"你不怕，我还怕邻里说闲话，嚼舌根呢！"

我的脸颊发热，火烧火燎的，简直太羞辱了。

哥哥却抿着嘴在一旁坏笑。

奶奶盯着我看了一会儿，然后从牙缝里恶狠狠地挤出几个字："以后，不许再去隔壁！"

那一刻，我恨哥哥！我恨奶奶，我恨死他们了！

怒火从我心头燃起，一路烧灼着直抵我的太阳穴，像一把火钳，越拧越紧。我这块烧红的铁，猛地跳起来，一脚踹翻桌子，杯碗勺碟碎了一地，然后用十倍的音量大声吼出"不"字来，吼得肺都要炸裂了，吼得奶奶如同被吓坏了的老鸟。

哥哥当即冲过来，甩手给了我一巴掌。我向后连连打了几个趔趄才煞住脚，脸上又麻又痛。我拼命忍住，才不让泪水流下来。

奶奶不仅不制止他，反而对我翻白眼，骂我活该，骂我是天生反骨。

我感到抑制不住的凄凉："我到底做错了什么？"

"都是因为你，爸爸才被活活烧死。是你害得我们家破人亡，是你！都是你！所有亲近你的人都遭了殃，你就是天生的扫把星、晦气东西。"

说完这些，哥哥像狼一样呼哧呼哧地大声喘气。这些话他一定在心里憋了很久吧！

我很愕然，瞪着他，像猜不透似的，不敢相信自己的耳朵。奶奶也曾说过同样的话，难道我真的是个坏人，真的犯下了不可饶恕的罪行？

那一刻，我下定决心：如果获悉真相就像搬起一块沉重的石头，我也要用尽我所有的力气来承担，即便这块石头下隐藏着一群毒蛇，即便我会因此而受伤。

"爸爸……"我直视哥哥的眼睛，"他到底是怎么死的？"

空气中有一种寂静，好像是一条拉紧的警报绳被碰到之后不断振荡着。

哥哥看了看奶奶，她的目光霎时变得支离破碎，像变了一个人。她那张布满放射状皱纹的脸，因为心痛，扭成一个让人不悦的形状，仿佛开裂的陷阱。

关于父亲，我几乎不记得什么了

时间过去了这么久，我似乎只能回忆起妈妈的尖叫。

那时，一个两岁孩子还不知道"死"是什么东西。

妈妈把我搂在怀里，一声接一声地哀号。她滚烫的泪水洒在我的身上，灼痛了我。

我紧紧依偎在妈妈怀里，不敢转脸，不敢离开她那昏暗的、不停跳动的甜蜜怀抱，唯恐再一次瞅见火光，瞅见"死"那一对赤红、狂暴的眼睛。

这是我对于那场灾难的唯一记忆。

妈妈后来很长一段时间，不能看到火，哪怕是一根火柴燃烧的小火苗，都能让她又哭又叫。

哥哥十二岁那年，曾经向妈妈询求那次火灾的经过。妈妈本不愿意回忆往事，在哥哥的再三追问下，她哭了。

她说那是五月的一个早晨，爸爸下楼去早餐店给我们买早点。

妈妈当时在哄哥哥穿裤子。来！左边的小火车钻隧道喽！好棒！右边的小火车呢？哥哥被逗得咯咯地笑。

事发时，我正在睡觉。忽然一声巨响把我吵醒。

妈妈说她感觉整栋居民楼都在震动，爆炸的冲击波很强，把家里的玻璃全震碎了。

我吓得大哭。妈妈冲进我的卧室时，床上都是玻璃碎碴子。

紧接着，呛人的黑烟大量涌进房间，火势迅速蔓延了过来，燃烧的物品在噼啪作响，空气中满是熏人的氨气和焦灼的难闻味道。

那时爸爸刚买完早点往家走，还没走到楼道口，就听到背后传来巨大的爆炸声，瞬时残砖、碎肉满天飞，飞来的砖块差点砸到了他。

他一脚踹开家门的时候，家里已经被"红衫军"包围了。烟裹着火，火裹着烟，像乱长乱钻的烫人红笋。

那时，我还小，走路不稳。难闻的浓烟呛得我们直咳嗽，妈妈打湿毛巾让我和哥哥把口鼻捂住，但门着火了，我们出不去。

妈妈说本来我们已经成功脱险，就在大家为死里逃生而感到庆幸时，谁也没有注意到我又掉头冲了回去，嘴里喊着要娃娃熊仔，因为我把好朋友丢在了床上。

等爸爸回过神来想要去救我时，火势变得更加猛烈。新火与旧火连成一气，像千百条探头吐舌的火蛇。

爸爸丝毫没有犹豫，在这宝贵的几秒钟时间里，他以英勇无比的死亡之跃钻入火里。火焰高涨、颠狂，随着焦炭、黑烟，翻滚着向上冒。我记不得他是如何找到我，又如何将我推出门外，而他自己则在一声爆炸中被火焰吞噬……

从我迈入火海的那个时刻起，命运的铁模子就已经为我铸好了，它把我放进痛苦的火焰里，时刻承受生活的重击，不知要将我锻造成何种模样

那晚我失眠了。

哥哥的话，奶奶的话，在我脑袋里一直激荡不停，泼泼溅溅的，如打漏的水罐。

我躲进被窝，就像蜷身在森林中某个潮湿的洞窟里，身体如同弹簧一般压紧，这样就不至于被撕扯得太厉害。但撕扯来自体内，先是扯开一层血管壁，又撕去一层细胞膜，我没法让它停下来，我感到了口里的咸味。

我坐起来，想喝口水。

我的半边脸颊肿了起来，痛得像被火烫了一般，哥哥下手太重了。

透过街灯微弱的亮光，我瞅见自己黑暗的影子，映照在墙壁上。

那是我自己的黑暗吗？

我的影子跟随着我，像夜晚的石头一样黑，沉重如同我的思想。

为什么？为什么？为什么我要回去捡那该死的玩具熊？

我陷入了深深的自责和懊恼之中，它们像千万只蛾子在啃食着我的肺腑。

时钟嘀嗒嘀嗒，一秒紧接着一秒，犹如水池里一圈圈荡漾开的涟漪。屋子似乎也变成了计时器里的齿轮，任时间在自己的五脏六腑里转动。

夜，太长了，每一分，每一秒，都长得令人窒息，好像黑暗变成了永恒。

迷迷糊糊中，不知过了多久。

猛然传来一句谩骂声："杀人犯！刽子手！你还我儿子……"

这刺耳、粗硬的声音，如同一枚呼啸的火箭弹直击长空，越飞越高，然后开始盘旋，摇摆，朝着床上的我俯冲下来。

这时，睡在我身旁的哥哥，嘴里嘟囔一声，翻了个身，又把脸埋进黑暗里。

我哆哆嗦嗦地爬起来，伸手去摸床头的开关。

灯光刹时吓跑了群兽一样在地板和墙壁上舞动的阴影。

这时候声音沉寂下来，只剩下小声的咒骂，如同烟囱里含混不清的风声。然后，再次爆发出一连串机枪扫射般的字句，混合着有如闪电的愤怒。

我光着脚丫走出房门。

我瞟了一眼王子的睡铺，它蜷缩的身体随着呼吸一沉一浮。

我的脚步声惊醒了它，它刷地坐直了身体。

从楼梯井那黑魆魆的顶部，传来如雷的咆哮，有如一阵阵充满哀叹和威胁的风暴。

别慌！我对自己说。也许，情况没那么糟。

我硬着头皮，顺着楼梯爬上屋顶。

乌云遮蔽了星月，天色十分昏暗。

我看到爷爷穿着被风吹得猎猎作响的汗衫，两腿张开骑在黑色脊瓦上，双手挥舞，看样子要把阴沉沉的天空撕成碎片。

他单枪匹马的模样看起来真像插画里的堂吉诃德。这是在向那无边无际的虚空宣战吗？

透过他的身影，我吃惊地看到一向沉默的大牛山此刻竟然动了起来。

一道刺目的闪电划过整个天空，我清清楚楚地看到祂——那黑魆魆的群山之神因为愤怒而地动山摇，一时间，群鸟惊飞，野兽奔窜。

我惊恐地大声喊爷爷。他回过头来看了我一眼。我注意到爷爷的脸色是那么苍白，像在盖房子用的石灰浆中浸泡过一样。

而此刻山神吼出震耳欲聋的响雷，一道硫黄电光闪过，我看到屋后的那棵无花果树被劈成了几乎完美的两半。

黑沉沉的夜空，乌云在翻滚。空气沉重得叫人透不过气来，每吸进一口，都黏黏地凝结在肺里。突然，又一声惊雷。我的心头掠过一阵不祥的冷颤。

我顺着屋脊向爷爷爬过去，炸雷狠狠地在我身后抽了一鞭，惊得我说不出话来。

爷爷的汗衫就在前面不远处像面旗帜一样"啪啪"直响。

我咬了咬牙，像一个冲击夯锤一样扑到爷爷的身上，爷爷只是瞪着我，带着眼翳的苍白眼球在我脸上吃力地搜索着……

而天空就像一个开裂的大椰果，把它饱含愤怒的汁液一股脑地倒了下来。

"娃儿，我的娃儿！"爷爷那颠三倒四的啜泣和雨声混合在一起。

他脸上那紧绷的漏斗状漩涡，突然间松弛了下来。雨水顺着他的脸颊流淌，他的眼睛满含着悲伤的神情。那一瞬间，我看到的是一个被击溃的人，一位失去了儿子的可怜无助的父亲。

我感到一股无法抗拒的亲情，在我心中沸腾。

可突然间，爷爷的身体变得僵直。我抬头看到的是他的脸颊因为发怒而泛红，一张嘴因为恶心而痉挛，那极度的憎恨把他的脸凝结成一张夸张的面具。

"杀人犯！刽子手！你还我儿子……"他一把推开我，朝我发出如雷的咆哮。

我感到一阵天旋地转，从屋脊上滚落了下去……

事实上，我是挥舞着双臂，尖叫着醒了过来。

我睁开眼睛，发现自己置身于凌晨三点的黑暗当中。

而且，梦中的雷电正在窗外沿着夜空中那灼热的导火线，发出不知所云的黑色噪音，充满了警告性的电流。随后，雷声越来越近，越来越强，这来自天空的疯狂呓语不断聚积，带着撼动整座地府的力量在我的窗外猛烈地炸开，玻璃也随之震颤。接着倾盆大雨从天而降，发出猛烈的沙沙声。

我胸口发堵，出了一身汗。这个梦是如此意味深长，在我的神经末梢引起一阵强烈的不安。

黑暗里忽然响起哥哥那疲倦而无力的声音："你没事吧？"

"我没事！"我连忙用袖子擦干眼泪。

随后窗外滑过一道强烈的闪电，房间连同里面的物体和颜色都显现了出来。

我看到奶奶倚着门框，睡眼惺忪，整个人显得那么苍白、瘦弱，如同一具没有灵魂的躯壳。

闪电熄灭了，一阵干脆而又猛烈的雷声立刻炸裂开来。

奶奶打了个哈欠，一个漆黑的哈欠，似乎把疲惫、劳累和沉重的负担从身体深处吐了出来，不让昨日的残余物留下。

"快睡吧！明天还要上学……"

她的背影拖曳着夜的昏暗和荒凉，离我而去。

我没有开灯，仰面躺在床铺上，双臂交叉，眼睛凝视着窗户，那里每隔五秒钟就会亮一下。

雨仍旧在哗哗地下着，发出冗长、单调的沙沙声。

这节奏是那么契合我的心声。

我的大脑也如同调到相同波长的无线电，回应一般地震颤起来。

自从哥哥告诉了我爸爸的死因，我心里的口子好像被一双无形的手撕得更大了，这个窟窿，黑乎乎的，深不见底，仿佛就在我面前张开了血盆大口。

所有这一切都在我心中引起一种被活活撕开和深不可测的感觉。我再也无法像过去那样生活了。

一切都变了。

那一刻，我是一个痛苦、野蛮的孩子，一颗炸弹

好不容易挨到天亮，雨停了。

大日腾空，山河踊跃。

可我不想出门，我怕见那个又明又暖的太阳。

奶奶看我无精打采，磨磨蹭蹭的，扯着嗓门训斥我："别在我面前哭丧着脸，像灵柩车似的。"

奶奶只需多看我几眼，我就没法再咽下饭去。

我只好背着书包走出家门，经过隔壁也不敢停下来望一眼。

天空湛蓝，那是一张空荡荡的蓝色信笺，逼我放飞心中的雁字。

而我自己的内心世界似乎与明亮的天空是背道而驰的，是相反的。

我感觉有个人跟在我身后，我猛然回头，发现他竟然是我的身影。一个歪的、倾斜的、被拉长的人，恍若一片浮云。他究竟是谁？

路边的一枚叶子接纳了秋风的热烈，在枝头变成一团火焰。

我在心里慨叹秋天来了。我思索着，或许我自己的青春已跨过年岁的门槛，提前步入了秋天。

哦，秋——这苍老的夏，坚硬的夏，额头长皱纹的夏。

我在空气的凉意中，摸到了秋天的绝望，与我的体温极其相似。

很快，我想。每个人都会像这一棵棵树，被秋风示众，层层扒开自己。

在学校里，我仿佛被卷入浓雾，难以集中思想。课堂上老师的嘴巴一张一阖，但似乎什么也没说。他的心是沉睡着的，我的心也在沉睡。这仿佛是一个沉入水底的世界。

课间休息时也不例外，我无法让自己表现得和那帮学生一样合群而充满活力。

我一个人懒洋洋地趴在课桌上，浑身无力，像一堆散了架的木偶。

我从来没有感到像现在这样寂寞过，且总有一种悲伤在灵魂深处涌动。是因为我心中的那个窟窿吗？倘若同学讲一个笑话，我也跟着哈哈大笑时，会没来由地感觉悲哀。我的笑和泪碰在一处，常常分不清哪个是哪个。我人虽在却心神不宁，经常激情荡漾而又周身寒冷。

　　唉！我们每个人都是自己的疾病。

　　做完课间操，我从聚氨酯塑胶跑道上慢慢往教室走，经过小竹林时，我们班杨德凯，还有两个不认识的男生在前方拦住了我。我想躲开，但他们围住我，像围住一只猎物。

　　杨德凯很凶，他那满脸猩红的痘痘，肿胀得像快要爆浆的刺玫果，同学们都叫他"癞子"。他嬉皮笑脸地对我说："喂！我说斜坡诗人，要不要我们帮你练习练习后空翻？"

　　跟他在一块的胖子，腮帮子圆鼓鼓的，让我想起水泡金鱼。此刻他跟着起哄，大喊大叫。还有一个高个儿，眼神冰冷，打量我时就像是在用无形的犄角将我高高挑起。

　　说不害怕那是自欺欺人，我感觉体内有一只青蛙要跃出胸腔。但我强装镇定，拨开他的手臂想突围。

　　杨德凯使了个眼色，那两个人突然上来抓住我的胳膊，把我架到半空中。我吓得拼命蹬腿，杨德凯在一旁笑我踢得像只四脚青蛙。

　　他还不肯罢休，上来托住我的屁股，往上用力一送，把我翻转到空中去。结果那两个男生没有抓牢我的胳膊，我整个人摔趴到地上，嘴巴里塞满湿土和枯竹叶，头晕浪似的，耳朵一阵雷鸣。

　　我听见他们笑得更厉害了，笑声像鞭子。刹那间，那股无名的怒火再次钳紧我的心。虽然我瘦得像根竹竿，但内心里的这股无形的力量，却使我爆发出惊人的体能。

　　我一跃而起，向杨德凯冲过去。

　　我感觉自己的脊柱变得像铁板一样梗直。

　　他伸手推了我一下，这一推力气如此之大，我身体一个趔趄，差点站不住。

　　杨德凯趁机抓住我，扇了我一个耳光。

　　我顿觉脑瓜子嗡嗡地响，强烈的仇恨烧灼着我的心。

　　我冲上去，一把揪住他的衣服，将他仰面摔倒。

　　那一刻，我恨得咬牙切齿，恨不能把他撕个粉碎。

我试图去打他的耳光，而他也同样怒气冲冲，想抓我的脸。

我们翻滚在地，野蛮地扭打起来。

高个儿瞅准时机，用脚狠劲踹我。

我的血液在奔流，面颊在燃烧，大地在我面前旋转。

我费尽全力将杨德凯绊倒，压制住他，然后对着他那光滑的脖颈就是一口。

我发誓我当时一门心思只想咬断他的脖子。

他痛得嗷嗷直叫，现在我仍然清晰地记得他皮肉撕裂的声响。

而我的脑子里仿佛有一台发动机，发疯一般地响。

我要咬断他的脖子，咬断他的脖子！即使天塌地陷了，谁又在乎呢？

这时，我感到一阵雨点般的拳头落在我的头上。

我跳起来，打个滚，拼命躲闪，用手臂死死护住我的脑袋。

这时，我瞥见高个儿和胖子站在我面前喘着粗气，胖子的两颊鼓了起来，像砖一样红，他揪住我，用膝盖猛击我的胃部。

我痛苦地蜷缩在地，呻吟起来。

他们这才罢手。

远处，杨德凯摇摇晃晃地站了起来，他捂着脖子，瞪大双眼，恐惧地望着我，猩红的血从他的指缝间流下。

"疯狗！畜生！"杨德凯骂道，他撂下一句恶狠狠的话，"下次再咬人，我就打得你满地找牙！"说完又踢了我一脚，才悻悻地离去。

鼻血流进我嘴巴里，又咸又腥。后来，他又说了什么，我心里七上八下的，再也听不清了，但见他的嘴巴像台疯狂的号角，吹出一颗颗词语所形成的水泡，颤颤悠悠的，带着爆裂声。

第一次逃学

喇叭里传来一阵上课铃声。钟声一波波漫过我，在我脑海中发出一种蜂巢般的嗡嗡回声，那声音是阳光透过竹叶缝隙照射下来的银子的颜色。

我躺在地上似一根折断的芦苇。

疼痛每收缩一下，我僵硬而疲乏的四肢就松弛一下，我的灵魂重又在身体里伸展。

你熟悉这种感觉吗？

当怒气和恨全部消失时，空虚感突如其来——这种空空如也的感觉，就好像是被掏空了五脏六腑，整个人变成了一个空心气球，随着风儿飘来荡去。

就连竹林上方的太阳也仿佛垂头丧气的，空空洞洞地悬在天上。

我不想也不能再回到班级，再面对那个癫子。不！我要离开这里。

我从地上爬起来，整理好头发和衣服，一瘸一拐地走出小竹林，头也没回，离开了学校。

平生第一次，我逃学了。

或许对我十六岁的肩膀而言，命运的重担实在太沉了。我只想逃，逃得远远的。

我全身冒冷汗，心脏在急速而不规则地跳动，舌头和上腭干渴得像太阳炙烤的沙漠。

阳光那么强烈，我的心却是黑乎乎的。我看起来是那么黑，就像路边枝头上的寒鸦，一只又聋又哑的黑鸟，我渴望着消失在大地之外……

我一边用袖子擦鼻血，感叹生命只不过是一场烦恼，一边自言自语地诉说我的决心。

我要逃离这个没有爱的人间囚笼，到天涯海角闯荡一番，然后想象着自己经过多年奋斗终于成为一名伟大的流浪诗人，人们一听到我的名字就拜倒在我的面前。

然而，没等我的冒险生涯开个头，我就感到像在水下憋气过久一样的眩晕，我不得不在路边坐下，校服的胸前沾了一大片血污。

就在这时，金伢仔骑着脚踏车迎面而来。

他过去是我最要好的朋友，脑袋不太灵光，但为人极其热心、诚恳。奶奶嫌弃他家穷，不让我跟他来往。他初二就辍了学，不知做什么了。

看见我，金伢仔远远地就跳下车，朝我奔过来。

我的模样吓坏了他，他手忙脚乱地给我止血，还让我把头仰起来靠在他肩膀上。

两年多没有见到他，他变了。原先，在学校的时候，他比我们傻；现在，我们在他面前倒显得呆傻了。

他告诉我他现在在一家大餐馆学徒，每天要切菜、洗菜、配菜、清理厨房油污，说着给我看他粗糙、抽皱的双手。我发现他的嘴唇是焦的，眼睛灰绿绿的，带着血丝。

我也把我今天的状况原原本本地告诉了他，他说下次让他遇见杨德凯，就不是咬一口的事了，他一定要打得他满地找牙。

我听了破涕为笑。

他还是那个金伢仔。

时间不早了，他要赶着上班。匆忙间他塞了些钱给我，并嘱咐我晚上去酒楼找他。

我不愿到街上去，我怕遇见熟人，他们会把我逃学的事告诉奶奶。

于是，我拐向一条从未走过的巷子，平日里它们是被人遗忘的，冷清得很。我走在这寂寞的道上，觉得迷惘起来，好像第一次来到镇上似的，一切都是那么陌生。我有点慌张，不晓得怎么搞得，身体一直发热。

微风带来了厨房里油泼辣子的味道。我打了一个响亮的喷嚏，惹得树梢上的麻雀都惊吓得飞了起来。现在是午饭时间，家家户户想必都在端碗摆筷子。我肚子饿得要命，正在上演一出空城计。

拐角处恰好有一家做糖葫芦的，挂着糖霜的冰糖葫芦裹着一层透明的糯米纸衣，姿态优美地立于麦秸靶上，像《诗经》里的女子，罗衣丹锦，半遮面，仿佛怀揣一份秘不示人的爱，连四周的空气都轻漾起绛色的甜。

我迫不及待地咬下一颗冰糖油甘果，嘎嘣脆的冰糖外壳在嘴里慢慢融化，果肉由酸、涩，渐渐回甘，像是幻觉，让人恍惚。这摇摇晃晃的人间，好像终于苦尽甘来，带着诗一般的鲜活。泪水突然涌进我的眼眶，一丝酸楚从我心窝里扩散出来，变成了一阵轻微的颤抖。

后来，我在一家旧书店里消磨了大半天时光。直到黄昏降临，各处接二连三地亮起灯光，像千千万万只眼睛，统统睁开了。这座小镇像某种夜间生物，白天沉睡，夜晚醒来。

我去河街寻金伢仔的酒楼。

红的、绿的、紫的、金的，整条街道全闪烁着霓虹灯光，这让白天肮脏、破落的古老建筑在魔术师的手中变成了五颜六色的花花世界。

街道上热闹起来。这里一连串排着五六家大餐馆，个个披红挂绿。

几个姑娘站在发光的酒楼招牌下，她们都很年轻，但模样不咋地，聚光灯蓝色的微光把她们的脸映照得跟幽灵似的——嘴巴涂得又大又红，眼眶黑乎乎的像两团黑斑。她们都穿着束胸背心，合成塑料的迷你裙，脚蹬细细的高跟鞋。

"嗨！帅哥用餐吗？"一个姑娘笑盈盈地把我往店里拉，"来，进来看看啊！"

我面红心跳，全身上下像是爬满了蚂蚁。大堂人很多，乌烟瘴气的。

一个服务员走过来，问我几个人，我连忙说我是来找人的。她问我要找谁后，把我安置到一角，立刻转身去了厨房，什么也没说。我只来得及瞥一眼她圆圆的脸，厚厚的嘴唇，头发黑得好像乌鸦的翅膀，束在脑后，刘海一直覆盖到眉心，遮住了眉毛。

等了大约个把钟头后，金伢仔才从后厨出来。我已经饿过了头，全身虚脱。

"抱歉，抱歉，让你久等了。今晚我请客。"金伢仔拿出一瓶老白干往桌上一摆。

我傻怔怔地看着他，他满脸油汗，看起来不像个未成年人。

金伢仔读懂了我的心思。"少喝一点，没关系的。"他对我说，"凡事都有第一次。"他给我倒了一杯，自己则一干而尽。

我学着他一口下去，猛一阵热辣，喉咙像被爪子抓了一下似的。这口辛辣的烈酒把我呛得眼泪都下来了。金伢仔扑哧一声笑了，递给我一杯白开水。

烈酒穿肠，在我胃里渐渐生发出一团滚烫的热气，直往脑门里冲，我的全身开始发热了。

这时，老板过来了。"悠着点啊！年轻人。"说着把我们手里的杯子换成了最小的玻璃盅。老板是个矮胖子，可他在客人面前蹭着细步、弯着腰腿的模样又显得非常伶俐，教人一看就很舒服。

三杯下肚，金伢仔的话多起来了。

"学校再不好，也比社会上干净。"他的脸像块烧红了的煤炭，眼睛看起来则老多了，眼神里满是怀疑和疲惫，"实话对你说，这世界没有人情，只有世故。"

他向我讲起他的家庭往事。我能感觉到在他的内心潜伏着一股强烈的感情暗流……

"我妈排行老二，上面一个姐姐，下面一个弟弟。

"外婆重男轻女，从小偏疼舅舅，结果舅舅长大以后一事无成，还得指望爹妈养着。

"姊妹仨，数大姨经济条件好，在城里有好几套房子。

"我妈老实，从小在家就受了很多委屈，嫁给我爸爸，一开始还过得去，后来爸爸失业整天在家打游戏，家里一落千丈，甚至揭不开锅。

"娘家人对我妈态度很冷淡，最多给点旧衣服给俩小钱打发打发。

"外公外婆退休以后，随着年纪增长，越来越需要子女照顾。

"不知从何时起，大姨、舅舅突然对我们家热络起来，又是送吃的，又是送穿的。

"我妈恨不得把心掏出来招待他们才好。

"没过就久，大姨就提出让二老到我们家住。我们家是租房子，面积小，没多余的房间。大姨说没关系，我的房间不是有飘窗嘛，放张垫子就能睡人，这样可以把床腾出来给二老。舅舅不乐意了，衣食父母走了，花销用度从何而来？最好是钱归舅舅，二老由我妈每天过去伺候。那我妈岂不成了免费保姆？

"我不知道我妈心里是怎么想的，但她经常背着我流眼泪。

"后来，我跟我妈说我想辍学的时候，她很难过，但她没有责备我，只是让我记住了，人再穷不能靠别人活，凡事靠自己；人再穷不能穷了骨气，不能被别人利用，不给别人做牛做马。"

他停顿了一下，猛抓起来又呷了一盅。随着一声叹息，一对眼眶红了起来。

这些话好像是对我说的，不偏不倚，刚好碰在我心坎上。一阵从内心深处涌出的酸楚充满了我的胸腔，我的眼眶顿时湿润了。

"两年以来，我干过各种各样的活计，见识了各式各样的人，我算看明白了，世界就他×是个狼吞虎咽的丛林，甭看它披着文明的外衣，到头来还不是只认钱不认人？一点意思都没有。没意思哪！没意思。"

金伢仔眉眼生得颇为秀气，但他摇头叹气的样子，似乎脸上多了几条来早了十年的皱纹。

他夹起一块红亮的扣肉放到我碗里。"你知道吗？有时我真羡慕那些个流浪汉，也想像他们那样一走了之。但是我不能啊！一想起我妈那双红肿的眼睛，我就特难受。我没本事，只能死扛到底！"

那晚我们聊了很多，也喝了很多。喝到最后，我们又哭又笑，像两个野孩子。

酒楼打烊了。

我蓦然站起来，胃里一团热气突地往上一冒，额头马上沁出了几粒汗珠。我想离开这里，可房间摇晃起来，世界似乎从我脚边的某个地方开始翘起。金伢仔的猪肝脸也碎了，浮动着，和自身的影像重叠起来。我想唤他，但我的舌头不知怎么了，不听使唤，上腭好像被胶住了。"金……金……"我说不下去了，只剩下姑娘们的讥笑声和金伢仔的大呼小叫："哦，我可怜的靓仔有点喝过头了。"

金伢仔伸出强有力的胳膊从腋下架起我，半拖半抱地箍着我，把我一会儿扯到东，一会儿扯到西，好像要把我扯烂。

他突兀的动作引起我胃里一阵翻涌。在天旋地转中，我将嘴里涌出的一团棕褐色流体悉数喷泄到街边。瞬间，一股寒气让我打了一个寒噤，我感觉凉飕飕的，心里那团热气渐渐消了下去，人也清醒了，可是眼皮酸涩，很是沉重。

路灯像鬼火似的，影影绰绰。

夜渐渐深了，大街上安静了许多。从一家KTV里传出一阵歌声。熟悉的旋律在夜色中飘着，浮着，有些微颤抖，幽幽的。我和金伢仔，我们异口同声地跟着唱了起来……

唱着，唱着，泪水随着令人心酸的歌声涌进了眼睛，愈涌愈多，顺着眼角流了下来。

我们好像都失去了什么，失去的不仅仅是一些白昼、黑夜，这让我们心中有种说不出的失落。

此刻，这种说不清道不明的感觉就像一道强烈的电流，照亮我的内心深处，令我的整颗心一览无遗。我意识到，我和金伢仔，我们都迷失在悔恨、恐惧、自我厌恶的黑暗森林里，并且都将在遵循自保、以牙还牙和猎杀逻辑的动物世界里摸索自己的生存之道。

金伢仔把我送到家时已届子夜。大牛山沉睡了，碧水河沉睡了，古镇沉睡了，大地沉睡了，花草树木全都沉睡了，连天上的月亮都闭上眼，成了一钩极细极弯的大眼缝。黑夜像一个困倦的老人，摊开手脚紧紧抱住大地的胸膛。

诗歌唤醒我，去过一种更高的生活

虽然免不了被奶奶一顿训斥，但经过这么一闹腾，杨德凯似乎有些怅然，他再也不乱讲关于斜坡的话了。

我倒落得个清净。

而且他近来变得像只刚开嗓子的骚公鸡，整天围着一个女生转个不停，抖得头都歪了。那个女生把自己打扮成了二次元漫画人物，说话嗲得让人鸡皮疙瘩掉一地。

在学校里我总是独来独往的。

我看不惯我们班这些叽叽喳喳的男生女生，不是看漫画，就是打游戏，个个肤浅得很。那些成绩好的又只知埋头苦学，像个学习机器，不大理人。

我下定决心用功读书，金伢仔的话像条鞭子打在我身上。

是的，凡事只能靠自己。

转眼，冬天到了。南方的冬天不下雪，但那股子冷风吹到脸上像剃刀似的，直寒进骨子里。从我记事起就年年生冻疮。我的脚后跟肿得像个红萝卜头，手背上的冻疮则成了一颗颗的紫葡萄。爷爷在的时候，每次放学回家，我就迫不及待地把冻僵了的手塞进他那双肥厚、温暖的大手掌中，直到焐热了才抽出来。

我想念爷爷，就像想念不再居住的房屋的亮光。这种缺失很硌人，但从不间断。

就在最冷的一天，我加入了学校的文学社。

每周一次，我们在一起阅读，写作，进行创作交流……

有一些书字里行间充满火焰，而大多数则语言单调如木蚤，充斥着稻草、黏土。

我喜欢的书通常既有思想，语言又轻盈、灵动，同时具有使人心跳加快的力量，它会让我驾驶飞机，从我的书桌起飞，飞向神性，飞向更美好、更高处的事物，飘浮在诗意的植物和鸟声里。

文字塑造的这个诗意的空间、想象的乌托邦，它和现实生活是两个世界、两个星球，仿佛两个不可能相遇的大陆。然而，在最伟大的书中，我找到的却是现实中所有的一切。

图书馆成了我最常去的地方，那里就是个巨大的思想橱柜，有许多抽屉，里面隐藏了所有人类的精神和智慧。

有段时间，我被诗歌吸引，借阅了大量中外诗集。

诗歌堪比文学皇冠上的明珠。

它以凝炼的文字，创造了最富于启示、最具艺术激情的文学。

这是我喜欢诗歌的原因。

体验一首美妙的诗，你会被它提升，被它深化，或许有那么一刻，你可能被它治愈，至少它能让我们的心免于冷漠，如顽石一般坚硬。而且诗意就在我们身边，在早晨的第一缕阳光里，在空气里，在水里，在鸟鸣里，在草的低语里。

我想成为一个诗人，像一个诗人那样口吐珠玉。这是从我内心生发的近乎宗教般的召唤。

那段时间，我感觉自己就像一条船在激情的洋面上打着旋，浪头就是我的指南针。

有一天晚上，等我磕磕巴巴地写完作业，看看钟已十二点过五分。

哥哥早已洗漱上床，在被窝里玩手机，他完成功课向来毫不费力。

我面前一堆书，一张演草纸。灯光很温柔地抚着花梨木桌面，一只长脚盲蛛沿着窗沿轻轻地爬着。窗外，夜雾潮湿，似乎要溶解万物的轮廓。一切出奇地寂静，像是置身于极地的无声地带。

我的心上突然涌起一种说不清道不明的，一刹而逝的微妙感觉。

"夜，调制了最深的黑。"

当这几个词从我嘴里无意识地蹦出时，我体验到一股奇异、激烈的感觉，是那么难以捉摸。我赶紧在演草纸上记下这行诗句。

然后，我等待着。但这种感觉我根本无法表达或形容它。也许，我还不得要领，驾驶不了这匹烈马。但我不能放弃，我得具备猎手的耐心。

就在这时，我背后突然响起哥哥的声音，打破了夜晚的寂静。

"你说什么？"他问我，"自言自语的……"

"我在写诗！"我轻描淡写地回他一句。

哥哥嗤笑了一声，像水滴落在烧红的铁上。"那么，你写完了吗？"

我说："才写一行。"

"我劝你把剩余的诗句全部咽回去，顺着消化道，一并排出去。"他自觉说话十分幽默，得意地笑了。

我的脸像被烫了一下，但我没有吭声，可心里很讨厌他这股腔调。

哥哥放下手机，把脸从屏幕前挪开。

"刚才是玩笑话，"他说，"现在我非常严肃非常认真地跟你说，不要再写诗了，没用的，诗又不能当饭吃……这个时代不需要诗歌。"

我心中慌乱了一些。"那什么是有用的？"我问他。

哥哥哼了一声，说："能让你赚到钱，能让你吃饱肚子，能让你过上好日子的就是有用的。我的傻弟弟！"

一股热血涌了上来，使我无端地想要反抗，但我不懂如何辩驳，只能任凭话到嘴边："我不相信你没有理想！"

"理想？"他差点笑出声，"这个时代还需要理想吗？看看你周围，认清现实吧！"

听罢此言，我联想起金伢仔的话，瞬间如同被鞭打似的一缩。但是我不想认输，不想屈从于时代精神的指令，做一个懦夫。

"你这是典型的市侩主义！"

哥哥看了我一眼，轻轻一笑："随便你怎么说，人人都如此，难道就你要与时代为敌？别天真了，任何不切实际的幻想到头来都是一场空。等你梦醒的时候，你就知道哭了。"

哥哥的话在我心中搅起了波澜，一些词语从我身体深处浮起，就像一束微光，我想起来了，那是爷爷的临终遗言："人应该为了兴趣和价值而活，不能只是为了赚钱！"说完，我感觉理直气壮了许多。

哥哥不吭声，似乎一时拿不定主意，只鼻子动动冷冷地笑着。

我趁胜追击，带着一种近于报仇的快感对他说："人是一个更高的存在，没有崇高的精神生活，人类只能是爬行动物。"

哥哥勉强按捺住自己的火性。他揶揄道："那么，崇高的人类，你的理想是什么？玩弄词藻，当个诗人？"

我还真没有想过这个问题。诗人，是的，我喜欢诗歌，但是，懵懵懂懂的，我又觉得似乎不局限于此，我并不只想在时代的海滩上收集一些漂亮词语的贝壳和卵石……

"啊——哈——"哥哥的哈欠吞并了我的思索。

"快睡吧！"说完他不耐烦地钻进被窝，蒙上了头。

诗歌那束语言的微光太过微弱，瞬间就被淹没在了黑暗中。

我靠窗子立着，呆呆地看着夜色。小镇、山丘和天空都死气沉沉的，被黑暗和虚无主宰。世界在这方失落的天地里，如同坠入一口深井。

躺下之后，我睡不着。东一个西一个的念头零散地浮上来，像泥潭中的孑孓，扭扭捏捏，都带着一点生气。这到底是一个怎样的时代？为什么人们不再需要诗歌，不再需要文学？难道生命的情感、思想都失去了存在的价值？我不能理解，更不能接受这样的世界。在我眼里，没有文学的生活只能叫活着，那和倒退到动物有什么区别？我觉得任何时候人类都需要灵魂，需要精神生活。一个诗人，更应该成为一个思想斗士，用批判或者捍卫的方式去抵御一切不良习气，捍卫人性中美好的一面。我忽然想起鲁迅说过的话，巨大的建筑，总是由一木一石垒叠起来的。是的，如果每一个人都能从自身做起，不当冷漠的看客，那时代将会是怎样一幅光景？这么想，我胸中也就廓然一清了。

再说，一天到晚憋着一口丧气，又有什么用处呢？一个有作为的人当笑着去成仁取义！我心里安静了许多，再把头藏进被窝，暖气护着耳鼻，像钻入一间温室，我睡着了。

那本书就在我的枕边，清晨的风轻柔地朝它呵气，书页像重瓣玫瑰般慢慢绽放，一片一片，一瓣一瓣……

由于沉迷读诗写诗，我的数理化期末考试没有及格。

奶奶埋怨我没用功读书，她说我没把心思放在书本上，整天看闲书，怎么念得好？她越说越气，一张脸跟铁板一样。然后，她开始老一套，说爸爸读书如何如何，又把哥哥的成绩单递到我面前，我飞快地溜一眼，分数不用说都是高分。

"一个爹娘生的，怎么就你这么不争气？只会在我面前耍横，给我嘴脸看，一点用没有，简直就是废物……"

奶奶骂起人来，不给脸的。她没收了我所有的"闲书"，不准我再借阅。

唉！我觉得做人实在太痛苦了。

这个寒假过得无聊乏味，我整天盯着那几本鬼书，都闷得发馊了。我不懂哥哥为什么整天那样乐，他不怎么看书，成绩照样那么好。

有一天我实在受不了了就去找金伢仔玩。

他知道我爱看书，悄悄送了我一本小说作为新年礼物。

我怕奶奶和哥哥发现，只在夜深人静时躲在被窝里拿手电照着看。

这是一本爱情小说，字里行间似乎散发着一股魔力，在我的灵魂中掀起一阵阵混杂着兴奋与渴望的漩涡。我脸颊发烫，埋首于书页，随着情节的波澜起伏，我整个人也随之翻江倒海。直到手指翻到最后一页，我合上书本，小小心脏还依然跳跃不已。

这时，我隔壁床铺的哥哥猛地发出干涩的咳嗽声。

我被他吓了一跳，但他翻了个身，又继续延着鼾声的山脊线往上攀登。

我心里的梦想家在昏暗里浮想联翩，朦朦胧胧中我自己仿佛变成了书中人物，拥有不再是实体的身体。那可爱的女孩，她从书页中向我走来，她的笑声释放出成群的百灵和云雀。在梦中，我们手拉手，被一股振翅的旋风带到高处，往上飞升，远离这风削水伐的人间，直飞到天上众星中，围绕我们的是一片白，又一片金光。

醒来时，我的心还在跳。我感觉自己的呼吸像在吹气球似的，伴随着头脑中那令人神迷的画面。梦中的那个女孩，仿佛就在眼前，她是那么优雅、浪漫，发丝有如黑色波涛从背部倾泻而下。

哦，爱与美的阿芙罗狄忒！

窗外天空已经变成灰色，月影挂在树梢，白昼即将降临。

远处一递一声的鸡叫，惊扰了睡眠中的哥哥，他翻过身去，在他的脸上有着跌宕起伏的梦境幻影。

我重又闭上眼，想再次进入梦境，可眼皮里只有捉摸不定的黄边紫心葵花。

从此，我那颗敏感的心朦朦胧胧地生出一种莫名的渴望，说不清，也道不明。

我常常避开人，一个人孤独地坐在岩石上，向天空一片云或一颗星凝眸。

谁也搞不清我在想什么，连我自己也不知在想些什么。那些荒唐的白日梦，让我小小的心在幻想中驰骋，它摇撼着我的情感，释放我内心的洪流，要不然我快要被我自己给淹没了。

多了些隐秘，多了些梦，我的生活便渐渐与现实脱离，仿佛真正的生活在别处，在星辰海洋，却不在当下，不在现实生活中。现实的一切，包括我的家，越来越像一张沉闷、二维的图纸，干巴巴的，毫无生机。

这样的现实，只会让我感觉越来越匮乏。

我不知道这种感觉从何而来，但它是那样真实，那样强烈，让我身不由己地生出对爱、对个人归属的渴望，它们就像供给短缺的战时物资，让我本来就不富足的生活越发捉襟见肘。

于是这日子成为痛苦的东西了。在每一天的尽头我都发现不值得过，接下来的一天又是同样的重复，但愿我能跳过这些无聊的时日，仅仅为了活在我想象中的无限丰美的一刹那，几近永恒的时刻。

这个春天是我度过的第十六个春天，然而我却觉得这是我人生的第一个春天

春天似乎听到了我的心声。

它跑得飞快，像一匹欢快的小马驹。

这匹春马踏着树梢，踏着越冬灌木的叶片，踏着漫山遍野的青色草尖，踏着我的心跳，让我的眼睛追不上它的步伐。

大牛山简直几天变一个样，仿佛瞌睡的牛魔女一梦翻身，接着又是一梦。

春天的鸟儿在她的身上啼鸣，它们坚薄而空心的骨头在歌声中舒展。一阵风吹过，鸟儿轻柔地展翅，竞相传递春的信息。

山坡谷间，所有在春天里该开花的草木都争先恐后地绽放，带着野蛮生长的活力。一种生命原始的力量在大地上复苏。这力量是如此神秘，如此强大！几乎是一夕之间的事，漫山遍野的野樱就盛开了，像是"哗"的一声浪潮掀过似的一齐绽放。这樱花，它白、它多、它亮，它使人觉得春天仿若发了疯，一朵挨着一朵，一丛挨着一丛，一株挨着一株，看上去如一团团的白雪，凝固在湛蓝的天光里。

我寻着芳香一路追逐春天。

山里的春天仿佛一块调色板，各色各样的绿，各色各样的花儿。

我感觉兴奋，汗从我的额头和手心里渗出，不知是因为天气转暖的缘故，还是出于某些说不清道不明的东西。

太阳在湛蓝的天空中，亮得化成了一团不成形的白光。

在半山腰上有一株野樱如盛装的少女，令人惊艳地立在坡上。它披挂着千万朵粉色的蝴蝶，如云似霞，近乎掠夺地，一下子就占据了我的眼球。

我停下脚步，就坐在最美的这棵野樱树下。脚边的泥土里，苦地丁多浆的茎上寂寞地开满了小黄花。春光里的山、水、花、草，让我触目感怀。此时此刻，我内心杂糅，像是万感俱来，待要起心作一两句诗，又茫然不知从何而起。

忽然一阵骚动，从草丛里窜出一条巨大的牧羊犬，冲我露出利齿，发出威胁的咆哮，我顿时全身僵直。那头毛茸茸的畜生往我的方向逼近，垂着口涎的大嘴里长着一排尖利的牙齿，它要吃了我吗？我吓得动弹不得，手脚像灌了铅，只能听天由命地闭上眼睛，抱着脑袋，几乎快要昏过去。

"小狼！"那狗听到狗主人带点儿嗔恼的喝声，立刻听话地把爪子从我胳膊上挪开。

我从指缝里偷瞟，这混蛋似乎心有不甘，仍不愿离开，龇牙向我狂吠。

"小狼，过来！"听到主人再次呵斥，它迟疑了一下，摇着尾巴服软了，跑回主人身边。

我轻吁一口气，抬起眼，与迎面走来的女子四目相对。那一刹那，我的身体像是中了魔法似的僵住了。我发誓，她就是我书中的阿芙罗狄忒！那眉毛、眼睛、嘴唇，还有如瀑布般的秀发，与我梦中的女孩一模一样。

"你受伤了吗？"她关切地问我。

此刻，她的脸朝着太阳，亮得和春光一样。

"你受伤了吗？"她再次问我。

"嗯……不，我，没有……"我如梦初醒，不知为什么突然结巴起来，一边慌乱起身，手脚简直不知往哪里放。

那狗围着她不停打转，亲昵地蹭她的腿，间或又像想起什么似的，轻吠几声，跑到我脚边闻嗅不已。她再次唤狗，让它老实点，同时充满歉意地对我说："不好意思，吓到你了！小狼性子燥，但不咬人。你不用怕它。"

她的声音极其柔和，带有一种母性的温柔的情愫，从那如玫瑰色新月般的唇中流转而出，似樱红的花瓣片片飘落。

我体验到一种从未有过的感觉，一种暖暖的东西包围着我，使我心潮澎湃，就像是有一团火在燃烧。那猩红色炭火出现在了我的心里，这一切只有一瞬间，简单，有些痛，又很美丽。

然后，我听到了远处传来的笑声和喧哗，有人在喊她，她对我说再见了吗？我记不太清楚了，印象中的这一幕是五彩的樱花碎片，她的手轻轻挥过，闪动着斑斓的光。

接下来，我是怎么走回去的？我感觉自己好像是在飞，在不自觉地，缓缓地做着梦，穿过亮闪闪的石板路，周围的喧闹声，似乎是在无限遥远的地方。

我穿过广场，爬上楼梯，打开房间的窗户，让全世界像洪水一般涌进我的生命。

我悄悄翻开那本书，那一行行的词句就像静脉，在我的手指间有规律地跳动着。

"你的脸颊红润，犹如我心底的渴望一般，芬芳流溢着香甜的秘密。你的笑容粲然，像来自孤寂高原的鸟儿，飞到我的心头筑巢，来迎接人间四月的温暖。"

我的手指在那一行行发出明亮光芒的文字上奔驰，左弯右拐，绘制幻觉的回文，启示的谜语。

"你是我一个人的，仅仅是我一个人的，我无边无垠的梦幻里居住的人。"

我翻过书页的告白，仿佛看到一种圣洁的爱，它像宝石一般在字里行间闪闪发光。

"赐予我全部的爱，让我的生命成为一颗欢笑的星球；赐予我全部的爱，我的躯体将与你融为一体，我的心将被卷进你热情的漩涡，那燃烧的热浪就是我的生命，它将腾跃闪烁，融入你的火焰。"

在那个独一无二的瞬间，书页燃烧起来，发出炫目的火光，我好像看到她的面容在火中闪耀。

她是命运突然赋予的礼物，在我成为一棵贫瘠干枯的植物，奄奄一息地倒在黎明前的黑暗中时，她是上天给我的一个无声惊喜。我越来越强烈地感觉到，有一种神秘的力量寓于我的一切之中。它使我要如同一只鸢一般飞起来，如同鸢，去追逐我的太阳。

我找到了她，其余一切对我而言毫无意义。

当晚，好不容易迷迷糊糊地睡着，但才合上眼皮，梦那混乱的熙攘就开始了。我仿佛能从枕头深处听见自己的心跳声。醒来后，为了不再听见那声音，我用枕头蒙住脑袋，然而，我听见它从胸腔里传来，它被我关闭在肋骨的笼子里。

那是一种怎样的情感啊！

它来势汹汹且充满力量。

在这股热望的支配下，我吃饭，走路，上课，下课，全心不在焉，跟梦游似的，满脑子全是那唇似樱红的女孩和那盛开的野樱。她无处不在，就藏在我内部。我简直发狂了，在内心上演的戏剧里，一会儿扮自己，一会儿又扮她。

放学后我没有回家而是直奔坡上。

我坐在野樱树下看夕阳把天空的薄云染成朵朵桃花。黄昏是这样的美丽、宁静，整个小镇都被那梦幻般的色彩镀上了一层玫瑰金的釉彩，闪着漆的光泽，充满了万物那永恒而又终将消亡的美，以及它带给我的无法诉说的淡淡哀伤。

晚风把我身后的竹林吹得如同波涛，万千倦鸟齐唱婉转的情歌。

我的目光到处寻找她的倩影。她会来吗？我的心在风中凌乱。

天暗下来的时候，眼前的事物开始看不清。最后一抹夕光突然寥落，满世界都在凋零。

我已如深秋里的一片枯叶，被风抽打得失去了血色，也如同那溺水的人，手中抓不到一棵救命的稻草。

我想她不会来了。内心的海啸退却，我又恢复了平静，只是这平静里，有别人不懂的漫长、落寞与哀伤。

星星在头顶窥视着我，从前，一切都绕着太阳转，现在我知道，一切都绕着她转，这月亮、星辰，这薄雾，都是为她而存在。

当我迎着万家灯火往回走时，河上最后一艘散货船把水面弄得月光四溅。我不知道为什么忽然想追随它，追随那运输谷物、煤、矿砂、盐、水泥等大宗干散货物的船只远去，离开这里，只要离开这里，永不再见她，可我又想她，我寂寞，我不知道怎么样好。

回到家我就钻进自己的房里，奶奶喊我下楼吃饭，我装作没听见，谁要多嘴问我一句话，我就要发疯了。

第二天，第三天……一连几天，我放学就往坡上跑，然后满脸阴沉地回到家，话也不说一句。我对一切日常活动不再感兴趣，生活的魅力消失殆尽，只剩下荒凉和苦闷。一天又一天折磨着我。

奶奶先是怀疑我是不是在学校跟同学闹意见了，她一问我，我就火冒三丈，不耐烦地把门关上，任凭她如何絮叨，就是不开门。后来，她又怀疑我是不是生病了。

我觉得自己的确已害了一点儿很蹊跷的病，好像某种寒热病，一颗心忽冷忽热的。

一个星期后，我希望我能够将她抛到脑后，然而脚擅自做主，放学后它将我又一次带往那棵开花的树。

樱花已然开始凋零。我在想春天为什么不能多住些日子呢！

天空撒下那么多花瓣，在微风中悄然坠地，仿佛神在人间的布道，温柔而谦卑；又草率得像随风飘荡的便签，就这么寂静无声地落入草泥间，失去了光华。

那是风在吻别春天。

我怔怔地望着那星星点点的花瓣，看它们落到地面，如同春天的眼泪。

生命的结局总是这样吗？

我心生惆怅，但也无可奈何。因为我知道这些花朵会成灰化泥，遁于土地，成为大地积蓄的能量，等下一年春风剪枝时，就会有新的花朵绽放于生命的枝头。

这就是生命的规律啊！

我在神游时，身后传来熟悉的犬吠，一回首就看到了阿芙罗狄忒！我的女神，她走了过来，小狼跟在她身后，呼哧呼哧的，像一个风箱。

我的心顿时如旷野的鸟，好像在她的眼睛里找到了飞翔的天空。

她挥手向我打招呼。"又遇见了你！"微笑在她脸上漾开，当她的眼睛望向我，朝我发亮的那一瞬间，她闪烁着火花，令她周围的一切都好似屈服于她的魔力。

我痴痴地看着她，心儿怦怦直跳，鲜血在体内奔流，我就像只扑向烛火的飞蛾，或者就像那烛火，因为自己火焰的炙烤而颤抖着。

她有些发窘，低着头走过我的身边，直来到树下，看着天空落樱的仪式。

"美好的东西总是那么易逝！"她的叹息是魅人的，犹如树林边吹拂的春风。然后她用双手去接那离开枝头的芳香灵魂，她的动作里隐约带着点俏皮，是那么可爱！

我在心中慨叹，若此刻死去，那将是我莫大的幸福。

这时，小狼突然吠叫起来，四处去扑低飞的蜻蜓。黄昏的天气变得十分郁闷，风赶着云从西南方向漫过来。

她不作声，昂头向天空望望，像自语又像是对我说："今晚要落雨！"然后她唤狗："小狼，走，回家！"

从我身边经过时，她忽然扭头问我："你不回家吗？明天要上学的。"她的目光落在我的书包上。

我心中很乱，似有千言万语，却被塞住了，只能虚晃一个手势，全身在一种苦楚中颤抖，不知如何是好。

见我不吱声，她笑了笑，随后牵着她的狗走向野草猎猎的小径。

不知哪来的勇气，我忽然冲着她大声喊道："我送你回家！"声音异常暗哑，吓了我自己一跳。

她扭转头，长发随风扬起，像一片转寄的浮云，向着晚天的方向。

但她摇了摇头，用手指了指不远处一栋掩映在翠色中的屋子，告诉我那就是她的家。

我木然地立定在那地方，看着她渐行渐远，依稀不见。这才猛然意识到，我有那么多话想问她：她叫什么名字？多大了？像我一样是个学生还是已经工作了？她有男友吗？

此时，电光从山脊上掠过，紧接着"轰"的一声炸雷，天空都要被锤漏了。

我的头有点昏，似乎失去了些理智，我想着，她的名字，必是一个不寻常的，未曾听过的名字，就像一句回声，像大提琴的琴弦颤动，春天的黄鹂鸟，仿佛晨露上的微光。总之，她的名字可以唤起一切事物。

我的心已迷失，随着那抹袅娜的身影而去。

在山雨欲来之际，我做了一个大胆的决定，去她的家，哪怕只看一眼。

我迎着劲风，在草丛间，在山涧旁疾行，只有风陪着。那是多刺的风，是刀剑迷宫，我走得很快，将脚下的道路走成一条结冰的路或是一条灼热的路。

她的家位于树林的边缘，那是一栋常见的两层木楼，黄泥墙、乌黑瓦，丝檐下悬挂着兽皮筒子，各样兽角装饰，还有一排排的米酒坛子，和着风拍干栏的节奏，发出浪潮般的声音，与山风融为一体。屋后有一棵花桐木，十数米高的树上，所有的枝头都沉甸甸地坠着含苞待放的浅紫色花朵。

大门前，一个中年妇人，穿着蓝布花围裙，手里拿着响壳儿，一面唰唰摇，一面口中发出嘶声，将屋外的鸡往鸡窝里赶。她的男人急急忙忙地将劈好的柴堆到角隅里，拿油布盖好。

但我的阿芙罗狄忒在哪里？

此时雨点落了下来，噼里啪啦筛豆一般打在我的脸上。

忽然，我听见那妇人朝楼上大喊："莉莉，莉莉……"

然后，我看见她了。我整个人沉浸在初次听到她的名字所带来的喜悦之中。

"莉莉，莉莉……"我低声重复着她的名字，感受舌尖轻触上腭的温柔。

这名字是春天的黄鹂鸟的歌声，这名字是透过云隙的那线光芒。

我迷失了自己，忘记了自己，在混沌和成形之间，世界仿佛一个全新的开始。

我的女神，她抱着桅杆注视着远方，眼神似沼泽，狂风就栖息在她的长发间，而她的家就是风雨中的一条船，满载着各种各样的声音，立于狂涛骇浪之中。

在烤焦的岩石和泥土中，是她让我的生活如一丛奇迹般的绿草丰茂昌盛

昨夜的春雨滋润了枝上的嫩芽，形成一片柔软的新绿。微风拂过，送来阵阵森林

的气息。窗外鸟群那充满灵感的啾鸣，宣告了这个春天的不凡和明媚。

我在心里微笑，像一只自言自语的鸽子，一整天都在念叨她的名字。

放学后我绕道去她的家，躲在隐蔽处。

"我如同潜行者，悄悄打开月亮的锁孔。"

从此我好像患了一种特殊的神经过敏，浑身脆弱紧张，不但一举一动觉得痛苦，就是家人或同学跟我说话，甚至于听见任何声音都变成难以忍受的折磨。

奶奶和哥哥看我的眼神有些怪，他们一定在背地里没少嘀咕。

哥哥发现了我藏在枕头底下的小说。他通过观察，断定我得了爱情妄想症，并且列举了一大串症状，听起来像一份病历，但事实上，我确实有疾病的症状和气息，比如视听不健全，神经绷紧，痛苦至极。

"你想象中的爱情，是理想化的，或者像人们通常讲的那样，是头脑中的，精神上的。"他像大夫一样对我说，"它本来沉睡在每一个人的心灵深处，一旦受到激发，'噗'，火山喷发了！现在它很汹涌，四处漫溢。"此时他说话的语气好像在谈论某种不治之症。

"但这只不过是一种幻想，是一种虚假的存在。"

"虚假"这个词令我反感，而他说这个词时，像是揪着狐狸尾巴一样得意。

"不，它不虚假，它是活生生的。"我大声抗议，激动得脸颊绯红。

"别犯傻了。你在爱着爱情的幻想，我能够理解那种迷醉，但爱情是双方的，是两个人的相互吸引。"

哥哥这句话就如同醍醐灌顶。是啊，我迷恋她，但是她迷恋我吗？我要怎么样做才能让她体会到我对她的爱，从而让她爱上我？

那个晚上我失眠了。

星星在头顶窥视着我，从前，一切都绕着太阳转，现在我知道，一切都绕着她转，这月亮、星辰，这薄雾，都是为她而存在。

此时万籁俱寂，夜晚把我像诱饵般吞噬。

我从床上爬起来，悄悄溜出去，外面好黑，风又大。阿芙罗狄忒！想爱她，就得硬着头皮往前冲。因为爱的本质就潜伏在炽热中，在暴烈中，在冒险中，在渴望中，在野蛮中，在用尽全力中。无论如何，这才是爱，是"挪太阳而移群星"的爱！

我转过一条巷子口时，"呜——哇——"一声，大概墙头有一对野猫在打架，我吓得汗毛直竖，拔腿飞跑，生怕背后有什么东西跟着我，好不容易跑到莉莉家。我放轻脚步，黄泥地上的小石子，在我脚下发出脆响。小狼把头从胸腹间抬起，它在大门前的狗舍里警惕地环顾着四周，似乎察觉到了我的到来，吠叫了两声。我吓得一动不敢动，连大气也不敢出。好在它很快就偃旗息鼓，把抬起的头又盘回胸腹间，睡它的觉去了。

我蹑手蹑脚地绕到莉莉房间的后窗下，满身冷汗，背对着沉默黝暗的山林。

裤兜里的信，那里的诗句是从文字的花丛间采来，含有我灵魂的成分，它就生长在我灵魂长河的岸边。

我把信用皮筋绑在小木条上，对准二楼敞开的窗户扔了进去。

那封信像一只胆怯的鸟，带着我秘密的爱飞向她的怀抱。

与此同时，小狼拼命叫，几乎一刻不停。它叫得凶，在暗夜里那张狗脸变成一团嘶叫的蝮蛇。灯亮了。有人醒来。我开始没命地奔跑，心狂跳不止，太阳穴猛烈跳动得快要爆炸。我跑过黑暗的石板路，直奔河街而去，耳边呼啸的风声就如同小狼的喘息，吓得我不敢回头。

然后，所能做的就是等待，漫长而缓慢的等待，就像在水底行走一样。我心神不宁，神志濒于瓦解，在学校里，谁向我说话我都充耳不闻，我向别人说话对方也不明所云。

两天后，一个圆脸的姑娘在我放学时叫住了我。她有着一张瓷盘似的脸，锐利的目光上方，刘海一直盖到眼睛。

"是你给莉莉写的信？"她用一种疑惑的目光打量着我。

我发现有好几个同学在朝我这边看，我像被火烫了似的，面颊同脖颈全都火辣辣的。

她从上衣口袋里掏出一封信，在我眼前晃悠。"喏，这是她的回信。"

我二话不说，一把夺过信，三步并作两步飞也似的逃去了，身后传来她的笑骂声："猴崽子，看把你急的！"

我的心如运动的钟摆，在渴望与害怕之间摇摆不定。

找一处僻静无人的地方，我颤抖地打开信笺，上面只有一行娟秀的小楷字，约我当晚在小镇西头的水杉林见面。

那一刻，我的心简直如垂天的鹏翼，向外猛力地扩张、变大。连呼吸都像是在吹气球似的，伴随着头脑中那令人神迷的向往，世界变得窄小、拥挤。

我没有回家，在巷子里闲逛了一会儿，等到华灯初上，就向水杉林走去。

我的脚踩在厚厚的枯叶上，发出柔和的爆裂声，有一种陌生的感觉，仿佛松软的枯叶在我脚下低语，有时响亮，有时低沉。暮色下的水杉林犹如叠放在盒子里的一块飘逸的新绸，眼眸之处尽是一片冷翠。

我倚靠在水杉上，等待莉莉的到来。看得久了，那一株株水杉开始有了人形，似乎在朝我走来，一株接一株，如同她既纤细又挺拔的身姿。我有一次确信无疑地迎着她走去，结果撞在树干上瞬间颓唐下来。

天空中看不见如银的月光，只有星辰散发出雨点般的牛奶光芒。

终于，我的耳畔听到不远处传来仿佛命运脚步似的声音，弄得人连心跳都会停下来，我说不出话来，慌张得几乎要昏倒。

她站在我的面前，穿着白色的薄纱裙，她看上去全身发亮，像月下精灵。

我本有的气度似乎一下溜走了，就像脚底的充气塞突然被拔了起来。

"莉……莉莉！"我一遍遍地重复着，就像思绪卡在了某条大脑褶皱里，而我的两条手臂一下子变得多余，不知要往哪儿搁才合适。

莉莉望着我，她的眼睛忽闪忽闪像萤火虫。"那些诗，真的是你写的吗？"

我感觉自己就像一个没有排练、台词不熟的演员，跌跌撞撞地到了舞台中央，即将开始自己的表演，而内心的声音告诉我不要怕，说真话。

于是，我听到一个古怪、生疏的声音向她表白："我……爱你！"

"不！这是个错误。"她连忙伸出手指按住我的唇，阻止我继续说下去。

就在那一刹那，我心底的那股热情，突地爆发了，我抓住她的手，像握住一只温热的鸟儿，一阵微妙的情愫在我心中漾了起来，一下流遍了全身，使得我身上一阵阵发颤。

她试图抽出手，但我把它握得更紧了。

她有些慌乱，把脸微侧着，假装看夜色中的青杉。星光在她一边腮上投了一抹阴影，而她那双秀逸的眸子，亮得闪光，像云雾里的一对儿春星，一圈红晕，从她光滑的面腮里渐渐渗了出来。

我忽然意识到自己的鲁莽，赶紧放开她的手，满面羞赧。

但她似乎并没有恼，反而从容地对我谈起诗歌。

我们仰望星空，春风像醉了，吹破了云，露出清亮的月牙儿与几颗星。水杉的新叶轻摆，春虫唱着恋歌，萱草的香味弥散在春晚温暖的气息里。一切都溶化在春的力量中，这力量足以推动嫩芽穿透泥土，使婴儿从乌有进入光明。在这样的夜晚，我完全将自己化在了那春风与月的微光中。

"诗，是灵魂的火花。"她对我说，"你的那些诗，它具有使我恢复纯洁的魔力。我好像又回到了从前，心里也做着爱情的幻梦。那时候，我跟你一样，幻想着这尘世最简单、最纯洁的爱。"

她的话使我的胸口窝了一团柔得发融的温暖，面对月光下这泛着青辉的女孩，心里涌起了一阵说不出的怜爱。

"如果永远不长大，那该多好！这样就不会幻灭，不会被艰难的生活压垮……"

她的眼中有泪光闪烁，像受伤的孩子，柔弱得叫人怜惜不已。

我正在思索想找一些安慰的话，却不料黑暗中突然传来"哇——"的一声，鬼哭狼嚎一般，吓得她猛得扑进我的怀里，紧紧依偎着我。

这一撞，一阵猛烈的感觉，刺得我的胸口发疼。我情不自禁地拥抱那个纤细的身子，靠得那么紧，好像要融到对方的身体里去似的，一种强烈的可怕的甜蜜滋味，散布开来，我浑身发抖，身体仿佛一只鸣响的海螺。

如同大海感受到波浪，我的双唇像受到牵引一般去触碰她那饱满而柔嫩的嘴唇，我的舌头试探着进入她炙热的深潭，在那里她的舌头就像浪花里的一条小海豚，左躲右闪，引诱我穷追不舍。

该怎么来形容呢？什么样的公式能解释这个吻引起的风暴？我感到我的血液仿佛一个电闪雷鸣的瀑布，从高处直坠入深潭。

那一刻，我对她的爱，并不是像一个男人爱一个女人那样，而是要比这辽阔得多、广博得多，像夜晚和星辰，像高山和白云，像喷薄的瀑布，像漫山的野花，像清澈见底的溪水。我的胸膛里像有一万匹马驹在驰骋，感觉好像是要飞起来，冲破那浓重的黑暗，离开地面，像独立的行星一样，疯狂地旋转，沿着未知的、未经算计的轨道行进……

可是，她忽然推开我，嘴里嚷嚷自语："天哪！我做了什么……不，我不能，不能！"说着她挣脱我的怀抱逃走了，像林中小鹿飞快地遁入黑暗之中，留下我不知所措地立在原地。

我可以感觉到甜蜜和痛苦这两股力正在我体内撕裂我，我向着山林和黑夜大声呼喊她的名字，请求她收下我这颗心，带走吧，不要迟疑！我怕它会像昙花一样凋谢，会跌落尘埃。

在她的磁场里，我就像一块铁，甜蜜地遵循着精确不移的律法

梦的飞船将我载往我挚爱的抽象的碧霄。

在那儿，在最纯净最稀薄的空气中，我看见了莉莉，她半是女人，半是梦幻。而她简陋的家，几乎缩成邮票大小，贴在黑乎乎的山坡上。背后是成团的雾霭，在湿淋淋的水杉林间低低飘动。我的阿芙罗狄忒，穿着雪白的裙裾，正凭栏远眺，远处是锯齿状灰暗连绵的山脉。她手持春花，蕾丝裙褶间缀满小而圆润的珍珠。

她看起来有些心不在焉，好像在深思默想。

我顺着她的目光望去，整个山区淹没在昏天黑地之中。从地平线的一个尽头到另一个尽头，边界山脉成了一堵黑墙，而在它前面，沿着山脉边缘，是一片惨遭蹂躏的田野和梯地。过去曾是村庄的地方，现在除了石头，以及微澜不兴的死水之外，什么也没有。那些燃烧着石灰石的矿厂的模糊轮廓，圆锥形冷却塔以及高耸入云的烟囱犹如巨大的船只飘浮在昏暗中。而在烟囱之上，一道道青烟如剑，刺向带有条纹伤痕、颜色惨白的天空。

她忽然将春花扔出去，翻过雕有花朵的木栏杆，往下跌，跌进井状空间漆黑的深处。我的喊叫和意愿完全不起作用，仿佛我在这里没有立足之地，根本就不存在。或者说时间也不存在了，这里只有按照某种量子学原理一个嵌入一个的各种各样的空间。

我就像一个晕船的人那样，在黎明的微光中惊醒过来。我不得不坐起来，坐在床边上，大脑思维依然沉浸在梦中那些模模糊糊、不连贯的镜头里。

莉莉，你在哪儿？

我是那么害怕失去她。

当我胡乱塞几口早点，背着书包，迎着燃烧的朝霞往坡上冲时，我不得不拼命喘气，呼呼的风声在我耳边如梦呓般清晰而尖锐。我全身冒冷汗，心脏在急速而不规则地跳动，舌头和上腭干渴得像太阳炙烤的沙漠，以至于我所看到的一切都蒙上了一层黑色阴影。

这是我第二次逃学。

我的眼睛看不见人，看不见景，再看不到别的，无论我向哪里张望，看到的只有她。

就在我匆匆往前赶时，有人伸手拽住了我："怎么喊你也不答应？"

原来是金伢仔！他手里提溜着一条五花肉、一把空心菜，刚刚从早市回来。

看我一副着急的模样，他开我玩笑："干吗去？赶着投胎呐！"

我心不在焉地答道："去那里！"顺手指了指坡上的那栋屋子。

他顺着我指的方向望了望，瞪大了眼睛："你不是去朗莉家吧？"

朗莉？

她叫朗莉！

我带了点儿惊讶轻轻地问他："你认识她？"

他也带了点儿惊讶说："谁不知道朗莉！那可是我们大牛山镇的一枝花啊！"

于是，我不走了，请他跟我讲一讲关于朗莉的事情。

从金伢仔口中我得知，朗莉高二辍学，她学习成绩非常好，要不是她弟弟突然病了，她准考上大学。他们家为了给她弟治病四处求医问药，可总不见好。一个大活人就这么瘫了，整天躺在床上。朗莉为了挣钱，在一个大酒楼端盘子。那酒楼老板家里有矿，可以说是要风得风，要雨得雨，威风得很！他看上了朗莉，谁敢接近她，就是讨打！

末了，金伢仔还好心提醒我，别再去找朗莉，那可是"猛虎口中敲玉齿，骊龙颔下夺神珠"的危险事。

等金伢仔走后，我陷入一种既感到十分幸运，同时心中充满了一种说不分明的情愫，像烦恼，又像忧愁，似乎又有些生气，我当真觉得自己是在生某个人的气，又像生自己的气。

我在原地站了好久，一个人，孤单单的，心里很混乱，如同陷入进退两难的泥沼。最后我遇见赶着上学的同桌，他解救了我，把我硬生生地拽回学校。

但是我一点也静不下心来听课、看书、温习功课，她无所不在，像鸟儿一样飞到我的脑袋里筑巢。这使我坐立不安，使我浑身产生一种空虚、紧张的感觉，而且一而再、再而三地绞着我的心房。

噢，莉莉！我在心里无声地呼唤。她的身影无时无处不在，仿佛一道光辉浮在我眼前，使我周围的一切变得黯淡而失去光彩。

我必须见到她，同她说话，否则我会像沙漠里的旅行者一样焦渴而死。

于是，我就着月光与灯盏，开始写信，不停地写，我精心打磨那些词语，让它们成为月亮和星辰的武器，携带我内心的火焰，为我杀出一条看不见的道路。

但是那一封封爱的信笺如同石沉大海，葬身于一场转瞬即逝的花事里。

我的心像一口幽深的池塘，蓄满沉重的忧伤。

在星辰哼唱的时刻，我会忍不住守候在她的窗前，立于硕大繁密的紫桐花下，渴望着像枝头那钟状的花朵一般，对着夜色，对着心爱的人，亮出深喉般的萼部，释放出我心底爱的声音。

我久久凝望她房间的灯光，一连几个小时，直到灯光熄灭，窗帘上不再出现她的身影。那灯光仿佛是来自她的光芒，那么轻盈，又那么沉重，如雪一般落下来，折断了一个少年对花朝月夕的向往。黑夜里那个忍不住热泪盈眶的人，那个独自走向山野的人，被冰雪覆盖住孤单的身影……

我站立的基点或坠落的地方，只是爱

今春的天气真是极端。雨水说来就来，不经过酝酿，也没有铺垫，而且脾气异常暴烈。可是下着下着，就可能云开雨停，天空奇迹般地放晴，然后，气温扶摇直上。

人们都说这老天爷变起脸来，比翻书还快。

自从这龙舟水开启以来，降雨连连，碧水河的水位一个劲地上涨。

今年的端午赛龙舟，哥哥当选了，成为龙舟队的一名桨手。他常和十几个身体结实、手脚伶俐的小伙子，趁雨停了上山，到深潭中练习入水、拉水、御水、移桨等连贯完整的动作。

因此，对灿烂阳光的企盼成了他生活的全部愿望。

他全身心地投入训练中，甚至在睡梦里两只胳膊还不停地比划。

显然这牛顿第三定律，通过水波的反作用力，不仅让龙舟前进，也极大地鼓舞了他的斗志。他像开足了马力的引擎，不知疲倦地运转着。

而我，在这个湿漉漉的春天里，被烦闷和惆怅挟持，心底的微澜与雨水相触，我发现自己也变成了一朵灰云，一朵多愁善感的云，蓄满了雨水。

时间过去了这么久，没有再看见莉莉，没有得到她的音信，我心里关于她的记忆简直堆积如山，只要稍不留神，那记忆的影像便争先恐后，蜂涌而出。

有时，我分不清哪些是真实，哪些是虚幻。

有人像鸟儿一样飞到我的脑袋里筑巢。早上当我从床上起来走向洗漱间时，她就斜靠在黑洞洞的门框上，用玛瑙似的眼睛望着我；当我洗脸时，她从水流的漩涡中急旋而去；当我照镜子时，我看到的不是我，而是我们……

我根本无法遏止脑子里的妄念，想到这点，心里只有一阵宿命般的无奈。

那个周末，天气潮湿闷热，让人呼吸都感觉困难，空气里像塞满了浸透雨水的湿棉花。快到傍晚时，空中阴云瞬间踪迹全无，一道彩虹如弓横跨天际。

男女老幼都伸长脖子，对着天空赞叹。

在这美丽、神奇的薄暮时分，我感到心里火热，某种突如其来的情感搅得我心里针刺般的痛，我必须见到莉莉，看一眼她，只一眼，无论通过什么形式都可以。

爱情会在你的血液中掀起风暴。

不晓得怎么搞的，我的身体在发热，我想一定是因为这闷得人出汗的鬼天气！

我走出家门，沿着大街行走。

许久没有露面的太阳，那暖暖的金子，正将它金色的血液注入大地。雨后的春山被水洗得鲜亮，满眼滴翠，夕光与水光相互交融，这世界是新的，是闪闪发光的。

街上人多了起来，十分热闹。

一张张单纯、欢快的脸，都是青铜的、黄金的、矿石的花朵，仿佛都是太阳的果实。在这种气势夺人的暮光中，我感受到无拘无束、自由欢娱的青春活力，撞击着我的心，似乎是一股拍翅的旋风，让我产生错觉，以为自己要飞起来了，不自觉地，缓缓地做着白日梦，周围的喧闹声，就像来自无限遥远的地方。

街面的石板路亮闪闪的，微微地反射着污水光，踩在上面好滑。

透过炽热的金色夕光，我好像看到她在道路的前方向我招手。我再度兴奋起来，感觉额头发烫，好像有一朵小而愉快的云升到我的头顶上方，闪耀着灼人的红光。行人看起来像一支支摇晃的箭头，而我呢，我的脊椎似乎变成了桅杆，臂膀下狂热的风如船帆张开，驶向唯一的目的地——那映照出万道金蛇的爱的港湾。

我走到莉莉所在的那栋大酒楼时，沿河大街的 LED 景观灯在一瞬间同时点亮了小镇，仿佛指挥家的一个指令，一座座檐角高翘的古老殿堂，在灯光的勾勒下，统一了格调，那美丽的轮廓犹如一首凝固的韵律古老的歌。

我站在河沿的步道上，倚靠着一杆路灯，远远望着人来人往的酒楼。

酒楼的门前有几个姑娘在迎宾，那一张张青春的面庞，像是魔幻灯光下的五彩花瓣。她们穿着的石青色偏襟镶花套裙，十分亮眼，晚风勾勒出了她们的美。

"来吃饭吗？"她们笑盈盈地向过路人打招呼，"今天有特色菜优惠大酬宾，欢迎来品尝！"说着向人们递来酒楼的菜单。

一个满面油光的男人走出酒楼，他长着一张方块脸，大眼睛，短须，粗脖子，乌黑的头发向后梳得整整齐齐，像战舰头一样光滑。他穿着亚麻衬衫，藏青色冰丝长裤，足蹬一双软底牛皮鞋，手指上套着黄澄澄、亮闪闪的大金戒指，走路揣着兜，气势夺人，脸上那一对大眼睛更是光满神足，表情变化无常而无往不利。

他站定在发光的霓虹招牌下，整张脸都被头上亮闪闪的字体染成了摇曳的紫水晶光芒。而后，紫色变为红色，又使他扑克牌一样的方块脸化为血一般的地狱，显得有些狰狞。

我立刻感觉到一股危险的电流，让我像是穿过高压电一般紧张起来。

那些迎宾姑娘见到他，也立刻站直身体，更加热情地向路人介绍酒楼菜品。而他似乎对她们的表现非常不满，虽然没有蹙眉瞪眼，但是眼眸里已经泛出了寒光。

他就是那个家里有矿的酒楼老板？一股莫名的愤恨涌上心头，我暗暗攥紧了拳头，耳边似有怒潮咆哮。

这时，两辆轿车开来，停在门口，下来几个有派头的人物，这个酒楼老板脸上黄昏般的阴冷，立刻被阳光般温暖的笑容和风采所取代，像是戴了一层又一层的和蔼的面具。只见他一个箭步迎上去，几乎是一路小跑将大人物搀扶进了酒楼，那嘴里吐出的每个字都跟裹了蜜似的。

"马屁精！"我对着他弯腰躬身的背影啐了一口痰。

就是这个两面三刀，这个可恶的小人，他挟持莉莉，强迫莉莉，想要毁掉她的一生！不知怎的，我心中突然涌起一股狂怒，如同尖刀一般刺得我浑身颤抖。

各种零乱的想象，在我的大脑中开始驰骋。关于怎么设计让莉莉逃脱他的魔掌，他又会怎样来追杀我们的可怕想象，甚至我想得更远，我如何发了一笔意外之财，如何治愈了她瘫痪在床的弟弟……从此，我们像童话故事中的主人公一样幸福地生活在一起。

我陷入了幻想。那白日梦，驾驭着灵光，循着火焰的踪迹，奔驰如闪电。

在我的心目中，莉莉就像女王，她端坐在高耸入云之巅，在世界的屋脊上，仿佛置身在宇宙的至高处。大地在她脚下颤动，花朵从她体内苗生。她的白纱衣如一朵微微开放的白百合，垂落在地，谁要是不经意碰触到她的裙裾，一定会因为那神圣的接触而感到疼痛无比。只有最高贵、最忠诚、最勇敢的人，还得凭借幸运之神的眷顾，才可以去征服万仞冰川，获得阿芙罗狄忒的青睐。

她是我命中注定会遇见的那个人，我内心所涌起的这股强烈的感情，是我从未体味过的。但我十分确定，这就是爱情，这就是经过蒸馏和过滤的，不含杂质的爱情，是我一直渴望的爱情。

此时，黄昏像一匹快马，四蹄如风，很快就无影无踪。天黑了下来，我头顶的天空，一弯新月似银钩一般垂下来，我看见自己长长的身影，在路灯的周围寂寞地生长。万家烟火喷香，空气又醇又暖，连风都带着些醉意，像夜刚酿的新酒漏出香气来了。

在这股醉意里，我感觉一切在我的周围旋转，像在梦呓里一般。我感觉额头越来越烫，心里像有一团烧红的炭似的。

我的内心十分混乱，混乱到痛苦的地步。我没法平静下来。蹲下站起蹲下站起，这动作不知重复了多少次，完全是不知不觉中做出来的。由于我的动作，时间似乎被撑长了，变得异乎寻常的漫长。

终于，餐馆打烊了。

大酒楼的人接二连三地走了出来。老板喝多了，东倒西歪地被几个厨子架着塞进一辆车送回了家。那些迎宾员叽叽喳喳，一路有说有笑。等到人都走空了，莉莉才和那个送信的圆脸姑娘一起出了酒楼。

莉莉，她那纤细身影出现的瞬间，我的心仿佛就因为这愉快的恐惧而忘记了跳动。自从水杉林一别，这是我头一回和她如此接近。霎时间，我想哭，思念在我心里决了口。

这两人肩并肩走在一起，彼此的脸挨得很近，在说悄悄话。

莉莉穿着一件淡粉的短衫，柳腰轻摆，走起路来轻盈盈的，像一只美丽的鹭鸟。

太多的思念，汹涌且令人无法理解的热情，让我铤而走险。我悄悄地跟在她们身后，感觉像在犯罪似的。而在我身后，夜晚黑色的布幔遮住了那些在它深处活跃、敏锐的一切生灵。

在一条岔路口，莉莉和那个圆脸姑娘分了手。

直到这时，我才暗暗松了一口气，抖落掉跟了我一路的恐惧感。

大地像一朵巨大的黑玫瑰，徐徐展开千百片天鹅绒般的花瓣，这些花瓣的数百个梦境正将一切生物层层包覆，整个山谷都浸淫在梦幻的光泽里。

莉莉走在前面，她为什么低垂着头？她那么专注而又若有所思地在想什么？她是否像我思念她那般地思念我？

我躲在路边一棵紫桐木后，全身因亢奋而发抖，又因为担惊受怕而快要休克。

但是，管不了许多了，我准备追上前去，仿佛我的生命从此将由她决定。

就在这时，我听见前方传来一声呼唤，像从我自己的嘴里发出的。"莉莉！"

我停了下来，感觉一股海浪沉闷地溅落，带有一种不详的预感。

朦胧的月光中，从路旁的树影里钻出一个男人。

莉莉几乎是欢呼着奔跑过去，他张开有力的胳膊，把莉莉揽入怀中，两人的影子合拢在一起。

那一刹那，我感到嫉妒、烦燥，甚至愤怒，我听到耳朵里在嗡嗡作响，整颗头颅像在水下闭气过久一样的眩晕。一股被侮辱、被背叛的感觉，令我想要离开，但心底一股更强大的力量迫使我牢牢抓住树干，往前探出大半个身子，想要一探究竟。

我看到的这是谁？这是谁的胳膊、谁的腿？这是谁的声音、谁的叹息、谁的低语？都是谁的？

我突然觉得浑身发软，连抓握树干的力气都没有了。

哥哥？怎么会是哥哥？

那一瞬间，我真想杀了他，我想拿一把干草叉刺进他的背，这样我就不会感到自己赤裸而荒凉，就不会感到自己变轻了，像失去庇护的树叶一般坠落。坠落。从高处坠下，穿过整个寂静、沉重而灰暗的空间，绝对无垠地，垂直地下坠，我曾经见过、听过、梦想过的一切全在这灵魂的黑色漩涡里分崩离析。

风吹过的时候，高大的桐树上便有一管管的花坠落下来，就像空杯子脱落下来。当初活力充沛时的紫色消失了，只剩下一些灰白色，像是褪尽了内在的生机，只剩下生命的空壳，颓丧地散落在草间。

这就像我的心，这倒空的杯子。

我不知道我是怎么离开的，种种景象逼进我眼中，我感到头疼眩晕。

有几秒钟，我张开双臂往前走，什么都看不见，像个瞎子一样摇摇晃晃地遁入那巨大无边的苍茫之中。

从沁着凉意的微风里，从领角鸮哀婉的叫声里，从远处悬泉飞瀑的轰鸣声里，有什么东西浸到我的身体中，一些阴暗而忧伤的东西攫住我的心，占领了我思绪的每个角落。

我不知道这是什么，是一阵风、一个影子，还是一片雾。我看不清楚道路，因为我的眼眶里充满着一种滚烫的液体（起初我没意识到这是眼泪），不经意间，它滚下了我的面颊。

我这副模样也许从外表看没有任何变化。但只有我自己知道我的皮肤底下已经支离破碎，我鼓起全身的勇气才让碎片再拼凑到一起，如同战后的废墟。

我只是一个疼痛的苍白影子，遇到风会马上倒地，用手指一捻就会碎成粉末。

昏暗的光线里，家的大门敞开着。

我摇摇晃晃地走进去，就像在大海里颠簸荡漾的一条船终于靠了岸。

我倚到门框上，头疼眩晕使我说不出话来。

奶奶披着衣裳走过来，在白炽灯下，在我模糊眩晕的视线中，她如同溺水鬼一样苍白。

我还勉强记得后来发生的事情。

我记得奶奶托起我的下巴，弹子似的眼睛瞪着我，一个劲地向我提问题。而此时各种思绪在我脑袋里缠绕成一把火炬。我堵住耳朵不要听，但她的声音点燃了长长的导火索，然后我的头颅开始燃烧。

在昏沉、癫狂的颤栗中，我渴望她朝我泼水，用满满一桶冰水，浇在我的头上，身上，让我感觉到水的冰冷。但她没有这样做，反而用喋喋不休的尖刻话语将我包围。

我的一部分被蹂躏了、碾碎了、遗弃了……现在，我只想狠狠地揍别人，或者被别人狠狠地揍。

不知是奶奶递给了我一杯水，还是我自己倒了一杯水。我只记得，我用力握住玻璃杯，用拳头把它捏碎了，带着一种报复性的快感，我看到我的血滴下来，像是那个被我用干草叉刺死的情敌的血。

世界的核心往后退，闪亮的颜色不停地旋转……

一切关系的本质

我在床上病了足足一个礼拜，脑子才清醒过来。

我感觉自己躺在世界屋顶海拔八千米的雪地里，冰雪覆盖了我的脸，身体里的那把火炬光渐渐熄灭，取而代之的是深入骨髓的寒冷。

半个世界是黑的。

在这个白色的深渊里，我做的梦也奇寒无比。在梦中我似乎长了两个脑袋两张面孔。一个脑袋拿着干草叉把哥哥的背刺成了筛子，每刺一下都疯狂大笑，直到再也没有可刺的地方了，我才发现另一个脑袋另一张面孔早已泣不成声。

我清醒时那空前绝后的一分钟，我听到一阵若有似无的微风，吹过后窗无花果树的繁茂树冠，那树的枝丫上已经结满了圆圆的小青果。鸟儿们的啾鸣也不断从树叶的缝隙间筛落——从大树枝到小树丫，这些鸟叫有如玻璃弹珠，敲打着日子那铁丝编成的牢笼。

然后，我以闪电般的速度意识到了一切，同时也感觉到心里仿佛有一处很大的伤口。

昨天的一切都仿佛发生在黑夜里，发生在漩涡中，犹如岩石被激流冲下，突然撞击在一起，而现在是在残酷无情的大白天里。我在心里祈祷某种神力，但愿这不是真的，但愿这一切只是幻觉而已。

就在这时，哥哥推门进来了。

哪怕心口被锤子击中，我也不至于如此惊慌。情急之下，我立刻拉过被子，将自己的脸蒙住。我不想再让他看见我，我不想再和他说话。同时，我方才觉察到手上的伤口在隐隐地痛。

"那天晚上我看见你离开的……"

怎么？你想说什么？我在心里愤愤地想。说话这样小心翼翼，难道你做事需要顾及别人的感觉吗？

"你的事我知道，莉莉早就告诉过我。"

听到这话我完全忍不住了，他在撕扯我最疼的伤疤。我扯开被子，忽地坐起来，愤怒地质问他："你什么时候认识她的？"当时我的身子不停地哆嗦。

他想了一下，"去年五月端午吧！那天河沿上人挨人，挤满了人。我正看得热闹起劲呢，后面有人撞我，差点把我推下河。我恼了，转身要骂人，却看到了天底下最美的一双眼睛。"然后，他笑了，"就这样，我被爱情撞了一下腰。"

我想起来了，去年哥哥叫我去看赛龙舟，我没去，那时爷爷才去世没多久，我沉浸在哀悼中，没有心情去看热闹。

"真是奇妙的缘分！"他感叹道。

我听了既恼怒，又有些悔恨，忽然之间我想起那张扑克牌方脸："她的老板知道吗？"

他鄙夷地说："他算什么东西？不就家里有矿，有俩臭钱吗？我才不怕他！"

"那你们将来有什么打算？"

那可是个不好惹的家伙，我心里隐隐有些担忧。

"等我考上 M 市的大学，我就带着莉莉一起离开这里。"他满不在乎地说，表情无比自信。

我不相信莉莉会跟他走："那他的弟弟呢？谁来赚钱给他治病？"

他看了看我："傻瓜，你知道他得的什么病吗？一种脊髓病变导致的瘫痪症。他全身的运动机能会逐渐丧失……直到眼皮都抬不起来。"

我忽然想放声痛哭，我替莉莉难过，那一刹那我理解了她曾经的艰难选择。

"她弟弟无药可救。说得不好听，已经躺进床褥墓穴，等死啦！"他再次强调。

我感觉像有根尖针在刺我的心："可也不能不管啊！他毕竟还活着。"

"莉莉会跟我走的，她爱我！"

我有些生气："抛下一切，跟你远走高飞？"

"这才是最优选择法则。"

现在我确定："你不会让莉莉幸福的，因为你根本就不懂得爱，以及牺牲、奉献。去你的最优选择！"我可以想得到，将来他也会为最优选择而抛弃莉莉。

他很吃惊地看着我："一切关系的本质就是价值互换，将来你会明白的。"

"走开！"

那一刻，我在心里同我的哥哥彻底决裂了。原先我或许想到放手，成全他和莉莉，然而，听完他的一席辩解，我决定以我自己的方式来爱莉莉。他爱着他的莉莉，我也有我自己的莉莉，在我的心里。我要用我的方式，爱她，保护她不受伤害。

当天晚上，我拖着虚弱的身体去找莉莉。

夜色是那么温柔，静谧的月光穿过云层，穿过街巷，穿过树林，犹如梦境一般追随着我。空气里暗香流动，那是疾逝的春天，用栀子和黄桷兰的浓郁香味来遮掩它的足迹。

莉莉的房间还亮着灯光，我整颗心又开始怦怦直跳。直到这时候，我才重新又有了生命。虽然我们之间的距离是那么遥远，阻隔我们的不是一面薄薄的窗玻璃，而是万水千山，可只要灯光在那里，你在那里，我的世界就在那里，我人生的一切都与你息息相关。

为一切人和一切事物承接过错

端午的龙舟赛上，哥哥他们大获全胜，河沿各处皆响着庆祝的鞭炮。

他得意忘形，庆典之后，寻得沿岸观赛的莉莉，摘下奖牌就往她脖子上套。

我看见了，我想很多人都看见了。

当晚哥哥就被人揍了一顿。

不用猜，我知道是谁干的。

从河边回来，我就有一种惨遭遗弃的感觉，这个世界似乎迥然不同了，似乎变得更敌意，也更加孤立无援。

那天晚上，我躺在床上，心里凌乱不堪，脑袋里反复回放白日的画面——莉莉眼里迸出的热烈火花，她和哥哥之间这种明显的肉体上的亲密接触，都令我混乱到痛苦的地步。这种崭新而异样的感觉，是自从看到他们拥抱的那一刻起，就开始滋长的。

直到哥哥回来。

他那张青肿的脸上懊恼和忧虑的表情犹如惊涛骇浪反复地涌来涌去。我从未见过这样的他——两唇肿胀，僵硬地张开，上牙和下牙不时地打着寒战；一绺头发粘在额头，像被看不见的力量拉扯，向前耷拉着；鼻翼不住地翕动，似乎悲伤的细浪正在脸颊下面暗涌不止。

我当下就意识到发生了什么。

他把门一关，扑通一声屈膝跪在我的床前，两只手痉挛似的揪住我的被子，并低声下气地恳求我救救他。

我怔住了，从床上一跃而起，伸手拉他起来，可他就是死活不起身。

他紧紧抓住我的手，似乎深渊就在他脚下，而我则是他的救命绳索。"麻将脸带人在巷口伏击我，我把他的烂仔打伤了。可这一切不怪我，是他们先动的手。"

由于激动，他的声音都变了，变得粗哑而原始。"这个畜生，他威胁我，他说明天就要到学校去告发我。真是恶人先告状！"

哥哥停顿了一下，我感觉到了一种威胁性的沉默，像看不见的负荷压在他的心头。"你知道，还有一礼拜就要高考了，在这个节骨眼上，我万万不能被学校开除啊！"

他的手指紧箍着我，指关节的弯弯曲曲中似乎显露出他内心的极度焦躁。"弟弟啊，你最善良了，这次就救救我吧！"

"可是，我能怎么办？"他的话让我摸不着头脑。

"你替哥承担了吧！反正你也喜欢莉莉。"他就像一个快要淹死的溺水者那样，眼巴巴地望着我，"只要你对校长说，这一切是个误会，谈恋爱的是你，他们打错了人，我是正当防卫，哥向你保证，将来一辈子对你好。好吗？弟弟！你就答应哥吧！"

整个屋子出奇地安静，好像停止了呼吸。但我从空气中感受到某种气息，带着强烈的压抑感。时钟嘀嗒嘀嗒，一秒紧接着一秒，时间像陀螺一样转得飞快。屋子似乎也变成了计时器里的齿轮，任时间在自己的五脏六腑里转动。

这太让我揪心，我似乎已经别无选择了。

"还有，爸爸的事，我也不再记恨你！只要你帮哥渡过难关……"

我听了火气直往上撞，"你在提醒我，只有帮你才能赎罪？"我浑身颤抖，一字一顿地说，"我不做交易！"

他连忙道歉："对不起，哥说错话了。是哥有罪，哥以前不该责难你，你没有错！"

他的话戳中了我的心，打破了我心中的堤坝，我只觉泪水充满眼眶，这么多年来我所受的委屈和伤痛似乎都在这一瞬间得到了释放，顺着泪水如雨落下。最后，我答应了他。

哥哥热烈地握着我的手，一团火似的望着我。那种喜出望外的表情，是那么的光耀照人，宛若满腔激情从内部迸发出来一般。那神情是我从未见过的！这真是个令人激动的时刻，它将生死、冰火、绝望与重生浓缩在瞬息之间。

我感到心里火热，我觉得我的选择是正确的——因着自我的牺牲，我体验到了地上最崇高的爱，也最接近于神的爱。

那一整晚我都沉浸在博大的情怀之中，仿佛我这样做救的不仅仅是我的兄弟，而是对一切事物和一切人负责，为一切事物和一切人承担过错，这份宏大要把人胸口都撑裂了似的，我抱着为此甘愿牺牲自己的决心，而完全没有预想到第二天会面临什么样的境遇。

我到学校时，发现走廊的展板前挤满了人。他们一看见我，就对着我指指点点。我立刻发觉情形不对劲。周围有几个女生在捂着嘴偷偷地笑。前方，杨德凯和王鹏两个人捶胸顿足朝我发出怪叫。

我拨开人群挤到跟前，赫然发现我写给莉莉的情书一封封整整齐齐地贴在展板上面。

杨德凯和王鹏那伙人跑过来围住我，笑得前仰后翻。有一个人怪声怪调地念我写的东西："莉莉，你知道恋爱是什么感觉吗？它就像雪碧一样，让我的每个细胞都激情膨胀。"

此时，杨德凯配合做出捧腹摇晃身子的动作，并且像青蛙一样鼓起两腮，朝外喷口水，引来一阵爆笑。他甚至指着我说："你不能再叫斜坡诗人了，你应该叫雪碧诗人！"

这时走廊突然静了下来，所有人都盯着我看。我脸上发烫，全身打颤。一阵凄楚的怨气与羞耻之感，突然赋予我一股巨大的蛮力，我伸手把贴在展板上的信全都扯下来，搓成一团，揣到裤兜里去。

王鹏跑上来抢我的信，我涨红了脸，把身上的双肩包抢在手里，用尽全力向他们挥去。有人从后面抱住我的腰，我用力想要挣脱他。就在这时，两名教师大喝一声，跑过来把我们拉开。

班主任铁青着脸在办公室骂了我整整半个多钟头，我心发慌，头顶直冒汗。

我低着头，就像个罪犯，一个遭唾弃、遭背叛的被驱逐的人，自行坠落到一个阴森森的深渊里，陷入众叛亲离的绝境。

后来，校长又让我去趟校长室。

我心里明白，我的末日审判即将到来。

趁没人看到，我用衣袖迅速抹去眼角的泪水。那时我真希望自己能有件谁也看不见的隐身衣。嗖！从这个世界消失。

在我跨进校长室的那一刹那，我似乎没有了未来；离开时，我似乎又没了过去。

人们彼此敌视，又似乎彼此需要

校长正襟危坐，鼻梁上架着的金丝眼镜朝着我一闪一闪发着逼人的亮光。

我前脚刚到，哥哥后脚也踏了进来。

他的目光正好和我撞在一起，时间很短，也就是眨眼的工夫。燧石相击，我能感觉到我的心在猛跳，肚子里像有一个绷紧的结。

哥哥可真会演戏，他一副若无其事的样子，仿佛这是别人的事，与他毫不相干。

校长推了推镜框，冷冷地盯着我们，瞳孔眯成了一条细缝，射出透人肺腑的寒光，然后他说，他接到一个匿名电话，反映本校的学生违反校规谈恋爱，参与打架斗殴并致人受伤。说罢，他的目光在我们兄弟脸上逡巡，好似要刺入我们心底的深渊一般。

校长首先问哥哥脸上的淤青是怎么来的？

哥哥回答得振振有词，他说昨晚他在一个偏僻的巷口遇到几个烂仔，这帮下三滥的上来就打人，出于正当防卫，他狠狠教训了他们一顿。

校长又问我刚刚在校园里跟同学发生争执是什么原因？

我的手紧紧地按在裤兜上，心中窝着一腔莫名的委屈。

哥哥机警的目光窥伺着我，似乎在逼迫我赶快交出去。一阵说不出的酸楚呛进了我的鼻腔里，我感到有点恼怒，迟疑了一下，最终还是忐忑不安地交出被搓成一团的情书。

校长把那团皱巴巴的情书，抚平、展开，连同我的思想，我头颅的脑髓襞褶最深处，都明明白白地呈现在他的镜片后。他读了几行，眼里透出一溜清光，好像不相信似的紧盯着我看了一会儿。

哥哥也凑过身去，他装腔作势地惊呼一声："弟弟，你怎么会……"然后指向性很明确地嘀咕道："昨晚他们是不是打错人了？我跟他们素不相识，怎么想到伏击我……"

再一次被人层层剥光，我羞耻得无地自容，整个人战战兢兢地处在这激烈爆发的情感之中，不知道该说什么，该干什么。不时射向我的目光又像无数根鞭子，在空中答挞。

风暴与雪崩一触即发。

但校长没有谈论我的情书，他大谈特谈明天，谈我们的将来。

可我没有将来，我甚至不去想下一分钟。明天？实在太远了。我只有眼前这一刻，只有这一刻。

哥哥本能地嗅出了猎物的气味，他马上顺藤摸瓜，主动表态要好好复习，全心全意备战高考。

校长面露喜色，眼底的神情也活跃起来。但他的目光扫到我时，总带着一抹倏忽而过的嫌恶。

哥哥怎么会放过这些细节？他抓住时机迅速行动，像一个高明的垂钓者。他又一次跪下了，不是对着我，而是在校长面前。

他为我求情，态度真诚感人。同时这也是不留思考余地，逼校长立即表态，为这件事定调。

当下，我应该配合着哥哥的表演，痛哭流涕，请求宽恕，有必要的话，甚至应该抱着校长的大腿，来表达洗心革面、重新做人的决心。但是我出奇地冷淡，甚至无动于衷。我自始至终一个字也没有说。

结果，我受到了学校的严重警告处分。

而哥哥把自己摘得干干净净，还额外收获了校长的赏识。

我们一同走出去的时候，我想质问他，我写给莉莉的信怎么会出现在学校？这是谁干的？但他的表情生硬而冷漠，似乎连看我一眼的兴致也没了。

在这间办公室里我看到了很多，以前罩在我眼前的那层美好、朦胧的面纱掉落了下来，我好像第一次真真切切地看到了世事的真相，它们向我展示了所有的一切，展示它们的真正意图，以及行动背后所遵循的秘密规则。

在我冰冷的心田，有某种东西开始萌发，同时又有什么破灭了。

我抬头远望，群山起伏像大海的波涛，一直延伸到遥远的天际，而在群山和远天交接的云雾缭绕之中，我的青春也仿佛随之消失在远方。

"当你在林中遇到了那个青年，他的眼中已熄灭了青春的火焰，你可曾感叹？"

就在当天晚上，哥哥死了。

意外发生的时候，月亮的清辉将潭水扯碎了，扯成一团一团闪光的银丝，向四面漫延，好一阵子才合拢。

哥哥沉入了潭底，过了一两个钟头，他的遗体才被打捞上来。

人们把哥哥平放在开着鸢尾花的草地上，一片亮白的月光洒在他敞露着的身体上，他的脸是雪白的，头发湿漉漉的，软软地覆在额上，闪光的水滴从颈上慢慢地滚下来，他的嘴唇带着浅紫，很平静，没有一点痛苦的痕迹。

看见他的一瞬间，我觉得我的心上给捅了一下，眼前一片昏黑，耳朵里灌满瀑布哗哗的流水声。我扶住近旁的一棵水松，撑在树上，但胸中的热泪直往上涌，要把我的胸口挣裂，迸出血来。我赶快用手紧压胸前，一阵恶心头晕，我生怕掼倒在地。

奶奶跌跌撞撞地冲过去，跪在哥哥的身边，对着他映着青光的胸口又是哭又是捶打，诅咒老天瞎了眼，接二连三带走了她的儿子，她的丈夫，她的孙子。

我头一次听到奶奶哭，那是非同寻常的哭。

整个山谷都听得到她发出的"嗬—嗬—嗬"的哭声，就像是一个快要淹死的溺水者在向天地呼救。

女人们上前想要把奶奶拉起来，但她俯身紧紧箍住哥哥的颈子，说什么也不放手。我看见奶奶的胸脯一起一伏，抖得衣服都颤动起来。

后来在众人的劝慰下，她才颤颤巍巍地用力支撑着爬起来。

奶奶看见我时，眼珠子怔怔的，好像不认得我了似的，喉咙里拼命压抑的腔调，又像哭又像笑，阴惨惨的。

她呆立了一阵子，忽然将头发往后一拢，嘴里喃喃地说道："走——走啊，咱们回家！"

说罢，她一脚一脚往山下走，摇摇晃晃，好像喝醉了酒一样，女人们赶紧上来搀扶。几个身强力壮的男人把哥哥抬起来，在月光和手电的照明下，往山下，往万家灯火走去……

我跟跟跄跄，跟在人群的后面，心里头是轻得很也空得很，原本那点空缺扯得更大更深了，一个黑乎乎的巨洞，似乎什么都漏完了一样。

我们回到家已快天亮了，河街上浮满了雾气，货轮的汽笛在时光的渡口呜咽。

他们把哥哥安置在曾经摆放爷爷棺木的地方。

这时邻居才给妈妈打电话，我听到电话那头传来刺耳绝望的呼号。

而奶奶瘫坐在椅子里，抽泣着，肩膀一耸一耸的，好像是在执行一项外人无法涉及的悲伤仪式。她一夜之间衰老了，脸上像是手风琴的风箱，痛苦使它挤出一千道纵向的褶皱，但每次呼吸的间隙，又会重新抚平。

我远远地看着她，一开始，我希望她能停止哭泣，抬起头来望我一眼。接着，我又希望，她千万别这么做。

刮风了。

一阵臭氧的味道飘进门来，空气很闷热，充满了带电的电压。

我身上扛着比雷暴更沉重的负荷，寂寞孤单地熬过一分一秒。

从昨晚起，一切好像梦游一般。我不相信也不能接受此刻的真实。我的心上牵扯得痛，眼睛灼热，喉咙也干得发疼，它们实在需要些许润泽。

我起身走开，不敢弄出一点声响。此刻奶奶红肿的眼睑尽管低垂着，但很可能会突然睁开，然后逮住我。

在这令人窒息的气氛中，我走上楼，跑到自己的房间。

反锁房门的那一刻，我感到恶心、眩晕，我靠在门背上稳住了自己。

然后，我走到窗前，推开纱窗，大口大口地喘着气。

这时钢灰色的云层在黎明的微光中堆叠，越来越密，低矮地卷成一团，而黑白相间的燕子像利箭一样，奋不顾身地在大地上穿梭。

乌云不断发酵、增生，黑暗重回大地。

某种令人惶惑不安的东西正从那巨大的负电能量中慢慢汇聚成形，好像必须借雷电才能释放掉。

我忽然看见王子跑出家门，发疯了一般在昏黑的街道上奔跑，它不时把脸朝向阴沉沉的天空，好像感觉到了什么。

我大声呼唤它，但它聋了似的只管昏头昏脑地向前跑。

然后，我听到楼梯上传来脚步声，我以为是邻居上来了，也许是奶奶？可是那脚步声跟哥哥走路的声音很像，每走到第三步就特别重一些。

我屏住呼吸，一动不动地靠在窗框上，心脏好似一把锤子在敲打。

接着我听到黑暗里门把手"咔嗒"一声，房门开了又关上。

此时一道闪电划破黑暗，把房间照得雪亮。

我看到哥哥的床单被一只无形的手拽起，在他通常睡觉的那里隆起，状似人形。

接着"轰隆"一声，世界再次陷入黑暗。

这令人毛骨悚然的一幕把我吓坏了，恐惧抓心挠肝，让人无法忍受。

我尖叫着飞奔下楼，看到奶奶正给死去的哥哥擦身。

阴暗的角落里，一把椅子四脚朝天地躺在地上，就像一只断了气的动物。

奶奶一抬头，见我慌里慌张地冲过来，跟看见瘟神似的跳起来。

"别过来！"她大吼一声。

那凌厉的眼神像开水烫杏仁似的，简直要扒掉我的皮，令我不寒而栗。

迄今为止，奶奶生气发火，更多的只是一时情绪激动，要不了多久就会云开雾散，可这一次，我能感觉到从她内心最深处激荡起的那股子狂怒和嫌恶。

奶奶狠狠盯着我的脸，用尽她最后一点气力，冲我歇斯底里地叫嚷："为什么死的不是你？为什么？为什么不是你！"在紧随其后的硫黄电光里，我看见她那毫无血色的脸因为仇恨而变了形，是那么丑陋而可怕。

这突如其来的恐惧和羞耻，把我钉在那里，如同钉在耻辱架上。

我的奶奶，她像踩灭一根燃烧的火柴一样，踩灭了我心中仅剩的一点儿爱和亲情的火焰。

我感到心寒，她的这些话像鱼刺，卡住我的咽喉，撕裂我的胸腔，让我感到冰冷，几乎要窒息。

那一刹那，我心里产生了强烈的渴望，我希望自己立即消失，离开，离得远远的，只是不要再出现在奶奶的视线里。

我想转身逃离。一个邻居不知什么时候来到我的身边，他伸手拽住我。

我从那人手中挣脱出来，跑进电闪雷鸣的瓢泼大雨中，再也不辨东西南北，我就似一颗盐粒掉入这杯噼里啪啦四处乱溅的溶液里，眼前只有无尽的天地，模糊而空旷。

但我的脑海里有几个词在不停冒泡：离开！现在就跑，往前跑……一直向前！我在滂沱大雨中飞快地往前冲，离开，快跑，仿佛有一群猛兽在我后面追赶。

我一下子跑出很远，到了山坡上的树林边才停下脚步。

我浑身湿漉漉的，衣服在滴水，踉踉跄跄地扶住一棵树，因为惊恐和激动，四肢颤抖得历害，胸口起伏不停，发出呼哧呼哧的喘息声，我感觉自己变成了一根尖锐的、打颤的秒针。

我现在该怎么办？逃到哪里去？

那被我甩在身后的家园，虽然离我那么近，仿佛触手可及，但我再也回不去了。

一想到如今只剩下自己孤零零一个人流落在这个世界上，我便伤心地号啕大哭。

我内心涌起的各种情感，犹如水池里一圈圈荡漾开的涟漪，那是我的思念，我的爱，我的罪孽，我的孤独，我的伤口，我的耻辱，它们沸腾着，如同嘶嘶冒泡的香槟酒，仿佛蕴藏在我体内的爆炸性力量急需一个出口。

这是我青少年时代的最后一次哭泣。

最后一次像个女人似的沉浸在肆意的眼泪中。

在这个不知所措的满腔悲愤的时刻，我痛哭所有失去的一切：爱、依恋、信赖、理想、纯真——我的十六岁青春。

不知过了多久，雨停了，四下里是死一般的沉寂，连一丝微风也没有。

大地湿淋淋的，浮满了水雾，像一只饱含热泪的眼瞳。

"咕咕咕——咕"林中传来几声落寞的鸠啼，给大地平添了几分凄凉和冷寂。

远处传来空旷缥缈的脚步声，由远及近，朝这边走来。

是莉莉！她看起来神色憔悴，蓬头散发的，像是一个木头人，走了魂一样。

转眼之间，我又重新变成了那棵樱树下的少年。当莉莉走到我眼前时，我感觉心跳都快要停止了，全身的血液凝固不动。

"莉莉！"我喊了声，"哥——哥——"我突然感到鼻腔里一酸，喉咙如同给什么东西塞住一样，竟说不出话来。

莉莉见了，潸潸流下泪来。她告诉我，早上她听说了，可她不信，跑到我家看了才知道这是真的。

过了一会儿，她擦干眼泪，定定地看着远处的树林，像是对我说，又像是自言自语："好奇怪，昨晚上我做了一个梦，他来找我，对我说，他要走了，让我忘了他。说这话的时候，他语气坚决。我望着他，我不懂。但他看了我一眼，回头走了。我追了上去，握住他的手，两个人四目相对，好久好久都没有话说。醒来的时候，我竟一下想不起他长的样子，心里好慌，好害怕……"

说到这里她哽咽不能语，从她眼睛的深处我看到了一个被摧残的灵魂，一个挣扎着直喊救命的灵魂。一瞬间，我感觉心里热一阵酸一阵，翻江倒海似的，说不出的滋味，有种非常心痛、非常震撼的感觉。

"我为什么不在那个时候也死去算了？"我看到痛苦聚集在她的眼睛里，好像在瞬间她便经历了自己所有的生命，有如衰老妇人的眼睛，她的目光变得凝固、厚重，像被遗弃的铅。

我感到抑制不住的凄凉，情不自禁地伸出双手，将她拥进我的怀中。

一碰到她的身体，那种陌生而强烈的感觉就回来了，我禁不住全身打颤，像要发痧似的，心里头敲鼓一样，"咚、咚、咚"一阵比一阵急。

莉莉在我怀中抽泣，全身打着哆嗦。我扳正她的肩膀，让她看着我的眼睛，心里话经过长时间的压抑，骤然间迸出心口，每个字都像烧红的火炭烫着我的喉："莉莉，你不要害怕，我会保护你，我永远不离开你！"

可是，她甩开我的胳膊，生气又果决地对我说："你把我当什么人了？我谁都不要，我只想弄明白，他是怎么死的？他水性那么好，怎么可能淹死，一定是有人杀了他，我要找到那个杀人犯，我要他偿命！"

那一瞬间，她的灵魂里都是铁的颜色。如果我留心倾听，我会听到她悲愤的呼号在血管里奔腾。

她整个人就像一把冒着烟的枪。

爱死在我心里，我成了我自己的墓碑

母亲找到我时，我正跪在爷爷的坟前。

"来，娃儿，过来！"我的脑子里不知怎么一直响着爷爷的低语，仿佛就在耳边。

我似乎又看到他向我敞开怀抱，张开的臂膀如同一副宽大、温暖的翅膀。

我那和蔼可亲的爷爷啊，他被泥土深藏起来，一如枯骨，一如老旧的沟渠，一如古代的城池遗址，一如街角古董店里的文物。

在爷爷的坟前，我开始忏悔和自责，此前，我从来没有承认过我自己是个扫把星、晦气东西、瘟神、灾星。而现在，我自觉就是一个凶手，一个见不得人的贼，一只不祥的乌鸦，一头罪孽深重的牲口，只配被鞭笞和唾骂。

我为我的过错惩罚我自己，我撸起袖子让渴血的蚊虫叮咬出一个个红色肿包，祈求死去的爷爷、死去的父亲和天上的星星能拯救我脱离罪孽和悲哀。

然而我极力谛听的，唯有风、时间、沉寂的声音……

妈妈喊了我一声。

我以为自己在做梦。

我看到她从头到脚裹着悲伤，纤弱得如同一枚被风干的贝壳。

她向我伸出手来。

我泪眼模糊，身体颤抖，说不清究竟应该害怕，还是高兴。

但妈妈含泪拥抱我，没有训斥，没有责备，只有无微不至的关怀。

她问我饿不饿，一天都吃了什么，言语间充满感情。

我的出走吓坏了大家，她担心我再有个三长两短的。

我意识到自己之前一直不受重视，现在忽然变得重要起来。

有股温暖的东西充满我整个身心，那是一种巨大无比的幸福感，我忽然产生一种需求，我需要亲切的声音，需要拥抱，需要爱抚，那种使得我颤抖流泪的爱抚。这种需求无比强烈地占据了我的内心。

这感觉让我想要重新做回孩子，一个好孩子。

这时候，妈妈终于问了："哥哥是怎么死的？"

她说哥哥从小熟谙水性，是一个洇水的高手，怎么会淹死？

那一瞬间，我一阵寒噤，身体变得萎顿、僵直。可我的大脑却像陀螺一样转得飞快。

不由自主地，"为什么死的不是你？为什么？为什么不是你"这些话在我的脑袋里重复着，重复着，像鼓声，像咒语。

我突然从浑身冰凉变得满身燥热。我的血液在奔流，面颊在燃烧，整个天地在我面前旋转、撕裂。这一刻，我恨得咬牙切齿。一个炽热的念头突然从心底涌了上来，就像从我体内伸出的毛茸茸的拳头，我要打击，我要报复，我要让某人为我过去所受的不公正对待付出代价。

于是我平静地告诉妈妈，是奶奶。

是奶奶让哥哥去洇水的。

哥哥不想去，他有点不舒服。

因为他在前一天晚上被几个烂仔揍得鼻青脸肿。

但奶奶不依不饶，她嘲笑哥哥是懦夫，是怕死鬼。

哥哥很生气，他就一个人跑去洇水了。等我去找他时，发现他的衣服整整齐齐地叠放在岸边，但潭水里看不见他的人影。我慌了，在哥哥留下的衣物中找到手机，赶紧打电话给奶奶，跟她说哥哥出事了，让她快去找人来救哥哥。

她不以为然，认为我在吓唬她。

在电话里我哭着哀求她，她才漫不经心地去敲邻居家的门。

等他们一伙人寻来，哥哥……他早没救了。

听了我的陈述，妈妈开始尖叫起来，眼神有些疯狂的迹象。

她一边哭一边恶狠狠地咒骂她的婆婆，咒骂这个愚昧的乡下老太婆，可恶的刽子手。

她说她不能再失去另一个儿子，她要带我走，离开这里。永远，永远不再回来！

我感受着妈妈柔软的嘴唇，感觉到了她滚烫的眼泪，并轻轻地以自己的爱抚作为回应。

被人如此深爱真是太幸福了！就像是在做梦一样。

妈妈开始数落奶奶的不是，她说奶奶不仅没文化，而且心量狭窄，报复心极强，是个不折不扣的小人。她还在生娃的月子地里，跟爸爸拌嘴，埋怨了他几句，奶奶在厨房听见了，剁下小鲫鱼的鱼头和鱼尾，把鱼头鱼尾煎糊了炖汤给她喝。可这仅仅是开始，这个恶毒的女人从此抓住一切机会来实施打击报复。她当时白天工作，晚上回来还要哄孩子，等孩子睡着了，才能抓紧时间处理自己手头的稿件。有时候工作到半夜饿了，她会找零食充饥。奶奶看到了，就大呼小叫，责骂她吃独食，并把家里所有的吃食都锁了起来……

妈妈越说越气，简直如同洪水泄闸，将积郁在她胸中十多年的委屈和侮辱，全部一吐为快。我一面觉得愤慨，替妈妈抱不平，一面因着妈妈的信赖，油然而生一种自豪感。我甚至产生了一种牺牲精神，为妈妈讨回公道，我宁愿背负一切罪名。

她们如同喷着白烟的火车头

我随着妈妈回到家的那一晚开始，战争爆发了。

婆媳之间不再伪装，她们撕下面具，露出赤裸裸的憎恨，只为了相互毁灭。

世界成了一个你死我活的战场。

我怀着可怕的愤恨加入了这场恶斗。

那么多刻薄又恶毒的词，从口中射出，像子弹一样穿过我们彼此的精神，刻出看不见的道道血痕。

我和妈妈成了同一战壕的同志，与欲屠戮我们的一切敌人交战。

我们越吵越凶，为了取胜，我们都亮出杀手锏，用无形的钩爪撕扯对方，就像一群受伤的野兽。满地都是玻璃碎碴一样的词语，伤害了别人，也伤害了自己。

可是吵着吵着，妈妈开始慢慢发笑，笑声越来越大。奶奶愣了一下，也跟着吼吼大笑，笑得呼哧带喘。然后，她们都哭了，哭得老泪纵横。

看着她们，我连哭都忘了怎么哭，只咧着嘴抽搭，泪水蒙住了我的脸。

我不能思考，我不能思考，我不能思考，否则……

哥哥下葬的那一天，雨停了。

天空空荡荡的，一片湛蓝，仿佛一切已经被风暴洗劫一空。

空气格外清凉澄澈，有着一碰即碎的质感。

我也一样，变得跟空气一样纤弱，触碰不得，仿佛触碰一下，就会粉碎成玻璃粉末。

白幡，白布，白巾，苍白的面孔。

这些被悲伤吞噬的面孔，丧失了生命的色彩，脸上仿佛覆盖了一层蜘蛛网，看起来模糊不清。

奶奶跟在队伍的最后，她弯着膝盖，拖着像蜡一样僵硬的腿脚，一小步，一小步地，沿着曲折复杂的路径迈向绝望的尽头。

四天后，妈妈回城了。她要为我联系学校。

这学期结束，我将转学离开我生活了十几年之久的故乡。

我在内心里紧紧地攀附着她，带着那样的绝望，似乎她就是把我拔出泥沼的那根绳索。

可怕的死寂如影随形伴着我

那个夜晚虏走了哥哥的死，同时也虏走了我。

我再也不能无忧无虑地活了。

因为死亡像无形之水渗透进了我的生命，将我融化在一股致命的洪流里。

而在这之前，我没有思考过死，似乎死是一件很遥远的事，直到那个夜晚，我才意识到，死不在遥远的彼岸，它就在生命之侧，甚至就包含于存在之中。

既然如此，何为生，又何为死?

我陷入了旋转不休的圆周式思索。

为了寻找答案，我查阅各种哲学典籍，在令人窒息的文字海洋中刨根问底。

佛说，生命只是一场幻觉。

爱因斯坦认为，人，只是一段关系和事件的集合。在宇宙中就是一条痕迹，一个偶然。

老子说死亡并非是走向虚无，而是一种回归。

庄子进一步说明：死生一体。有生必有死；有死必有生。生与死是一种物质变化。

那么，在这条环形路径上，生和死是如何实现转换的？老子为什么把死亡看作回归？

我的心里混乱得很，仿佛一团乱麻，甚至自己最初想求证什么都糊涂了。

哥哥死后，我就不去学校了。每天要么捧着书，要么一个人默坐、呆想，一连几小时专心致志地思索关于死的事，也以同样的方式思索我为什么活着，就如同中了魔似的一言不发，我把自己封闭在一个胶囊之中，能呼吸却不与任何人交流，我只想远离一切外在的嘈杂和纷乱，去窥看自己的心魂。

然而我的脾气变得喜怒无常。有时望着后窗外的青山，我会突然发疯把窗玻璃砸碎，任鲜血淋漓一地；有时街上传来一首熟悉的歌曲，我会猛地把手边的东西摔向墙壁。

奶奶听见声响，也懒得上楼看一眼。她搬到楼下住了，只在吃饭时哑着嗓子喊一声。她喜欢养花种草，可自从哥哥死后，门前屋后她侍弄的那些花儿也死了。

我们沉浸在各自的情绪中，心里是没完没了的沉郁和哀怨。在那些不眠的夜晚和噩梦般的白天，我们是两个最近也最遥远的陌生人。

这段日子，时光都因我的悲伤、滞重而流淌得十分吃力。

我害怕电闪雷鸣。

我害怕穿过耳背的风。

我害怕脚步声。

我害怕墙壁上移动的影子。

我害怕地下冒出来的嘶叫。

我宁愿睡客厅的沙发，也不敢再走进我与哥哥的房间。那里有他留下的一切，它们撕裂我，使我痛苦。

哥哥的死带给我的感觉依然鲜明地留在我的脑海里，有时反而比当时还要清晰。

在那些又暗又冷的时刻，我心里的空洞，没有东西来填补，那里一片死寂，仿佛坟墓一般。这个世界突然抽空了它的意义。我隐约觉得我正在走向全面崩溃，趋于死亡，被一股离心力抛出世外。

我害怕夜晚。

每一个夜晚都是一片无边无际的昏暗泥沼，是荒凉的旷野，是令人孤独的地方。

我害怕做梦。

我对哥哥的愤恨在他死的那一瞬间就消失得无影无踪，取而代之的是无尽的思念。无数次，我从梦中醒来，满怀着自我厌恶和幻灭之感……

在梦中，我变小了，我们像小时候那样玩捉迷藏。

哥哥藏了起来，我开始数数。"一、二、三……"我大声数着，一直数到十，然后我顺着走廊开始寻找。

那是一条昏暗迂回的长廊，有股酸腐和陈旧的味道。

我屏住呼吸，一寸一寸地在昏暗、弯曲的走廊里挪动。

快到尽头时，我瞧见一个影子在墙壁上移动，由于光线昏暗，几乎看不清那影子的形状。

我不敢往前走，恐惧让我心口发紧。

"哥哥，你在哪儿？"

没有回应。

我只好蹑手蹑脚地继续向前走。那个投在墙上的影子又变大了，我的心跳也开始加速。当我到达尽头处，走廊转了个弯，露出一个回旋的旧楼梯。我爬上那个满是灰尘的木楼梯，每走一步，楼梯就会"嘎吱"响一声。我抬起头看，楼梯绕了一圈又一圈，但是看不见它通向何方。

我慌了，嗓子里像塞了一团棉花。

"哥哥？"

一片寂静。

连可怕的影子也消失了。

"啊……"

我发出一声恐惧的尖叫。醒来后，心脏还在快速地跳动着。

有时梦不一样。我数到十时，转过头，睁开眼睛，就看到一束明亮的阳光透过敞开的大门照射进来。我走出去，屋后的樟树干上拴了好几道晾衣绳，挂满了奶奶缝制的床单。一阵风掠过，床单像船帆在侧风中鼓涌，发出干燥的啪啪声。

哥哥到底藏在哪张床单的后面呢？

我轻手轻脚地走过去，捏住一张床单的一角，使劲一掀。

没有。哥哥没有躲在这里。

有一个紫色的东西在樟树上拍动着翅膀。是一只紫色的小鸟，一只长着火红眼睛的紫色小鸟。我从来没见过这种鸟。它叫了一声，飞向天空。

在夏日的烈焰中，这些床单似乎被这一声啼叫唤醒，它们魔幻般地活了过来，彼此纠缠，互相交换，不断增生出各种令人迷惑的排列组合。

我不安地加快脚步，只想快点找到哥哥。我烦透了这些骗子床单，真不愿意再玩下去。

我好像看到哥哥的球鞋在跑动，听到他的笑声，可我一张张掀起床单，却寻不到他的身影。

"哥哥，你在哪儿？"

我对着床单迷宫大声呼叫。

醒来的瞬间，我似乎看见他显身，他的头曾转向我，他的呼吸融入我的呼吸，一生中我们从来也没有如此亲密过。等回过神来，我在沙发上哭，心里记得的全是他的好，以及我对他的爱，对他的亲情，对他难以割舍的思念。

哥哥，

我害怕活着。

别了，王子。别了

我如同迷失在一座昏暗森林里。

白天对我毫无用处。

只有在太阳被处死的夜晚，我似乎才是活着的。

那天深夜我睡不着，索性走出家门，一个人穿过沉睡的镇子。

街坊静悄悄的，只有几家蒸包子、做豆浆、炸油条的小店亮着微弱的灯光，早早开始了艰辛的劳作。

我感觉倦怠无力，任凭一双脚机械地往前迈步。

冷不丁，前方传来几声咒骂，接着听到狗的吠叫。

我走上前，见王子蜷成一团的颤抖身躯。

自从那天它跑出家门，我便再也没有见过它。

此时，它发出一声声呜咽，身体瑟瑟发抖，充满疼痛的战栗。

一个粘糊糊、血洇洇的圆形怪东西就滚落在它脖子旁边的青石板上。

我过了好几秒钟才从眼前的恐怖景象中缓过气来，那分明是王子的眼球，尖锐的石子把它从眼窝里砸了出来。

一摊血，几块碎石，一个咬破了皮的肉包子，发生了什么再清楚不过了。

我蹲在王子的身边，检验它那骇人的伤口。

但它挣扎着站起来，身子往后躲，仅剩的那只独眼里，流露出的是恐惧，是不安，是满腹狐疑。

难道我是魔鬼？是比死亡还可怕的东西？

这只又瞎又聋又瘸的老狗后退着，毅然决然地转过身，拖着残破的身躯远去，先是被街上的杂物遮掩，然后在遥远的一棵树桩上露出一个黑点，最终消失在黑暗的深渊。

我困惑地呆立在那里，继而大声呼唤王子，喊声在夜空中爆裂，每个音节都像冰冷的雪片冉冉飘落，但它始终没有回头看我一眼。

它似乎什么都懂，这个不言不语的旁观者，它的灵魂之眼穿透我的伪装，拷问着我，让我无地自容。我产生深深的负罪感，一种我还活着的负罪感。

我被王子那毫不掩饰的眼神击得粉碎，身体突然间脱力，两腿瘫软下来，倒在地上。

地平线上那道明亮的曙光是那么咄咄逼人，它让我看到完整的黑暗大地，还有我自身的黑色部分，让我朦朦胧胧地意识到那命中注定的诅咒，以及无法看清自己和周围一切的绝望。

它的离去带走了这个熟悉世界的最后一点回忆。

我从没有把王子当成一条狗。

在我心里，它是家人，是朋友，是值得信赖的人。

毫无疑问，它是一条狗，只不过它的内在有着人的样子。

那个陪伴孩子们在草丛间玩耍、嬉戏的看门狗——其实是一个颇有绅士风度的人。

我想象过它的模样，它应该身着黑色的燕尾服，有一副整齐而得体的髭须，再加上一双温和、忧郁的黑眼睛，处处彰显严格自律的贵族精神。

或许，它就是一个知识分子或学者。

甚至，有可能是爷爷的拜把子兄弟，我猜想。

但它不像爷爷，它不喜欢发表意见，也从不因失意而愤世嫉俗。

它百分之百活成了人。

我刚看见它时，很有些怕它。

王子长得高大威猛，一对直立挺拔的耳朵，还会前后摇动。

但它做事一向谨慎小心，一切按规矩和制度行事。

有时它坚持原则已经到了不明事理，盲目执拗的地步。

爷爷却十分维护它，常常替它辩解："不要责怪王子！它活不了多久啦！这恐怕才是它身上唯一的缺憾。"

我们在一天天长大，王子却日渐衰颓。

相比起来，它似乎更喜欢哥哥。每次哥哥回家，它耷拉的眼睛里就有了光。哥哥死去的那天，我眼见着它的眼睛不再是闪烁的星星，而是熄灭的灯。

别了，王子。别了。

我觉出了夏日的终结，比以往更剧烈地感受到了夏天里的秋天。

一股忧愁就飘浮在夜色里，在风儿轻柔地擦过我裸露的肩膀时，在树梢上的鸟儿突然的静默中，在夜里悄然凝结的露水里。

这是夏日悲哀的死亡，空气里凝滞着终结和分离。

我站在黑暗里，黑暗就在我身边。

但我的心灵跟随着残破、老迈的王子呼哧呼哧地喘息着，一路跛行。它的尊严在伤痛和衰老中丧失殆尽，连昔日灵敏的嗅觉也消失了。即使是一只兔子在它的鼻子底下恣意走动，它也浑然不觉。

我的意念让我看到它要去哪里，它要去的地方既是我们的归处，也是我们的出生地，只有在那里，我们才能彻底自由。

王子绕过爸爸和哥哥的墓碑，来到爷爷的坟墓前，身子慢慢地瘫倒在地，就像陷入淤泥之中。

它沉重地抬起血迹斑斑的脑袋，张着嘴，竖起耳朵，倾听地下的响动，最后用鼻子使劲嗅了一下，脸上的表情慢慢变得平静、安详，像是闻到了一种思念的味道，而不是死亡。我似乎能从它未盲的那只眼里，感受到一束令人心颤的情感。

我知道狗并不像人一样惧怕死亡，它们接受死亡为生命的一部分。

我不知道生命是什么，可是我活着……但我真的活着吗？活着，却不知道生命是什么——这也算活着吗？

有人说，失去亲人最痛苦的，不是失去的那一刻，而是日后突然想起他的那一刻

那天傍晚，我拿了一本死亡哲学半靠在沙发上。

室内没有开灯，书上的黑字有些模糊。

我抬头看窗外的天色转成了暗蓝，对面遥远的山头变成了一个墨紫色的三角形。

楼下厨房里有碗碟碰撞的声音，奶奶在洗碗。

我放下书本，闭上眼睛……

哥哥在下沉，不断地下沉，深渊的潮汐要把他青白色的身体吸到深处。没有喊叫，没有挣扎，他透过阴冷黑暗的潭水，用那双大而悒郁的眼睛逼视着我。然后铅墨般的潭水在他头上旋转，将他整个儿溶解、吞没，化成一团黏稠的糊状物。

我猛得睁开眼睛，慢慢地站了起来，膝上的书"咕咚"一声掉到瓷砖上。

此时，室内完全暗了，茶几上的玻璃杯映照着些微银色的光。然后，我听到寂静的深处有人在惨叫："救救我！救命——"接着就是一阵呛水声，在我耳道内发出雷鸣般的巨响。

我跌坐到地上，觉得脑袋像是被钳住了。我用手使劲抓挠着胸口，那里像是压着千斤巨石，难以呼吸，几秒钟后，整个人像是从深水里挣扎出水面，大吸一口气，紧接着一遍又一遍周而复始。

哥哥的死给我留下一个深渊，我拼命地看书，好像那是个救生圈，能托着我，不让我滑到水下去，这样我的头才能露在水面之上，勉强过得去。但是某件事情、某个场景，一下子就轻而易举地把我打回原形。

那道创伤不可能修复，它永久地烙印在记忆里，暗示我曾经背负的过去。

那一刻我十分厌恶自己，我觉得自己不配活着。

看看我过的日子，它还能叫作生活吗？它简直就是噩梦，是流亡，是蚀，是蛆

虫，是覆盖着旧时光灰烬的墓碑。

我试着站起身，撑住，伸手去拿水杯，可是我的右臂突然软得像果冻，玻璃杯掉到地上"啪"一声摔碎了。

这跟肌肉张力无关，我心里明白，这种感觉跟哥哥溺水后我当时手臂的感受是一样的。因为就是这只罪魁祸手把我的生活甩入深渊。

随着记忆而来的某种不良的情绪，在我头顶聚集，同我不愿触及的"绝望"和"悔恨"这样的词联系起来。

奶奶听到声音竟然上楼来，把灯打开，看到一地碎玻璃，她皱了皱眉头，问我发生了什么事？是不是哪里不舒服？

我当时是如此羞愧，如此憎恨自己，以至于不敢直视她，就像只被踩住尾巴的耗子，急于脱身。

"你去哪里？"奶奶冲我的背影唠叨着，"这么晚……要早点回来！听见了没有？"

我跑下楼时嘴巴发抖，脸色惨白，我想对她说点什么，可终究一个字也没有说出口。

那股糟糕的情绪在我的头顶已盘旋成黑暗风暴，向我发起雨点般的攻击，想要将我驱逐至世界的尽头。我独自一人走进这无边无际的夏夜。

这是一条灵魂的暗路。我每走一步都拖着黑暗，它在我身后犁出深深的沟。

一息之间，大地在黑暗中仿佛变了样，这不再是我熟悉的那个小镇、那片家园，它变成了黑暗而模糊的另一个世界的沼泽、湿地和峭壁……

穿过山野的风吹开了云翳，一弯弦月拖拽着人间缓慢汇聚的伤感，深重地照向大地。

我记得哥哥溺水的那天，也有一弯弦月，那是上弦月，而今晚是下弦月，它们是彼此的伤口，时间里的一对弯镰。

我低着头，怕看见那枚银钩，就像那晚一样，一沾上它那清辉，说不出什么滋味就从心底里沁出来了，那股滋味有点凉，有点苦，直往骨头里浸，仿佛用凄苦为我编织了一张绵密而不可出逃的网。

可是，我感觉有白银的寒光飞入眼睑，月色像变成了雪，里面浮动着贝母线条，打在夜行人的身上，每疼痛一次，就积雪三千。

当我出现在莉莉的窗下时，我心里早已覆盖了一场大雪。

她的窗户亮着灯，偶尔能听到她的叹息声。

我心里的痛苦开始疯长，像野草一样，风一刮就哗哗响，回荡的全是她的名字。

莉莉，你永远也不会知道，在樱花树下，我曾拾起你的微笑，夹在我的时光里，封存在我的青春中。那天我的心是火热的，在你的面前，我爱生命，爱这人间的一切。

但暴雪狂风浇灭了我眼睛里的火焰，折断了我生命的枝丫，把我关入枯寂的囚笼。

我看不到光明，有一团巨大的阴影，抑或一个黑洞，它就悬在我前方，等在未来。

别了，莉莉。别了。

我，还能怎样？

还有选择吗？

春天只给了我一副枷锁，一处炼狱，一条命定的路。

夜风唏嘘如歌。

它仿若垂死的老人，用颤抖的双手抚慰我，牵引我，走向必然的蛮荒深处。

我忍不住回过头来，再望一眼灯光，那微小的光亮犹如灵魂的最后忽闪，彻底湮灭在我身后，我心中那座爱的神坛被眼前的寂静封存，同时被埋没的还有往日的波澜。

一切都结束了。

一个被爱所遗弃的人，只剩下一个圆形的空洞，在体内无限扩展。

我成了一个空心人，时间从我的伤口处穿过，只余下无尽荒芜的岑寂。

别了，莉莉。别了，我的爱。

我茫然不觉地往山上走，耳朵和心里都是荒凉的死寂，只任凭麻木的双脚带着我向前，直到悬崖之上，直到再往前一步就是尘世的尽头。

这儿有一块向外探出，下临深谷的大青石，我和哥哥曾在这里遥望夜幕下的家园。

驻足在大青石上，我深吸一口气。闭上眼睛，世界慢慢才有了声音——我凝神谛听夜山的呼吸和它发出的奇特声响，那此起彼落的啼鸣，伴随着某种隐秘的节奏，仿佛你我早已遗忘的秘语。

我抬头感受来自星辰的注视，它们是黑夜醒着的眼睛。

那时我的心魂随着目光漫漶得遥远。我想要跳进天空的那片死海，那里弦月弯曲如贝，漫天星辰犹如古老的化石，仿佛想用那可怕的沉默揭示着某种终极的信息。

可是肉体是一条界线，让我束手无策。

而崖下的风想必涉过忘川，它用来自另一个世界的疯狂摇滚代替了往日的絮语，它呼呼叫着，轰鸣声不绝于耳，似乎是通过下面巨大的芦管吹上来的一样。风刮得很猛烈，好似长了尖牙利齿，它不知疲倦，把峭壁的蚀岩啃食得光溜溜的，如同脱去一层皮。它也用它的指甲，在我的裤管里搔挠，我能感觉到它在体内闹腾，好像要把我的关节掀翻。一些坚韧的植物伸出所有的"臂膊"紧紧抓住峭壁，在与风的搏斗中，挥舞着带刺的枝条在空中抓抓挠挠，像钢刀蹭向磨刀石一样发出"嚯嚯"声响。

这来自地府的罡风在空中旋转起来，形成巨大的人间祭坛，好像生者和死者都将在这里汇聚，浩然而成万古消息。

我感到一阵昏眩，两腿发软。

仰望星空，我很想融化在其中，而低头俯视大地，我又很想埋葬在它的深处。我徘徊在痛苦的折磨里。我不知道天空之广是否足以修补我一颗破碎的心？或者还需乞助大地？

此时此刻，所有的语言都已苍白，所有的思想都已枯槁，所有的所有，无不茫荒！

我内心的幻灭和绝望，像一件死去的东西，更加重了眼前的悲哀。

无论我往哪里转，无论我往哪里瞧，我看到的都是我生命里的黑色废墟。

我整个人都是黑的，没有一点光亮，就像月光下的蝙蝠、黑鸦……虽然在星光下，可自己不发光，也不会被任何光线照亮。

我没有希望了，再也无路可走了。

只有这深渊一般的黑，是我能交出的唯一供词。

那么，是谁创造了深渊？不，不是黑暗，

是光为我们构筑出这个世界的深渊。

黑暗是我们的必由之路，而光作为归处，是神递给我们的一把梯子，作为救赎的唯一通道。

我向这架凭空的梯子跃去，向上，一直上升，攀附着光芒，想要披一身风暴，重申一条旅程——

"哥哥，你在哪儿？"

这一次，我一定要找到你。

那倒挂的穹庐没有磁，连星星也吸附不住

我在下坠。

风的呼啸之音，如同狼的牙齿，带着刀口一样轻薄而锋利的寒意，在我脸颊留下道道划痕。

黑暗在我周围旋转。

山谷是一只巨蟒，朝我张开黑色牙龈的大嘴。

我越掉越快，朝地面急速扑去。

气流在我耳际怒吼，树枝如群魔乱舞，几只鸦鸟腾空飞起，携带着阴暗的死亡气息。

我感到极度恐惧和绝望，肺里的空气仿佛一下子全冲了出去，顿时头晕目眩……

我明白我将躺在死的谷底，而世界将驰出我的双眼，犹如一匹野马。

这生命中小小的洪荒与苦难忽然间变得微不足道，唯有那越来越近的死亡收割机，霹雳一样轰鸣着，逼近。

时间在加速，我的心脏使劲儿跳动，胸膛都要爆炸了。

灵魂在一呼一吸间像列呼啸的旧火车，带着记忆的电光火石，飞驰而去……

这个我像是用零零碎碎的记忆、感觉和幻像一点点拼凑出的，是对已知自我的一个摹本

水。

我想喝水。

我的脑袋昏聩麻木，像是套在一个罩子里，什么也感觉不到，只有饥渴，在内心深处不断地滋长。

渐渐地，意识的余烬复燃，再次烧红。

这时我方才感觉头大如斗，疼痛欲裂，像是有一头潜伏在黑暗中的猛兽，用它锋利的钩爪紧紧地抓着我，把我一会儿扯到东，一会儿扯到西，要把我扯烂撕碎。

当我最终恢复知觉睁开眼睛时，发现自己躺在粗粝的野草藤上，身上又冷又湿，后背被寒气浸得麻痹僵硬。而头上的创伤疼痛难忍，像是要爆开一样。我想爬起来，但身体滞重，脑袋发蒙，几乎动弹不得。

我还活着吗？

我几乎是在心里惊叫一声，或者说是哀号了一声。

此时天刚蒙蒙亮，月影挂在崖角，白昼尚未降临。

我环顾四周。这悬崖之下的乱石坑中荒草萋萋，横生斜长的灌木如同炸裂的蜂窝，枝蔓在地面铺开，很像是隐蔽的捕鼠夹子。大大小小的怪石兀立，有一块大英石从中崭露头角，其形状如患病的公牛，跪卧在领地上。

但令我颇为惊讶的是，明明是夏日初长万物并秀，为什么这里的草木萧疏一派深秋肃杀之气？

看啊！火炬树的叶子如红舞鞋旋转、跳动，伴随告别之舞的旋律悄然落幕；在孤寂的枝头，最后一颗柿子熬不过现实主义风暴，终于熄灭内心的火焰和梦，留下赤裸裸的树枝，与秋风对峙。

这太不可思议了！

今夕到底是何年？

我试着站起来，立刻感到大地在摇晃，在我周围旋转，将我甩开。我重重地跌倒在地，脑袋好像支撑不住似的，往下垂，接着一阵眩晕，我感到像在水下憋气过久一样的眩晕。我赶紧用手揪住野草茎，想将大地抓在手里，但它从我手中溜走了。

我放弃了，躺在野藤茎上感觉很冷，牙齿直打颤，如汤匙咔嗒咔嗒响。阴冷的寒气已经渗入了我的骨头，似乎要将我的生命力剥夺得一干二净。在我左边的脑袋上，我摸到一些黏腻的黑红色血痂，从头顶到脖颈，就像冷却的岩浆一样弯曲。

我的生命被弯曲了，但没有折断。

那么多的春天啊，我只记住了第十六个，我们在霞光里相遇，樱红的天空和一树繁花，至今还映在我的虹膜上。

我承认我留恋春天，即使在这秋天里，我也没有学会怎样同春天告别。

这时冰冷的太阳终于探出脸来，天空如板岩一般灰蒙。它渐渐离开西边地平线上逶迤的山峰，把所有衰草、所有石头上凝结的霜花照亮，映射出短暂而又迷离的光芒。

但是，等等，我看错了吗？太阳为什么从西边升起？

不！不！没错，那分明是西方，我认得大牛山西首的犄角石。

怎么会这样？

难道我的生命是时间中一个停顿，一个意外，一处需要一个词来填补的空白？

为了一探究竟，我试着再次站起来。我缓慢移动我那脱水的、半僵死状态的身躯，小心翼翼地翻身站起，但伤口的疼痛突然袭来。这疼痛就像海浪，一浪接一浪拍打着我的头骨。我被那深深的水流拖来拖去，一会儿飘到半空，气喘吁吁地拼命呼吸，一会儿又仿佛沉入令人窒息的苦海中。我迷迷糊糊地觉得自己快要死了。头顶上海浪的拍击，迟早会把我头骨上的最后一片肉剥掉，只剩下珍珠做我的眼睛，珊瑚做我的骸骨。

就在这时，一声嘶哑、粗粝的鸣叫，它敲击黎明，掀开夜晚覆盖大地的睡眠之被。

我看到一只黑老鸹落在孤寂的柿树枝上，用黑色弹珠似的眼睛瞪着我。那只眼睛，冷冰冰的，仿佛一块光滑的冰面。我慌了神，感觉自己就像是踩到冰层上的坑洞，整个人滑倒在它的注视下。

接着，一只黑色巨鸟从岩石后面跃出。

它突然间向我伸出青铜鸟爪，指甲弯曲似锃亮的月钩，我本能地往后躲，但心怀恶意的荆刺挂住我的头发，抽打我的脸颊；脚底的草茎交织着，变成了会转圈的脚踝套索，将我牢牢固定。我好像要瘫痪了似的，再没办法做出任何动作，只能眼睁睁地等待命运的利爪将我撕碎。

但那只青铜鸟爪在距离我一寸远的地方停住了，它轻柔地拨开覆盖在我伤口上的发丝，将我的伤口裸露在它眼前。这时，我听到了一声轻柔的叹息声，像是女人的叹息！

我的眼前突然显现出一张女人的面庞，乌黑的蛇发在西风中肆意翻飞。

我怔住了，一个极为坦白、简单的意义就出现在那张慑人而又似曾相识的脸上。

她离我那么近。

可我一时竟想不起来……

风在崖谷之间响亮地打着呼哨。她的发丝里充满了风，席卷过额头，我听见她发出树叶般的沙沙声。

她微微一笑，扶我站定。

我摇摇晃晃，步履蹒跚，如婴儿一般紧紧依附着她。

此时，脚下的荒草不再与我针锋相对，它们温顺得如同柔软的地毯。

我有很多问题想问她，它们犹如尖刀，在我肚内翻搅，可我张不开嘴，我的舌头犹如湿乎乎的锉刀。

她似乎心知肚明，只用两个字来回答我尚未说出口的问题："回去。"

回去？可是去哪儿？你在让我回家吗？

"回家"这两个字像是在我心上撕开一道裂缝，一阵从内心深处涌出的酸楚充满了我的胸腔，我的眼眶顿时湿润了。

这时疼痛袭来，它跳跃、吠叫，把我铁青色的脸再次舔舐成一团火焰。她轻柔地握住我的手，正好悬在我的手腕上方，搭在生命脉搏上。

片刻后，疼痛感神奇地消失。

此时太阳燃烧起来，它点燃我的脚掌，光亮逐渐蔓延至我的全身。阳光强烈得我不得不用手遮住眼睛，而当我再睁开眼睛时，黑色巨鸟和她的黑老鸹已经不见了。

我就如苍穹中的一粒微尘，面朝西方，迎向太阳的光辉。

光和热都有了。

这个世界真的如我所见，还是我们内在信息对外面的投影？

既然我走投无路了（到头来，这只能怪我自己），我只好按照她的指示——回家。

对于漂泊世间的灵魂，家是唯一的故土。它是航标，是指引，是安慰，是一道亮闪闪的绳子，牵扯住游子的心。

但是我有家吗？我陷入了一筹莫展的迷惘之中，我的胸腔快要炸开了。

我之所以挪动步履，在灌木丛中努力开辟一条旷野的路，只是因为我必须挪动，而没有别的选择，没有别的地方可去。

旷野——这恰恰是我过去一年人生最贴切的写照。或许，这将是我一生的写照。

它就像一个杀戮的战场，是荒凉的地方，也是令人孤独的地方。我曾在人生的旷野里痛苦、徘徊，整个人支离破碎到崩溃的边缘。

旷野的路是一条艰难的路，无论过去还是现在。

我头重脚轻，两条腿跟橡皮泥似的，整个人好似没了肉体的重量，就像一件衣服被悬挂在风中。身体空旷无边，仿佛容得下好几个身体。

秋日清晨的大牛山，孤寂，静默，有一种强烈的梦一样的感觉，唯一的声响来自草丛、枝头的禽鸟啁啾，以及山泉所汇成的汩汩溪流。

经过山谷低洼处，有一块镜子似的积水坑。四周高大的灌木遮蔽了它的边沿，我险些踩空掉下去。它们看来如此明亮，水中蔚蓝色天空的倒影，似真如幻。我看向水中，看见自己的身影，立即像纳西索斯那样被水中自己的倒影所吸引，但吸引我的不是自己的美貌，而是一朝醒来，我那满是血迹和污渍的白 T 恤衫下那个隐隐约约的空洞，带着几分诡异，让人从脚底泛起一股阴冷幽暗的寒气。

我急忙掀起衣服，令我吃惊——甚至是恐怖的是，我所记得的心的位置，如今什么也没有，只有空无，只有坚持的缺席，像一种吵闹的沉默。我仔细查看空洞周围的肌肤，无任何切口、疤痕，似乎从来便如此。

然后，我突然意识到我的身体是这样安静，因为我再也听不见那熟悉而又无处不在的——怦咚、怦咚、怦咚、怦咚……

我感觉后背一阵发凉。

这不可能，我对自己说。

这决对不可能。

一个人没有心怎么呼吸，怎么活？

想到呼吸，我立刻心虚起来。我本能地把手指探到鼻孔前，那里只有呼吸的感觉，却触摸不到任何温暖的气息。

我发出一声尖叫，紧紧捂住自己的胸口，连连后退，整个世界开始旋转。

我不禁怀疑起来，我到底是人还是鬼？

小时候，哥哥爱用拙劣的鬼故事来吓唬我。

我虽然心里害怕，但总是嘴硬，我对哥哥说我才不相信这世界有鬼！

如果这世上根本没有鬼，那我又算什么鬼东西？难道这一切只是我的幻觉？是一个不切实际的梦？

从鸟人出现的那一刻起，好像一切都不对劲了。

回家。

我想起她的指示，扭头飞跑起来。我跑得很急，像一阵风掠过。我那空阔的身子犹如芦苇般轻盈，好像我身上的每一根骨头都跟芦苇一样空心，没有重量。

穿过杂草丛生的低地，在往河街走的路上，我感到心神不定，纷乱的思绪在我脑子里盘旋缠绕，就像一群被困在罐子里闪烁飞窜的萤火虫。

我强迫自己不要再去想身上的空洞，我努力把它忘掉。

静谧辽远的碧水河，在泛着金属光泽的日光照耀下，酷似卷铁刨花，微风拂过，穗状的浪花变得细碎，变得闪闪发亮。河流既是过去，也是未来。一艘行驶的载驳货船如同沉浸在时间的波澜起伏之中。

我抬头望向天空中那珠光色的太阳，这灿烂的光芒如爆炸一般，难以捕捉，又转瞬即逝。

十六年来，我感觉自己就像一只绕着尾巴打圈圈的狗，将自己拴在自己的见识上，现在蓦然发现，一切似乎都颠倒了，好像地球的自转遇到了反作用力，太阳西升东落，季节颠倒，河水反向流动……

虽然小镇依旧，河街依旧，但人变了，他们之中绝大多数都是我从没见过的陌生人。我不知道他们从哪里来，又怎么会生活在这里，而且这些人的脸看起来都是死灰色的，落叶一般毫无生气，都带有普遍的失望情绪和幻灭感，我不知道他们经历了什么，但他们无疑像是被剥夺了真实的自我，如同异化了一般。偶尔能见到一两个熟人，比如住在街东头的张三姨家的小姐姐。

我看见她站在碧水河边，与几个年青的姑娘在岸边嬉戏，她们纯粹得几乎像是完全透明的玻璃人。热情的阳光给她们的脸颊涂抹上玫瑰色，给她们镀上金色的春天的幻梦。她们的笑声，如同河面上一朵朵腾跃的浪花，连接成柔韧有力的波峰，在如水般漾漾的亮光里，时间正与她们在光的微粒中共舞。

她们和河街上的行人仿佛来自两个不同的世界，她们的世界是那么美好，仿佛位于混沌泥沼之上的空间，在那里雨林仍然是原始的，海洋也尚未钝化。

可是，我猛地绷紧了身体，我记得她在一个雨天因救落水儿童而溺毙了。

难道我又产生幻觉了？

我责备自己，试图镇定下来。

你不过是紧张过度了，她和张三姨家的小姐姐只不过长得相像而已，我安慰着自己。

我开始往家走，快到家门口时，我特意望了一眼隔壁，邻居家的阳台上站着一个从没见过的陌生人。

为什么我会突然有种不祥的预感？为什么我的嗓子开始发紧？为什么我会这样忐忑不安？

当我看到我的家在一夜之间衰颓得不堪一击，像是很久无人居住的样子时，我张口结舌，连忙跑过去。

老屋墙皮剥落，门窗皆已朽腐，墙角沟檐到处是野蒿。

为什么会是这样子？

是我心里太紧张？还是我完全疯了？

我压了压生锈的门环，门顺从地打开了，像是痴呆老人的嘴唇毫无戒备地张开。

房间里没有开灯，窗帘拉得严严实实，到处弥漫着静置已久的昏暗，好似我不小心闯进了一艘淹没海底的沉船。

我大声叫着奶奶，感觉脖子后面传来一阵阵寒意，手臂上的汗毛都竖了起来。

没有任何回答。

店铺里只余空空的货架，在半明半暗里，积满了灰尘和蛛网。

我穿过杂货铺跑到厨房，又沿着灰暗的楼梯走上楼去。

在楼梯上，我听见二楼传来一阵怪声，粗重的呼吸带着哭音，像一头大海象在咆哮。

我完全怔住了，有好一会儿，我的脑中一片茫然，就像电视机信号中断，屏幕上只有静电干扰的雪花点。

我不相信这世上有鬼。我对自己说。

从来都不，从不。

无论发生什么，我都不相信，不相信……

我一遍又一遍地重复这个词，就像念经一样。

客厅里窗户紧闭，墙纸上爬满暗绿色的苔藓和黑乎乎的霉菌。

在昏暗的光线里，我看见一个秃顶的中年男人蜷缩在旧沙发里打盹，此起彼伏的鼾声，听起来像是在用他肺部的风箱奏起一段来自梦境的旋律。

根本不是鬼，更不是什么吃人的海象之类的怪兽。

我开始放松下来。

我走近他，仔细打量这个穿灰色厚外套的陌生人。

他的身体发福了，到处松松垮垮，臃肿的大肚腩里像是塞满了消化不了的过去。

他看起来是那么晦暗，面色苍黄，神色疲惫，就像在汹涌大海里颠簸了许多时日的生还者，耗尽最后一丝气力才来到这里。

还有，他秃顶了，头发如同节节败退的士兵，仍倔强地不肯向岁月认输。

此处的这个人似乎只是一个循环、呼吸的能量脉动。我不知道他是谁，不知道他为什么会出现在这里，但奇怪的是，见到他的第一眼，我就有一种说不清、道不明的，模模糊糊的亲切感，好像他是我的某个亲戚或是熟人。

在他身边的小茶几上摆放着一个玻璃烟灰缸，大大小小的烟头从肮脏的烟灰缸里溢出来，好像是想从埋葬它们的坟墓中逃出来。

地板上书籍扔得到处都是，一本本地，都直僵僵地伸着"两条腿"。几张揉皱了的纸稿，随意乱扔，如同折断了翅膀的蝴蝶。

一个打翻了的药瓶掉在他的脚边，几颗得以逃生的白色药丸滚出去了好远。

从他的穿着打扮上分析，他不像个贼或者落魄的流浪汉。

可是，即便他是我的某个亲戚或是熟人，也不能这样肆无忌惮地在别人家睡觉啊？

我不能容忍他这样放肆的行为。

我走到窗边，那积着厚厚尘埃的老粗布窗帘如同打不破的铁幕沉重地垂挂在那里。在如此密闭的空间里，阴郁、昏暗的微光如同霏霏细雨从天花板飘落。

屋子里似乎有种特殊的寂静，闻起来气味酸涩、陈腐，只要吮吸一点点房间里的空气，就能辨别出来——它们是孤独的沉淀物。这个入侵者破坏了原有的家的气息。

我带着气恼一把拉开窗帘，炽热的白昼立即挤了进来。窗户已无法装下这白色的焰火，老粗布窗帘在明亮的波光下昏厥。

光线爬上那张松弛、荒废的脸庞，他的眼皮抽动，费力又不情愿地睁开，一只眼睛微微地往外歪斜，露出空茫的神色，看起来像是快要坍塌的废坑道。

然后，他看见了我，流露出骇然之色，倒像我是个不受欢迎的闯入者。

他的视线紧紧盯着我，那双眼睛，恰似某些栖息在夜间的生物，有一种目不转睛、凝神审视的目光。我感觉他似乎穿透了我的身体，望向更远，好像跑到了另一个次元。

在他的瞪视下，我感到一股愤怒涌了上来。

"你是谁？你为什么闯进我家？"我不等他开口，就先发置人地责问他。

这个问题令他情绪激动，他的眼里发出热病似的光芒。紧接着，一阵急促而剧烈的咳嗽，他像是要将整个人如同袜子一样从里翻到外，那模样看起来仿佛胸口被堵住，痛苦至极，直到一口带血的黑浓痰喷出来，他总算才能正常吸气。

我也恶心地差点呕吐。

他往后一仰，瘫靠在沙发背上，有气无力的皮囊就像老树根，一截生命的残余物。

我使劲咽了一口口水："你……你这是怎么了？"

"癌。"他轻声回答，阴沉的脸上眼睛空洞，发出搪瓷的光芒。

听罢此言，我像被鞭打似的一缩。我怔怔地望着这个病入膏肓的人，不知该说些什么好。

他示意我把地上的药丸捡起来给他，并当着我的面吞了一大把。

"止痛药。"他对我解释道。

不知为何，我盯着他的眼睛看太久，会觉得头晕。

他朝我淡然一笑："很快就结束了！"

我不明白，我张口结舌地看着他："你是说，你快要……死了吗？"

其实我这是明知故问。我可以从他那颤抖的双唇，从他那白如垩石般的可怕的脸色上读出答案。

"不！我已经死了！"他用气若游丝的声音对我说。

这句话的冲击力之大，让我招架不住。我感觉我的大脑已经四分五裂，一片发白，像要爆炸了一样。

但是我不相信这世上有鬼！

这是我几乎要脱口而出的一句话。

他盯着我的眼睛，我感觉到一种极度的阒静压迫着我。

我尽量不让恐惧渗入话音中，但嘴里已如尘土般干涩。"你还需要止痛药吗？"说完我拿起小茶几上的药瓶递到他手中。

我故意抓住他的手。

我听说鬼很冷，属于阴寒之体，所以想确定一下他说的是不是真话。

"啊！"我连忙把他的手甩开，一阵冰一般的凉意传遍我的全身。

"你现在相信我了吗？"他轻声问，用他那能把人穿透的目光打量我的脸。

我点点头。"可是，我……我不认识你，你为什么来找我？"我结结巴巴地说。

他的表情变了。一个惊讶、怀疑、连自己都不相信自己的微笑试图在他脸上成形。

我向后退了一步，突然觉得很害怕。

我的手指依然还能感觉到他那只手的凉气。

"你不认识我！"他用低沉有力的声音对我说，"但是，我认识你。"

我瞪大了眼睛望着眼前的这个陌生男人。

他温柔坚定地说："你是曾经的我，我是将来的你。"

一个镜像的世界

我知道这听起来就像天方夜谭。

将来的我告诉现在的我，我看到的并非人间世，而是灵魂所归之地，也就是灵境。我本人也非人间肉身，不过我还没有死，只是暂处于灵魂出窍的状态。

我看到的其实都是灵体，是死去的世间人的内在状态。

因为人的灵魂是一种胶质能量，会随人的意识形态改变其形状。

我不得不承认他说的好像是那么回事（且让我还以"他"来指代将来的那个"我"，因我实在无法把自己同面前的这个人等同起来）。

我胸腔的空洞，确实是我内心最真实的感受，不是吗？

看来这种思路的确需要一番头脑体操。

至于灵境，它既不是天堂，也非地狱。它只是一个中转站，在灵体开启下一段旅程前，暂时休养生息的地方。

而且，不同的人见到的灵境也是不一样的。这是由一个人的内在意识决定的，是与他在这个世界上的感官体验相对应的，但是并不存在客观的灵境。

我现在进入的正是将来的我所见到的灵境。

也就是说，我在他的量子时空里！

我很好奇这样的灵境到底存在于什么地方？

他是这样对我解释的，他说就像一个硬币的两面，我们生活的实数空间，也存在一个与之相对应的虚数空间。

因为"万物负阴而抱阳，冲气以为和"。

所以它和地上世界彼此交叠在一起，就如同平行宇宙，存在于你我身边，只是人们看不见罢了。

既是平行宇宙，可为什么一切都是颠倒的？我想起了看到的太阳、季节和河流的异常之处。

他说这很好理解，因为灵境——是一个镜像的世界。

人间世有我们所生活的地球、太阳、银河系，则必定存在另一个与之运动方向相反、形式相应、频率相当、能量守衡的银河系、太阳、地球。

但是他强调，在灵魂所归之地，每一个灵体将依然生活在现世的灵魂之间，必须要完成你在这人世间原本应该凭借肉身完成之事。

我突然觉得仿佛被什么戳了一下，我的灵魂被惊慌攫住，像是经历一次内在的地震。

因为他的话，让我记起我跳崖前的最后一个念头——"哥哥，你在哪儿？"

刹那间，我感觉到这里的时间太漫长了，每一分，每一秒，都长得令人心跳息喘，我很怕时间的突然僵凝，将我的手脚缚住困在永恒，像琥珀一样。

我变得异常焦灼暴躁，我打断他的话，我不想再听他说下去，我恳求他帮助我找到哥哥的灵魂。

他没有说什么，我从他的眼神里却看出了他心中渐生的痛楚。

哥哥死得太年轻了，他对我说，那也是他一生中最大的痛苦。四十年来他心中一直不愿承认哥哥已经死去这个事实，他总当哥哥离开家去 M 市读大学去了，所以他也离开家乡去了那里。这么多年来，他一直在寻找着，无论在大街上，在地铁里、飞机上，在某个临街的咖啡馆里……在任何地方，只要碰到一个跟哥哥长得相像的人，他就会生出无限的眷恋。

他的脸色变得煞白，他用双手紧箍着脑袋，整个面孔都因痛楚或是某种突如其来的悲伤而扭曲了。我可以在他的眼睛里看到那种幻觉似的坠落……

轰隆，轰隆，轰隆隆——

这时，外面传来一阵阵电掣雷鸣。

我奔向窗边往外眺望，只见碧水河彼岸的山峦之间，有一处泛着诡异红光的山坳。

朗朗晴空，一道硫黄闪电像白焰长剑当空劈下，它的"内脏"绽露开来，显现出明亮、恐怖的内部，接着又轰隆一声合拢，整座山都在摇晃。

就在那一瞬间，在它光亮的内部，我看见成群的模糊不清的人，压压挤挤地，在拼命往上攀爬。我似乎听见白骨碰白骨的声音，他们互相推搡，又是叫喊又是呼号，在远山那边震荡。那些挣扎而出的人，在裂开的岩石地带蹒跚而行。直到石块再次崩塌下来，他们就隐身在炼他们的火里。

不知何时，他竟起身踱步到我身后，我感觉一团冷气席卷我的后背，要将我包在里面。

"那是个什么地方？"我指着那处电闪雷鸣的怪地问他。

"我想他们一定犯了不可饶恕的罪孽，死后灵魂才会在此地受苦！"

我惊呼一声，突然有种掉头往回跑的冲动。

来自地狱的焚风如一记炙热老拳，砸在我的脸上，让我的灵魂颠簸跌撞。

我踉踉跄跄得站立不稳。

内心深处的愧疚和惶惑，如同一双毛茸茸的手攥紧我的肺，让我喘不过气来。

我想要逃离这里，可一转头，就看到他的脸怼在我的面前。

他的脸也变了颜色，我还以为他要笑，仔细一看，才发现他的眼睛射出两道咄咄逼人的光芒，显得灼热而尖锐。

"无论多么艰难，都要找到哥哥！"他很严厉，语气中有种愤怒，还有种深深的苦涩，无法以言语表达，"记住：这是我们唯一的救赎！"

可是灵境那么大，我要到哪里去寻我哥哥的灵魂？

他皱着眉头用力思考，那拧紧的前额，仿若一个三角杯，里面盛满了人生的烦恼。

很快，他告诉我一个重要的线索——"地下人"组织。他让我去找一位叫蓝青云的科学家，研究量子物理的，他或许有办法！

我几乎跳起来，跌跌撞撞地冲向卧室，一件黑外套的衣袖被衣柜的门夹住，我以为是被夹住的鼹鼠。

衣服还在，叠得整整齐齐的，闻起来有股陈腐的味道，如同一具时间的尸体。

我一件件换上秋装，掩藏起我身上那无情的空洞。

在衣柜镜子的深处，貌似也有个人在做着相同的动作，充满敌意的默契。

他站在门口，看着我不停地忙碌。

我终于收拾停当，正准备出发时，突然想到一个问题：我怎么去那里？

此时，他终于微笑了。他指了指自己的眼睛，昏暗的光线下，他的眼里满是炽热的光，看得出那是真实情感的流露。

我盯着他，疑惑了一小会儿，仍然不明白。

他做出擦拭双眼的动作，对我说："想象是灵魂的眼睛。"

原来在灵境，意念是唯一的方法。

他告诉我，只要集中精神，通过意念，就可以以意驭物！

一根根斑驳的枕木在我脚下延展，像是通向未来的冗长路径

我从没有见过这样老古董的火车。

它的车厢又破又旧，空荡荡的，充满了阴暗的死角。

到处刮着风，寒冷的气流像钢钻一样穿过整列火车，在车厢里开辟自己的道路。

我从一个车厢走到另一个车厢，希望找到一个舒适的角落。

车厢的门在过堂风中摇晃，发出刺耳的振动声，如同喋喋不休的牲口。

那些表面老旧的座椅黏糊糊的，冷得像冰一样。

火车在空中轨道上行驶，穿梭于湖光山色之间。

我心烦意乱，无暇顾及车窗外的风景。脑袋上如同扣上了一顶沉甸甸的铁面罩。所有痛苦的过往都从心底涌出。关于童年，关于亲人，关于爱情，关于理想……生活中所有的痛苦和悔恨，如同海浪——一波未平，一波又起。我坐在座椅上，坐在自己的铁面罩下，在我自己呼出的酸腐气息中饱受煎熬。

穿着深色制服的列车长走来了，他用没有表情的双眼瞟了瞟我，对我说就快到了。

我感觉到火车慢慢地靠站，没有喘息，没有敲击，仿佛随着呼出的最后一口蒸汽，它的生命也走到了尽头。

火车停了下来，四处一片寂静，空无一人，看不到任何车站的建筑。

下车的时候，列车长用手指了指远处那座黛蓝色的山丘。

我背着背包踏上泥泞、狭窄的小道，通过一个阴暗、树林浓密的公园，往山顶上走去。

这是个死气沉沉的灰暗的白昼，天际褪了色，像蒙着一大块永不消散的阴云。

树林像夜晚一样黑，墨绿色的叶片在风中飒飒作响，不由自主地往同一个方向移动，如同整齐划一的海浪，被神秘的潮汐所吸引。

脚下的路逐渐往上爬升，当树林变得稀疏，我听见脚下的木栈道发出的嘎吱声响。

从这里可以看到远处那碗状的地平线，地平线之上矗立着一座立体城市。

在黯淡的光线下摩天大楼的负片影像，仿佛是用灰黑色的纸裁成贴在天空。

那里笼罩着一种淡淡的人造色彩——苦橙色，像是某种腐蚀性的酸黄，也许尝起来会有股子金属味。这就是城市的黄昏。

木栈道一侧的柏树下，站着一个老头，双手高举立在那里向我点头致意。

等我走近了，我便看得清他那光秃的牙床、褶皱的嘴唇，还有如兀鹫一般上下抖动的喉咙。

他说自己被栽种在这里，每时每刻都在生长。

这个老树精，他为自己是一棵树而骄傲不止。

我忽然很好奇，走到他面前，想看看他的根须在哪里，他说就在他的脚底下，他的根须一直向着地下生长，向着泥土的深处钻探，而他的胳膊，他的枝杈则向着天空不断延展。

我不知哪根筋搭错了，抱起他的腿就往上抬。

他突然哀号起来，扯着嗓子骂我弄断了他脚底细小的根须。

我手足无措不知怎么办才好。

他张大嘴巴，朝我咆哮。那是怎样的狂飙啊！在我看来，他至少有八排牙齿！

他的声音如滚雷，震耳欲聋。

我吓坏了，撒腿就跑。

老树精那无法被安抚的哀号声渐渐远去……

我感到沮丧，这应该归咎于我的鲁莽轻率，虽然我并不是出于恶意做这件事的。

这是一个小插曲，很快就会过去的。但我寻思，那个封闭在自我疯狂之中的灵魂，却是没有终点，没有解脱之日的。

此时夜幕降临，黑夜像蒲公英的种子一样纷纷落下。

地平线上的雾变厚了，我好像在一条船上，正在前往世界的另一头——城市里华灯初上，明亮的灯光渲染出一片如梦如幻的夜色，如同散发着日月光华的虚假白昼。

置身于车水马龙的大街上，我感觉一切如同幻境。

各种磁悬浮交通工具在地上和空中穿梭，如同海洋中千姿百态的鱼。

高耸入云的楼宇是那么慵懒而又百无聊赖，像随意掷下的一堆骨牌。

没有星辰的旷野忧郁地悬在城市上空，沉重地压迫着它。

而在下面，路灯冷冷地把一个又一个光线的绳结打到夜晚的布幔上。

霓虹闪烁，剥掉夜的黑色外套。那些变幻的玫红、暮紫、靛青以及湛蓝，像一场色彩的瘟疫往四面扩张，在楼宇的各个层次之间游走。

发光的圆形飞行器在建筑的缝隙间穿梭，这一颗颗闪光球，像九天遗落的星子，又像在珊瑚礁间穿梭的海洋鱼群，让城市的夜空喧闹而又魔幻。而在底层，阴暗的巢穴被点亮了：那是各式各样的商店、小吃摊位、廉价品售卖、地下交易等，挤满了喧哗不休的人群。

我挤进了这条充满噪声的洪流，它就像城市的动脉在黑夜中流窜。

街上的行人漫不经心地看过来，又冷漠地移开视线。

他们拖着疲惫的身影，跟着自己双脚的节奏机械地向前移动，一直向前，进入无限，消失在未知当中。

无数的人经过我的身边，他们就像是一条条疲惫的鱼，囚禁在他们透明的鱼缸中。

在他们投向我的一瞥之间，也足够我得出结论：不是他们的错，这一切要归咎于文明的种种弊病。

那一刻，走在拥挤的街道上，我突然有一种奇怪的感觉，此时此地，周围的一切都凸显着不真实，我怀疑这是未来 M 市的真实写照？

到处都是动态的信息窗口，墙壁上，广告牌上，路灯上，甚至有些人的衣服上。那些滚动的文字和动态图像让人眼花缭乱。

我一脚踏在井盖上，在我面前，那块锈迹斑斑的老铁竟然瞬间被激活，显露出一张因极度痛苦而扭曲的脸，对着我龇牙咧嘴发出怒吼。

我被吓得不轻，全身的汗毛直竖起来。

有人过来，把铁一般的胳膊搭在我肩上。

我不看他还好，抬眼一望，更像被吓坏的鸟，顿时丢了魂。

这儿有许许多多像是从科幻小说中走出来的人物：各种形状的人工智能生物，半是人类半是机械的人，还有奇形怪状、像人像物又像动物的异化生物。所有那些我听说过或者没听说过的事物都聚集在这里——

我见过愁眉苦脸的蜗牛人，背上背负着沉重的房子、车子；见过像潮虫一样畏畏缩缩的爬行人；见过头脚衔接状如漏气轮胎的滚动人轮；见过被捆绑得结结实实状如草包的上班族；见过浑身长刺怒目圆睁的刺猬人；见过像芦苇一样瘦弱，如同孤鬼游魂一样的孤独者……然而更多的是像我一样，内心被掏空的人。

这里就像是手上的第六指，或是日历之间虚幻的第十三个月。

我一心只想尽快离开这个奇怪、荒谬的地方。

一阵刺耳的警笛，越拉越高。

人们在急速分解的恐慌中瓦解，纷纷向两旁躲避，仿佛被那些穿着独特发光制服的人碰到，就会腐烂、变黑，化为碎屑。

一个穿制服的人经过我面前时，两只圆溜溜的眼珠像两颗亮闪闪的金钢钻直往我身上钻。他们长得一模一样，身高约有两米，又瘦又高，一对招风耳，病态的鼠脸，速度像风一样。

我两腿战栗，像蜗牛般赶紧缩回自己的甲胄。

穿制服的人走远了，但恐惧仍然像黑色的疹子长在我的额头。

我感觉到一个无形的节拍器在我身体里嘀嘀嗒嗒作响，它催促我逃离，越远越好。

在一座大型垃圾处理场的边缘，有一条偏僻的小路，地摊上摆满各种廉价的生活用具（鞋子、水杯、碗具、衣服、烟酒、饮料等），花花绿绿如廉价的天堂。混浊的空气夹杂着灰尘，飘在露天饭摊上。老板手持铁铲吆喝着："刚出锅的水煎包，好吃又管饱。"用烂木条支起的塑料饭桌前，挨挨挤挤坐满了吃饭的人。那一张张肮脏又卑贱的苦像，如同被烧焦的城楼碎片。而吃过饭的民工们，有的喝了点酒，摇摇晃晃地走在这个梦幻般的小路上，有的三五成群地沿街砍价选购。

这时一个性感、妖娆的女人从我身旁走过，她的臀部一摇一晃像磁铁一样吸引着人们的眼光。

欲望这暴风害得那些满面尘土像熏火腿一样发黑的男人如旗帜般迎风招展。

她高傲地仰起下巴，挑逗般地环视四周。

有个人在我耳边小声地对我说："别盯着漂亮女人看，她们都是海葵，摆动着美丽的触手，向那些没有经验的小鱼招手，引诱它们靠近。当它的触手能够碰到身边的小鱼时，便会毫不留情地捉住这些牺牲品。相信我，在任何方面，她们都是贪得无厌、不知满足。"

我回头看他，岁月在那人身上留下了深深印记，他瘦弱得似乎只剩下一副纸做的骨架了，那双翻白的眼睛暗淡而模糊不清。

他从我身边走开了，拖着他可怜的影子，像是拖着铁杆顶上的风标。

在众人的簇拥下，这个欲望小姐停在路边，使用她的手机全息投影设备，那玩意投射出的三维图像似乎是一出正在播出的娱乐真人秀节目。

正当大家沉浸在欢声笑语中，一个男人紧张兮兮地横过道路钻进人群，他突然大声说："看！丑陋、乌黑的魔鬼，到处都是，那边那个，还有这个……"

然后，他跳到小姐身边，一把夺走她的手机，摔到地上，用脚反复踩踏，好像它是个可恶的臭虫。

小姐吓得尖叫起来："你有病啊？"

然而他眉毛如火箭一样竖起，不说话，只是用狼一样的眼睛瞪着她。

旁边有人解释道："无论在哪里，他总能从节目图像中分辨出魔鬼，所以他一直在消灭魔鬼，直到任何想控制人们思想的演播彻底结束。"

"真是一个怪人！"她悻悻地说。

人群叫骂着散了。

我离开那片藏污纳垢的人间废墟，拐上灯火通明的大道。

我似乎还没从这反差巨大的一幕中醒过神来，那个疯人的行径背后似乎有令人深思的东西，它鞭策着我的内心，让我无法安宁。

一个乞丐向我乞讨。

他全身肮脏不堪，叫人恶心。我想走开，但他可怜巴巴地望着我，目光支离破碎，像被石头砸过的玻璃。

我下意识地将手揣进衣兜，却不料从中摸出了一张小纸条。

这是他塞进我口袋的。

上面有一个地址：十梓街 I–330 号。

十梓街 I–330 号

天空没有月亮，只有一大片星星的沼泽，如鬼火一般。

那些安静的大理石建筑在照耀下闪光而坚硬，它们是月亮的骨骼吗？

我手里攥着小纸条，就像攥着迷宫里的一条线索。

问路。寻路。

从清水湾到风桅路，从风桅路到琉璃巷，从琉璃巷转入十梓街。

我看到一片海浪，在无月的夜里显得非常黑，海浪翻腾、蠕动，像大地的舌头舔舐着码头。而身后的霓虹灯光使得整个城市如同一艘节日方舟，漂浮在涌动的黑海之上。

我驻足观望，仿佛置身于梦幻般的剧场。

这是我第一次看到大海。

一阵电子打击乐声从身旁的建筑里传来，顿时搅得我心烦意乱。

我逃也似的离开这里，一头钻进由拥挤的街巷组成的迷宫之中。

它们既丑陋又邪恶，但是个藏身之处。

在十字路口，一个青年突然横穿马路过来了。

血一下子涌了上来，我好像不能呼吸了。

我的肋骨像铁条一般，而心脏的跳动感又恢复了，我感觉胸腔里有把锤子在铁条上无休止地急促敲击。

那人……好像哥哥？

一样浓黑的剑眉，一样明亮的前额，一样骄傲的目光，还有双腿交错弯曲的步态……

我的脉搏也随着他流星一样的步伐越来越快，越来越急促，好像两极在逐渐靠近，正在发生干裂的咔嚓声，再有一毫米即将爆炸！

如果哥哥还活着，是不是就是这个模样？

他转过脸来看了我一眼，冲我意味深长地笑了一下，如同在洁白的宣纸上洒下一个墨水点。

我的心被刺了一下，这滴墨水渍就像乌云一样让周围的一切黑暗下来。

没等我开口，他忽然向我猛扑过来，我们俩一起翻滚到几米远的草坪上。紧接着一声巨响，一辆飞车从天而降，正撞在我们刚刚站立的位置上。

随着气浪的振动，金属的碎片从我头顶嗖嗖飞过。

这一撞，让我头晕目眩，两眼发黑。还没等我恢复过来，他一跃而起，向坠落的飞行器跑去。

一个漫威式的人物，穿着紧身衣，腰间配有喷气推进式引擎，仿佛从星河降落。

那是一个少女，面庞美丽，身材苗条，像一条马鞭柔韧有曲线。

她站在那里眼神如刀锋，紧紧盯着那辆飞行器，它已经破裂变形，但没有起火，只有噼啪作响的电火花在那团金属里流窜。

那里似乎还有受伤的人，我看到他一瘸一拐地冲上去。

突然一声爆炸，浓烟滚滚，火光冲天。

我几乎什么也看不清，等那股呛人的浓烟散去，我焦急地寻找他的身影。

她和他。

一个身姿挺拔，高高在上；一个俯卧地面，正试图用双臂支撑起身体。

他们四目交会。

"佑佑！"

他喊她的名字，眼里涌出的是那些深藏其中，却没有说出口的东西。

她盯着他看了一秒钟。

他的身体突然腾空仰起，像一只弯弓，被一股无形的力量拉弯。

"我不是佑佑。"她抛下他，也抛下一句话，扬长而去。

紧接着他重重摔倒在地，悲伤地说了句"没关系，你会记起来的"，声音轻得像一个鬼魂，越过铁的风，流入我的耳朵。

但她始终没有回头。她像铁炮瓜的种子一样高高弹起，消失在夜色中。

他举起右手，左手绝望地向后伸着，像一只受伤的破碎的翅膀。

我揉着摔痛的腿向他走去。

他的面色惨白，可我刚看见他时这张脸是那么虎虎有生气，而现在似乎生命突然从他的眼里隐退。

警笛声大作。那些穿制服的人立刻赶到，他们在残骸周围拉上警戒线，疏散围观的群众。有一个人向我们走来。

那个青年站了起来，他像老人一样举步维艰，又像醉鬼一样摇摇晃晃。

忽然，他像一只麻袋似的，扑通一声，又摔倒在地上。

我赶紧上前，那个陌生人支撑不住自己的重力，不由自主地靠着我的肩膀。

可下一秒，我却因承受不了他的寒气，不自觉地躲开了。

"嗨！谢谢你！"他朝我微笑。

我尴尬地说："该说谢谢的是我，你刚救了我一命！"

一阵轻微的沙沙声，一对粉色招风耳出现在我们面前。我没有抬头，却已经觉得两颗生铁一般的小钻头钻进了我的眼里。

他问了我们几个问题。不等我开口，那个酷似哥哥的青年就抢着回答，他有意隐瞒了刀锋少女的事情，只把这件事说成是一次突如其来的意外。

那张肖像画一样的脸向我逼近，带着解剖刀似的锋利笑容。

在血液的澎湃声中，我紧张地握紧了拳头。

他的目光穿透了我，在我脸上停留了一小会儿。最后他示意我们可以离开了。

我们走得很慢。

我全身冒汗，感觉鞋就像铁打的一样沉。在他视线的雷达锁定范围，我有一种奇怪的感觉：我的手不再是我的手，不知该往哪放，它们净碍事，和脚步不一致。

大哥哥问我家在哪里，我摇了摇头。

他又问我从哪里来，我再次摇了摇头。

"那么，你有要去的地方吗？"他问我。

我把小纸条拿给他看。

他看了一眼，露出笑容。

他知道那个地方，而且他恰好也要去那里。

十梓街 I-330 号。

这是一栋建筑的地下通道。

长长的走廊，沉静得连呼吸声听起来都那么可怕。拱顶的天花板下是一串闪闪烁烁、忽明忽暗的小灯。这里给我的感觉就像是一个地下避难所。

阿什走到一扇沉重的大门前，他敲了敲门，两声短，三声长。

阿什是这个大哥哥的名字。

我听到屋里传来嗡嗡声，也许是机器，也许是人声，然后，门自动打开了。

这里很乱，家具既老又旧，客厅摆满了一格一格的储物柜，使得整个房间看起来像蜂巢一样。屋角有一个大摆钟，表盘嘀嘀嗒嗒，如同老裁缝的细密针脚。

一个老人坐在房间深处，像只灰林鸮蹲守在林间。

当眼睛适应了这里的昏暗，我才看清他的模样。

他的胡茬如麦垄耕耘了半个脸颊，麦芒又尖又硬，书写着时间的脉络。两道浓眉是灰色的，与髭毛般的颊须连在一起的口髭也是灰色的，给了他一副严厉的神情。但他的头发已经枝叶疏落，向着尽头的黄昏，做起了干枯的残梦。

我听见自己急促、哽咽的呼吸。

"您是蓝青云……蓝博士？"我脱口而出。

我又喊了他一声，走到他的面前。

昏黄的光晕下他的脸就像一堵老墙，灰黑色霉斑覆盖了白色墙皮，布满岁月的苔藓。当他站起身，我恍惚看到一头巨狮从竹林间隙浮现，就像预言家一样强大、阴沉，又像族长般充满威仪。

他踱步走到我面前，绕着我转了一圈，就像毕加索一样，对他的观察对象进行多角度拆解和整合。

我戳在那里尴尬极了。

时间简直就像一只缓慢爬行的蜗牛。

蓝博士拿出单片眼镜，凑到我身边，那模样就像一位昆虫学家正在对甲壳虫进行观察一样。

等待。空前绝后的一分钟。

他终于朝我露出笑容，非常温和，甚至让我感觉亲切，但那是一双什么样的手啊！皮肤起皱，褐色，像是闪亮的牛皮纸。

"时间晶体！"他对我说，"你是一个时间晶体，真难得一见啊！"

那一刻，我看到阿什的眼睛像神龛前的蜡烛，一下子亮了。

他急切地问我："你怎么做到的？你用的是时间折叠，还是量子计算？"

"什么晶体？你们在说什么？"我愣在那里，大脑断了片，完全听不懂他们的话。

这时蓝博士抬起手示意阿什安静，一双具有穿透力的眼睛慢慢地看进我的内心。"你愿意把你来的目的，以及你所知道的一切都告诉我们吗？"

看到我点头，他让阿什把大家都叫来。

然后，他转头和阿什谈起了佑佑，那个刀锋少女。我听到了"篡改记忆""算法""自由意志""人体生化机制""芯机人"诸如此类的词，它们就像尖锐的楔子嵌入我的内心。

一个人一进门就唉声叹气，好像遇到了什么倒霉的事。

"三个！又有三个年轻人跳楼自杀了！"他对着我们竖起了三根手指。

他那张脸时而绷紧时而抽搐，像是有许许多多的果肉冻在晃动。

阿什说："难道自杀也有传染性？"

蓝博士说："传染人的不是自杀，而是空心病。他们都是空心人。"

"是的，没错！"那人抢着说，"自从那个叫季风的男孩留下一封遗书，跳楼自杀之后，引起了年轻一代的死亡共鸣，有人甚至专门成立了一个'摆渡人'网站，提供自杀服务。"

有那么一瞬间，大家都沉默了，虽然时间短得几乎让人察觉不出。就在这瞬间里，我忽然觉得自己应该说点什么。

"什么是'空心病'？"

话一出口，我的脸颊开始发烫。

"他是谁？"那人这才注意到我。

"一个时间晶体，"阿什神秘兮兮地说，"这也是蓝博士叫你们来的原因。"

那人突然狠命地抓住我的手，疼得我"嗷呜"一声叫，他却笑了。

"来！我让你看看季风的遗书，你就知道什么是空心病了。"

他用手指凌空交互几下，一些汉字便飘浮在空中，那些死去的告白像浪花跃出水面，留下一丝诡异而郁悒的味道——

"我对活着这件事，提不起兴趣。或者说，我没有活着的欲望。

"我的世界就是一片漆黑的森林，没有一个火把能帮我看清楚我是谁，我不知道我为什么要活着？

"因为我不想活着，所以我没有欲望，因为我没有欲望，所以我更加不想活着。

"这样的人生毫无意义，每天如同行尸走肉，如果是这样，还不如早点结束。

"有时摸摸自家心口，偌大一个空洞，我感觉我只是一具空壳。

"其实我并没有感受到人生有多么痛苦，更多的是我内心的无力感和疲惫感。

"二十五年来，我从来没有真正活过。

"我活在楚门的世界里。

"如果非要刨根问底，我只能说，这个时代才是一切的根源。"

这就是季风的遗书，一封极具传染性的死亡之约。

我看完后只感觉内心里有一种挤压感，说不出的滋味。

那些笔划、线条发出无声的叹息，像灰色的霰弹痛击我的心灵。

我下意识地摸一摸我自己胸口的空洞。

在这期间又有五六个人陆续到来，他们都是"地下人组织"的成员。

蓝博士让我向大家做一番自我介绍，讲一讲我过去的经历和来这儿的目的。

地下室顿时鸦雀无声，只有我的脉搏异常响亮地搏动着。大家的目光齐刷刷地注视着我，像探照灯。我紧张得声音都颤抖了，太阳穴突突地跳着。

我开始讲我生活的地方，我的家、学校、哥哥的死，以及我是怎么到这里来的……

随着我的讲述，我一点点回望过去，那声音、欢笑、眼泪、飘过的画面——揭起我记忆的帷幕。对某种一去不复返的东西的伤悼之情一下子将我攫住。

我毫无顾忌地对着一群陌生人倾述我的痛苦，我的思念，我的绝望。

泪水模糊了我的双眼，好几次我哽咽不能语。一股热流涌进了我的身体，从血管里扩散到胸腔，我知道这是悲伤，还是爱。

他们充满同情地望着我，有个人甚至小声地啜泣起来。

但是我隐藏了事实真相，在我自己的深处，我的根部，有我此时此刻不愿公布于众的坟墓、深渊以及腐烂的稻草。

我讲完了，整个人沉浸在悲伤中，这是我的放逐，我的西伯利亚。

他们开始像老鼠磨牙一样地焦急低语。

蓝博士一言不发，他的脸像是埋在云雾缭绕的深处。

我可以听见墙上的时钟在嘀嘀嗒嗒地响，当那台运转精确的时间仪器"当当"敲响的时候，我吓了一跳。

蓝博士突然打破沉默，声音低沉而坚定。他询问了我跳崖以及苏醒后的大概时间。

"从现在开始，还有将近两小时四十分钟的时间，你将消失回到起点，在相同的时间点上再次跳崖，并再次苏醒，就像这个不停轮回的时钟。"

就像一个喝水被噎到的人，我被他这句话呛到，完全不知所措。

在他开口之前，他的表情就如同坚石，现在愈加严肃了。"你不是不懂什么叫时间晶体吗？现在我就告诉你，所谓的时间晶体就是在时间上不断重复自己。"

我专注地聆听他的话，但由于大脑思维的凝结，我感觉我的脸在逐渐拉长，仿佛脱离了关节，变得十分呆滞。

他看了我一眼，耐心地解释："举个例子，正常情况下，一杯水，放入冰块，两分钟冰块就会融化成水，这没有什么可争议的，因为万物归于熵增。但现在你的情况是，再经过两分钟的间隔，融化的水又重新变回冰，如此重复，不受任何外在能量的干扰。随着特定的时间循环，你将不断实现状态上的重复。"

他的这番话像突然迸出的碎石，一股脑儿地砸向我，雪崩似的。

我看到阿什眼里燃起了炭火。这一切只有一瞬间，恰似突如其来的狂风暴雨。

"好吧，可是……"我说，但舌头有点打结，"不好意思，我有些迟钝——我想知道为什么？"

"为什么你会成为时间晶体？"蓝博士摇摇头，脸上掠过一丝挫败的神情，"没人知道为什么，这是超额外维度的存在。人类的思维有限，也许永远无法理解宇宙的奥秘。"

我突然感到沮丧："这么说，我将永远困在这……灵境？"那我又怎么去找哥哥？我不免忧愁起来。

那个满脸果冻的人，突然哈哈大笑起来，他取笑我道："瞧你那愁眉苦脸的模样，我们想永远待在这里还办不到哩！"

他的话引起了大家的共鸣，他们纷纷说起玩笑话：

"我真想知道，怎么才能成为时间晶体？"

"要不你也试试从悬崖跳下去？"

"已经太晚喽！人只能死一次。"

……

他们就这样和我开着温暖、同情又充满人性的玩笑。这些粗糙的笑话，这坦率的冒犯，竟让我感到一种突如其来的放松。

这时阿什说了一句："还是让博士给你讲一讲生与死吧！"

蓝博士挥手示意，大家安静下来。

"我们有幸同时体验了生和死。

"作为曾经的量子物理学家，我越发领会到老庄思想的博大与精深。我常常感慨，科学的尽头只有哲学。

"比如古代圣贤的生死观——

"生命只有变化，没有死亡。

"道家说，搬一次家而已。

"一切从无中来，又将回到无中去。复归于道。

"多么深刻而智慧的思想啊！

"我们的灵魂就像是草尖上的一颗露珠，太阳出来了就会烟消云散。

"所有人的魂魄都将通过天地生命的通道，回到宇宙生殖本源，我们共同的自然母体，与其他分散的魂魄重新再组合，成为一个新的魂魄团聚在一起，这新的生命体也许不再是人，可能物化成为动物，或土木金石，甚至不是碳基生命，也有可能将是硅基、是纳米……

"但万物，一物也。

"我喜欢拿浪花与大海作比喻：

"浪花（个体生命）是大海（道）的一部分，浪花消失了，可大海却还在。

"那么浪花是什么？大海又是什么？

"浪花是大海的孩子，是大海的欲望和表达。

"大海是浪花的母体，是浪花的主宰和归宿。

"所以道家讲'天人合一'。

"从量子力学的角度来看，任何独立的生命个体都体现了熵增定律，这意味着所有的生命都会走向无序，走向毁灭，但万有演化的规律是存，是秩序，是负熵。从某种程度上讲，生命的本质就是要吸收秩序，连接整个外界循环，不断吸收天地的负熵，从而变得有序。

"从宏观上看，物与物之间唯有互联才能成生态，有生态才有生机，才能互生互长。世间万物互联的机制就是连接，但是万物要怎么互联呢？在于两个字：嵌合。

"这就是量子力学的'天人合一'啊！

"有形的生命形式不过是天地大道一期的变化，而无形的生命却与道一起，永不消失，那才是人的真生命！对于找到真生命的人又怎会在乎这一期生命的生死呢？"

鼓掌，欢呼，大家都深深折服于他的睿智和魅力。

博士笑了，那张脸上的褶皱向外辐射。我被他变幻莫测的面部戏法迷住了，时间似乎透过他的表相打开了其内部的结构，向我展示多重维度与变量的神秘物理法则。

我心想灵魂需要经历多少暗夜，才能寻着，然后才能以一己微弱的心灵之火融入庞大无匹的光的海洋。自己也成了光，光本身。

他的脸因为逐渐高涨的激情而精光四射。"还有一个例子，从量子力学看物种演化。我们知道人类的基因是有序、稳定的原子团，但在一定条件下，人类的基因会突变，这与量子特有的跃迁特性有关，它会改变原子团的内部结构，造成基因突变，且不存在中间状态。这就科学解释了人类的起源和演化之谜。推而广之，物种的基因突变才带来了地球生物的多样变化。

"可老子说过什么？

"道生一，一生二，二生三，三生万物。

"老子还说过一句话：'万物负阴而抱阳，冲气以为和。'

"就拿我们当下的灵境来说吧。

"它就如道教的太极图，灵境和人间世，这两个世界，阴中有阳，阳中有阴，彼此交叠，如同平行宇宙。它们如此相似，以至于新来的人很难发现自己已经死了这件事实。

"但灵境和人间世又有两个不同之处。

"首先，灵境因人而异。

"芸芸众生为了功名利禄而日日奔劳，殊不知，灵境可不吃这一套。死后人们的灵魂在这里是按道德修养的高低而划分的。不同品行的人在灵境见到的景象就不一样，比如说精神修养层次高的灵体能见到事物更多重的面貌，内心纯洁美好的灵体能见到更美的景色。

"其次，灵境因时而异。

"灵境不是永远存在的，它只是灵魂的中转站。人死后的七七日，生命之轮就开启旋转，即有灵体通过天地生命的通道转化。"

听到这一句话，我只觉得有一道黑黝黝的闪电，倏然把我击中了。我心里的某种情愫绷得紧紧的，仿佛我被贝壳夹住手指，被暴雨浇透，被人捏住皮肉。

我不礼貌地打断博士，问他可否知道我哥哥的下落？他还在灵境吗？

他算了一下日期，很肯定地回答我，我哥哥的灵体尚未转化。

我的血流和世界的旋转似乎也跟着加速起来。

可他在哪里？我要怎么才能找到他？

我祈求博士帮助我找到哥哥，这也是我来此的唯一目的。

他让我盘腿而坐，就像瑜伽打坐一般，集中心念，与我哥哥进行感应。他说这就像量子的特性一样，你看它，它才会显现。

我从心灵的漩涡中抬眼看见哥哥的脸，他的音容笑貌，随之在我身体里的所有记忆都被唤醒，肌肉里的，皮肤里和指尖上的。然而只有回忆，没有感应。我总感觉到，大脑里似乎有一些零星的碎片信息，就像隐藏的蝎子，我时时可以感觉到它的勾刺，可就是抓不住它。我急得差点掉眼泪了。

博士对此也束手无策，就在这时，阿什若有所思地说了一句："我猜……这会不会是鬼鸟……"

可是后面他说了什么，我听不清了，我整个人分解成一团粒子，倏地从他们面前消失了。

"腾云电子"

我再次站在悬崖上。

月光下，它看起来那么孤独、超然，显现出冷酷的黑色轮廓，好像置身在另一维度的空间。

一只黑色的渡鸦悄无声息地飞来，用它那摄人心魄的眼睛盯着我。

那炭一般的黑色抹杀掉我生命中曾经拥有的一切色彩，像进军的旗帜占据了我的眼睛、我的灵魂。

我什么也看不见了，只有黑色。黑色。

黑色是绝望。

黑色是哀悼——为失落和逝去的一切。

我再一次向着天空坠落。

我的世界也随之破裂成一块块尖锐的碎片，每一片都在空中急速坠落。

一切果然如博士所预言的那样发生了。

我是一个时间晶体。

我在晨曦中又一次苏醒过来。

一切都跟昨日一样，看到的景，碰到的人，只是这一次我不再感到震悚。

为了节省时间，我踉踉跄跄往家跑，像一艘暴风雨中的船。

我三步并两步上得楼来，摇醒熟睡中的自己。他看到我很惊讶，但我来不及向他解释我是一个时间晶体这样一个深奥的物理现象。

我只是请求他再次送我去 M 城。

但出发前，我问了他几个问题。我问他是如何认识蓝博士的？他告诉我他以前听过他的讲座。我又问未来的自己即他在 M 城做什么？他的面容本已苍白而漠然，犹如一颗已经熄灭的星星，但那一刻，他那双忧悒的眼睛忽然亮起破晓般的光芒。他回答我，他是一个诗人，亦是一个斗士，战斗到了人生最后一刻。

此时此刻，一生的努力和求索，有如堆积的枯叶，在他脸上点燃熊熊火焰。

我也掩饰不住内心的激动。

诗歌是我的理想，它就像一粒种子，潜伏在我的心底。我没想到，这粒种子将来能够萌芽滋长，伸出地面，向上寻找光明，最终开花结果。

在空中列车上，有好一会儿我仍然沉浸在喜悦中，脸上洋溢着孩子般的笑容。

我是一个诗人。

同时，我仿佛看见他化身普罗米修斯，被文学这条无形的锁链缚在陡峭的悬崖之上，尝尽灵魂的痛苦和焦躁。

所以他说他亦是一个斗士。

我相信即使现实用可怕而沉重的铡刀，腰斩他内在的生命，流干他最后一滴理想主义，他还是会沿着诗人既定的轨迹，为理想燃烧自己。

我突然想起那个晚上与哥哥关于诗歌的一番对话，在最纯净稀薄的空气中，我看见我想要忘却的记忆，像气胎破裂一样炸开。

无论如何，这次我一定要找到哥哥。

我想起阿什未说完的话，揣测他的下半句到底说了些什么。

鬼鸟？

什么是鬼鸟？

这听起来可真科幻！

这时，火车突然停靠在一个空旷的车站，一个旅客拎着他的黑皮箱上了车。

它慢慢地再度开动，听不到嘶鸣，听不到喘息，仿佛在睡梦中继续上路。

那个旅客穿着黑色兜帽衫，戴着黑色蛤蟆镜，把整张脸埋进黑暗的阴影里。他一上车就警觉地四下里张望，似乎这里藏着什么看不见的危险。

他径直朝我走过来，坐在我对面，一言不发，深陷在自己的思绪中。

然后，就连他也很快消失在某个站台，在座椅上留下一个凹陷的痕迹，还有一个被遗忘的破旧的黑皮箱。

我大声呼唤列车长，他走过来，看了看旅客遗忘的物件，思索片刻，就试着打开它。

皮箱没有上锁，在它被开启的刹那，一团黑色烟雾涌了出来，这团黑烟没有散开，而是不断凝聚，越来越多，越来越厚，呈漩涡式流动……

奇异的震颤从我脚下而起，紧接着是第二下，然后是第三下，每一波都比上一波更强。震荡波使得列车摇晃起来，像是被投进了风暴中的海洋。

忽然，车厢猛得一哆嗦，列车停了下来。

在一片朦胧中，我只能隐约辨认出一些形状，似乎像是拥挤的人群。

然后车门迅速打开，我像垃圾一样被倾倒出去。

接着我被那群人裹挟着向前涌，前方出口处有一道银色的不锈钢栅栏，朝着一片灰蒙蒙的浓雾敞开。

人们低着头，缓慢而有秩序地通过栅栏门，像被赶进巢穴的动物。

我的身体也如同失了重，在一种不可知的愿力牵引下，穿过那道栅栏门，往无名之地走去。

天地分不清时辰，万物都消融在像眼翳一般灰蒙的浓雾里，如同盐粒溶进水里一样。

我感觉自己根本不是在走路，而是如一条瞎眼的鱼，奋力穿越黏稠的气体。

空气沉闷得叫人透不过气来，每吸进一口，都黏黏地凝滞在肺里。

天地是一片无可救药的空旷。

我可以向任何方向转身，但是任何方向看起来都没有区别。

透过棉花般厚实的浓雾，我竟然在人群里看到了一个背着背包的人，那个人的眼睛里闪着与周围不协调的火花。

是他？怎么会是他？我不敢相信自己的眼睛。

我穿过那重重的黑雾向他挤了过去。

但诗人，也就是未来的我，他凝望我时那种疏离淡漠的表情让我确信他已经不记得我了，或者说他根本就不认识我。

因为"他"比我早上刚刚才见过的诗人要年轻。

那就是他……但又不是那个他。我瞪着他那光滑的额头，那是他的眉毛，没错，但在那里盛满痛苦和愤怒的酒杯还没有成形，那疾病的铁面罩还没有困住他。

但他已经有了一副郁郁寡欢的模样，而且身子单薄，走起路来迈着鹳一样的长腿，仿佛皮影戏里的人形剪影。

"诗人！你不认识我了吗？"

他怔怔地看着我，眼神努力穿透横在我们面前的这乳酪般浓稠的大雾。"你……哦，你是谁？我怎么看着你这般眼熟？"

我拧着眉头犹豫了半天，心里还是直打鼓，到底该怎么跟他解释这一切呢？

这时雾里传来钟声，钟声响了八次，八圈青铜的圆润音波，仿佛是有生命的漩涡把我们每个人吸入，然后又滴水不沾地抛出去。

周围的人流加快了脚步，向前涌去，像是被那即将消逝的音符所敲打、驱赶。

我紧紧跟随着诗人，直到抬头看见——一大片青黛色的厂房，墙体斑驳，布满污渍。门上几个大字：

"腾云电子"。

我竟稀里糊涂地跟着人群进了工厂，在冷酷的保安的眼皮子底下成了一名工人。

诗人叫工厂"绞肉机"。

咔嚓，咔嚓，真要命！

每天清晨，成百上千的工人，统一着工装，如同一个有着数千只手数千只脚的庞大身躯的怪物，它会按照时间表的安排，像同一个人一般起床、洗漱，在同一秒钟端起碗送到嘴边；在同一秒钟到达厂房的固定岗位；在同一秒钟下班，回宿舍，然后入睡……

我不过是这股洪流中的浪花一朵。如果没人能把我分辨出来，我感觉我就要消失了。我的生命将一钱不值。

工厂塔顶的巨钟像一只独眼，从云端俯视着地面，冷漠地看着我们。

指针如匕首，交锋不断。

它在把我们每个人变为时间体系中一个微不足道的齿轮。

诗人左手拿着焊锡丝，右手拿着电烙铁，他的工作是焊接、装配电路板，而我只负责检测。他每天严阵以待的战场，到了我面前就变成了肌肉束和神经末梢一样的解剖图。我盯着它看，看得我眼珠胀大。我担心眼珠会像弹珠一样蹦出眼眶，滚落地上。

而且遮天蔽日的雾霾让我眼睛发涩，进而呼吸不畅，整日晕晕乎乎的。

这雾霾到底从哪来的？

它就像《西游记》里的黄风怪，满口脏兮兮的黄牙，吹出来的气息让所有事物都失去了颜色，天地不再有分界线，厂房、街道、树木、行驶的汽车和从我身边一闪而过的人，都消融在如熊熊火焰一般翻腾的浓雾里。

世界变成了一片晦暗的灰，像是黑暗与光明之间的过渡状态。

这朦朦胧胧，颤悠悠的雾，像一滴墨水渍，落入我的心里，折磨我的灵魂，让我感觉更加黑暗，更加沉重。

我要想办法逃离这忧戚之地。

中间休息的时候，我和诗人坐在厂房门口的台阶上，仰望有如深渊的天空。

"只有锈铁适合留在这里。"我对诗人说，"这不是活人待的地方。"

诗人笑道："我早说过了，工厂是绞肉机。这个地方就如同造物主手中的凸面镜，照见人世最大限度的荒谬。也可以说，它是一个隐喻，一个象征。在这片混沌的荒原，人全面蜕变、俗化而贬值到了等同于蛆虫的地步！"

他的表情敏锐，那份专注中带着执拗，仿佛是在探索，在思考，在深入挖掘。

"那我们走吧！去 M 市如何？只要远离这里。"我趁机提议。

"城市是个更大的笼子，所有的地方都是监狱的延伸。

在那里你会看见现实的本质是荒诞，或者更甚于此——是无法突破的重围，是我们的孤独，我们的破碎，我们的死亡。

实际上整个人类世界就像一件精神上的编织品。所有人都是编织机的梭子，来来往往，纵横交错。这张神秘的精神珠网，交织着机狡和贪婪。人人热衷于金钱和性、消费主义、无穷无尽的欲望、信仰缺失、异化、人格的分裂与扭曲、显而易见的罪恶以及人类文明的堕落。"

他越说越激动，犹如洪水泻闸。

他的痛苦和愤怒已经不由自主地从心灵深处浮到了表面。

"这是一个物质极大丰富，精神却格化荒凉的时代，人性四分五裂，人类似乎再也不可能拥有完整的人格。我走遍了城市的角落，生活到处都是这个样子。这个世界不再有光亮和梦想，身在其中的我们被物化了、异化了、技术化了，人们已经不再追求真理，追求崇高，变得平庸、世俗，成了资本和技术操控下的工具。"

然后，他忽然提高了音量，先是悲哀地低声吟诵，接着声音越来越高：
"用你的双脚去丈量
"深井的边沿
"你走啊走，
"沿着环线，
"切开的肉，鲜血在呐喊
"走，快速地走
"不要停下来，
"在人造的梦境中，走
"在锁住你的镣铐上，走
"在黑布罩住的鸟笼里，走
"在砖头垒成的墙壁上，走
"在谎言臃肿的身躯上，走

"用艰难的一步

"你蔑视了一切的

"存在"

那一刻，他的脸被语言之光穿透，似乎他的血和肉已经焚化，只剩下骨架、皮肤和神经，在熊熊燃烧。

他的诗句是那样浓稠、暴烈，就像一团火，听的人也跟着燃烧起来。

我感觉额头发烫，好像有一朵小而愉快的云升到我的头顶上方，闪耀着灼人的红光。还有，我竟然感觉到胸膛处传来怦怦的声音，这声音听起来就像心跳声……

他沉默了片刻，望着迷雾笼罩的远方，对我说："其实，我真正的理想不仅仅是写出一首好诗，我更希望做的是——用语言的利斧剖开人们冰封的心灵，用文字的鲜血唤醒人们潜伏在内心的探明真理的渴望，用文字的力量为人类文明造血和换血，重建一个新形态文明，把人们从所有的牢笼和恐惧之中解放出来，获得自由。

"我知道这条路很漫长，充满荆棘和险滩，但我相信只要人们心底还存有仁爱就有希望，这终究是文明的根柢。"

我浑身一激灵，这正是我向往的远方，我真正的理想啊！

这时有人喊了一声，他从坐着的石阶上站起来，回去干活了。

我望着他的背影发呆，他仿佛对我施了魔法，我感觉我的灵魂长出了新的外壳、屋顶、地板和墙壁，还拥有能让我在即将到来的夏季听花开看风景，以及凝视天空和放飞期望的大大的落地窗。

我回到厂房刚刚拿起测试仪，磁头就在我手里颤了一下。整个圆形建筑上空升起一个巨大的铮铮作响的音波，互相碰撞着向外扩散，像水面上的一圈圈涟漪，渐渐湮灭在空气中。随着钟声脱离经年不变的轨道，敲响了十三下。是的，真真切切，十三下。整个房间暗了下来，仿佛夜色——应该说是比黑夜更沉郁的东西——像猛禽一样向大地俯冲下来。

一切都陷入了混乱。

我看见一张张面孔瞬间变得苍白而无血色。有人嘴巴张着，手里的工具还悬在半空中；有人神色慌乱，或互相抓住彼此问："发生了什么事？怎么了？"

他们纷纷向楼梯、出口跑去，脚步声，互相冲撞声，咒骂声，好像那消逝的音符在空气中的断章残篇……

白天突然变成了黑夜。整个工厂像是被一张巨大无边的"黑毯"所笼罩。

大家都迷惑不解，不明白这是怎么一回事。然而天边并非漆黑一片，发红、发黄、发黑的雾气伴随着某种奇特的化学味道和气息，黏附住天地万物。

此时天空忽然下起"雨"来，仿佛星星坠落。

一颗落到了我的面前，轰然一声，伴随着嘶哑的鸣叫声。

天空中落下的，不是星星，不是夜的碎片，是鸟儿，很多很多的鸟，浑身湿漉漉的，沾满潮湿的脏水。它们尖利的黑色三角形身躯落在拱顶、阳台、路面和植被上，俨然一幅世界末日的景象。

我的四周不断有人像受到了某种隐秘磁性的吸引，神志不清地走进这浓稠的黑雾里。他们的脚步在水泥路面上发出丧钟似的回响。而在浓雾里他们的身影看起来像个鬼魂，不是自己的鬼魂，倒变得更像是魔鬼而非人类。

有个人影一闪而过，我看到他的后背比夜色还暗。

"嗨！你去哪儿？"我对着诗人大喊。

但他径直地走向鬼魅般的雾气里，然后消失在那无法穿透、湿答答的黑暗之境。

像一道闪电划过心灵，我预感到机会来了，如果我决心离开这忧戚之地，再没有比这更恰当的时机了。

于是我也毫不犹豫地一头扎进这黑乎乎的好似黑膏汤般的大雾。

周遭到处弥漫着荒凉的寂静感，像灰青色的披风笼罩着这荒凉、灰暗和落寞的世界。

我忽然有一种感觉，这感觉把我带回到几年前的一场噩梦之中，那是一场寂静的梦。在梦中，我独自一人走在黑暗里，就像现在这样。我能听到和看到周围的人安静地走过，但无论我多么歇斯底里地叫喊，挥起手臂——我都无法触碰到任何人。

后来，我听见大雾里有人声传来，但声音沙哑得像是烧开的茶壶在嘶鸣。

我竖起耳朵想听清那声音在说些什么。

一只大黑猪从模糊不清的雾气里现身，那是一只膘肥体壮的大公猪，耳朵上钉着耳牌，脖子上挂着一只便携型袖珍播放机。一个男性的声音，从深邃的，犹如地底之处传来，并试图从严重电子干扰的杂音里奋力突围：

"我是小香猪，人人都喜欢。小可爱们，你们准备好了吗？来，来，来，排好队，顺序进入'浴室'，我们来洗澡澡。"这个男人说道，嗓音轻柔，淳淳善诱，末了还不忘来一句广告语，"无痛苦无知觉，身心最平静。寰宇屠宰场，调频 91.5 兆赫。"

然后腿有点跛的黑猪走开了，周遭再度恢复阒静。

这段屠宰场的广告不合时宜地出现又消失，太诡异了，害得我两股战栗。

我继续往前走，还没走两步，就看见诗人蹲在墙角，搂着大黑猪，两者好像合体似的看着我，眼神嘲讽，一句话也没说。在昏暗的光线下，他的脸模糊不清，和周围暗淡的雾气融合在了一起。

这时，两束刺眼的白光穿透浓雾照过来，晃得我睁不开眼睛，但我内心的探测仪狂拉警报。

人的反应有多快？就在 0.15 秒的时间里，我被诗人冲撞飞起，重重摔到一边。还没等我明白过来，就听到尖锐的刹车声，然后卡车失控似的撞到墙上，发出一声巨响。然后一切又和墓地一样安静。

我傻呆呆地看着被毁坏的车头，吓得全身瑟瑟发抖。

诗人拽着我，离开事故现场。

走了一会儿，我回头望去，厂房在雾中若隐若现，渐渐连成一片鬼魅般的地方，散发出死寂般的荒凉感，好像在我离开的同时，它也踱步走向衰亡。

抬眼望北方，有柔和、雾蒙蒙的光线闪烁着，颜色起伏变化，一会儿呈现亮红色，一会儿又变暗成为红棕色。

我问诗人，这团巨大的云雾到底是什么？为什么鸟死，动物逃窜，汽车和钟表会失灵？而我的眼睛感觉刺痛难忍，越来越看不清事物。

诗人面无表情，他的脸在昏暗中变得苍白、褪色，仿佛消失一般，只剩下一双眼睛。过了好一会儿，他才开口：

"谁能卜算天地的造化？你，我，我们所有的人，都不过是大千一苇。如今，我们这些小小的芥子，都化作了轮轴、辐条、楔子、圆杆，是我们亲手建构了这辆冲向毁灭的人类战车。但讽刺的是，没有人确切知道自己在干什么，想要什么，我们像被一只无形的手所操纵，服务于这个自我毁灭的系统。你知道是谁操纵我们？这个系统又是谁设计的？"

我摇了摇头："可这不是你我的错，是吗？"

他笑了。他的脸又渐渐地显现了出来，就像在显影液里的一张照片。

"不是你我的错，我们只不过是帮凶。我们为他们创造价值，服从他们的游戏规则，甚至沦为他们争斗的工具。但睁开眼睛看看这个世界吧，覆巢之下，岂无完卵？"

他大声咳嗽，然后吐出一口浓痰。

我也觉得喉咙刺痒难耐，像是有只镊子似的指头在里面搅动。

"对于这个存在了几十亿年的星球，人类的存在不过就是地球花园中的一朵，短暂地绽放之后，就会像金雀花的荚果砰的一声炸开。"

"你的意思是？我们终究会像恐龙一样灭绝？"

"是的。"他肯定地说。

他又询问我的打算，我说我要去 M 市。他说他可以送我去车站。我邀他同行，但他摇摇头，他说他要云游四方。

我们一前一后走在下坡道上，一盏微弱的路灯将我们的两条身影合而为一：一个脑袋，四条腿。就像一个怪兽，将黑色的爪子搭在我们肩头。我感觉得到它的重量。

我说不上我们走了有多久——我肯定过去了很长一段时间。

"黑巫婆"已经将她的邪恶发挥得淋漓尽致，她那贪婪的裙裾不断膨胀变大，层层交叠，将天地笼罩在无边无际的灰暗和空洞之中。

我已如渡海的灵魂疲惫不堪，这时，头顶上忽然发出一道朦胧的光。渐渐地，光线越来越清晰。霎时，一道金色的光划破了浓雾。随后云开雾散。

路的尽头是一座荒凉的小村落，孤零零地坐落于小山脚下。

极目远望，时不时能看到几户破败的农舍，好像长年无人居住，屋檐上长满了杂草。很显然这里人迹罕至，远远望去起伏的山脊上乱石丛生，薄薄的一层贫瘠的泥土勉强能把底下的岩石遮住。

但这里有风，有太阳，还有云彩。上面是辽阔、明亮的蔚蓝色苍穹，像一面巨大的镜子立在那里，把海市蜃楼般的风景嵌在自己明亮的深处。大地上，丘陵、树木、溪流以及身处荒野的茅草屋在那一瞬间闪闪发光，我被它们往上飞升的光芒万丈的情景蛊惑，陷入这场幻景，好似进入神圣的永恒之中。

诗人瞥了瞥我，丢下一句话："只要明白世界是幻觉和假象，就会明白我们遭遇的一切都是梦。"然后头也不回地往村庄走去。

这个村庄具有一种吞噬性的寂静。

我敏锐地觉察出它有变化多端的形态：在这里，寂寞像家畜一样在圈里懒洋洋地躺着；像麻雀一样在枝头梳理羽毛；像溪水一样奔流；像香韭一样挺拔；像坐在门槛上，蹲在矮墙根的老头老太一样把脸朝向村口的那条路，仿佛在等待某个人从远方走来，虽然他们也不知道那人何时会来，是否真的会来。

村庄抖动着上腭把一切日常动静都转化为一种睁眼活着的孤独。

我们走了一圈没有见到一个年轻力壮的人。住在这里的只有老头老太，他们全都是六十开外的人了，全都凋谢了，像干枯萎缩的水果，没有一块可取之处。还有那些体弱无力、满脸菜色的或残或疾的孩子。他们的父母在哪里？难道他们都一起消失在村口那条尘土飞扬的大道上了吗？

这是一个让孤独和忧伤筑了巢的地方。人们没有欢笑，每个人的脸上都挂着一个忧伤的帘子，风一吹，可以看到悲伤的影子。

一个脸上皱皱巴巴的老头，坐在路口的大槐树下，像个驱赶鸟儿的稻草人，守着这个村庄。他的脸上看不到一块光滑的皮肤，嘴唇陷了进去，仿佛要合在一起似的。

我问他这个村里的其他人都去了哪里？他想举起右手，可他的右手像石膏做的一样搁在腿上难以动弹。他又试图举起另一只手，但它也缓慢地垂落到一边，似乎没有骨骼支撑。他想说些什么，嘴半张着，呼吸粗重，身体像绷紧的弹簧一样。

突然，他重重地向前跌倒在地，眼睛睁得老大，好像在观看着自己的死亡。

诗人俯下身，轻轻地对老人说了什么。然后，他的呼吸，缓缓地，几乎是故意地，停了下来。

吹灭他生命之火的那阵风从我身边掠过，我情不自禁地打了个寒战。

头顶上方的太阳释放火焰的洪流，将万物照得一片混沌。世界有一瞬间像是要熔化了，很快又恢复了原状。

一切又复归于寂静。

我们沿溪流向上走，远离村庄。

山野空旷而明亮，春天的野花盛开在明亮的日光下，闪着节庆的光辉。

我们走走停停，听着溪流的哼唱，走了很长一段时间。日影倾斜，光之火焰平静温和下来，地平线变得浑圆、美丽。

我们在河岸边一块光滑的平石上休息。

诗人一边向溪水里丢石子，一边跟我闲扯刚刚那个被诅咒的不幸的村庄。

我问诗人他对临终的老人说了什么？他的眼光躲闪，似乎不想说出来。在我的追问下，他勉强地回答："我说了爷爷临终时说的话。"

一直以来回忆沉睡在我的心里，看似死寂，几无生气——然而他的话一搅动便蓦然苏醒。我想起我的爷爷，他临终时发出轻柔的呼吸、干燥的臭味，像是衰萎了的朽木。他把我和哥哥叫到床前，用干瘪、多骨的手紧紧攥住我们。

如今，一切都消失了。回忆过去让我喉头哽咽。那些埋藏在内心深处的记忆，如同被时间的犄角撞破的水晶匣子，散落一地，每一片碎片都闪着珍珠一样的光泽。

他饶有兴趣地打量我，那充满智慧的目光就像箭一样把我刺穿。

"你多大了？"他问我。

"十六。"

"这个年纪，已经够大了，能感觉到爱情，但又太年轻，不知道怎么应付幻灭的失望。"他瘦削的脸颊上挂着一抹宣而不露的微笑。

听了他的话，我心里忽然滋生出一种隐隐的痛。"你呢？你多大了？"我问他。

"我比你大二十岁，我三十六了。"他说。

他沉默了，脸上掠过一抹受伤的表情，眼睛里有了浮云。这似乎暗示他坎坷的遭遇、忧患以及饱经沧桑的过往。但他很显然既不想引起别人的兴趣，也不愿透露自己的过往。

"你……结婚了吗？"我这话问得有些唐突。

他停了几分钟没有说话，一丝悲伤掠过他的眼睛，在他的脸上闪烁。我猜，是我的问题让他不高兴了，但他似乎没打算回避。

"一个不能挣钱的废物，爱情和婚姻注定要失败。"他自嘲道。

我不知道说什么好。

他是诗人，我想他一定见过各种各样的人，做过各种各样的工作，去过各种各样的地方。

"你想知道一个诗人的真实人生吗？"

我看了看诗人，他脸上有种奇怪的表情，他的眼神显得那样空洞遥远，仿佛是透过当下看向一个离他远去的世界，似乎这个世界比当下的世界更加近在眼前。

"第一次婚姻，我那时还年轻。"他停顿了一下，继续说，语气有些焦燥不安，"我几乎搞砸了我能找到的所有工作。我那时很迷茫，找不到生活的目标。一开始，我的妻子还能安慰我，鼓励我，可时间久了，她开始不耐烦，然后就是争吵、出轨，直至离婚。

"那段日子我十分痛苦。我开始失眠，开始思考：我是谁？我要成为谁？我这一生到底要怎么过？那时我二十九岁，也就是在那年，我确定了自己的人生目标：我要成为一个诗人。为了这个目标，我放弃了女儿的抚养权，放弃了一切，规划人生，重新开始奋斗。"

他的脸上浮过乌云似的阴影，他用苦涩而压抑的声调回答说：

"但我反抗命运得到了什么？一把绞索？一个圈套？

"我的第二次婚姻没过多久就面临和第一次婚姻一模一样的困境。情怀可以用来写诗，却挣不了面包。我无法满足妻子的高消费，我们的婚姻就像大海上漂泊的小舢板，随时都会翻掉。那时我的奋斗才开始不久，在抵达目标之前还有一段蜿蜒漫长的道路。如果为了挣钱，让我放弃刚刚树立的人生理想，放弃我的人生使命，那活着还有什么意义？活着没了意义，爱又从何而来？

"哎！我的人生陷入重复的怪圈。命运支配我，左右我，把我像线轴一样拿在手里旋转。经历两次失败的婚姻，如今我彻彻底底地明白，男人和女人在本性上是根本无法调和的，也是无法相互理解的。因为男人和女人本就是两个深渊。我不会再把自己塞进婚姻的罐头盒，人应该敞开自己，就像雄鹰一样，凭借自己的双翅，搏击不为所知的苍穹。"

不知为什么，他的这番话让我想起了民国诗人朱湘，以及他自杀前的那句："我弃了世界，世界也弃了我……给我诗，鼓我的气，替我消忧。"

"这真的值得吗？为了诗歌放弃……"

"是啊！值得吗？"他喃喃自语道，"我也问过自己……"

片刻，他叹了一口气。"诗对于我，是一种需求，更是一种不可抗拒的命运，如同爱和死亡。真的，没有办法！"他凄楚地说，"真正的诗人是没有故乡的，诗歌是他唯一的栖息地。"

我知道。我知道。我的内心产生感应般的共鸣。

他看了我一眼，对着我惨然一笑："你还小，有很多东西你不懂。艺术就是要让我们在死尽灭绝中成长。当灵魂遍体鳞伤，并且死过千百次之后，苦痛和绝望在胸膛蕴集，最终成为烘培艺术面包的酵母。"

接着他又补充道："做任何事都是要付出代价，有所牺牲的。艺术更是如此。通往艺术的道路是一条窄径，一条被千军万马践踏的窄径，在这条路上走下去会非常孤独，非常焦虑，甚至于九死一生，因为一切都是未知的。"

此时他的脸上渐渐变得温和，眼睛也不再闪着碎玻璃一样的光，变得潮湿起来。

"但诗歌让我觉得生命以及一些东西有了意义，它让我体验到一种近乎于在浪尖上飞翔的快乐，就像天地间的一沙鸥。是的，飞翔！无需理解，只要信念。"

听了他的话，我既钦佩又心酸，直想流眼泪。他所达到的人性高度让我高山仰止，可是那一次次不成功的爱情和婚姻，又让我黯然神伤。

难道我的人生就不能拥有爱情玫瑰的芬芳？

难道命中注定我就该走这样一条暗夜的羊肠小道，伴随着火焰、风霜、疼痛和眼泪？

没有回答。

永远静默！

我望着不言不语的天空。

此时太阳要落山了。天边如火焰般的晚霞，像是云端的天使甩动发丝，撒落星火，鼓动烈焰般火红的羽翼。

诗人凝望着夕照晚景，深情地说："落晖之后，剩下的人间，尽是虚构。"

到了镇上车站的时候，已是华灯初上。

诗人推开挂着"落雪小屋"牌子的玻璃门，我们走进灯光昏暝的小店。

随后来了两个人，都是逃出来的工友，他们警觉地四下里张望。大家都是来边吃饭边候车的。

撒着核桃碎屑的布朗尼送到了我的面前，那种松软绵密，混合着巧克力微苦而甜的味道，让我流连于唇齿间的满足，沉浸在它所唤起的种种错综复杂的体验中。

可它实在太小了，三两口就被我吞下了肚。

我舔了舔嘴唇，心里的胃囊可以吞下一整个地壳那么大的布朗尼。

诗人给自己要了一份便宜的炒饭，狼吞虎咽地吃起来。

我突然很好奇他们是怎么来到这家工厂的。

诗人告诉我，是虚假的招聘启示把他们骗了来，结果这是一个陷阱，一场骗局。所有的工人都成了失去自我的工具，都被当成标准零件一样去使用，人们的爱好、天赋、个性被一点点地磨平，然后被卷进工厂这个大机器里，搅碎……

他做了一个绕圈圈的夸张手势，以表达内心的无声悲哀。

他说他在工厂常常想到三个问题：我们为什么生存？我们为什么在这儿？我们为什么活着？

就在我们边吃边谈的时候，外面起风了。

我看不见暴风，只听到风不断地用它黑色的大翅膀拍打着窗户。

很快，风力更加强劲和凶猛，整个天地间充满喧哗和恐惧。门窗吼叫起来，发出灾难性的预言。

紧接着暴雨如注，发出巨大而又猛烈的声响。

然而，仔细听，似乎还能听到人声的骚乱。

一道闪电划过，又有三个工友，如同落汤鸡一般冲了进来。暴风雨被挡在门外，像呼号的魔鬼，发泄它那不可扼制的淫威。

随后，几个工厂保安闯了进来，手里都拿着丁字棍，眼神如同解剖刀，令人不自觉地往后躲闪。

一阵可怕的混战，所有人都被卷了进来。

我躲在桌子底下，看保安把他们几个人拖到门外，扔在暴风雨中。

暴风雨用它如冶铁风箱般的声响来回应人间凄惨的叫声。

有个保安冲过去，溅起一片水花。他狠狠揍了一个大声呼号的工友。

我从躲藏的桌底看见诗人跪在滂沱大雨中，高举着双臂，发出野兽般的吠叫。

俄顷，他扭过头来，脸上挂着重重水帘，我看不清他的表情。他的目光终于搜寻到了我，他看了我一眼，像是要向我倾述那使他内心膨胀而振奋的发现：

"真正的诗歌不是写下来的，它像雨从天空滴落一样，是从诗人的头脑，从他的悲痛、快乐与狂怒中渗出来的。这才是诗！真正的诗！生命的诗！就像这样，抛弃人类言辞，抹去人类内涵，像野兽一样嚎叫！"

他扯开破锣嗓子朝着开裂的天空发出最后的嚎叫，而风很快吞没了他的声音。

这个世界变成了一间潮湿的囚室。

铺天盖地而来的雨珠，连成千万条冰冷的线，仿佛一座大监狱的铁条栅栏一样。

那些保安冲上来抓住诗人的胳膊，想把他从地上强行拽起来。

但诗人拼命挣扎，对着抓他的保安又踢又咬。

结果他被数不清的腿脚踹倒在地后，又被拎起，挨了重重的好几巴掌。他的口鼻处涌下两道浓稠的血污。

一股热流涌进了我的身体，从血管里扩散到胸腔，我不知道这是愤怒还是爱。

我从桌子底下爬出来，冲进暴风雨想要解救这个未来的我，但无异于以卵击石。

我的胳膊被反扭，脖子被锁住。

无论我如何扭头，却怎么也回不了头。

我的心在猛跳，肚子里像有一个绷紧的结。

冰冷的雨水打在我的脸上，像乱箭似的。

突然，诗人挣脱保安，他向我奔来。

我看不见他是如何撂倒那几个保安的，但我感觉到紧紧锁住我的胳膊松开了。

于此同时，诗人用铁一般的大手抓住我，不由分说拽着我就往外逃。

诗人的脑袋、胳膊肘、肩膀、身体一侧都被用作开辟道路的楔子，人群顿时像被水泵里喷出的水冲散开来一样，尖叫声划破肌肤。我感觉我的大脑四分五裂，一片发白，像要爆炸了一样。

他带我穿过站台广场，进入地下通道。

我紧张地看见地下铁如一只巨型马陆从黑暗中显身，疾如闪电。

车门打开了。在一片混乱中，我被推进车厢。在挤成一团的人群中，我伸长了脖子回过头看向车窗外寻找诗人。透过挥舞的手臂，攒动的脑袋，我看见蜂拥而至的保安。

在一个角落里，诗人被野蛮地踹倒在地，整个身体呈 S 形蜷缩起来。我好像听到一声喊叫，是他的声音，我看不清楚，但是他那痛苦的声音像我心上裂开的一道流血的伤口。

我喊道："让一下，让我过去！我要下车……"

但门"咔嗒"一声合上了。列车从缓慢的启动到自由奔跑，就像是一个失控的钟表，被束缚在时间的钢轨上。它不容我再多看一眼诗人的痛苦，用超快的节奏在我的内心旋转，打碎了岁月和时刻。

我感到受难的航船的所有痛苦，都在我的内心深处颤动，一种恸哭的冲动抓住了我。

然后在猛烈地颠簸中，我整个人分解而消失！

卢克老师和他的孩子们

第二日，在熹微的晨光中我如约般醒来。

低沉而下垂的天空像个瓶盖，压在我被烦恼所折磨而呻吟的灵魂上。

当我转头看见诗人坐在我身旁时，我惊呆了。

他盘腿坐在枯木上，仿若老僧入定，脸上有种奇怪的表情，他的眼神显得那样空洞遥远，没有含义，似眼白中的一个黑点。

"你怎么在这里？"我慌乱坐起身。

他的视线落在我的身上，轻声答道："我猜你会在这里醒来。"他和我一样，也是满脸难以置信的表情。

"因为我是一个时间晶体，"我向他做了一个鬼脸，"蓝博士说我会在时间上不断重复自己。"

他使劲眨眨眼，努力理解这一切。"那意味着你将一次次重复跳崖，直到……这件事会有终止的时候吗？"

我的心沉了下去，我不想成为时间中的一个死结，像琥珀里的蚊子似的被永远囚禁。

"我不知道，我也很想找出答案，但在那之前，我必须找到哥哥。"

说到哥哥，我突然想起昨天那诡异的旅程，尤其让我揪心的是那个年轻的诗人后来怎么样了？他安全吗？

我向他抛出一连串的问题，有点前言不搭后语。

他震惊地瞪大眼睛："怎么可能？"

"你说一团黑烟让列车停下，让我想想，我是受到了干扰，有什么东西让我无法集中心念。那团漩涡状的烟雾会不会是人为制造的时间扭曲？我听博士说过。但我不能相信，在那个错乱的时空点上，列车竟然驶入我的记忆，所以你才会在另一条时间线上遇见二十年前的我。"

我不明白他在说什么。"时间扭曲？听起来时间会很疼！"

诗人微笑道："把时间和空间视为一个平静的水面，有人丢了一颗石子，造成了涟漪效应，改变了它原来的状态。"

"谁是那个丢石子的人？"然后我的脑袋里像是突然点亮了一个灯泡，我大声叫道，"我猜这就是鬼鸟干的！"

诗人皱起眉头，一脸茫然。

我把在 M 市的所见所闻一古脑儿全告诉了他。

他忽然很兴奋："如果真是鬼鸟干的，他们干扰我，阻止你，这行为本身只说明一件事——哥哥尚在 M 市，他们怕你找到他。"

我简直太高兴了！我跳起来，像陀螺一样转起圈，以最响亮的声音叫起来。那是从我黑暗的西伯利亚爆发出来的热情。

诗人也受到了感染，目光中闪烁着热烈的火苗，但随即他的表情又变得异常严肃。"今天我无论如何都要想办法把你送到 M 市。"

我的笑容也跟着消失了，因为那一刻我意识到我忽略了一个至关重要的问题：怎么才能排除干扰？

　　"怎么排除干扰，到达想要去的地方呢……"他轻声地说着，脸孔朝向未知的空间仰起，在我们上方，在一切之上，是灼热的尘烟，是目空一切燃烧的太阳风，是神圣不可侵犯的宁静。

　　灵性的太阳从上面照亮他的脸庞，当光芒驻足的那一瞬间，我惊讶地发现，他有了变化，他的脸庞变得透明而渐渐模糊，好像即将失去实体形态，成为一团虚无缥缈的光影。

　　他缓缓起身，像一只自言自语的鸽子，在崖底的荒草间，在乱石旁徐行，不时用忧愁的眼神朝向云天凝视，他的那份专注中带着执拗，仿佛是在探索，在思考，在深入挖掘。

　　风陪着他，那是多刺的风，是刀剑迷宫。

　　我不紧不慢地跟着他，心中惴惴不安，怕他突然消失，像这秋日的一缕余晖；同时又满怀期待，希望如蝙蝠的翅膀拍打我的胸膛。

　　经过山谷低洼处，我又看到了那镜子似的积水坑。

　　它还是那么明亮，那倒悬的天空凝视着我，发出回声。

　　我随手捡起地上的野橡子，丢了过去，橡子叩击水面发出金属的脆响，如催眠一般。很快，那纷繁复杂的水之曲径，便随着果实的沉入水底，再一次复归如初。

　　在那一刻，我感觉这水像是源自我失落的心。

　　然后，我发现诗人呆望着水面，像受到了极大的震撼，眼里迸出热切的光彩，口中一直咕哝着："原来如此！原来如此！"

　　他走向我，兴奋地张开他万年冰柱一般的双臂要来拥抱我，我吓得连连后退。

　　他一边道歉，一边纵声大笑。

　　接着他问我："知道什么叫空吗？"

　　我摇摇头，不懂他葫芦里卖的什么药。

　　"你看这水洼像什么？"

　　"镜子。"我回答。

　　"是的，那也是你的心。"他微笑道。

　　"你捡起的落果好比世间一切欲念纠缠，落果或大或小，它泛起的涟漪也有着不同的广度和深度，但一切都会过去，是不是？水还是水，不增也不减，依旧平静如镜。而当心是一面镜子时，你看到的一切，经历的一切，是不是都只是影子？无论影子怎样变化，镜子是否有改变？没有。这就叫'空'。"

那一刻，我豁然开朗。口中跟他一样咕哝着："原来如此！原来如此！"

他排除意念干扰的方法就是圣人所说的"用心若镜"。

我在心里不得不承认，他的确与众不同：对于平凡的生活琐事，他视而不见；对于隐藏在平凡背后的东西，他的目光像兀鹰一般敏锐。也许是文学对他施了魔法，让他的眼睛更亮了，就像是近视眼戴上眼镜，一切看得更清楚了。

但他只是谦卑地说，这不是他个人的智慧，而是前人的智慧，也是全人类的智慧。

世界有一个智力场，如同一张无形的网络。每一个人都是这个非常广大的宇宙智力场的一部分。它存在于人类每一个基因粒子中，存在于每一个细胞中。可以说每个人天生都拥有这张无形之网的域名。只要人们用心体验、用心感悟、用心思考，就可以与这个普遍的世界智力相联系，具有通达天地的智慧。

我想知道用什么方法可以链接到宇宙智力场？

"没有捷径。"他告诉我，"中华大地的人文风物滋养了许多圣贤先哲，他们留下了数不清的文化经典。这些典籍不是历史的骨头，而是历史丰盈的血肉。作为继承者要多读文化典籍，守住真知，抵抗文化失忆，与历史的文气脉落连接，这才是我们民族崛起的希望。"

这时一只鸽子飞过来，停在窗棂上。它全身洁白闪烁，充满了光的脉动。当它振翅飞走时，从它粉色的鸟喙里落下一粒乌黑的种子。

他捡起那粒种子，左看右看，又放在耳朵边摇一摇，晃一晃，他是想听沉睡的种子发出的呼吸声吗？

"瞧，"他对我说，"如果说自然是母体，我们就如同一粒种子。它从生命的枝头坠落，不是死亡，而是回归，是转化，是等待发芽。在这之前，种子只能深藏于冬，让梦在梦里飞翔，但我相信，萧瑟的大地懂得它饱满的酝酿！"

他抬头望向天空中那珠光色的太阳，这灿烂的光芒如爆炸一般，难以捕捉，又转瞬即逝。在这碧蓝的天空下，光线穿透他薄如蝉翼的身体，盈溢了光明，那张脸如同一只闪闪发光的火把，露出诗意，露出简直——让人有点害怕的幸福。

我越来越强烈地感觉到，他即将消逝，融入宇宙的生殖本源中去，他的每一部分都将分解，通过元素的嬗递变化，他将被重新聚合，重新诞生。

可是，没有他的帮助，我该怎么办？如何独自面对灵境？这一转念让我如万蚁噬心。

他只一眼瞥过，目光仿佛能将我看穿，而后一抹忧伤的笑容掠过他的脸庞。"这里没有一颗鲜红的完整的心。"他紧紧捂住胸口，仿佛在他胸膛的罐子里有可鄙的腐朽动物在抓挠、在撕咬。

"四十年了，每当我想起哥哥，想起他的死，我就感到羞愧，我是如此憎恨自己，以至于我想让另一个人去承担罪责，将有关这桩耻辱事件的记忆和感受分离出去。你不知道，这些年我是如何度日如年的。我不敢在高兴时开怀大笑，不敢在得意时忘乎所以，因为它就像一条无形的绳索勒紧我的咽喉，在心底时刻提醒——我是个罪人。"

他面对我，迷离的目光中交织着逝去年代的鸿沟和裂痕。

我的胸膛也没有一颗鲜红的心啊！ 我在心中喃喃自语，也下意识地捂住胸口。

"但你的到来，让我意识到这是一次机会，一次与自己连接，让我们变得完整的机会。"

与自己连接？ 我不知道，那是怎样的一种感觉？听起来就像是堤防破裂，花瓣撕开，像一种修复手术，或像一种肌肉的再生？

他继续解释道："现在的你和我，就好似一只破裂的花瓶，散落在一堆玻璃碴中。这一片，那一片。只有将这些碎片重新结合起来，我们才可能修复成为一只完整的花瓶。"

"可是……怎么连接？"我陷入一种既感到十分幸运，同时又百感交集的迷惘状态。

"我问你，你为什么要寻找哥哥？你内心的真正需求是什么？好好地扪心自问，人生最重要的就是认识你自己，认识你的本我、自我和真我。当你的'真我'被呈现，你的命运就被改写了！记住：这个世上没有救世主，只有遵循道德原则的'真我'才能真正地拯救你！"

他的话每一个字都那么深刻，充满哲思，可我却突然间想退缩了，像鸵鸟一样想把头埋进沙子，这样就万事大吉了。

他似乎感觉到了什么。他伸手拍拍我的肩膀，抚摸一下我的后背，又快速缩回了手，即便这样我还是感觉背脊一阵凉意。

然后他用坚定的眼神看着我。"去吧！"他开了个头，但没说完。我在他的沉默中听见了："我相信你，你一定可以做到！"

我怎么可以临阵退缩？我在心里暗暗咒骂自己。死，我都不怕，又怎么会怕与真我相连？无论如何，我都要做到，为了我，也为了我们。

太阳在我们头顶第六十亿次升起，就像初生六天的婴儿放大的瞳孔。

那光就是生命，就是希望。

一辆黑色的火车有如一只钢铁蚯蚓停在我面前，准备出发。

"等等！"我突然想起一件事，我想知道二十年前的诗人后来怎么样了。

他说他记得那场诡异的黑霾，据他回忆，他逃离了工厂，但在车站又被抓了回去，受了一些皮肉之苦，可是时间不长，工厂就因一起安全事故受到了调查，被骗的工人们最终如愿解除了合同，获得了赔偿，他也从此开始云游四方。

听了这话，我如释重负地松了口气。

我当即跳上空荡荡的车厢，火车缓缓启动，没有发出任何呼啸，仿佛就等着这一刻似的。

等我忍不住回头看时，他仍然站在旷野，在川流不息的时间的浪潮中，他就像插进海底的一根航标，任鸥鸟在它上面栖息，浪花拍打着它，它始终孤单地屹立在浪潮之中。

我把灼热的额头贴在窗上。透过玻璃，世界支离破碎地从眼前闪过，不断地溜走。

火车以风一般的速度发泄愤怒，用暴力抽打着昏暗黏稠的空气。

我在心里一边祈祷，一边思考诗人的话。这条空中轨道在我的心里一会儿变成一条结冰的路，一会儿又变成一条灼热的路，那路上有酷阳、狂风和刺痛我的锯齿状往事。

列车终于驰进了站台，那里有高大建筑的黑色剪影，粘贴在深沉的背影中。

刚刚停稳，只听"砰"的一声，列车门打开了。

几个戴墨镜的黑衣人进入车厢，如一团乌云向我迅速地飘移过来。

只一瞬间，我还没有意识到发生了什么，就被他们按倒在地，脸朝下被摁在又脏又黏的地板上。

时间仿佛停止了，我觉得眼前的一切仿佛变成了慢镜头，每一个细节都历历在目。我看得见他们穿着的暗黑系兜帽风衣；我看得见他们的肤色，甚至脸上的痣；我看得见他们手腕上戴着的装置；我看得见他们黑色短筒靴上干掉的泥垢，而其中一只靴子正踩在我的头上。

我一直在挣扎，想跟他们拼命，想像狗一样扑上去撕咬他们。但黑影越来越多，他们向我靠近，身上散发着令我战栗不已的寒意。

是鬼鸟吗？

还没等我反应过来，他们就往我头上套了一个黑布袋，两只铁钳一般的大手扣住我的胳膊，把我拖下了列车。

我像一头牲口一样沉重地喘气，任由他们推搡着往前走，通过智能门禁闸机系统，走下台阶……

他们这是要把我带到哪里去？我的脑海里像闪电一样闪过绞刑架的身影。

我吓坏了，身体瘫痪了似的软弱无力，甚至叫不出声来，但我的内心仍在反抗。

"放开那个孩子！"

这是阿什的声音，我听得很真切。

他是来救我的吗？我跳起来大声嚷嚷，随即膝盖被猛踹了一脚，跪倒在地。

随即我听到一声大笑，笑声像解剖刀一样锋利。

有人对阿什说："这得问我的拳头答不答应！"

他的声音铁铮铮的，像一记铁锤悬在半空中，即将落下。

世界突然鸦雀无声，只有我的脉搏异常响亮地搏动着。

紧接着就是一场混战，在我周围充斥着尖叫声和骨骼断裂的咯吱声。

我吓得浑身发软，动也不敢动。

那像铁钳一样扣住我的大手突然松开了，我感觉自己被什么软绵绵的、异乎寻常的东西撞倒，滚下了台阶，手腕和腿上被打斗中的人踩了好几下，痛得我赶紧爬起来，套在我头上的黑布袋在挣扎中被我扯了下来。

当我的头套被摘掉时，在一微秒内，一大片黑暗呈现在我眼睛闪烁不定的红光里。

待我的视力恢复后，我发现撞倒我的不是什么'东西'，而是一具黑衣人的尸体。他的身体扭成了一个结，横在台阶上，那惨白瘆人的脸上带着临终前的恐惧，仿佛那最后的尖叫还挂在嘴上，回荡在四周可怕的沉默里。

我吓得额头上渗出了冷汗。

突然，头顶上方出现了一个飞碟，就像我在 M 城曾经看到过的那种空气动力车。它对准我，强光照得我睁不开眼。我听到阿什在那里面冲我大声喊叫，让我快上车。

此时，我的大脑一片空白，身体就像铁块一样僵硬。

他大声催促，我费尽全力才把手举起来，仿佛全身关节都生锈了一样。

就在这时，一个黑衣人窜到我面前，朝我抢起拳头。

我也不清楚自己哪里来的勇气，因为我站起来，捏紧拳头照他的肚子来了一下。我清楚地记得我的一拳下去后，一种轻松的感觉从拳头传遍全身。

随着它的升空，我的身体一下飞了起来，如一只低空飞行的鸟，轻盈而自由！这真是一种无法形容的心旷神怡的感觉。

从高空鸟瞰，整个城市如同金色的琥珀。

光天化日之下看 M 市，与夜晚不同。

城市建在一座半岛上。

建筑依地势高低错落有致，感觉就如同置身于一首电子音乐中。那些水晶般亮闪闪的建筑就像音阶一样，奏出科技时代的狂想曲。而空中飞车的车流在建筑间流星一样划过，像变幻的乐谱线。

可我发现这个城市有一个奇怪的地方：花草树木都长在建筑上，有的甚至与建筑融合为一体。而拥挤、阴暗的地面上却很少见到大片的草地和真正的大树。

阿什趴我耳边说："他们没有给我们留下哪怕一丁点的人生希望。"他指了指那些高高在上的上层建筑。

在我想入非非之际，一块硕大无比的铁砧状的积云滑过我们的身边。然后，一片海忽然呈现在我的视野中。

大海，如此鲜明又强烈！

那向我奔涌而来的景色——岛屿，海滩，灌木，礁石，船，海鸥，天空，地平线，充盈了我的肺部，我整个人仿佛鼓胀了起来，像是进入了一场闪闪发光的幻景，开启了暂时的永恒。

飞车开始下降，我的心也开始莫名其妙地快速下沉、下沉、下沉，就像从一个陡峭的山上滑下，然后戛然而止。

当我喘着气，嘴唇哆嗦地站在城市边缘的沙滩上时，大海的博大和深邃，完完全全地征服了我。

气势汹汹的季风掠过这片海域，海水溅起数丈高的浪花，撞碎在黑色礁石上，奏响沉闷而宏大的和弦。而海面上，成群的海鸥用它们白色的"剪刀"翅膀，将天空剪成一条条明亮的碎片。这逐浪的哨兵，这海上的精灵，在我眼前展示着力与美，它们离我那么近，我都能感觉到在它们轻盈飘逸的形体里隐藏着多么强韧、多么蓬勃的生命力。

那一刻，一个从没见过大海的人，其内心受到的震憾可想而知。

就在此时，海滩上出现一个人。

我没有抬头看他的鼠脸，却已经感觉到了那直往我眼里钻的探头。它们高速地旋转，越转越深，几乎直插入我心底。

阿什斩钉截铁地对我说："走！别理他！"然后大踏步向前走，根本不把他放在眼里。

那两颗探头反转回来，又飞速溜回了自己眼里。他冷笑一声，转身离开了。

阿什鄙夷地看着他的背影，在牙缝里骂了一句："杂种！"

"他们怎么长着一张老鼠脸？"我说出心里的疑问。

"他们是实验室产物，是老鼠和人的基因改造物。这些杂种，好听点叫秘密警察，难听一点就是走狗！"他停下来，郑重其事地对我说，"他们是嗅觉动物，一旦被盯上了，你就是躲到墙角旮旯里，他也能把你找到！"

我问阿什这些鼠人为谁服务？

"掌握着算法的人，拥有真正的控制权。"他告诉我，"在这里，1% 的人控制着世界；4% 的人是被洗脑的傀儡；90% 的人沉睡着；还有 5% 的人知道发生了什么，并试图唤醒那 90% 的沉睡者。"

"你就是那 5% 的人！"有时我总是控制不住自己，想要抖一下机灵。

他笑了："是我们！还有博士……"

我突然想到一个问题："你们成立了'地下人'组织？"

"是的，"他望着我，眼瞳里有两朵金色火花，"在我们这个时代，科技本身和操纵科技的软件企业群正在形成新的极权主义，它的核心是超越国家和政治概念的电子化。这种新极权主义控制了整个时代，以及这个时代所有的人——除了自然人类，还包括人机结合的超人、拥有镜像神经元的智能人、灵魂迷失的芯机人，以及生物基因改造人。"

极权主义？不知为什么，这个词让我想起了二十世纪的集中营。

"那……人该怎么生存？"我不免担忧起来。

他啐了一口，气愤地说："人？你觉得在这个庞大的数码集中营，在这个监控系统中，我们还算是人吗？今天，谁还真正活着？真让人痛心啊！人类文明的发展，到最后竟使我们在流失人的本质。我们成了被操纵、被奴役的空心人、无脸人，趋于兽性，接近物化！"

他的话让我想起刚到 M 市时看到的那些奇形怪状的灵体，我不得不在心里承认，这是人性的倒退。

还有那个消灭魔鬼的疯子……

我恍然大悟，他要消灭的魔鬼其实就是那些对人的精神造成安慰和迷幻的网络数码产品。

"经过几千年的文明之后，这个世界仍然是一个荒凉的决斗场。正如鲁迅所说的那样，人类历史就是人吃人的历史，过去是，现在是，将来还是人吃人，不过是换一种吃法和调味料而已。"我看到阿什眼睛里闪着疯狂的怒火，听到他从牙缝里挤出的那句话，"人对人如豺狼！"

现在我的心就像是被风吹皱的湖面，完全被搅混了。我被自己的疑惑和无知所困扰，但我也深受震憾，人类未来的处境让我思考，也让我陷入了一个深渊。

"那怎样才能拯救人类免于灭亡？"我沮丧地问他。

他苦笑了一下。接着说："靠宗教，靠政治，都不能拯救人性。也许文学和艺术，能让人警醒。但最根本的是你得跑得比算法，比大企业和统治者快，在你被彻底操纵前打败他们，才能拥有自由意志。"

反抗整个数字世界？推翻隐形帝国？在废墟上建立起我们自己的天下，一个不被奴役和操控的自由乐土。我觉得除非你能快如闪电，成为纵穿天地的一道光，成为传达天意的利剑！

想到闪电，我突然记起来，我有一个重要的问题竟然忘了问他："你上次说的鬼鸟是什么人？"

他撇了一下嘴巴，对我说："刚刚我们才交过手啊！他们是一伙专门偷人灵魂的贼！"

他的每一个字都像是落在我心上的铁锤。我当时既困惑又悲伤。"偷人灵魂的贼？你认为是他们偷走了哥哥的灵魂？"

浓密的剑眉挑了起来，然后，他说："这只是我的猜测！你昨天没有来，博士认为你一定遇到了阻碍，让我今天来接你，果不其然，一切都如他所料。但我不明白，鬼鸟为什么要绑架你？"

我当即告诉他昨天发生的一切。

"啊！我明白了，无法阻止，大头鬼便想吃了你！太可恶了！"他嘴角抿紧。

我感觉到脖子后面一阵阵冰冷，好像真有某种令人胆颤心寒的东西就潜伏在我四周。我结结巴巴地说："大头鬼？不会吧……吃人灵魂？"

"我带你来这里，主要是为了让你见我一个朋友，他知识渊博，对大头鬼……"

他话还没说完，我们就听到一声嚎叫，声音拉得很长，如同乐曲一般悲伤、肃穆、沉闷的节奏，让我想起诗人的那声呼号，那从他的头脑中，从他的悲痛、快乐与狂怒中渗透出来的，抛弃人类言辞，抹去人类内涵，像野兽一样的嚎叫。

让人意想不到的是，这一刻，我陡然间明白了他那由生命的嚎叫写就的诗，原来他是在诘问这个世界，生存的意义究竟是什么。

阿什迅速跳到我前面，摆开架势，用身体为我抵挡危险。

几个小孩，从我们前方的岩石堆中露出脑袋，咯咯地笑。

"是卢克的孩子！"阿什立即放松下来，对我说。

那几个孩了带路，我们跟着他们去找卢克，也就是阿什说的那个朋友。

这里纯净而蛮荒，不像是人类的世界，它是海鸟和沙滩生物的世界。

我们体验这寂静、距离。风和海之间的寂静。

在海岸深处的礁石洞里，我们见到了卢克。

他正坐在篝火旁烤鱼，七八个野孩子在他身边嬉戏。

见到有人来，他抬起头来，冲我们露出一个温和的微笑。

大概因为饱受风吹日晒的缘故，他的皮肤又黑又糙，略显沧桑。

这是一个沉默寡言的人。他一言不发地望着篝火发呆，整个人沉浸在遐思之中。我从他的眼睛里能望见一个熊熊燃烧的火堆，火星四溅，火舌在舞动。

我们围坐在一起吃新鲜的烤海鱼。

一个孩子给卢克老师展示他捉到的沙滩蟹。

卢克吓唬他："一定要当心呦！我听说有一个渔民，夜里睡觉时被疼醒了，他看见他的右手离开他的身体自己走了。再定睛一看，原来是四五只大螯蟹趁他熟睡时报复他，把他的那只手钳跑了……"

我正听得入迷，一只招潮蟹，举着大小悬殊的一对螯，突然出现在我落坐的礁石旁。我吓得跳起来，一个趔趄，没站稳，跌坐沙地上。

那些小鬼们开怀大笑，笑声震天响，被海风一送，整个礁洞都跟着抖动起来。

我赶紧低下头去，否则人人都瞧得见我那张臊得通红的脸。

卢克挥挥手，那帮小鬼安静下来。他那双手看起来像圆筒状的板手一样有力。

后来，他和阿什避开我们单独聊天去了，这帮小鬼立即缠着我，让我跟他们去捉海星。

这群孩子最大的十二岁，最小的只有六岁。

我问年龄最小的名叫安的女孩："你的父母呢？"

安低头不语。

旁边有个男孩快言快语回答道："她没有父母，我们也一样，我们都是孤儿。"

所有孩子都沉默了，这一瞬间，连海风和空气都不约而同地静止不动。

"我们有卢克，他是我们最好的朋友！"他又说道。

所有孩子都欢呼起来！笼罩在他们身上的乌云刹那间烟消云散。

"那卢克老师平时都教你们什么呀？"

孩子们开始七嘴八舌，有的喊：读书、写字；有的喊：爬树；有的喊：滚泥巴；有的喊：设计拦海堤坝；有的喊：种菜；有的喊：计算；有的喊：画画写生。

最小的安怯生生地说："唱歌！"

声音开始变粗，说话很害羞的十二岁男生说："陪伴。"

"陪伴？"我反问他们。

"是的，是的，陪伴，还有爱！"这次所有孩子都做出了一致的回答。

这时卢克和阿什回来了，我们熄灭了篝火，一同前往宿营地。

孩子们在前面带路，一路蹦蹦跳跳，像欢快的小羊羔。

我们穿过礁石滩，来到一片漆黑的刺槐林。

刺槐林好像是精怪的乐园，到处浮荡着黑黝黝的剪影。这些剪影在乌黑的刺槐树上投下游移的黑影。

林中有一片空地，白色的窝棚像两颗大蘑菇从地下钻出来。

这块空地比别处亮些，抬头可以看到阳光从树叶的缝隙间如闪光的帘子一般垂下来。

卢克说了一句："让我们开始吧！"

孩子们立即聚集过来，在空地上簇拥而坐，和卢克手拉手围成一个圆圈。我和阿什则倚靠在刺槐树干上好奇地看着他们，据说这是他们固定的仪式。

卢克哼唱了第一句，只有声调，没有歌词。他的声音低沉、浑厚，有一种含蓄的激情。然后，一个接一个，每个人都吟唱着不同的声调，这些悦耳的声音交织在一起，组成了一首动人的和声。

他们沉浸在自己的旋律中，与飒飒秋风、虫鸣、蠡跃、远处的海浪拍岸、山鸣谷应，融为了一体，这种与万物共鸣的体验深深打动了我。

有一瞬间，我感觉到空气中似乎有某种看不见的，虚无缥缈的灵气在我们周围飘荡，在和声中低语，随后又消失在树林深处。

这块林间空地，犹如一片覆盖着积雪的辽阔平原，在阳光的照耀下熠熠生辉。这一切：树林、天空、孩子、吟唱……都使我深受感动。

我压低声音问阿什，这些孩子，还有卢克，他们是怎么到这边的？

"海啸！"他简短的两个字，似千斤巨石压上我的心头。

仪式结束了，孩子们都各去午休了。

我们仨在空地上燃起篝火，火舌攒动，点燃的干柴哔哔剥剥作响。周围散发着燃尽的枯槐叶气味。

一种幽深的梦境般的静默聚拢在我们周围，那么柔软、厚重，像是淤泥一般。

我问卢克关于吟唱仪式的来历。

他告诉我们，某天深夜，他翻来覆去睡不着，索性披衣而起，来一场林中漫步。他一边走，一边模仿浪潮、沙鸥、礁石、海风等大自然的声音。他一个人的喉音发出和声，像是吸引了树林之灵，它们星星点点地在他周围飘荡。那一瞬间，他恍惚觉得自己就是刺槐树，不！他是整片树林，是树林的化身。他的意识连接了树木、动物和人，在那一刻与自然成为一体。

"这是个偶然，就像一颗苹果落下砸在了牛顿头上。那天我发出的是全人类记忆深处的久远回音。"

从那天起，他开始带着孩子们一起舞蹈，一起吟唱，在和声中与树林之灵交融。这让孩子们在艰难的生活面前依然幸福快乐。更重要的是让他们明白：人类从来没有征服自然，更不可能拥有自然。

"真正的教育不是教会你什么知识，而是让你体会到生命的火花！"卢克语重心长地说，"传统的应试教育是没有灵魂的教育，我要把孩子们从中解救出来，所以创建了这所森林学校。我希望我的自然教育能让孩子们在自由中快乐地成长！"

"可是不参加应试考试，没有文凭，那他们长大了能与社会接轨吗？"我说出了心里的疑问。

"好多人同你一样有这个担心。"卢克老师笑了。

"就算拥有了文凭，就能与未来的社会接轨吗？"他反问我，"世界在变，社会在变，知识在变，技术在变，包括人也在变。谁又能确定将来是什么样的？用当前的标准去塑造未来的孩子，等于把他们套入同一个成长模具，制造一模一样的工业产品，万一未来与人们设想的大相径庭，他们岂不成了一批报废的残次品？"

他说话的时候，我突然想到了那些相赴死亡之约的空心人。

"更何况没什么是永远适用的，除了你自己的创造力，而创造力正是对于未知的反映。这才是人类的核心竞争力。"

"创造力。可是……创造力从哪里来？"

这话听起来可真傻，话一出口，我立即就后悔了。

卢克老师没有嘲笑我，反而耐心地对我说："生命的本质就是创造。只要一个人找到内心深藏的'真我'，发现自己的天赋、使命、特长，将来他们就能创建自我了！就像一棵树，从细变粗，直至长成参天大树，也许外在会变得不一样，但我们依然认得出这是哪棵树，它只是因循着生命本身的节奏顺势成就了自己。"

我能感觉到他身上的光芒，是那样迷人，充满了悟生命的智慧！

这两座具有原始风情的茅草房——因年深日久变得既黑又硬的茅草顶显得多么坚固，这是谁扎的呢？它们简直就像一座神殿，尤其令我感动。

于是我问卢克老师，他幸福吗？这样活着。

他亲切地对我说："如果把一生的目标定为：热热闹闹活一次，体验人世间一切喜怒哀乐，那分分秒秒都是有意义的。"

我听了若有所悟地点点头。

"等到你像我这么大的时候你就能明白，人生到头来最重要的不是所谓那些个功名利禄，而是我们自己内心的感受。"说着他把手放在心口，"我帮助那些陷入心灵困境的孩子重新找到生命的快乐与意义的同时，我也从孩子们身上得到了滋养，我的心填得满满的，是我们所共享的生命的坚韧、希望和爱，让我心中拥有了整个世界！"

此时，他脸上闪耀着不知从何而来的梦幻之光，那么纯粹，那么宁静，让我内心颤抖，让我觉得世界充满无限的可能，而每个人都是自己的生活与道路。

这时，卢克突然想起了什么，他从衣兜里掏出一枚银色的"纽扣"递给身旁默不作声的阿什，又对阿什说了一句："这是你和佑佑最珍贵的记忆！"

说到佑佑，阿什的额上飘过一片乌云，脸色瞬间暗淡了下来。

阿什把"纽扣"放在掌心，轻触开关，那枚金属扣子突然伸缩，镜头打开，一段全息全景影像在我们面前展开——

这是在游乐园拍摄的一段影像。佑佑和阿什站在摩天轮下，旁边有个冰饮摊。那时的佑佑长发披肩，与我见到的刀锋少女简直判若两人。他们望着镜头微笑，眼睛里闪着爱的火花。镜头里传来卢克的声音："喂！我说你这浓眉大眼的家伙，能不能放轻松点？别硬生生地杵在那里。"话音刚落，忽然一阵疾风将阿什的帽子掀了起来。佑佑开怀大笑，那笑声如同银铃撞击的声响，我感觉一股轻柔的暖流直淌入心坎。还有她那一头秀发简直像绸缎一样迎风飘舞。他们身后的摩天轮和过山车上的人们也在兴奋地大叫，一切都沸腾了。这对恋人在喧哗与快乐中到达人生幸福的巅峰。

我看了看卢克和阿什，他们两个都通过画面像素的褶皱跌入了其中的世界。

"我喜欢她的头发。"阿什的声音里透着一股克制的悲伤。

在火光的映照下，我看见他的手在微微颤抖。

"有时候，我闭上眼睛，还能感受到它，那么柔软，那么顺滑……"对于她的秀发的记忆像一波看不见的浪潮漫过了他的全身，他竟伸出手来，然而他根本无法碰触到任何东西。

有时爱也是一种暴力。

阿什像是受到了沉重的打击，他收起"纽扣"，站起来，迈着千斤重的步子，消失在刺槐树的黑暗之中。他的爱像铁锚一样沉在他的身体里。

我也跟着站起来，卢克拉住我的胳膊，把我拽住了。

"让他一个人静一静！"

鸟儿在树林里热烈而嘹亮地唱着，温柔又豪放。

我问卢克："究竟发生了什么？"

他告诉我，佑佑从小失去了母亲，她跟父亲的感情非常的深。所以得知父亲肺癌晚期，除了换肺没有其他活路时，她像疯了一样四处筹钱。可是一个人工肺的价格根本不是一般人可以负担得起的。

"那段时间我不敢看她的眼睛，那就像是……溺水者的眼神。是的，充满了绝望与无助。"说完卢克叹了口气。

过了好一会儿，他才又接着往下说。

佑佑在金乌核电工作，有一天，她给阿什发了个消息，说她有办法了，她可以救她的父亲了。然后她整个人就消失不见了，阿什翻遍了每一处犄角旮旯，可她就像人间蒸发了一样。

我问卢克，他们是怎么死的？

他说佑佑失踪后，阿什整日以酒浇愁，他喝度数最高的酒，入口如刀。有一天夜里，夏季的蚊虫绕着路灯在不停地打转。他喝多了，站在发烫的马路上，对着疾驰而来的汽车说了最后一句话："替人类哀悼吧！"

这可真是个悲伤的故事！我的心被刺了一下，鼻根发酸，眼泪在眼眶里直打转。

"等她再一次出现在这里，她丧失了所有的记忆，完全变了一个人，她不记得阿什了……"他的语调里有股莫名的酸楚，这让他的悲伤和迷惘暴露无遗。

我倾听着密林的动静，辨别那里是否传来阿什的脚步声。可他不知去向，于是我决定不再等待，自己问一问卢克老师关于大头鬼的事情。

他告诉我，大头鬼名叫虚魃，那可是个不好惹的家伙。他偷窃别人的死魂灵，然后大嚼特嚼，就像我们吃巧克力豆、嚼薯片似的。没人见过他的真面目，因为他总是戴着不同的面具。也没人知道他在何处，因为他天生就可以在不同的时间线上自如穿梭。

他还告诉我，他威力无边，见过他的人没有一个活着回来的。

听他这么一讲，我的心直落无边无际的渊薮。

但是，是人就有弱点。

他说在唐代著作《辇下岁时记》中曾有记载，过年人们点灯谓之"照虚耗"，也就是过年保持灯火通明，实际就是去除虚耗的习俗。而东汉许慎《说文解字》中曾解释："魃，耗神也；从鬼虚声。"由此他推测，大头鬼虚魃即古代传说中的虚耗鬼。

怕光，大概就是这虚耗鬼的致命弱点了。

我木然地点头，心里有些不知所措。当我面对一些事情，需要像个成年人那样，做出选择或者拿定主意时，我常常会陷入这种状态。我能感觉到一道薄薄的门，将内心里尚不成熟的我与外面的世界分隔开。

此刻，孩子们陆续醒来。

卢克起身拿来一杯水浇在炭火上。湿炭发出哧哧的声音，终于熄灭了。

不知什么时候，两个顽童拿着蘸了颜料的毛笔从背后袭击他，在他脸上胡乱涂抹。

卢克竟然一点都不愠怒，他跟他们玩起了猫捉老鼠……

他穿着黑色长袍，从隐蔽处现身……

我在礁石海滩找到了阿什。他一个人站在遍布藤壶的黑色岩石上，面朝大海，那一刻他犹如一具苍老的躯体在慢慢地衰竭、枯萎。

我喊了他一声。

他转过脸来，我看到的是一张模糊不清、神色惶遽的面孔。

从他那双星目里，我看到一种暗藏的，痛苦的，像谜一样的呼喊和渴求。

他试着控制自己的情绪，但"海啸总跟在我身后，我能做什么呢"？

他沉默了，他的沉默如海一般厚重。

我们凝望着大海。海涛一浪接一浪从世界尽头涌来，我仿佛听见从这无边无际的深渊中传来深沉的音乐，那是伟大序曲悲伤、肃穆的节奏，我感觉到节拍的撞击，它正从深处升起。

一阵突如其来的大风，像来自某个遥远地域的震颤。

天空变得昏暗。大片大片的乌云擦着海面飘过，仿佛天空已经与大海胶合在一处。

大风卷起海浪恶狠狠地撞向礁石，发出爆炸一般的巨响和回音。大海用它充满呼号、尖叫和呻吟的水舌要把我们卷进它那悲剧性的无边无际的命运之中。

阿什紧紧拉着我的胳膊，把我往远离海岸的地方拖。

风从腋下猛烈地吹上来，把我们变成了两个艰难的降落伞。与风暴搏斗，无异于和一整支军队拔河。

在大自然的威力面前，人类的力量是如此渺小。

整个天空像要塌下来了，雷雨云层层堆叠，沉闷、厚重的黑暗充斥大地，在云层之中，有什么东西在变形，像个巨人驾驭着隆隆和音，敲响天上的铙钹。

就在那一刻，海面汹涌翻滚，从大海里升起什么东西，那不是浪，而像是从海底膨胀出来的，好像有什么巨大不明物从深渊处搅动起命运的波澜。

忽然一道白光闪过，那不是巨人，而是一个巨大的黑色龙卷风，它的上端与雷雨云相接，下面的漏斗状下垂尾巴直接延伸进海里，一边旋转，一边向前快速移动，仿佛天空这只大象甩下的一条长鼻子，摆动着向我们嗅过来。

从我看见它的那刻起，前后不过三次心跳的时间，这个长鼻怪就直奔我而来，所有东西开始旋转，盘旋着飞上天空。

它伸出无数风一般的利爪，拉扯住我，跟阿什殊死搏斗。

我渐渐感到体力不支，全身上下都在痛，这痛楚撕扯着我的肌肉，令我战栗不已，直到我精疲力竭，风呼啸着把我卷走，像卷走一顶破草帽。

我飞了起来，身体快速旋转，像进了涡轮洗衣机，呼啸的风要把我绞成碎布条。

这里的空气仿佛也长了角，硬生生地划过我的胸腔。我感觉无法呼吸，快要窒息了。我正在失去知觉，陷入蒙眬的昏迷状态……

这是在哪里？

我好像从自己的床上醒来，耳边能听见她平静的呼吸声。

在偶尔划过天空的闪电中，在极其短暂的硫黄电光的照耀下，我看见她那恬静、漂亮的脸庞。她纤细的胳膊环抱着我，那种温暖，任何鸟儿在它的巢里都得不到。

虽然外面雨水均匀地哗哗倾泻，但眠塌之间，一切的一切宁静而空阔。

我心中激起一阵罕见的幸福感，我希望时间停驻，我们能永远停留在这一刻。

她是我的莉莉，她是我一个人的，仅仅是我一个人的，我无边无垠的梦幻里居住的人儿。

我们躺在世界的中心，就这么拥抱着，安静，满足，疲倦，温暖，充满梦幻，从此成为一体又永远分离……我幸福地阖上了眼睛。

忽然一个激灵，我回过神来。

我头顶上厚厚的积云，突然裂开，刚才还是昏暗的天空的地方变成了庞大的船坞，里面泊有各种级别、各种尺寸的航天飞机、宇宙飞船、星际护卫舰等，令人眼花缭乱。

我的速度变慢了，几乎是飘浮着飞向一艘体积最大，外表呈蜂巢型的母舰，舰体好似一座可以移动的太空堡垒。

蜂巢底部停机舱的气闸门在我面前徐徐打开，我看见一个穿黑衣服的鬼鸟在门旁等候我的到来，琥珀色的亮光投在他狰狞的面部。

我知道我的道路险峻，却没有料到我竟走到如此陡峭的地步。

他笑了，笑声像铁丝网一样锋利。"漏网之鱼！"

随着我扑通一声掉落在停机舱的网格地板上，背后就有像铁钳一样的手臂把我扣住。我束手就擒。

虽然我没有抵抗，尽量保持冷静，但有那么几秒钟我还是觉得备受侮辱。

那个鬼鸟似乎洞穿了我的心思，故意挑衅，他用脚猛踹我的膝盖，把我踹倒在地。

我之前被踹过的地方，再一次被撕裂，疼痛就像一枚铁钉，重重划开了我的身体。

冷静！我对自己说。别忘记你来的目的。

我凝视着他那凶恶而突出的额头，凝视着他冰冷、狡黠的眼珠，还有那又尖又长的下巴，一字一顿地对他说："我哥哥在哪里？是不是你们抓走了他？"

他的嘴角一歪，一抹邪恶的笑容挂在脸上："人那么多！我哪知道谁是你的哥哥？"

"你！"我攥紧了拳头，即使有块石头在我手里，也能被我攥成粉末。

他瞅着我，开始大笑，笑声将他噎住，像咳嗽一样一阵阵喷涌而出。我终于体会到，笑也可以成为一件武器。

"大头鬼在哪？"我咬牙道，"我要见他。"

他满腹狐疑地望着我："我不相信有人想见他。"

"是吗？"我挑起眉毛，"也许是你孤陋寡闻了。"

他将我拖进舱内一个金属传送装置，微微发亮的金属门随即闭合。

"也许他十分愿意见你！"他说得毫无感情，似乎已对我失了兴趣。

他的话扣响了扳机，仿佛引发了一次射击。

这个金属传送装置开始上升，像子弹一样循着精确路径，快速飞升，然后它停下了。

这个静止不动的传送装置，像一个缩紧的罐头盒，挤压它，令我透不过气来。

一开始，我还能安静地待着，随着时间一分一秒地流逝，我开始自言自语，像条狗一样绕着四壁画圈圈。激动时，我甚至用头撞墙，疯狂地吼叫。

原来最令人无法承受的是孤独，被囚禁的孤独长出尖刺刺的长针，像一头豪猪，不时猛刺我的心。在寂静的时刻里，我的耳朵变得异常敏锐，我可以听到孤独之刺正一点点伸长的声音。

这活死人墓的隔绝和孤独令我越来越燥动不安，我下意识地撕扯着衣服，结果，一张折叠成山形的信笺，从口袋里掉落了下来。

是诗人！

"当你读到这封信时，我已经不在了。

"每一个人在这个世界上都是短暂的过客，而且终不能心想事成，我们注定会失败。

"如果我们把眼光从个体转移到整体上，我们关注人类的命运，而不仅仅是个人的悲喜，或许，生命将变得博大而绵远。因为一个人的本质在于精神，在于用文字记录下来的他的思想，在于他生命历程中的所作所为，在痕迹中。

"命运让我们在这里相逢，一定自有深意。我相信那不会是为了别的，就是为了追忆，为了让我们看清过往的每一个细节，为了让我们一生的罪行重新浮出水面，让我们不再逃避，不再否认，让心灵的碎片重新结合起来，彼此成就完整的自我。

"说出真相吧！与自己和解！

"如果你从年少起就隔绝自己，建立起这种内心的墙，那么终其一生你都会为如何拆毁这堵墙而痛苦挣扎。要知道罪孽这种病比世上任何顽疾都要可怕，因为它残害的是人的灵魂。

"我的某些部分现在仍然像我在年少时那样，有一点残忍和原始，我们从没有长大，我没有，从没有。我想所有人都一样，我们的灵魂有阳光，也有阴暗的洞穴、藏尸处、罪恶的地牢，其中还隐藏着许多难以启齿的秘密。

"我们犯下的罪行深深地伤害了他人，也同时伤害了我们自己。它使我们陷于孤独与不确定之中，这是一种永远不可能修复，只能独自承受的伤痛。

"但是，无论如何请你相信，爱和宽恕仍然是拯救这个世界的唯一希望。

"人世艰辛，我们都是被生活欺凌过的人，但总有一些温暖和爱，会成为照耀你生命旅程的光。愿你在生命觉醒之际找到那束温暖你生命的光，也愿你能做那束可以照耀别人的光。

"我爱你，犹如爱我自己。

"因为你是我的过去，我是你的未来。

"你是我，我亦是你。"

我感觉到豆大的泪珠滑下脸颊，泪水在我的胸膛里憋得太久了，现在像融化的冰，不停地流。我为我们的生活在寥寥几年内的毁灭而难过，同时我也为过去的我和未来的我哭泣。

直到我全身乏力，身体轻得像风，几乎没有了感觉，只剩下外面包着的一层皮，我方才停止抽泣。

不知过了多久，门终于打开了。但外面像坟墓一样漆黑。

小时候，我以为，"死"是一间地下室小屋，人被关在里面，根本见不到光。所以我怕黑，怕一个人待在密闭的空间里。

当我走出充满金属光亮的传送门，走入黑暗时，我知道我将孤注一掷，没有退路，这是属于我的终南绝境，亦是我艰难的重生之路。

在这死一般的黑暗里，我感觉到有一种特殊的寂静，或肃穆的气氛，像是无意中闯入一个淹没水底的王国，在那里流动着一个不同的、独立的时间。而在这之外，雨声，阵阵响起的海潮声，风暴的喘息，海鸥的哀鸣，这一切都像是尘世的低语。

传送装置在我身后迅速下降，不给我一点犹豫的机会。

我忽然觉得身边多了个什么东西，一个巨大而可怖的阴影，它就盘在我的头顶上，气息吹在我的脖颈上。

我抬头只看见阴森森的屋梁上，一排排肋骨般的金属椽子、檩条和支架，就如同冬日狂风那黑暗的肺，发出一阵阵冶铁风箱般的喘息声。

那巨大而可怖的阴影瞬间又站在我身后，屏住呼吸等着伏击我的思想。

我迅速转身，瞪大了眼睛，那个像野兽一样潜伏在我身后的庞然大物变化成重重幻影，出现在不同的时间不同的地点，忽隐忽现的硕大头颅让我产生了错觉，我好像看到了在秋风里摇摆的罂粟果，黑暗在他们体内聚集，像是暴风雨来临之前，充满了寂静的电弧。

每一个头颅都带着一张不同的鬼怪面具，就像是头戴傩面的楚地巫觋。

我可以清晰地听见，从他的胸腔中传出的动物般的嘶哑、低沉的吼声。

现在，大头鬼就站定在我面前，身体又高又大，像一座魔山挡在我面前。他戴着巫傩"山王"的面具——头戴雕花王冠，眼如铜铃，长耳，剑眉，獠牙阔口，神情凶猛可怖。

他朝我怒吼，从阔口面具里吐出一条巨大的紫色舌头，舌头上布满像刺一样的舌苔。

我倒抽了一口凉气，全身哆嗦起来。

那条长舌像条蟒蛇游到我面前，然后搭在我的头骨上。

我能感到头顶上黏黏湿湿的，一团冷冰冰的凉气直往头发里钻，而且像仙人掌一样多刺，使我的头皮感到刺痛。

我想要转身逃开，但是我动弹不得。

我的腿直发软，全身被恐惧占据了，以至于每一块肌肉都紧张起来，全身不停地发抖。

那团冷气向下沉。

我能闻到他滴下来的口水那特有的腥腐味。

我感觉头皮开始发痒，脸都僵了。

我揉了揉自己的脸颊。

是麻的。

又冷又麻。

我能感觉到这股凉气顺着鼻腔往里钻，经过视皮层，向大脑深处挺进……

"不——"我发出一声长长的抗议。

我不能让他占据我。

我必须集中精力，必须保持清醒，我不能让自己消失掉。

那团冷气继续往我身体里钻。我的皮肤刺痛，全身都麻木了。

而且我非常困……非常非常困……

我的精神空间向记忆中的某个画面打开，并且被延展至深处，我能感受到我身体里像有某物爆碎了……

哥哥出殡的那天早晨，我来到停灵的堂前，长明灯和鲜花抚慰地放在他的身边。这是三天以来，我第一次看到哥哥。现在他更加苍白。

我当时控制不住地悲伤，突然迸发出的热泪，似乎要把我融化成灼热的岩浆。

我触摸他那因为死亡而变得僵硬、冰冷，像纸一样干巴巴的皮肤，一种再也不会新陈代谢的皮肤，感觉他整个人就像截木头，一切都僵硬了，一切都凝固了。

哥哥睡了，长眠在他青春的梦里，他的脚边正立着火热的夏天。一切，一切都睡了，河水停止了奔流，大地也一样。在这个没有门窗的狭小的木屋，连同关于他的时间、记忆、遗憾、悔恨和眼泪，睡了。

然后，我的脑袋里开始共振，一个意识穿透进入了我的意识之中。

"是你杀死了你的哥哥！"

他对此轻描淡写，但每个字却像刀一样扎进我的心里，我想我的脸变白了。我好像是在水面上浮着，往后游，像要晕过去了那样，前胸和后背上有汗水流下。

"他之所以会淹死，"他一个字一个字地说，"这一切全怪另一个孩子，他的弟弟，是他精心策划了这场复仇悲剧。"

我觉得胸口受了重重的一击，仿佛什么东西裂开了，像是我一直以来小心翼翼搭建起来的纸牌屋崩裂的声音。

"弟弟意识到，从那个时刻起，他也不再活着了。他开始自己的死亡，这是一个尤其痛苦而又缓慢的过程。"

"不——"我绝望地捂住脑袋，发出一声号叫，像一只受伤的动物。

这就像一个人举起手，对着子弹喊停，但子弹根本不管你愿不愿意，它会循着精确路径，射穿你的头颅。

接着很多画面充满了我的脑海，这些无疑都来自我的童年，这些片断穿透记忆的屏障，萦回缭绕，闪闪发光，连细枝末节都历历在目。

"仔细看，那对眼睛不是真的，是用来吓跑捕食动物的。"哥哥对我说。

那时我们正趴在一株茂盛的夹竹桃叶上，寻找绿天蛾的幼虫。那只色彩鲜艳的毛毛虫拖着粗笨的身子在灌木枝上蠕动，十分醒目。当我用手去抓时，它转过头来，露出吓人的眼睛。我内心泛起一阵恐惧。

哥哥告诉我，不要怕，它的那对蓝色大眼圈是假眼，是伪装，是狡猾的障眼法。

他当时七岁，比我大，懂得比我多，动作也比我快，是个有思想的汤姆·索耶。

就在那年暑假，他迷上了动物标本。他常常带着我，到后山的野地里去捉各种各样的昆虫、节肢动物和小爬行生物，然后在爷爷的帮助下，用福尔马林浸泡制作成动物标本。

他把动物划分为益虫和害虫两大类。而他自己的收藏也是这样分类的：我们的朋友和我们的敌人。

"将来有一天，我会把这些收藏品分给你。"他告诉我，"这是我们共同的劳动成果。"

是的，那个夏天。我跟在他身后，爬树上房，到处掏鸟蛋捉虫子。如果发现害虫，就一脚踩上去。如果发现益虫，先道歉，再把它捉住。

有一次，我和哥哥在田野的灌木丛里找到一窝白色的蛋，跟野鸡蛋差不多大小。我们揣了几枚站起来就跑，一直跑到一棵大果树下，然后才放心地一起躺在树荫下。

我们把目光投向天边聚集的云朵，它们在大风的吹拂下开始越过我们这片土地的上空，像蜿蜒行进在轨道上的火车，喷出一条银白色的烟雾，消散在光明的虚无中。

哥哥看着天空的云对我说，将来有一天，他要带我坐上一列真正的火车去看大海。

大海？我睁大了眼睛。

哥哥告诉我，大海是蓝色的，就像我们头顶的天空的颜色。但大海和天空不一样，海洋好比一个巨大的肺，那是地球在呼吸。

哥哥对着我使劲吹一口气，吹得我身上真痒痒。

他问我知道海浪为什么会潮起潮落吗？

我回答那是大海在呼吸。

"傻瓜！"他骂我一句，我咯咯地笑了起来。

他告诉我那是因为月亮，因为这块巨大的磁铁，能把海水拉上岸，还能再推回去。

哥哥说他长大了一定要去看看，他要光着脚踩一踩金色的沙滩，他要亲自尝一尝海水的味道。

大海长什么样，我们谁也没见过。我们身后的大山像一堵巨墙，把我们和城市隔开，和大海隔开，和所有的繁华与诱惑隔开，但大山阻挡不了云朵。

哥哥逗我说，只要我们爬上山巅，抓住其中一片，随云飘下，就能去往天涯海角。

我信以为真，傻呵呵地让哥哥带我去山顶，我想抓住那片最洁白的云。

可哥哥不理睬我，只顾对着天空发呆。

我捅了捅他的肚子，用手指着一条小臂粗的草花蛇给他看，那蛇正缓缓朝我们爬过来。我感觉到哥哥立即身体僵直，颤抖起来，每个毛孔都在向外冒冷汗。

"快跑！"他跳起来，大喊一声，撒丫子就跑。

我跑得慢，被石头绊了一跤，跌倒在地，蛋滚出来全摔破了。

哥哥转回来，背着我，一直跑到田野的尽头，他才开始大口喘息。

而那条心胸狭隘、蓄意报仇的母草花蛇一路穷追不舍，直到第二天有人发现它被打死了。它死在隔壁，离我们仅一步之遥。

画面中断了。

回忆过去让我肝肠寸断，我被这剜心般的疼痛钉在了原地，身子却在往下滑，一直跌下去，跌下去，向黑暗跌下去，好像我身边的一切都不复存在了……

也就在那一刻，我看到了自己，看到了自己的内心，像一束光穿透黑暗直达底部。

可他没打算停止，新的画面闪现，但不是我的记忆。

画面中哥哥在哭泣，就在这里，我现在所在的位置。我看见他的肩膀在抽搐，我听到他拼命压抑的呜咽声。但泪水还是漫过他的眼窝，急急地沿着脸颊滚落下来。我的心被刺了一下，鼻根发酸，恨不得和他一起哭起来。

然后那个怪物，他用那同一根多刺的紫舌头将他卷起来往嘴里塞。哥哥拼命挣扎，慌乱中他抱住大獠牙不放手，但是牙太滑了，他掉了下去，下面正是怪物那正在蠕动着的，发出汩汩声响的胃的深渊。

我的身体烧得滚烫，体内的愤怒像是有了生命，沸腾着想冲出来。

可他似乎非常享受这一刻。

他痉挛的动作，虫子似的动作，以及流露出的那股子邪魅的气质，让他看起来像个鬼魂，却不是自己的鬼魂。他一开口，倒更像是魔鬼而非人类。

我可以听见——从他身体里开始往外冒出无数男人的声音、女人的声音。

忽然在他的身影里我仿佛看到无数个人、无数双眼睛，他们构成了一个整体，但又完全不像他。这个巨大的他看起来就像一具棺木，一个狭长的过道，处在一种怪诞而令人不快的黑暗状态中。

没时间思考了，愤怒控制了我。

我抓住他多刺的舌头，想扯掉它，可它像钉子一样扎手，又像吸盘一样牢牢吸附在我头顶。

"傻瓜！"

怎么那么像……哥哥的声音？

"傻瓜！"

我又听到一声。

"那都是幻觉，是假的！他靠吸取负能量为生。他吃的就是人灵魂中的负面情绪所散发的能量，所以他只吃冲突、愤怒、憎恨、悲伤、懊悔、抑郁之类的东西。"

我发疯似的喊着："哥哥，你在哪里？"直喊到喉咙沙哑，喘不上气来，太阳穴如同被钳住了似的。空气只能从我紧咬的牙齿和被唾沫包裹的舌头上硬挤进去。

"真感人啊！我差一点儿要流泪了！"那个怪物发出一阵难听的笑声。

"放了他，放他出来！"我尖叫着。我的头顶被吸住了，但我的手脚没有。我对着他柱子似的双腿，一阵拳打脚踢。

"也不是没有可能！"他回答我，但语调里没有丝毫的同情和善意，"你爱他吗？"

"我全心全意爱着他。"我立刻答道，眼里满含着希望。

"真的？"他好像并不信服，"现在也是？"

"更胜以往！"

当我这么说的那一刻，我才忽然明白，一直以来，我憎恨的、我想报复的，不是他，不是那个与我一起长大，要带我去看大海的哥哥，而是降临到他身上的某种我厌恶的东西——也许他自己对此是一无所知的。那令人厌恶的的东西像一只张开翅膀向我猛扑过来的黑鹰，它用冰凉而坚硬的鹰爪和利喙，一再袭击我，随后它就飞走了。于是他又恢复原状，他只是一个耀眼、迷人的男孩。

此时此刻，我清楚地感觉到，他的一部分就存在于我的记忆里、我的身体里，他的碎片正在我的血液里流淌，在我的胸膛燃烧。我能记起的，我对他的感情——只有爱，全是爱。爱有一千种形态。

他端详着我波澜起伏的眼睛："如何才能证明你的爱？除非你愿意弃绝自己的生命，自觉自愿地替他为奴。"

我凝视着他脸上那副凶恶的傩面，凝视着他冰冷、狡黠的眼珠，还有那又尖又长的獠牙："我有个条件！"

在他面前我就如同一本打开的书，他早已将我的心思看得一清二楚。"如果你替他做灵奴，我就放过他，永世不再骚扰他。"那张宛如噩梦的脸说。

"如何证明？"与魔鬼做交易，我知道我这是在冒险。但除此之外，还有更好的办法吗？

他逼近我，眼里充满怒火："凡人理解不了，我的统治将贯穿整个时间，没有终结的时候！"

然后他一挥那巨大的手，吼声变成嘟囔，他咬牙道："拿去！这是信物。"

一个小小的司南玉佩从天而降。

他收回了自己的长舌，一秒消失。

紧接着一个人出现在我面前。

是哥哥！

我看到他的那一瞬间，就像是被人迎头痛击一棒——只觉得昏天黑地，手脚冰凉，然后腿脚一软，整个人瘫坐在地上；心脏如同被人抓着一般喘不过气，好一会儿才缓过劲来。

"哥哥！"因为震悚，我的声音发颤。但我心里很清楚，我要做什么。

那晚究竟发生了什么？

在学校度过无比难堪，又无比清醒而绝望的一天后，我走出了校门。

不，我不是走出去的。

我不知道是什么力量驱使我迈着僵硬的大腿，哆嗦着四肢晃到金伢仔那里。

仅仅几条街巷的距离，却让我劳累至极，仿佛我已经在深深的雪地里跋涉了很久。

那晚金伢仔没空陪我。

我一个人一口接一口喝那辛辣辣的烈酒。

没过多久，我全身就又燥又热，眼前迷迷蒙蒙的，灯光下尽是一堆堆晃动着的人影。

我不告而别，一个人朝灯火阑珊处走去……

到处是芜杂的人影，晃来晃去，连河水也摇晃得厉害，河面被揉碎了的灯光浸染得红一片黄一片，如同融化了的彩虹糖。整条河街的霓虹灯光，忽明，忽灭，让人昏眩。

我觉得迷惘起来，不知身在何处，好像头一次走上这条河街，一切显得如此陌生，酒楼、发廊、茶座、酒吧，在鬼火似的灯光掩映下，总让我感觉有点新奇，有点怪诞。我心里感到深深的孤独，这孤独随夜雾弥漫，直接上无边无涯的夜空。

一辆小轿车的车头灯，明晃晃地朝我扫过来，刺得我的眼睛都张不开了。"叭——叭——"，喇叭声愈响、愈逼人，我有点慌张，丧家犬似的跳开了。

灰暗的雾气升起来了。一切像是涂上了一层半明半暗的烟灰色，如同在梦中。我的头重得抬不起来，两腿酸软直往下出溜，全身软绵绵的，真想停下来歇一歇。

到家时，我脚下几乎站不稳了，出了一身汗，胃里翻腾得直想吐，我赶忙靠在门框上歇一歇。

奶奶见我一身酒气地进来，劈头盖脸就是一顿骂："你到底有没有出息？还要不要脸？整天不读书，又是谈恋爱，又是喝酒，自己被处分，还害得你哥哥替你挨打，你简直不是人，你就是个害人精……"

我觉得全身的血管要炸了似的，身体发起抖来。然后，不知从哪里窜出的一股怒气，我拿起门边的扫帚柄，把收银柜上堆放的物品砸了个稀巴烂。

奶奶被吓住了，躲得远远的，扯着嗓子叫骂："你去死吧！我家没有你这种人。"

我猛然感到一阵昏眩，面颊上如同被烧红的铁烙了一下似的，热得发烫。

我放下扫帚柄，声音沙哑地向她吼道："哥哥呢？让他出来！"

奶奶马上反问我："你找他干吗？他不在家，他汩水去了。"她看我的眼神充满猜疑，仿佛在提防着我。

我转身把门重重地一摔，跑了出去。身后只留下奶奶刻薄的骂声划破黑夜："野子，你要是敢乱来，我就永远不准你再进家门……"

经过这一闹腾，我心里那团热气渐渐消了下去。可是我的整个胸腔里，一丝一丝，挂满了陈年的酸楚。

我实在不明白哥哥怎么可以这样对我？怎么可以这样对他的亲弟弟？从小到大，一桩桩，一件件，尽是些叫人寒心的事。他仗着奶奶偏袒他，在家里简直是为所欲为。凭什么他每天回来，饿了有饭吃，吃完一扔，碗筷却要我收拾。凭什么他衣服旧了，就买新衣服，鞋子小了，就买新鞋子，而我却永远穿不完的旧衣服旧鞋子。凭什么他可以欺负我，指使我，犯了错还要我来替他背锅？瞧瞧他那副样子，好像很应该，很是理所当然。

——他当我是什么人了？

我猛然折断溪涧边的小荆条，用力甩在大溪石上，愤怒的呼号惊起了夜鸟，猫头鹰发出难听的叫声，蝙蝠在我头顶上扑扑扇动着翅膀，各种夜行小动物在我脚边溜来溜去。

我循着那条溪石野径，来到了瀑布深潭，看见了哥哥。

他在一片邃黑的潭水里劈波斩浪，月光照在他的肩背上，微微泛出青白色的光。

那一瞬间，我只觉得窝在心中的那股愤恨，像千万只蚂蚁在啃咬着我的肺腑。

我要教训他。

我要他为自己的过错付出代价。

瀑布急切的水流如同此刻我报复的念头，以俯冲的姿态倾泻而下，撞击着我心的堤岸，我只觉内心沉渣泛起，处于混沌的暴怒之中。

隐隐约约地，我看到脚边草丛里有一线鳞光闪过。

我知道那是白线蛇，我们都叫它水长虫，但哥哥非常怕它，一向天不怕地不怕的王子，见了它，也会像害了疟疾一般打起摆子，撒腿就跑。

就在端午前，一条一米多长，一元硬币那么粗的水长虫，从厨房的水池里钻了出来。

397

奶奶和哥哥怕得不敢靠近，是我捏住蛇尾，快速将蛇提起，甩出了屋子。

第二天，哥哥在窗下安放了一只捕蛇的笼子，那是镀锌材质的，孔眼只有一厘米的长方形笼子，以癞蛤蟆、青蛙或老鼠当诱饵，一旦蛇爬进去就再也出不来了。

这样的捕蛇笼在山里人家使用的效果一直很好，可哥哥的捕蛇笼却一直空荡荡的，一无所获。

哥哥觉得是诱饵的问题，他央求奶奶杀只鸡，用鸡头诱捕蛇。

买回来的芦花大公鸡就拴在院子里，它一看见奶奶手持短斧走了过来，就知道大事不妙。

奶奶先把斧刃贴在砂轮上搪磨，再用锉刀锉，激起一阵闪亮的火星。

那芦花大公鸡拍打着翅膀，大声尖叫，拼命想挣脱脚爪上的绳索。

奶奶解开麻绳，抓住芦花鸡的脖颈搁在厚木板上，挥斧斩断鸡颈，动作如闪电般迅捷。

只见那带红冠的鸡头落在地上，扭曲的嘴张得大大的，与此同时，奶奶把尚在挣扎的鸡身往后一抛，划出一条优美的血线。

奶奶把那只鸡头捡起来，扔进了哥哥的捕蛇笼里。

第二天，哥哥的捕蛇笼终于有了动静，然而捕获的不是蛇，而是一只焦躁不安的小黄鼬。

哥哥没有放生，却把这只偷鸡贼卖给了皮毛贩子，充值了游戏装备。

奶奶知道后，破天荒地把哥哥臭骂了一顿。

我们这才知道黄鼠狼又叫"黄仙儿"，不能招惹它们，否则会厄运当头。

可哥哥才不信这个邪！

奶奶怕黄仙儿报复她的孙儿，连拖带拽地，将哥哥带到庙里祈求神灵庇佑。

难不成真会有什么报应吗？

我看着游走在草丛里的白线蛇，它将冷酷、战争和毒液全部显露在光滑的表皮上。"你也想报复他，是不是？"

我迅速抓住它的尾巴，将它提溜着甩向潭水，一条泛着鳞光的曲线游向泅水者。这时，我向哥哥大声喊叫："有蛇啊！哥哥有蛇！快游啊！"

哥哥忽然不动了，像是在抬头望向星空，然后他迅速没入邃黑的水中。

我以为他吓得躲进水里了，我拍着手，学他以往的样子大声嘲笑他："胆小鬼，快浮上来啊！你不是很厉害，很聪明吗？是个男人就敢作敢当！"但水波闪着刀辉，渐渐收拢，黑缎般的水面有几点闪光，犹如几颗星坠落水中。

"喂！喂！你到底有没有出息啊？还要不要脸？"我嘴上不饶人，心里却有点犯嘀咕。

骤然间，"呱——"一声，一只黑老鸹掠过黑色水面，向山顶飞去。

我觉得心尖像是给什么戳了一下似的，有一丝隐痛从心底弥漫开来，渐渐扩大，变成了一阵轻微的颤抖，我这辈子从没有像此刻这样害怕过。

我狂乱地翻找哥哥的手机，给奶奶打电话，让她快找人来救哥哥。

当时，我的心捶得胸口一阵阵发疼。我是那么怕——怕得全身发抖。

那个黑夜，太漫长了，每一分，每一秒，都长得令人心跳，好像时间突然凝固，黑暗变成了永恒。

我被那永久的夜捕获了。

它编织的巨网，又黑又重，好像一个巨大无比的捕兽笼一般。

从此，我的眼前总会竖着冰冷的，一条条铁的影子，那是夜向我伸来的千千万万只又黑又凉的触手。

那刻字留下的痕迹将在阳光下、风雨中渐渐愈合，与岩石共存，存在一百年、一千年、一万年：*love*

这世上有多少暴力来自简简单单的三个字：我害怕。

是的，因为害怕，我们把罪行封存在内心深处的黑匣子里，为的是再也不看它们，将它们永远从生命中抹掉。

然而生活中总有某个变迁、某个时刻、某句话，就能轻而易举地攻破我们紧紧围绕自己营造起来的堡垒，不管我曾经为之增添过多少块砖，加固过多少把锁、多少根木闩。

事到如今，我依然不能相信自己才是整桩罪行的始作俑者。我的内心如此沉重，好像有种内部的麻痹感在阻止我呼吸一样。

面对哥哥，我既不能思考，也不能感觉，双膝几乎无法支起我的身体。我跌跪在他的面前，垂下头颅，露出脖子让那明晃晃的刀刃来砍伐。

我不能再为自己辩护了，不管这桩罪行是出于嫉妒，还是怨恨。

我的脊柱不听使唤地颤抖着。

那是一个再无力与波涛搏斗的溺水者的放弃，带着深深的忏悔和救赎的渴望。

在这瞬间我记起了此生所有的欢愉和爱，来自爷爷的、哥哥的、奶奶的、爸爸的、妈妈的、朋友的，还有为理想而奋斗的诗人，睿智、善良的蓝博士，替人类哀悼的勇士阿什，点燃生命火花的灵魂老师卢克，他们全都浮现出来。

这些往事唤起了我心中那光明而欢欣的感觉，犹如废墟中开出的玫瑰一般夺目。

我抬起头时，咬紧牙关，防止自己因情绪崩溃而哭得太大声。

我的眼睛与哥哥的目光相遇。而他那忧伤、凝重的表情让我轻轻颤抖了一下。

我故作镇静，不让他看到我的紧张和害怕，但心跳加速到无法呼吸的我只觉得天旋地转，这感觉一如遥远的某一天，哥哥没入邃黑的水中，水面聚合发出的那记沉闷的、穿云裂石般的死亡声响时的感觉。

"哥哥，你听我说……"

我向他坦白，其实我不是个好孩子，不值得家人来爱和同情，因为我是个罪孽深重之人，我是个杀人犯。

从来都是。

这是我所害怕的另一个我，也是被我隐藏在自我深处的真实的我。

可是，我该怎么做才能偿还我犯下的罪孽？

我哭着请求哥哥的原谅？

当时我只是想吓唬吓唬他，让他受点惊吓，让他不那么威风，至少不能想要什么就能得到什么，至少不能再欺负我。

我没有想到，我真的没有想到，我的罪念会让爸爸和哥哥因此而丧命。

"这一切都是我的错，是我的错，我的错……"我不断重复这三个字，从眼角流下一串眼泪和滚烫的痛苦。

悔恨和自责，像一口黄色的、黏稠的浓痰，卡在喉咙里，像脓一样挤压着我的扁桃腺，让我透不过气，让我感觉呼吸困难。

而在心底，这些脱口而出的话让我如释重负，我感觉到全身充满了舞蹈般的轻盈、敏捷、无拘无束，似乎所有的伤痕都被抚平，所有的关联和界限都松脱开来。

哥哥对我投以深情的一瞥。

"傻瓜！"他忍不住边哭边笑地对我说，"我的傻弟弟啊！你永远是这么单纯、善良！其实我溺水与你没有任何关系，是我忽然腿抽筋导致的溺亡。"

我愣住了，我不相信，我觉得他这是在安慰我。

可哥哥对天发誓，千真万确！这一切都是他自作自受，与别人没有关系。

还有，他劝我离开这里，他不要我替他为奴，他要我好好活下去，为了奶奶，为了妈妈，为了一切我们所牵挂的活着的人。

我坚决地摇了摇头，并给哥哥戴上那枚辟邪的司南玉佩，它是那么清透，光泽明亮。

从听到哥哥声音的那一刻起，我就领悟到，真正的爱不是满足自己的欲望，也不是同情、慷慨，更不是嫉妒、怨恨，这些品质统统不是爱。

爱的本质是无我。

当那个"小我"不复存在，人才能与更广博的，来于宇宙的真、善、美相连接。

灵境，对我来说就像一面镜子，那么我要做的是，不要去观察镜子，研究镜子，而是要在镜子中观照我自己，发现我自己。

并且，我突然间明白，未来的我，作为诗人的我，一辈子也是在他的思考和创作中，完成对他自己内在性的发现、探索和成长。

这是人生的修行，也是人生的真正归宿。

这时，大头鬼虚魃现身。

他的声音传来，仿佛来自远方："好了，告别结束。跟我走吧！"

恐惧如冰冷的手，箍住了我的喉咙。

但是，我对哥哥微笑，我希望他准备好来一次飞跃，将他引向复活，引向宇宙间另一种无限快乐的存在。

哥哥哭了，满眼的不舍和痛苦。他哽咽着对我说："对不起！是我太自私了，我从来没有顾及过你的感受。我不是一个合格的哥哥，我没有照顾好你。弟弟，原谅我，好吗？"

我的泪水瞬间决堤而下，模糊了我的双眼。

太过沉重而无法说出口的悲伤，如一团固体堵塞在我喉咙里。

我只能点点头。

然后，我转身。

"下辈子再见！哥哥。"

我感激此刻我的泪水像一道水帘遮住了我的视线，我因此不用看哥哥那伤心欲绝的目光，否则泪弹会炸掉我的肺，击碎我的肋骨。

　　但我没有爆炸，发出惨叫的是他，那个庞然魔怪。

　　我周围的一切都轻盈而明亮，在金色光芒的照耀下，大头鬼的傩面化作无数沙粒被风吹散，我第一次看清了他的真面目，他面色惨白，像死了许久一样。

　　他一点都不可怕，甚至有些可怜。

　　他看我的眼神空洞、愤怒，颈上的喉结在他的喉咙里上下乱跳，好像再有一秒钟，就会冲破那层干枯的皮肤。

　　在片刻的沉默和惊愕后，他爆出一阵狂笑。我以前从来不知道，现在我知道了：笑也可能是心底爆炸的回响，伴随着五脏六腑的血肉飞溅……

　　最后，他的笑声像是触及了某个无形的边缘，戛然而止。

　　接着是一阵沉默。

　　化于无形。

　　这时，我才看到那金色光芒来自我的胸膛，那里长出一颗完整的、鲜红跳跃的心。

　　从我有记忆以来的第一次，没有任何一部分的自我令我感到害怕。

　　那一瞬间，我想起了诗人的话——这个世上没有救世主，只有遵循道德原则的"真我"才能真正地拯救你！

　　若心中有光，那么光便无处不在，因为你的心将会成为你自己的太阳、月亮、星辰和火把。

　　容不得我多想，空中船坞开始坍塌，眨眼之间，一切都烟消云散。

　　我和哥哥落入了大海。

　　我们每一个人都来自大海，又将回到这温暖的大地子宫。

　　大海，是回归，是遗忘。

　　我感觉到冰冷刺骨的海水环绕了我的身体。

　　就在那一刻，海面汹涌翻滚，从大海里升起什么东西，那不是浪，而像是从海底膨胀出来的，好像有什么巨大不明物从深渊处搅动起命运的波澜。

　　顿时，我和哥哥就像一块浮木被推推搡搡，一直推回到沙滩。

　　我们互相搀扶着爬上岸。

　　海浪又一次漠然地退回大海，好像什么都没发生过一样。

这时，紫罗兰色的暮光从遥远的地平线蔓延过来，海面呈现出醉人的葡萄酒的颜色。

珠灰色的天空下，大海越来越深沉，像一头野兽弯起了脊背。

夜降临到了岛上。

我和哥哥，我们坐在嶙峋的黑色岩石上一起看大海。

哥哥找到了一块光滑的卵石。

当我拿起他送给我的礼物时，我惊叹不已。

石头上镌刻着具有生命的四个字母：love。

我一遍遍抚摸那刻痕，那里有锋利的边缘，有光滑的表面，有肌肤的触觉，有生命的斑斓色彩和记忆。

我想要穿过字母"O"，打开那扇阻隔生死的门，直抵那遥远的空间，与我的亲人们再次相聚。

远处，满是鱼腥味的码头被点亮了，渔船泊在港里，灯火连成一片。

渔夫们穿着湿答答的胶鞋，拖着沉重的网兜，显得沉重笨拙，像是被粘住了翅爪的老海鸥。

后来……

当我睁开眼睛时，我发现自己置身于一整片白色的亮光之中。

白色的墙壁，白色的窗帘，白色的病床，白色的护士，白色的药片，还有妈妈苍白的脸。

日子柔软明亮，充满蛋白石的光辉，像珍珠一样闪烁。

温和的微风透过打开的窗子流泻进来，房间里充满了远处风景的反光。

我的思维停顿了一会儿，接着开始飞转。

现实世界逐渐伸出清晰的棱角，把我的思维着实绊了一跤。

妈妈见我醒了过来，高兴地哭了，她用瘦弱的双臂抱住我，眼泪滴到我的脸上、嘴唇上，我可以尝到她那热烈又苦涩的心情。

但我集中不了精神，我好像活在一个断裂的时间里，一个又一个梦境飞快地掠过我的眼前，我的思绪像呼呼作响的引擎一样疯转，一股劲儿在体内左突右奔，仿佛拼命想要找到出口。

妈妈边哭边擦眼泪，她的眼睛又红又肿，我不由得一阵心疼。"你醒过来我真高兴！你不知道你已经整整昏迷了三天。"

一切是梦吗？难道我凭借做梦创造了你——诗人，另一种现实里的未来的我自己？

不！也许我没有创造你，你早已经存在，而我只是在另一个世界里用另一种视觉——纯粹的、内在的——看你，看我自己。

我问起奶奶在哪里？她怎么样？

这当儿，妈妈支支吾吾地有意避开这个话题。很明显她还在恨奶奶。她喋喋不休地向我述说，我昏迷的这几天她有多么揪心和难熬。末了，她平静地告诉我，她准备带我离开这里。

我缩紧了身体，像一只软体动物一样紧绷绷的。

我们谁也没有再说话。

我知道她有多恨她，我能够感觉到她内心那种缓慢的、烧灼的憎恨，而这一切都是我造成的。此刻，它就悬浮在空气中，萦绕在我们之间，就像是某种无声的谴责。我感觉到内心的挤压，那迟到了的忏悔，那再也无法得到原谅的忐忑不安。

那是我在爷爷家度过的最后一个夏天。

出院后，妈妈帮我收拾好了行李箱。

在我随妈妈前往她所生活的城市的那天早晨，奶奶不言不语，像个做错事的孩子一样跟在我们身后，一直跟到车站。

一种夏末的忧愁悬浮在清晨道路两旁旋转着的枯叶上，在风儿轻柔地擦过我裸露的肩膀时，在树梢上的鸟儿突然的静默中，在清晨悄然凝结的露水里。

汽车开动的时候，我用眼角的余光瞥见奶奶跟着车子缓不济急，一个劲地向我挥手。

有什么东西搅到了我的最深处。我的心因为这令人窒息的不安而肿胀起来。

可妈妈始终没有回头，她发誓说再也不许我回到这里，再也不许我见奶奶。

我不让她看到我的紧张和害怕，但心跳加速到无法呼吸的我只觉得天旋地转，这感觉一如梦中的那一时刻。我再也忍不住了，我必须说出一切。人间，灵境，我看到和听到的一切。

"妈妈，你听我说……"

是的，诗人说过，我们犯下的罪行深深地伤害了他人，也同时伤害了我们自己。

但说出真相，与自己和解，与他人和解，与世界和解的那一刻，我不仅没有失去爱，失去亲人，反而所有的伤痕似乎都在一瞬间被抚平。

妈妈搂着我，与我抱头痛哭。

我们丝毫不理会别人投来的好奇的目光，因为我们的心里填塞了太多的东西，太多的爱，太多的遗憾……

我记得马路在向后退，带走了房屋、树木、老人、孩子，还有我的童年和青春幻梦。

别了，故乡。别了，这座我不会再回来的县城。

后来，在长途大巴车上，我半梦半醒，昏昏沉沉，不断飘往混沌的无知状态。

记忆的断层不断豁裂，我用充满猜想和揣测的梦境来填充，这让我紧闭的双目分不清我所看到的多少是现实，又有多少是想象的产物。

远方星球的火焰缠绕在我的睫毛上，在我的眼皮里投下金黄的直线和曲线。

睡意蒙眬中，我不断在梦境空洞的国度里漫游，总是在路上，总是走在崎岖陡峭的山路上。有时候我踏着轻快的步伐走下一个平缓的山坡，另一些时候，我吃力地沿着几乎垂直的峭壁攀爬。等我爬到山顶，我便敞开怀抱，拥抱梦境那巨大、岩石累积如金字塔形的大漠风光。

这时大巴车也到站了，城市如同梦境一般展现在我的眼前。

这是一个大都市，一切都向高处生长的梦幻城市。

我人生中更为深沉的梦开始了，等着我去揭开世间万物所有神奇的面纱。

三年后，奶奶过世了。

妈妈带着我回来给老人办理丧事。

那年，我已经十九岁了。

大巴车一路翻山越岭，当年我们怎么离开的，如今又以同样的方式归来。

当车子到站，我双脚再次踏上故乡的土地时，我对妈妈说，我感觉我从没有离开过。

妈妈哭了。

热泪沿着她的面颊滴落到她的胸前，重得就好像血一样。

我想她的内心此刻应该和我一样清醒而且复杂。

在邻居家，我再次见到了胖阿姨。

她告诉妈妈，这两年奶奶患了严重的白内障，几乎成了瞎子。起初，她只是觉得头疼，脖子酸痛，视觉模糊，看什么都好像蒙着一层雾。她以为自己老了、累了，只要躺下休息几分钟就好了。可是不久，视觉模糊的现象加重了，而且越来越严重。在光线稍微暗一点的地方看东西，看到的都是重影。她自个儿开玩笑地说，好像她总是喝醉了酒一样。

医生诊断是白内障，并且成功地给她做了手术。

不久，她的视力又模糊了。这一次，她总觉得右眼旁有一只苍蝇在不停地飞。她想伸手把它赶走，可总也赶不走。她的视野越来越缩小，最后只剩下一条细缝，如同黑暗中微微开启的一道门缝，透进来一缕青光。

那时，她不能再做生意了，一个人，靠着微薄的保险赔偿独自生活，拒绝任何其他人的帮助。她整天沉默地坐在窗前，只是一个人望着。孤窗之外，不管刮风下雨，寒来暑往，她只是一个人望着。

最后，她什么也看不清了，只能感觉到远处不停晃动的微弱亮光。但她仍然执拗地坐在窗前。

直到有一天，邻居来串门，发现她躺在地上。她的手摸上去还有余温，指甲很长，现在是不用再剪了。她身上没有见到伤痕。她的眼睛是睁开的，向上瞪视着灰暗的天花板。

妈妈哭了。我也哭了。

我们心里明白奶奶望着窗外时的执拗和期盼。

她在等着，等着我们，等着我们的归来。

离开故乡很久了

久得就像屋顶的瓦檐间长满了青蒿。

我闭上眼睛，感觉时间在秋风的浩荡中飞逝——我的十六岁啊，分明就在上一刻。

如今人去楼空，年久失修的老屋在我面前好似远处黄昏的水塘一般寂寞、荒凉。

这里就像是一座时间的陵墓。孤独。死亡。存在的缺席。

我产生了一种错觉，似乎时间因某种无法解释的期待而停滞着，悬挂着，一动不动，在等待我的到来。

我回到故乡，是为了死去。

我的内心是沉重的，有一种在终极事物来临之前的怯场。

这段时间，在我童年的小阁楼里，死亡，每个夜晚它都会在床上找到我。它认识我，它把令人窒息的手指塞进我的嘴里。我整夜与它搏斗。我用身体挤压它，搅和它，像在捏一块不断膨胀、发酵的巨大面团。当熹微的光线照亮我的眼睛时，我才发现我是在和被褥扭打。我全身湿漉漉的，浸满了冷汗。但我活着。

对于我这个命在旦夕的人来说，这里是没有希望的，是死路一条，它是我命中注定的终结之处。

当我踏上墓园的台阶时，我对前进的害怕就像我对回头的害怕。

而咔嚓、开裂的树枝，光秃秃的，没了树叶，没了树皮，在秋风中呻吟。它们最后微弱的声音是那么枯燥、乏味，似乎已经不再留恋这太长的生，也不再害怕这太长的死。

我抬起脚，感觉就像要走上某个陡峭山峰的峰顶，墓碑就高高矗立在峰巅之上，而我脚下是张着口的深渊。我无声地站在那里，脚悬在半空，感觉身体在不自主地下跌。

前方有四座荒草蔓生的坟茔，那里长眠着我此生最爱的亲人。

我现在有了一种充满感激的全新感觉，因为正是他们给我的情感世界打开了大门。

这时，耳畔传来一声悲恸的叫声，像黄昏本身的哀号。天空中黑色的鸟群，如铅色的云一般掠过。有一只浸透了死亡的汁液，和死亡一样黑的鸟，从空中飞来，落在奶奶的坟头，用铁一般的眼睛瞪着我，穿透我的灵魂，勾起我的回忆。

墓地阴森森的空气中似乎有什么东西在颤动，好像是一把刀刃在暮风中闪晃。

我本能地想掉头离开，却又一时冲动地冲上前去。

因为我知道：就像生命一样，不久，死亡也会张开双臂拥抱我。

回来的路上，在经过瀑布深潭时，天空已经变成焦炭色。

然后，看，哥哥在那儿，就在那里。

我已逝的兄长，我疯狂的少年时代，我的幻梦。

他在水里比在岸上更自由。

在水里，他总是劈波斩浪，游得很快，感觉像在飞一样。

我看着他张开双臂，朝着水中的星星，纵身跃入，在月光下激起一片银色水花。

哥哥游得飞快，来回转动脑袋，憋气、换气，均匀地拍打着水面。

那健美的身材像大理石雕像一样光滑、挺拔。

而莉莉就坐在岸边看着月色下他那散发着荧光的身体。

当我看到她那双温柔的眼眸时，我的内心还是微微地荡漾了一下。

我转身走上了下山的小路。

我感觉有一股绵亘充盈的力，引导着我，就像是我在接受某种指引一样，迎向深蓝色夜空中那漩涡一般的繁星。

朱妍

2023 年 6 月 28 日